MW01273483

LA SOMME DE TOUTES LES PEURS
1

Du même auteur
aux Éditions Albin Michel

À LA POURSUITE D'OCTOBRE ROUGE

TEMPÊTE ROUGE

JEUX DE GUERRE

LE CARDINAL DU KREMLIN

DANGER IMMÉDIAT

TOM CLANCY

LA SOMME DE TOUTES LES PEURS

ROMAN

Traduit de l'anglais
par Luc de Rancourt

1

Albin Michel

Édition originale américaine
THE SUM OF ALL FEARS
Copyright © 1991 by Jack Ryan Enterprises, Ltd.
G.P. Putnam's Sons, New York

Traduction française
© Éditions Albin Michel S.A., 1991
22, rue Huyghens, 75014 Paris

ISBN 2-226-05614-9

Pour Mike et Peggy Rodgers, un marin et sa femme — et pour tous les hommes et les femmes des forces armées des États-Unis, car les idées les plus nobles ont toujours été défendues par des guerriers.

C'est étrange. Prenez le marin le plus courageux, l'aviateur le plus intrépide, le soldat le plus brave, et réunissez-les autour d'une table. Et qu'obtenez-vous? La somme de toutes leurs peurs.

WINSTON CHURCHILL

Les deux adversaires se rencontrèrent sur le champ de Camlan, afin de négocier. Les deux partis étaient armés jusqu'aux dents et chacun soupçon-nait l'autre de quelque ruse ou de quelque stratagème. Les négociations avançaient lentement, lorsqu'un chevalier fut piqué par une vipère, et il leva son épée pour tuer le reptile. Les autres virent l'épée brandie, et ils se tombèrent dessus. La chronique est tout à fait claire sur ce point. Si le massacre fut si impitoyable, c'est parce que la bataille commença sans préparation ni préméditation.

HERMAN KAHN, *De la guerre thermonucléaire*

PROLOGUE
LA FLÈCHE BRISÉE

« Comme un loup dans un ravin... » Lorsqu'ils racontent l'attaque syrienne menée le 6 octobre 1973 à 14 heures contre les hauteurs du Golan tenues par les Israéliens, la plupart des commentateurs évoquent le vers fameux de Lord Byron. Et peut-être un chef syrien l'avait-il également en tête quand fut mise la touche finale à un plan d'opérations qui fit déferler sur les Israéliens plus de chars et d'artillerie que Hitler ne l'avait jamais rêvé.

Et pourtant, le troupeau de moutons sur lequel les Syriens tombèrent en ce sinistre jour d'octobre ressemblait davantage à une harde de béliers en rut qu'aux animaux paisibles que l'on décrit dans les poésies pastorales. Débordées à raison d'un contre neuf, les deux brigades israéliennes étaient des unités d'élite. La 7e brigade tenait le nord du Golan et ne broncha pratiquement pas. Elle avait organisé sa position défensive avec un savant mélange de rigidité et de souplesse. Des points d'appui isolés résistèrent fermement, canalisant la pénétration des Syriens dans des défilés rocheux où ils furent pris au piège et écrasés par des hordes de véhicules blindés massés derrière la ligne rouge. Quand les renforts arrivèrent le deuxième jour, la situation était contrôlée, mais de justesse. Au soir du quatrième jour, les forces blindées syriennes qui étaient tombées sur la 7e étaient réduites à un amas de débris fumants.

La brigade Barak (« Foudre ») tenait les hauteurs du Sud et eut moins de chance. Le terrain était peu propice à la défensive, et il semble que les Syriens y aient été plus habilement commandés. En quelques heures, Barak était morcelée. Chacun de ses morceaux constituait encore un dangereux nid de vipères, mais les éléments syriens de pointe exploitèrent rapidement les percées et foncèrent vers leur objectif stratégique, le lac du Jourdain. Au bout de trente-six heures, la situation de l'armée israélienne était la plus grave qu'elle eût connue depuis 1948.

Les renforts commencèrent à arriver le deuxième jour. Il fallut les jeter dans la bataille pour boucher les trous, barrer les routes, rassembler les unités qui s'étaient désintégrées dans un combat désespéré. Et, pour la première fois dans l'histoire d'Israël, il fallut battre en retraite devant les forces arabes. Ce n'est que le troisième jour que les Israéliens réussirent à concentrer leurs forces blindées et à écraser les avancées syriennes. Ils passèrent sans transition à l'offensive. Les Syriens furent repoussés en direction de leur capitale par une contre-attaque enragée, et contraints d'abandonner le champ de bataille jonché de cadavres et de carcasses de chars incendiés. À la fin de cette journée, les hommes de Barak et de la 7e brigade reçurent à la radio le message suivant, en provenance du quartier général :

VOUS AVEZ SAUVÉ LE PEUPLE D'ISRAËL.

Et c'était vrai. Cependant, à l'étranger, en dehors des écoles où l'on apprend le métier des armes, cette bataille héroïque est restée étrangement méconnue. Comme lors de la guerre des Six-Jours en 1967, les opérations du Sinaï ont bien davantage retenu l'attention et suscité l'admiration du monde entier : le franchissement du canal de Suez, la bataille de la « Ferme chinoise », l'encerclement de la 3e Armée égyptienne. Tout cela en dépit des implications de la bataille du Golan, qui se déroulait beaucoup plus près du cœur d'Israël. Les survivants de ces deux brigades savaient parfaitement ce qu'ils avaient accompli, et leurs officiers pouvaient s'enorgueillir de ce que, pour les connaisseurs qui savent ce que cela suppose de compétence et de courage, cette bataille des hauteurs fût à mettre sur le même plan que les Thermopyles, Bastogne et Gloucester Hill.

Chaque guerre a son lot d'événements insolites, et la guerre d'Octobre ne fit pas exception à la règle. Comme la plupart des guerres défensives, elle aurait pu être évitée. Les Israéliens avaient mal lu les rapports des services secrets, et s'ils avaient disposé d'un préavis de douze heures, ils auraient été en mesure de mettre en œuvre leurs plans et d'envoyer des renforts sur les hauts du Golan avant l'assaut. Si les choses avaient suivi ce cours, il n'y aurait pas eu d'action héroïque. Leurs fantassins et leurs cavaliers n'auraient pas été massacrés en nombre tel qu'il fallut attendre plusieurs semaines avant que les pertes exactes soient communiquées à un pays fier de ses morts, mais consterné. Si les renseignements avaient été exploités, ce sont les Syriens qui auraient été massacrés avec leur pléthore de chars et d'artillerie, et les massacres ne sont jamais des opérations glorieuses. Cette défaillance du renseignement n'a jamais été vraiment expliquée. Le Mossad a-t-il été intoxiqué et rendu incapable de discerner les intentions réelles des Arabes ? Ou bien les dirigeants israéliens ont-ils dédaigné les avertissements qui leur étaient prodigués ? La presse internationale se posa immédiatement ce genre de questions, surtout en ce qui concerne le franchissement du canal de Suez par les Égyptiens qui réussirent à briser la ligne fortifiée Bar-Lev.

Une autre erreur aussi grave, mais moins bien connue, avait été commise des années auparavant par l'état-major israélien, d'habitude plus perspicace. L'armée israélienne ne possédait pas une artillerie considérable, surtout si l'on se réfère aux standards soviétiques. Au lieu de constituer de lourdes concentrations de canons mobiles, les Israéliens avaient choisi de se reposer sur de grandes quantités de mortiers à courte portée et sur les avions d'attaque au sol. Les artilleurs israéliens postés sur les hauteurs du Golan se trouvèrent débordés dans un rapport de un à douze, exposés à des feux de contre-batterie, et finalement incapables de soutenir leurs troupes aux abois. Cette erreur coûta de nombreuses pertes.

Les grosses erreurs sont commises la plupart du temps par des hommes intelligents, qui les font avec les meilleures raisons du monde. Un avion d'attaque qui venait de pilonner le Golan était en mesure de déverser une pluie d'acier et de mort sur le Sinaï une heure plus tard. L'armée de l'Air israélienne avait été la première à prendre en compte le «temps de remise en condition» de façon systématique. Ses équipes de soutien sur les bases étaient entraînées à réagir comme les mécaniciens d'une voiture de Formule 1. L'armée de l'Air israélienne était ainsi devenue un instrument redoutablement mobile et souple, si bien qu'un Phantom ou un Skyhawk remplaçait allégrement une douzaine de pièces d'artillerie.

Mais les stratèges israéliens avaient oublié une chose: les Arabes étaient armés par les Soviétiques, et ceux-ci avaient inculqué à leurs clients leurs propres conceptions tactiques. Pour contrer des forces aériennes de l'OTAN supérieures aux leurs, les concepteurs des missiles sol-air soviétiques comptaient parmi les meilleurs du monde. Les responsables virent dans la guerre d'Octobre une occasion inégalée de tester leurs dernières tactiques et leurs armes les plus récentes. Et ils ne se firent pas prier. Les Soviétiques fournirent à leurs protégés arabes un réseau de missiles sol-air comme les Nord-Vietnamiens ou les membres du Pacte de Varsovie n'avaient jamais osé en rêver, un ensemble extrêmement dense de batteries de missiles, de radars déployés en profondeur, de missiles mobiles capables de progresser avec les forces d'assaut blindées. De cette façon, la «bulle» protectrice antiaérienne pouvait suivre les forces terrestres. Les officiers et les hommes chargés de mettre en œuvre ces systèmes avaient été soigneusement entraînés, souvent en Union soviétique même. On leur avait fait bénéficier de tout ce que les Soviétiques et les Vietnamiens avaient appris des tactiques et de la technologie américaines, en espérant, ce qui se révéla exact, que les Israéliens les copieraient. De tous les soldats arabes qui combattirent au cours de cette guerre, ces hommes furent les seuls à atteindre les objectifs qui leur avaient été assignés. Pendant les deux premiers jours, ils réussirent effectivement à neutraliser l'aviation israélienne. Si les opérations terrestres avaient connu le même succès, les choses étaient jouées.

Et c'est ici que l'histoire commence. La situation sur le plateau du Golan fut immédiatement considérée comme préoccupante. Les informations incomplètes et contradictoires qui arrivaient des deux brigades prises de court conduisirent le haut commandement à la conclusion qu'il avait perdu la maîtrise tactique des opérations. Le cauchemar tant redouté se réalisait : ils avaient été pris par surprise, les kibboutzim du Nord étaient vulnérables, les civils, les enfants étaient en plein sur la route des forces blindées syriennes qui pouvaient débouler du plateau d'un moment à l'autre. La division opérations de l'état-major était à deux doigts de la panique.

Mais la panique est également une chose que de bons officiers d'état-major prennent en compte dans leurs plans. Lorsque votre pays est menacé par un adversaire dont l'objectif clairement affiché est de vous annihiler physiquement, aucune mesure défensive ne peut être exclue. Dès 1968, les Israéliens, tout comme les Américains et les pays de l'OTAN, avaient fondé leurs plans ultimes sur l'utilisation de l'arme nucléaire. À 3 h 55 locales, le 7 octobre, quatorze heures seulement après le début des combats, les ordres d'alerte relatifs à l'Opération Joshua furent envoyés à la base aérienne de Beersheba.

À cette époque, Israël ne disposait pas de beaucoup d'armes nucléaires — et nie même en posséder encore aujourd'hui. Mais, en cas de besoin, il n'était pas nécessaire d'en avoir en grand nombre. À Beersheba, dans l'un des innombrables abris où l'on stockait les munitions, il y avait une douzaine d'objets d'apparence parfaitement anodine. Il était impossible de les distinguer d'autres objets destinés à être accrochés sous les avions d'attaque, si ce n'est la plaque rayée d'argent et de rouge rivée sur le flanc. Les ailettes n'étaient pas montées, et la forme allongée couleur aluminium foncé ne présentait aucun caractère particulier. Les soudures étaient à peine visibles, et on distinguait quelques points d'attache. Il y avait une raison à tout cela : un observateur non averti aurait pu facilement croire qu'il s'agissait de réservoirs supplémentaires ou de conteneurs à napalm. Et pourtant, chacun de ces objets était une bombe à fission au plutonium de soixante kilotonnes, assez puissante pour détruire le centre d'une grande ville, tuer des milliers de soldats sur un champ de bataille ou, grâce à l'addition de sources de cobalt stockées par ailleurs, mais faciles à fixer sur la peau de l'engin, contaminer une zone et la rendre invivable pendant des années.

Ce matin-là, Beersheba connaissait une activité frénétique. Les rappelés avaient passé le sabbat de la veille dans leurs familles un peu partout dans ce petit pays. Cela faisait trop longtemps que ces hommes se consacraient à la tâche fastidieuse de réarmer les avions. Même les derniers arrivés manquaient de sommeil. Une des équipes d'armuriers s'activait autour d'un A-4 Skyhawk. Pour des raisons de sécurité, ils ne connaissaient pas la nature exacte de leur travail. En fait, ils montaient des armes nucléaires sous la surveillance de deux contrôleurs, des officiers dont le rôle consistait à ne pas quitter des yeux tout ce qui avait trait à l'armement nucléaire. Les bombes étaient amenées sur un chariot sous le ventre de chacun des quatre appareils, hissées précautionneusement au palan avant d'être mises définitivement en place. Un rampant moins épuisé aurait pu remarquer que les ailerons et les boîtiers d'armement n'étaient pas à poste. Il aurait encore pu se dire que l'officier d'armement était en retard, comme presque tout le monde en ce matin froid et décisif. Le nez de chacune des armes était bourré d'électronique. Le mécanisme d'armement et la capsule nucléaire – le boîtier physique, comme on l'appelait – étaient déjà en place. Contrairement aux armes américaines, les bombes israéliennes n'étaient pas conçues pour être emportées en temps de paix par des avions d'alerte en vol, et elles ne possédaient pas les dispositifs de sûreté sophistiqués conçus par les techniciens de Pantex, une société installée près d'Amarillo au Texas. Le dispositif de mise à feu était contenu dans deux boîtiers, l'un dans le nez, et l'autre dans les ailerons. L'un dans l'autre, et selon les normes américaines ou soviétiques, il s'agissait d'armes assez rustiques, de même qu'un pistolet est moins sophistiqué qu'une mitraillette. À courte distance, il n'en provoque pas moins les mêmes dégâts.

Une fois mis en place les boîtiers d'ailerons et du nez, la dernière procédure d'activation consistait à installer un boîtier de commande dans le cockpit de chaque chasseur, puis à établir la connexion entre l'arme et l'avion. À ce stade, l'arme était en «contrôle local», entre les mains d'un pilote jeune et agressif dont la tâche consistait à effectuer une manœuvre appelée «la boucle du fou». La bombe était lancée selon une trajectoire balistique qui devait permettre à l'avion et à son pilote de se dérober sans problème quand la bombe explosait.

Selon les exigences du moment et si les contrôleurs l'y autorisaient, l'officier d'armement de Beersheba pouvait mettre en place les derniers dispositifs d'activation. Heureusement, cet officier n'avait pas trop envie de se retrouver avec des armes nucléaires actives sur une base que les Arabes risquaient d'attaquer à tout moment. C'était un homme profondément religieux, et, lorsque les contrordres arrivèrent de Tel-Aviv, il eut une prière silencieuse d'actions de grâce. Joshua était décommandée. Les pilotes les plus anciens retournèrent en salle d'alerte et oublièrent les ordres particuliers qu'on leur avait donnés. L'officier d'armement donna immédiatement les consignes adéquates et les bombes furent démontées avant de retourner à leur lieu de stockage.

Les rampants épuisés se mirent en devoir de démonter les bombes, au moment où d'autres équipes arrivaient pour réarmer les Skyhawk avec des paniers de roquettes Zuni. Un autre ordre de mission était arrivé: le Golan, les colonnes blindées syriennes qui progressaient dans le secteur de Barak sur la ligne rouge en direction de Kafr Shams. Les munitions furent amenées près des avions. Deux équipes par avion mettaient en place les nouvelles armes, l'une déposait des bombes dont la nature exacte lui était inconnue tandis que l'autre mettait en place les Zuni sous les ailes.

Il y avait bien sûr beaucoup plus de quatre avions à Beersheba. La première mission de l'aube au-dessus de Suez venait juste de rentrer, ou du moins, ce qu'il en restait. Le Phantom RF-4C de reconnaissance avait été abattu, et son F-4E d'escorte laissait échapper un flot de carburant d'une aile trouée, un des deux réacteurs arrêté. Le pilote avait déjà prévenu à la radio : il avait eu affaire à un nouveau missile sol-air, peut-être un SA-6. Le Phantom n'avait pas détecté le radar de poursuite associé, l'avion de reco n'avait rien vu, et il n'avait dû qu'à la chance d'échapper aux quatre missiles tirés contre lui. Ces éléments furent transmis au commandement de l'armée de l'Air avant même que l'appareil se pose en catastrophe. On ordonna à l'avion de se diriger sur le parking où stationnaient les quatre Skyhawk. Le pilote suivit la jeep vers l'endroit où attendaient les véhicules incendie, mais l'un des pneus du train principal éclata au moment où il s'arrêtait. La jambe du train endommagé se brisa net et l'avion s'effondra sur le ciment comme une pile d'assiettes qui tombe d'une table. Le carburant qui fuyait prit feu, et le Phantom se retrouva environné de flammes. L'incendie ne semblait d'abord pas trop important, mais il prit de graves proportions. Une seconde plus tard, les munitions de 20 mm commencèrent à exploser dans tous les sens, le navigateur hurlait au milieu des flammes. Les pompiers s'avancèrent, protégés par des cannes brouillard. Les deux contrôleurs nucléaires étaient à proximité immédiate et se précipitèrent pour sortir le pilote. Tous trois furent truffés de fragments d'obus, un pompier réussit à se diriger calmement vers l'autre homme et à le sortir du brasier, sonné mais vivant. Les autres ramenèrent les contrôleurs et le pilote, et les chargèrent couverts de sang dans une ambulance.

Le spectacle de l'incendie distrayait de leur tâche les armuriers qui s'affairaient sous les Skyhawk. Une des bombes, celle de l'avion numéro trois, se détacha trop tôt, écrasant les jambes du chef d'équipe. Dans la confusion qui suivit, l'équipe perdit le fil des opérations. Le blessé fut conduit à l'infirmerie de la base tandis que les trois bombes déposées étaient remportées au silo de stockage. Dans le désordre d'une base aérienne au premier jour d'une guerre, personne ne remarqua qu'un des chariots de transport était resté vide. Les responsables d'appareil arrivèrent un peu plus tard pour faire quelques vérifications avant vol au moment où la jeep s'arrêtait avec les pilotes d'alerte. Quatre pilotes sautèrent à terre, pressés d'aller se mesurer avec l'ennemi.

— Qu'est ce que c'est que ce truc ? cria le lieutenant Mordecai Zadin, dix-huit ans.

Ses amis l'avaient surnommé Motti, il avait l'impulsivité naturelle aux gens de son âge.

— Un réservoir supplémentaire, on dirait, répondit le chef.

C'était un réserviste qui tenait normalement un garage près d'Haïfa, un homme sympathique et compétent d'une cinquantaine d'années.

— Et merde ! répondit le pilote, tremblant d'énervement. Je n'ai pas besoin de réservoir pour aller sur le Golan et retour !

— J'peux l'enlever, mais ça va prendre quelques minutes.

Motti réfléchit quelques instants. C'était un sabra d'un kibboutz du Nord, il n'était pilote que depuis cinq mois, et il voyait ses copains se sangler dans leurs appareils. Les Syriens attaquaient dans la région où se trouvait la maison de ses parents, et il eut soudain une peur affreuse de manquer le départ de sa première mission.

– Qu'il aille se faire foutre! Tu le déposeras quand je rentrerai.

Zadin grimpa l'échelle à toute vitesse. Le chef le suivit, le sangla dans son siège et vérifia quelques instruments par-dessus l'épaule du pilote.

– Voilà, c'est prêt, Motti! Fais gaffe!

– Prépare-moi du thé pour le retour.

Le jeune homme fit un grand sourire en essayant d'y mettre toute la férocité dont un gosse est capable. Le chef lui balança une grande claque sur son casque.

– Contente-toi de ramener mon avion, *menchkin. Mazeltov.*

Le chef sauta sur le béton et enleva l'échelle. Il jeta un dernier coup d'œil sur l'avion, tandis que Motti mettait les réacteurs en route. Zadin essaya les commandes de vol et réduisit le régime au minimum en surveillant le pétrole et les températures moteur. Tout était en ordre. Il chercha du regard son chef de patrouille et lui fit signe qu'il était prêt. Motti rabattit la verrière à commande manuelle, regarda une dernière fois le chef d'appareil, et lui fit un grand geste d'adieu.

À dix-huit ans, Zadin n'était pas le plus jeune pilote de l'aviation israélienne. Il avait été sélectionné pour ses réflexes et son agressivité quand il était tout jeune, puis considéré comme un pilote potentiel quatre ans plus tôt, et il lui avait fallu se battre dur pour gagner sa place dans la meilleure armée de l'Air du monde. Motti aimait piloter, il avait toujours voulu voler depuis que, tout gosse, il avait vu un avion d'entraînement BF-109, celui qui avait servi d'embryon à l'armée de l'Air israélienne. Et il aimait son Skyhawk. C'était un appareil fait pour un pilote, pas l'un de ces monstres électroniques comme le Phantom. Le A-4 était un oiseau de proie de petite taille, nerveux, qui répondait au doigt et à l'œil. Maintenant, il allait accomplir une mission de combat. Il ne ressentait pas l'ombre de la peur. La peur était quelque chose qu'il n'avait jamais connu – comme tous les adolescents, il était sûr d'être immortel. Et les pilotes de combat sont sélectionnés pour leur sang-froid. Ce jour était un grand jour, jamais l'aube n'avait été aussi belle. Il se sentait habité d'une allégresse surnaturelle, conscient de tout: le café du réveil, l'odeur poussiéreuse de l'air à Beersheba; maintenant, l'odeur d'huile et de cuir du cockpit, le grésillement de la radio dans les écouteurs, la pression de ses mains sur le manche. Il n'avait jamais connu pareil jour, et le destin avait décidé qu'il n'en connaîtrait plus jamais d'autre.

La patrouille de quatre avions roula dans un ordre impeccable jusqu'au bout de la piste zéro-unité. Cela semblait de bon augure, décollage plein nord, ils seraient sur l'ennemi en quinze minutes. Sur un ordre du chef de patrouille – qui avait à peine vingt et un ans – les quatre pilotes poussèrent les gaz à fond, lâchèrent les freins, et jaillirent dans l'air calme et froid du matin. En quelques secondes, ils décollèrent et grimpèrent à cinq mille pieds, attentifs à éviter le trafic commercial de l'aéroport international Ben-Gourion. Dans ce monde fou du Proche-Orient, l'aéroport était encore très actif.

Le capitaine donnait les ordres habituels de façon sèche et précise, comme s'ils étaient en vol d'entraînement : plus serré, vérifiez les moteurs, les armes, les systèmes électriques. Regardez dehors et surveillez les Mig et les avions amis. Assurez-vous que votre IFF est sur vert. Les quinze minutes de vol entre Beersheba et le Golan passèrent rapidement. Zadin essaya de distinguer l'escarpement volcanique où son frère aîné était mort en le prenant d'assaut aux Syriens six ans plus tôt. Motti se dit que les Syriens n'allaient pas le reprendre.

– Patrouille : venez à droite cap zéro-quatre-trois. L'objectif est un rassemblement de chars quatre kilomètres à l'est de la ligne. Regardez bien dehors. Surveillez les SAM et l'artillerie sol-air.

– Leader de quatre. Je vois des chars à une heure, dit froidement Zadin. On dirait nos Centurion.

– Bien vu, quatre, répondit le capitaine. Ce sont des amis.

– J'ai une alarme, alerte missiles ! cria quelqu'un.

Tous les yeux balayèrent le ciel pour essayer de voir d'où venait le danger.

– Merde ! – Une voix excitée. – Des SAM en dessous à midi, ils grimpent sur nous.

– Je les vois. Patrouille, on éclate à droite et à gauche, tout de suite ! ordonna le capitaine.

Les quatre Skyhawk rompirent par groupes de deux. À quelques kilomètres, une douzaine de missiles grimpaient vers eux à mach trois, comme des poteaux télégraphiques volants. Les missiles se divisèrent eux aussi en deux paquets à droite et à gauche, et deux explosèrent après être entrés en collision. Motti bascula sur la droite et tira à fond sur le manche, plongeant vers le sol et allégeant l'avion au maximum. Très bon, les missiles n'arrivaient pas à les suivre vers le bas. Il redressa à une centaine de pieds au-dessus des rochers, et continua à se diriger sur les Syriens à quatre cents nœuds, brassant le ciel au-dessus des hommes de Barak assiégés.

Leur mission en patrouille était foutue, Motti le savait très bien. Mais peu importe. Il allait se payer quelques chars syriens. Il se foutait de savoir lesquels, pourvu qu'ils soient syriens. Il vit un autre A-4 et il se mit en formation avec lui au moment où il ouvrait le feu. Il regarda devant et les vit tout à coup, les tourelles arrondies des T-62 syriens. Zadin ôta les sécurités d'armement sans regarder, le viseur de tir surgit devant ses yeux.

– Ouh là là, encore des SAM, ils arrivent sur nous.

C'était la voix du capitaine, toujours aussi calme.

Le cœur de Motti se mit à battre plus vite : une gerbe de missiles, plus petits, peut-être les SA-6 dont on leur avait parlé ? Il réfléchissait à toute vitesse, ils se précipitaient vers lui au-dessus des rochers. Il vérifia l'ESM, pas d'alerte missiles. Il n'avait que ses yeux pour le mettre en garde. Instinctivement, il reprit de l'altitude afin d'avoir la place de manœuvrer. Quatre missiles le suivirent pendant qu'il grimpait, ils étaient à trois mille mètres. Il partit en tonneau à droite, descendit en spirale, et vira sur l'aile gauche. Trois des missiles décrochèrent, mais le quatrième le suivit dans sa plongée. Il explosa une seconde après, à une trentaine de mètres de l'appareil.

Le Skyhawk réagit comme s'il avait pris un grand coup de pied qui le fit valser de dix mètres ou davantage. Motti se débattit avec les commandes, réussit à se rétablir juste au-dessus de la montagne. Un regard jeté dehors le glaça : des morceaux entiers de son aile gauche étaient déchiquetés. Les klaxons d'alerte hurlaient dans son casque et tous les indicateurs clignotaient en rouge pour signaler des désastres : pression hydraulique en chute libre, radio HS, génératrice idem. Mais il avait encore les commandes manuelles, et il pouvait alimenter les armes par la batterie de secours. Il vit soudain ses agresseurs : une batterie de missiles SA-6, quatre véhicules lance-missiles, un camion radar Straight Flush, et un camion avec des missiles de rechange, le tout à quatre kilomètres. Avec ses yeux de lynx, il parvint même à distinguer les Syriens qui se démenaient avec les missiles, ils étaient en train d'en mettre un sur sa rampe.

Eux aussi le virent, et le duel commença, bref mais violent.

Motti dégagea autant que le lui permettaient ses commandes de secours et aligna soigneusement la cible dans le viseur de tir. Il avait quarante-huit roquettes Zuni, lançables par salves de quatre. Il ouvrit le feu à deux mille mètres. Les Syriens réussirent à tirer un nouveau SAM. Il n'aurait pas dû manquer sa cible, mais les Zuni le firent exploser à moins de cinq cents mètres. Motti eut un sourire de triomphe dans son masque, et continua à tirer ses roquettes puis balaya au canon de 20 mm la masse compacte d'hommes et de véhicules.

La troisième salve fit but, puis la quatrième, et Zadin manœuvra du palonnier pour disperser ses roquettes sur tout la largeur de l'objectif. La batterie de missiles était devenue un enfer de gazole, de propergol et d'explosifs en feu. Une énorme boule s'éleva sous lui, et Motti la traversa en poussant un cri de triomphe : ses ennemis étaient anéantis, ses amis vengés.

Il n'eut pas le temps de triompher très longtemps. Des panneaux d'aluminium de la voilure gauche étaient arrachés par le vent de quatre cents nœuds, et l'A-4 commença à trembler terriblement. Motti virait à gauche pour essayer de regagner sa base, quand l'aile se détacha, et le Skyhawk se désintégra en l'air. Quelques secondes plus tard, le jeune pilote s'écrasa sur les rochers basaltiques du Golan. Il n'était ni le premier ni le dernier à mourir en ces lieux. Aucun de ses compagnons de patrouille ne survécut à ce raid.

Il ne restait pratiquement rien de la batterie de missiles SAM. Les six véhicules étaient désintégrés, et, des quatre-vingt-dix hommes qui la servaient, on ne retrouva que le tronc décapité de celui qui la commandait. Zadin et lui avaient bien servi leur pays, mais, comme cela est très souvent le cas, leur conduite héroïque, qui aurait pu inspirer Virgile ou Tennyson, resta totalement ignorée. Trois jours plus tard, la mère de Zadin reçut un télégramme. On lui apprenait qu'Israël partageait sa douleur, comme si la douleur d'une femme qui avait perdu ses deux fils pouvait être partagée.

Cette histoire eut une autre conséquence plus importante; la bombe nucléaire inactivée se détacha du chasseur qui se désintégrait et poursuivit sa course un peu plus à l'est. Elle tomba assez loin des débris de l'avion et s'enterra à cinquante mètres d'une ferme druze. Les Israéliens mirent trois jours à se rendre compte qu'une de leurs bombes manquait, et ils durent attendre la fin de la guerre d'Octobre pour reconstituer les faits dans le détail. Le problème qui leur tombait dessus était insoluble, même pour des gens aussi imaginatifs. La bombe était quelque part derrière les lignes syriennes, mais où exactement? Quel était celui des quatre avions de la patrouille qui la portait? Où s'était-il écrasé? Il leur était difficile de demander aux Syriens de les aider à la trouver. Et que pouvaient-ils bien raconter aux Américains, auprès de qui ils s'étaient fournis en «matériel nucléaire spécial», par des voies plus ou moins avouables?

C'est ainsi que la bombe resta là où elle était tombée. Le seul à le savoir fut le paysan druze qui la recouvrit de deux mètres de terre et continua à labourer son lopin de cailloux.

1
UN TRÈS LONG VOYAGE...

Arnold Van Damm se laissa aller dans son fauteuil pivotant avec autant d'élégance qu'une poupée de chiffon jetée dans un coin. Jack ne l'avait jamais vu avec une veste sur le dos sauf en présence du président, et encore. Lorsqu'une cérémonie officielle imposait la cravate noire, Ryan se disait qu'Arnie devait avoir besoin d'un agent des services secrets armé. Son col était déboutonné, sa cravate desserrée, et l'on se demandait si elle avait jamais été convenablement nouée. Il avait roulé les manches de sa chemise L.L Bean à rayures bleues, ses coudes étaient sales car il avait l'habitude de lire ses dossiers en les posant sur un bureau qui n'était pas de la première propreté. Quand il parlait avec quelqu'un d'important, il se basculait en arrière et posait les pieds sur un tiroir de son bureau. À moins de cinquante ans, Van Damm avait des cheveux grisonnants, son visage était ridé comme une vieille carte, mais ses yeux bleu clair étaient toujours aussi vifs, et rien ne lui échappait. C'est une qualité utile quand on est chef d'état-major particulier du président.

Il remplit de Diet Coke une immense tasse aux armes de la Maison Blanche, et sur laquelle était inscrit « Arnie ». Puis il regarda le directeur adjoint de la CIA avec un mélange d'ironie et d'affection :

– Vous avez soif ?

– Je prendrais bien un vrai Coke si vous en avez un, répondit Jack en souriant.

La main gauche de Van Damm disparut, et fit jaillir une boîte rouge selon une trajectoire balistique qui se serait terminée dans le giron de Ryan si celui-ci ne l'avait interceptée au passage. L'ouvrir dans ces conditions devenait une opération risquée, mais Jack dirigea sciemment la boîte vers Van Damm en tirant sur la capsule. « On peut apprécier l'homme ou pas, se disait-il, mais il a un certain style. » Son boulot ne l'entamait pas, sauf lorsque c'était vraiment nécessaire. Aujourd'hui, ce n'était pas le cas. Arnold Van

Damm ne prenait au sérieux que ses interlocuteurs extérieurs, et là, on était en famille.

— Le patron aimerait bien savoir ce qui se passe, commença le chef d'état-major.

— Moi aussi. — Charles Alden, conseiller du président pour les affaires de Sécurité nationale, entrait dans le bureau. — Désolé d'être en retard, Arnie.

— Nous aimerions tous le savoir, continua Jack. Depuis deux ans, il n'y a rien eu de nouveau. Vous voulez connaître le fin du fin?

— Bien sûr, fit Alden.

— Bon, je ne suis pas un de ces imbéciles d'extrême droite qui ne rêvent que d'un retour de la guerre froide, mais au moins, c'était le bon vieux temps, et on savait à quoi s'attendre de la part des Russes. Ils commencent maintenant à faire comme nous. On ne sait plus ce qu'ils vont bien pouvoir imaginer. Remarquez, il y a un truc amusant: maintenant, nous comprenons parfaitement le mal que nous avons donné au KGB. L'équilibre politique change tous les jours. Narmonov est le plus brillant homme politique de notre époque, mais, chaque fois qu'il se met au boulot, il déclenche une crise.

— C'est quoi comme genre de mec? demanda Van Damm. Vous l'avez déjà rencontré, je crois.

Alden connaissait Narmonov, mais pas Van Damm.

— Juste une fois, prévint Ryan.

Alden se carra dans son fauteuil.

— Attendez, Jack, nous avons lu votre document et le patron aussi. Je l'ai presque convaincu de vous croire. Vous avez deux médailles des services de renseignement, un passé de sous-marinier et, bon dieu, cette affaire avec Gerasimov. Allez, je sais qu'il faut se méfier de l'eau qui dort, mais à ce point-là... Al Trent vous a à la bonne.

La médaille des services de renseignement était la plus haute décoration de la CIA pour services rendus en action. En fait, Jack l'avait obtenue trois fois. Simplement, la citation de la troisième était secrète et confinée dans un coffre. Elle était même tellement secrète que le président lui-même n'en entendrait jamais parler.

— Allez, expliquez-vous. On vous écoute.

— C'est un type d'une espèce assez rare, qui adore les situations de crise. Je connais des médecins du même genre. Quelques-uns d'entre eux, assez rares, qui travaillent dans les services d'urgence pour traiter les traumatismes et les trucs de ce genre, quand tout le monde a envie de laisser tomber. Il y a des gens qui ne se sentent bien que sous la pression du stress, Arnie. Il est de cette race. Je ne crois pas qu'il aime vraiment ça, mais il y excelle. Il a une santé de fer.

— La plupart des hommes politiques sont comme ça, fit observer Van Damm.

— Tant mieux pour eux. Mais peu importe. Narmonov sait-il vraiment où il va ? Je crois que la réponse est à la fois oui et non. Il a une vague idée de ce vers quoi il entraîne son pays, mais il ne connaît ni le chemin ni la destination finale. Voilà le genre d'homme.

– Et vous l'aimez bien.

Ce n'était pas une question.

– Il aurait pu me descendre aussi facilement que j'ai ouvert cette boîte de Coke, et il ne l'a pas fait, convint Ryan avec un sourire. Ce qui fait que j'ai une certaine affection pour lui. Il faudrait être fou pour ne pas admirer un tel homme. Même si nous étions encore ennemis, il commande le respect.

– Parce que nous ne sommes plus ennemis ? demanda Alden avec un sourire qui ressemblait à une grimace.

– Mais comment pourrions-nous ? répondit Jack en feignant la surprise. Le président lui-même dit que ce sont des choses dépassées.

Le chef d'état-major grommela.

– Les hommes politiques parlent beaucoup, ils sont payés pour ça. Croyez-vous que Narmonov va y arriver ?

Ryan regarda par la fenêtre, l'air morose. Il n'était pas sûr de pouvoir répondre.

– Regardez les faits : Andrei Ilitch est le politicien le plus habile qu'ils aient jamais eu, mais il fait de la voltige. C'est sûrement le meilleur, mais rappelez-vous quand c'était Karl Wallenda. Il a terminé sous forme de tache de sang sur le trottoir parce qu'il n'a pas eu de chance dans un métier où il n'y a que des imbéciles. Andrei Ilitch est de la même veine. Va-t-il y arriver ? Ça fait huit ans que les gens se posent la question. Nous croyons que oui – je crois que oui mais... mais, on est en plein inconnu, Arnie. C'est un terrain où nous n'avons jamais mis les pieds, ni lui non plus. Même un type qui fait des prévisions météo peut s'appuyer sur ses banques de données. Les deux meilleurs spécialistes que nous ayons sur la Russie sont Jake Kantrowitz à Princeton et Derek Andrews à Berkeley, et ils ont des opinions diamétralement opposées. Ils sont venus tous les deux à Langley il y a quinze jours. Personnellement, je serais plutôt de l'avis de Jake, mais notre analyste pense qu'Andrews a raison. Vous mettez votre mise et vous faites votre choix. Voilà ce que nous avons de mieux. Si vous voulez des avis sans nuance, lisez les journaux.

Van Damm poussa un grognement et continua :

– Les autres points chauds ?

– La question des nationalités est toujours la plus cruciale, dit Jack. Je n'ai pas besoin de vous le dire. Sous quelle forme l'Union soviétique va-t-elle éclater, quelles sont les républiques qui vont se retirer, quand et comment, pacifiquement ou dans la violence ? Narmonov se trouve tous les jours devant ce problème. Et c'est un problème qui est loin d'être réglé.

– C'est exactement ce que je répète depuis un an. Il faudra combien de temps pour que les choses se mettent à bouger ?

– Vous savez, c'est moi qui ai prédit que l'Allemagne de l'Est mettrait un an à bouger – je suis plutôt optimiste de nature – et je me suis gouré de onze mois. Tout ce qu'on peut vous raconter, moi ou n'importe qui d'autre, relève de la boule de cristal.

– D'autres points chauds? continua Alden.

– Eh bien, toujours le Proche-Orient.

Ryan vit les yeux de son interlocuteur s'allumer.

– Il va falloir qu'on s'en occupe rapidement.

– Alors je vous souhaite bien du plaisir. On est là-dessus depuis l'époque de Nixon et Kissinger, en 73. Ça s'est un peu calmé, mais les problèmes de base sont les mêmes et, tôt ou tard, ça va se dégeler. Un des bons côtés de l'affaire, c'est que Narmonov ne veut surtout pas s'en mêler. Il se sentira peut-être obligé d'appuyer ses vieux copains et la vente d'armes lui procure de solides revenus, mais si les choses se gâtent, il ne les soutiendra certainement plus comme au bon vieux temps. On a bien vu avec l'Irak. Il peut continuer à leur fournir des armes – je ne pense pas qu'il le fasse, mais c'est tentant –, mais il ne fera rien de plus. Il ne fera pas appareiller sa flotte, il ne mettra pas ses armées en alerte. Je ne suis même pas sûr qu'il accepte de les soutenir s'ils agitent un peu leurs sabres. Andrei Ilitch affirme que ces armements sont purement défensifs, et je crois qu'il est sincère, quoi qu'en disent les Israéliens.

– Vous êtes sûr? demanda Alden. Le Département d'État a un point de vue différent.

– Ils ont tort, fit froidement Ryan.

– Votre patron pense comme eux, insista Van Damm.

– Alors, monsieur, je suis obligé de manifester respectueusement mon désaccord avec le directeur.

Alden hocha la tête.

– Je comprends pourquoi Trent vous aime bien, vous ne vous comportez pas comme un bureaucrate. Mais comment avez-vous fait pour survivre aussi longtemps, avec cette manie de dire ce que vous pensez?

– Je suis peut-être sa conscience vivante, fit Jack en riant. – Il redevint sérieux. – Réfléchissez. Avec tous ces problèmes ethniques, jouer un rôle actif présente pour lui autant de risques que d'avantages. Non, il vend des armes parce que ça lui rapporte des devises, et il ne le fait que si le ciel est dégagé. Il fait des affaires, ça ne va pas plus loin.

– Bon, et si nous pouvions trouver un moyen de calmer un peu les choses là-bas?

Alden rêvait tout haut.

– Il serait même capable de nous donner un coup de main. Au pire, il ne s'en mêlera pas. Mais, à propos, quel est votre plan?

– Il consiste à exercer une petite pression sur Israël, répondit Van Damm.

– Ça ne marchera pas pour deux raisons: il est inutile d'exercer une pression tant qu'Israël craindra pour sa sécurité, et sa sécurité sera en cause tant que les problèmes fondamentaux n'auront pas été réglés.

– Comme par exemple ?...

– Comme la raison majeure de ce conflit.

« Celle que tout le monde néglige. »

– Vous voulez parler des raisons religieuses, mais ces cinglés croient pourtant tous aux mêmes choses ! grommela Van Damm. Bon dieu, j'ai lu le Coran le mois dernier, et j'y retrouvé ce que l'on m'apprenait à l'école du dimanche.

– C'est vrai, convint Ryan, et alors ? Les catholiques et les protestants croient tous que le Christ est le Fils de Dieu, mais ça n'a pas empêché l'Irlande du Nord d'exploser. Le meilleur statut là-bas aujourd'hui, c'est encore d'être juif. Ces damnés chrétiens sont tellement occupés à s'entre-tuer qu'ils n'ont pas le temps d'être antisémites. Vous voyez, Arnie, même si les différences religieuses nous semblent minimes, elles leur paraissent à eux suffisamment importantes pour qu'ils en viennent à tuer.

– Vous avez peut-être raison, admit à contrecœur le chef d'état-major. – Il réfléchit un moment. – Vous voulez parler de Jérusalem ?

– Vous avez gagné.

Ryan but sa dernière goutte de Coke et écrasa la boîte avant de la jeter dans la corbeille de Van Damm.

– C'est une ville sacrée pour trois religions – on pourrait parler de trois tribus – mais une seule la contrôle. Celle qui la contrôle est en guerre avec l'une des deux autres. La nature instable de la région militerait pour que l'on envoie des troupes, mais lesquelles ? Vous vous souvenez de ces fous islamistes qui ont assassiné Mecca il y a peu de temps. Maintenant, si vous mettez une force de sécurité arabe à Jérusalem, vous créez une menace pour la sécurité d'Israël. Si vous laissez les choses en l'état, avec uniquement des forces israéliennes, vous offensez les Arabes. Et je ne parle même pas de l'ONU : Israël ne sera pas d'accord parce que les juifs n'y ont jamais fait leur trou. Les Arabes non plus parce qu'il y aura trop de chrétiens. Et nous ne serons pas d'accord non plus, parce que l'ONU ne nous aime pas beaucoup. Il n'y a qu'une force internationale, et personne n'a confiance en elle. C'est l'impasse.

– Le président tient réellement à faire bouger les choses, insista le chef d'état-major. Il faut que nous fassions quelque chose qui ressemble à du *réel*.

– Eh bien, la prochaine fois qu'il rencontrera le pape, il pourrait lui demander une intervention céleste.

Le chef d'état-major émit un petit gloussement. Le président ne mettrait aucune difficulté à aller voir le pape. Ça faisait toujours bon effet auprès des électeurs, et il lui suffirait ensuite d'aller dîner avec les B'nai Brith*, en

---

* « Fils de l'Alliance » : mouvement religieux.

assurant une bonne couverture médiatique. Comme ça, il montrerait qu'il tenait toutes les religions en égale estime. En fait, et Van Damm le savait bien, le président n'allait plus à l'église que pour se montrer, maintenant que ses enfants étaient grands. C'était assez amusant : l'Union soviétique revenait à la religion pour y retrouver des valeurs, mais les hommes politiques américains la délaissaient depuis un bout de temps et n'avaient aucune envie d'y revenir, sauf s'ils y retrouvaient les mêmes valeurs que les Russes. Van Damm était plutôt de gauche dans sa jeunesse, mais vingt-cinq ans de pouvoir l'avaient guéri de cette inclination. À présent, il se méfiait de tous les idéologues, quel que soit leur bord. C'était le genre d'homme pour qui les solutions ne présentent d'intérêt que si elles sont réellement applicables. Pendant qu'il méditait sur ce sujet, il perdit le fil de la conversation. Ryan aussi prit l'air absent.

— Vous pensez à quoi, Jack ? demanda Alden.

— Eh bien, nous sommes tous des gens du Livre, non ?

Il voyait se dessiner en lui une nouvelle idée.

— Et alors ?

— Le Vatican est un État à part entière, avec un statut diplomatique, mais il n'a pas d'armée... ses soldats sont suisses, la Suisse est neutre et même pas membre des Nations-Unies. Les Arabes y placent leurs fonds et vont y mener joyeuse vie... je me demandais s'il pourrait y aller pour...

La figure de Ryan redevint impénétrable, mais Van Damm vit ses yeux briller. Il est toujours passionnant d'assister à la naissance d'une nouvelle idée, mais c'est encore mieux quand on devine de quoi il s'agit.

— Aller faire quoi ? Qui devrait aller faire quoi ? demanda le chef d'état-major, un peu excédé.

Alden ne disait rien. Ryan les éclaira.

— Une grande partie de ce bazar est liée aux Lieux saints, non ? Je pourrais en parler à quelques-uns de mes types à Langley. Nous avons un très bon...

Van Damm bascula en arrière dans son fauteuil.

— Quels sont vos contacts ? Vous voudriez voir le nonce ?

Ryan secoua la tête.

— Le nonce, le cardinal Giancatti, est un vieux monsieur très bien, mais il se contente de faire de la représentation. Ça fait assez longtemps que vous êtes ici pour le savoir, Arnie. Si on veut parler à quelqu'un qui sait ce dont il s'agit, il faut voir le père Riley à Georgetown. Je l'ai eu comme professeur quand je préparais mon doctorat là-bas. Nous sommes intimes, et il est en prise directe avec le général.

— Qui c'est celui-là ?

— Le général de la Compagnie de Jésus, le patron des jésuites. C'est un Espagnol, Francisco Alcade. Ils ont été professeurs ensemble à l'université Saint-Jean à Rome. Ce sont tous deux des historiens, et le père Tim est son représentant officieux aux États-Unis. Vous n'avez jamais rencontré le père Tim ?

– Non, il en vaut la peine ?

– Oh que oui, c'est l'un des meilleurs profs que j'aie jamais eus. Il connaît Washington comme sa poche, il est bien introduit dans sa maison mère.

Ryan sourit, mais sa plaisanterie passa au-dessus de la tête de Van Damm.

– Vous pourriez nous organiser un déjeuner tranquille ? demanda Alden. Pas ici, bien sûr.

– Il y a le Cosmos Club à Georgetown, le père Tim en est membre. Le Club de l'Université est plus près, mais...

– On marche comme ça. Il peut garder un secret ?

– Un jésuite, garder un secret ? – Ryan éclata de rire. – Vous n'êtes pas catholique ?

– Vous pourriez organiser ça quand ?

– Demain ou après-demain, ça irait ?

– On peut compter sur sa loyauté ? s'inquiéta Van Damm.

– Le père Tim est américain, il n'y a aucun risque. En plus, il est aussi prêtre, et les vœux qu'il a prononcés l'engagent naturellement plus que le respect de la Constitution. Vous pouvez lui faire confiance pour honorer tous ses engagements, mais n'oubliez jamais ce que sont ces engagements, prévint Ryan. Vous ne pouvez pas exiger de lui qu'il y contrevienne.

– Organisez ce déjeuner. De toute manière, ça m'intéresse de rencontrer ce type. Dites-lui que c'est un rendez-vous, dit Alden. Le plus tôt sera le mieux. Je suis libre à déjeuner demain et après-demain.

– Très bien, monsieur.

Ryan se leva.

* * *

Le Cosmos Club de Washington était situé au coin de Massachusetts et de Florida Avenue. C'était l'ancien château de Sumner Welles, et Jack se dit qu'il faisait un peu étriqué sans les hectares de parc et l'écurie qu'on s'attend à voir autour d'une telle bâtisse. L'endroit n'avait jamais possédé de tels attraits, et Ryan se demandait comment on avait pu bâtir ce genre de chose, tellement contraire à ce qu'on trouvait d'ordinaire à Washington. Considéré comme le rendez-vous de l'intelligentsia – l'admission se fondait plus sur la réussite que sur l'argent –, le club était connu à Washington comme un lieu où se tenaient des discussions érudites et où l'on mangeait la pire nourriture qui soit dans une ville où les bons restaurants ne sont pas légion. Ryan conduisit Van Damm dans un salon particulier à l'étage.

Le père Timothy Riley les attendait, une pipe de bruyère coincée entre les dents. Il parcourait le *Post*. Un verre qui avait contenu du sherry était posé à sa droite. Le père Tim portait une chemise éculée et une veste qui aurait bien eu besoin du pressing. Il n'avait pas mis le complet strict de clergyman qu'il réservait aux occasions importantes et qui sortait de chez le meilleur tailleur de Wisconsin Avenue. Mais le col romain blanc était aussi rigide et impeccable que possible, et Jack se surprit à penser qu'en dépit de ses années de collège catholique, il ne savait pas exactement comment ce truc était fabriqué : du coton amidonné, du celluloïd comme ce que portait son grand-père ? Quoi qu'il en soit, la rigidité de cet objet devait rappeler à celui qui le portait sa position dans ce monde et dans l'autre.

– Salut, Jack !

– Bonjour, mon père. Je vous présente Charles Alden, le père Tim Riley.

Ils se serrèrent la main et s'installèrent à table. Un maître d'hôtel entra, prit leurs commandes et referma la porte derrière lui.

– Alors, Jack, ce nouveau boulot ? demanda Riley.

– Ça m'ouvre de nouveaux horizons, convint Ryan, sans en dire davantage. Le prêtre était au courant des problèmes qu'il rencontrait à Langley.

– Nous avons une idée pour le Proche-Orient, et Jack m'a dit que vous pourriez être le bon interlocuteur, dit Alden en remettant la conversation sur le terrain qui l'intéressait.

Il se tut quand le maître d'hôtel revint avec les verres et le menu. Il lui fallut quelques minutes pour expliquer son idée.

– Tout ceci est intéressant, dit Riley.

– Qu'en pensez-vous ? demanda le conseiller pour la Sécurité nationale. Il attendait sa réponse avec anxiété.

– Intéressant, intéressant.

Le prêtre resta silencieux quelques instants.

– Le pape acceptera-t-il ?...

Ryan arrêta Alden d'un geste. Il ne fallait pas brusquer Riley quand il réfléchissait. Après tout, c'était un historien, et ce n'est pas là le genre d'homme habitué aux urgences médicales.

– Cette idée est séduisante, reprit Riley. Mais nous allons avoir un gros problème avec les Grecs.

– Les Grecs ? Mais que voulez-vous dire ? demanda Ryan, surpris.

– Les gens les plus agressifs à l'heure actuelle sont les Grecs orthodoxes. Eux et nous nous disputons la moitié du temps pour des histoires administratives sans importance – qui a la garde de chaque lieu saint et des trucs de ce genre. On a eu un gros contentieux l'année dernière à propos de Bethléem, pour la messe de minuit. C'est triste, non ?

– Vous voulez dire que ça ne marchera pas à cause de deux Églises catholiques qui...

– J'ai simplement voulu dire que ça risquait de poser un problème, monsieur Alden, je n'ai pas dit que ça ne marcherait pas.

Riley se tut quelques instants.

– Il va vous falloir jouer fin avec la troïka, mais, compte tenu de la nature de l'opération, je crois que nous arriverons à obtenir un minimum de coopération. Dans tous les cas de figure, il vous faudra mettre les Grecs orthodoxes dans le coup. Vous savez, ils s'entendent très bien avec les musulmans.

— Ah oui ? demanda Alden.

— Lorsque Mahomet a été chassé de Médine par les païens préislamiques, il a trouvé asile au monastère de Sainte-Catherine-du-Sinaï – un monastère grec orthodoxe. Ils l'ont protégé quand il en avait besoin. Mahomet était un homme d'honneur, et le monastère a toujours bénéficié de la protection des musulmans depuis cette date. En plus de mille ans, cet endroit n'a jamais été inquiété, en dépit des troubles en tout genre qui se sont produits dans la région. Par bien des côtés, l'islam est assez admirable, vous savez. Nous autres Occidentaux, nous oublions facilement ce genre de choses à cause de ce que font des fous qui se disent musulmans, comme si nous n'avions pas les mêmes problèmes entre chrétiens. Ils ont une certaine noblesse, et une tradition culturelle qui inspire le respect. Simplement, nous sommes assez ignorants de ces choses.

— Vous voyez d'autres problèmes de principe ? demanda Jack.

Le père Tim se mit à rire.

— Et le Congrès de Vienne, vous l'aviez oublié, Jack !

— Quoi ? fit Alden, incapable de masquer son ignorance.

— À la fin des guerres napoléoniennes, en 1815, les Suisses ont dû promettre de ne plus envoyer de mercenaires à l'étranger. Mais je suis sûr qu'on pourra s'arranger. Je m'explique, monsieur Alden. La garde papale est composée de mercenaires suisses. C'était aussi le cas de la Garde royale en France, qui s'est fait massacrer en défendant le roi Louis XVI et la reine Marie-Antoinette. Face à des problèmes du même genre, la garde papale a réussi à résister assez longtemps et le pape a pu être évacué sain et sauf, à Castel Gandolfo, si je ne m'abuse. Les mercenaires constituent l'un des premiers produits suisses à l'exportation, et ils ont toujours été extrêmement redoutés. Les Gardes suisses du Vatican sont devenus une troupe de parade, naturellement, mais il est arrivé qu'ils se révèlent très utiles. Quoi qu'il en soit, les mercenaires suisses avaient une telle réputation qu'un article spécial du traité de Vienne, à la fin des guerres napoléoniennes, stipule que les Suisses n'auront pas le droit de servir un autre État que le Vatican. Mais, comme je l'ai dit, c'est un problème assez facile à régler. Les Suisses seraient ravis de participer à la résolution de ce problème. Cela ne ferait qu'accroître leur prestige dans une région où il y a beaucoup d'argent.

— Sûrement, approuva Jack. Surtout si nous fournissons l'armement, des chars M-1, des véhicules blindés Bradley, des réseaux radio...

— Poursuivez, Jack, fit Riley.

— Non, mon père, la nature de cette mission suppose des armements lourds, au moins pour leur effet psychologique. Il faudra montrer que nous sommes sérieux. Une fois cela acquis, le reste des troupes peut porter l'uniforme dessiné par Michel-Ange, garder les hallebardes et se contenter de sourire aux caméras mais il faudra quand même des Smith & Wesson pour les choses sérieuses, surtout dans ce coin.

Riley prit bonne note.

– J'aime l'élégance de votre idée, messieurs, et j'en apprécie la noblesse. Tous les adversaires en présence se réclament de Dieu sous un nom ou un autre. Intervenir en Son nom peut être décisif. La Cité de Dieu... Quand vous faut-il une réponse?

– Il n'y a pas d'urgence, répondit Alden.

Riley comprit sans qu'on ait besoin de lui expliquer. La Maison Blanche s'intéressait à la chose, mais il n'y avait aucune raison de se presser. Ce n'était pas pour autant un dossier qui risquait de rester bloqué longtemps sous le coude. C'était plutôt une voie que l'on explorait, et, une fois la décision prise, les choses seraient menées rondement.

– Bon, il faut que tout ça franchisse les barrières bureaucratiques. Rappelez-vous que la bureaucratie vaticane est la plus vieille du monde.

– C'est pour cette raison que nous nous sommes adressés à vous, souligna Ryan. Le général est en mesure de franchir tous les obstacles.

– Voilà une curieuse façon de parler des princes de l'Église, Jack!

Riley pouffait de rire.

– Souvenez-vous que je suis catholique, moi aussi. Je comprends très bien.

– Je vais leur envoyer un petit mot, promit Riley.

Et ses yeux disaient: aujourd'hui même.

– Restons calmes, insista Alden.

– D'accord, convint Riley.

Dix minutes plus tard, le père Timothy Riley était rentré à son bureau. Il réfléchissait. Ryan n'avait pas menti quand il avait parlé de ses relations. Riley devait rédiger son message en grec ancien, la langue des philosophes qui n'était plus guère parlée que par cinquante mille personnes à travers le monde. C'est dans cette langue que, bien des années plus tôt, il avait étudié Platon et Aristote au noviciat de Woodstock dans le Maryland.

Une fois installé à son bureau, il ferma la porte, ordonna à sa secrétaire de ne lui passer aucun appel, et mit en route son ordinateur. Il inséra d'abord une disquette qui lui permettait d'utiliser l'alphabet grec. Riley tapait à la machine de façon plutôt médiocre – quand on a une secrétaire et un micro, on ne fait guère de progrès – et la rédaction de son texte lui prit une bonne heure. En double interligne, le résultat faisait neuf pages. Cela terminé, Riley ouvrit un tiroir et composa la combinaison d'un petit coffre dissimulé dans une armoire à dossiers. Il y prit un livre de code, laborieusement écrit à la main par un jeune prêtre du cabinet du général. Il sourit: ce n'était pas précisément le genre de chose qu'on s'attendait à trouver chez un prêtre. En 1944, l'amiral Chester Nimitz avait indiqué au cardinal Spellman, primat catholique des États-Unis, que les îles Mariannes auraient bien besoin d'un évêque. Le cardinal avait alors sorti un bouquin de chiffre, et il avait utilisé les liaisons radio de l'U.S. Navy pour obtenir la nomination désirée. Comme toute organisation, l'Église catholique avait besoin de temps à autre d'un réseau de communications protégé, et le service du chiffre du Vatican fonctionnait depuis des siècles. Ce jour-là, la clé en vigueur était un long passage d'Aristote dont sept mots avaient été retirés. Sans compter les quatre autres qui avaient été grossièrement mal orthographiés. La transcription faite, il tapa le nouveau texte et le mit de côté. Un programme de codage du commerce fit le reste. Il effaça toutes les traces de l'original, et éteignit son ordinateur. Riley envoya sa lettre au Vatican par télécopie, et détruisit tous les documents intermédiaires. Le tout lui avait pris trois heures laborieuses, et quand il prévint sa secrétaire qu'elle pouvait à nouveau le déranger, il se rendit compte qu'il devait s'attendre à travailler tard ce soir. Mais, contrairement au commun des hommes d'affaires, Riley ne jurait pas.

* * *

— J'n'aime pas beaucoup ça, dit tranquillement Leary, qui regardait dans des jumelles.

— Moi non plus, fit Paulson.

À travers la lunette 10 ×, son champ de vision était plus réduit. La situation était plutôt désagréable. Il s'agissait d'un type que le FBI pourchassait depuis plus de dix ans. Impliqué dans la mort de deux agents secrets du Bureau et d'un policier, John Russell (alias Matt Murphy, alias Richard Burton, alias Ours rouge) avait rejoint un groupe appelé la Société des guerriers de la nation sioux. John Russell n'avait pas grand-chose d'un guerrier. Né au Minnesota dans une réserve, c'était un petit truand qu'une affaire un peu plus sérieuse avait mené en prison. Là, il avait pris conscience de ses origines ethniques et avait commencé à penser selon son image déformée de l'Indien d'Amérique. Pour Paulson, cela avait plus à voir avec Bakounine qu'avec Cochise ou Toohoolhoolzote. Après avoir rejoint une autre bande née en prison, le Mouvement des Indiens d'Amérique, Russell avait été impliqué dans une douzaine d'actes anarchistes qui s'étaient soldés par la mort de trois officiers fédéraux, avant de disparaître. Mais un jour ou l'autre, on les rattrapait tous. Et aujourd'hui, c'était son tour. En essayant de se faire de l'argent grâce au trafic de drogue avec le Canada, la Société des guerriers avait commis une erreur majeure, et elle s'était laissé infiltrer par un informateur.

Ils étaient dans les restes fantomatiques d'une ferme, à dix kilomètres de la frontière canadienne. Le groupe d'intervention du FBI spécialisé dans la délivrance des otages n'avait comme d'habitude aucun otage à libérer. Il servait de commando d'intervention. Les dix hommes engagés dans cette opération sous les ordres de Dennis Black étaient placés formellement sous l'autorité de l'agent spécial responsable du bureau local. Le professionnalisme habituel de l'organisation trouvait là ses limites. Le responsable local avait monté une embuscade très sophistiquée qui avait mal commencé et failli finir en désastre : trois agents étaient à l'hôpital après un accident de voiture et deux autres avaient été gravement blessés par balles. De l'autre côté, l'un des hommes était mort, un second peut-être blessé, mais personne n'était sûr de rien. Les autres – au nombre de trois ou quatre, mais on ne savait pas exactement combien – s'étaient retranchés dans cet ancien motel. La seule chose certaine, c'est que la ligne téléphonique fonctionnait toujours ou qu'ils disposaient d'un radiotéléphone, car ils avaient réussi à joindre les médias. Résultat : un cirque pas possible à faire l'admiration de Phineas T. Barnum. Le responsable local essayait de sauver ce qui lui restait de réputation professionnelle auprès des journalistes. Il avait seulement oublié que se dépatouiller avec des équipes de télé venues de Denver ou Chicago n'était pas tout à fait la même chose que négocier avec des journalistes locaux frais émoulus de l'école. Il n'était pas facile de prendre rapidement une décision face aux pros.

– Bill Shaw va bouffer les couilles de ce mec pour son petit déjeuner, fit tranquillement Leary.

– Ça nous fait une belle jambe, répliqua Paulson. – Il renifla. – À propos, quelles couilles ?

– Vous voyez quelque chose ? demanda Black sur la fréquence protégée.

– Des mouvements, mais pas d'identification possible. Pas beaucoup de lumière. Ces types sont peut-être débiles, mais ils ne sont pas complètement fous.

– Ils ont demandé à la télé d'envoyer un reporter avec une caméra, et le responsable l'a laissé passer.

– Dennis, vous avez...

Paulson n'en croyait pas ses oreilles.

– Oui, j'ai essayé, répondit Black. Il m'a répondu que c'était lui le chef.

Le négociateur du FBI, un psychanalyste qui avait l'habitude de ce genre d'affaires, ne pouvait pas arriver avant deux heures, et le responsable voulait quelque chose au journal du soir. Black avait essayé d'empêcher ça, mais il n'y avait rien eu à faire.

– On ne peut pas arrêter ce type pour incompétence, dit Leary en posant la main sur le micro.

« Le seul truc que ces salauds n'ont pas, c'est un otage. Alors, pourquoi ne pas leur en offrir un ? Comme ça, le négociateur aura de quoi s'occuper. »

– Dis-moi ce qu'on fait, reprit Paulson.

– Les règles d'engagement sont en vigueur, sous mon autorité, répondit Black. Le reporter est une femme, vingt-huit ans, cheveux blonds et yeux bleus, à peu près un mètre soixante-dix. Le cameraman est un Noir, vraiment très foncé, un mètre quatre-vingt-huit. Je lui ai expliqué comment se comporter; il a compris et il sera coopératif.

– Bien reçu, Dennis.

– Ça fait combien de temps que tu es derrière ton fusil, Paulson? lui demanda Black.

Le manuel indiquait qu'un tireur d'élite ne devait pas rester plus de trente minutes derrière son arme. On permutait le tireur et l'observateur. Dennis Black se disait qu'il fallait bien que quelqu'un applique les procédures.

– Environ quinze minutes, Dennis. Mais ça va, ça va, je vois les journalistes.

Ils étaient tout près, à peine à cent mètres de l'entrée du bâtiment. On y voyait mal, le soleil se couchait dans une heure et demie. La journée avait été plutôt mouvementée. Un fort vent chaud du sud balayait la prairie, et la poussière vous piquait les yeux. Pis que cela, le vent soufflait à plus de quarante nœuds, en plein travers de la ligne de visée. C'était le genre de truc à vous faire manquer votre cible d'une dizaine de centimètres.

– L'équipe est prête, annonça Black. On a obtenu un compromis avec Autorité.

– Au moins, lui n'est pas complètement con, répondit Leary sur la fréquence.

Il était tellement furieux qu'il se foutait pas mal de savoir si le SAC l'entendait ou non. Mais il était assez probable que cet enfoiré n'écoutait pas.

Le tireur et l'observateur portaient tous deux des tenues de combat. Il leur avait fallu deux heures pour gagner leur position, mais ils étaient parfaitement invisibles dans leurs tenues camouflées au milieu des arbres et de l'herbe de la prairie. Leary observait les journalistes qui avançaient. La fille était plutôt jolie, se disait-il, mais sa coiffure et son maquillage avaient souffert du vent sec. Le cameraman tenait sa caméra comme un guerrier viking de cinéma. Leary regarda ailleurs.

– Le cameraman porte un gilet, mais la fille n'en a pas.

« Quelle conne! se dit Leary. Dennis vous a pourtant dit de quel genre de salopards il s'agissait. »

– Dennis dit que c'est OK.

Paulson dirigea son arme sur le bâtiment.

– Ça bouge à la porte!

– Espérons que tout le monde va se comporter convenablement, murmura Leary.

– Sujet Un en vue, annonça Paulson. Russell sort. Tireur Un sur l'objectif.

– On l'a, répondirent trois voix simultanément.

John Russell était bâti comme une armoire à glace. Un mètre quatre-vingt-dix, cent kilos de ce qui avait été une carrure athlétique, bouffée maintenant par la graisse. Il portait un jean, mais il était torse nu et ses longs cheveux noirs étaient retenus par un bandeau. Son torse était tatoué, quelques dessins faits par un professionnel, mais la plupart grossièrement gravés en prison. C'était le genre d'homme qu'un policier préfère croiser l'arme à la main. Il s'avança avec l'assurance tranquille de celui qui a depuis longtemps décidé de transgresser les règles.

– Sujet Un porte un gros revolver en acier bleuté, dit Leary aux autres membres de l'équipe. – «On dirait un Smith calibre N...» – Ouh là là, Dennis, il y a quelque chose qui cloche avec ce type...

– Qu'est-ce qui se passe? demanda Black immédiatement.

– Mike a raison, reprit Paulson.

Il scrutait le visage dans sa lunette. Il y avait quelque chose de sauvage dans son regard.

– Y a un truc, Dennis, il est drogué. Faites revenir ces journalistes!

Mais il était trop tard maintenant.

Paulson verrouilla sa mire sur la tête de Russell. Dorénavant, Russell n'était plus un être humain. L'équipe se conformait aux règles d'engagement fédérales. Le SAC leur avait au moins accordé ça. Cela signifiait que si les choses tournaient mal, le commando agirait comme son chef le jugeait utile. En particulier, les règles applicables par les tireurs d'élite étaient limpides. Si le type faisait mine de menacer un agent ou un civil, Paulson avait le droit d'appuyer sur la détente.

– Gardons notre calme, pour l'amour du ciel, murmura le tireur.

Sa lunette Unertl était équipée d'une mire. Paulson réajusta instinctivement la distance, puis attendit, en réestimant mentalement l'influence du vent. Sa mire était verrouillée sur la tête de Russell, en plein sur l'oreille qui faisait une assez bonne cible.

La suite était hélas prévisible. La journaliste s'avançait, souriante, son micro s'agitait dans tous les sens. Le cameraman baraqué pointait sa mini-caméra et son projecteur alimenté par la batterie qu'il portait à la ceinture. Russell parlait haut et fort, mais ni Leary ni Paulson n'arrivaient à saisir le moindre mot à cause du vent. Depuis le début, il avait l'air en colère. Il serra le poing gauche, et les doigts de sa main droite se crispèrent autour de la détente de son revolver. Le vent faisait bouffer le chemisier de la journaliste qui ne portait pas de soutien-gorge. Leary se rappela que Russell avait la réputation d'une bête sexuelle, version brutale. Son visage devint hagard. Toutes les émotions s'inscrivaient sur sa figure comme s'il était sous l'empire d'une substance chimique, sans parler du stress causé par le fait d'être pris au piège par les agents du FBI. Il se calma soudain, mais c'était un calme qui ne présageait rien de bon.

«Cet enculé de SAC, jura intérieurement Leary. On devrait se retirer et les attendre à l'extérieur. La situation est stationnaire. Ils ne peuvent pas se tirer. On pourrait négocier par téléphone et se contenter de les laisser sortir...»

– Problème!

De la main gauche, Russell agrippa le bras droit de la journaliste. Elle tenta de se dégager, mais elle n'était pas assez forte, et de beaucoup. Le cameraman s'avança. Il lâcha d'une main la Sony. C'était un type fort et carré, mais cela ne servit qu'à provoquer Russell. Le sujet leva son arme.

– Sur la cible, sur la cible, sur la cible! hurla Paulson.

«Arrête-toi, enfoiré, arrête-toi immédiatement!» Il ne pouvait pas se permettre de laisser ce revolver bouger davantage. Son cerveau travaillait à toute vitesse. Un Smith & Wesson gros calibre, peut-être un .44, une arme qui cause des blessures horribles. Peut-être le sujet se contentait-il de ponctuer par gestes ce qu'il disait, mais Paulson ne savait pas ce qu'il racontait et il n'en avait rien à faire. On pouvait supposer qu'il disait au cameraman noir de ne plus bouger; on avait l'impression qu'il le menaçait plutôt que la journaliste, mais ce revolver qui montait encore et...

La détonation figea le temps, comme une photographie. Le doigt de Paulson avait appuyé, on ne savait pas si c'était volontairement ou si des années d'entraînement avaient joué. L'arme n'avait pas encore fini son recul que le doigt du tireur était déjà sur le levier d'armement et alimentait un nouveau coup. Le vent avait précisément choisi ce moment pour souffler en rafales, et le coup avait porté trop à droite. Au lieu d'atteindre Russell en plein au milieu du crâne, la balle l'avait frappé loin de l'oreille. Elle explosa en rencontrant un os, et toute la figure du sujet fut arrachée. Le nez, le front, les yeux, tout explosa dans une gerbe rouge. Seule la bouche était encore à sa place, une bouche grande ouverte qui hurlait. Le sang giclait de la tête de Russell comme l'eau d'un tuyau de douche éclaté. Russell était mortellement atteint, mais il n'était pas encore mort, il réussit à tirer un coup de feu en direction du cameraman puis s'écroula juste devant la journaliste. Le cameraman tomba, la journaliste était toujours debout, pas encore choquée par le sang et les morceaux de chair qui tachaient son chemisier. Russell serra convulsivement ses mains sur son visage, puis cessa de bouger. Dans son casque, Paulson entendait des cris: «EN AVANT, EN AVANT!», mais il n'y prêta pas attention. Il chargea un second coup dans la chambre, et aperçut une tête qui se montrait à une fenêtre du bâtiment. Il reconnut ce visage, il l'avait vu en photo. Un sale type. Et il avait une arme, quelque chose qui ressemblait à une vieille Winchester à un coup. La carabine se mit à bouger, le second coup de Paulson fut meilleur que le premier, en plein au milieu du front de Sujet Deux, un certain William Ames.

Le temps redémarra soudain. Dans leurs combinaisons noires, les membres du commando bondirent, leur bouclier de plastique devant eux. Deux d'entre eux empoignèrent la journaliste, deux autres en firent autant avec le cameraman qui portait toujours sa Sony fixée sur sa poitrine. Un autre balança une grenade flash par la fenêtre cassée, pendant que Dennis Black et les trois derniers commandos se précipitaient par la porte grande ouverte. Il n'y eut pas d'autre coup de feu. Quelques secondes après, la radio crachota.

– Ici le chef de commando. On a fouillé tout le bâtiment. Deux sujets sont morts. Le Sujet Deux s'appelle William Ames. Le Sujet Trois est Ernest Thorn, il a l'air d'être mort depuis un bout de temps, deux balles dans la poitrine. Les armes des sujets ont été prises. Le site est sûr, je répète, le site est sûr.

– Bon dieu!

C'était la première fois que Leary avait l'occasion de tuer en dix ans de FBI. Paulson se mit à genoux, replaça la sécurité de son arme, replia le bipied et se dirigea au pas de course vers la maison. Le chef du bureau local le rejoignit, son automatique à la main, à côté du cadavre effondré de John Russell. Heureusement, on ne voyait pas le visage de Russell. Il s'était complètement vidé de son sang sur la terrasse en ciment.

– Bien joué, dit le chef du bureau à la cantonade.

Ce n'était jamais qu'une faute de plus après une journée qui en avait comporté pas mal.

– Espèce de con, tête de merde!

Paulson le plaqua contre le mur.

– Ces types sont morts par ta faute!

Leary intervint pour les séparer, et il entraîna Paulson. Le chef du bureau était pétrifié.

Dennis Black arriva, livide.

– Vous n'avez plus qu'à nettoyer votre merdier, lâcha-t-il, et il emmena ses hommes avant que les choses se gâtent pour de bon. Comment va la journaliste?

Le cameraman était étendu sur le dos, sa Sony rivée sur les yeux. La journaliste, à genoux, vomissait. Mais elle allait plutôt bien. Un agent lui avait essuyé la figure, mais son chemisier hors de prix était couvert de sang et ce souvenir risquait d'occuper ses cauchemars pendant un certain temps.

– Ça va? lui demanda Dennis. Éteignez-moi ce foutu truc!

Il prit la caméra, coupa le projecteur. Le cameraman secoua la tête et sentit un truc juste sous ses côtes.

– Merci pour le conseil, frangin. Je vais envoyer une lettre aux gens qui ont monté tout ça. Je vous promets que...

Il se tut brusquement, en commençant à réaliser ce qui venait de se passer. Maintenant, c'était l'état de choc.

Paulson retourna à la Chevrolet et rangea son fusil dans son étui. Leary et un autre agent restèrent avec lui, lui répétant qu'il avait fait exactement ce qu'il fallait, et ils continuèrent à lui parler jusqu'à ce qu'il ait récupéré. Ce n'était pas la première fois qu'un tireur d'élite tuait quelqu'un, mais c'était chaque fois la même chose, il y avait le remords. Quand on tire pour tuer, la suite n'est pas agréable.

La journaliste connaissait l'état d'hystérie normal après un choc. Elle arracha son chemisier, oubliant complètement qu'elle ne portait rien en dessous. Un agent l'enveloppa dans une couverture et l'aida à s'asseoir. D'autres équipes de journalistes arrivaient sur les lieux, la plupart allaient voir dans la maison. Dennis Black rassembla ses hommes, s'assura que les armes étaient déchargées et leur ordonna de s'occuper des deux civils. La journaliste ne mit pas longtemps à récupérer. Elle demanda si tout cela était vraiment inévitable, et on lui dit que le cameraman avait ramassé une balle qui avait été heureusement arrêtée par le gilet qu'il portait sur injonction des agents mais qu'elle avait refusé de mettre. Elle se détendit, heureuse de seulement pouvoir respirer. Le choc allait revenir, mais c'était une brillante journaliste, malgré sa jeunesse et son inexpérience, et elle avait appris quelque chose d'important. La prochaine fois, elle écouterait quand on lui donnerait un conseil ; et l'impact de la leçon reçue serait encore renforcé par quelques cauchemars. Une demi-heure plus tard, elle tenait debout sans aucune aide, elle s'était changée et était en mesure de faire un premier compte rendu succinct des événements. Au siège, à Black Rock, les gens de CBS furent malgré tout beaucoup plus impressionnés par la bande vidéo. Le cameraman eut droit à une lettre personnelle du directeur. La séquence avait tout pour faire un tabac : la tragédie, la mort, une journaliste courageuse (et plutôt mignonne). Cela ferait les choux gras des journaux télévisés du soir au milieu d'une actualité assez terne, et on pourrait encore le repasser le lendemain matin. Bien entendu, un bandeau mettrait les gens en garde contre les aspects violents susceptibles de heurter les âmes sensibles – dans le seul but de les prévenir que la scène était assez juteuse. Tout le monde avait une bonne probabilité de voir le film la première fois, et quelques-uns pourraient en outre l'enregistrer au deuxième passage. L'un de ces spectateurs était le chef de la Société des guerriers ; il s'appelait Marvin Russell.

* * *

Tout avait débuté de façon assez anodine. Il avait l'estomac tout retourné au réveil, et il rentrait fatigué de son jogging matinal. Il ne se sentait pas comme d'habitude. « Tu as dépassé la trentaine, se disait-il intérieurement, tu n'es plus un enfant. » Il avait toujours été en parfaite santé, c'était peut-être un coup de froid, un virus, l'effet d'une eau peu potable, une aigreur d'estomac. Ça allait sûrement passer. Il remplit davantage son sac et mit un chargeur en place dans sa carabine. Il devenait feignant, voilà tout, c'était un truc facile à soigner. Cet homme avait de la volonté.

Cela marcha un mois ou deux. Bien sûr, il était de plus en plus fatigué, mais ce n'était pas étonnant avec les cinq kilos de plus qu'il trimbalait. Il considéra cette fatigue supplémentaire comme la preuve de ses qualités de combattant, se remit à manger des choses simples, se força à adopter des habitudes de sommeil plus régulières. Il se sentit mieux. Ses douleurs musculaires étaient en rapport avec la vie exigeante qu'il menait, et il dormait du sommeil du juste, un sommeil sans rêves. Mais ce qui lui semblait déjà dur devint encore plus dur, et il avait l'impression que son cerveau donnait des ordres à un corps de plus en plus récalcitrant. Allons, il n'était pas capable de vaincre quelque microbe invisible ? Il avait combattu des organismes beaucoup plus redoutables et beaucoup plus gros. Cette pensée l'amusait. Comme c'est le cas chez les hommes déterminés, il vivait un combat purement intérieur, c'est son esprit qui se battait contre sa carcasse.

Mais les choses ne s'arrangeaient pas vraiment. Il maigrissait, ses muscles devenaient plus fermes, et les douleurs, la nausée persistaient. Il commença à être préoccupé, ce qu'il traduisit par des plaisanteries. Lorsque ses collègues commencèrent à se rendre compte qu'il avait des problèmes, il répondit que c'étaient des nausées matinales, ce qui déclencha des torrents de rires. Il supporta cet état pendant un mois de plus, puis finit par décider qu'il fallait qu'il se soulage de ce fardeau s'il voulait conserver sa place parmi les dirigeants. Pour la première fois de sa vie, il commença à être pris de doutes. Ce n'était plus drôle du tout.

Il résista encore un mois, ne changeant rien à ses habitudes si ce n'est l'heure supplémentaire de sommeil qu'il s'imposait. Mais il menait par ailleurs une vie très régulière. Malgré cela, son état empirait, enfin, pas exactement, mais il ne s'améliorait pas. Il finit par se dire que c'était peut-être le poids des ans. Après tout, il n'était qu'un homme, même s'il faisait ce qu'il fallait pour garder la forme. Il n'y avait pas de honte à ça.

Il finit par en avoir assez. Ses hommes comprenaient tout, ils étaient tous plus jeunes que lui, et ils servaient sous ses ordres depuis cinq ans ou davantage. Ils admiraient sa dureté, et si cette dureté montrait quelques failles, cela signifiait seulement qu'il était comme les autres, et il n'en était que plus digne d'admiration. Un ou deux d'entre eux lui suggérèrent quelques remèdes, mais l'un de ses amis les plus proches finit par lui dire qu'il ferait mieux d'aller voir un médecin. Il lui donna l'adresse de son beau-frère, un bon médecin, diplômé d'une faculté britannique. Décidé comme il était à ne pas pousser l'abnégation à ce point, il était temps de se décider à suivre un conseil sensé.

Le médecin se révéla aussi bon qu'on le lui avait dit. Il était assis derrière son bureau, vêtu d'une blouse blanche. Il lui fit raconter ses antécédents médicaux, puis se livra à quelques examens de routine. Tout était apparemment normal. Il évoqua le stress – son patient n'avait pas besoin qu'on lui explique ce que c'était – et souligna que l'accumulation de tension nerveuse finissait par se faire sentir au bout de plusieurs années. Il parla de nourriture saine, d'abus d'exercices physiques, de l'importance du sommeil. Il conclut en diagnostiquant une accumulation de petits problèmes, auxquels s'ajoutait probablement un petit désordre intestinal, et prescrivit un médicament. Le médecin conclut par un monologue dans lequel il expliquait que les malades avaient trop d'amour-propre pour faire ce qu'on leur disait, et que c'était bien dommage. Le patient en question hocha la tête, ce médecin appelait le respect. Les discours qu'il tenait à ses subordonnés étaient exactement du même acabit, et il était décidé à faire ce qu'on lui demandait.

Le traitement fut efficace une semaine ou deux. Son estomac retrouva presque son état normal. Bien sûr, il y avait une amélioration, mais il ne pouvait s'empêcher de se dire avec irritation que les choses n'étaient pas redevenues comme avant. Ou était-ce une impression ? Peut-être bien, finit-il par se dire, il était dur de se souvenir exactement de l'état dans lequel on se sent normalement au réveil. Après tout, le cerveau se concentrait sur les grandes choses, une mission, un objectif, et il laissait le corps se débrouiller seul au milieu de ses propres exigences. L'esprit n'est pas fait pour être dérangé par les petites choses. Il donne des ordres, et il suppose qu'ils seront exécutés. L'esprit n'a pas besoin de distractions aussi triviales, sinon, comment pourrait-il se consacrer à ce qui compte vraiment ? Son but dans la vie, il l'avait fixé voilà bien longtemps.

Mais son état ne s'arrangeait pas, et il se décida à retourner voir le médecin. Cette fois, l'examen fut plus approfondi. Il se laissa sonder dans tous les sens, on lui fit une prise de sang, mais l'aiguille était moins terrible que les instruments de torture auxquels il s'était préparé psychologiquement. Le médecin finit par lui dire qu'il s'agissait peut-être de quelque chose de plus sérieux, une infection généralisée mais bénigne par exemple. Il existait des médicaments pour traiter ce genre de maladies. Par exemple, la malaria, qui existait à l'état endémique dans la région, avait des effets analogues, mais plus fatigants, comme beaucoup de maladies qui avaient été graves dans le temps, mais que la médecine moderne savait désormais traiter. Les examens détermineraient ce qui n'allait pas, et le médecin était décidé à le soigner. Il connaissait l'idéal de son client, et il le partageait, même si c'était d'une façon moins engagée et plus pacifique.

Il revint chez le médecin deux jours après. Il comprit tout de suite que quelque chose n'allait pas : il avait vu assez souvent cette expression sur le visage de son officier de renseignement. Quelque chose d'imprévu, quelque chose qui dérange vos plans. Au début, le médecin parla lentement, cherchant ses mots, essayant de trouver le moyen de faire passer plus facilement son message, mais son patient ne mangeait pas de ce pain-là. Il avait choisi une existence dangereuse, et il fallait lui dire directement les choses. Le médecin accepta, et le ton de son discours changea. Cet homme accueillait froidement les mauvaises nouvelles, il était habitué à en entendre à longueur de journée. Il savait comment se termine toute existence, et il avait lui-même aidé un certain nombre d'êtres à trouver cette fin. Ainsi vont les choses. Maintenant, c'était sur son chemin, il pouvait peut-être l'éviter, peut-être pas. Il demanda au médecin ce qu'il pouvait faire, et la réponse fut pire que ce qu'il attendait. Le praticien n'essaya pas de le tromper par de vaines paroles de réconfort, mais il s'adapta à sa mentalité et lui expliqua froidement les choses. On pouvait tenter un certain nombre de traitements, ils pouvaient réussir ou échouer. Sa forme physique lui serait d'un grand secours, de même que sa volonté de fer. Il ajouta que le moral était un paramètre de la plus haute importance, ce qui fit presque sourire son client. Il valait encore mieux afficher le courage d'un stoïcien que l'espoir d'un inconscient. Et, finalement, qu'est-ce que la mort? Il avait consacré sa vie à la justice, à la volonté de Dieu, il l'avait sacrifiée à un idéal noble et grand.

Là était pourtant la difficulté. Ce n'était pas le genre d'homme à admettre l'échec. Il avait organisé sa vie en fonction d'un but; des années plus tôt, il avait décidé de l'atteindre quel qu'en soit le prix pour lui ou pour les autres. Il avait tout sacrifié sur cet autel, ce qu'il avait été, les rêves de ses parents, l'éducation dont ils avaient espéré qu'il l'utiliserait à son bénéfice et à celui des autres. Il aurait pu avoir une existence confortable, une femme qui lui aurait donné des fils, et il avait renoncé à tout pour ce chemin rocailleux, les dangers, la volonté inflexible d'atteindre cet idéal flamboyant.

Et alors, il avait fait tout cela pour rien? Sa vie allait-elle se terminer de cette façon absurde? Verrait-il jamais ce jour pour lequel il avait vécu? Dieu pouvait-il être cruel à ce point? Toutes ces réflexions lui traversaient la tête, mais il gardait l'air impassible, comme toujours. Non, il ne pouvait laisser les choses se passer ainsi. Dieu ne l'avait pas abandonné. Il verrait ce jour promis, ou du moins, il s'en approcherait encore. Après tout, sa vie aurait un sens. Il n'avait pas fait tout cela pour rien, ni ce qui lui restait à faire. Il était décidé.

Ismaël Qati décida de suivre les prescriptions du médecin, de faire son possible pour prolonger ses jours, et de réussir peut-être à vaincre cet ennemi aussi insidieux et haïssable que ses adversaires. En même temps, il devait redoubler d'efforts, aller aux limites de l'endurance, demander son aide à Dieu, rechercher les signes de Sa volonté. Il avait déjà combattu d'autres ennemis, il allait combattre celui-ci de la même manière, avec courage, avec un engagement total. Il n'avait jamais connu la pitié, il n'allait pas commencer à s'attendrir maintenant. S'il devait regarder sa mort en face, la mort des autres devenait secondaire. Il ne fallait tout de même pas agir aveuglément. Il ferait son devoir, il agirait comme à l'ordinaire, guettant l'occasion qui l'attendait quelque part, quelque part entre lui et la fin de son chemin. Son intelligence avait toujours mené sa volonté, et c'est ce qui expliquait sa redoutable efficacité.

2
LABYRINTHES

La lettre expédiée de Georgetown arriva à Rome quelques minutes après avoir été transmise. Comme dans n'importe quelle administration, le secrétaire de permanence (l'officier de garde dans les services de renseignement) se contenta de la poser sur le bureau et retourna à ses chères études. Il préparait un examen sur les dissertations métaphysiques de saint Thomas d'Aquin. Le lendemain matin, un jeune prêtre jésuite nommé Hermann Schröner, secrétaire particulier de Francisco Alcade, général des jésuites, arriva à 7 heures et commença à trier le courrier arrivé pendant la nuit. Le fax des États-Unis était le troisième document de la pile, et il attira immédiatement son attention. Le trafic chiffré faisait partie de ses attributions, mais il n'était pas très abondant. Le préfixe codé en tête du message identifiait l'origine et le degré de priorité. Le père Schröner passa rapidement en revue le reste du courrier et se mit immédiatement au travail.

La procédure de décodage était exactement symétrique de celle utilisée par le père Riley, si ce n'est que Schröner tapait très rapidement. Il passa le texte au scanner pour l'introduire dans son ordinateur et mit en route le programme de déchiffrage. Des défauts du fax causèrent quelques erreurs, mais il les corrigea facilement, et le texte en clair – toujours en grec classique, bien sûr – sortit de l'imprimante à jet d'encre. Le tout lui avait pris moins de vingt minutes, alors que Riley y avait consacré trois grandes heures. Le jeune prêtre prépara du café pour lui et son patron, puis lut le texte en buvant sa deuxième tasse de la matinée. C'est assez extraordinaire.

Le révérend père Francisco Alcade était un homme âgé, mais d'une vigueur exceptionnelle. À soixante-six ans, il jouait encore très bien au tennis et faisait du ski avec le Saint-Père. C'était un homme d'un mètre quatre-vingt-dix, émacié. Ses épais cheveux gris étaient coupés en brosse au-dessus d'yeux de chouette profonds. Alcade avait de solides références intellectuelles. Il maîtrisait onze langues, et, s'il n'était pas entré dans les ordres, il serait probablement devenu l'un des spécialistes les plus en vue de l'histoire médiévale. Mais il était prêtre avant tout, un prêtre dont les fonctions administratives entraient en conflit avec son désir d'enseigner et d'exercer un ministère pastoral. Dans quelques années, il comptait abandonner son poste de général de l'ordre le plus important et le plus puissant de l'Église catholique romaine, et retrouver un poste de professeur à l'Université. Son seul souhait était de pouvoir éclairer de jeunes cerveaux, de célébrer la messe dans une simple paroisse ouvrière où il se retrouverait au contact des besoins ordinaires de l'humanité. Il voyait cela comme le couronnement d'une vie qui avait compté nombre de grâces. Il n'était pas parfait, et il lui fallait souvent se battre avec sa fierté d'intellectuel, essayer sans cesse de retrouver l'humilité qui allait de pair avec sa vocation. Mais, se disait-il avec humour, la perfection est un idéal qu'on n'atteint jamais.

— *Gutten Morgen*, Hermann! dit-il en passant la tête dans la porte.

— *Buongiorno*, répondit le prêtre allemand, et il enchaîna en grec : Quelque chose d'intéressant, ce matin.

Les épais sourcils se soulevèrent, et le général lui fit signe de le suivre dans son bureau. Schröner arriva avec le café.

— J'ai réservé un court pour 16 heures, dit-il en remplissant une tasse pour son patron.

— Vous allez pouvoir me mettre une pile, une fois de plus?

Les gens disaient en plaisantant que Schröner aurait pu devenir professionnel et remettre ses gains à la Compagnie, dont les membres faisaient vœu de pauvreté.

— Alors, ce message?

— Ça vient du père Riley, à Washington.

Schröner le lui tendit.

Alcade chaussa ses lunettes de lecture et lut lentement le papier. Il n'avait pas touché à son café, et, après avoir lu le texte, il le relut une seconde fois. Le travail intellectuel était sa vie, et Alcade ne parlait jamais avant d'avoir mûrement réfléchi.

— Tout à fait remarquable. J'ai déjà entendu parler de ce Ryan, il est dans le renseignement, non?

— Directeur adjoint de la CIA. Il a été élevé chez nous, au collège de Boston puis à Georgetown. C'est avant tout un bureaucrate, mais il a été impliqué dans plusieurs opérations sur le terrain. Nous n'en connaissons pas tous les détails, mais il semble qu'il se soit toujours brillamment comporté. Nous avons un petit dossier sur son compte, et le père Riley en dit le plus grand bien.

— Je vois, je vois.

Alcade réfléchit un moment. Riley et lui étaient amis depuis plus de trente ans.

— Il pense que cette proposition est honnête. Et vous, Hermann?

– Il y a peut-être là un don de Dieu.

Il ne mettait aucune ironie dans sa remarque.

– C'est vrai, mais il serait urgent qu'il arrive. Et le président des États-Unis?

– Je parierais qu'il n'est pas encore au courant, mais ça ne va pas tarder. Vous voulez parler de sa personnalité? – Schröner haussa les épaules. – On pourrait rêver mieux.

– On pourrait dire ça de nous tous, fit Alcade en regardant ailleurs.

– Oui, mon père.

– Quel est mon emploi du temps aujourd'hui?

Schröner récapitula les rendez-vous de mémoire.

– Très bien... appelez le cardinal d'Antonio et dites-lui que j'ai une urgence. Décalez les rendez-vous comme vous pourrez. Il faut que nous nous occupions sans tarder de cette affaire. Appelez Timothy, remerciez-le de son message et dites-lui que je prends les choses en main.

* * *

Ryan se réveilla péniblement à 5 h 30. Le soleil éclairait à peine les arbres d'une lueur orange-rose. Il habitait à une quinzaine de kilomètres de la côte est du Maryland. La première chose à faire était d'ouvrir les rideaux. Cathy n'allait pas à Hopkins aujourd'hui, mais il ne s'en souvint qu'arrivé à mi-chemin de la salle de bains. Il avala ensuite deux comprimés de Tylénol dose renforcée; il avait trop bu la veille, et il lui fallait toujours trois jours pour s'en remettre. Mais comment faire autrement? Il avait de plus en plus de mal à dormir, alors qu'il travaillait de plus en plus.

– Bon sang, fit-il, en se regardant dans la glace.

Il avait une sale gueule. Il se traîna vers la cuisine, tout irait mieux après un bon café. À la vue des bouteilles de vin posées sur le bar, il sentit son estomac se contracter de dégoût: une bouteille et demie... non, pas deux. Il n'avait pas bu deux bouteilles entières: la première était déjà entamée. Ryan mit en route la cafetière électrique et se dirigea vers le garage. Il prit la voiture et roula jusqu'au portail pour prendre le journal. Il n'y a pas si longtemps, il y serait allé à pied, mais bon dieu, il n'était pas encore habillé. Voilà la raison. L'autoradio était réglé sur une station d'informations continues, et il prit rapidement connaissance de l'état du monde. Des résultats de base-ball, les Orioles avaient encore perdu. Merde, il devait emmener Jack junior voir un match. Il le lui avait encore promis après le dernier match de deuxième division qu'ils avaient loupé. Maintenant, c'était remis à plus tard, en avril? Et merde!

La saison était de toute manière à peine commencée, les vacances scolaires n'avaient même pas débuté. Il allait sûrement réussir à y aller. Ryan posa le *Post* sur le siège de la voiture et rentra chez lui. Le café était prêt: c'était la première bonne nouvelle de la journée. Ryan s'en servit une grande tasse et décida de se passer de petit déjeuner. Il savait bien qu'il avait tort, son estomac était déjà en piteux état et deux tasses de café à jeun n'arrangeraient pas les choses mais il se concentra sur son journal pour étouffer la voix de sa conscience.

On ne sait pas assez à quel point les services de renseignement dépendent des médias pour s'informer. Une des raisons de cet état de choses est purement fonctionnelle : les médias et les services secrets font le même métier, et ces derniers n'arrivent pas à attirer les meilleurs cerveaux. « Il y a plus, songeait Ryan, les journalistes ne payent pas les gens qui leur fournissent leur information. Leurs sources confidentielles laissent transpirer ce qu'elles savent sous le coup de la colère ou de la conscience. Ce sont les meilleures sources, n'importe quel officier de renseignement vous le dira : rien de tel qu'un type en colère pour vous donner les meilleurs tuyaux. » Au bout du compte, les médias regorgeaient de gens feignants, mais les meilleurs bénéficiaient de ressources financières supérieures. D'expérience, Ryan savait lire entre les lignes, et il savait aussi ce qui vaut la peine d'être lu. Il connaissait aussi les rubriques dignes d'intérêt. En tant que directeur adjoint de la CIA, il savait faire le tri entre les services de l'agence qui étaient bons et ceux qui l'étaient moins. Par exemple, le *Post* lui fournissait de meilleures informations que l'Agence pour les affaires allemandes. Le Proche-Orient était plutôt calme, l'affaire irakienne se terminait. Sur ce chapitre, de nouveaux accords étaient en vue. « Et maintenant, si on pouvait faire quelque chose du côté d'Israël... Ce serait chouette, se disait-il, si on arrivait à pacifier toute la zone. » Ryan était sûr que cela était possible. La confrontation Est-Ouest qui avait empoisonné sa naissance appartenait au passé, qui l'eût cru ? Ryan remplit sa tasse sans regarder, quelque chose qu'il était capable de faire même après avoir trop bu. Tout cela n'avait pris que quelques années, moins que le temps qu'il avait passé à l'Agence !

C'était tellement inattendu que Ryan se demanda le temps qu'il faudrait pour en écrire l'histoire, des générations sans doute. Un responsable du KGB devait venir les voir la semaine suivante à Langley ; il voulait des conseils sur la manière de mettre en place un contrôle parlementaire. Ryan avait essayé de s'opposer à cette visite car l'Agence utilisait toujours les services de Russes qui travaillaient pour elle, et ils seraient terrifiés en apprenant que la CIA et le KGB collaboraient. Ryan se disait d'ailleurs que le même raisonnement s'appliquait aux Américains qui travaillaient pour le KGB... Celui qui venait les voir était un vieil ami, Sergei Golovko. « Un véritable ami », songea Ryan en tournant la page des sports. Ce qui était embêtant avec les journaux du matin, c'est qu'on n'avait pas les résultats des matchs de la veille...

Jake retourna à la salle de bains. Il allait mieux, maintenant. Il était complètement réveillé, encore que son estomac ne fût pas brillant. Il avala deux comprimés contre l'aigreur et cela lui fit du bien. Il fallait qu'il en prenne deux de plus en arrivant au bureau. Le Tylénol commençait aussi à faire son effet. Il fallait aussi prévoir deux Tylénol de mieux. À 6 h 15, il était fin prêt : lavé, rasé, habillé. Il embrassa sa femme qui dormait toujours et eut droit à un vague grognement, ouvrit la porte d'entrée. Sa voiture arrivait dans l'allée. Cela gênait vaguement Ryan d'obliger son chauffeur à se lever si tôt pour venir le prendre à l'heure. Cela le gênait d'autant plus qu'il connaissait bien le chauffeur en question.

– 'jour, fit John Clark avec un large sourire.

Ryan se glissa sur le siège avant : il avait plus de place pour étaler ses jambes, et il aurait trouvé humiliant pour le chauffeur de s'asseoir à l'arrière.

– Salut, John, répondit-il.

« Encore fait la vie hier soir ? pensa Clark. Quel imbécile, pour un type de votre valeur, comment pouvez-vous être si con ? Vous avez arrêté le jogging, pas vrai ? » se dit-il en voyant que la ceinture de sécurité de Ryan le serrait. Il lui fallait simplement apprendre, comme Clark l'avait appris, que se coucher tard et boire exagérément était tout juste bon pour les blancs-becs. John Clark était devenu un parangon de vertu bien avant d'atteindre l'âge de Ryan, et il savait que cela lui avait sauvé la vie un certain nombre de fois.

– La nuit a été calme, fit Clark en démarrant.

– Tant mieux.

Ryan attrapa le coffret à combinaison et composa un numéro de code. Quand la lumière devint verte, il l'ouvrit. Clark avait raison, il n'y avait pas grand-chose. Ils n'avaient pas fait la moitié du trajet jusqu'à Washington qu'il avait déjà tout lu et pris quelques notes.

– On va voir Carol et les gosses ce soir ? demanda Clark au moment où ils traversaient la nationale 3.

– Ouais, c'est bien ce soir ?

– Exact.

C'était un rite qui revenait chaque semaine. Carol Zimmer était la veuve laotienne du sergent de l'Air Force Buck Zimmer, et Ryan s'était juré de prendre soin de sa famille à la mort de Buck. Peu de gens étaient au courant – encore moins de gens connaissaient la nature exacte de la mission au cours de laquelle Buck avait trouvé la mort – mais Ryan était heureux de le faire. Carol était propriétaire d'un petit commerce entre Washington et Annapolis. Cela procurait à sa famille un revenu stable et honnête qui complétait la pension de son mari et, ajouté à la rente éducation que Ryan avait souscrite, lui permettait d'assurer l'éducation de ses huit enfants au moins jusqu'à l'Université. Le fils aîné y était déjà. Mais il y en avait encore pour un bout de temps : le petit dernier était encore dans les couches.

– Ces petits voyous sont encore revenus ? demanda Jack.

Clark se tourna légèrement et eut un grand sourire. Pendant plusieurs mois, quand elle avait pris ce magasin, des imbéciles du patelin s'en étaient pris à elle. Une Laotienne avec des enfants sang-mêlé qui tenait un commerce dans une zone semi-rurale, ça ne leur plaisait pas du tout. Elle avait fini par en parler à Clark. John leur avait donné un avertissement, mais ils étaient trop bornés pour comprendre. Ils n'avaient pas bien saisi non plus que Clark était un type à prendre vraiment au sérieux. John et son copain hispanique avaient remis les pendules à l'heure et, même après que le chef de la bande était sorti de l'hôpital, les voyous n'avaient jamais remis les pieds dans le magasin. Les flics du coin s'étaient montrés très compréhensifs, et le chiffre d'affaires avait immédiatement augmenté de vingt pour cent. « Je ne pense pas que ce mec soit revenu une seule fois sur les lieux, se disait Clark avec un fin sourire. Possible même qu'il gagne honnêtement sa vie à l'heure qu'il est... »

— Comment vont les gosses ?

— Vous savez, c'est dur de se faire à l'idée qu'il y en a un à l'Université. C'est difficile pour Sandy, c'est trop... Jack ?

— Ouais, John ?

— Pardonnez-moi de vous parler comme ça, mais vous avez l'air pas en forme. Vous en faites trop.

— C'est ce que dit Cathy.

Il arrivait à Jack de dire à Clark de s'occuper de ses oignons, mais c'était difficile, à un type comme ça. D'autant que c'était un ami, et qu'en plus, il avait raison.

— En général, les docteurs s'y connaissent, ajouta John.

— Je sais. C'est juste, comment dire, c'est assez tendu au bureau. Il s'est passé des choses et...

— L'exercice aide à combattre les effets de l'alcool, vous savez. Vous êtes l'un des plus chics types que je connaisse. Ne vous laissez pas aller.

Fin des conseils. Clark haussa les épaules, et se contenta de conduire.

— Vous savez, John, si vous aviez décidé de vous faire médecin, vous auriez été remarquable, répondit Jack en pouffant de rire.

— Comment ça ?

— Avec vos façons contournées de dire les choses, les gens auraient peur de ne pas vous obéir.

— Y a pas plus calme que moi, protesta Clark.

— Vous avez raison, personne n'a vécu assez longtemps pour vous rendre fou. Avant que vous vous sentiez un peu énervé, ils étaient déjà morts.

Et c'est comme cela que Clark était devenu le chauffeur de Ryan. Jack avait négocié son transfert du service action et obtenu qu'il devienne agent de sécurité et de protection. Cabot, le directeur du renseignement, avait éliminé vingt pour cent des agents de terrain, et tous ceux qui avaient une expérience paramilitaire avaient été les premiers à passer à la trappe. Mais l'expérience de Clark était trop précieuse pour qu'on s'en prive. Ryan avait été obligé de violer deux ou trois règlements pour arriver à ses fins. Il avait obtenu l'aide de Nancy Cummings et d'un ami à la direction des services administratifs. Jack se sentait en sécurité avec cet homme, qui participait à la formation des nouvelles recrues. En plus, c'était un excellent chauffeur, et, comme à l'accoutumée, il déposa Ryan au garage pile à l'heure prévue.

La Buick de l'Agence alla se ranger à son emplacement et Ryan sortit de la voiture tout en jouant avec ses clés. Celle de l'ascenseur réservé aux directeurs était la dernière du trousseau. Deux minutes plus tard, il était au sixième étage où il prit le couloir qui menait à son bureau. Le bureau du DDCI se trouvait juste à côté de la suite réservée au DCI, qui n'était pas encore arrivé. C'était un bureau étrangement petit et modeste pour le numéro deux de la première agence de renseignement du pays. Il dominait le parking des visiteurs et, au-delà d'un épais bouquet de pins, l'avenue George-Washington et la vallée du Potomac. Ryan avait gardé Nancy Cummings avec lui après son passage au poste de directeur adjoint du renseignement. Il alla s'asseoir dans son fauteuil, compulsant les rapports qui faisaient partie de ses attributions pour la préparation de la réunion SPO du matin. Il s'agissait de groupes de terroristes qui s'agitaient en ce moment. Ils ne s'en étaient jamais pris à un directeur de l'Agence, mais l'histoire n'était pas leur souci majeur, contrairement à l'avenir. Et la CIA elle-même ne s'était jamais montrée très brillante pour prévoir ce qui allait se passer.

Ryan trouva sur son bureau plusieurs documents trop sensibles pour qu'on les ait placés dans le coffre portable de la voiture, et il travailla à préparer la réunion des chefs de département qu'il coprésidait avec le DCI. Son bureau était équipé d'une machine à café, auprès de laquelle était posée une tasse jamais utilisée qui avait appartenu à celui qui l'avait fait entrer à l'Agence, le vice-amiral James Greer. Nancy en prenait le plus grand soin et Ryan ne commençait jamais une journée à Langley sans une pensée pour son patron défunt. Bon. Il se passa les mains sur les yeux et la figure, et se mit au travail. Quoi d'intéressant dans le monde aujourd'hui ?

* * *

Le bûcheron, comme la plupart des gens de son espèce, était un homme lourd et costaud : un mètre quatre-vingt-dix, cent kilos de muscles. Au lieu de poursuivre ses études, il s'était engagé dans les marines. Il se disait qu'il aurait bien pu aller au collège à Oklahoma ou Pitt, mais il y avait renoncé. Il savait très bien qu'il n'aurait jamais pu quitter l'Oregon pour de bon. Or, s'il avait eu un diplôme, c'est forcément ce qui se serait passé. Il aurait pu aussi devenir professionnel de base-ball, puis terminer en complet-veston. Mais non. Depuis qu'il était petit, il aimait vivre dehors. Et il avait eu une vie agréable, il avait élevé sa famille dans une petite ville sympathique. Il menait une vie rude et saine, et il n'y en avait pas deux comme lui pour abattre un arbre dans les règles de l'art. Il était spécialisé dans les cas difficiles.

Il tendit la grosse scie à deux. Sur un signe de tête, son aide l'attrapa à un bout et le bûcheron en fit autant de son côté. L'arbre avait déjà été entaillé à la cognée, et ils manœuvraient leur scie lentement et régulièrement. Le bûcheron gardait l'œil sur la scie, pendant que l'autre surveillait l'arbre. Faire cela convenablement était tout un art, et il mettait son point d'honneur à ne pas gaspiller un centimètre de bois de plus qu'il n'était nécessaire. C'était pas comme ces types en bas, à la scierie, encore qu'ils lui aient dit qu'ils refusaient de toucher à un arbre comme celui-là. Ils ressortirent la scie après la première coupe et commencèrent la seconde sans reprendre leur souffle. Cette fois, il leur fallut quatre minutes. Le bûcheron était en pleine forme maintenant. Il sentit un petit souffle d'air et s'arrêta pour s'assurer que le vent donnait dans la bonne direction. Un arbre, même s'il est très gros, n'est qu'un jouet pour le vent – surtout quand il est déjà à moitié abattu...

Le sommet commençait à se balancer... c'était presque la fin. Il arrêta la scie et fit un geste à l'intention de son aide. Le gosse fit signe qu'il avait compris. Encore quelques dizaines de centimètres, et ce serait bon. Ils terminèrent tout doucement. La scie entrait sans peine, mais c'était le moment le plus dangereux. Ils surveillaient le vent puis... là, maintenant!

Le bûcheron sortit la scie de la coupe et la laissa tomber. L'aide attrapa le coin et s'écarta d'une dizaine de mètres, comme son patron. Tous les deux avaient les yeux rivés sur la base du tronc. S'il glissait, ils seraient avertis du danger.

Tout se passa normalement. Comme toujours, les choses semblaient d'une lenteur désespérante. Les gens du Sierra Club aimaient bien filmer cette phase de l'opération, et le bûcheron les comprenait. Tout était très lent, comme dans une agonie, comme si l'arbre savait qu'il allait mourir, comme s'il luttait désespérément, et il perdait, et le grondement du bois était un gémissement de désespoir. Hé oui, pensait le bûcheron, cela y ressemblait, mais ce n'était jamais qu'un arbre. Il regarda l'entaille s'élargir et l'arbre tomba. Le sommet s'effondrait à toute allure maintenant, mais le danger était en bas, et c'est pour cela qu'il continuait à le regarder. Quand le tronc passa à quarante-cinq degrés de la verticale, le bois cassa net. Le tronc recula brutalement, et s'éleva de plus d'un mètre au-dessus de la souche, comme le dernier sursaut d'un homme qui meurt. Puis il y eut un bruit terrible, le sifflement des branches supérieures qui fouettaient l'air. Il se demanda à quelle vitesse le haut de l'arbre pouvait bien tomber, la vitesse du son peut-être? Non, pas aussi vite... et puis WHOOOM! Le tronc rebondit doucement en atteignant le sol mou. Et il resta immobile. Ce n'était plus que du bois. C'était toujours un peu triste, ç'avait été un bien bel arbre.

Le responsable japonais s'approcha, le bûcheron fut surpris de le voir. Il toucha le tronc et murmura quelque chose qui devait être une prière. Le bûcheron en resta interloqué, c'était une chose qu'un Indien aurait pu faire, intéressant. Il ne savait pas que le shintoïsme est une religion animiste qui présente beaucoup d'analogies avec celle des indigènes américains. Il parlait à l'esprit de l'arbre? Hmm. Il s'approcha du bûcheron.

– Vous êtes très fort, dit le petit Japonais en se courbant de manière fort civile.

– Merci, monsieur.

Le bûcheron hocha la tête. C'était la première fois qu'il voyait un Japonais. Il avait l'air plutôt sympa. Et dire une prière pour un arbre... ç'avait de la classe.

– C'est bien triste de tuer quelque chose d'aussi magnifique.

– Ouais, c'est bien mon avis. C'est vrai que vous allez le mettre dans une église ou quelque chose comme ça?

– Hé oui. Nous n'avons plus d'arbres comme celui-ci, et il nous faut quatre grandes poutres, quatre poutres de vingt mètres. J'espère qu'on arrivera à les débiter toutes les quatre dans cet arbre, ajouta l'homme en regardant le géant abattu. Elles doivent venir du même arbre, c'est une tradition du temple, vous comprenez.

– Ça devrait aller, jugea le bûcheron. Le temple date de quand?

– Il est vieux de mille deux cents ans. Les poutres ont été abîmées par un tremblement de terre il y a deux ans, et il faut les remplacer rapidement. Avec un peu de chance, celles-là vont durer longtemps. J'espère bien, c'est un bel arbre.

Sous la direction du Japonais, l'arbre fut débité en morceaux plus faciles à manier, enfin, à peu près. Il fallut apporter de gros équipements pour sortir le monstre de là, et la Georgia Pacific factura un joli paquet d'argent pour faire le boulot. Mais ce n'était pas un problème, et le Japonais, qui avait choisi l'arbre, paya sans sourciller. Il s'excusa même de n'avoir pas choisi la GP pour l'abattre. Il expliqua lentement qu'il s'agissait d'un acte religieux, et qu'il n'entrait aucunement dans ses intentions de blesser les ouvriers américains. Le directeur de la GP acquiesça: maintenant, l'arbre leur appartenait. Ils comptaient le laisser sécher un peu avant de l'embarquer sur un cargo américain pour traverser le Pacifique. Là-bas, l'arbre serait débité selon le cérémonial religieux – le directeur de la GP l'apprit avec étonnement – indispensable pour l'usage particulier qui devait en être fait.

Ce que personne ne savait encore, c'est que l'arbre n'arriverait jamais au Japon.

* * *

«Être l'homme à qui on refile tous les problèmes est une situation particulièrement inconfortable pour quelqu'un qui est chargé de faire respecter la loi», pensait Murray. Bien sûr, il sentait en se penchant dans son fauteuil l'automatique Smith & Wesson passé à sa ceinture. Il aurait dû le laisser dans le tiroir, mais il aimait bien sentir le contact de la bête. Pendant toute sa carrière, il avait dû porter un revolver et il avait vite été conquis par la puissance concentrée du Smith. Et Bill le comprenait. Pour la première fois depuis longtemps, le directeur du Federal Bureau of Investigation était un flic professionnel qui avait débuté sa carrière dans la rue à pourchasser les méchants. Murray et Shaw avaient commencé dans la même brigade. Bill était un peu plus doué pour les tâches administratives, mais personne ne le prenait pour un rond-de-cuir. Shaw avait attiré l'attention de ses chefs en maîtrisant deux types qui avaient attaqué une banque à main armée avant que la cavalerie arrive. Il n'avait pas tiré, jamais sous le coup de la colère, bien sûr – cela n'était arrivé qu'à une minorité d'agents du FBI –, mais il avait convaincu ces deux lascars qu'il pouvait les descendre s'il le voulait. Il y avait de l'acier sous sa politesse de velours, plus un sacré paquet de neurones. Voilà pourquoi Dan Murray, directeur adjoint, ne rechignait pas quand il lui fallait régler les problèmes épineux de Shaw.

– Mais qu'est-ce qu'on va foutre de ce type ? demanda Shaw, excédé.

Murray venait tout juste de terminer son rapport sur l'affaire des Guerriers. Dan finit son café et haussa les épaules.

– Bill, ce type est absolument remarquable dans les affaires de corruption, il n'y en pas un qui lui arrive à la cheville. Simplement, il ne sait pas s'y prendre dès qu'il y a une affaire sérieuse. On a eu de la chance, il n'y a pas eu trop de casse.

Et Murray avait raison. Les journalistes avaient bien réagi vis-à-vis du Bureau qui avait sauvé la reporter. Ils étaient reconnaissants envers le chef du bureau local et le commando. Ce n'était pas la première fois que le Bureau parvenait à tirer parti en matière de relations publiques de ce qui aurait pu devenir une catastrophe. De toutes les agences gouvernementales, le FBI était certainement celle qui prenait le plus grand soin de son image, et le problème de Shaw était très simple : s'il virait le SAC Walt Hoskins, cela ferait mauvais effet. Murray insista :

– Il a compris la leçon. Walt n'est pas si bête que ça, Bill.

– Et quand il a coincé ce gouverneur l'an dernier, ce n'était pas mal non plus, hein ?

Shaw fit une grimace. Hoskins était un véritable génie dès qu'il y avait une affaire de corruption politique. Un gouverneur d'État croupissait maintenant dans une prison fédérale grâce à lui. C'était essentiellement pour cela qu'il avait eu la responsabilité d'un bureau local.

– Tu as une idée, Dan ?

– ASAC à Denver, répondit Murray, un éclair malicieux dans la prunelle. Ce serait une solution assez élégante. On le mute d'un petit poste sans importance pour le charger des affaires de corruption dans une grande ville. C'est une promotion qui lui évitera de se retrouver en première ligne et qui permettra d'exploiter le meilleur de lui-même. Si les bruits qui courent à Denver sont vrais, il va avoir du pain sur la planche. On soupçonne un sénateur et une femme député, et il y en a peut-être d'autres. Les premières indications sur cette affaire de distribution d'eau ont l'air intéressantes. Je veux dire vraiment intéressantes, Bill : une vingtaine de millions de dollars auraient changé de mains.

Shaw émit un sifflement admiratif.

— Tout ça pour un sénateur et une nénette de la Chambre ?

— Peut-être d'autres aussi, je te l'ai déjà dit. Le dernier élément connu, c'est que des responsables de l'environnement auraient été payés sous la table, des gens de l'administration. Qui aurions-nous de mieux pour fouiller une botte de foin de ce calibre ? Walt a un flair incroyable dans ce genre d'affaires. Ce type est incapable de sortir son flingue sans perdre quelques orteils, mais c'est un fin limier.

Murray referma le dossier qu'il avait entre les mains.

— Écoute, tu m'as demandé de regarder et de te donner mon avis. Envoyez-le à Denver, ou virez-le. Mike Delaney aimerait bien changer de poste – son fils commence ses études à GW à la rentrée, et Mike voudrait reprendre ses cours à l'Académie. Ça vous offre une porte de sortie. C'est propre et sans bavure, mais c'est à toi de jouer, monsieur le directeur.

— Merci, monsieur Murray, fit gravement le directeur Shaw. – Il sourit. – Tu te souviens, quand tout ce que nous avions à faire était de poursuivre les bandits ? Je hais cette administration de merde !

— On n'aurait peut-être pas dû en prendre autant, convint Dan. On pourrait encore être peinards à Philadelphie à boire notre bière le soir avec les agents. Je me demande pourquoi les gens admirent autant la réussite, ça ne sert qu'à vous gâcher l'existence.

— On parle comme des vieux, tous les deux.

— Mais on est tous les deux des vieux, Bill, insista Murray. Moi, au moins, je ne me promène pas avec mon artillerie.

— Fils de pute ! rugit Shaw, et il renversa son café sur sa cravate. Oh, bon dieu, Dan ! réussit-il à hoqueter en rigolant. Regarde ce que tu m'as fait faire !

— C'est mauvais signe quand un gus n'arrive même plus à tenir son café, directeur.

— Hors d'ici ! Écris-moi les ordres vite fait avant que je te foute dehors.

— Oh non, je t'en prie, pas ça, tout mais pas ça !

Murray s'arrêta de rire et redevint sérieux un instant.

— Où en est Kennie ?

— Il rejoint son affectation sur son sous-marin, le *Maine*. Bonnie va bien, le bébé est pour décembre. Dan ?

— Quoi, Bill ?

— Merci pour Hoskins. J'avais besoin qu'on me trouve une solution. Merci.

— Pas de problème, Bill, Walt va s'en occuper. J'aimerais que ce soit toujours aussi facile.

— Tu continues à suivre le dossier de la Société des guerriers ?

– Freddy Warder travaille dessus. On finira par emballer ces lascars, c'est l'affaire de quelques mois.

Et tous deux savaient que ça marcherait. Il ne restait plus beaucoup de groupes terroristes à l'intérieur du pays. S'ils arrivaient à réduire encore leur nombre d'une unité d'ici à la fin de l'année, ce serait un assez joli coup.

* * *

C'était l'aube sur les terres pauvres du Dakota. Marvin Russell s'était agenouillé à l'abri d'un buisson, et il regardait le soleil se lever. Il ne portait qu'un jean, sa poitrine et ses pieds étaient nus. Il n'était pas très grand, mais on devinait sa force. Pendant son premier et unique séjour en prison – pour vol avec effraction –, il avait appris à se faire des muscles d'acier. Cela avait commencé comme un exutoire pour évacuer le trop-plein d'énergie, et il avait fini par comprendre que la force physique était un moyen de défense dont pouvait dépendre la vie d'un homme dans un pénitencier. Finalement, il avait associé cette force aux guerriers de la nation sioux. Malgré son mètre soixante-dix, il supportait allégrement ses cent kilos de muscles. Ses biceps étaient aussi gros que les cuisses de pas mal de gens, mais il avait une taille de danseuse et des épaules de footballeur. Enfin, il était un peu cinglé, mais cela, Marvin Russell ne le savait pas.

La vie ne leur avait pas beaucoup souri, à lui et à son frère. Leur père était alcoolique et travaillait de temps en temps, mais pas trop bien, comme mécanicien dans un garage. Ce qu'il gagnait filait immédiate-ment au magasin d'alimentation le plus proche. Marvin n'avait que de mauvais souvenirs d'enfance : la honte de son père qui était en état quasi perpétuel d'ébriété, la honte encore plus grande de ce que faisait sa mère quand son mari était ivre mort dans le living-room. Lorsque la famille était partie s'installer dans une réserve au Minnesota, leur seul revenu était l'allocation chômage. Leurs maîtres d'école désespéraient d'obtenir d'eux quoi que ce soit. Leur voisinage consistait en un assemblage hétéroclite de maisons basses construites par le gouvernement et qui se dressaient comme des fantômes dans les nuages de poussière qui se soulevaient sans cesse de la prairie. Les deux fils Russell n'avaient jamais possédé fût-ce un simple gant de base-ball. Pour eux, Noël était simple-ment une semaine sans école. Tous deux avaient grandi livrés à eux-mêmes, et ils avaient dû apprendre à se débrouiller tout seuls.

Au début, cela avait été plutôt positif : la confiance en soi était une caractéristique de leur peuple. Mais les enfants ont besoin d'être guidés, et les parents Russell en étaient bien incapables. Avant d'avoir appris à lire, les garçons savaient tirer et chasser. Bien souvent, le dîner arrivait avec quelques trous de .22. Et presque aussi souvent, c'est eux qui le faisaient cuire. Ils n'étaient pas seuls de leur lotissement à être pauvres et négligés, mais ils en étaient la lie ; quelques-uns de leurs congénères réussirent à se sortir de là, mais pas eux. Dès qu'ils eurent commencé à conduire – bien avant l'âge légal –, ils empruntèrent le pick-up déglingué de leur père et firent des virées de cent ou deux cents kilomètres la nuit jusqu'à la ville où ils trouvaient ce que leurs parents étaient bien incapables de leur offrir. La première fois qu'ils se firent prendre – par un autre Sioux qui avait un fusil à canon scié –, ils s'en tirèrent avec une bonne raclée et furent réexpédiés chez eux après un sermon bien senti. Ils comprirent la leçon, et, de ce moment, ne volèrent plus que les Blancs.

Ils se firent reprendre la main dans le sac par un policier indien de la réserve en essayant de voler une épicerie de campagne. Pour leur malheur, tout crime commis sur un territoire du gouvernement relevait de l'administration fédérale ; pour leur plus grand malheur, le juge qui eut à connaître de leur cas manifestait plus de pitié que de jugement. À ce stade, une sévère leçon aurait pu – peut-être – changer le cours de leur existence. Au lieu de cela, ils furent victimes du laxisme administratif. Une jeune femme sévère, diplômée de l'université du Wisconsin, leur expliqua qu'ils n'auraient jamais bonne réputation s'ils continuaient à vivre en volant. Au contraire, ils deviendraient fiers d'eux-mêmes s'ils trouvaient un moyen honorable de gagner leur vie. Ils sortirent de là convaincus que le peuple sioux se faisait avoir par ces imbéciles de Blancs, et apprirent à préparer plus soigneusement leurs méfaits.

Cela ne suffit pas. Ils se firent donc reprendre au bout d'un an, hors de la réserve cette fois, et connurent une année et demie difficile. Ils avaient cambriolé un armurier.

La prison fut l'expérience la plus terrifiante de leur existence. Habitués comme ils l'étaient aux grands espaces, ils durent passer un an dans une cage plus petite que celle que le gouvernement fédéral alloue à un blaireau au zoo et entourés de gens pires que tout ce qu'ils pouvaient imaginer. Pendant leur première nuit de cellule, des cris leur apprirent que le viol ne concernait pas que les femmes. Ils avaient besoin de protection, ils la trouvèrent chez leurs congénères du Mouvement des Indiens d'Amérique.

Ils n'avaient jamais beaucoup réfléchi à leurs origines. Inconsciemment, ils avaient sans doute deviné que leurs pairs ne montraient pas exactement les qualités qu'on leur prêtait au cinéma, quand la télé familiale marchait encore, et ils en ressentaient probablement une espèce de honte. Bien sûr, ils avaient poussé des hennissements en regardant des westerns, dont les acteurs «indiens» étaient le plus souvent blancs ou mexicains, et dont le discours traduisait le mode de pensée des scénaristes d'Hollywood qui en savaient autant sur l'Ouest que sur l'Antarctique. Pourtant, les messages reçus leur avaient laissé une impression négative sur ce qu'ils avaient été et leurs racines. Le Mouvement des Indiens d'Amérique avait changé leur vision : tout était la faute de l'homme blanc. Les frères Russell épousèrent des idées qui étaient un mélange d'anthropologie façon côte Est, avec un soupçon de Jean-Jacques Rousseau, une bonne dose de western à la John Ford (après tout, c'était une bonne synthèse de la culture américaine), plus de l'histoire mal digérée. Ils commencèrent à se dire que leurs ancêtres étaient une race noble, des guerriers chasseurs sans tache qui vivaient en harmonie avec la nature et les dieux. Le fait que les Indiens aient vécu de façon à peu près aussi paisible que les Européens – en dialecte indien, Sioux signifie «serpent» et est nettement péjoratif – et qu'ils n'aient commencé à parcourir les grandes plaines qu'à la fin du XVIIIe siècle était totalement passé sous silence, de même que leurs épouvantables guerres tribales. Alors, c'était le bon temps, ils étaient maîtres de leurs territoires, ils migraient avec les bisons, chassaient, et se livraient de brefs combats qui ressemblaient assez à des joutes médiévales. La torture des prisonniers n'était que l'occasion pour les guerriers de montrer leur courage à des bourreaux admiratifs, même s'ils étaient légèrement sadiques.

Tout homme recherche avidement la noblesse de l'esprit, et ce n'était pas la faute de Marvin Russell s'il la rencontra pour la première fois chez des condamnés. Lui et son frère apprirent ce qu'étaient les dieux de la terre et du ciel, des croyances dont les avaient cruellement privés les Blancs et leur religion. Ils s'initièrent à la fraternité des plaines, ils comprirent que les Blancs leur avaient volé ce qui leur appartenait, qu'ils avaient massacré les bisons, base de leur mode de vie, qu'ils les avaient divisés, morcelés, massacrés avant de finalement les emprisonner, les abandonnant à la frontière de l'alcoolisme et du désespoir. Comme beaucoup de mensonges vraisemblables, celui-ci comportait une bonne part de vérité.

Marvin Russell salua la première lueur du soleil en entonnant un hymne dont personne ne savait s'il était authentique, lui encore moins que les autres. Mais ce séjour en prison n'avait pas été entièrement négatif. À son incarcération, il savait à peine lire, et il quitta le pénitencier avec un niveau d'école secondaire. Marvin Russell n'avait jamais été un imbécile mais le système scolaire l'avait condamné à l'échec dès sa naissance. Il lisait beaucoup d'ouvrages sur l'histoire de son peuple. Pourtant, il ne lisait pas tout, et était très sélectif dans ses choix de livres. Tout ce qui n'était pas absolument favorable à son peuple ne reflétait naturellement que les préjugés des Blancs. Les Sioux ne buvaient pas avant l'arrivée des Blancs, ils n'habitaient pas de misérables petits villages, ils n'avaient jamais maltraité leurs enfants. Tout ça, c'était des inventions des Blancs.

Comment faire pour changer le cours des choses? demandait-il au soleil. L'énorme disque rouge soulevait encore et encore davantage de poussière en cet été chaud et sec, et Marvin songea au visage de son frère. Les images au ralenti des informations télévisées. La station locale avait traité en vidéo les images diffusées par le réseau, et il avait vu chaque image une par une. La balle qui atteignait la tête de John, puis deux vues de son visage qui se déchirait, et les dégâts atroces après le passage de la balle. Le tireur – qu'il aille se faire enculer, ce Noir avec sa veste! – et ses mains qui se levaient comme dans un film de Roger Corman. Il avait visionné cinq fois la séquence, et chaque détail était définitivement gravé dans sa mémoire.

Ce n'étaient jamais que quelques Indiens morts de plus. «Oui, j'ai rencontré de bons Indiens, avait dit un jour le général William Tecumseh – un prénom indien! – Sherman. C'étaient des Indiens morts.» John Russell était mort, tué comme tant d'autres sans qu'on lui laisse sa chance dans un combat loyal, abattu comme l'animal qu'un indigène était pour les Blancs. Mais il était mort plus violemment que bien d'autres. Marvin était sûr que ce meurtre avait été monté dans le détail : les caméras qui tournent, cette pute de journaliste avec ses vêtements à la mode.

Marvin Russell regardait le soleil en face, l'un des dieux de son peuple, et il lui demandait des réponses. La réponse n'était pas ici, répondait le soleil, ses camarades n'étaient pas fiables, et John était mort pour le savoir. Essayer de trouver de l'argent avec de la drogue! Se servir de la drogue! Comme si le whisky avec lequel l'homme blanc avait détruit son peuple n'était pas assez pernicieux comme cela. Tous ces «guerriers» étaient façonnés par un environnement confectionné par l'homme blanc, ils ignoraient qu'il les avait détruits. Ils se baptisaient guerriers sioux, mais ce n'était que des ivrognes, de petits criminels besogneux qui n'avaient même pas réussi à vaincre dans ce combat facile. Dans un rare éclair de franchise – on ne peut pas biaiser devant l'un de ses propres dieux –, Marvin dut admettre qu'il valait encore moins qu'eux, comme son frère. Ce frère assez stupide pour se laisser entraîner dans cette histoire de drogue insensée et, qui plus est, inutile. Ils étaient arrivés à quoi? Ils avaient tué un agent du FBI et un policier, mais ça faisait longtemps. Et depuis? Depuis, ils ne faisaient que ressasser leurs exploits. Mais quels exploits? Qu'avaient-ils réalisé? Rien. La réserve existait toujours, et l'alcool, et le désespoir. Quelqu'un avait-il seulement remarqué qu'ils existaient et qu'ils avaient réalisé quelque chose? Non, tout ce qu'ils avaient réussi à faire, c'était à exciter davantage les forces de l'oppression. Maintenant, la Société des guerriers était traquée, à l'intérieur de sa propre réserve. Ses membres ne menaient pas l'existence de guerriers, mais d'animaux traqués. Le soleil lui disait qu'ils devaient être les chasseurs, pas les proies.

Marvin réfléchit à cette idée. C'est lui qui devait être le chasseur, c'est lui que les Blancs devaient craindre. Ils l'avaient craint dans le temps, mais c'était bien fini. Il aurait dû être le loup aux aguets dans un ravin, mais les moutons blancs étaient devenus si forts qu'ils ne savaient même plus ce qu'était un loup, ils se faisaient protéger par des chiens féroces qui ne se contentaient pas de veiller sur les troupeaux, mais pourchassaient les loups jusqu'à ce que les loups, pas les moutons, soient terrifiés, transformés en créatures nerveuses, encagées, confinées dans leur territoire...

Il lui fallait quitter ce territoire.

Il devait aller retrouver ses frères loups, il lui fallait rejoindre les loups pour qui chasser voulait encore dire quelque chose.

3

UN SEUL SIÈGE...

C'était le jour J, son jour. Le capitaine Benjamin Zadin avait connu une carrière fulgurante dans la police nationale israélienne, et il était le plus jeune capitaine de cette force. Il était le benjamin de trois garçons, le père de deux fils, David et Mordecai, et sortait à peine d'une grave dépression. En l'espace d'une semaine, sa mère était morte et sa femme était partie avec son amant. Le tout remontait à peine à deux mois. Il avait réussi tout ce qu'il voulait jusque-là, et il se trouvait soudain confronté avec une existence vide et sans but. Son grade et son salaire, le respect de ses subordonnés, son intelligence et son sang-froid dans les situations difficiles, ses états de service dans l'armée au cours de patrouilles à la frontière, tout cela n'existait plus : sa maison était vide, sa tête encombrée de souvenirs.

On parle souvent d'Israël comme de «l'État hébreu», mais cette expression masque le fait que seule une fraction de la population est pratiquante. Benny Zadin n'avait jamais pratiqué, malgré les pressions de sa mère. Au lieu de cela, il préférait mener la vie mouvementée d'un viveur à la page, et n'avait pas mis les pieds dans un *shul* depuis sa *bar-mitsva*. Il parlait et lisait l'hébreu parce que c'était obligatoire – c'était la langue officielle – mais les traditions de son héritage étaient pour lui un curieux anachronisme, un relent de passéisme dans ce qui était par ailleurs le plus moderne des pays. Sa femme avait encore accentué cette position. Il disait souvent en plaisantant que l'on peut mesurer la ferveur religieuse d'Israël à la taille des maillots de bains sur les plages. Sa femme était d'origine norvégienne, une grande blonde à la peau lisse. Ils en riaient souvent ensemble, elle faisait aussi juive qu'Eva Braun, et son plus grand plaisir consistait à se montrer dans un bikini extrêmement sommaire, parfois réduit à une seule pièce. Leur mariage avait été fougueux et passionné. Certes, il avait toujours su qu'elle avait envie d'aller voir ailleurs et lui-même n'était pas innocent sur ce chapitre, mais elle était partie avec un autre de façon si brusque qu'il n'en revenait pas. Il avait été tellement sonné qu'il en avait été incapable de pleurer ou de supplier et il s'était retrouvé tout seul dans une maison où les armes chargées ne manquaient pas et lui auraient facilement permis de mettre un terme à ses souffrances. La pensée de ses fils l'en avait empêché, il ne pouvait pas les trahir comme il avait été trahi, c'était inimaginable pour un homme comme lui. Mais la douleur était toujours là.

Israël est un pays minuscule et tout le monde sut immédiatement qu'Elin était partie avec un autre homme, et le bruit s'en répandit jusqu'au commissariat de Benny. Les hommes ne furent pas longs à remarquer que leur chef était sévèrement touché, à voir les cernes sous ses yeux. Quelques-uns se demandèrent s'il arriverait à surmonter cette épreuve, mais la question devint rapidement : comment ? L'un des sergents de Zadin décida de prendre les choses en main. Un jeudi matin, il se présenta à la porte de son bureau en compagnie du rabbin Israël Kohn. Et, le soir même, Zadin avait redécouvert Dieu. Mieux encore, se disait-il en patrouillant rue de la Chaîne, dans le Vieux Jérusalem, il avait redécouvert son identité juive. Ce qui lui était arrivé n'était qu'une punition de Dieu, ni plus ni moins. Il avait été puni de ne pas avoir écouté sa mère, puni de ses aventures, des parties fines avec sa femme ou avec d'autres, de vingt ans de mauvaises pensées et de mauvaises actions. Et pendant tout ce temps, il faisait semblant d'être un chef courageux et consciencieux. Aujourd'hui, tout cela allait changer, il allait transgresser les lois humaines pour expier ses péchés envers la Parole de Dieu.

Il était encore tôt, et la journée promettait d'être mouvementée. Un vent d'est sec soufflait d'Arabie. Il avait quarante hommes derrière lui, armés de fusils automatiques, de grenades lacrymogènes et de fusils qui tiraient des balles en caoutchouc. Ces balles en plastique, plus justement appelées missiles, pouvaient très bien jeter un homme à terre et, si le tireur visait au bon endroit, arrêter le cœur sous l'effet du choc. Il avait besoin de ses policiers pour protéger la loi – même si ses supérieurs n'en avaient pas la même conception que lui – et pour empêcher d'agir ceux qui voulaient violer une loi encore plus haute. C'était le discours que lui avait tenu le rabbin Kohn. Mais de quelle loi s'agissait-il ? Il était question de métaphysique, quelque chose de bien trop compliqué pour un simple officier de police. Mais le rabbin lui avait aussi expliqué quelque chose de beaucoup plus simple : le site du Temple de Salomon était la demeure spirituelle du judaïsme et des juifs. Cette Montagne du Temple avait été choisie par Dieu, et les disputes des hommes sur ce point n'avaient aucune importance. Il était temps pour les juifs de reconquérir ce que Dieu leur avait donné. Aujourd'hui même, un groupe de dix conservateurs et de rabbins hassidiques allait marquer le lieu où le nouveau temple devait être bâti, en accord fidèle avec les Saintes Écritures. Le capitaine Zadin avait reçu l'ordre de les empêcher de passer la porte de la Chaîne, de les empêcher d'agir, mais il avait décidé de ne pas en tenir compte. Ses hommes lui obéiraient, ils les protégeraient des Arabes.

Il fut surpris de trouver ces derniers sur place si tôt. Ceux qui avaient tué David et Motti ne valaient décidément pas mieux que des animaux. Ses parents lui avaient raconté ce que c'était qu'être juif en Palestine dans les années 40 : les attaques, la terreur, la jalousie, la haine sans fard, les Britanniques qui refusaient de protéger ceux qui avaient combattu avec eux en Afrique du Nord contre ceux qui s'étaient alliés aux nazis. Les juifs ne pouvaient compter sur personne en dehors d'eux-mêmes et de leur Dieu, et garder l'alliance de ce Dieu leur imposait de rétablir Son Temple sur le rocher où Abraham avait conclu un pacte entre son peuple et le Seigneur. Ou bien le gouvernement ne comprenait pas cela, ou bien il jouait avec le destin du seul pays où les juifs étaient vraiment en sûreté. Son devoir de juif lui ordonnait de passer outre, même s'il ne s'en était rendu compte que très récemment.

Le rabbin Kohn arriva à l'heure dite. Il était accompagné du rabbin Eléazar Goldmark, rescapé d'Auschwitz où il avait appris l'importance de la foi quand on est aux portes de la mort. Ils avaient apporté un paquet de piquets d'arpenteur et des cordes de marquage. Ils avaient pris les mesures, et, à compter de ce jour, des hommes devaient se relayer en permanence sur le site. Ils comptaient même obliger le gouvernement israélien à effacer les obscénités musulmanes qui souillaient l'endroit. Grâce au soutien populaire qui montait à travers le pays, aux subsides venus d'Europe et d'Amérique, le projet devait être réalisé en cinq ans. Personne n'oserait plus seulement parler de reprendre ce pays à ceux à qui Dieu Lui-même l'avait donné.

– Merde! murmura l'un des hommes derrière lui, mais le capitaine Zadin se retourna et le fit taire d'un regard.

En ce moment historique, c'était un blasphème.

Benni salua les deux rabbins qui s'écartèrent. Les policiers suivirent leur capitaine à une cinquantaine de mètres. Zadin priait pour la sûreté de Kohn et Goldmark, mais il savait qu'ils acceptaient pleinement le danger de la situation, comme Abraham s'était soumis à la Loi de Dieu en acceptant la mort de son fils.

La foi qui avait poussé Zadin jusque-là l'avait aveuglé. Il était pourtant évident qu'Israël était décidément un pays trop petit pour y garder un secret, et que certains juifs ne voyaient en Kohn et Goldmark que des avatars locaux des ayatollahs intégristes iraniens. L'affaire s'était donc ébruitée, et des équipes TV attendaient sur la place au pied du Mur des Lamentations. Quelques journalistes portaient un casque de chantier, en prévision de la pluie de pierres qui ne manquerait pas de s'abattre sur eux. «C'est peut-être mieux ainsi», se dit le capitaine Zadin en suivant les rabbins au sommet du Mont du Temple. Le monde allait apprendre ce qui se passait. Il pressa le pas instinctivement pour se rapprocher de Kohn et Goldmark. Même s'ils acceptaient sans aucun doute l'idée du martyre, son devoir était de les protéger. De la main droite, il tâta le pistolet qui pendait à sa ceinture. Il risquait d'en avoir besoin.

Les Arabes étaient là. C'était dommage qu'ils soient si nombreux, comme des puces, comme des rats, à un endroit qui ne leur appartenait pas. Il n'y avait qu'à attendre qu'ils dégagent, ce qu'ils ne firent pas, bien entendu, et Zadin le savait pertinemment. Pour leur malheur, ils s'opposaient à la volonté de Dieu.

La radio de Zadin disait quelque chose, mais il fit semblant de ne rien entendre. Ce devait être son patron, qui lui demandait ce que diable il pouvait bien faire ici et qui lui donnait l'ordre de se retirer. Pas aujourd'hui. Kohn et Goldmark faisaient crânement face aux Arabes qui leur barraient le chemin. Zadin faillit pleurer en voyant leur courage et leur foi. Il essaya d'imaginer comment le Seigneur pourrait leur manifester Sa faveur, espérant qu'ils en sortiraient vivants. Derrière lui, la moitié de ses hommes étaient vraiment avec lui, Benny avait fait son possible pour les convaincre. Il n'avait pas besoin de les regarder pour savoir qu'ils ne se servaient pas de leurs boucliers en Lexan; bien loin de là, ils avaient enlevé la sécurité de leurs armes. C'était dur d'attendre ainsi, dur d'attendre la première volée de pierres qui pouvait arriver à tout moment.

«Dieu bien-aimé, laisse-les vivre, s'il Te plaît, protège-les. Epargne-les comme Tu as épargné Isaac.»

Zadin était maintenant à moins de cinquante mètres des deux courageux rabbins. L'un était d'origine polonaise, un survivant des camps infâmes où sa femme et son fils étaient morts, où il avait réussi à garder son âme et compris l'importance de la foi. L'autre, américain, un homme qui était venu en Israël, qui avait vécu ses combats puis s'était tourné vers Dieu, comme Benny venait de le faire quelques jours plus tôt.

Les deux hommes n'étaient plus qu'à une dizaine de mètres des Arabes hargneux et sales. Seuls ces derniers pouvaient voir leur visage serein, la fermeté avec laquelle ils attendaient ce qui ne pouvait manquer d'arriver ce matin-là. Seuls ils purent lire l'étonnement sur la figure du Polack et la douleur étonnée de l'Américain quand ils comprirent ce qui se passait.

Sur un ordre, les Arabes de la première ligne, des adolescents qui avaient une longue pratique des manifestations violentes, s'assirent par terre. La centaine de jeunes qui se trouvaient derrière eux fit de même. Puis la première ligne se mit à claquer des mains, et à chanter. Il fallut à Benny un moment pour comprendre les paroles, alors qu'il parlait arabe aussi bien qu'un Palestinien.

Nous vaincrons
Nous vaincrons
Un jour, nous vaincrons.

Les équipes de télé suivirent immédiatement les policiers, plusieurs journalistes riaient devant l'ironie tragique de la situation. L'un d'eux, le correspondant de CNN, Pete Franks, résuma les choses à la cantonade : « Fils de putain ! » Et Franks comprit que le monde venait de connaître un tournant, un de plus. Il était à Moscou lors de la première réunion démocratique du Soviet suprême, il était à Managua quand les sandinistes avaient perdu des élections gagnées d'avance, et à Pékin lorsque la statue de la Liberté y avait été abattue. « Et maintenant, ça ? se dit-il. Les Arabes sont enfin devenus raisonnables. Quel merdier ! »

– J'espère que la caméra tourne, Mickey.

– Ils chantent ce que je m'imagine ?

– Exactement. On va se rapprocher.

Le chef des Arabes était un étudiant en sociologie de vingt ans, un certain Hashimi Moussa. Il avait eu un bras estropié à la suite d'un coup de matraque israélien, et la moitié de ses dents avaient été emportées par le tir d'une balle en caoutchouc. Personne ne doutait de son courage, il l'avait largement prouvé. Pour gagner ses galons de leader, il avait dû affronter la mort une douzaine de fois, et maintenant, c'était lui le chef, les gens l'écoutaient, et il pouvait enfin mettre en application des idées cultivées depuis cinq années qui lui avaient semblé une éternité. Il avait mis trois jours à les persuader, à la suite des confidences d'un ami juif dégoûté des religieux traditionalistes et qui avait dévoilé leur plan. « C'est peut-être ce que l'on appelle le destin, se disait Hashimi, ou bien la Volonté d'Allah, ou encore la chance. » Mais peu importait, le moment qu'il attendait depuis ses quinze ans, quand il découvrait Gandhi et King, et leur méthode pour vaincre la force par le courage passif et nu, était arrivé. Pour persuader les siens, il avait fallu les sortir d'un code d'honneur guerrier qui était partie intégrante d'eux-mêmes, mais il y était parvenu. Maintenant, ce en quoi il croyait allait subir l'épreuve du feu.

Benny Zadin ne comprit qu'une chose, c'est que la route était barrée. Le rabbin Kohn dit quelque chose au rabbin Goldmark, mais aucun des deux ne se replia vers les policiers, car battre en retraite aurait été avouer leur défaite. Il ne saurait jamais si ce qu'ils voyaient les avait sonnés, ou mis en colère. Le capitaine Zadin se retourna vers ses hommes.

– Les gaz !

Ils avaient été préparés à l'avance. Les quatre hommes équipés de lance-grenades étaient tous pratiquants. Ils visèrent et tirèrent tous ensemble dans la foule. Ces grenades étaient dangereuses, mais, par miracle, personne ne fut blessé. En quelques secondes, des nuages gris de gaz lacrymogène recouvrirent la masse des Arabes assis sur le sol. Il y eut un ordre, et ils sortirent tous leur masque pour se protéger. Ils ne pouvaient plus chanter, mais ils continuaient à claquer des mains et cela n'entama pas leur résolution. Seul résultat, le capitaine Zadin entra en fureur quand le vent chassa le nuage de gaz vers ses hommes. Ensuite, des hommes équipés de gants isolants ramassèrent les projectiles encore chauds et les renvoyèrent sur les policiers. Une minute plus tard, ils purent enlever leurs masques, et ils se remirent à chanter en riant.

Zadin ordonna alors de tirer des balles en caoutchouc. Six de ses hommes en étaient équipés et, à cinquante mètres, ils pouvaient contraindre n'importe qui à courir se mettre à l'abri. La première salve fut parfaitement dirigée : six Arabes du premier rang furent atteints et deux se mirent à hurler de douleur. L'un d'entre eux s'évanouit, mais personne ne broncha, sauf pour porter secours aux blessés. La deuxième salve ne visait plus la poitrine, mais la tête, et Zadin eut la satisfaction de voir un visage se couvrir de sang.

Leur chef – Zadin l'avait déjà vu avant et le reconnaissait – resta debout et donna un ordre que le capitaine israélien ne put saisir. Mais sa signification fut bientôt claire ; les chants reprirent plus fort, et une autre volée de balles suivit immédiatement. L'officier de police se rendit compte qu'un de ses tireurs avait perdu le contrôle de lui-même. L'Arabe qui avait pris une balle en pleine figure en reçut une autre au sommet du crâne et s'écroula, tué net. Cela aurait dû inquiéter à Benny de ne plus tenir ses hommes en main, mais, pis que tout, il perdait lui-même son sang-froid.

Hashimi ne vit pas son camarade mourir, la passion du moment balayait tout. Les deux rabbins paraissaient effondrés. Il ne distinguait pas les visages des policiers derrière leurs masques, mais ce qu'ils faisaient, leurs mouvements manifestaient assez leurs intentions. Dans un bref moment de lucidité, il comprit qu'il était en train de gagner, et il se remit à crier pour encourager ses hommes. Et ils restèrent là, stoïques au milieu du feu et de la mort.

Le capitaine Benjamin Zadin arracha son casque et se précipita sur les Arabes, dépassa les rabbins qui restaient plantés là sous le coup d'une indécision à ses yeux incompréhensible. Allait-on laisser la Volonté de Dieu bafouée par les chants horribles de quelques sauvages crasseux ?

– Ouh là là ! fit Pete Franks, les yeux pleins de larmes du gaz qui l'avait atteint.

– Je les ai, dit le cameraman sans le réconforter, et il zooma sur l'officier israélien qui avançait toujours. Il va se passer des choses – ce mec semble complètement cinglé, Pete !

« Ô mon Dieu ! » pensa Franks. Il était juif lui-même, il se sentait étrangement chez lui dans ce pays aride mais tant aimé, il savait que l'histoire se faisait devant lui une fois de plus, et déjà couraient dans sa tête les deux ou trois minutes de commentaires qu'il ajouterait à la bande vidéo enregistrée par son cameraman pour la postérité.

Tout se passa très vite, trop vite, le capitaine se dirigea droit sur le meneur arabe. Hashimi savait désormais qu'un de ses amis était mort, le crâne défoncé par une balle qu'on disait inoffensive. Il pria en silence pour son âme en espérant qu'Allah comprendrait le courage qu'il avait montré en affrontant la mort de cette façon. Allah comprendrait, Hashimi en était certain. Il connaissait cet Israélien qui s'approchait de lui, Zadin, un type qui était venu là assez souvent, l'un de ces Israéliens dont le visage est le plus souvent caché derrière un masque en Lexan et un fusil levé. Encore un qui était incapable de considérer les Arabes comme un peuple, pour qui un musulman n'était qu'un jeteur de pierres ou de cocktails Molotov. Eh bien, aujourd'hui, se dit Hashimi, il voyait quelque chose de différent. Aujourd'hui, il voyait un homme courageux et convaincu.

Benny Zadin, lui, ne voyait qu'un animal, une mule bornée, un... un quoi ? Il n'aurait su dire, mais ce n'était pas un homme. Ils avaient changé de tactique, voilà, et c'était une tactique de femmelette. Croyaient-ils que cela suffirait à le faire renoncer ? Comme sa femme qui lui avait dit en le quittant pour le lit d'un autre qu'il n'était pas à la hauteur, qu'il n'était même pas capable de s'occuper de son propre foyer. Il revit son beau visage vide et se demanda pourquoi il ne lui avait pas donné une bonne leçon. C'était elle qui était devant lui, à moins d'un mètre, elle le regardait fixement, elle éclatait de rire devant son incapacité à faire ce que sa virilité lui ordonnait de faire, et, ainsi, la faiblesse passive avait vaincu la force.

Mais pas cette fois, non.

– Recule, ordonna Zadin en arabe.

– Non.

– Je vais te tuer.

– Tu ne passeras pas.

– Benny ! hurla un policier.

Mais il était trop tard. Pour Benjamin Zadin, la mort de ses frères tués par les Arabes, la fuite de sa femme, tous ces gens assis devant lui, c'était trop. D'un mouvement preste, il sortit son arme de service de l'étui et tira dans le front d'Hashimi. Le jeune Arabe tomba droit devant lui, les chants et les battements de mains cessèrent. L'un des manifestants esquissa un mouvement, mais ses voisins l'empoignèrent. Les autres se mirent à prier pour leurs deux camarades morts. Zadin dirigea son arme sur l'un d'eux, mais son doigt crispé sur la détente n'arrivait plus à tirer. C'était cette lueur dans leurs yeux, ce courage, quelque chose qui n'était pas de la haine. De la résolution, peut-être... et de la pitié, car le visage de Zadin montrait une angoisse plus insupportable que la souffrance, et il prenait soudain conscience de l'horreur de ce qu'il venait de faire. Il avait perdu la tête, il avait tué de sang-froid, il avait pris la vie de quelqu'un qui ne menaçait personne. Il avait commis un meurtre. Zadin se retourna vers les rabbins, cherchant quelque chose, sans savoir quoi. Ce qu'il cherchait n'était simplement pas là. Quand il fit demi-tour, les chants reprirent. Le sergent Moshe Levin s'approcha de lui et lui enleva son arme.

– Allons, Benny, venez, partons d'ici.

– Mais qu'est-ce que j'ai fait ?

– C'est fait, Benny. Venez avec moi.

Levin essaya de l'entraîner, mais il se retournait pour regarder le gâchis de la matinée. Le corps d'Hashimi était recroquevillé, un filet de sang coulait entre les pavés. Le sergent savait bien qu'il fallait surtout ne rien dire, ne rien faire. Ça n'aurait pas dû se terminer comme ça. Sa bouche était grande ouverte, sa tête ballottait d'un côté et de l'autre. À cet instant, les disciples d'Hashimi surent qu'ils avaient gagné.

* * *

Le téléphone de Ryan sonna à 2 h 30, heure de la côte Est. Il réussit à décrocher avant la deuxième sonnerie.
– Ouais?
– Ici Saunders, au Centre Opérations. Allumez votre télé. Dans quelques minutes, CNN va passer un document saignant.
– Racontez-moi.
Ryan chercha la télécommande et mit en route le poste de la chambre.
– Vous allez pas me croire, monsieur. On a intercepté ça sur un canal satellite, et Atlanta est en train de le balancer sur les réseaux. Je ne sais pas comment ils ont pu passer au travers de la censure israélienne. Peu importe...
– OK.
Ryan se frotta les yeux pour mieux voir. Il avait coupé le son pour ne pas déranger sa femme. Mais la séquence se passait de commentaire.
– Dieu du ciel...
– Ça se suffit à soi-même, convint l'officier de garde.
– Envoyez-moi mon chauffeur. Appelez le directeur, dites-lui de venir tout de suite. Prenez contact avec l'officier de permanence transmissions à la Maison Blanche, qu'il alerte les gens de son côté. On a besoin du DDI, des responsables des départements Israël, Jordanie – bon dieu, toute la zone, tous les départements. Assurez-vous que le Département d'État est prêt à décoincer.
– Ils ont leur propre...
– Je sais, appelez-les quand même. Il ne faut pas faire d'impasse, compris?
– Bien, monsieur. Autre chose?
– Oui, laissez-moi dormir encore quatre heures.
Ryan raccrocha.
– Jack... c'était quoi?
Cathy s'assit sur son lit. Elle avait saisi les dernières images.
– Ce que tu as vu, chérie.
– Qu'est-ce que ça signifie?
– Ça veut dire que les Arabes viennent de trouver le moyen de détruire Israël. Sauf si on intervient.

* * *

Une heure et demie plus tard, Ryan mettait en route la cafetière West Bend de son bureau, avant de parcourir les notes établies pendant la nuit par l'équipe de permanence. Il allait avoir besoin de café, aujourd'hui. Il s'était rasé dans la voiture, et le résultat, vit-il en passant devant la glace, n'était pas brillant. Jack se remplit une pleine tasse, et se dirigea vers le bureau du directeur. Charles Alden était là, en compagnie de Cabot.

— Bonjour, dit le conseiller à la Sécurité nationale.

— Salut, répondit le directeur adjoint d'une voix enrouée. Qu'est-ce que vous pensez de tout ça? Le président est au courant?

— Non, je n'ai pas voulu le déranger avant d'en savoir un peu plus. Je lui en parlerai quand il se réveillera, vers 6 heures. Alors, Marcus, que pensez-vous de nos amis israéliens, maintenant?

— On a d'autres détails, Jack? demanda le directeur Cabot à son adjoint.

— L'assassin est un capitaine de la police, d'après ses insignes. On ne connaît pas encore son nom, ni ses antécédents. Les Israéliens l'ont planqué quelque part et ils restent muets. D'après la télé, il y a eu deux morts, et il y a sans doute quelques blessés légers. Le chef de poste ne sait rien de plus, si ce n'est que l'incident s'est réellement produit, ce n'est pas une fiction. On n'avait personne sur place, et tout ce qu'on sait vient de la télé.

«Encore une fois», pensa Jack. La matinée était déjà assez mauvaise comme cela.

— Le Mont du Temple est bouclé par l'armée, personne ne peut entrer ni sortir, et ils ont également interdit l'accès au Mur des Lamentations. C'est sans doute la première fois. Notre ambassade n'a rien fait, ils attendent des instructions. C'est la même chose pour tout le monde: aucune réaction en Europe, mais ça devrait venir d'ici une heure. Les bureaux sont en train d'ouvrir là-bas, et ils ont eu les mêmes images que nous sur Sky News.

— Il est presque 4 heures, dit Alden en consultant sa montre d'un œil fatigué. Dans trois heures, les gens prendront leur petit déjeuner, ils vont avoir un joli spectacle pour se mettre en train. Messieurs, je crois que cette fois, c'est grave. Ryan, je me souviens de ce que vous disiez le mois dernier.

— Tôt ou tard, il faudra que les Arabes deviennent raisonnables, dit Jack.

Alden approuva d'un signe de tête, ce qui était sympa de sa part: il avait dit la même chose dans ses bouquins bien des années avant.

— Je crois qu'Israël peut régler ce problème, ils s'en sont toujours sortis.

— Impossible, patron, dit Ryan. — Il fallait bien que quelqu'un rectifie les idées de Cabot. — Regardez ce que Napoléon disait du physique et du moral. Israël dépend totalement de son moral, c'est la seule démocratie de la région et c'est sa marque distinctive. C'était, parce que tout ça vient de disparaître il y a trois heures. Les militants des droits de l'homme vont monter au créneau.

Jack s'interrompit pour boire une gorgée de café.

— C'est une simple question de justice. Quand les Arabes jetaient des pierres et des cocktails, la police pouvait répondre qu'elle utilisait la violence pour répondre à la violence. Plus maintenant, les deux types qui sont morts étaient assis et ne menaçaient personne.

— Mais c'est l'acte isolé d'un fou, dit rageusement Cabot.

— Pas exactement, monsieur. C'est vrai pour celui qui a été tué au pistolet, mais le premier a reçu deux balles de caoutchouc à moins de vingt mètres, deux coups qui le visaient délibérément, tirés par une seule arme à un coup. C'était volontaire, ce n'était pas un accident.

— Êtes-vous bien sûr qu'il est mort? demanda Alden.

— Ma femme est médecin, et elle pense qu'il est mort. Le corps a eu un soubresaut puis est resté sans mouvement, ce qui ressemble à une mort causée par un traumatisme cérébral. Ils ne peuvent pas raconter que ce type a glissé et est tombé sur une bordure de trottoir. Et ça change tout. Si les Palestiniens sont intelligents, ils recommenceront. Ils appliqueront la même tactique, en espérant que le monde entier réagira. En agissant ainsi, ils ne peuvent pas perdre.

— Je suis d'accord avec Jack, fit Alden. On aura droit à une résolution de l'ONU avant le dîner. Il va falloir qu'on vive avec ça, et les Arabes vont finir par comprendre que la non-violence constitue une arme plus efficace que les pierres. Que vont dire les Israéliens, comment vont-ils réagir?

Alden connaissait pertinemment la réponse. Il fallait éclairer le DCI, et Ryan reprit la question au vol.

— Au début, ils vont bétonner. Ils sont probablement fous de rage de ne pas avoir intercepté la bande, mais il est trop tard. Il est pratiquement certain qu'il s'agit d'un accident — je veux dire que le gouvernement israélien est sans doute aussi surpris que nous, sans ça ils auraient coincé l'équipe de télé. Ce capitaine de la police est en train de se faire passer un savon, et, avant midi, ils vont déclarer qu'il est fou — et bon dieu, c'est sans doute le cas –, qu'il s'agit d'un acte isolé. On peut facilement prévoir ce qu'ils vont faire pour essayer de limiter les dégâts, mais...

— Ça ne va pas marcher, interrompit Alden. Le président va faire une déclaration vers 9 heures, on ne pourra pas baptiser ça un «tragique incident». Il s'agit bel et bien d'un meurtre de sang-froid, commis par un fonctionnaire sur un manifestant désarmé.

— Allons, Charlie, ce n'est qu'un incident isolé, essaya encore le directeur Cabot.

— Possible, mais ça fait cinq ans qu'on prédit ce genre de chose.

Le conseiller à la Sécurité nationale se leva et s'approcha de la fenêtre.

— Marcus, la seule chose qui a permis à Israël de résister depuis trente ans, c'est la stupidité des Arabes. Ou bien ils ne se sont jamais aperçus que la légitimité d'Israël était fondée entièrement sur sa position morale, ou bien ils n'ont pas eu l'intelligence d'en tenir compte. Dorénavant, Israël est confronté à une contradiction éthique insoluble. Si c'est une démocratie respectueuse des droits des citoyens, ils doivent accorder des droits plus larges aux Arabes. Mais cela veut dire qu'ils jouent avec leur intégrité politique, laquelle dépend de la façon dont ils traitent leurs extrémistes religieux – lesquels se foutent complètement des droits des Arabes, non? Mais s'ils soutiennent leurs zélotes envers et contre tout, s'ils essaient d'enterrer cette affaire, alors, ils ne sont plus une démocratie et ils perdent le soutien de l'Amérique sans lequel ils sont incapables de survivre, économiquement et militairement. Nous sommes soumis au même dilemme. Nous soutenons Israël à cause de sa légitimité démocratique, mais cette légitimité vient de s'envoler. Un pays où la police assassine des gens désarmés n'a pas de légitimité, Marcus. Nous ne pouvons pas plus soutenir un pays qui fait ce genre de choses que nous n'avons soutenu Somoza, Marcos et tous ces dictateurs de pacotille...

— Mais enfin, Charlie, Israël n'est pas...

— Je sais, je sais, Marcus. Ils ne sont pas comme ça, pas du tout. Mais leur seul moyen de le démontrer, c'est de se conduire conformément à ce qu'ils disent. S'ils se butent là-dessus, ils sont foutus. Quand ils chercheront le soutien de leurs lobbies habituels, il n'y aura plus personne. Si les choses vont jusque-là, ils nous mettront dans un pétrin pire que celui où nous sommes déjà, et nous devrons décider si nous les lâchons ou non. Comme c'est impensable, il faut trouver une autre solution.

Alden se détourna de la fenêtre.

— Ryan, il faut appliquer d'urgence votre idée. Je me charge du président et du Département d'État. Le seul moyen de sortir Israël de là, c'est de trouver un plan de paix qui marche. Appelez votre ami à Georgetown et dites-lui que ce n'est plus le moment de réfléchir. Ceci est désormais le projet Pèlerinage. D'ici demain matin, je veux un exposé détaillé sur ce que nous voulons faire et comment nous allons le faire.

— C'est beaucoup trop court, monsieur, intervint Ryan.

— Alors je ne vous dérange pas plus longtemps, Jack. Si nous n'agissons pas rapidement, Dieu seul sait ce qui peut arriver. Vous connaissez Scott Adler au Département d'Etat?

— Je l'ai rencontré.

— C'est le plus doué des hommes de Talbot. Je vous suggère d'aller le voir une fois que vous aurez fait le point avec vos amis. Il vous soutiendra du côté de son administration. Il ne faut pas compter sur ces bureaucrates pour faire vite. Je vous conseille aussi de faire vos valises, vous risquez d'être occupé. Il me faut des faits, les positions à prendre, et une évaluation de la situation aux petits oignons. En outre, je souhaite que cela reste absolument secret. — Cette dernière remarque était destinée à Cabot. — Si nous voulons que ça marche, nous ne pouvons pas nous permettre la moindre fuite.

— Bien, monsieur, répondit Jack.

Cabot se contenta de hocher la tête.

* * *

C'était étonnant, mais Jack n'avait jamais mis les pieds à la résidence des professeurs de Georgetown. Il écarta cette réflexion et s'installa devant le petit déjeuner qui venait d'être servi. Leur table donnait sur un parking.

— Vous aviez raison, Jack, remarqua Riley. Ça valait la peine de se donner du mal.

— Qu'en dit Rome?

— Ils aiment assez, répondit simplement le recteur de l'université de Georgetown.

— Mais encore? lui demanda Ryan.

— Vous êtes sérieux?

— Alden m'a dit il y a deux heures qu'il y avait urgence.

Riley hocha la tête.

— Vous voulez essayer de sauver Israël, Jack?

Ryan ne savait pas s'il fallait voir de l'humour dans cette question, mais sa forme physique ne lui permettait pas de se montrer enjoué.

— Mon père, je n'agis qu'en fonction d'autre chose – des ordres, vous voyez ce que je veux dire?

— Ce mot m'est assez familier. On peut dire que cette idée vous est venue au bon moment.

— Peut-être, mais on parlera du Nobel une autre fois, d'accord?

— Finissez votre petit déjeuner. On a un certain nombre de gens à voir d'ici midi, et vous ne me semblez pas en forme.

— Je ne suis pas en forme, c'est vrai.

— On devrait s'arrêter de boire à partir de quarante ans, remarqua Riley. C'est quelque chose qu'on ne peut plus supporter après. Que cherchez-vous exactement?

— Si nous arrivons à obtenir l'accord de principe des principaux protagonistes, les négociations pourront commencer dès que possible, mais elles devront être menées avec le plus grand soin. Le président veut pouvoir évaluer rapidement toutes les options possibles. C'est ce à quoi je m'emploie.

— Israël jouera le jeu?

— Si ce n'est pas le cas, qu'ils aillent se faire foutre – excusez-moi, mais c'est exactement ce qui risque de leur arriver.

— Vous avez raison, mais ont-ils assez de bon sens pour prendre conscience de leur situation?

— Mon père, je me contente de rassembler et d'évaluer des informations. Les gens me demandent de prédire l'avenir, mais je ne sais pas le faire. Tout ce que je sais, c'est que ce que j'ai vu à la télé risque d'allumer le plus bel incendie depuis Hiroshima, et nous devons absolument faire quelque chose avant que la région soit à feu et à sang.

– Mangez. Il faut que je réfléchisse quelques minutes, et je réfléchis mieux en mastiquant.

Le conseil était bon, Ryan en fut convaincu quelques instants après. Les aliments adoucissaient l'aigreur du café dans son estomac, et l'énergie qu'il emmagasinait allait l'aider à supporter la journée. Moins d'une heure plus tard, il était déjà reparti direction le Département d'État. À l'heure du déjeuner, il rentra chez lui préparer ses bagages et réussit à voler trois heures de sieste. Il retourna à la Maison Blanche pour une réunion dans le bureau d'Alden, et cela se termina tard dans la nuit. Alden avait pris les choses en main, et tout fut passé en revue. Avant l'aube, Jack se rendit à la base aérienne d'Andrews. Il réussit à appeler sa femme depuis le salon réservé aux personnalités. Jack avait pensé emmener son fils à un match pendant le week-end, mais il n'y aurait pas de week-end. Un coursier lui apporta deux cents pages de documents en provenance de la CIA, du Département d'État et de la Maison Blanche. Il aurait de quoi lire en traversant l'Atlantique.

4
LA TERRE PROMISE

La base de l'U.S Air Force de Ramstein est implantée en Allemagne dans une vallée. Cela sembla très étrange à Ryan. Pour lui, un aéroport était un endroit plat à perte de vue. La base accueillait une escadre de chasseurs-bombardiers F-16 qui étaient rangés dans des abris individuels contre les bombes. Les abris étaient noyés dans les arbres – les Allemands ont une manie de la verdure qui impressionnerait le plus enragé des écolos américains. Pour une fois, les vœux des défenseurs des arbres coïncidaient avec les besoins des militaires. Vu du ciel, il était très difficile de repérer ces abris – de construction française –, ce qui était satisfaisant sur le plan esthétique et très agréable militairement parlant. La base abritait également quelques gros avions d'affaires, dont un Boeing 707 modifié qui portait l'inscription «États-Unis d'Amérique». C'était, en plus petit, un avion analogue à celui du président, qu'on surnommait Miss Piggy. Il était affecté à l'usage du commandant des forces aériennes américaines en Europe. Ryan ne put réprimer un sourire: il y avait là soixante-dix chasseurs destinés à détruire les forces soviétiques qui se retiraient à présent d'Allemagne, le tout abrité dans une zone admirablement conservée, en compagnie d'une certaine Miss Piggy. Le monde était vraiment fou.

D'un autre côté, voyager avec l'armée de l'Air vous assurait une hospitalité hors pair et un traitement de VIP. Sur place, on était logé à l'hôtel Cannon. Le commandant de la base, colonel plein, avait mis son VC-20 Gulfstream personnel à sa disposition, ainsi qu'une suite spécialement équipée où un meuble renfermait un bel assortiment d'alcools destinés à faire oublier le décalage horaire grâce à neuf heures de sommeil assisté. C'était tant mieux, car la télévision n'offrait qu'une seule chaîne. Quand il se réveilla vers 6 heures, heure locale, il avait presque récupéré le décalage et se sentait aussi alerte qu'affamé. Encore un autre voyage auquel il avait survécu, enfin, il l'espérait.

Jack n'avait pas très envie d'aller faire son jogging. En fait, il savait qu'il n'aurait pas été capable de faire cinq cents mètres même sous la menace d'une arme. Il se contenta d'aller marcher et se fit dépasser par un certain nombre de maniaques de la gymnastique matinale, dont de nombreux pilotes de chasse, jeunes et minces. Le brouillard s'accrochait encore aux arbres plantés juste au bord de la route bitumée. Il faisait plus froid qu'en Amérique, l'air était déchiré fréquemment par le rugissement désagréable des réacteurs – « le bruit de la liberté » –, symbole audible de la force qui avait permis de garantir la paix en Europe pendant quarante ans. Maintenant, les Allemands leur en voulaient, bien sûr. Les gens changent d'attitude avec une rapidité déconcertante. La puissance américaine avait atteint son but et appartenait au passé, pour ce qui touchait l'Allemagne. Il n'y avait plus de frontières entre les deux Allemagnes, les barbelés et les miradors n'existaient plus, on avait enlevé les mines. La bande soigneusement hersée qui pendant deux générations avait servi à dénoncer les empreintes des transfuges était plantée d'herbe et de fleurs. Des touristes, caméra au poing, se baladaient en des lieux que les agences occidentales avaient surveillés au prix de beaucoup de sang et d'argent. Parmi eux, il y avait un certain nombre d'officiers de renseignement plus interloqués qu'amusés par ces changements aussi rapides qu'une marée d'équinoxe.

Ryan hocha la tête. Tout cela était bien étonnant. Le problème des deux Allemagnes était déjà au centre du conflit Est-Ouest avant sa naissance, tout le monde croyait que c'était une chose intangible, et on avait écrit sur le sujet suffisamment de rapports et de bouquins pour remplir le Pentagone de pâte à papier. Tous ces efforts, ces analyses minutieuses, ces discussions – envolés. Et bientôt, tout le monde aurait oublié. Les historiens eux-mêmes n'auraient jamais la patience de compulser tous les documents relatifs à ce qui avait été jugé si important, crucial, vital, qui avait justifié tant de morts d'hommes, et ce ne serait plus guère qu'une note de bas de page à la fin des volumes sur la seconde guerre mondiale. Cette base appartenait à ce système révolu. Conçue pour abriter les avions dont la mission consistait à nettoyer le ciel des avions russes et écraser une attaque soviétique, c'était maintenant un coûteux anachronisme et les appartements du personnel logeraient bientôt des familles allemandes. Ryan se demandait ce qu'ils pourraient bien faire des abris comme celui qu'il avait sous les yeux... Des caves pour y garder leur vin, sans doute. Le vin de la région était plutôt bon.

– Halte !

Ryan s'arrêta net et se retourna pour voir d'où venait cette injonction. C'était un policier de l'Air – une femme. Une jeune fille, en fait, mais son M-16 n'était pas en bois.

– J'ai fait quelque chose de mal ?

– Vos papiers, s'il vous plaît.

La jeune personne était mignonne, et très professionnelle. Ryan lui tendit ses papiers de la CIA.

– Je n'ai encore jamais vu ce genre de document, monsieur.

– Je suis arrivé hier soir par le VC-20, je suis à la maison des hôtes, chambre 109. Vous pouvez vérifier au secrétariat du colonel Parker.

– Nous sommes en alerte, monsieur, et elle prit sa radio.

– Faites votre devoir, mademoiselle – pardonnez-moi, sergent. Mon avion ne décolle qu'à 10 heures.

Jack alla s'appuyer contre un arbre pour se détendre. La journée était trop belle pour qu'on se laisse énerver par quoi que ce soit.

– Bien reçu. – Le sergent Becky Wilson coupa la radio. – Le colonel vous cherche, monsieur.

– Pour rentrer, je tourne à gauche après le Burger King?

– C'est ça, monsieur.

Elle lui rendit ses papiers avec un sourire.

– Merci, sergent. Désolé de vous avoir dérangée.

– Vous voulez qu'on vous raccompagne?

– Non, j'aime mieux marcher. Le colonel peut bien attendre, il est en avance.

Ryan partit, laissant là un sergent un peu interloqué en train de se demander qui était ce type assez important pour se permettre de faire attendre le commandant de la base devant le Cannon. Il lui fallut dix minutes, mais le sens de l'orientation de Jack était toujours aussi efficace, même dans un endroit qu'il ne connaissait pas et avec six heures de décalage horaire.

– Bonjour, mon colonel, dit Ryan en enjambant le muret du parking.

– Je vous invite à un petit déjeuner avec l'état-major de COMUSAFE. Nous aimerions entendre votre point de vue sur ce qui se passe en Europe.

Jack se mit à rire.

– Mais c'est moi qui serais curieux de vous entendre.

Il retourna dans sa chambre pour s'habiller. « Qu'est-ce qui leur fait penser que j'en sais plus qu'eux? »

Avant de prendre son avion, il apprit quatre choses qu'il ignorait : les forces soviétiques qui quittaient l'ex-Allemagne de l'Est n'étaient pas ravies de s'en aller, car on ne savait pas où les mettre; l'armée de l'ex-Allemagne de l'Est l'était encore moins de sa retraite forcée que ce qu'on croyait à Washington; ils avaient sans doute des alliés parmi les anciens membres de la Stasi en cours de démantèlement. Enfin, bien qu'une douzaine de membres de la Fraction Armée rouge aient été appréhendés en Allemagne de l'Est, bon nombre avaient vite compris et s'étaient évanouis dans la nature avant de se faire ramasser par la Bundeskriminalamt, la police fédérale allemande. Tout ceci expliquait l'état d'alerte en vigueur à Ramstein.

Le VC-20 décolla peu après 10 heures, cap au sud. « Pauvres terroristes, se disait-il, qui ont sacrifié leur vie, leur énergie, leur intelligence à quelque chose qui disparaît plus vite que la campagne allemande sous cet avion. » Ils étaient comme des enfants qui ont perdu leur mère, sans amis. Ils étaient partis se cacher en Tchécoslovaquie et en Allemagne de l'Est sans prendre conscience de ce que ces deux États communistes allaient disparaître eux aussi. Où se cacher maintenant ? En Russie ? Hors de question. En Pologne ? Quelle rigolade ! Le monde avait changé sans eux, et il allait encore changer, se dit Ryan avec un sourire sibyllin. Quelques-uns de leurs amis allaient pouvoir eux aussi observer les changements. Enfin, peut-être, peut-être...

* * *

— Hello, Sergei Nicolaievitch, avait dit Ryan à l'homme qui entrait dans son bureau, une semaine plus tôt.

— Ivan Emmetovitch, avait répondu le Russe en lui tendant la main.

Ryan se souvenait très bien de la dernière fois où il l'avait vu de près. C'était à Moscou, sur la route de l'aéroport de Cheremetievo, et Golovko avait un pistolet à la main*. Sale journée, mais, comme toujours, c'était amusant après coup de voir comment les choses s'étaient terminées. Golovko avait failli réussir à éviter la plus grosse défection de l'histoire soviétique, et il était devenu premier vice-président du Comité de sûreté de l'État. S'il avait réussi, il ne serait pas allé aussi loin, mais il s'était montré plutôt bon, son président l'avait remarqué, et sa carrière avait pris une tournure inespérée. Pendant que Golovko entrait dans le bureau de Ryan, son garde du corps était resté dans celui de Nancy.

— Ça ne m'impressionne pas.

Golovko regardait le bureau d'un œil désapprobateur, les murs de plâtre nu. Ryan n'avait qu'une toile décente, piquée dans un garde-meubles de l'administration, et, naturellement, le portrait officiel — et obligatoire — du président Fowler caché derrière le portemanteau auquel il accrochait sa veste.

— Mais j'ai une plus jolie vue que vous, Sergei Nicolaievitch. À propos, la statue de Dzerjinski l'Homme-de-fer trône toujours au beau milieu de la place ?

— Pour le moment, oui.

Golovko sourit.

— Votre directeur n'est pas dans vos murs, je crois ?

— Le président avait besoin de le voir.

— Et à quel propos ? demanda Golovko avec un sourire en coin.

— Le diable si je le sais, répondit Ryan en riant.

« Plein de choses », se disait-il intérieurement.

— Tout ça est bien difficile, n'est-ce pas ? Difficile pour nous deux.

Le nouveau directeur du KGB n'était pas lui non plus un professionnel

---

* Voir *Le Cardinal du Kremlin*, éd. Albin Michel, 1989.

du renseignement, c'était la règle. Dans la plupart des cas, le directeur de cette sinistre agence était quelqu'un du Parti, mais le Parti appartenait lui aussi au passé. Narmonov avait choisi un spécialiste en informatique dans l'espoir qu'il apporterait quelques idées neuves dans la première organisation de renseignement soviétique. Ce n'était pas cela qui la rendrait plus efficace. Ryan savait que Golovko avait un IBM PC dans son bureau.

— Sergei, je dis toujours que, si le monde était sensé, je serais au chômage. Et regardez ce qui se passe. Du café?

— Volontiers.

Il goûta le breuvage avec un air satisfait.

— Nancy m'en prépare chaque matin. Eh bien, que puis-je pour vous?

— J'ai souvent entendu cette question, mais jamais dans un tel endroit. — L'invité de Ryan éclata d'un rire bruyant. — Mon Dieu, Jack, ne sommes-nous pas en train de rêver?

— Ce n'est pas un rêve, je me suis encore coupé en me rasant ce matin, et ça ne m'a pas réveillé.

Golovko murmura en russe quelque chose d'incompréhensible pour Jack. Mais ses interprètes arriveraient à le décrypter sur la bande.

— Je suis chargé de rendre compte de nos activités aux parlementaires. Nous avons besoin de conseils, et votre directeur a été assez aimable pour accepter notre requête.

Ryan ne put résister au plaisir de prendre la balle au bond.

— Pas de problème, Sergei Nicolaievitch. Vous pouvez compter sur moi pour vous mettre au courant de tout. Ce sera un vrai plaisir pour moi.

Golovko n'était pas dupe.

— Merci, mais le directeur risque de ne pas comprendre.

Assez plaisanté, il fallait en venir aux choses sérieuses.

— Nous aimerions faire du donnant-donnant.

La confrontation commençait.

— À savoir?

— Nous voudrions des renseignements sur les terroristes que vous avez aidés.

— Nous ne pouvons pas vous en fournir, laissa froidement tomber Golovko.

— Mais si, mais si.

Golovko agita le drapeau du patriotisme offensé.

— Un service de renseignement ne peut pas trahir ses secrets et continuer à fonctionner normalement.

— Vraiment? Dites donc ça à Castro la prochaine fois que vous le verrez, fit Ryan.

— Vous devenez vraiment bon à ce petit jeu, Jack.

— Merci, Sergei. Mon gouvernement est ravi des positions que vient de prendre votre président sur le terrorisme. Et bon dieu, personnellement j'apprécie assez ce type, vous le savez. Nous sommes en train de changer le monde. Il nous reste quelques petites choses à régler. Vous n'avez jamais approuvé le soutien que votre gouvernement a accordé à ces mecs répugnants.

– Qu'est-ce qui vous fait croire ça ? demanda le directeur adjoint.

– Sergei, vous êtes un professionnel du renseignement. Vous ne pouvez pas approuver les actes de criminels indisciplinés. Je ne les approuve pas non plus naturellement, et j'ai pour ça des raisons personnelles.

Ryan se renversa dans son fauteuil, le regard soudain durci. Il n'oublierait jamais Sean Miller et les autres membres de l'IRA qui avaient essayé par deux fois de le tuer avec sa famille*. Trois semaines plus tôt, après des années de procédures épuisantes, après trois recours auprès de la Cour Suprême, après des manifestations et des recours auprès du gouverneur du Maryland et du président des États-Unis, Miller et ses complices étaient entrés un par un dans la chambre à gaz de la prison de Baltimore, et en étaient sortis les pieds devant une demi-heure plus tard. « Et que Dieu ait pitié de leur âme, se dit Ryan. Si Dieu a l'estomac assez solide. » Un chapitre de son existence était terminé pour de bon.

– Et cet incident récent...

– Les Indiens ? Voilà qui illustre parfaitement mon point de vue. Ces « révolutionnaires » faisaient du trafic de drogue pour trouver de l'argent. Tous ces types que vous avez financés, ils vont revenir vous voir. Dans quelques années, ils représenteront pour vous un problème bien plus considérable que pour nous.

Tout cela était évident, et les deux hommes le savaient. Les liens entre le terrorisme et la drogue commençaient à préoccuper les Soviétiques. C'était à l'industrie du crime que profitait d'abord la libre entreprise en URSS. Cela préoccupait autant Ryan que Golovko.

– Alors, qu'en dites-vous ?

Golovko baissa la tête.

– Il faut que j'en parle à mon directeur, il sera d'accord.

– Vous vous souvenez de ce que je vous ai dit il y a deux ans à Moscou ? Qui a encore besoin de diplomates pour négocier, alors que nous avons des gens sérieux sous la main ?

– Je m'attendais à une citation de Kipling ou à quelque poème, répondit sèchement le Russe. Alors, expliquez-moi comment vous vous y prenez avec votre Congrès ?

Jack rit doucement.

– Pour résumer, dites-leur simplement la vérité.

– Et j'ai fait onze mille kilomètres pour entendre ça ?

– Choisissez quelques membres du Parlement capables de garder bouche cousue, et que leurs collègues croient honnêtes – ça, c'est plus difficile – et

---

* Voir *Jeux de guerre*, éd. Albin Michel, 1988.

racontez-leur tout ce qu'ils ont besoin de savoir. Vous devez d'abord établir un certain nombre de règles de terrain.

– Des règles de terrain?

– C'est un terme de football américain, Sergei. Cela veut dire des règles particulières qui s'appliquent à un terrain donné.

L'œil de Golovko s'alluma.

– Voilà une expression bien pratique.

– Tout le monde doit accepter les règles, et personne ne doit jamais, mais jamais, les transgresser.

Ryan se tut. Il s'adressait à son confrère comme un professeur, et ce n'était pas correct.

Golovko se renfrogna. Ce n'était pas facile: ne jamais violer les règles. Les affaires de renseignement n'étaient pas si simples. Et la manie du secret fait partie intégrante de l'âme russe.

– Chez nous, ça marche, ajouta Ryan.

«Est-ce si sûr? se demandait-il en parlant. Sergei sait si ça a marché ou non... il doit savoir des trucs que je ne sais pas. Il pourrait me dire si nous avons eu de grosses fuites au Capitole depuis Peter Henderson... mais il sait aussi que nous avons eu vent de beaucoup de leurs opérations malgré leur passion pathologique pour le secret le plus absolu.» Le Soviet l'avait même reconnu publiquement: depuis des années, l'hémorragie de membres du KGB avait fait rater un certain nombre d'opérations menées contre les États-Unis et l'Occident. En Union soviétique comme aux États-Unis, le secret servait aussi bien à camoufler les succès que les échecs.

– Tout se ramène à un problème de confiance, ajouta Ryan au bout d'un moment. Vos députés sont des patriotes. S'ils n'aimaient pas leur pays, ils ne s'embêteraient pas avec tous les désagréments de la vie publique. C'est la même chose chez nous.

– Le goût du pouvoir..., le coupa Golovko.

– Non, pas pour les meilleurs d'entre eux, ceux à qui vous aurez affaire. Bien sûr, il y aura quelques imbéciles, nous en avons aussi. Mais ils ne sont pas bien dangereux. Les meilleurs savent bien que le pouvoir associé à la politique n'est qu'une illusion. Les servitudes sont bien plus importantes. Non, Sergei, dans la plupart des cas, vous aurez affaire à des gens aussi intelligents et honnêtes que vous.

Golovko le remercia d'un signe de tête pour ce compliment de profession-nel à professionnel. Il avait raison, Ryan devenait vraiment fort. Il réfléchit que Ryan et lui n'étaient plus deux ennemis, des concurrents peut-être mais pas des ennemis. Ce qui les unissait maintenant dépassait le simple respect professionnel.

Ryan observait son visiteur avec sympathie, en souriant intérieurement de sa surprise. Il espérait aussi que l'un de ceux que choisirait Golovko serait Oleg Kirilovitch Kadishev, nom de code Spinnaker. Les médias le connaissaient comme l'un des plus brillants députés au Soviet suprême, ce parlement qui se débattait pour essayer de bâtir un nouveau pays. Sa réputation d'intelligence et d'intégrité masquait le fait qu'il travaillait depuis des années pour la CIA. C'était certainement le meilleur agent jamais recruté par Mary Pat Foley. «Le jeu continue, songea Ryan, mais les règles sont différentes. Le monde aussi est différent, mais le jeu ne s'arrêtera jamais», se dit Jack avec un peu de tristesse. Par exemple, les États-Unis espionnaient même Israël. Simplement, on appelait ça «garder un œil», jamais «monter une opération». « Oh! Sergei, tu as encore beaucoup de choses à apprendre! »

Ryan emmena son invité déjeuner à la salle à manger réservée aux directeurs. Golovko trouva le repas plutôt meilleur que ce qu'offrait le KGB, ce dont Ryan ne se serait jamais douté. Les principaux directeurs de la CIA les attendaient ensuite, rangés en ligne avec leurs adjoints, pour serrer la main de Golovko et faire une photo. On fit le portrait de groupe devant l'ascenseur, au moment où le Russe regagnait sa voiture. Après son départ, les équipes du département Sciences et Technologie ainsi que ceux de la sécurité passèrent au peigne fin tous les endroits où il était passé avec son garde du corps. Et ils ne trouvèrent rien du tout. On en conclut que Golovko ne s'était pas permis de jouer aux petits jeux habituels. L'un des enquêteurs se lamenta de ce que les choses n'étaient plus comme dans le temps...

* * *

Ryan sourit en se rappelant cette remarque. Les choses allaient si vite. Il s'enfonça dans son siège et attacha sa ceinture. Le VC-20 approchait des Alpes et il risquait d'y avoir quelques turbulences.

– Vous désirez un journal, monsieur? lui demanda l'hôtesse.

C'était une femme, pour changer, et jolie en plus. Elle était en outre mariée, et enceinte. Un sergent enceint. Ryan se sentit mal à l'aise.

– Qu'avez-vous?

– L'*International Tribune*.

– Parfait!

Ryan prit le journal et faillit s'étrangler. Là, en première page, un enfoiré leur avait refilé la photo. Golovko, Ryan, tous les directeurs du département Sciences et Technologie, les opérationnels, les administratifs, les archives, le renseignement, en train de digérer leur déjeuner. Leur identité n'était pas secrète, c'est vrai, mais tout de même...

– La photo n'est pas très bonne, remarqua le sergent avec un sourire.

Ryan n'arrivait pas à se sentir vraiment en colère.

– C'est pour quand, sergent?

– Encore cinq mois, monsieur.

– Eh bien, j'espère que votre enfant arrivera dans un monde meilleur que celui qui nous a accueillis. Vous n'avez pas envie de vous asseoir et de vous reposer? Je ne suis pas un homme assez libéré pour me faire servir par une femme enceinte.

* * *

L'édition de l'*International Herald Tribune* résulte d'un accord entre le *New York Times* et le *Washington Post*. Pour les Américains qui voyagent en Europe, c'est le seul moyen de connaître les résultats de foot et de lire les bandes dessinées. Le journal avait déjà élargi sa zone de diffusion à l'ex-bloc de l'Est, afin de toucher les touristes et les hommes d'affaires américains qui envahissaient les anciens pays communistes. Mais les habitants de ces pays le lisaient également pour améliorer leur anglais et pour savoir ce qui se passait aux États-Unis, sans compter qu'il existait une certaine fascination pour la vie américaine chez ces gens qui s'essayaient à imiter ce qu'on leur avait appris jusqu'alors à haïr. Enfin, c'était une source d'information aussi bonne que les feuilles locales sur ce qui se passait réellement dans leurs pays. Tout le monde l'achetait, et l'éditeur américain s'employait à élargir encore son audience.

L'un de ces lecteurs réguliers s'appelait Günter Bock. Il habitait Sofia, en Bulgarie, et avait quitté l'Allemagne – sa moitié est – quelques mois plus tôt, après qu'un ancien ami de la Stasi l'eut prévenu qu'il valait mieux aller voir ailleurs. Avec sa femme, Petra, Bock avait été chef d'un commando de la bande Baader-Meinhof, puis, quand celle-ci avait été démantelée par la police fédérale allemande, de la Fraction Armée rouge. Par deux fois, il avait manqué être arrêté par le Bundeskriminalamt, et il avait dû passer en Tchécoslovaquie, puis de là en RDA, où il s'était installé dans une semi-retraite tranquille. Il avait une nouvelle identité, des papiers tout neufs, un boulot stable – il ne se montrait jamais au bureau, mais les registres d'employés étaient parfaitement en ordre – et il se sentait en sécurité. Ni lui ni Petra n'avaient vu venir la révolte populaire qui avait renversé le gouvernement de la Deutsche Demokratische Republik, mais ils s'étaient dit qu'il valait mieux garder l'anonymat. Ils n'avaient pas prévu non plus qu'une émeute populaire irait saccager le siège de la Stasi. Des millions de documents avaient été détruits à cette occasion, mais de nombreux émeutiers n'étaient en fait que des agents du Bundesnachrichtendienst, le service de renseignement ouest-allemand, qui étaient au premier rang de ceux qui avaient pénétré dans les locaux, et qui savaient exactement quels bureaux visiter. En l'espace de quelques jours, des gens de la FAR avaient commencé à disparaître. Il n'était pas très facile de se tenir au courant : le réseau téléphonique de la RDA était dans un tel état qu'il n'avait jamais été facile de passer un coup de fil, et les anciens associés n'habitaient pas dans la même région pour d'évidentes raisons de sécurité. Mais quand, un beau jour, un couple de leurs amis n'était pas venu dîner comme prévu, Günter et Petra avaient commencé à se faire du souci.

Il était déjà trop tard. Alors que le mari préparait en catastrophe leur départ, cinq commandos du GSG-9, lourdement armés, avaient enfoncé la porte de leur appartement à Berlin-Est. Ils avaient trouvé Petra en train de changer l'une de ses jumelles. Ce spectacle touchant n'effaçait pas le fait qu'elle avait tué trois citoyens ouest-allemands, dont un de façon horrible. Petra était maintenant dans un quartier de haute sécurité où elle purgeait une peine de prison à vie, dans un pays où «à vie» signifie réellement qu'on ne quittera sa cellule que dans un cercueil. Leurs deux enfants avaient été adoptés par un capitaine de la police de Munich dont la femme était stérile.

Günter en avait été terriblement affecté, à un point qui le surprenait lui-même. Après tout, il était un révolutionnaire. Il avait comploté et tué pour défendre sa cause, et il était stupide de se laisser abattre par l'emprisonnement de sa femme... et la perte de ses enfants. Mais... Mais les jumelles avaient le nez et les yeux de Petra, et elles lui auraient souri. Il s'était dévoué à quelque chose de plus grand qu'une banale existence. Ses camarades et lui avaient fait un choix conscient et raisonné, celui de construire un monde meilleur et plus juste pour le commun des mortels. En même temps, Petra et lui avaient décidé, de façon tout aussi consciente et raisonnée, d'avoir des enfants qui seraient éduqués selon les principes de leurs parents, pour ramasser le fruit de leurs peines héroïques. C'était devenu impossible, et Günter enrageait.

Pis encore, il avait complètement perdu le nord. Ce qui était arrivé était parfaitement impossible. *Unmöglich. Unglaublich.* Le peuple, le vulgaire peuple de la RDA, s'était soulevé, oubliant au passage son État presque parfaitement socialiste, choisissant de se fondre dans un monstre d'exploitation dirigé par des impérialistes. Il s'était laissé séduire par l'électroménager Blaupunkt, les voitures Mercedes, et quoi encore? Günter Bock n'arrivait pas à comprendre. Il était intelligent, mais il ne parvenait pas à accepter ces événements incompréhensibles. Que les gens de son pays aient examiné le «socialisme scientifique» et décidé que ça ne marchait pas, et que ça ne marcherait jamais, cela dépassait son entendement. Il avait entièrement consacré sa vie au marxisme, il n'allait pas le renier maintenant. Sans le marxisme, après tout, il ne serait jamais qu'un criminel, un meurtrier de droit commun. Seule l'héroïque éthique révolutionnaire hissait ses actes au-dessus de ceux d'un quelconque gangster. Mais son éthique avait été rejetée avec mépris par ceux qui devaient en bénéficier. C'était tout bonnement impossible, *unmöglich*.

Ce n'était pas juste, que tant de choses aient aussi mal tourné. Il ouvrit le journal qu'il avait acheté vingt minutes plus tôt à sept rues de son logement, et remarqua immédiatement la photo de la première page. On aurait dit que l'éditeur l'avait fait exprès. LA CIA ACCUEILLE LE KGB, disait la légende.

– *Was ist das denn für Quatsch?* murmura Günter.

«Dans un revirement remarquable à une époque remarquable, la Central

Intelligence Agency a accueilli le premier vice-président du KGB au cours d'une conférence destinée à traiter d'affaires d'intérêt mutuel concernant les deux empires du renseignement les plus importants du monde, disait l'article. Des sources généralement bien informées confirment que ce nouveau terrain de coopération Est-Ouest comprendra l'échange d'informations sur les liens de plus en plus étroits qui existent entre le terrorisme international et le trafic de drogue. La CIA et le KGB vont désormais collaborer pour... »

Bock posa son journal et regarda par la fenêtre. Il savait ce que c'est qu'être un animal pourchassé, tous les révolutionnaires le savent. C'était la voie qu'il avait choisie, comme Petra, comme tous leurs amis. Leur tâche était claire : ils représentaient les forces de la lumière contre celles de l'ombre. Bien entendu, les forces de la lumière devaient fuir et se terrer, mais c'était secondaire. Tôt ou tard, la situation allait s'inverser, lorsque le bon peuple apercevrait la vérité et déciderait de se ranger du côté des révolutionnaires. Il n'y avait qu'un problème : le bon peuple avait choisi l'autre camp. Et l'univers terroriste allait bientôt manquer d'endroits sombres où les forces de la lumière pourraient se cacher.

Il était venu en Bulgarie pour deux raisons : de tous les pays de l'ancien bloc de l'Est, la Bulgarie était le plus arriéré, et avait réussi à sortir sans heurts de la dictature communiste. En réalité, les communistes dirigeaient toujours le pays, quoique sous un nom différent, et ce pays était encore politiquement sûr, ou du moins neutre. L'appareil de renseignement bulgare, qui fournissait des tueurs à un KGB devenu trop sensible pour se mêler de tâches pareilles, comptait encore nombre d'amis fiables. « Des amis fiables », songea Günter. Mais les Bulgares étaient encore soumis à l'influence de leurs maîtres russes – leurs associés, dorénavant, si le KGB coopérait avec la CIA... Le nombre d'endroits sûrs venait encore de diminuer d'une unité.

Günter Bock aurait dû se sentir glacé par ce nouveau danger qui le menaçait directement. Au contraire, il devint rouge de colère. En tant que révolutionnaire, il clamait depuis longtemps que tout le monde était contre lui, mais au moins, dans le temps, il avait la conviction que cela changerait un jour. Maintenant, ce qui n'avait été que vantardise devenait réalité. Il y avait encore quelques endroits où fuir, quelques contacts sûrs. Mais combien ? Combien de temps avant que ses anciens complices ne se plient eux aussi aux changements du monde ? Les Soviétiques s'étaient trahis eux-mêmes, et le socialisme avec. Et les Allemands. Et les Polonais. Les Tchèques, les Hongrois, les Roumains. À qui le tour ?

Mais ils étaient aveugles ou quoi ? C'était un piège, une conspiration incroyable des forces contre-révolutionnaires. Ils étaient en train de mettre en pièces ce qui aurait pu... ce qui aurait dû... ce qui était... l'ordre social parfait, la liberté organisée au lieu de la misère, l'efficacité, la loyauté et l'égalité... Ce qui...

Était-il possible que tout cela ne soit qu'un mensonge, une erreur épouvantable? Petra et lui avaient tué ces exploiteurs tremblants de peur pour rien?

Après tout, quelle importance? En tout cas, cela n'avait pas d'importance pour Günter Bock, pas maintenant. Il allait bientôt être pourchassé. Si les Bulgares passaient leurs documents aux Russes, si les Russes avaient quelques hommes à eux dans le bon bureau, son adresse et sa nouvelle identité étaient peut-être déjà à Washington, et au quartier-général du BND. Si bien qu'il risquait de se retrouver dans moins d'une semaine dans une cellule proche de celle de Petra.

Petra, avec ses cheveux châtains et ses yeux bleus rieurs. Elle était aussi courageuse qu'un homme, de glace en face de ses victimes, si chaleureuse avec ses camarades. Elle était une mère parfaite pour Erika et Ursel, et c'est là qu'elle avait montré le meilleur d'elle-même. Elle avait été trahie par de soi-disant amis, enfermée dans une cage comme un animal, dépouillée de sa vie. Sa Petra bien-aimée, sa camarade, son amante, sa femme, sa confidente. On lui avait arraché sa propre vie, et maintenant, il fallait qu'il s'éloigne encore davantage d'elle. Il fallait trouver le moyen de changer ça.

Mais la première chose à faire, c'était de partir.

Bock posa son journal et alla s'occuper de la cuisine. Quand tout fut propre et rangé, il prit un simple sac et quitta l'appartement. L'ascenseur était encore en panne, et il descendit à pied les quatre étages jusqu'au rez-de-chaussée. Il attrapa un tram, et, une heure et demie plus tard, il était à l'aéroport. Il était en possession d'un passeport diplomatique. En fait, il en avait six soigneusement cachés dans la doublure de sa mallette made in URSS. Comme c'était un homme prudent, trois d'entre eux correspondaient même à des passeports de vrais diplomates bulgares, à l'insu du ministère des Affaires étrangères qui tenait les registres. Cela lui garantissait l'accès au plus sûr allié du terrorisme international: le transport aérien. Avant midi, il décollait, cap au sud.

* * *

Ryan se posa sur un aéroport militaire près de Rome juste avant midi. Par un curieux hasard, ils se retrouvèrent au roulage juste derrière un autre VC-20 de la 89e Escadre de transport aérien militaire qui venait d'arriver de Moscou. Une limousine noire les attendait tous les deux.

Le secrétaire d'État adjoint Scott Adler accueillit Ryan avec un sourire sibyllin.

— Eh bien? demanda Ryan en essayant de dominer le brouhaha de l'aéroport.

— On a le feu vert.

— Bon dieu, fit Ryan en serrant la main d'Adler. On a droit à encore combien de miracles, cette année?

Adler était diplomate de carrière et il avait toujours travaillé au département soviétique du Département d'État. Il parlait couramment leur langue, il connaissait à fond leur politique passée et actuelle, et il comprenait les Soviets comme peu de gens au gouvernement. Il pouvait en remontrer aux Russes eux-mêmes.

– Vous savez ce qui est dur avec eux?

– S'habituer à entendre *da* au lieu de *niet,* non?

– Ça enlève tout ce qu'il y avait de drôle dans les négociations. La diplomatie est vraiment emmerdante quand les deux parties sont raisonnables.

Adler rigola, et la voiture démarra.

– C'est une expérience nouvelle des deux côtés, dit simplement Jack.

Il se retourna pour regarder «son» avion qui se préparait à redécoller. Il devait voyager avec Adler pendant le reste de leur tournée.

Ils fonçaient vers le centre de Rome avec l'habituelle escorte. Les Brigades rouges, pratiquement éliminées quelques années plus tôt, étaient de retour. Et même si cela n'avait pas été le cas, les Italiens apportaient de toute façon le plus grand soin à la protection de leurs visiteurs étrangers. Le siège avant était occupé par un type peu commode, armé d'un Beretta. Il y avait deux voitures devant, deux autres derrière, et assez de motos pour organiser une course. Cette promenade dans les rues du vieux Rome fit regretter l'avion à Ryan. On aurait dit que les conducteurs italiens avaient tous des ambitions en Formule Un. Jack se serait senti plus à l'aise dans sa voiture, avec Clark, à suivre un parcours aléatoire, mais, dans ses fonctions, les mesures de sécurité participaient autant du cérémonial que de la nécessité.

– Rien ne vaut le profil bas, murmura Jack à Adler.

– Vous faites pas de bile. Chaque fois que je viens ici, c'est le même cirque. C'est la première fois?

– Ouais, ma première visite à Rome. Je me demande comment j'ai fait pour ne pas venir plus tôt – j'en ai toujours eu envie: l'histoire et tout ça.

– Il y a beaucoup d'histoire ici, c'est vrai. On pourrait peut-être contribuer à l'écrire?

Ryan se retourna pour regarder son collègue. Écrire l'histoire était une chose qui ne lui était pas encore venue à l'esprit. Et en plus, c'était dangereux.

– Ce n'est pas mon métier, Scott.

– Si ça marche, vous allez voir ce que vous allez voir.

– Franchement, c'est un truc auquel je n'ai jamais pensé.

– Vous auriez dû. Un bienfait ne reste jamais impuni.

– Vous voulez dire que Talbot...?

– Non, pas lui. D'ailleurs, ce n'est pas vraiment mon patron.

Droit devant, Ryan vit soudain un camion qui essayait de dépasser l'escorte. Le motard placé à l'extrême droite ne broncha pas d'un millimètre.

– Je n'essaie pas de me faire mousser. J'ai eu une idée, c'est tout. Maintenant, on m'envoie en éclaireur.

Adler secoua lentement la tête. «Mais bon dieu, comment a-t-il fait pour rester au service du gouvernement?»

Les habits rayés des Gardes suisses ont été dessinés par Michel-Ange. Comme les tuniques rouges des Gardes britanniques, ils sont le souvenir anachronique d'une époque où les soldats portaient des uniformes brillants et colorés; comme leurs homologues britanniques, ils ont surtout été maintenus comme une attraction pour les touristes plutôt que par nécessité fonctionnelle. Ces hommes, leurs armes paraissent si bizarres. Les Gardes du Vatican portent la hallebarde, cette espèce de hache diabolique à long manche inventée pour les fantassins et qui leur permettait de désarçonner les chevaliers en armure, ou de faucher les jambes des chevaux. Une fois démonté, un chevalier devenait aussi facile à dépecer qu'un vulgaire homard. «Les gens s'imaginent que les armes du Moyen Âge étaient romantiques, songeait Ryan, mais ce pour quoi elles étaient conçues n'avait rien de romantique. Un fusil moderne a au moins l'avantage de faire les choses plus proprement.»

Les Gardes suisses avaient également des fusils, des fusils suisses de chez SIG. Ils ne portaient pas tous leur uniforme Renaissance et, depuis l'attentat contre Jean-Paul II, de nombreux Gardes avaient reçu un entraînement complémentaire. Cela s'était fait discrètement, bien sûr, car cet entraînement ne collait pas tout à fait avec l'image du Vatican. Ryan se demandait quelle était la politique du Vatican sur l'usage de la force, et si le chef des Gardes ne prenait pas des libertés avec les règles imposées d'en haut par des gens mal placés pour apprécier la nature de la menace et la nécessité de prendre de sérieuses mesures de protection. Ils faisaient sans doute de leur mieux malgré ces contraintes, et on les imaginait maugréant entre eux, comme n'importe qui d'autre dans ce métier.

Un évêque les accueillit, un Irlandais nommé Shamus O'Toole dont les cheveux roux juraient horriblement avec sa soutane. Ryan sortit le premier de la voiture, et se posa aussitôt la question: devait-il ou non baiser l'anneau d'O'Toole? Il ne savait pas trop. Il n'avait pas vu un évêque depuis sa confirmation, ce qui faisait un bail, il était encore au collège à Baltimore. O'Toole résolut la question pour lui en lui serrant la main à peu près à la manière d'un ours.

– Mais les Irlandais sont partout! fit-il avec un large sourire.

– Il faut bien que quelqu'un fasse tourner le monde, monseigneur.

– C'est vrai, c'est vrai!

O'Toole salua Adler. Scott était juif, et n'avait pas l'intention de baiser l'anneau de qui que ce soit.

– Voulez-vous me suivre, messieurs?

Mgr O'Toole les précéda dans un bâtiment dont l'histoire aurait rempli trois gros volumes, plus un livre d'art et d'architecture. Jack remarqua à peine les deux détecteurs de métal à l'entrée du second étage. Léonard de Vinci s'était sans doute chargé du boulot, tant ils étaient bien dissimulés dans l'embrasure des portes. Quelques individus en civil qui faisaient les cent pas dans les galeries étaient trop jeunes et trop musclés pour des bureaucrates, et on avait l'impression de se promener dans un mélange de musée d'art ancien et de cloître. Les clercs étaient en soutane et les religieuses portaient la tenue à demi séculière adoptée par leurs consœurs aux États-Unis. Ryan et Adler furent abandonnés un bref instant dans une salle d'attente, sans doute davantage pour leur permettre d'admirer les lieux que pour les faire lanterner, se dit Jack. Il admira une madone du Titien qui ornait le mur pendant que Mgr O'Toole les annonçait.

— Dieu, on se demande s'il lui est arrivé de peindre une petite toile, fit Ryan à voix basse.

Adler pouffa.

— Il avait le coup pour saisir un visage et un regard, hein? Prêt?

— Ouais, répondit Ryan.

Il se sentait étrangement confiant.

— Messieurs, fit O'Toole en ouvrant la porte, voulez-vous me suivre?

Ils traversèrent une seconde antichambre meublée de deux bureaux inoccupés et passèrent une autre porte qui faisait au moins cinq mètres de haut.

Aux États-Unis, le bureau du cardinal d'Antonio aurait pu servir de salle de bal ou de réception. Le plafond était couvert de fresques, les murs revêtus de soie bleue et le plancher antique dissimulé par des tapis assez grands pour y faire tenir intégralement une salle de séjour. Le mobilier était plus récent, avait-il deux cents ans? Le bois des fauteuils était doré, les coussins ornés de tapisserie. Un service à café en argent indiqua à Ryan où ils devaient s'asseoir.

Le cardinal se leva de son bureau pour les accueillir, souriant comme un roi l'aurait fait quelques siècles plus tôt pour complimenter un ministre favori. D'Antonio était de petite taille, et devait apprécier la bonne chère: il avait bien vingt kilos de trop. L'odeur du tabac flottait dans son bureau, une habitude qu'il aurait mieux fait d'abandonner car il approchait de soixante-dix ans. Il y avait une espèce de dignité paysanne sur son vieux visage replet. Fils d'un pêcheur sicilien, d'Antonio avait des yeux marron malicieux qui laissaient percer une rugosité de caractère que cinquante ans au service de l'Église n'avaient pas émoussée. Ryan connaissait ses antécédents et n'avait pas de mal à l'imaginer en train de tirer les filets avec son père. Cette rusticité était également un déguisement assez utile à un diplomate, et d'Antonio en était un, quelle qu'ait pu être par ailleurs sa vocation. Linguiste distingué comme beaucoup de dignitaires du Vatican, il avait passé trente ans à pratiquer son art, et comme il n'avait pas de force militaire à sa disposition pour changer le monde, il avait dû jouer tout en finesse. Dans le langage du renseignement, on aurait dit qu'il était un agent d'influence, partout bien introduit, toujours prêt à écouter ou à donner un conseil. Comme de bien entendu, le cardinal salua d'abord Adler.

— Quel plaisir de vous revoir, Scott.

— Votre Eminence, c'est aussi un plaisir pour moi, comme chaque fois.

Adler serra la main qu'on lui tendait en arborant son sourire le plus diplomatique.

— Et voilà M. Ryan. Nous avons beaucoup entendu parler de vous.

— Merci, Votre Éminence.

— Je vous en prie, je vous en prie.

D'Antonio invita les deux hommes à s'asseoir sur un sofa si magnifique que Ryan hésitait à s'y poser.

— Du café?

— Volontiers, répondit Adler pour eux deux.

Mgr O'Toole fit le service avant de s'asseoir pour prendre des notes.

— C'est trop aimable de votre part d'avoir accepté de nous recevoir de manière presque impromptue.

«Incroyable», se dit Ryan en voyant le cardinal fouiller dans sa soutane et en sortir un étui à cigares. Avec un petit instrument qui semblait en argent, mais était plus probablement en acier, d'Antonio découpa délicatement le gros cylindre brun avant de l'allumer avec un briquet en or. Il ne manifestait pas le moindre remords pour cette faiblesse de la chair. Ryan songea qu'il était sans doute plus à l'aise pour discuter un cigare à la main. Bismarck était comme cela.

— Vous connaissez déjà les grandes lignes de notre projet, dit Adler pour ouvrir le débat.

— *Si.* Et je dois dire que je le trouve très intéressant. Comme vous le savez certainement, le Saint-Père a proposé quelque chose d'équivalent voici quelque temps.

Ryan ne le savait pas.

— Quand j'ai eu connaissance de cette initiative, j'ai fait un petit mémo en soulignant ses qualités, reprit Adler. Il reste un point faible, la difficulté à prendre en compte les problèmes de sécurité, mais, après la guerre du Golfe, nous pouvons faire un certain nombre d'ouvertures. Vous comprenez naturellement que notre projet ne peut pas...

— Votre projet est acceptable, en ce qui nous concerne, répondit d'Antonio en balayant l'air de son cigare. Et comment pourrait-il en être autrement?

— Éminence, c'est précisément ce que nous souhaitions entendre.

Adler prit sa tasse.

— Vous n'avez aucune réserve à faire?

— Nous sommes disposés à faire des concessions, dès lors qu'on peut espérer une amélioration entre les parties concernées. Si les participants sont sur un pied d'égalité, nous approuvons totalement votre proposition.

Ses yeux fatigués brillaient.

— Mais serez-vous en mesure de garantir cette égalité de traitement?

— Je pense que oui, dit Adler d'un ton grave.

— Et les Soviétiques?

– Ils n'interviendront pas, et nous espérons même qu'ils nous soutiendront. De toute manière, ils ont déjà largement de quoi se distraire.

– C'est vrai, et ils profiteront de l'accalmie dans la région, de la stabilité des marchés et d'une ambiance internationale plus détendue.

«Étonnant, se disait Ryan. C'est étonnant de voir comment les pragmatiques se sont adaptés à tous ces changements, on dirait qu'ils s'y attendaient. Et pourtant non, personne n'avait rien prévu. Si quelqu'un avait prédit il y a dix ans tout ce qui arrive, on lui élèverait une statue.»

– C'est vrai.

Le secrétaire d'État adjoint posa sa tasse.

– Reste à savoir comment annoncer...

Une autre bouffée de cigare.

– Naturellement, vous souhaitez que le Saint-Père s'en charge.

– Vous m'avez deviné, observa simplement Adler.

– Je ne suis pas encore complètement gâteux, répondit le cardinal. Mais les fuites dans la presse?

– Nous préférerions qu'il n'y en ait pas.

– Au Vatican, c'est facile, mais chez vous? Qui est au courant?

– Très peu de gens, dit Ryan, qui ouvrait la bouche pour la première fois. Enfin, pour l'instant.

– Mais à votre prochaine escale?

D'Antonio ne savait pas où ils allaient, mais c'était évident.

– Cela pourrait poser un problème, dit prudemment Ryan. Nous verrons bien.

– Le Saint-Père et moi-même prions pour votre succès.

– Qui sait, cette fois, vos prières seront peut-être exaucées, dit Adler.

* * *

Cinquante minutes plus tard, le VC-20B décollait. Il survola la côte italienne, puis vira au sud-ouest et retraversa l'Italie vers sa destination.

– Bon dieu, ç'a été rapide, remarqua Jack quand le voyant «Attachez votre ceinture» se fut éteint.

Naturellement, il garda la sienne attachée. Adler alluma une cigarette et souffla la fumée sur le hublot.

– Jack, nous sommes dans le cas typique où il faut agir vite ou ne pas agir du tout. C'est rare, mais ça arrive.

Le steward – cette fois, c'était un homme – leur apporta une télécopie qui venait d'arriver.

– Qu'est-ce que c'est? demanda Ryan avec ennui. Ça parle de quoi?

* * *

À Washington, les gens n'ont pas toujours le temps de lire les journaux, ou du moins, pas tous les journaux. Afin d'aider les membres du gouvernement à savoir ce qui se passe, il existe une revue de presse quotidienne, l'«oiseau du matin». Les premières éditions des grands journaux américains arrivent par le vol régulier à Washington et, avant l'aube, elles sont lues systématiquement pour en extraire tout ce qui touche de près ou de loin l'action du gouvernement. Le résultat est mis en liasse et photocopié, puis distribué à des milliers d'exemplaires aux différents bureaux. Les premiers destinataires recommencent l'opération en soulignant tout ce qui peut intéresser leurs supérieurs. Ce processus est particulièrement complexe à la Maison Blanche, dont les collaborateurs sont par définition intéressés par absolument tout.

Elizabeth Elliot était assistante spéciale du président pour les affaires de Sécurité nationale. Elle était l'adjointe directe de Charles Alden, qui portait le même titre, sans le «Spécial». Liz, également connue sous ses initiales «E.E.», portait une élégante robe de toile. Il faut dire qu'Elizabeth Elliot n'était pas désagréable à regarder et qu'elle savait se mettre en valeur. Elle mesurait un mètre soixante-dix, et avec son visage mince que les longues heures de travail ajoutées à un régime alimentaire médiocre ne contribuaient pas peu à amaigrir, elle ne se contentait pas des seconds rôles auprès de Charles Alden. Accessoirement, Alden sortait de Yale. Elle avait été professeur de sciences politiques à Bennington, et n'aimait pas qu'on considère Yale comme plus prestigieuse, quel que soit celui qui portait pareil jugement.

Le rythme de travail à la Maison Blanche s'était un peu assoupli depuis quelques années, du moins pour les gens qui s'occupaient de sécurité nationale. Le président Fowler ne voyait pas la nécessité d'un briefing aux aurores, et la situation mondiale était nettement plus calme que celle qu'avaient connue ses prédécesseurs. Le problème majeur de Fowler, c'était la politique intérieure. Il pouvait s'informer dans ce domaine en suivant les informations du matin, ce qu'il faisait en regardant simultanément deux récepteurs. Cela avait toujours eu le don de mettre sa femme en furie et d'étonner ses collaborateurs. Conclusion, Charles Alden n'avait pas besoin d'être là avant 8 heures; il prenait connaissance des nouvelles, et il allait voir le président à 9 h 30. Fowler n'aimait pas être en prise directe avec les responsables de la CIA. Par conséquent, E.E. arrivait peu après 6 heures, et c'est elle qui voyait la première les communiqués et les messages. Elle discutait avec les officiers de permanence de la CIA (qu'elle n'aimait pas beaucoup) et leurs homologues des Départements d'État et de la Défense. Elle lisait également l'«oiseau du matin» et soulignait les articles susceptibles d'intéresser son patron.

«On dirait vraiment que je ne suis qu'une petite sotte de secrétaire», fulminait E.E.

Pour elle, Alden était la contradiction personnifiée: un homme de gauche qui ne mâchait pas ses mots, un coureur de jupons qui se posait en défenseur des droits de la femme, un homme galant et plein d'égards qui aurait sans doute aimé la traiter comme une vulgaire fonctionnaire. Elle oubliait seulement que c'était également un observateur remarquablement perspicace, qui pour elle, avait écrit une douzaine de livres également remarquables. Pour elle, il lui avait pris sa place. On la lui avait promise quand Fowler n'était encore qu'un candidat possible. Les négociations qui avaient conduit Alden dans son bureau de l'aile ouest et elle au sous-sol n'étaient que la manifestation vulgaire du sans-gêne avec lequel les hommes politiques violent la parole donnée. Le vice-président avait exigé et obtenu ce poste pour lui pendant la convention du parti ; il avait également obtenu que le bureau qui aurait dû être le sien au rez-de-chaussée soit attribué à l'un de ses protégés, la reléguant dans ce placard. Le vice-président avait fait honnêtement son boulot, et on reconnaissait généralement que sa campagne nonchalante avait fait la différence. Il avait emporté la Californie, et, sans la Californie, J. Robert Fowler serait encore gouverneur de l'Ohio. C'est ainsi qu'elle avait hérité de ce bureau de quatre mètres sur cinq en sous-sol, pour jouer la secrétaire et/ou l'assistante administrative de ce foutu mec de Yale qui faisait une apparition le dimanche une fois par mois, et qui faisait le beau avec les chefs d'État pendant qu'elle jouait les Pénélope.

Elizabeth Elliot était dans son humeur habituelle du matin, pas terrible, comme le savaient tous ceux qui fréquentaient la Maison Blanche. Elle sortit de son bureau et se dirigea vers la cafétéria. Le café la rendait encore plus acariâtre, et cette pensée la fit presque sourire, de ce sourire qu'elle refusait aux hommes de la sécurité qui contrôlaient son laissez-passer tous les matins à l'entrée. Ce n'étaient que des flics, après tout, et les flics n'ont rien d'excitant. Le service était assuré par des maîtres d'hôtel de la Marine, en général philippins, ce qui lui rappelait désagréablement l'époque où l'Amérique pratiquait l'exploitation coloniale. Les secrétaires et tout le personnel administratif n'avaient rien à voir avec la politique, ce n'étaient que de vulgaires bureaucrates. Ceux qui comptaient dans ces lieux, c'étaient les politiques. E.E. leur réservait le peu d'amabilité dont elle était capable. Les agents des services secrets la regardaient passer avec la même attention qu'ils auraient accordée au chien du président, s'il avait eu un chien. Comme tous les permanents qui faisaient tourner la Maison Blanche, malgré ce passage incessant de gens gonflés de leur importance qui arrivaient un jour et repartaient un autre, ils ne voyaient en elle qu'une de ces personnes hissées au pinacle par les vertus de la politique et qui s'en irait un jour. Eux, les professionnels, seraient toujours là et continueraient à faire le travail pour lequel on les payait. Le système de castes de la Maison Blanche était vieux comme le monde, et chacun regardait le voisin comme un être inférieur.

Elliot retourna dans son bureau avec sa tasse et la posa pour s'étirer un bon coup. Son fauteuil pivotant était très confortable – le mobilier était très bien étudié, ce n'était pas comme à Bennington. Mais ces semaines sans fin, le travail dès l'aurore, les soirées laborieuses jusque tard dans la nuit, tout cela n'avait pas arrangé son caractère. Elle se dit qu'elle devrait prendre le temps de s'aérer, au moins de marcher. De nombreux membres du cabinet profitaient de l'heure du déjeuner pour faire les cent pas dans l'avenue, les plus dynamiques faisaient même du jogging. Certaines des femmes allaient courir avec des officiers affectés à la Présidence, surtout lorsqu'ils étaient célibataires. Elles étaient visiblement attirées par les cheveux courts et les idées simples qui caractérisent les gens en uniforme. Mais E.E. n'avait pas le temps, et elle se contenta donc de s'étirer en marmonnant un vague juron avant de s'asseoir. Elle avait eu une chaire dans la plus importante université pour femmes du pays, et elle jouait les secrétaires pour ce maudit type de Yale. Mais se lamenter n'a jamais arrangé les choses, et elle se remit au travail.

Elle avait lu la moitié de l'oiseau et tournait une page, le marqueur jaune en attente. Les articles étaient disposés n'importe comment, quelques-uns étaient même collés de travers, et cela agaçait E.E. qui était une maniaque de l'ordre. En haut de la page onze, il y avait un court entrefilet du *Hartford Courant*. LE PROCÈS DE RECONNAISSANCE EN PATERNITÉ AL-DEN, disait le titre. Elle s'arrêta net, la tasse en l'air.

Quoi?

«La plainte déposée par Mlle Marsha Blum sera examinée cette semaine. Elle accuse le professeur Charles W. Alden d'être le père de sa fille qui vient de naître. Alden a été président du Département d'histoire à Yale, et occupe maintenant le poste de conseiller du président Fowler à la Sécurité nationale. Mlle Blum, qui prépare un doctorat en histoire russe, prétend qu'elle a eu une liaison de deux ans avec le professeur Alden et a décidé de le poursuivre en reconnaissance de paternité...»

« Quel vieux bouc! » soupira Elliot intérieurement.

Et c'était vrai. Cette réflexion lui vint dans un moment de lucidité. Ça devait finir par arriver, les récits des aventures amoureuses d'Alden remplissaient les colonnes du *Post*. Charlie courait les jupes, les culottes et tout ce que les femmes y cachent.

Marsha Blum... une juive, sans doute. Ce pitre se payait une de ses thésardes. La sautait. « Je me demande pourquoi elle n'a pas avorté, et bon débarras? Je parie qu'il l'a rendue idiote, tellement elle était folle de lui... »

«Mon Dieu, il doit prendre l'avion pour l'Arabie Saoudite ce soir...

«On ne peut pas laisser faire ça...

«Quel con! Il n'a rien dit, à personne. J'en aurais entendu parler. Les secrets de ce genre ne durent pas bien longtemps, les gens en discutent. Et s'il n'est même pas au courant? Cette fille lui en veut à ce point? » Elle sourit d'un air pincé: bien sûr qu'elle lui en voulait à ce point.

Elliot décrocha son téléphone, mais hésita. On ne pouvait pas appeler le président dans sa chambre pour un truc comme ça. Surtout quand on espérait tirer les marrons du feu.

Mais d'un autre côté...

Qu'allait dire le vice-président ? Alden était son homme, mais le vice-président était plutôt collet monté. Il avait déjà dit à Charlie de se calmer un peu avec les femmes, il y a trois mois. En politique, c'était le péché capital. Il s'était fait pincer, mais pas tout à fait la main dans le sac... elle rit de sa propre plaisanterie. Engrosser une de ses étudiantes ! Quel connard ! Et c'est ce mec qui disait au président comment mener les affaires de l'État. Elle en sautait presque.

Il fallait limiter les dégâts.

Les féministes allaient hurler. Elles feraient semblant d'oublier que cette imbécile de Blum n'avait qu'à prendre ses précautions pour éviter cette — comment disait-on dans le vocabulaire féministe ? ah oui —, cette grossesse non désirée. Pour la gent féministe, il ne s'agissait que d'un mâle de merde qui avait exploité une de leurs sœurs, et qui servait maintenant un président supposé féministe.

Les opposants à l'avortement allaient aussi crier, et encore plus. Peu de temps avant, ils avaient fait quelque chose d'intelligent, et qui, pour Elizabeth Elliot, tenait presque du miracle. Deux sénateurs hyper-conservateurs avaient défendu un projet de loi destiné à obliger les «pères illégitimes» à payer l'éducation de leurs rejetons naturels. Ces préhominiens avaient fini par comprendre que, si l'avortement était interdit, il faudrait bien que quelqu'un s'occupe des enfants non désirés. Ils harcelaient encore l'administration Fowler sur bien d'autres dossiers. Pour ces imbéciles de droite, Alden ne serait jamais qu'un irresponsable de plus, un Blanc – tant mieux –, et il appartenait au gouvernement qu'ils haïssaient.

E.E. retourna le problème sous tous les angles, se forçant à réfléchir posément, soupesant les possibilités, essayant de se mettre à la place d'Alden. Que pouvait-il faire ? Nier ? Un test génétique établirait la chose sans peine, et il fallait avoir des couilles au cul, ce qui ne lui ressemblait guère. S'il reconnaissait... eh bien, il ne pouvait pas l'épouser (l'article disait qu'elle avait vingt-quatre ans). S'il entretenait l'enfant, ce serait un aveu de paternité, d'une faute grave contre l'éthique universitaire. Après tout, les professeurs ne sont pas censés coucher avec leurs étudiantes. Ça arrivait, E.E. le savait pertinemment, mais là n'était pas l'important. À l'Université comme en politique, la seule règle consiste à ne pas se faire prendre. Ce qui pouvait être le thème d'une histoire marrante au restaurant universitaire devenait une infamie si tout transpirait dans la presse.

Charlie était parti, et le temps pressait...

E.E. composa le numéro de la chambre à coucher.

– Le président, je vous prie. C'est Elizabeth Elliot.

Un silence, l'agent des services secrets demandait au président s'il voulait prendre l'appel. «Ciel, j'espère que je ne le dérange pas au milieu de galipettes !» Mais il était trop tard pour avoir des regrets.

À l'autre bout de la ligne, l'agent enleva sa main du micro. Elliot entendit le bruit du rasoir électrique, puis une voix bougonne.

– Qu'y a-t-il, Elizabeth ?

– Monsieur le président, nous avons un petit problème sur les bras, et je crois que vous devez être mis au courant immédiatement.

– Immédiatement ?

– Maintenant, monsieur. C'est assez ennuyeux, je pense que vous voudrez voir Arnie.

– Ce n'est pas pour la proposition que nous sommes en train de...

– Non, monsieur le président, autre chose. Je ne plaisante pas, c'est très sérieux.

– OK, montez dans cinq minutes. J'espère que j'ai le temps de me brosser les dents ?

Ah, l'humour présidentiel !

– J'arrive, monsieur.

On raccrocha, et Elliot reposa doucement le combiné. Cinq minutes, elle aurait aimé avoir plus de temps. Elle prit rapidement sa trousse de maquillage dans un tiroir et se précipita aux toilettes. Un coup d'œil rapide dans la glace..., non, elle devait d'abord s'occuper de son estomac. Celui-ci lui disait qu'un comprimé ne serait pas de trop. Elle l'avala, revérifia sa coiffure et sa mine. « Ça ira, décida-t-elle, juste quelques petites retouches sur les joues... »

Elizabeth Elliot, retourna rapidement à son bureau et se donna trente secondes pour se faire une tête. Elle ramassa l'« oiseau du matin » et se dirigea vers l'ascenseur. Il était à son niveau, la porte s'ouvrit. Il était conduit par un agent des services secrets qui dit bonjour en souriant à cette putain arrogante, car c'était un homme irrémédiablement bien élevé, même quand il s'agissait d'E.E.

– Où allez-vous ?

Elizabeth Elliot lui décocha son sourire le plus charmeur.

– Nous montons, répondit-elle à l'agent qui n'en revint pas.

5

NOUVEAUTÉS ET RÉTICENCES

Ryan occupait l'appartement réservé aux VIP à l'ambassade US, et il regardait les aiguilles tourner. Il remplaçait Alden à Riyad, mais il allait voir un prince, et les princes sont comme tout le monde, ils n'aiment pas modifier leur emploi du temps. Il était donc obligé d'attendre que les aiguilles veuillent bien simuler la durée du vol d'Alden qui devait arriver de l'autre bout du monde. Au bout de trois heures, il en eut assez de regarder la chaîne satellite et alla faire une promenade, discrètement escorté par un agent. D'ordinaire, Ryan lui aurait demandé de se transformer en guide, mais ce n'était pas le jour. Il voulait se vider le cerveau. C'était la première fois qu'il venait en Israël, et il voulait se faire sa propre impression, pendant qu'il repassait dans sa tête ce qu'il avait vu à la télé.

Il faisait chaud dans les rues de Tel-Aviv, et il faisait encore plus chaud là où il allait. Les rues étaient pleines de gens qui faisaient leurs courses ou vaquaient à leurs affaires. Il y avait autant de policiers qu'il l'avait imaginé, mais ce qui était le plus frappant, c'était tous ces civils hommes et femmes avec leur pistolet-mitrailleur Uzi sous le bras et qui rentraient probablement d'une séance d'entraînement. Il y avait de quoi choquer les Américains adversaires du port d'armes mais Ryan se disait que toutes ces armes promenées au grand jour devaient réduire sérieusement la délinquance dans la rue. Il savait que les crimes crapuleux étaient plutôt rares, ici. En revanche, les bombes et autres actes terroristes ne l'étaient pas. Et les choses avaient plutôt tendance à empirer, mais ce n'était pas nouveau.

La Terre sainte, songeait-il, également sacrée pour les chrétiens, les musulmans et les juifs, avait eu de tout temps la malchance de se trouver au carrefour de l'Europe et de l'Afrique d'une part, des empires romain, grec, égyptien et de l'Asie – les Babyloniens, les Syriens, les Perses –, de l'autre. Or, s'il est une constante dans l'histoire militaire, c'est bien que les carrefours sont toujours disputés. L'apparition du christianisme, puis celle de l'islam sept cents ans plus tard n'avaient pas amélioré les choses. Le partage des forces en présence s'était simplement modifié, et avait donné davantage d'importance religieuse à cette région contestée depuis trois millénaires. Cela ne faisait que rendre les guerres plus féroces.

Il était trop facile de considérer tout cela d'un œil froid. La première croisade, en 1066 si Ryan se souvenait bien, avait été déclenchée pour des raisons très terre à terre. Les chevaliers et les nobles étaient des gens dont le sang bouillait, et ils avaient plus de descendance que ce que leurs châteaux et leurs cathédrales pouvaient entretenir. Un rejeton de race noble ne pouvait pas cultiver la terre, et ceux qui ne mouraient pas dans leur petite enfance devaient chercher aventure. Quand le pape Urbain II avait annoncé que la terre du Christ était tombée aux mains des infidèles, ç'avait été l'occasion pour ces hommes de lancer une guerre d'agression pour reconquérir une terre religieusement importante et pour se tailler de nouveaux fiefs, trouver des paysans à pressurer et mettre la main sur les voies d'accès à l'Orient, ce qui leur permettait de percevoir tranquillement des droits de passage. L'objectif principal n'était sans doute pas le même pour tout le monde, mais tous étaient venus. Jack se demandait combien de pieds différents avaient foulé ces rues, et comment ils avaient fait pour concilier leurs objectifs personnels, commerciaux, politiques avec leur cause théoriquement sacrée. La même chose était sans doute vraie des musulmans, car, trois cents ans après Mahomet, la vénalité avait aussi contaminé leur ferveur originelle. Coincés au milieu, il y avait les juifs, du moins ceux qui n'avaient pas été massacrés par les Romains, ou ceux qui étaient revenus dans leur pays. Les juifs avaient probablement été encore plus maltraités par les chrétiens au début du second millénaire.

«On dirait un os, un os impérissable sur lequel se jettent sans fin des meutes de chiens affamés.»

Si cet os était toujours là, si les chiens continuaient à arriver sans cesse, c'était à cause de ce que ce pays symbolisait. Il avait un passé si riche. Des dizaines de figures historiques avaient vécu ici, dont le Fils de Dieu, comme le croyait le catholique Ryan. Au-delà de la signification du lieu, cette étroite passerelle de terre entre les continents et les cultures, il y avait les pensées, les idéaux, les espoirs qui peuplaient la tête des hommes, matérialisés dans le sable et les pierres de cet endroit singulièrement déplaisant, si déplaisant que seuls les scorpions auraient dû s'y trouver bien. Jack se disait qu'il y avait cinq grandes religions dans le monde, dont trois avaient essaimé loin de leur terre d'origine. Ces trois religions étaient nées à quelques kilomètres de l'endroit où il se trouvait.

«Ainsi, tout naturellement, c'est ici qu'elles se font la guerre.»

Le blasphème était saisissant. Le monothéisme était né ici, non? Il avait commencé avec les juifs, s'était renforcé avec les chrétiens et les musulmans, mais c'était ici que l'idée était née. Le peuple juif – israélite était un mot trop étrange – avait défendu sa foi pendant des millénaires avec la plus extrême férocité, il avait survécu à tout ce que lui infligeaient les païens et les animistes, et il subissait finalement ses pires épreuves de la main même de ceux dont la religion était née dans ce pays qu'il avait défendu. Non seulement cela semblait injuste – c'était naturellement totalement injuste – mais les guerres de religion sont les pires de toutes. Contre celui qui combat pour Dieu, il n'y a rien à faire. Son ennemi combat Dieu Lui-même, ce qui est hautement haïssable. À cette idée, chaque soldat se prend pour Son épée vengeresse. Il n'existe plus aucune limite. Celui qui tentait d'épargner l'ennemi-pêcheur subissait les châtiments les plus terribles. Rapines, pillages, massacres, les crimes les plus épouvantables devenaient plus qu'un droit, un devoir, une cause sacrée. On ne se contentait pas de vous payer pour commettre des horreurs, on vous y encourageait puisque Dieu était de votre côté. Cela se manifestait jusque dans les tombes. En Angleterre, les chevaliers qui étaient partis aux croisades étaient enterrés sous des gisants aux jambes croisées, si bien que, pour l'éternité, chacun saurait qu'ils avaient servi au nom de Dieu. Chacun saurait aussi qu'ils avaient trempé leurs épées dans le sang des enfants, violé tout ce qui leur tombait sous les yeux, volé tout ce qui existait à la surface de la terre. Et c'était pareil des deux côtés. Les juifs avaient souvent été du côté des victimes, mais ils avaient aussi été du bon côté de l'épée quand ils en avaient eu l'occasion, car tous les hommes se ressemblent, vices et vertus confondus.

Et ces salopards aimaient ça, se disait Jack avec tristesse, en regardant un flic qui essayait de régler une dispute au coin d'une rue. « Pourtant, il a bien dû y avoir des hommes de bonne volonté, ici aussi. Mais qu'ont-ils fait? Et je me demande ce que Dieu peut bien penser de tout ça? »

Mais Ryan n'était pas prêtre, ni rabbin ni imam, il n'était qu'officier de renseignement, il n'était qu'un instrument au service de son pays, un observateur et un collecteur d'informations. Il continua à observer ce qui se passait autour de lui et oublia l'histoire un instant.

Les gens étaient habillés de tenues légères qui leur permettaient de supporter la chaleur étouffante, et l'agitation de la rue lui rappelait Manhattan. Ils avaient presque tous un transistor. Devant un restaurant installé sur le trottoir, pas moins de dix personnes écoutaient le bulletin d'information horaire. Jack sourit, ces gens étaient comme lui. Quand il conduisait, il écoutait toujours une station d'information continue. Les regards qu'il croisait étaient attentifs, on sentait un niveau d'alerte si intense qu'il fallait un moment pour l'oublier. C'était bien naturel. L'incident qui s'était produit au Mont du Temple n'avait pas déclenché de vague de violence, mais tout le monde la craignait. Et les gens, Ryan n'était pas surpris de le constater, ne comprenaient pas à quel point la plus grande menace qui pesait sur eux, c'était précisément cette absence de violence. Israël manifestait une myopie bien compréhensible. Encerclés par des pays qui avaient toutes les raisons de vouloir la perte de leur État, les Israéliens avaient hissé la paranoïa au niveau d'un art, et la sécurité du pays était leur obsession. Mille neuf cents ans après Massada et la diaspora, ils étaient retournés dans un pays qui était sacré pour eux, fuyant l'oppression et le génocide... tout ça pour les y retrouver. Seule différence, c'étaient eux maintenant qui tenaient l'épée, et ils avaient parfaitement appris à s'en servir. Pourtant, cette voie aussi était une impasse. Les guerres se transforment un jour en paix, mais leurs guerres à eux n'étaient jamais finies. Elles s'arrêtaient, s'interrompaient, elles ne cessaient pas définitivement. Pour Israël, la paix n'avait jamais été autre chose qu'un entracte, le temps d'enterrer les morts et d'entraîner la prochaine génération de combattants. Les juifs avaient échappé à une quasi-extermination par la main des chrétiens, et ils avaient parié leur vie sur leur capacité à vaincre des pays arabes qui avaient exprimé immédiatement leur désir de terminer ce qu'Hitler avait commencé. Dieu en pensait sans doute exactement ce qu'Il avait pensé des croisades. Malheureusement, il n'y avait que dans l'Ancien Testament que l'on voyait la mer s'ouvrir et le soleil s'arrêter dans le ciel. À notre époque, les hommes étaient censés se débrouiller tout seuls, mais les hommes ne font pas toujours ce qu'on attend d'eux. Quand Thomas More écrivait *L'Utopie*, la description de ce pays où les hommes agissent uniquement en accord avec la loi morale, il avait donné le même nom au livre et au pays. «Utopie» signifie «nulle part». Jack hocha la tête et tourna au coin d'une rue bordée d'immeubles de couleur blanche.

— Hé, Ryan!

L'homme avait dépassé la cinquantaine. Il était plus petit et plus gros que Jack, portait une barbe abondante soigneusement entretenue et parsemée de gris. Il ressemblait moins à un juif qu'à un chef de guerre de l'armée assyrienne sous Sennachérib. Une grande épée ou une masse d'armes n'aurait pas déparé entre ses mains. S'il n'avait pas été aussi souriant, Jack aurait préféré avoir John Clark avec lui.

— Bonjour, Avi. C'est inattendu de vous trouver ici.

Le général Abraham Ben Jacob était l'équivalent de Ryan au sein du Mossad, directeur adjoint de l'agence d'espionnage israélienne. C'était une personnalité dans le monde du renseignement. Il avait été officier dans l'armée jusqu'en 1968, dans les troupes parachutistes, et avait acquis une bonne expérience des opérations spéciales. Rafi Eitan l'avait remarqué et entraîné chez lui. Son chemin avait croisé celui de Ryan une douzaine de fois pendant ces dernières années, mais cela se passait toujours à Washington. Professionnellement, Ryan avait le plus grand respect pour lui, mais il ne savait pas très bien si c'était réciproque. Le général Ben Jacob était maître dans l'art de dissimuler ce qu'il pensait ou ressentait.

— Alors, quoi de neuf à Washington, Jack?

— Tout ce que je sais, je l'ai vu sur CNN à l'ambassade. Rien d'officiel, bien sûr, et même si c'était le cas, vous connaissez les règles mieux que moi, Avi. Où pourrions-nous déjeuner dans le coin?

Tout cela était monté de toutes pièces, bien sûr. À deux minutes, cent mètres plus loin, ils s'installèrent dans l'arrière-salle d'un petit restaurant tranquille que les gardes du corps des deux hommes pouvaient facilement surveiller. Ben Jacob commanda deux Heineken.

– Là où vous allez, vous serez privé de bière.

– Très drôle, Avi. Vraiment très drôle, répondit seulement Ryan après avoir avalé une gorgée.

– C'est vous qui remplacez Alden à Riyad, si j'ai bien compris?

– Comment voulez-vous que quelqu'un comme moi remplace Alden où que ce soit?

– Vous présenterez votre plan à peu près au même moment qu'Adler. Nous allons l'écouter avec le plus grand intérêt.

– Dans ce cas, ça ne vous gênera pas d'attendre un peu, j'imagine.

– Pas le moindre petit indice, d'un pro à un autre?

– Surtout pas.

Jack avala sa bière d'un trait. Le menu était en hébreu.

– Je suppose que je devrai vous laisser passer commande... bravo!

« J'ai déjà été mené en bateau, mais jamais à ce point. »

– Alden. – Ce n'était pas une question. – Il est de mon âge. Dieu tout-puissant, il aurait dû savoir que les femmes d'expérience sont plus fiables et plus faciles à deviner.

Même pour des affaires de cœur, il conservait son vocabulaire professionnel.

– Il aurait pu s'occuper davantage de sa femme.

Ben Jacob sourit.

– J'avais oublié que vous êtes catholique.

– Ce n'est pas ça, Avi. Quel est l'imbécile qui désire plus d'une femme dans sa vie? fit Ryan, impassible.

– Il est foutu, c'est ce que dit notre ambassade. Mais qu'est ce que ça veut dire?

– C'est possible, personne ne m'a demandé mon avis. J'ai du respect pour ce type, il donne de bons conseils au président. Il nous écoute, et quand il n'est pas d'accord avec l'Agence, c'est en général qu'il a une bonne raison. Il m'a pris de court il y a six mois à propos de je ne sais plus quoi. Ce type est très brillant, mais aller courir le guilledou comme ça... enfin, tout le monde a ses petits défauts. C'est vraiment trop stupide de se faire virer d'un poste pareil pour une raison aussi...

« Et en ce moment, en plus », enrageait Jack intérieurement.

– Il ne faut pas prendre des gens comme ça au gouvernement. C'est trop facile de les compromettre.

– Les Russes commencent à se méfier de ce genre de pièges... et la fille était juive, non? Ce n'était pas quelqu'un de chez vous, Avi?

– Ryan! Moi, faire une chose pareille?

Si les ours riaient, cela aurait ressemblé au rugissement d'Avi Ben Jacob.

– Non, ça ne vient pas de chez vous. Il n'y avait pas de chantage derrière tout ça, c'est évident.

Jack avait failli dépasser les bornes. Les yeux du général se rétrécirent.

– Ça ne vient pas de chez nous. Vous croyez qu'on est fous? Elizabeth Elliot va remplacer Alden.

Ryan leva le nez de sa bière. Il n'avait pas pensé à ça. Oh merde...!

– C'est une amie pour vous et pour nous, insista Avi.

– Ça vous est souvent arrivé d'être en désaccord avec un ministre en vingt ans, Avi?

– Jamais, naturellement.

Ryan renifla et finit la bouteille.

– Qu'est-ce que vous me disiez déjà tout à l'heure, ce truc entre pros, vous vous souvenez?

– Nous faisons tous deux le même métier. De temps en temps, quand on a beaucoup de chance, ils écoutent nos avis.

– Et parfois, ils nous écoutent et nous avons tort...

Le regard du général ne cilla pas en entendant Ryan faire cette réflexion. Ce garçon mûrissait. Il aimait l'homme autant qu'il estimait le professionnel, mais les goûts et dégoûts personnels n'ont pas leur place dans le monde du renseignement. Quelque chose d'important était en train de se produire: Scott Adler revenait de Moscou, il était allé voir le cardinal d'Antonio avec Ryan au Vatican. Il était aussi prévu que Ryan attende Adler ici pour aller voir le ministre israélien des Affaires étrangères, mais le surprenant faux pas d'Alden remettait tout en cause.

Même pour un professionnel du renseignement, Avi était un homme singulièrement bien informé. Ryan faisait son petit laïus – Israël était-il vraiment l'allié le plus fiable des États-Unis au Proche-Orient? C'était normal, venant d'un historien, se disait Avi. Mais Ryan pouvait bien penser ce qu'il voulait, la plupart des Américains voyaient Israël de cette façon, si bien que les Israéliens en savaient plus sur ce qui se passait à l'intérieur du gouvernement US que n'importe quel autre pays – davantage encore que les Britanniques, qui avaient pourtant des relations officielles avec les milieux du renseignement américain.

Ses sources avaient fait savoir aux adjoints de Ben Jacob que Ryan était derrière tout ce qui se passait. C'était difficile à croire: Jack avait beau être quelqu'un de très brillant, presque autant qu'Alden, par exemple, il disait de lui-même qu'il n'était qu'un exécutant, pas un maître, quelqu'un qui appliquait une politique, pas celui qui la décidait. En outre, le président américain n'aimait pas Ryan, et il ne s'en était jamais caché auprès de ses proches. Elizabeth Elliot était connue pour le détester, elle aussi, et Avi le savait. Il s'était sans doute passé quelque chose avant les élections, un manque d'égard imaginaire, une remarque déplacée. De notoriété publique, les membres du gouvernement étaient particulièrement susceptibles. «Ce n'est pas comme

Ryan et moi», songea le général Jacob. Ils avaient vu plusieurs fois la mort en face, et cela créait peut-être un lien entre eux. Ils pouvaient ne pas être d'accord sur tout, mais ils se respectaient.

Moscou, Rome, Tel-Aviv, Riyad. Que déduire de cet itinéraire?

Scott Adler était l'homme du secrétaire d'État, Talbot, et c'était un diplomate remarquable. Talbot aussi était quelqu'un hors pair. Le président Fowler n'était peut-être pas brillant lui-même, mais il avait choisi une équipe remarquable pour l'entourer. Sauf Elliot, corrigea Avi. C'est à Adler, son adjoint, que Talbot confiait les dossiers importants. Et même lorsque la négociation prenait un tour plus sérieux, Adler était toujours là à ses côtés.

Le plus étonnant, c'était que pas un des informateurs habituels du Mossad n'avait la moindre idée de ce qui se tramait. Ils avaient seulement parlé de quelque chose d'important au Proche-Orient. Rien de sûr... Entendu dire que Jack Ryan, à la CIA, était mêlé à l'affaire... Et c'était tout.

Il y avait de quoi enrager, mais Avi y était habitué. Le renseignement est un jeu où on ne connaît jamais toutes les cartes. Le frère de Ben Jacob, pédiatre, rencontrait exactement les mêmes problèmes. Quand un enfant est malade, il vous dit rarement où il a mal. Mais au moins, son frère pouvait poser des questions, toucher, faire un examen...

— Jack, il faut que j'aie quelque chose à rapporter à mes supérieurs, dit le général Jacob d'un ton plaintif.

— Allons, allons, général.

Jack se retourna et demanda une autre bière.

— Dites-moi, que s'est-il passé exactement sur le Mont?

— Cet homme était — est — un malade. Il est à l'hôpital sous surveillance constante, on craint qu'il n'essaie de se suicider. Sa femme venait de le quitter, il est tombé sous la coupe d'un religieux fanatique, et... — Ben Jacob haussa les épaules —... ça a été terrible.

— C'est vrai, Avi. Vous voyez dans quel bazar politique vous vous trouvez maintenant?

— Jack, on se débat avec ce problème depuis...

— Je le sais bien, Avi. Vous êtes très brillant, mais vous ne comprenez pas ce qui se passe, vraiment pas.

— Alors, expliquez-moi.

— Ce n'est pas ce que je voulais dire, et vous le savez très bien. Ce qui vient d'arriver change radicalement les choses, mon général. Vous devez en prendre conscience.

— Change quoi?

— Il va vous falloir attendre. Moi aussi, j'ai des ordres.

— Votre pays va-t-il recourir à des menaces?

— Des menaces? Non, Avi, cela n'arrivera jamais. Comment pourrions-nous vous menacer?

Ryan se disait qu'il parlait trop. «Ce type est bon», pensa-t-il.

– Mais vous ne pouvez pas nous dicter notre politique.

Jack ravala sa réponse.

– Vous êtes très habile, mon général, mais j'ai mes ordres. Il vous faudra attendre. Je suis désolé que les gens de Washington ne puissent pas vous aider, mais je ne peux rien faire non plus.

Ben Jacob changea de tactique.

– C'est moi qui vous invite à déjeuner, alors que mon pays est moins riche que le vôtre.

Jack éclata de rire.

– Et la bière est bonne; comme vous dites, je n'en boirai pas là où je vais. Si c'est bien là que je vais...

– L'équipage a déjà rempli le plan de vol. J'ai vérifié.

– Essayez de garder un secret.

Jack fit un sourire au serveur qui lui apportait sa bière.

– Avi, soyons sérieux, vous ne croyez tout de même pas que nous ferions quoi que ce soit qui menace la sécurité de votre pays?

«Eh bien si!» pensa le général, mais il ne le dit pas, bien entendu. Il choisit de se taire. Ryan n'était pas dupe et profita de ce silence pour changer de sujet.

– On m'a dit que vous étiez grand-père.

– Oui, ma fille a rajouté un peu de poil gris à ma barbe. Une petite fille, Leah.

– Vous avez ma parole, Leah grandira en sécurité dans son pays, Avi.

– Et qui y veillera? demanda Ben Jacob.

– Ceux qui y veillent déjà.

Ryan était très fier de sa réponse. Ce pauvre vieil Avi cherchait désespérément des tuyaux, et il était triste de voir à quel point il n'arrivait pas à s'en cacher. Même les meilleurs d'entre nous sont parfois poussés dans leurs retranchements.

Ben Jacob nota mentalement qu'il fallait remettre à jour le dossier de Ryan. La prochaine fois, il fallait qu'il ait plus de données sur son compte. Quel que soit le jeu, le général était quelqu'un qui n'aimait pas perdre.

* * *

Charles Alden regardait pensivement son bureau. Il ne partirait pas sur-le-champ, bien sûr, cela traumatiserait le gouvernement. Sa lettre de démission était signée, posée sur le buvard vert du bureau, et elle était datée de la fin du mois. Mais c'était juste pour la galerie. Dès aujourd'hui, c'était terminé. Il allait continuer à se montrer, à lire des rapports, à pondre des notes, mais c'est Elizabeth Elliot qui assurerait dorénavant les briefings. Le président avait manifesté quelques regrets, mais il avait gardé son sang-froid habituel. «Désolé de vous perdre, Charlie, vraiment désolé, surtout en ce moment, mais j'ai peur qu'il n'y ait pas d'autre solution...» Dans le Bureau ovale, il avait réussi à rester calme, en dépit de la rage qu'il ressentait. Même Arnie Van Damm avait eu un mot gentil: «Oh merde, Charlie!» Il était furieux des conséquences politiques, mais il avait réussi à montrer un peu d'humanité envers son compagnon de misère. On ne pouvait pas en dire autant de Fowler, ce champion de la veuve et de l'orphelin.

Avec Liz, ç'avait été encore pire. Cette chienne arrogante, avec son silence et son regard éloquents. Elle allait tirer le bénéfice de tout ce qu'il avait accompli. Elle le savait très bien, et en salivait d'avance.

Le communiqué devait paraître dans la matinée, mais la presse était déjà au courant. Qui avait vendu la mèche, c'était une autre histoire. Elliot, incapable de résister à sa jubilation? Arnie van Damm, pour essayer en catastrophe de limiter les dégâts? Il y avait une bonne douzaine d'autres candidats.

À Washington, on passe très vite de la notoriété à l'obscurité. L'air gêné de sa secrétaire, les sourires forcés des bureaucrates de l'aile ouest. Cependant, l'anonymat est précédé d'une dernière phase de renommée quand il faut annoncer la nouvelle: comme pour une étoile qui explose, la mort publique est précédée d'une fanfare tonitruante. Ça, c'était le boulot des médias. Le téléphone sonnait sans interruption, ils étaient au moins une vingtaine à l'attendre chez lui ce matin, caméras et projecteurs en batterie, sachant pertinemment pourquoi ils étaient là.

Quelle salope, avec ses yeux bovins! Mais comment avait-il pu être aussi con! Charles Winston Alden s'assit dans son fauteuil hors de prix et fixa son bureau hors de prix. Il avait un mal de tête terrible, sans doute le stress et la colère. C'était bien cela; mais ce qu'il ne savait pas, c'est que sa tension était deux fois plus forte que la normale, et que le stress n'arrangeait pas les choses. Il oubliait également qu'il n'avait pas pris son hypotenseur depuis une semaine. Il oubliait régulièrement les petites choses, alors qu'il appliquait une méthode rigoureuse pour résoudre les problèmes les plus complexes.

Et cela arriva brutalement. À partir d'une faiblesse dans le cercle de William, l'artère qui irrigue le cerveau. Conçue pour amener le sang dans tous les endroits qui ne sont plus alimentés par les vaisseaux vieillissants, cette artère voit passer un énorme flux de sang. Après vingt ans d'hypertension, vingt ans de médicaments qu'il prenait quand il y pensait ou quand il avait rendez-vous chez son médecin, plus le stress de voir sa carrière interrompue, sans compter les soucis personnels, l'artère se rompit dans l'hémisphère droit. Ce qui n'était qu'une mauvaise migraine devint tout à coup la mort, tout simplement. Alden écarquilla les yeux, ses mains essayèrent désespérément d'agripper son crâne. Il était trop tard, l'hémorragie s'amplifia, le sang coula de plus en plus. Son cerveau était privé d'oxygène, la pression intracrânienne augmentait, d'autres cellules cérébrales furent irrémédiablement touchées. Alden était paralysé, mais il n'avait pas encore perdu conscience, et son esprit brillant enregistrait tout ce qui lui arrivait avec une clarté extraordinaire. Il était déjà incapable de bouger, mais il savait que c'était la mort. Si proche, se disait-il, et son esprit essayait de lutter de vitesse avec elle. Trente-cinq ans pour en arriver là, tous ces livres, ces séminaires, les étudiants si brillants, les tournées de conférences, les causeries, les campagnes. Tout ça pour en arriver là. Et dire que j'étais à deux doigts de réussir quelque chose d'important. Oh mon Dieu! Mourir maintenant, mourir comme ça! Mais il savait bien qu'il allait mourir, que c'était inéluctable. Il espérait qu'il se trouverait quelqu'un pour le regretter, il n'avait pas été si mauvais bougre, non? Il s'était donné du mal pour changer les choses, pour rendre le monde meilleur, et il était sur le point de faire quelque chose de vraiment important... cela aurait mieux valu pour tout le monde si ça lui était arrivé quand il sautait cette maudite petite vache... mais cela aurait encore mieux valu, il le savait au moment de mourir, si ses études et son intelligence avaient été ses seules pass...

La disgrâce d'Alden et son limogeage de facto furent cause de ce que l'on mit longtemps à se rendre compte de sa mort. Il n'était plus dérangé à chaque minute par sa secrétaire, et il fallut près d'une heure. Comme elle bloquait tous les appels, personne ne pouvait le joindre. Cela n'aurait eu aucune importance en temps normal, mais sa secrétaire en eut du remords pendant plusieurs semaines. Quand elle fut sur le point de partir, elle décida de l'avertir. L'interphone ne répondait pas. Agacée, elle insista: toujours rien. Elle finit par se lever et alla frapper à sa porte. Elle l'ouvrit, et poussa un hurlement, si fort que l'agent de sécurité de garde à l'autre bout du bâtiment l'entendit. La première à arriver sur les lieux fut Helen d'Agustino, l'un des gardes du corps personnels du président, qui déambulait dans le couloir pour se dégourdir les jambes.

– Merde!

Elle dégaina immédiatement. Elle n'avait jamais vu autant de sang, du sang qui coulait de l'oreille droite d'Alden et qui dégoulinait sur son bureau. Elle donna l'alerte sur son poste portatif. Sans doute une balle dans la tête. Elle balaya rapidement la pièce des yeux, pointant son Smith & Wesson modèle 19. Rien dans les vitres. Elle fouilla la pièce du regard. Personne. Alors, c'était quoi?

De la main gauche, elle essaya de tâter le pouls d'Alden, sur la carotide. Bien sûr, il n'y en avait plus, mais on lui avait appris à vérifier ce genre de choses. Dehors, on bloquait tous les accès de la Maison Blanche, on mettait les armes en batterie, les visiteurs étaient priés de rester là. Les agents des services secrets fouillaient tout l'immeuble.

– Bordel! s'exclama Pete Connor en entrant dans la pièce.

– On a tout inspecté! annonça une voix dans leurs écouteurs. L'immeuble est sûr. Faucon est en sécurité.

«Faucon» était le nom de code du président pour les services secrets, typique de leur humour, tant cela tranchait avec le caractère du président et avec sa politique.

– L'ambulance dans deux minutes! ajouta le central.

Ça allait plus vite qu'un hélicoptère.

– Pas de panique, Daga, fit Connor. Ça m'a tout l'air d'une attaque.

– Poussez-vous de là!

C'était le chef infirmier de la Marine. Les agents des services secrets avaient des notions de secourisme, bien sûr, mais la Maison Blanche disposait également d'une permanence médicale, et l'infirmier arriva. Il portait une espèce de trousse d'urgence comme celles que l'on utilise en campagne, mais ne se donna même pas la peine de l'ouvrir. Il remarqua immédiatement tout le sang sur le bureau, et il coagulait déjà. L'infirmier évita de toucher au corps – il s'agissait peut-être d'un crime, et il avait été appelé par les gens de la Sécurité –, le sang coulait surtout de l'oreille droite. Un autre petit filet s'échappait aussi de l'oreille gauche, mais la lividité post-mortem se manifestait déjà sur son visage. Le diagnostic n'en était pas plus facile pour autant.

– Il est mort sans doute depuis environ une heure, les mecs. Hémorragie cérébrale, une attaque. Ce type ne faisait pas de l'hypertension?

– Je crois bien, fit l'agent d'Agustino après réflexion.

– Il faudra vérifier pour en être sûr, mais c'est de ça qu'il est mort. Vidé de son sang.

Un médecin arriva, un médecin-chef de la Marine, qui confirma les premières observations de son infirmier.

– Ici Connor, dites à l'ambulance que ce n'est pas la peine de se presser. «Pèlerin» est mort, apparemment de mort naturelle.

L'autopsie serait faite pour rechercher toutes les causes possibles, naturellement: poison, intoxication alimentaire ou par l'eau. Mais tout était surveillé en permanence à la Maison Blanche. D'Agustino et Connor échangèrent un regard: il souffrait bien d'hypertension, et il avait eu une sale journée.

– Comment va-t-il?

Toutes les têtes se retournèrent. C'était «Faucon» qui arrivait, le président en personne, entouré d'une nuée d'agents qui se pressaient à la porte. Et Elizabeth Elliot derrière lui. D'Agustino se dit qu'il faudrait lui trouver un nouveau nom de code, à celle-là. Elle se demandait si «Harpie» ne ferait pas l'affaire. Daga n'aimait pas cette salope, comme tous les gens de la sécurité. Mais on ne les payait pas pour l'aimer, ni même pour aimer le président.

– Il est mort, monsieur le président, déclara le médecin. Il s'agit apparemment d'une attaque.

Le président prit la nouvelle sans rien manifester. Les agents de la sécurité savaient qu'il avait vu sa femme se battre pendant des années contre un cancer, elle était morte quand il était encore gouverneur de l'Ohio. Ils se disaient que cette épreuve avait dû le blinder, et ils espéraient que c'était vrai.

Toutes ses capacités d'émotion avaient été arrachées de lui-même. Il émit un petit bruit bizarre, fit une grimace, secoua la tête, et tourna les talons.

Liz Elliot prit sa place, essayant de voir quelque chose par-dessus l'épaule d'un agent. Helen d'Agustino l'observa. Elliot aimait se maquiller, Daga le savait, mais elle la voyait pâlir sous sa peinture. Le spectacle était horrible, on aurait cru qu'un seau de peinture rouge avait été renversé sur le bureau.

– Oh mon Dieu! murmura Elliot.

– Dégagez le passage, s'il vous plaît! ordonna un nouvel arrivant.

C'était un agent avec une civière. Il poussa Liz Elliot sans ménagement, mais Daga remarqua qu'elle était trop choquée pour s'en formaliser, elle était encore blême, les yeux hagards. « Elle peut bien se croire en béton, se dit l'agent Helen d'Agustino, elle n'est pas si dure que ça. » Elle en conçut une certaine satisfaction.

« Les jambes en coton, hein, Liz? » Un mois après être sortie de l'École des services secrets, Helen d'Agustino faisait une surveillance discrète dans la rue lorsque le sujet – un faussaire – l'avait repérée, et, sans qu'elle ait encore compris pourquoi, avait sorti un gros automatique. Il avait même tiré un coup dans sa direction, mais ça s'était arrêté là. C'est comme cela qu'elle avait gagné son surnom, Daga. Elle avait sorti son SW et avait collé trois pruneaux entre les côtes du pauvre con à trente-sept mètres de distance, aussi facilement qu'au stand. Ça ne l'avait pas empêchée de dormir. Daga faisait partie de l'équipe de tir du Service quand ils avaient battu les tireurs d'élite des commandos Delta. Visiblement, Daga était solide, et Liz Elliot ne l'était pas, toute arrogante qu'elle soit. L'agent spécial Helen d'Agustino ne réalisa pas que, à compter de ce moment, Liz Elliot était conseiller de « Faucon » pour les affaires de Sécurité nationale.

* * *

La réunion avait été très détendue, et pour Günter Bock, c'était la première fois que cela arrivait. Ils n'étaient pas tombés dans la rhétorique débridée qu'affectionnaient tant les soldats de la révolution. Son vieux frère d'armes, Ismael Qati, était un être de feu qui parlait cinq langues, mais Bock se rendit bien compte qu'il n'était pas lui-même. Il n'y avait plus cette férocité dans son sourire, il faisait moins de grands gestes en parlant, et Bock se demanda s'il se sentait dans son assiette.

– J'ai eu beaucoup de peine en apprenant ce qui était arrivé à ta femme, dit Qati, revenant un instant à des sujets plus personnels.

– Merci mon ami. – Bock se força à faire bonne figure. – Ce n'est rien, comparé à tout ce qu'a enduré ton peuple. Il y a toujours des revers.

Et il y en avait bien d'autres dans le même cas, ils le savaient. La qualité de leurs réseaux d'information avait toujours constitué leur meilleure arme, mais les sources de Bock étaient taries. La Fraction Armée rouge avait tiré parti pendant des années de multiples moyens d'information : ses sympathisants au gouvernement ouest-allemand, les types si utiles de l'appareil de renseignement est-allemand, et tous ses équivalents des pays de l'Est, copiés sur leur maître, le KGB. Bon nombre de ces renseignements venaient sans doute de Moscou, mais ils transitaient via les petits pays pour des raisons politiques que Bock n'avait jamais cherché à éclaircir. Après tout, le socialisme mondial est un combat qui justifie beaucoup de contorsions purement tactiques. « Enfin, était », corrigea-t-il intérieurement.

Tout ça était bien terminé, ce soutien qui les avait tant aidés. Les services de renseignement du bloc de l'Est pourchassaient maintenant leurs anciens camarades comme des chiens de meute. Les Tchèques et les Hongrois avaient littéralement vendu des informations sur leur compte à l'Occident ! Les Allemands de l'Est avaient déclaré forfait au nom des nécessités de la grande Allemagne. L'Allemagne de l'Est – la République Démocratique allemande – avait cessé d'exister. Maintenant, ce n'était plus qu'une modeste province de l'Allemagne capitaliste. Et les Russes... Tout le soutien indirect qu'ils avaient trouvé chez les Soviétiques s'était évanoui, peut-être à jamais. Avec la déroute du socialisme en Europe, leurs informateurs au sein des gouvernements avaient été balayés, retournés, ou avaient simplement cessé de parler après avoir perdu foi dans l'avenir socialiste. En un clin d'œil, l'arme la meilleure et la plus utile des combattants européens de la révolution avait disparu.

Ici, heureusement, les choses étaient différentes, différentes pour Qati. Les Israéliens étaient aussi fous que vicieux. Bock et Qati savaient tous les deux que s'il y avait une constante dans le monde, c'était l'incapacité des Juifs à prendre une initiative politique significative. Ils étaient extraordinairement forts pour faire la guerre, mais incapables de faire la paix. Comme s'ils ne voulaient pas entendre parler de paix. Bock n'était pas très calé en histoire, mais il était à peu près sûr qu'un tel comportement n'avait pas de précédent. La révolte des Arabes indigènes et des Palestiniens captifs dans les territoires occupés était une plaie sanglante à l'âme d'Israël. À une époque, la police et les services de sûreté nationale avaient réussi à infiltrer facilement les groupes arabes, mais la révolte était maintenant entrée dans les têtes, et cette époque était révolue. Qati, au moins, avait une opération en cours, et Bock l'enviait, quelle que fût la difficulté de la situation. Qati avait un autre avantage assez pernicieux, l'efficacité de son adversaire. Le renseignement israélien menait cette guerre contre les combattants arabes de la liberté depuis maintenant deux générations. Les moins bons étaient morts sous les balles des officiers du Mossad, et les survivants, comme Qati, étaient le résultat d'un processus de sélection darwinien : ils étaient forts et rusés.

– Comment faites-vous avec les indicateurs ? demanda Bock.

– On en a identifié un la semaine dernière, répondit Qati avec un sourire cruel. Il nous a donné le nom de son officier traitant avant de mourir. Maintenant, on le tient à l'œil.

Bock approuva du chef. Autrefois, l'officier israélien aurait été assassiné, mais Qati avait appris. On le surveillait – avec soin mais de façon intermittente – et il pourrait permettre d'identifier d'autres indics.

– Et les Russes ?

Qati réagit violemment à cette question.

– Les porcs ! Ils ne nous donnent rien qui vaille, nous sommes livrés à nous-mêmes. Ça a toujours été comme ça.

Qati avait retrouvé son animation d'antan, mais sa figure finit par reprendre son air fatigué.

– Tu sembles fatigué, ami.

– La journée a été longue. Pour toi aussi, j'imagine.

Bock bâilla et s'étira.

– On continue demain ?

Qati se leva en faisant signe que oui, et conduisit son visiteur à sa chambre. Ils se serrèrent la main pour se dire bonsoir. Cela faisait presque vingt ans qu'ils se connaissaient. Qati retourna dans la pièce de séjour et sortit faire quelques pas. Ses gardes du corps étaient là, bien réveillés. Il leur dit quelques mots, comme il en avait l'habitude, car la loyauté tient à l'attention que l'on porte aux besoins de ses hommes. Puis il alla se coucher après avoir fait sa prière du soir. Cela le gênait vaguement, que son ami Günter soit incroyant. C'était pourtant un homme courageux, habile, dévoué à sa cause, mais Qati n'arrivait pas à comprendre que l'on puisse vivre sans avoir la foi.

« Vivre ? Mais vit-il vraiment ? » se demandait Qati en s'allongeant. Ses bras et ses jambes douloureux connaissaient le repos mais la douleur ne cessait pas, elle allait et venait. Bock était un type fini, non ? Il aurait mieux valu pour Petra et pour lui qu'ils meurent de la main du GSG-9. Les commandos avaient bien dû avoir envie de la tuer, mais, à en croire la rumeur, ils l'avaient trouvée avec un bébé à chaque sein, et un homme ne peut pas tuer dans ces conditions. Qati haïssait les Israéliens au-delà de toute expression, mais il était incapable d'une chose pareille. Ce serait une offense à Dieu Lui-même. Petra, songeait-il, souriant dans l'obscurité. Il l'avait prise une fois, Günter n'était pas là. Elle se sentait seule, il était tout heureux d'un récent succès au Liban, l'assassinat d'un conseiller israélien auprès des milices chrétiennes, et ils avaient partagé leur ferveur révolutionnaire pendant deux heures de rêve.

« Günter est-il au courant ? Est-ce que Petra lui a dit ? »

Peut-être, mais ça n'avait pas d'importance. Pour un Arabe, cela aurait constitué une humiliation mortelle, mais Bock n'était pas ce genre d'homme. Les Européens ne sont pas très regardants sur ce sujet. Cela surprenait beaucoup Qati, mais il y avait bien d'autres choses qui l'étonnaient dans la vie. Bock était un véritable ami, il en était sûr. La même flamme brûlait dans leurs âmes. C'était dommage, tous ces événements en Europe qui rendaient la vie de son ami si dure : sa femme entre les barreaux, ses enfants enlevés. Ce dernier point glaçait littéralement Qati. Ils étaient cinglés d'avoir eu des enfants. Qati ne s'était jamais marié, et il ne fréquentait pas beaucoup les femmes. Dix ans plus tôt, au Liban, toutes ces filles européennes, dont quelques-unes n'étaient encore que des adolescentes. Ce souvenir le faisait sourire, des choses qu'une fille arabe n'aurait jamais faites. Elles avaient un tempérament du feu de dieu, et elles voulaient qu'on le sache. Il savait bien qu'elles s'étaient servies de lui autant qu'il s'était servi d'elles. Mais Qati était jeune alors, et il avait la passion d'un jeune homme.

Cette passion était bien éteinte, et il se demandait si elle reviendrait jamais. Il l'espérait. Il espérait surtout guérir suffisamment pour avoir l'énergie de faire encore au moins une chose. Le docteur disait que le traitement faisait son effet, il le supportait mieux que beaucoup de gens. Même s'il était encore fatigué, même si les nausées se manifestaient encore de temps en temps, il ne devait pas se décourager. C'était normal. À chaque visite, le médecin lui répétait qu'il avait grand espoir. La semaine dernière, il avait insisté : il allait réellement mieux, il avait une bonne chance de s'en sortir. Mais Qati se disait que ce qui était important, c'est qu'il avait un but dans l'existence. Et il était sûr que c'était cela qui le maintenait en vie.

* * *

— Quels sont les résultats ?

— Ça suit son cours, répondit Cabot sur la liaison satellite sécurisée. Charlie a eu une attaque à son bureau. — Un silence. — C'est sans doute ce qui pouvait arriver de mieux à ce pauvre vieux.

— Liz Elliot prend sa place ?

— Exact.

Ryan pinça les lèvres en faisant la grimace, comme s'il venait d'avaler un médicament amer. Il regarda sa montre : Cabot s'était levé tôt pour l'appeler et lui communiquer ses instructions. Son patron et lui n'étaient pas exactement copains, mais c'est la mission qui comptait. « Il est peut-être pareil avec E.E. », songea Ryan.

— OK, patron, je décolle dans une heure et demie, et on communiquera le message au même moment, comme prévu.

— Bonne chance, Jack.

— Merci, monsieur le directeur.

Ryan coupa la communication, sortit de la pièce réservée aux transmissions et retourna dans sa chambre. Ses bagages étaient déjà bouclés, il n'avait plus qu'à nouer sa cravate. Il garda son manteau sur l'épaule, il faisait trop chaud pour l'enfiler, encore plus chaud là où il allait, et il n'en aurait pas besoin. Mais on s'attendait à ce qu'il en porte un, encore une de ces conventions qui imposent le maximum d'inconfort pour les besoins du décorum. Ryan attrapa sa valise et sortit.

— On synchronise nos montres?

Adler l'attendait à la porte et ricana.

— Hé, Scott, je ne mange pas de ce pain-là!

— Mais bien sûr, espèce de...

— J'aime mieux ça. Bon, j'ai un avion à prendre.

— Il ne décollera pas sans vous, observa Adler.

— Les petits avantages de la fonction publique, pas vrai?

Ryan regardait le couloir, qui était complètement vide, mais il se demandait si les Israéliens n'avaient pas réussi à le sonoriser. Si c'était le cas, le Musak risquait d'interférer avec leurs micros.

— Qu'en pensez-vous?

— Ça vaut de l'or.

— À ce point?

— Ouais, répondit Adler en souriant. Vous avez eu une fameuse idée, Jack. La bonne idée.

— Je ne l'ai pas eue tout seul, et, de toute façon, je n'en revendiquerai pas la paternité. Personne n'en saura jamais rien.

— On verra. Au boulot.

— Laissez-moi voir comment ils réagissent. Bonne chance.

— C'est *mazeltov*, non, qu'il faut dire?

Adler lui serra la main :

— Bon vol.

La limousine de l'ambassade déposa Jack au pied de l'avion, dont les moteurs tournaient. Il eut la priorité au roulage, et, moins de cinq minutes après avoir embarqué, ils étaient en l'air. Le VC-20B mit cap au sud, survola Israël vers le sud puis vira à l'est au-dessus du golfe d'Akaba, avant de pénétrer dans l'espace aérien saoudien.

Fidèle à son habitude, Ryan contemplait le paysage par le hublot. Son esprit n'était plus à ce qu'il devait faire, mais il ressassait tout cela depuis plus d'une semaine, et son cerveau continuait à fonctionner sans qu'il en eût conscience. L'air était pur, il n'y avait pratiquement pas de nuages tandis qu'ils survolaient cette terre déserte faite de sable et de cailloux. Les seules taches de couleur étaient celles des buissons rabougris, trop petits pour qu'on les distingue individuellement, et qui donnaient au paysage l'aspect d'un visage mal rasé. Jack savait que la plus grande partie d'Israël présentait le même aspect, de même que le Sinaï où s'étaient déroulées ces batailles de blindés, et il se demandait pourquoi des hommes acceptaient de mourir pour des pays de ce genre. Le fait est qu'ils le faisaient depuis qu'il y avait des hommes sur la planète. C'est ici qu'avaient eu lieu les premières guerres organisées, et cela continuait. Du moins jusqu'à maintenant.

Riyad, capitale de l'Arabie Saoudite, se trouve à peu près au centre du pays, qui est aussi grand que la moitié est des États-Unis. L'avion d'affaires descendit assez rapidement – il n'y avait guère de trafic dans la région –, l'air était calme, et le pilote fit son approche sans encombre vers l'aéroport international de Riyad. Quelques minutes plus tard, ils roulaient en direction du terminal. Le steward ouvrit la porte avant.

Après deux heures d'air conditionné, Jack eut l'impression de pénétrer dans un four. Il faisait au moins quarante-huit degrés à l'ombre, mais il n'y avait pas d'ombre. Pis encore, le soleil se reflétait sur le bitume comme sur un miroir, et Ryan prit cela en pleine figure. Le chef de poste adjoint de l'ambassade était venu l'accueillir, avec les gardes habituels. Il alla transpirer dans une autre limousine d'ambassade.

– Le vol a été bon? demanda le DCM.

– Pas mauvais. Tout est prêt?

– Oui, monsieur.

Cela faisait du bien de se faire appeler «monsieur», se dit Jack.

– J'ai reçu pour instructions de vous accompagner jusqu'à la porte.

– Parfait.

– Cela vous intéressera sans doute de savoir que la presse ne nous a posé aucune question. Washington a réussi à maintenir le couvercle.

– Ça changera dans cinq heures d'ici.

Riyad était une ville très propre, mais différente des métropoles occidentales. Le contraste avec les villes israéliennes était saisissant : pratiquement tout y était neuf. Et ce n'était qu'à deux heures, mais deux heures de vol. Contrairement à la Palestine, cet endroit n'avait jamais été un carrefour. Les anciennes routes commerciales évitaient soigneusement les chaleurs de l'Arabie, et si les villes côtières avaient connu une certaine prospérité pendant des millénaires grâce à la pêche et au commerce, les nomades de l'intérieur connaissaient une existence misérable, unis par leur seule foi musulmane, qui avait pris naissance dans les villes saintes de La Mecque et Médine. Deux choses avaient changé tout cela. Pendant la première guerre mondiale, les Britanniques avaient utilisé la région pour créer une diversion, obligeant les Turcs à immobiliser une partie des forces qui auraient été plus utiles auprès de leurs alliés allemands et austro-hongrois. Deuxièmement, autour de 1930, on avait découvert du pétrole, tellement de pétrole que celui du Texas ne représentait rien à côté. L'Arabie avait changé, puis le monde entier.

Les relations entre les Saoudiens et l'Occident ont toujours été délicates. Les Saoudiens offrent un curieux mélange de simplicité et de sophistication. Il y a une génération, ils menaient encore une vie nomade. Simultanément, il y avait une tradition admirable d'enseignement coranique, un code sévère mais scrupuleusement juste, analogue à la tradition talmudique du judaïsme. En un rien de temps, ces gens s'étaient trouvés à la tête d'une richesse qui défiait l'imagination. L'Occident les regardait comme des rebuts de la société, mais ils ne faisaient qu'entrer dans une lignée de pays nouveaux riches à laquelle l'Amérique appartenait elle-même il n'y a pas si longtemps. Ryan, qui était lui aussi un nouveau riche, regardait tous ces immeubles avec une sympathie amusée. Les gens qui ont hérité de leur richesse – une richesse gagnée par des ancêtres pleins de suffisance dont on oublie pudiquement les manières rustiques – ne sont jamais à l'aise avec ceux qui ont fait leur fortune eux-mêmes, au lieu d'en hériter. Et ce qui vaut pour les individus vaut aussi pour les nations. Les Saoudiens, comme leurs frères arabes, en étaient encore à apprendre comment devenir une nation, être riches et exercer une influence, mais cette expérience était aussi excitante pour eux que pour leurs amis. Ils avaient subi quelques leçons, parfois pas trop dures, parfois un peu plus, comme récemment avec leurs voisins du nord. Mais, en règle générale, ils les avaient bien retenues, et Ryan espérait maintenant que la prochaine étape serait franchie facilement. Une nation démontre sa grandeur davantage en aidant les autres à faire la paix qu'en manifestant sa puissance par la guerre ou la domination commerciale. Il avait fallu à l'Amérique tout l'intervalle de temps qui sépare Washington de Roosevelt pour le comprendre. Roosevelt, dont le prix Nobel de la paix ornait le mur d'un bureau à la Maison Blanche. «Il nous a fallu près de cent vingt ans, songeait Jack alors que sa voiture tournait puis s'immobilisait. Roosevelt a obtenu son prix pour avoir réglé quelques querelles de bas étage et des rectifications de frontières, et nous exigeons de ces pauvres gens qu'ils en fassent autant alors qu'ils ne forment une nation que depuis moins de cinquante ans. Qui sommes-nous pour nous permettre de les regarder de haut ?»

La chorégraphie qui préside aux manifestations officielles est aussi gracieuse et rigoureuse que celle des ballets. La voiture – dans le temps, c'était un carrosse – s'avance. Un fonctionnaire ouvre la portière – on l'appelait un valet de pied. L'hôte attend dans une solitude pleine de dignité, tandis que son visiteur descend de voiture. S'il est bien élevé, le visiteur remercie de la tête le valet de pied, et Ryan était bien élevé. Un autre fonctionnaire, de plus haut rang, accueille le visiteur avant de le conduire auprès de son hôte. Des gardes se tiennent de chaque côté de l'entrée ; dans ce cas, c'étaient des soldats en armes. Les photographes avaient été tenus à l'écart, pour des raisons évidentes. Ce genre d'affaires se traitent plus agréablement quand il fait moins chaud, mais au moins, le baldaquin faisait de l'ombre. On conduisit donc Ryan auprès de son hôte.

– Bienvenue dans notre pays, monsieur Ryan.

Le prince Ali lui tendit la main d'un geste décidé.

– Merci, Votre Altesse.

– Voulez-vous me suivre ?

Ali fit entrer Jack et le DCM, qui les laissa là. Le bâtiment était un palais – Riyad possède beaucoup de palais, car il y a beaucoup de princes – mais Ryan se disait que «palais de travail» aurait été une expression plus convenable. Grâce à l'air conditionné, il ne faisait guère plus de trente-huit degrés, ce qui lui parut très supportable. Le prince portait une robe assez ample, et il était coiffé d'un voile maintenu par deux trucs circulaires... deux quoi? se demanda Jack. On avait dû le lui dire, mais il ne s'en souvenait plus. Alden savait comment cela s'appelait – Charlie connaissait la région beaucoup mieux que lui – mais Alden était mort, et c'est Jack qui avait le ballon.

Ali ben Cheik était répertorié au Département d'État et à la CIA comme ministre sans portefeuille. Plus grand, plus mince, et plus jeune que Ryan, il était conseiller auprès du roi pour les affaires étrangères et le renseignement. Il était vraisemblable que le service de renseignement saoudien – formé selon le modèle britannique – relevait de lui, mais ce n'était pas parfaitement clair : encore un autre legs des British, qui traitent les affaires de secret beaucoup plus sérieusement que les Américains. Bien que le dossier d'Ali fût assez épais, il ne parlait pratiquement que de ses antécédents. Il avait été élevé à Cambridge, était entré comme officier dans l'armée de Terre, avant de poursuivre ses études à Leavenworth et à Carlyle aux États-Unis. À Carlyle, il était le plus jeune de son cours, il était colonel à vingt-sept ans – être prince royal vous aide à faire carrière – et était sorti troisième d'une promotion dont les dix premiers prenaient le commandement d'une division ou un poste équivalent. Le général qui avait raconté à Ryan ce qu'il savait d'Ali se souvenait de lui comme d'un jeune homme agréable, avec de grandes qualités intellectuelles et supérieurement doué pour le commandement. Ali avait joué un rôle majeur quand il avait fallu persuader le roi d'accepter l'aide américaine pendant la guerre du Golfe. On le considérait en général comme quelqu'un de sérieux, qui décidait vite, et qui se montrait rapidement désagréable quand il avait l'impression qu'on lui faisait perdre son temps, en dépit de ses manières courtoises.

On reconnaissait facilement son bureau, grâce aux deux officiers qui montaient la garde devant la porte à deux battants. Un troisième homme leur ouvrit, se courbant à leur passage.

– J'ai beaucoup entendu parler de vous, commença poliment le prince.

– En bien, j'en suis sûr, répondit Ryan, en essayant de paraître décontracté.

Ali s'en tira avec un sourire malicieux.

– Nous avons des amis communs en Angleterre, sir John. Vous continuez à vous entraîner au pistolet?

– Je n'ai plus le temps, vous savez.

Ali lui indiqua un fauteuil.

– Il y a des choses auxquelles il faut accepter de consacrer du temps.

Ils s'assirent tous deux. Un serviteur entra avec un plateau d'argent, servit le café avant de s'éclipser, et on en vint aux choses sérieuses.

– Je suis vraiment désolé de ce que j'ai appris au sujet de Charles Alden. Un homme si brillant, disparaître de façon aussi stupide... Que Dieu ait pitié de son âme. Mais cela faisait longtemps que je désirais faire votre connaissance, monsieur Ryan.

Jack but une gorgée de café, qui était épais, amer, et horriblement fort.

– Merci, Votre Altesse. Merci également d'avoir accepté de me recevoir à sa place.

– Les démarches diplomatiques les plus efficaces sont souvent celles qui débutent de façon informelle. Alors, que puis-je faire pour vous?

Ali sourit et s'enfonça davantage dans son siège. Les doigts de sa main gauche jouaient dans les poils de sa barbe. Ses yeux étaient sombres comme du charbon, et, si on pouvait croire qu'il regardait distraitement son visiteur, on sentait bien que l'atmosphère de la pièce était devenue plus grave. Ryan eut l'impression que le changement avait été instantané.

– Mon pays souhaiterait explorer les voies susceptibles de... il s'agit des grandes lignes d'un plan pour essayer de réduire les tensions dans la région.

– Avec Israël, naturellement. Je suppose qu'Adler fait en ce moment la même proposition aux Israéliens.

– C'est parfaitement exact, Votre Altesse.

– Voilà qui est passionnant, remarqua le prince avec un sourire amusé. Continuez, je vous prie.

Jack commença son exposé.

– Dans cette affaire, nous devons préserver à tout prix la sécurité physique de l'État d'Israël. Avant que nous soyons nés vous et moi, les États-Unis et d'autres pays ont assisté pratiquement sans broncher à l'extermination de six millions de juifs. Mon pays se sent encore gravement coupable de cette infamie.

Ali approuva gravement avant de répondre.

– C'est une chose que je n'ai jamais pu comprendre. Vous auriez peut-être pu agir différemment, mais Roosevelt et Churchill étaient de bonne foi quand ils ont pris un certain nombre de décisions stratégiques pendant la guerre. Ce qui s'est passé ensuite avec les juifs, dont personne ne voulait entendre parler avant le déclenchement du conflit, est naturellement une autre histoire. Je trouve vraiment très étrange que votre pays n'ait pas donné asile à tous ces pauvres gens. Il n'en reste pas moins que personne n'a vu venir ce qui allait se passer, ni les juifs, ni les gentils. Ensuite, Hitler contrôlait entièrement l'Europe, il vous était impossible d'intervenir directement. Vos dirigeants se sont donc dit que le meilleur moyen de mettre fin à cette tuerie consistait à gagner la guerre le plus rapidement possible. Et c'était logique. Ils auraient pu essayer de trouver une solution politique, cela s'appelait l'*Endlösung*, je crois, mais ils ont conclu que c'était impossible à mettre en œuvre. A posteriori, cela semble maintenant inexact, mais cette décision a été prise honnêtement.

Ali s'arrêta un instant pour laisser cette leçon d'histoire faire son chemin.

– De toute manière, nous comprenons, nous acceptons même sous certaines conditions, les raisons pour lesquelles vous soutenez l'État d'Israël. Notre accord, et je suis sûr que vous en conviendrez, exige que vous reconnaissiez de la même façon les droits des autres peuples. Cette région n'est pas peuplée uniquement de Juifs et de sauvages.

— Cela est à la base même de notre proposition, répondit Ryan. Si nous parvenons à trouver une formule qui reconnaît ces droits, accepteriez-vous un plan selon lequel les États-Unis garantiraient la sécurité d'Israël ?

Jack n'eut pas le temps de reprendre sa respiration pour poursuivre.

— Bien sûr, nous l'avons toujours dit très clairement. En dehors de l'Amérique, qui d'autre peut garantir la paix ? Si vous devez envoyer vos troupes pour qu'Israël se sente en sécurité, si vous signez un traité pour solenniser votre garantie, ce sont des choses que nous accepterons, mais qu'en est-il des droits des Arabes ?

— À votre avis, comment devrions-nous faire pour les prendre en compte ? demanda Jack.

Le prince Ali fut surpris par la question. C'était à Ryan de lui présenter le plan américain. Il était sur le point de se mettre en colère, mais il était trop intelligent pour cela. Il savait bien que ce n'était pas un piège, mais un changement fondamental de la politique américaine.

— Monsieur Ryan, vous avez sûrement une raison de me poser cette question, mais la question n'en reste pas moins une figure de rhétorique. Je pense que c'est à vous de trouver la réponse.

La réponse dura trois minutes. Ali secoua tristement la tête.

— Cela, monsieur Ryan, c'est quelque chose qui nous paraîtrait sans doute acceptable, mais les Israéliens n'accepteront jamais. Ou, plus exactement, ils rejetteront cette idée pour cette raison même que nous l'aurons acceptée. Ils pourraient l'accepter, bien sûr, mais ils ne le voudront pas.

— Pensez-vous que ce soit acceptable pour votre gouvernement ?

— Je dois naturellement en parler aux autres ministres, mais je crois que notre réponse serait favorable.

— Vous n'avez vraiment aucune objection ?

Le prince s'interrompit pour finir son café. Il regardait le mur derrière Ryan.

— Nous pourrions proposer plusieurs modifications, mais rien d'important. Je crois en fait que la négociation sur ces points mineurs pourrait aboutir facilement et rapidement, car ils n'ont pas de conséquence pour les autres parties en présence.

— Qui choisiriez-vous pour représenter les musulmans ?

Ali se pencha en avant.

— C'est très simple, n'importe qui pourrait vous le dire. L'imam de la mosquée Al-Aqsa est un savant éminent et un linguiste. Il s'appelle Ahmed ben Youssef. On le consulte à travers tout l'Islam sur des points de théologie. Les sunnites comme les chiites s'en remettent à ses décisions. De plus, il est d'origine palestinienne.

Ce serait aussi simple que ça ? Ryan ferma les yeux et se força à respirer profondément. Youssef n'était pas exactement un modéré, et il avait réclamé le retrait d'Israël à l'ouest du Jourdain. Mais il avait aussi condamné le terrorisme en tant que tel pour des raisons religieuses. Ce n'était pas le parfait interlocuteur, mais si les musulmans le désignaient comme leur représentant, ce serait toujours assez bien.

— Vous êtes optimiste, monsieur Ryan, vous êtes trop optimiste. Je vous accorde volontiers que votre plan est plus honnête que ce que mon gouvernement imaginait, mais il ne sera jamais appliqué.

Ali se tut et fixa Ryan droit dans les yeux.

— Maintenant, je dois me poser la question : est-ce bien une proposition sincère, ou est-ce seulement quelque chose qui a l'apparence de la sincérité ?

— Votre Altesse, le président Fowler prononce un discours devant l'assemblée générale des Nations-Unies jeudi prochain. Il y présentera son plan, et c'est sérieux. Je suis autorisé à inviter officiellement votre gouvernement à participer à des négociations qui auront lieu au Vatican pour parvenir à un traité.

Le prince parut réellement surpris.

— Vous croyez réellement que vous allez en venir à bout ?

— Nous ferons l'impossible, Votre Altesse.

Ali se leva et se dirigea vers son bureau. Il décrocha son téléphone, appuya sur une touche et commença à parler très vite. Ryan ne comprenait rien de ce qu'il disait. Il eut un bref moment de distraction. Comme l'hébreu, l'arabe s'écrit de droite à gauche, et il se demandait comment faisait le cerveau pour s'en arranger.

« T'as une veine de cocu, mon salaud ! se dit-il. Ça pourrait marcher ! »

Ali raccrocha et se tourna vers son visiteur.

— Je crois que le moment est bien choisi pour rendre visite à Sa Majesté.

— Tout de suite ?

— Notre forme de gouvernement présente un avantage : lorsqu'un ministre désire en rencontrer un autre, il va voir un cousin ou un oncle. Nous faisons marcher une affaire de famille. Je suis sûr que votre président est un homme de parole.

— Le discours des Nations-Unies est déjà rédigé, je l'ai lu. Il sait bien qu'il va se mettre le lobby pro-israélien à dos, mais il y est prêt.

— Je les ai déjà vus à l'œuvre, monsieur Ryan. Même lorsque nous nous battions pour notre peau au coude à coude avec les soldats américains, ils nous contestaient le droit d'acquérir les armes dont nous avions besoin pour assurer notre propre défense. Vous croyez que ça va changer ?

— Le communisme soviétique est au bout du rouleau, le Pacte de Varsovie également. Il y a tellement de choses qui ont façonné le monde dans lequel j'ai grandi, et qui sont définitivement terminées... Il est grand temps d'en finir avec les derniers troubles qui agitent la terre. Vous me demandez si nous sommes en mesure de réussir – et pourquoi pas? Votre Altesse, la seule certitude immuable, c'est que les choses changent tout le temps.

Jack savait bien qu'il manifestait un enthousiasme excessif, et se demandait ce que faisait Scott Adler à Jérusalem. Adler n'était pas homme à s'emporter, mais il savait mettre les points sur les i. Cela faisait tellement longtemps que ce n'était pas arrivé aux Israéliens, Jack ne savait même plus quand c'était, ou si on avait même jamais essayé. Mais le président était déterminé. Si les Israéliens essayaient de bloquer le processus, ils risquaient fort de se retrouver isolés comme jamais.

– Et vous oubliez Dieu, monsieur Ryan.

Jack sourit.

– Mais non, Votre Altesse. C'est cela qui compte, n'est-ce pas?

Le prince Ali essaya de sourire, sans y parvenir. L'heure n'était pas encore au sourire. Il lui indiqua la porte.

– Notre voiture nous attend.

* * *

Les drapeaux et les étendards sont déposés, depuis l'époque de la Révolution, au dépôt de l'intendance de New Cumberland, en Pennsylvanie. Un général de brigade et un archiviste avaient posé sur une table l'emblème qui avait été celui du 10ᵉ régiment de cavalerie des États-Unis. Le général se demandait si quelques-unes des déchirures n'avaient pas été ramassées pendant la campagne du colonel John Grierson contre les Apaches. Cet étendard allait revenir à son régiment, même s'il n'avait plus beaucoup d'utilité. On allait peut-être le sortir de sa housse une fois par an, mais on en referait un neuf sur le même modèle. Ce qui arrivait était plutôt rare. À cette époque de coupes budgétaires, on allait former une nouvelle unité. Le général ne trouvait rien à y redire; le 10ᵉ avait un passé glorieux, mais il ne s'était jamais remis du film qu'avait réalisé Hollywood sur les régiments noirs. Car le 10ᵉ avait été l'une de ces unités noires – 9ᵉ et 10ᵉ régiments de cavalerie, 24ᵉ et 25ᵉ d'infanterie – qui avaient participé à la conquête de l'Ouest. L'étendard datait de 1866. Il représentait un bison, car les Indiens qui combattaient les cavaliers du 10ᵉ trouvaient que les cheveux de leurs adversaires ressemblaient à la fourrure du bison. Les soldats noirs avaient participé à la défaite de Geronimo, et ils avaient sauvé la peau de Teddy Roosevelt lors de la charge de la colline de San Juan. Le général le savait parfaitement. C'est à peu près à cette époque qu'ils avaient été reconnus officiellement et, si le président reprenait cet emblème pour des raisons politiques, après tout, pourquoi pas? Le 10ᵉ avait une histoire honorable, politique ou pas.

– Comptez une semaine, dit le civil, je ferai le travail moi-même. Mon Dieu, je me demande ce que Grierson penserait en voyant les monstres qui tiennent lieu de bisons!

– C'est vrai, admit le général.

Il avait commandé le 11ᵉ régiment de cavalerie blindée plusieurs années avant. Celui-ci était toujours en Allemagne, et on pouvait se demander si ça allait durer encore longtemps. Mais l'historien n'avait pas tort. Avec ses 129 chars, ses 228 transports blindés, ses 24 canons automoteurs, ses 83 hélicoptères, ses 5 000 hommes, un régiment blindé moderne était plus proche en fait d'une brigade mobile, dotée d'une puissance de feu formidable.

– Où sera-t-il basé?

– Le régiment sera formé à Fort Stewart, mais après, je ne sais pas. Ils seront peut-être rattachés à la 18ᵉ division parachutiste.

– On va les peindre en beige, hein?

– Probablement. Ce régiment s'y connaît en désert, vous savez.

Le général toucha l'étendard. Ouais, on sentait encore le sable, le sable du Texas, du Nouveau-Mexique, de l'Arizona. Il se demanda si les cavaliers qui avaient suivi cet étendard savaient qu'il allait renaître. Probable.

6
MANŒUVRES

La cérémonie de prise de commandement à bord des bâtiments de la Marine n'a pas beaucoup changé depuis l'époque de John Paul Jones. Celle-ci se termina comme prévu à 11 h 24. Elle avait été avancée de deux semaines pour que l'ancien pacha puisse rallier sa nouvelle affectation au Pentagone, endroit qu'il avait toujours réussi à éviter jusqu'ici. Le capitaine de vaisseau Jim Rosselli avait mené à bien les dix-huit derniers mois de chantier du *USS Maine* chez Electric Boat, du groupe General Dynamics, à Groton dans le Connecticut. Il avait ensuite supervisé le lancement et les premiers essais jusqu'à l'admission au service actif. Puis, il y avait eu les essais d'endurance, un tir de missiles devant Cap Canaveral, et le transit par Panama jusqu'à la base définitive de Bangor, État de Washington. Sa dernière mission avait consisté à emmener le bateau – le *Maine* était un très gros bâtiment, mais c'était toujours un « bateau » dans la Marine – pour sa première patrouille de dissuasion dans le golfe d'Alaska. Tout ça était fini maintenant et, quatre jours après son retour de mer, il passait la suite à son successeur, le capitaine de vaisseau Harry Ricks. En fait, c'était un peu plus compliqué. Depuis le premier SNLE, le *USS George Washington*, transformé depuis longtemps en lames de rasoir et autres objets de consommation courante, les SNLE ont deux équipages baptisés respectivement « bleu » et « or ». L'idée, très simple, consiste à se dire que les sous-marins peuvent passer beaucoup plus de temps à la mer si on permute leurs équipages. La méthode coûte cher, mais marche parfaitement. Les SNLE de la classe « Ohio » passent environ les deux tiers de leur temps à la mer, sur un rythme de soixante-dix jours de patrouille séparés par vingt-cinq jours de remise en condition. Par conséquent, Rosselli avait remis à Ricks le commandement d'un demi-sous-marin, plus le commandement intégral de l'équipage « or », lequel allait céder le bâtiment à l'équipage « bleu » pour une nouvelle patrouille.

La cérémonie terminée, Rosselli se retira une dernière fois dans sa chambre.

En sa qualité de premier commandant, certains souvenirs lui revenaient de droit. La tradition lui accordait par exemple un morceau du teck dont on faisait les ponts, transformé en jeu de solitaire. Le pacha n'avait jamais pratiqué ce jeu de sa vie, mais ça n'avait rien à voir. Ces traditions-là n'étaient pas tout à fait aussi vieilles que le commandant John Paul Jones, mais elles étaient aussi solides. Sa casquette de base-ball, sur laquelle étaient inscrits en lettres d'or CDT d'un côté et PREMIER PACHA de l'autre, irait également rejoindre sa collection, de même qu'une tape de bouche, une photo signée par tous les membres de l'équipage, et divers cadeaux offerts par Electric Boat.

– Dieu, ce que j'ai espéré en avoir un comme ça! dit Ricks.

– Ils sont superbes, commandant, répondit Rosselli avec un sourire songeur.

En réalité, ce n'était pas le fond de sa pensée. Seuls les meilleurs officiers avaient une carrière comme la sienne. Il avait commandé un sous-marin d'attaque, l'*USS Honolulu,* qui avait excellente réputation, réputation qu'il avait contribué à entretenir pendant ses deux ans et demi de commandement. Puis il avait pris l'équipage «or» du *USS Tecumseh,* où il avait également brillé. Ce troisième commandement – plus rare – avait été plus court que prévu. Son boulot avait consisté à superviser les travaux du chantier à Groton, puis à mettre le bateau au point avant de le confier à ses premiers «vrais» commandants. Il n'avait réellement commandé le bateau que – combien? – une centaine de jours, quelque chose comme ça. Juste assez longtemps pour faire sa connaissance.

– Tu ne pars pas de gaieté de cœur, Rosey, fit le chef d'escadrille, le capitaine de vaisseau (sur la liste d'aptitude) Bart Mancuso.

Rosselli essaya de prendre la chose avec humour.

– Hé, Bart, entre nous, ça te fait envie, non?

– T'as raison, vieux crabe, je sais que ça n'est pas facile.

Rosselli se retourna vers Ricks.

– C'est le meilleur équipage que j'aie jamais eu. Le second sera un bon pacha quand ce sera son tour. Ce bateau tourne comme une horloge. Tout marche au poil, et on perd notre temps pendant les remises en condition. Le seul point qui me donne du souci, c'est le câblage dans l'office du carré. Un électricien a dû se mélanger les pinceaux dans les fils, et les interrupteurs sont mal marqués. Regs pense qu'il faudrait refaire les câbles plutôt que de changer les étiquettes. Et c'est tout. Absolument rien d'autre.

– Le réacteur?

– Impeccable, les hommes et le matériel. Tu as vu les résultats du dernier contrôle de sûreté nucléaire?

– Hmm, hmm, fit Ricks.

Le bateau avait subi ce contrôle, le Saint-Graal du nucléaire, pratiquement à la perfection.

– Le sonar?

– On a le meilleur de toute la flotte, on a été les premiers à recevoir la dernière version. J'ai fait quelques essais avec les mecs de la deuxième escadrille avant l'admission au service actif. Il y avait un de tes vieux copains, Bart, Ron Jones. Il est entré chez Sonosystems, il est venu passer une semaine avec nous. L'analyseur de rayons sonores est une pure merveille. Il y a encore un peu de boulot à faire du côté des torpilleurs, mais ça va à peu près. Je crois quand même qu'ils pourraient encore gagner une trentaine de secondes. Le chef de service est très jeune – bien sûr, la moyenne d'âge de l'équipage est faible. Il n'est pas encore tout à fait au point, mais ils ne sont pas beaucoup plus lents que les mecs que j'avais sur le *Tecumseh*, et si j'avais eu un peu plus de temps devant moi, ce serait une affaire réglée.

– Pas de problème, fit négligemment Ricks. Mais bon dieu, Jim, il faut bien que je m'occupe. Tu as eu combien de contacts pendant cette patrouille?

– Un classe Akula, l'*Amiral Lunin*. On l'a croché trois fois, toujours à plus de soixante mille yards. S'il s'est rendu compte de quelque chose... mais il n'a rien vu. Il n'est pas venu une fois sur nous, et une fois, on l'a tenu pendant seize heures d'affilée. La bathy était vraiment extra et... – Rosselli sourit – j'ai décidé de le pister un bout de temps, à bout de gaffe, bien sûr.

– La chasse un jour, la chasse toujours, dit Ricks avec un grand sourire.

Il avait une longue carrière de SNLE derrière lui, et cette façon de voir les choses lui était totalement étrangère, mais ce n'était pas le moment de faire le délicat.

– Tu as fait de très beaux enregistrements sur lui, continua Mancuso, montrant ainsi qu'il ne désapprouvait pas le moins du monde ce qu'avait fait Rosselli. Sacré bon bateau, non?

– L'Akula? Très bon, oui, mais pas assez, répondit Rosselli. Je ne me ferai pas de souci tant que nous n'arriverons pas à pister ces veaux. J'ai essayé quand j'étais sur l'*Honolulu*, avec l'*Alabama* de Richie Seitz. Il m'a bien baisé, c'est la première fois que ça m'arrivait. Dieu arriverait peut-être à trouver un Ohio, mais il faudrait qu'il soit vraiment dans un bon jour.

Et Rosselli ne plaisantait pas. Les sous-marins lance-missiles de la classe Ohio étaient plus que silencieux. Leur niveau de bruit rayonné était plus faible que le bruit de fond de la mer, un murmure au milieu d'un concert de rock. Il fallait s'en approcher incroyablement près si on voulait avoir une chance de les entendre, mais les Ohio avaient le meilleur sonar jamais mis au point, et ce n'était pas facile. La Marine avait remarquablement réussi cette série: les spécifications originales demandaient 26-27 nœuds, et le prototype avait fait 28,5. Pendant les essais constructeur, le *Maine* était même monté à 29,1, grâce à une nouvelle peinture au super-polymère. Et avec son hélice à sept pales, la vitesse de cavitation était supérieure à vingt nœuds. Le réacteur fonctionnait en circulation naturelle pratiquement à toutes les allures, ce qui limitait considérablement le bruit des pompes primaires.

L'obsession de la Marine pour la lutte contre le bruit avait atteint un sommet avec cette série. Même les pales du mixeur de la cuisine étaient recouvertes de vinyle pour éviter tout contact métal contre métal. L'Ohio était la Rolls-Royce des sous-marins.

Rosselli se tourna vers lui.

— Maintenant, il est à toi, Harry.

— Tu n'aurais pas pu en tirer davantage, Jim. Allez, venez, le carré est ouvert, je vous offre une bière.

— Ouais, répondit le commandant quittant d'une voix un peu émue.

Quand ils montèrent sur le pont, l'équipage l'attendait aligné pour lui serrer la main une dernière fois. Avant d'être arrivé à la coupée, Rosselli avait les larmes aux yeux, et elles ruisselaient sur ses joues quand ils atteignirent le ponton. Mancuso le comprenait, ç'avait été pareil pour lui. Un bon commandant se prend d'amour pour son bateau et pour son équipage, et c'était encore pire pour Rosselli. Il avait eu plus que son lot de commandements, et le dernier est toujours le plus dur quand il se termine. Comme Mancuso, Rosselli n'avait plus comme perspective que des fonctions d'état-major, il allait commander un bureau, mais il ne ferait plus jamais ce métier de seigneur que constitue le commandement d'un bâtiment de guerre. Bien sûr, il pourrait encore embarquer, noter les pachas, apprécier les idées et les tactiques, mais il ne serait plus qu'un passager qu'on tolérait, pas vraiment bienvenu à bord. Pis encore, il faudrait qu'il se prive de revenir sur son ancien bâtiment, pour ne pas laisser à son équipage l'occasion de comparer son style de commandement à celui du nouveau pacha, sous peine de miner son autorité. Mancuso se disait que les immigrants et leurs pères avaient dû ressentir la même chose en jetant un dernier regard sur l'Italie, en sachant très bien qu'ils ne reviendraient jamais, que leurs vies étaient irrémédiablement changées.

Les trois hommes prirent la voiture de fonction de Mancuso pour se rendre au pot organisé au carré de la base. Rosselli posa tous ses souvenirs devant lui et sortit son mouchoir pour s'essuyer les yeux. Ce n'était pas juste, ce n'était vraiment pas juste. Abandonner le commandement d'un bateau comme celui-là et devenir un vulgaire standardiste dans un PC. Une affectation interarmes, mon cul! Rosselli se moucha et pensa aux affectations à terre qui l'attendaient pour le reste de sa carrière active.

Mancuso regardait ailleurs par discrétion.

Ricks hocha silencieusement la tête. Toute cette émotion était un peu superflue. Il prenait déjà quelques notes mentalement. Les torpilleurs n'étaient pas encore au point, hein? Eh bien, il allait s'en occuper. Et le second était de premier brin. Hmm. Quel est le pacha qui n'a pas porté aux nues son second? Si ce type croyait qu'il était mûr pour un commandement, cela voulait dire qu'il était peut-être un petit peu trop prêt. Il fallait rappeler discrètement aux seconds de ce genre qui était le vrai patron, et Ricks savait s'y prendre. Heureusement, il y avait le réacteur. Et ça, c'était important. Ricks était un pur produit de l'obsession de la Marine pour les réacteurs. C'était incroyable, se disait-il, que le chef d'escadrille, ce Mancuso, ne s'en soucie pas davantage. Rosselli était probablement dans le même cas. Alors, comme ça, ils avaient passé leur qualif nucléaire, et alors? Sur ces bateaux, on était prêt à passer sa qualif tous les jours. Le problème de ces Ohio, c'est qu'ils marchaient tellement bien que les gens prenaient les choses un peu en touristes. Et c'était encore plus vrai, maintenant qu'ils avaient passé leur qualif. Le laisser-aller conduit inexorablement aux désastres. Et ces mecs des sous-marins d'attaque avec leur mentalité stupide! Pister un Akula, mon Dieu! Même à soixante mille yards, mais à quoi pensait cet imbécile?

La devise de Ricks était celle des SNLE: «Nous sommes fiers de nous cacher» (version plus crue: «Les poules mouillées de la mer»). S'ils ne vous trouvent pas, ils ne peuvent rien vous faire. Les gros n'étaient pas du genre à aller chercher les ennuis, leur boulot consistait au contraire à les éviter. Les sous-marins lance-missiles ne sont pas vraiment des bâtiments de combat. Que Mancuso n'ait pas réprimandé Rosselli sur-le-champ, voilà qui sidérait Ricks.

Cela méritait tout de même réflexion. Non seulement Mancuso n'avait rien reproché à Rosselli, mais il l'avait félicité.

Mancuso était son chef d'escadrille, et il avait été deux fois décoré. D'accord, ce n'était pas le rêve de travailler pour un excité de la chasse, mais c'était comme ça. C'était un battant, et il voulait des pachas agressifs. En outre, Mancuso était le mec qui allait le noter, ce qui était un paramètre fondamental, non? Ricks était ambitieux, il voulait commander une esca-drille, puis occuper un poste au Pentagone avant de passer amiral, et de prendre le commandement d'un groupe de sous-marins. À Pearl, ce serait pas mal, il aimait bien Hawaii. Et après ça, en route pour une nouvelle affectation au Pentagone. Ricks pensait à sa carrière depuis qu'il était lieute-nant de vaisseau.

Il n'avait pas vraiment prévu de travailler sous les ordres d'un as des sous-marins d'attaque, mais il fallait s'adapter, et ça, il connaissait. Si cet Akula se pointait à sa prochaine patrouille, il ferait comme Rosselli – en mieux, bien entendu. Il devait absolument y arriver, Mancuso le souhaitait, et Ricks savait qu'il était en concurrence avec treize autres commandants de SNLE. S'il voulait avoir ce commandement d'escadrille, il fallait qu'il soit le meilleur des quatorze. Et pour être le meilleur, il lui fallait faire des choses susceptibles d'impressionner son chef d'escadrille. OK, il ne pouvait plus conserver à sa carrière le cours rectiligne qu'il lui avait donné jusqu'alors, il allait falloir s'y prendre différemment. Ricks aurait préféré ne pas en passer par là, mais carrière d'abord, non? Il se savait destiné à avoir une marque d'amiral dans un angle de son bureau du Pentagone, un jour, et un jour pas trop lointain. Il allait faire ce qu'il fallait. Marque d'amiral signifiait un état-major, un chauffeur, une place de parking réservée, puis d'autres boulots encore plus prestigieux. Si tout se passait bien, il pouvait espérer terminer dans le bureau du chef d'état-major de la Marine, dans le couloir E – ou mieux encore, comme directeur des Réacteurs embarqués. C'était un poste moins élevé que celui de CEMM, mais on était assuré de rester huit ans en place. Il se sentait plus fait pour ce poste, où se décidait l'ensemble de la politique nucléaire.

*   *   *

J. Robert Fowler n'était pas si mauvais bougre, au fond, se dit Ryan. La réunion se tenait en haut, à l'étage des appartements de la Maison Blanche, car la climatisation de l'aile ouest était en panne et le soleil qui frappait en plein les vitres du Bureau ovale rendait la pièce invivable. Ils s'étaient donc installés dans une salle à manger utilisée habituellement pour les dîners informels que le président aimait organiser pour ses «intimes». Les intimes finissaient bien par se retrouver à cinquante. Les chaises d'époque étaient disposées autour d'une grande table et les murs étaient décorés de diverses scènes historiques. Tout le monde était en manches de chemise.

Fowler supportait mal les contraintes de sa charge. Avant de se jeter à fond et définitivement dans la politique, il avait été procureur et n'avait jamais défendu un criminel de sa vie. Il avait été élevé dans un milieu qui n'était pas très à cheval sur les convenances, si bien qu'il avait toujours la cravate à moitié défaite et les manches relevées jusqu'au coude. Ryan trouvait cela un peu étrange, tant le président était également capable de se montrer collet monté et pète-sec avec ses subordonnés. Encore plus bizarre, le président était arrivé avec sous le bras les pages sportives du *Baltimore Sun*, qu'il préférait à celles de la presse locale. Le président Fowler était un enragé de football. Les premiers matches de la saison de championnat étaient passés, et il faisait ses pronostics pour la suite. Le DDCI haussa les épaules et garda sa veste. Cet homme était complexe, Jack le savait très bien, et la complexité est imprévisible par définition.

Le président avait discrètement modifié son agenda pour organiser cette réunion. Il s'assit au bout de la table, sous une bouche d'air frais, et regarda en souriant à peine les participants qui arrivaient. À sa gauche, G. Dennis Bunker, le secrétaire d'État à la Défense. Ex-PDG d'Aerospace Inc., Bunker avait d'abord été pilote de chasse dans l'armée de l'Air, et il avait à son actif plus de cent missions effectuées au début de la guerre du Viêt-nam. Il avait quitté l'armée pour créer sa société et l'avait menée à un chiffre d'affaires de plusieurs milliards de dollars, avec des implantations dans toute la Californie. Il avait vendu sa boîte et toutes ses autres participations pour prendre ce poste, ne conservant qu'une seule entreprise, les Chargeurs de San Diego. Ce dernier point avait donné lieu à des taquineries interminables lors des auditions au Sénat, et les mauvaises langues disaient que Fowler appréciait Bunker surtout à cause de l'amour qu'il portait au foot. Bunker était un cas unique au gouvernement ; c'était un faucon, comme tout le monde, mais qui connaissait parfaitement les affaires de défense et qui était très écouté des gens en uniforme. Bien qu'il eût quitté l'armée de l'Air avec le grade de capitaine, il avait gagné trois décorations aux commandes de son bombardier F-105 lors de missions au ras des pâquerettes dans les environs de Hanoi. Dennis Bunker avait été au feu, il pouvait parler tactique avec les capitaines et stratégie avec les généraux. Tout le monde, civils et militaires, respectait le secrétaire à la Défense, ce qui était plutôt rare.

À la gauche de Bunker était assis Brent Talbot, le secrétaire d'État. C'était un ami de longue date et un allié du président, et il avait été longtemps professeur de sciences politiques à l'université de Northwestern. Âgé de soixante-dix ans, il avait une chevelure léonine qui surmontait un visage pâle et intelligent. Il était moins professeur que gentleman à l'ancienne mode, mais avec un instinct de tueur. Il avait passé de nombreuses années au PFIAB – le comité consultatif pour le Renseignement extérieur – et dans un nombre incalculable de commissions. Maintenant, il occupait un poste qu'il marquait de son empreinte. C'était l'archétype de l'homme qui connaît les choses de l'intérieur, mais qui est aussi capable de les regarder avec du recul, et il avait fini par trouver un ticket gagnant avec Fowler. Il avait souvent une vision originale des choses, et il voyait dans les changements qui marquaient les relations Est-Ouest la possibilité de changer le monde. C'était pour lui l'occasion rêvée d'y associer son nom.

À droite du président était assis le chef d'état-major particulier, Arnold Van Damm. Après tout, l'objet de cette réunion était éminemment politique, et il était parfaitement naturel que tous ceux qui avaient à donner un conseil politique soient là. À côté de Van Damm se tenait Elizabeth Elliot, la toute nouvelle conseillère pour les affaires de Sécurité nationale. Elle avait l'allure austère ce jour-là, se dit Ryan. Elle portait une robe qui avait dû lui coûter très cher, ornée d'une cravate entortillée autour de son ravissant petit cou. À sa droite, Marcus Cabot, directeur de la CIA et supérieur direct de Ryan.

Les gens de moindre importance étaient placés beaucoup plus loin du trône de la puissance, naturellement. Ryan et Adler étaient à l'autre extrémité de la table, aussi bien pour les éloigner du président que pour leur permettre d'avoir une vue d'ensemble sur les grands pontes.

– Alors, c'est ton année, Dennis ? demanda le président au secrétaire à la Défense.

– Tu l'as dit, répondit Bunker. J'ai patienté assez longtemps, mais avec ces deux nouveaux deuxième ligne, on va aller à Denver.

– Contre les Vikings, fit Talbot. Dennis, vous aviez des demis de premier brin, pourquoi n'avez-vous pas pris Tony Wills ?

– On a déjà trois bons arrières, il me fallait des deuxième ligne, et ce gosse de l'Alabama est un champion comme je n'en ai encore jamais vu.

– Tu le regretteras, décréta le secrétaire d'État.

Tony Wills avait été débauché de Northwestern. C'était l'Américain typique, élevé à Rhodes, vainqueur de la coupe Heisman, et c'est lui qui avait ressuscité l'équipe de Northwestern. Il avait été l'étudiant chéri de Talbot. Sous tous les angles, c'était un jeune homme exceptionnel, et tout le monde lui prédisait une brillante carrière politique. Ryan trouvait ce jugement un peu prématuré, même en tenant compte des changements dans le paysage politique américain.

– Au troisième match, il marquera contre son camp, et il recommencera à la finale, si ton équipe va jusque-là, ce dont je doute fort, Dennis.

– Nous verrons bien, lâcha Bunker.

Le président rigolait en classant ses paperasses. Liz Elliot essayait sans succès de cacher sa réprobation, Jack la voyait très bien malgré la distance qui les séparait. Ses papiers à elle étaient déjà en place, son stylo prêt à prendre des notes, et elle ne parvenait pas à masquer son impatience pendant ces conversations de vestiaire qui se déroulaient de son côté de la table. Eh bien, elle avait fini par avoir ce poste pour lequel elle s'était tellement battue, ça avait même fait un mort – on avait raconté les détails à Jack à son retour.

– Je crois que nous allons commencer, dit le président Fowler, et les conversations s'arrêtèrent net. Monsieur Adler, voudriez-vous nous exposer ce qui s'est passé au cours de votre voyage?

– Merci, monsieur le président. Je crois pouvoir affirmer que la plupart des morceaux du puzzle sont en place. Le Vatican approuve notre proposition sans aucune réserve, et est disposé à accueillir la conférence quand nous le voudrons.

– Comment Israël a-t-il réagi? demanda Liz Elliot pour bien montrer qu'elle existait.

– Ç'aurait pu être mieux, répondit Adler d'un ton neutre. Ils viendront, mais je m'attends à de sérieuses résistances.

– Sérieuses à quel point?

– Ils feront l'impossible pour ne pas avoir à tenir leurs engagements, mais cette idée les met mal à l'aise.

– Ce n'est pas très surprenant, monsieur le président, ajouta Talbot.

– Et les Saoudiens? demanda Fowler à Ryan.

– Monsieur le président, j'ai le sentiment qu'ils joueront le jeu. Le prince Ali s'est montré très optimiste, et nous avons passé une heure chez le roi, qui a eu une réaction prudente, mais positive. Ils craignent seulement que les Israéliens ne se laissent pas faire, quelles que soient les pressions que nous pourrons exercer sur eux. Ils ont peur de se retrouver entre deux chaises. Si l'on oublie ce point un instant, monsieur le président, les Saoudiens semblent prêts à accepter les grandes lignes de notre plan, et à participer à sa mise en œuvre. Ils m'ont proposé quelques modifications, qui sont détaillées dans mon rapport. Comme vous le verrez, ce sont des modifications mineures, et il y en a même deux qui améliorent sensiblement notre projet.

– Les Soviétiques?

– Scott s'en est chargé, répondit Talbot. Ils sont d'accord sur le principe, mais ils pensent eux aussi qu'Israël refusera de coopérer. Le président Narmonov nous a fait parvenir un message avant-hier. Il écrit que ce plan est parfaitement compatible avec la politique de son gouvernement. Ils accepteraient même de limiter leurs ventes d'armes aux seuls besoins défensifs des pays de la région.

– Ça paraît difficilement croyable, lâcha impulsivement Ryan.

– Voilà qui démolit l'une de vos prédictions, n'est-ce pas? ricana Cabot.

– Comment cela? demanda le président.

– Monsieur le président, les ventes d'armes sont une véritable vache à lait pour les Soviets. Réduire ces ventes leur coûtera des milliards de devises fortes dont ils ont le plus grand besoin. – Ryan se laissa aller dans sa chaise et émit un sifflement. – C'est très surprenant.

– Ils souhaitent également participer aux négociations, ce qui semble honnête. Pour l'aspect ventes d'armes du traité – si nous en arrivons là –, nous signerons un protocole annexe avec eux.

Liz Elliot regarda Ryan en souriant: c'était là quelque chose qu'elle avait prévu.

– En échange, les Soviets veulent que nous vendions des produits alimentaires, et ils veulent aussi des crédits, ajouta encore Talbot. C'est plutôt bon marché pour nous. Nous avons le plus grand besoin de leur coopération dans cette affaire, et ils tiennent beaucoup au gain de prestige qui résultera de leur implication dans ce traité. Cela semble équitable pour les deux parties. Soit dit en passant, nous avons des tonnes de blé dont nous ne savons pas quoi faire.

– Le seul point noir est donc Israël? demanda Fowler aux participants.

Tout le monde répondit oui d'un signe.

– Peut-on trouver une solution?

– Jack, demanda Cabot à son adjoint en se tournant vers lui, comment Avi Ben Jacob réagit-il?

– Nous avons dîné ensemble la veille de mon départ pour l'Arabie. Il n'était pas heureux du tout. Je ne peux pas dire ce qu'il savait exactement, je ne lui ai pas dit grand-chose qui soit susceptible d'alerter son gouvernement et...

– Que signifie «pas grand-chose», Ryan? coupa Elliot en tapant sur la table.

– Rien du tout, répondit-il. Je lui ai dit qu'il devait attendre. Les gens du renseignement n'aiment pas ça. Je pense qu'il sait que quelque chose se prépare, mais à quoi pense-t-il?

– Tout le monde a eu l'air surpris là-bas, dit Adler pour soutenir Ryan.

Ils s'attendaient à quelque chose, mais certainement pas à ce que je leur ai dit.

Le secrétaire d'État se pencha.

– Monsieur le président, Israël vit depuis deux générations dans la fiction qu'il est, et lui seul, responsable de sa propre sécurité. C'est presque devenu un article de foi là-bas, et, bien que nous leur fournissions des armes et d'autres matériels de défense, le gouvernement de ce pays a décidé de faire comme si cette idée était vraie. Ce qu'ils craignent plus que tout, c'est d'être obligés de confier leur sécurité à quelqu'un d'autre, et que cet autre les laisse tomber un jour.

– On est fatigués d'entendre cette chanson, lâcha froidement Liz Elliot.

« Tu serais peut-être moins fatiguée si six millions des tiens étaient partis en fumée, pensa Ryan. Mais comment diable peut-on être insensible à ce point au souvenir de l'Holocauste ? »

– Je pense que nous pouvons nous en charger, à condition qu'un traité d'assistance mutuelle entre Israël et nous passe au Sénat, dit Arnie Van Damm qui prenait la parole pour la première fois.

– Il nous faut combien de temps pour mettre en place les unités nécessaires en Israël ? demanda Fowler.

– Je dirais environ cinq semaines à partir du feu vert, monsieur, répondit le secrétaire à la Défense. Le 10ᵉ régiment de cavalerie est en cours de constitution. C'est plutôt l'équivalent d'une brigade renforcée, et il viendrait à bout d'une division blindée arabe – je veux dire qu'il la détruirait. Nous pourrions y ajouter une unité de marines pour montrer notre force, et, avec les facilités que nous avons à Haïfa, nous avons presque l'équivalent d'un groupe de porte-avions en Méditerranée orientale. Ajoutez-y une escadre de F-16 basés en Sicile, et ça nous fera une force conséquente. Les militaires vont aimer, ils auront un vrai terrain de manœuvre pour s'entraîner. Nous utiliserons notre base au Néguev comme nous nous servons du Centre national d'entraînement de Fort Irwin. Le meilleur moyen de conserver cette force au mieux de sa forme, c'est de lui faire mener une vie d'enfer. Ce sera cher, bien sûr, mais...

– Nous paierons le prix qu'il faudra, fit Fowler, coupant doucement Bunker. Tout ça vaut bien la dépense et nous n'aurons pas de problème pour faire voter les sommes nécessaires au Capitole. Pas vrai, Arnie ?

– Un représentant qui se permettrait de faire la fine bouche verrait sa carrière brisée à jamais, confirma le chef d'état-major.

– Il ne nous reste donc plus qu'à surmonter l'opposition d'Israël ? continua le président.

– C'est exact, monsieur le président, répondit Talbot pour tous les autres.

– Alors, quel est le meilleur moyen d'y arriver ?

La question du président était de pure forme, et tout le monde connaissait la réponse. Le gouvernement israélien en place, comme tous ceux qui l'avaient précédé depuis dix ans, était une coalition d'intérêts divergents. Il serait renversé par la première bourrade de Washington.

— Bon, et le reste du monde?

— Les pays de l'OTAN ne poseront pas de problème, les autres pays des Nations-Unies suivront bon gré mal gré, dit Elliot sans laisser à Talbot le temps de répondre. Tant que les Saoudiens jouent le jeu, les pays musulmans suivront. Si Israël tente de résister, ils seront isolés comme jamais.

— Je n'aime pas trop la perspective de les contraindre par la force, dit Ryan.

— Monsieur Ryan, cela n'est pas dans vos attributions, remarqua doucement Elliot.

Quelques regards étonnés prirent note de sa remarque, mais personne ne défendit Jack.

— C'est exact, mademoiselle Elliot, dit Jack en rompant un lourd silence. Mais il est également exact que si nous exerçons trop de pression, nous aurons le résultat opposé à ce que le président souhaite obtenir. Et nous devons tenir compte de l'aspect moral du problème.

— Monsieur Ryan, il y a un aspect moral dans tout problème, dit le président. Ici, il est très simple : il y a eu trop de guerres dans cette région, et il est temps d'y mettre fin. C'est ce à quoi vise notre plan.

Notre plan, l'entendit dire Ryan. Les yeux de Van Damm cillèrent une seconde. Jack se rendit compte soudain qu'il était aussi isolé dans cette salle qu'Israël l'était dans les plans du président. Il se plongea dans ses notes et se tut. « La dimension morale, mon cul, se disait-il avec colère. Tout ce qui l'intéresse, c'est de laisser une trace dans l'histoire et de passer pour le Grand Pacificateur. » Mais l'heure n'était pas à l'amertume, et même si le plan n'était plus le sien, il gardait toute sa valeur.

— Si nous devons les contraindre, comment faire? reprit doucement le président. Je ne veux pas les brusquer, mais je veux leur faire passer un message sans équivoque.

— Nous devons leur expédier un lot de pièces de rechange pour leurs avions la semaine prochaine, ils veulent moderniser les radars de leurs F-15, annonça Bunker. Il y a d'autres fournitures, bien sûr, mais les radars sont très importants pour eux. C'est le nec plus ultra, nous sommes tout juste en train de les mettre en place sur nos propres appareils. Il en est de même pour les nouveaux missiles destinés aux F-16. Ils tiennent à leur aviation comme à la prunelle de leurs yeux, et si nous retardons cette livraison pour des raisons techniques, ils comprendront très vite de quoi il s'agit.

— C'est facile à faire? demanda Elliot.

— On peut leur faire comprendre qu'ils n'obtiendront rien en protestant, dit Van Damm. Quand nous l'aurons annoncé devant l'assemblée générale de l'ONU, comme c'est prévu, on devrait pouvoir faire taire leur lobby au Congrès.

— Ce serait peut-être plus habile politiquement de les laisser acquérir d'autres armes que de les empêcher d'améliorer celles que de toute façon ils possèdent déjà.

Ce fut la dernière sortie de Ryan. Elliot intervint aussitôt.

– Nous ne pouvons pas nous le permettre.

Le chef d'état-major approuva.

– Nous ne pouvons pas dépenser un dollar de plus sur le budget de la Défense, même si c'est pour Israël. Il n'y a plus d'argent.

– Je préférerais que nous les prévenions, si nous avons réellement l'intention d'exercer des pressions sur eux, déclara le secrétaire d'État.

Liz Elliot hocha négativement la tête.

– Non, s'ils doivent recevoir ce message, autant que ce soit direct. Ils aiment se battre, ils comprendront.

– Très bien. – Le président prit une dernière note sur son bloc. – Nous ne ferons rien jusqu'au discours de la semaine prochaine. Je vais modifier mon texte pour ajouter une invitation à commencer les négociations à Rome d'ici deux semaines. Nous allons laisser Israël choisir : ou ils joueront le jeu ou ils supporteront les conséquences de leur refus, et cette fois, nous ne plaisantons pas. Nous allons suivre les suggestions du secrétaire à la Défense Bunker, et nous allons jouer la surprise. Autre chose ?

– Les fuites ? demanda tranquillement Van Damm.

– Que va faire Israël dans l'immédiat ? demanda Elliot à Scott Adler.

– Je leur ai dit que le sujet était hautement sensible, mais...

– Brent, appelez leur ministre des Affaires étrangères, et dites-lui que s'ils bougent avant le discours, cela aura de graves conséquences.

– Bien, monsieur le président.

– Et pour ce qui concerne ceux qui sont présents ici, pas de fuites.

Cette consigne présidentielle était surtout destinée à ceux qui se trouvaient à l'autre bout de la table.

– La séance est levée.

Ryan ramassa ses papiers et sortit. Marcus Cabot le rattrapa dans le couloir.

– Jack, vous devriez apprendre à tenir votre langue.

– Écoutez, monsieur le directeur, si nous les prenons trop durement...

– Nous obtiendrons ce que nous voulons.

– Je ne crois pas, et je pense en outre que nous nous y prenons d'une façon stupide. Nous obtiendrons de toute façon ce que nous voulons. OK, et si ça prend quelques mois de plus, nous l'aurons tout de même. Nous n'avons pas besoin d'exercer des menaces.

– C'est ainsi que le président souhaite que nous agissions.

Cabot termina la discussion et s'en alla.

– Bien monsieur, répondit Ryan, mais son interlocuteur avait déjà disparu.

Les autres participants sortirent de la salle de réunion. Talbot fit un clin d'œil à Jack, mais tous les autres, à l'exception d'Adler, firent semblant de ne pas le voir. Adler vint vers lui après avoir échangé quelques mots à voix basse avec son patron.

— Bravo, Jack. Vous avez failli vous virer vous-même.

Cela surprit Ryan. N'était-il pas payé pour dire ce qu'il pensait?

— Écoutez, Scott, si je n'ai même plus le droit de...

— Vous n'avez pas le droit de défier le président, en tout cas pas celui-ci. Vous n'êtes pas assez haut placé pour vous permettre de le contrarier. Brent était prêt à défendre ce point de vue, mais vous l'avez pris de court, vous avez perdu, et vous lui avez ôté toute chance de dire ce qu'il voulait. Alors, la prochaine fois, vous la bouclez, compris?

— Merci de votre soutien, fit Jack d'une voix un peu désabusée.

— Vous avez loupé votre coup, Jack. Vous avez dit une chose très juste, mais pas de la façon qui allait. Retenez la leçon.

Adler se tut un instant.

— Le patron a salué le boulot que vous avez fait à Riyad. Si vous saviez seulement la fermer quand il faut, vous seriez plus efficace.

— OK et merci.

Ryan savait bien qu'Adler avait raison.

— Vous allez où?

— Chez moi, je n'ai plus rien à faire aujourd'hui.

— Venez avec nous, Brent veut vous parler. On fait un petit dîner très simple chez moi, proposa Adler en accompagnant Jack jusqu'à l'ascenseur.

* * *

— Eh bien? demanda le président en retournant dans la salle.

— Je crois que tout ça se présente très bien, dit Van Damm. Surtout si on peut boucler le tout avant les élections.

— Ce ne serait pas mal d'avoir quelques sièges supplémentaires, convint Fowler.

Les deux premières années de son mandat n'avaient pas été faciles. Des problèmes budgétaires, une économie incertaine, si bien que toutes ses ambitions étaient restées des points d'interrogation. Les élections sénatoriales de novembre allaient constituer un test décisif, et les premiers sondages n'étaient pas brillants. La règle voulait que le président perde les élections intermédiaires, mais ce président-là ne pouvait pas trop se le permettre.

— C'est bien triste d'être obligés de contraindre les Israéliens, mais...

— Politiquement, ça en vaut la peine – si nous arrivons à conclure ce traité.

— Nous y arriverons, dit Elliot, appuyée dans l'embrasure de la porte. Si nous ne perdons pas de temps, il peut être au Sénat d'ici le 16 octobre.

— Vous êtes très ambitieuse, Liz, remarqua Arnie. Bon, au boulot. Si vous voulez bien m'excuser, monsieur le président.

— À demain, Arnie.

Fowler se dirigea vers les fenêtres qui surplombaient Pennsylvania Avenue. L'air chaud rendait flous la chaussée et les trottoirs. De l'autre côté de la rue, dans La Fayette Park, on apercevait deux banderoles antinucléaires. Fowler eut un geste d'agacement. Ces hippies n'avaient pas encore compris que la bombinette appartenait au passé ? Il détourna les yeux.

– On dîne ensemble, Elizabeth ?

Elliot lui sourit.

– Avec plaisir, Bob.

* * *

L'avantage, avec les histoires de drogue de son frère, c'est qu'il lui avait laissé près de cent mille dollars dans une vieille valise cabossée. Marvin Russell avait ramassé le tout et était parti pour Minneapolis, où il avait acheté des vêtements convenables, des bagages corrects et un billet. Parmi les nombreuses choses utiles qu'il avait apprises en prison, il y avait la façon de se procurer de faux papiers. Il en avait trois jeux complets, avec les passeports correspondants, dont les flics ignoraient l'existence. Il avait également appris à garder le profil bas : ses habits étaient corrects, mais pas tape-à-l'œil. Il acheta un billet sur liste d'attente, ce qui lui permit de gagner ainsi quelques centaines de dollars. Les 91 545 dollars qu'il possédait exactement devaient durer un bout de temps, et la vie était chère là où il allait. D'un autre point de vue, pas en termes d'argent, la vie ne valait pas cher. C'était là chose normale pour un guerrier.

Après une escale à Francfort, il continua vers le sud. Russell avait eu l'occasion de participer à une réunion internationale de gens de son espèce, il y avait même sacrifié une de ses identités d'emprunt, quatre ans plus tôt. Il y avait fait quelques connaissances. Plus important encore, il y avait appris comment établir des contacts. La communauté terroriste internationale était plutôt méfiante, ce qui était bien naturel, avec toutes les forces liguées contre elle. Russell ne connaissait pas sa chance : sur les trois numéros dont il se souvenait, l'un était connu depuis longtemps et deux membres des Brigades rouges avaient été coincés à cause de lui. Il en utilisa un autre et cela marcha. Le contact l'emmena dîner à Athènes où ils prirent des dispositions pour la suite de son voyage. Russell se réfugia à son hôtel – la nourriture locale ne lui plaisait pas trop – et resta là à attendre que le téléphone sonne. C'est peu de dire qu'il était nerveux. Il prenait le maximum de précautions, mais savait pertinemment qu'il était vulnérable. Il n'avait même pas un couteau de poche pour se défendre – se déplacer avec des armes était beaucoup trop dangereux – et il constituait une cible facile pour le moindre flic armé d'un pistolet. Et si son numéro était grillé ? Dans ce cas, il serait arrêté, ou tomberait dans une embuscade soigneusement préparée, dont il avait peu de chances de sortir vivant. Il lui suffisait de se souvenir comment le FBI avait traité son frère.

Abattu comme un chien. Il n'avait même pas eu le temps de chanter son Chant de Mort. Ça, ils allaient le payer, mais encore fallait-il que lui vive assez longtemps.

Il éteignit la lumière et s'assit près de la fenêtre, surveillant la circulation, guettant la police, attendant la sonnerie du téléphone. « Comment les faire payer ? » se demandait Russell. Il ne savait pas exactement, mais ça n'avait aucune importance. Il savait seulement qu'il devait faire quelque chose. Sa ceinture-porte-monnaie était serrée autour de sa taille. Il ne pouvait pas prendre le risque de perdre son argent : sans lui, que deviendrait-il ? C'était chiant d'être obligé de faire attention : des marks en Allemagne, des drachmes ou autres ailleurs. Heureusement, les billets d'avion se payaient en dollars. C'est la raison pour laquelle il voyageait surtout sur des compagnies américaines, alors que la vue de la bannière étoilé sur la queue des avions ne lui faisait pas vraiment plaisir. Le téléphone sonna, et Russell se leva d'un bond.

– Oui ?

– Demain, 9 h 30 devant l'hôtel, avec vos bagages. Compris ?

– 9 h 30, d'accord.

On raccrocha avant qu'il ait eu le temps d'en dire davantage.

OK ! se dit Russell. Il se leva et se dirigea vers son lit. La porte était fermée à double tour, chaîne en place, et il avait coincé une chaise sous la poignée. Il réfléchit : s'il avait été repéré, il se ferait prendre comme un rat devant l'hôtel... non, ils le laisseraient monter en voiture pour le cueillir un peu plus loin, hors de vue des gens. Cette dernière solution lui semblait plus probable. Ils n'allaient sûrement pas arriver en force ici et enfoncer la porte, non, c'était peu vraisemblable. Mais c'est toujours difficile de prévoir ce que vont faire les flics, pas vrai ? Il s'endormit tout habillé avec son jean et sa chemise, sa ceinture-porte-monnaie solidement bouclée. En plus, il fallait aussi se méfier des voleurs...

Dans ce pays, le soleil se levait tôt, et Russell se réveilla aux premiers rayons. Il avait pris la précaution en arrivant de demander une chambre à l'est. Il fit sa prière au soleil et se prépara à partir. Il s'était fait monter son petit déjeuner – ça coûtait quelques drachmes de plus, mais au diable l'avarice – et avait rangé les quelques objets qu'il avait sortis de sa valise. À 9 heures, il était fin prêt et très nerveux. Il pouvait très bien être mort d'ici le déjeuner, mort dans un pays étranger, loin des esprits de son peuple. Est-ce qu'ils rapatrieraient seulement son corps au Dakota ? Probablement pas. Il disparaîtrait de la surface de la terre. Russell arpentait sa chambre, surveillant par la fenêtre les voitures et les vendeurs à la sauvette. Tous ces types qui vendaient des breloques ou des cocas aux touristes pouvaient très bien être des policiers. Les flics n'aiment pas se battre à la loyale, non ? Ils préfèrent monter une embuscade et attaquer en force.

9 h 15 : les chiffres de la pendule numérique progressaient régulièrement dans un mélange de paresse et de rapidité qui dépendait uniquement de la

périodicité avec laquelle Russell les regardait avancer. C'était l'heure. Il ramassa ses bagages et quitta sa chambre sans un regard derrière lui. Il n'avait que deux pas à faire pour gagner l'ascenseur, qui arriva si rapidement que dans sa paranoïa il y vit encore quelque chose de louche. Une minute après, il était dans le hall. Un portier lui proposa de prendre ses bagages, mais il refusa et se dirigea vers le comptoir. Il n'avait plus à régler que son petit déjeuner, qu'il paya en monnaie locale. Comme il avait encore quelques minutes devant lui, il passa chez le marchand de journaux pour essayer de trouver quelque chose en anglais. Que se passait-il dans le monde ? Cette curiosité était assez inhabituelle chez Marvin, dont l'univers se limitait à des menaces, des contre-attaques et des fuites. « Mais qu'est-ce que le monde ? » se demanda-t-il. C'était ce qu'il pouvait observer autour de lui, ou un peu plus, une petite bulle d'espace délimitée par ce que ses sens lui en montraient. Chez lui, il avait de vastes horizons, la coupole immense du ciel au-dessus de sa tête. Ici, la réalité était limitée par des murs, et on ne pouvait guère voir les choses à plus d'une trentaine de mètres. Il se sentit paniquer, comme un animal pourchassé et qui lutte désespérément pour s'échapper. Il regarda sa montre : 9 h 28, c'était l'heure.

Russell marcha dans la rue jusqu'à l'arrêt des taxis, se demandant ce qui allait lui arriver. Il posa ses deux valises, observant les alentours d'un air aussi nonchalant que possible, alors que des armes étaient peut-être déjà pointées sur lui. Connaîtrait-il la même mort que John ? Une balle dans la tête, sans prévenir, moins de dignité que ce qu'on accorde à un animal. Ce n'était pas une mort digne de ce nom, et cette idée le rendait malade. Russell serra les poings pour empêcher ses mains de trembler : une voiture arrivait, le conducteur le regardait fixement. C'était lui. Il prit ses bagages et se dirigea vers lui.

– Monsieur Drake ?

C'était le nom sous lequel Russell voyageait. Le conducteur n'était pas celui qu'il avait rencontré au dîner. Russell se rendit compte soudain qu'il avait affaire à des pros, qui s'arrangeaient pour compartimenter les réseaux. C'était bon signe.

– C'est moi, répondit-il avec un sourire qui ressemblait à une grimace.

Le chauffeur descendit et ouvrit le coffre. Russell y déposa ses bagages puis monta à la place du passager. Si c'était un piège, il pourrait se faire le conducteur avant de mourir, ce serait toujours ça de gagné.

À cinquante mètres de là, le sergent Spiridon Papanicolaou de la Police nationale grecque était assis dans une Opel déguisée en taxi. Pourvu d'une épaisse moustache noire assez extraordinaire, il croquait à belles dents dans un beignet, et on ne l'aurait jamais pris pour un flic. Il avait un petit automatique dans la boîte à gants, mais il ne savait pas très bien s'en servir, comme la plupart des flics européens. Sa seule arme véritable, c'était un appareil Nikon caché sous son siège. Son boulot, c'était la surveillance, et il travaillait pour le ministère de l'Intérieur. Il avait une mémoire photographique des visages – l'appareil était bon pour les gens qui n'avaient pas son talent, talent dont il était justement fier. Sa méthode de travail réclamait beaucoup de patience, mais Papanicolaou était quelqu'un de très patient. Dès que ses supérieurs avaient vent d'une opération terroriste possible dans la région d'Athènes, il patrouillait dans les hôtels, les aéroports, sur les docks. Il n'était pas seul à savoir faire ce boulot, mais il était certainement le meilleur. Il avait dans sa spécialité le même flair que son père avait à la pêche. En outre, il haïssait les terroristes. À vrai dire, il détestait tous les criminels, mais les terroristes étaient les pires de tous, et il pestait contre les hésitations de son gouvernement – un coup oui, un coup non – à traquer ces salopards. Pour le moment, c'était plutôt «oui». Une semaine plus tôt, ils avaient cru repérer un type du FPLP près du Parthénon. Quatre membres de son équipe étaient à l'aéroport, quelques autres surveillaient les docks, mais Papanicolaou aimait bien se charger des hôtels. Il fallait bien qu'ils logent quelque part, mais ils ne descendaient pas dans les établissements de luxe, trop voyants. Ils ne descendaient pas non plus dans des bouges – ces salopards aimaient bien un minimum de confort. Ils choisissaient donc des hôtels moyens, familiaux, dans des rues pas trop fréquentées. Ils s'y trouvaient mélangés à des jeunes qui se baladaient et passaient rapidement d'un endroit à l'autre, ce qui rendait plus difficile l'identification des visages. Mais Papanicolaou avait hérité de la vue perçante de son père, il ne lui fallait que quelques secondes pour reconnaître un visage à soixante-dix mètres.

Et le conducteur de cette Fiat bleue, il connaissait sa tête. Il ne se souvenait pas de son nom, mais il savait qu'il l'avait déjà vu. Le fichier des «non-identifiés», probablement, une des centaines de photos qui leur étaient fournies par Interpol ou les services de renseignement militaires qui enrageaient encore plus que lui en voyant le peu d'empressement que mettait leur gouvernement à pourchasser les terroristes. On était au pays de Léonidas et de Xénophon, de l'*Odyssée* et d'Achille. La Grèce – Hellas pour le sergent – était la patrie de ces guerriers d'épopée, le lieu où étaient nées la liberté et la démocratie, ce n'était pas un endroit où les étrangers pouvaient se permettre de tuer en toute impunité...

«Mais qui est l'autre?» se demandait Papanicolaou. Habillé comme un Américain... mais des traits bizarres. Il saisit doucement son appareil, régla le zoom sur grossissement maximum et fit rapidement trois photos avant de le remettre à sa place. La Fiat démarrait... il allait voir où elle allait. Le sergent éteignit le voyant «libre» et quitta la station de taxis.

Russell s'enfonça dans son siège, négligeant la ceinture. Le chauffeur conduisait bien et se faufilait dans la circulation plutôt dense, sans dire un mot. Cela plaisait à Russell. L'Américain s'écarta un peu, guettant un piège. Il examina l'intérieur de la voiture, il n'y avait apparemment pas de planque où cacher des armes, pas de micro ni de radio. Cela ne servait à rien, mais il vérifia quand même. Finalement, il fit semblant de se détendre et s'arrangea pour pouvoir regarder ce qui se passait aussi bien devant que derrière, dans le rétroviseur droit. Tout son instinct de chasseur était en alerte.

Le chauffeur suivait un trajet apparemment compliqué, mais Russell n'en était pas tout à fait sûr. Les rues de cette ville étaient remplies de charrettes vieillottes, il n'y avait pas beaucoup de voitures et les tentatives tardives pour adapter Athènes à la circulation automobile en avaient fait une sorte de Los Angeles : on avait l'impression d'une circulation complètement anarchique. Il aurait bien aimé savoir où ils allaient, mais il ne servirait à rien de poser la question. Même s'il obtenait une réponse, il serait incapable de déterminer si elle était vraie ou fausse. C'était parti, pour le meilleur ou le pire, Russell le savait très bien, et, même si ce n'était pas agréable, il se serait menti à lui-même en ne l'acceptant pas. Ce n'était pas son genre, et il ne pouvait rien faire de mieux que de rester sur ses gardes. Ce qu'il fit.

«L'aéroport», se disait Papanicolaou. C'était parfait. Outre les hommes de son équipe, il y avait au moins une vingtaine de policiers là-bas, armés de pistolets et de pistolets-mitrailleurs. Ce serait facile. Il fallait faire rappliquer quelques agents en civil, cacher derrière eux des hommes armés, et les ramasser – il aimait bien cet euphémisme – vite fait bien fait. On les emmènerait ensuite dans une pièce tranquille pour vérifier leur identité, et si ce n'était pas ce qu'on croyait, eh bien, le capitaine ferait son baratin, c'est tout. Désolé, dirait-il, mais vous correspondiez à un signalement transmis par... – n'importe qui faisait l'affaire. Peut-être les Français ou les Italiens, on ne prend jamais trop de précautions avec le transport aérien. On leur offrirait un billet de première pour les calmer, ça marchait presque à tous les coups.

D'un autre côté, si ce type était bien celui que Papanicolaou croyait, ce serait son troisième terroriste de l'année. Et peut-être même le quatrième ? Quatre en moins de huit mois – non, sept, corrigea-t-il. Pas trop mal pour un flic original qui aimait bien travailler tout seul. Papanicolaou se rapprocha un peu de leur voiture, il ne voulait pas laisser le poisson disparaître dans la circulation.

Russell repéra un tas de taxis. Ils transportaient des touristes, ou des gens qui voulaient éviter de conduire eux-mêmes dans cette circulation folle... mais là, il sentait quelque chose de bizarre. Il lui fallut un moment pour savoir quoi. Mais oui, se dit-il, son voyant était éteint. Le chauffeur était seul. La plupart des autres avaient des passagers, et leur voyant était allumé. Celui-là était éteint. Le conducteur de Russell tourna à droite pour prendre une bretelle d'accès à l'autoroute, et la plupart des taxis continuèrent tout droit. Russell ignorait qu'ils se dirigeaient vers le quartier des musées et des magasins. Mais celui dont le voyant était éteint les suivit dans le virage, cinquante mètres derrière.

– On est suivis, dit tranquillement Marvin. Vous avez un copain derrière ?

– Non ! et le chauffeur regarda aussitôt dans son rétroviseur. Celle-là ?

– Je ne crois pas, l'ami. C'est le taxi cinquante mètres derrière, à droite, blanc sale, dont le voyant est éteint. Je ne sais pas où il va, mais il a tourné deux fois derrière nous. Vous devriez faire plus attention, ajouta Russell, qui se demandait si c'était là le piège qu'il craignait.

Il se dit néanmoins qu'il tuerait facilement le conducteur, un type pas très grand dont le cou gracile devait se tordre aussi facilement que celui d'une colombe. Ouais, pas difficile.

– Merci. Oui, je devrais..., répondit le chauffeur, après avoir repéré le taxi.

« Et toi, qui es-tu exactement ?... On verra bien. » Il bifurqua n'importe où. Le taxi suivait toujours.

– Vous avez raison, ami, dit pensivement le conducteur. Comment vous en êtes-vous rendu compte ?

– Je fais attention.

– Bon, eh bien, ça change un peu nos plans.

Le chauffeur réfléchissait à toute allure. Il ne pouvait pas être sûr de son passager, mais aucun policier ou agent de renseignement ne l'aurait averti de cette façon. Enfin, sans doute pas, corrigea-t-il. Il n'y avait qu'un moyen de vérifier. Il en voulait aux Grecs, l'un de ses camarades avait disparu au Pirée en avril, et avait réapparu en Grande-Bretagne quelques jours après. Ce copain était maintenant en prison à Parkhurst, dans l'île de Wight. Pendant longtemps, ils avaient connu une certaine impunité en Grèce, et ils utilisaient le pays comme plaque tournante. Il savait bien qu'y avoir mené des opérations avait été une erreur – utiliser ce pays comme lieu de transit était très utile, et c'était un atout à ne pas gaspiller – mais cela ne diminuait pas sa rancœur à l'égard de la police grecque.

– Il va falloir faire quelque chose.

Russell regarda le chauffeur.

– Je ne suis pas armé.

– Moi si, mais j'aimerais mieux ne pas m'en servir. Vous savez vous battre ?

En guise de réponse, Russell attrapa de la main gauche le genou droit du chauffeur et serra.

– Je vois, dit le chauffeur d'une voix égale.

« Maintenant, comment faire ? »

– Vous avez déjà tué quelqu'un ?

– Oui, mentit Russell.

Il n'avait jamais tué personne de ses propres mains, mais il avait tué beaucoup d'autres choses.

– Je peux m'en charger.

Le conducteur approuva d'un signe et accéléra vers la sortie de la ville. Il fallait trouver le moyen de...

Papanicolaou fronça les sourcils : ils ne se dirigeaient pas vers l'aéroport. Sale coup. Il avait bien fait de ne pas les prévenir, là-bas. Bon, il se laissa distancer un peu, pour mettre quelques voitures entre eux et lui. Avec sa couleur, la Fiat était facile à repérer, et il y avait moins de monde maintenant, il pouvait décrocher. Ils se dirigeaient peut-être vers une planque. Dans ce cas, il fallait qu'il fasse très attention, mais il aurait l'avantage de recueillir des renseignements précieux. Identifier une planque, on ne pouvait pas rêver mieux. Les gros bras pourraient rappliquer, les équipes de renseignement faire le guet et identifier encore plus de visages, avant de donner l'assaut et d'arrêter trois de ces salauds ou même davantage. Pourquoi pas une promotion et une décoration après cet exploit? Il se demanda s'il allait appeler par radio – mais il ne savait pas grand-chose de précis. Il se laissait emporter par son enthousiasme, il n'avait qu'une identification possible, mais pas de nom à mettre dessus. Ses yeux pouvaient l'avoir trompé. C'était peut-être quelqu'un d'autre. Un criminel de droit commun, peut-être?

Spiridon Papanicolaou grommela un juron pour conjurer le sort, ses yeux toujours rivés sur la voiture. Ils entraient dans la vieille ville d'Athènes, avec ses rues étroites. Ce n'étaient pas les beaux quartiers, les rues étaient presque vides. Il n'y avait là que les gens qui travaillaient sur place, les femmes qui faisaient leurs courses, les enfants qui jouaient dans les jardins. Très peu de gens venaient y faire du tourisme. La Fiat ralentit brusquement et tourna à droite dans une rue latérale aussi anonyme que les autres.

– Prêt?

– Oui.

La voiture pila brusquement. Russell avait déjà enlevé sa veste et sa cravate, se demandant encore si ce n'était pas la phase finale du traquenard, mais ça n'avait plus d'importance. Ce qui devait arriver allait arriver. Il s'assouplit les mains et descendit.

Le sergent Spiridon Papanicolaou accélérait pour se rapprocher du coin de la rue. Dans ce dédale, il fallait qu'il se rapproche pour ne pas les perdre de vue. Et s'ils l'identifiaient, il donnerait l'alerte. Le travail de la police est décidément imprévisible. Au moment où il approchait du croisement, il vit un homme debout sur le trottoir, en train de lire son journal. Il ne pouvait pas voir son visage mais ce n'était pas l'un de ceux qu'il suivait. Celui-là ne portait pas de veste. Le sergent eut un léger sourire, qui se figea brusquement.

À peine engagé dans la ruelle, il venait d'apercevoir la Fiat vingt mètres devant, qui faisait rapidement marche arrière. Le policier freina à mort pour tenter d'arrêter son taxi puis de reculer, quand il prit un bras dans la figure. Ses mains abandonnèrent le volant pour essayer de se dégager, mais une main puissante s'accrochait à son menton tandis que l'autre lui attrapait le bas du cou. Instinctivement, il essaya de se retourner pour voir ce qui lui arrivait, mais il comprit quand il sentit qu'on lui tordait la tête sur la gauche. Il sentit ensuite ses vertèbres craquer, et ce craquement lui fit voir sa mort prochaine aussi sûrement que si on lui avait tiré une balle dans la tête. Il vit le visage de l'Américain. Ce type avait une tête bizarre, comme dans les films...

Russell bondit en arrière et fit signe à la Fiat qui recula et vint emboutir le taxi. La tête du conducteur bascula, cassée net au-dessus du cou. Russell savait qu'il était déjà mort mais il lui prit le pouls, s'assura que son cou était brisé, insista un peu pour sectionner la moelle épinière, avant de remonter dans la Fiat. Il souriait tout seul. Bon dieu, c'était pas si dur que ça...

— Il est mort, il faut se tirer vite fait!

— Vous êtes sûr?

— Je lui ai cassé le cou comme la racine d'une dent. Ouais, ce mec est bien mort, facile. Il avait le cou aussi fragile qu'un crayon.

Le conducteur le regarda avec un large sourire. Il allait avoir de la tôle à réparer, mais, pour le moment, il était tout content d'avoir réussi à se tirer et que ce type soit mort. Et il venait de se trouver un nouveau camarade, un sacré mec.

— Comment tu t'appelles?

— Marvin.

— Moi, c'est Ibrahim.

* * *

L'allocution du président fut un énorme succès. «Cet homme-là sait y faire», se dit Ryan tandis que les applaudissements fusaient dans le grand amphithéâtre. Il souriait aimablement mais sans chaleur aux représentants des soixante pays qui l'ovationnaient. Les caméras étaient braquées sur la délégation israélienne qui applaudissait un peu moins fort que celles des pays arabes. Les Soviets se surpassèrent en se joignant à tous ceux qui s'étaient levés. Jack reposa la télécommande et coupa l'émission avant que le commentateur de ABC ait commencé à résumer le discours présidentiel. Ryan avait un exemplaire du discours sur son bureau, et il avait pris des notes. Quelques instants auparavant, le Vatican avait fait parvenir des invitations aux ministres des Affaires étrangères de tous les pays concernés. Ils devaient tous se réunir à Rome d'ici dix jours. Le projet de traité était déjà prêt, des émissaires, ambassadeurs ou sous-secrétaires d'État, avaient rapidement prévenu les autres gouvernements de ce qui se tramait. Tous avaient approuvé, sans aucune exception, et les Israéliens le savaient parfaitement : des fuites avaient été savamment organisées dans ce but. S'ils campaient sur leurs positions, eh bien, Bunker avait bloqué cette cargaison de pièces de rechange pour leurs avions, et ils étaient encore trop surpris pour réagir. Plus précisément, on leur avait demandé de ne pas réagir du tout s'ils voulaient conserver une chance de voir les nouveaux radars arriver un jour chez eux. Le lobby israélien avait ses propres informateurs au sein du gouvernement américain, et il avait déjà fait quelques discrets appels du pied auprès des leaders du Congrès. Mais Fowler avait reçu ces mêmes leaders deux jours plus tôt, et l'accueil fait au plan était plutôt favorable. Le président et les principaux membres de la commission des Affaires étrangères du Sénat avaient pris l'engagement d'approuver le projet de traité en moins de deux semaines. «Ça avance, songeait Jack, ça risque de marcher.» Et ça ne risquait de blesser personne : toute la bonne volonté dont l'Amérique avait fait preuve pendant l'aventure du golfe Persique était encore dans les mémoires. Les Arabes y verraient un tournant fondamental dans la politique des États-Unis – ce qui était effectivement le cas –, ils auraient l'impression que l'Amérique rabaissait Israël. Israël le prendrait de même et pourtant, c'était faux. La paix serait garantie de la seule façon possible, grâce à la puissance politique et militaire de l'Amérique. Cette issue avait été permise par la fin des tensions Est-Ouest, et les États-Unis, agissant de concert avec les principales grandes puissances, étaient désormais en mesure de dicter les conditions d'une paix juste. «Enfin, ce que nous croyons être une paix juste, se corrigea Ryan. Seigneur, j'espère que ça va marcher.»

Mais l'heure n'était plus aux souhaits. Après tout, c'était son idée à lui, ce plan Fowler. Il fallait réussir à briser le cercle vicieux, trouver le moyen d'en sortir. Les États-Unis étaient le seul pays en qui les deux parties avaient confiance ; ils avaient gagné cette confiance par le sang versé d'un côté, et par beaucoup d'argent dépensé de l'autre. Ils devaient garantir la paix, et cette paix devait paraître juste aux deux parties. L'équation était à la fois simple et complexe : il suffisait d'une phrase pour en exposer les principes, mais les détails d'exécution demanderaient un volume. Le coût financier, eh bien, les lois nécessaires passeraient au Congrès malgré son importance. L'Arabie Saoudite acceptait d'en prendre le quart à sa charge, une concession que Talbot avait arrachée quatre jours plus tôt. En contrepartie, les Saoudiens allaient acheter des armements high-tech, conformément aux accords pris avec Dennis Bunker. Ces deux-là avaient manœuvré magnifiquement, Ryan en était conscient. Le président pouvait ne pas être irréprochable, ses deux ministres les plus importants – deux amis très proches – formaient la meilleure équipe qu'on eût jamais vue au gouvernement. Et, au cours de cette dernière semaine, ils avaient rendu des services éminents à leur président et à leur pays.

– Ça va marcher, dit lentement Jack dans le secret de son bureau.

Il regarda sa montre : il avait une réunion à ce sujet dans trois heures environ.

* * *

Qati regarda son écran de télévision et fronça les sourcils. Était-ce possible ? L'Histoire affirmait que non, mais...

Mais les Saoudiens avaient interrompu leur aide financière, séduits par l'aide que les États-Unis leur avaient apportée contre l'Irak. Et, au cours de cette guerre, son organisation avait parié sur le mauvais cheval. Son peuple commençait à ressentir les effets des restrictions financières. Les banques suisses et d'autres établissements européens leur avaient garanti des rentrées régulières, et la gêne était plus psychologique que réelle mais, dans la mentalité arabe, la psychologie compte beaucoup.

Le point clé, et Qati le savait, était de savoir si les Américains étaient décidés à exercer une pression réelle sur les sionistes. Jusqu'ici, ils n'avaient jamais osé. Ils avaient laissé les Israéliens attaquer un de leurs bâtiments de guerre et tuer des marins américains – et le sang coulait encore, le dernier blessé n'était pas mort, qu'ils avaient déjà tout pardonné. Les armées américaines devaient se battre pied à pied pour obtenir un dollar de plus du Congrès, mais cette instance amorphe fournissait sans problème des armes aux Juifs. Les États-Unis n'avaient jamais exercé de pression significative sur Israël, et c'était la clé de l'existence de ce pays. Tant qu'il n'y avait pas de paix au Proche-Orient, sa mission à lui était claire : la destruction de l'État juif. Sinon...

Les problèmes du Proche-Orient existaient déjà avant sa naissance. Ils pouvaient disparaître, mais seulement lorsque...

Étirant ses membres fatigués, Qati se disait qu'il était temps de regarder la vérité en face. Quelles chances avaient-ils de détruire Israël ? Pratiquement aucune, tant que les États-Unis soutenaient les Juifs et que les Arabes restaient divisés...

Et les Russes ? Après le discours de Fowler, ces foutus Russes étaient restés là comme des chiens qui mendient une caresse.

C'était *possible*. Cette réflexion fit à Qati le même effet que quand il avait appris l'existence de son cancer. Il s'allongea dans son fauteuil et ferma les yeux. Que se passerait-il si les Américains faisaient pression sur les Juifs ? Si les Russes soutenaient cet absurde projet ? Si les Israéliens cédaient ? Si les Palestiniens trouvaient acceptables les concessions exigées d'Israël ? L'État sioniste continuerait d'exister, les Palestiniens seraient ravis d'avoir trouvé une patrie, et tout le monde serait satisfait du modus vivendi.

Cela signifierait que sa vie n'avait servi à rien, que tout ce pour quoi il avait travaillé, tous ses sacrifices n'avaient servi à rien. Les combattants de la liberté se battaient et mouraient depuis une génération... pour une cause qui risquait bien d'être perdue à jamais.

Ils avaient été trahis par leurs compatriotes arabes, dont le soutien politique et financier avait aidé ses hommes.

Ils avaient été trahis par les Russes, dont le soutien et les armes avaient aidé leur mouvement depuis l'origine.

Ils avaient été trahis par les Américains, de la façon la plus perverse qui soit : ils leur enlevaient leur ennemi.

Ils avaient été trahis par Israël – qui acceptait une paix honorable. Ce n'était pas loyal du tout. Tant qu'un sioniste vivrait sur une terre arabe, aucune paix honorable ne serait possible.

Allaient-ils être trahis par les Palestiniens, maintenant ? Et s'ils acceptaient ? Où trouver des combattants décidés ?

Trahis par tout le monde.

Mais non, Dieu ne pouvait laisser faire une chose pareille. Dieu avait pitié, et Il accordait Sa lumière à ceux qui avaient foi en Lui.

Non, c'était impossible. Trop de choses étaient déjà en place, qui allaient empêcher cette vision démoniaque de devenir réalité. Un tas de plans de paix avaient déjà été établis pour la région, un tas de rêves. Et à quoi tout cela avait-il abouti ? Même les discussions Carter-Sadate-Begin aux États-Unis, au cours desquelles les Américains avaient obtenu de leurs alliés putatifs de sérieuses concessions, ces discussions n'avaient mené à rien dès lors qu'Israël avait refusé de donner un pays aux Palestiniens. Non, Qati en était certain. Ils pouvaient peut-être se passer des Saoudiens, des Russes, mais ils ne pouvaient se passer d'Israël. Et les Juifs étaient vraiment trop bêtes, trop arrogants, incapables de voir plus loin que le bout de leur nez, de voir que leur sécurité à long terme dépendait uniquement d'une paix équitable. Cette réflexion le fit presque sourire. C'était sans doute la volonté de Dieu, que son mouvement fût préservé par ses pires ennemis. Ces nuques raides de Juifs ne viendraient jamais à bout de son obstination. C'était, même si c'était dur à admettre, un signe de Dieu Lui-même par lequel Il indiquait que la cause qui guidait Qati et ses hommes était vraiment la cause sainte en laquelle ils croyaient.

* * *

— Jamais ! Jamais je n'accepterai cette infamie ! hurlait le ministre de la Défense.

Il avait tapé tellement fort sur la table que le verre s'était fendu, et des morceaux menaçaient de lui tomber sur les genoux. Il fit semblant de ne pas les voir, ses yeux bleus scrutant la salle du Conseil d'un air terrible.

— Mais si les menaces de Fowler sont sérieuses ?

— Nous briserons sa carrière, dit le ministre de la Défense. Nous en avons les moyens, nous avons déjà cassé des hommes politiques américains !

— Nous en avons cassé plus chez eux que chez nous, fit remarquer *sotto voce* le ministre des Affaires étrangères à son voisin.

— Que dites-vous ?

— Je dis que ça risque d'être impossible dans le cas présent, Rafi. — David Askhenazi avala une gorgée d'eau. — Notre ambassadeur à Washington m'a informé que le plan Fowler a obtenu un soutien réel au Capitole. L'ambassadeur d'Arabie Saoudite a organisé une grande soirée pour les leaders du Congrès, et il paraît que ça s'est très bien passé. Exact, Avi ?

— Exact, monsieur le ministre, répondit le général Ben Jacob.

Son patron était en voyage à l'étranger, et il représentait le Mossad.

– Les Saoudiens et tous les autres pays «modérés» du Golfe veulent en terminer avec cet état de guerre, mettre en place des relations au niveau ministériel avec nous en vue d'une reconnaissance pleine et entière à une date qui n'est pas encore précisée. Ils acceptent en outre de participer aux frais entraînés par la présence militaire américaine chez nous. Enfin, je dois ajouter qu'ils financeront intégralement le coût de la force d'interposition et la remise en état économique de nos amis palestiniens.

– Comment dire «non» à tout ça? demanda sèchement le ministre des Affaires étrangères. Et vous êtes surpris du soutien du Congrès américain?

– Mais tout est truqué! insista le ministre de la Défense.

– Si c'est le cas, c'est vachement bien monté, dit Ben Jacob.

– Vous croyez à ces salades, Avi? Vous?

Ben Jacob avait été le meilleur commandant de bataillon de Rafi Mandel dans le Sinaï, des années plus tôt.

– Je ne sais pas, Rafi.

Le directeur adjoint du Mossad n'avait jamais ressenti à ce point sa position d'adjoint, et parler à la place de son patron n'était pas facile.

– Qu'en pensez-vous personnellement? demanda d'une voix calme le premier ministre.

Il se disait qu'il fallait que quelqu'un garde son sang-froid autour de cette table.

– Les Américains sont parfaitement sincères, répondit Avi. Leur volonté de nous fournir une garantie matérielle – traité de défense mutuelle et stationnement de troupes – est intéressante. D'un point de vue strictement militaire.

– C'est moi qui parle au nom de la défense d'Israël! tonna Mandel.

Ben Jacob se tourna vers lui et regarda par en dessous son ancien chef.

– Rafi, tu as toujours avancé plus vite que moi, mais j'ai tué ma part de nos ennemis, et tu le sais très bien.

Il s'arrêta pour laisser aux autres le temps de mesurer la portée de ses paroles. Lorsqu'il reprit, sa voix était calme, mesurée, et il se contraignait à laisser la raison prendre le pas sur son émotion, qui n'était pas moins forte que celle de Mandel.

– Les unités militaires américaines représentent une garantie sérieuse. Cela représente une augmentation de vingt-cinq pour cent de notre capacité de frappe aérienne, et leur unité blindée est plus puissante que la meilleure de nos brigades. En outre, je ne vois pas comment ce soutien pourrait nous être retiré. Nos amis d'Amérique n'y consentiraient jamais.

– Ce ne serait pas la première fois qu'on nous abandonne! fit Mandel d'une voix glaciale. Notre seule défense est en nous.

– Rafi, dit le ministre des Affaires étrangères, où cela nous mène-t-il? Vous et moi, nous avons combattu ensemble, et pas seulement dans cette pièce. Est-ce que ça doit durer éternellement?

– Mieux vaut encore pas de traité du tout qu'un mauvais traité.

– Je suis d'accord, dit le premier ministre. Mais ce traité est-il si mauvais ?

– Nous avons tous lu le projet. J'ai quelques petites modifications à proposer, mais je crois que l'heure est venue, mes amis..., fit le ministre des Affaires étrangères. À mon avis, nous devons accepter le plan Fowler, moyennant certaines conditions.

Et le ministre les exposa en détail.

– Croyez-vous que les Américains les accepteront, Avi ?

– Ils vont se plaindre du coût, mais nos amis du Congrès seront d'accord, que le président Fowler les approuve ou pas. Ils reconnaîtront que nous avons fait des concessions historiques, et ils tiennent à ce que nous nous sentions en sécurité à l'intérieur de nos frontières.

– Si c'est ça, je démissionne, cria Mandel.

– Non, Rafi, tu ne démissionneras pas, dit le premier ministre, qui se lassait de ces démonstrations théâtrales. Tu veux occuper mon fauteuil un jour, mais tu ne l'auras jamais si tu démissionnes de ce gouvernement en ce moment.

Mandel encaissa sans rien dire.

Le premier ministre parcourut la salle du regard.

– Alors, quelle est la position du gouvernement ?

* * *

Quarante minutes plus tard, le téléphone de Jack sonna. Il décrocha, c'était la ligne protégée, qui ne transitait pas par le bureau de Nancy Cummings.

– Ryan.

Il écouta pendant une minute et prit quelques notes.

– Merci.

Le DDCI se leva, traversa le bureau de Nancy puis tourna à gauche et entra dans celui de Marcus Cabot, beaucoup plus spacieux que le sien. Cabot était allongé sur un divan, dans le coin le plus éloigné. Comme le juge Arthur Moore, son prédécesseur, il aimait bien fumer un cigare de temps en temps. Il avait ôté ses chaussures et lisait un dossier. Ce n'était jamais qu'un dossier secret de plus dans un bâtiment qui en renfermait des tonnes. Cabot, qui avait l'air d'un volcan rose et joufflu, laissa tomber la chemise et regarda Ryan qui s'approchait.

– Qu'y a-t-il, Jack ?

– Je viens de recevoir un coup de fil d'un ami en Israël. Ils viennent à Rome et le cabinet a voté pour le traité. Ils l'acceptent sous réserve de quelques modifications.

– Quelles modifications ?

Ryan lui tendit ses notes et Cabot les parcourut rapidement.

– Vous aviez raison, Talbot et vous.

— Ouais, et j'aurais bien dû le laisser faire à ma place.

— Oui, vous aviez presque tout prévu.

Cabot se leva et enfila ses pantoufles noires avant d'aller à son bureau. Il décrocha un téléphone.

— Dites au président que je veux le voir à la Maison Blanche dès qu'il rentrera de New York. Il faut aussi que Talbot et Bunker soient là. Dites-lui que c'est bon.

Il reposa le téléphone et fit un grand sourire, le cigare toujours calé entre les dents, essayant de ressembler à George Patton, lequel n'avait jamais fumé de sa vie, à ce que Ryan savait.

— Alors, qu'en pensez-vous?

— À votre avis, il va falloir combien de temps pour aboutir?

— Avec les travaux d'approche que vous avez menés, Adler et vous, plus les négociations de Talbot et Bunker?... Hmm, je dirais deux semaines. Ça n'ira pas aussi vite qu'avec Carter à Camp David, parce qu'il y a trop de diplomates de carrière dans le coup, mais d'ici deux semaines, le président a prévu de faire le voyage de Rome pour signer les documents.

— Vous voulez que j'aille avec vous à la Maison Blanche?

— Non, je vais me débrouiller.

— OK.

C'était assez inattendu. Ryan quitta le bureau comme il y était entré.

7
LA CITÉ DE DIEU

Les caméras étaient en place. Des C-5B Galaxy de l'armée de l'Air avaient chargé à la base d'Andrews des stations de retransmission dernier cri et les avaient déposées à l'aéroport Léonard-de-Vinci. Elles étaient moins destinées à couvrir la cérémonie de signature – si jamais elle avait lieu, se disaient les commentateurs – qu'à enregistrer ce que ces bavards appelaient les préliminaires. La télévision haute définition numérique faisait ses premiers pas, et les producteurs espéraient qu'elle mettrait en valeur les collections d'art qui sont aussi nombreuses sur les murs du Vatican que les arbres dans un parc national. Les menuisiers locaux et des spécialistes venus de New York ou d'Atlanta avaient travaillé d'arrache-pied pour bâtir les chalets à partir desquels les ténors de la télévision feraient leur numéro. Les informations du matin des trois principales chaînes devaient être diffusées en direct du Vatican. CNN était également venue en force, de même que NHK, la BBC et pratiquement les télévisions du monde entier. Toutes essayaient d'obtenir un emplacement sur la grande place qui s'étend devant l'église commencée en 1503 par Bramante, continuée par Raphaël, Michel-Ange et le Bernin. Une tempête courte mais violente avait entraîné des embruns de la fontaine centrale jusque dans le chalet de la Deutsche Welle et mis hors d'usage cent mille marks d'équipements. Les officiels du Vatican avaient fini par protester, soulignant qu'il n'y avait pas assez de place pour tous les gens qui voulaient couvrir l'événement – pour le succès duquel ils priaient – mais il était déjà trop tard. Quelqu'un se souvint que, du temps de l'Empire romain, cette place s'appelait le Cirque Maxime, et on convenait que ce qui se passait constituait le plus grand spectacle de cirque des temps modernes.

Les gens des télévisions étaient ravis d'être à Rome. Les équipes de Today et Good Morning America pouvaient enfin faire la grasse matinée au lieu de se lever avant l'heure du laitier, et leur émission démarrait après le déjeuner! Ils finissaient l'après-midi en faisant des courses avant d'aller dîner dans l'un des nombreux et délicieux restaurants de la ville. Leurs enquêteurs fouillaient les guides touristiques pour trouver des sites historiques comme le Colisée – qui s'appelle aussi le Théâtre de Flavien, comme le découvrit l'un d'eux. C'était là qu'autrefois les foules se déchaînaient devant des combats à mort, homme contre homme, homme contre bête, bête contre chrétien et autres variations sur le même thème. Mais ce qu'ils préféraient, c'était le Forum. Les ruines du centre de la vie politique romaine, où Cicéron et Scipion s'étaient promenés en discutant, où ils avaient rencontré leurs amis et leurs adversaires. La Rome éternelle, mère d'un vaste empire, jouait maintenant un nouveau rôle sur la scène mondiale. Le Vatican en occupait le centre, tout juste quelques hectares, mais ce n'en était pas moins un État souverain. «Combien le pape a-t-il de divisions?» répétait un journaliste de la télévision en citant Staline, avant de poursuivre en expliquant comment l'Église et les valeurs qu'elle défendait avaient mis à genoux le marxisme-léninisme au point que l'Union soviétique avait décidé de rétablir ses relations diplomatiques avec le Saint-Siège. Le journal du soir soviétique, Vremya, était diffusé depuis un chalet situé à cinquante mètres du sien.

On accordait une attention toute particulière aux deux autres religions représentées aux négociations. Lors de la cérémonie d'ouverture, le pape avait rappelé une anecdote qui remontait aux débuts de l'islam: une mission d'évêques catholiques s'était rendue en Arabie pour se faire une idée de Mahomet. Après une première rencontre très cordiale, l'évêque qui dirigeait la mission avait demandé à quel endroit ses compagnons pourraient célébrer la messe. Mahomet avait immédiatement offert la mosquée dans laquelle ils se trouvaient. Après tout, avait fait observer le Prophète, n'est-ce pas une maison consacrée à Dieu? Le Saint-Père fit montre de la même courtoisie envers les Israéliens. Les hommes d'Église les plus conservateurs n'apprécièrent pas beaucoup, mais le Saint-Père balaya ces réticences, dans un discours prononcé comme d'habitude en trois langues:

«Au nom de Dieu que nous connaissons tous sous des noms différents, mais qui est le Dieu de tous les hommes, nous mettons notre ville au service des hommes de bonne volonté. Nous partageons beaucoup de croyances, nous croyons en un Dieu d'amour et de pitié, nous croyons en la nature spirituelle de l'homme, nous croyons à la valeur particulière de la foi et à sa manifestation à travers la charité et la fraternité. À nos frères qui sont venus de si loin, nous souhaitons la bienvenue et nous offrons nos prières pour que leur foi leur permette de trouver une voie conforme à la justice et à la paix de Dieu vers qui nos fois diverses nous conduisent tous.»

– Holà! observa un journaliste d'une émission du matin, hors antenne. Je commence à croire que ce cirque est sérieux.

Mais la couverture de l'événement ne s'arrêtait pas là, bien entendu. Pour attiser l'intérêt, pour ouvrir le débat, permettre aux gens de comprendre ce qui se passait, et aussi vendre de la publicité, la télé fit parler le chef d'un groupe paramilitaire juif qui rappela avec hargne l'expulsion des juifs d'Espagne du temps de Ferdinand et d'Isabelle, les Cent Noirs du tsar, et, naturellement, l'Holocauste d'Hitler. Il insista particulièrement sur ce dernier point à cause de la récente réunification allemande, et conclut en disant que les Juifs étaient fous de compter sur quiconque, que seules valaient les armes qui étaient entre leurs mains. Depuis Qom, l'ayatollah Daryaei, chef religieux des Iraniens et adversaire de longue date des Américains, s'éleva contre les incroyants, les vouant aux feux de l'enfer. La traduction rendait son discours difficilement compréhensible pour les téléspectateurs américains, et sa tirade tomba à plat. Un type qui s'intitulait «chrétien charismatique» et qui vivait en Amérique du Sud réussit à monopoliser un maximum de temps d'antenne. Après avoir dénoncé dans le pape la quintessence de l'Antéchrist, il répéta que Dieu n'entendait même pas les prières des juifs, encore moins celles des infidèles musulmans, qu'il baptisait mahométans pour tenter de rendre ses propos encore plus insultants.

Mais, d'une certaine façon, ces démagogues – ou plutôt leurs propos – n'eurent pas beaucoup d'impact. Les chaînes de télé recevaient des milliers d'appels indignés, les gens se plaignant qu'on les laisse seulement parler. Cela réjouissait les responsables, naturellement. Cela signifiait que les auditeurs continueraient en fait à regarder leurs émissions, dans l'espoir d'autres sorties du même genre. Le bigot sud-américain constata immédiatement que les contributions ne rentraient plus aussi bien, le B'nai Brith s'empressa de condamner le rabbin fanatique. Le secrétaire général de la Ligue des nations musulmanes, qui était lui même membre du clergé, dénonça l'imam radical comme hérétique et infidèle à la parole du Prophète, qu'il cita abondamment pour soutenir son propos. Les chaînes de télé retransmirent fidèlement tous ces commentaires, dans un souci d'équilibre qui calma certains spectateurs et en mit d'autres en rage.

En moins d'un jour, comme le remarquait un article, les milliers de correspondants qui couvraient la conférence l'avaient baptisée la Coupe de la Paix, à cause de la forme circulaire de la place Saint-Pierre. Un autre nota que les journalistes s'activaient autour d'un événement sur lequel ils n'avaient rien à raconter. Les règles de sécurité étaient particulièrement strictes, les participants qui allaient et venaient arrivaient et repartaient par avion militaire, à partir de bases aériennes militaires. Les reporters et les cameramen avec leurs téléobjectifs étaient maintenus aussi loin que possible de l'endroit où se réunissait la conférence, et la plupart des déplacements avaient lieu la nuit. Les Gardes suisses du Vatican, très bien équipés malgré leurs uniformes Renaissance, ne laissaient pas passer une souris.

Les sondages d'opinion effectués dans de nombreux pays montraient un espoir général que cette fois serait la bonne. Le monde était fatigué de la discorde, une vague d'optimisme avait suivi les récents changements dans les relations Est-Ouest, on sentait qu'il se passait quelque chose. Les commentateurs avaient beau mettre en garde le public, en insistant sur le fait que rien n'avait jamais été tenté de plus difficile, les gens priaient dans le monde entier, dans des centaines de langues, dans des millions d'églises, pour que cesse le conflit le plus dangereux de la planète. Il faut dire, au crédit des chaînes, qu'elles en rendirent compte aussi.

Les diplomates de carrière, dont quelques-uns parmi les plus cyniques n'avaient pas mis les pieds dans une église depuis leur enfance, sentirent le poids de cette ferveur comme cela ne leur était jamais arrivé. Les reportages en direct du Vatican parlaient de gens qui faisaient des promenades solitaires la nuit dans la nef de Saint-Pierre, sur les balcons extérieurs, de longues discussions qu'avaient eues quelques-uns des participants avec le Saint-Père. Mais rien d'autre. Les stars surpayées de la télévision se regardaient en chiens de faïence, les journalistes de la presse écrite essayaient de piquer une bonne idée chez le voisin pour avoir de quoi faire un article. Depuis le marathon de Camp David, on n'avait jamais vu des négociations aussi importantes se dérouler avec aussi peu de comptes rendus.

Et le monde retenait son souffle.

* * *

Le vieil homme portait un fez rouge orné de blanc. Ils n'étaient plus nombreux à avoir conservé cette coiffure caractéristique, mais lui continuait à respecter les traditions de ses ancêtres. La vie était dure pour les Druzes, et il trouvait sa seule consolation dans la religion qu'il avait pratiquée tout au long de ses soixante-six années.

Les Druzes appartiennent à une secte religieuse du Moyen-Orient qui pratique un syncrétisme de l'islam, du christianisme et du judaïsme. Elle a été fondée au XIᵉ siècle par Al-Hakim bi'Amrillahi, calife d'Égypte qui se présentait comme la réincarnation de Dieu Lui-même. Ses membres vivent pour la plupart au Liban, en Syrie et en Israël, mais ils sont très minoritaires dans ces trois pays et leur existence y est précaire. Contrairement aux musulmans israéliens, ils ont le droit de servir dans les forces armées israéliennes, ce qui accroît encore la méfiance dont font l'objet les Druzes sous tutelle syrienne. Quelques-uns ont malgré tout exercé des responsabilités dans l'armée syrienne, mais tout le monde se souvient de ce colonel commandant un régiment, exécuté pendant la guerre de 1973 après avoir abandonné un carrefour stratégique. En termes strictement militaires, il s'était bien battu et avait eu la chance de faire retraite en bon ordre, mais la perte de ce carrefour avait coûté deux brigades blindées aux Syriens. Le colonel avait donc été sommairement exécuté... sans doute, aussi, parce qu'il était druze.

Le vieux paysan ne connaissait pas tous les détails de cette histoire, mais il en savait suffisamment. Les musulmans syriens avaient encore tué d'autres Druzes. Il ne faisait donc aucune confiance à l'armée ni au gouvernement syriens. Cela ne signifiait pas pour autant qu'il eût la moindre affection pour Israël. En 1975, un canon israélien de 175 mm avait arrosé ses terres en essayant de détruire un dépôt de munitions syrien, et des éclats d'obus avaient mortellement blessé sa femme âgée de quarante ans. La solitude était venue s'ajouter à sa misère. Ce qui n'était pour Israël qu'une constante historique était pour lui un drame. Le destin l'avait placé entre deux armées pour qui il représentait une gêne. Pourtant, il ne demandait pas grand-chose à l'existence. Il cultivait un petit lopin de terre, élevait quelques moutons et des chèvres, et habitait une maison toute simple bâtie des pierres qu'il avait extraites de ses champs cailloux. C'était peu, se disait-il, mais soixante-six ans d'une vie difficile lui avaient montré que c'était encore trop. Il avait supplié Dieu de lui accorder Sa pitié, Sa justice et juste un peu d'aise – il savait bien que la richesse n'était pas faite pour lui –, de quoi rendre sa vie et celle de sa femme un peu plus faciles. Mais il n'avait pas été exaucé. Des cinq enfants que sa femme lui avait donnés, un seul avait dépassé l'enfance, et ce fils avait été enrôlé dans l'armée syrienne au moment de la guerre de 1973. Il avait eu plus de chance que le reste de sa famille : quand son transport blindé BTR-60 avait reçu un obus tiré par un char israélien, il avait été éjecté, ce qui lui avait coûté une main et un œil. À moitié aveugle mais vivant, il s'était marié et avait donné à son père des petits-enfants ; il vivait modestement de son métier de boutiquier et de prêteur. Le paysan ne considérait pas cela comme une bénédiction, quand il se souvenait de tout ce qui lui était arrivé, mais c'était la seule joie qu'il eût jamais connue.

Le vieil homme cultivait donc des légumes et emmenait paître ses quelques bêtes dans des prés cailloux tout près de la frontière entre la Syrie et le Liban. Il était épuisé. Sa vie n'était rien d'autre qu'une habitude dont il ne pouvait se débarrasser, une succession sans fin de journées de plus en plus fatigantes. Lorsque, à chaque printemps, ses brebis mettaient bas leurs agneaux, il priait pour ne pas voir le jour où ils seraient égorgés.

Une nouvelle aube. Le paysan n'avait jamais eu besoin de réveil, et n'en avait jamais possédé. Quand le ciel s'éclairait, les cloches des moutons et des chèvres se mettaient à tinter. Il ouvrit les yeux, et sentit une fois de plus la douleur qui envahissait ses membres. Il s'étira dans son lit puis se leva lentement. Il ne lui fallut que quelques minutes pour se laver et raser sa barbe grise, avaler un morceau de pain de seigle et un café fort et doux. C'était le début d'une nouvelle journée de labeur. Le paysan faisait son jardin le matin, avant les grandes chaleurs. Son potager était d'une taille respectable, car il vendait le surplus de sa production sur le marché local, ce qui lui permettait d'acquérir quelques objets qu'il regardait comme un luxe. Même pour cela, il fallait se battre. Le travail maltraitait ses membres arthritiques, il devait empêcher son bétail d'abîmer son jardin. Mais les moutons et les chèvres constituaient aussi une petite source de revenus, et, sans cet argent, il serait mort de faim depuis bien longtemps. Même ses outils de jardinage étaient vieux. Il se dirigea vers son jardin. Le soleil était encore bas, et il commença à arracher les mauvaises herbes qui envahissaient ses légumes. Si seulement on pouvait dresser une chèvre, se disait-il en se souvenant de ce que disaient son père et son grand-père, une chèvre qui mangerait les mauvaises herbes et pas les bonnes plantes, ce serait bien. Mais une chèvre était aussi bête qu'un panier, sauf quand il s'agissait de faire une sottise. Il commença ses trois heures de désherbage, toujours en partant du même coin, trois heures à manier la bêche en remontant une rangée puis la suivante, au rythme lent que lui permettaient son âge et ses infirmités.

Clink.

Qu'est-ce que c'était? Le paysan se releva et essuya sa sueur. Il en était à la moitié de sa matinée de travail, et commençait à songer au repos qui l'attendait en gardant les moutons. Ce n'était pas une pierre... Avec son outil, il enleva un peu de terre de... oh, c'était ça!

Les gens sont souvent surpris par ce phénomène, et les fermiers du monde entier rigolent, depuis le début des temps, de cette façon qu'ont les champs de produire des cailloux. Il suffit de voir les murets de pierres en Nouvelle-Angleterre pour comprendre comment cela se passe. C'est l'eau qui est responsable. Elle tombe sous forme de pluie et pénètre dans le sol. En hiver, cette eau gèle et augmente de volume en se solidifiant. En se dilatant, elle exerce une poussée plus forte vers le haut que vers le bas, parce qu'elle rencontre moins de résistance. Cette force fait remonter les pierres vers la surface, et c'est ainsi que les champs produisent des cailloux. Ce phénomène est particulièrement vrai dans la région du Golan, en Syrie, dont le sol est d'origine volcanique récente et où les hivers peuvent être très froids.

Mais ce truc n'était pas un caillou.

C'était un objet métallique, marron clair. Ah oui! Celui qu'il avait découvert le jour où son fils...

«Mais qu'est ce que je vais faire de ce foutu machin?» se demanda le paysan. Bien sûr, c'était une bombe, il n'était pas assez bête pour ne pas en reconnaître une. Maintenant, allez savoir comment elle était arrivée là, mystère. Il n'avait jamais vu d'avion, syrien ou israélien, larguer des bombes près de sa ferme, mais peu importe. Elle était là, c'était indéniable. Pour lui, ç'aurait tout aussi bien pu être un rocher, un gros rocher marron, assez gros pour remplir deux bandes de carottes, qu'il fallait déterrer et enlever de là. Elle n'avait pas explosé, ce qui signifiait qu'elle était cassée. Les bombes normales tombent des avions et explosent en touchant le sol, celle-là avait juste creusé un petit cratère qu'il s'était contenté de combler le lendemain.

Et elle aurait pas pu rester deux mètres plus bas, sans faire suer personne? Mais il avait toujours eu la poisse: quand il y avait une merde, c'est sur lui que ça tombait. Le paysan se demandait pourquoi Dieu était aussi cruel avec lui. Il avait toujours dit ses prières, il avait respecté les prescriptions sévères des Druzes, il n'avait jamais rien demandé. Mais quels péchés lui fallait-il donc expier ?

Bon. Ça ne servait à rien de se poser des questions, pour le moment, il fallait se mettre au boulot. Il continua sa besogne, s'assit sur l'extrémité à nu de la bombe pour faire une pause, et termina sa rangée. Son fils devait venir le voir dans un jour ou deux, avec ses petits-enfants, et c'était la seule joie de son existence. Il allait lui demander conseil : son fils avait été soldat, il comprenait ce genre de trucs.

* * *

C'était le genre d'événements que détestent les fonctionnaires : ceux qui se passent dans une région où le décalage horaire est important. Six heures de différence – Jack trouvait vraiment trop gros d'être gêné par le décalage horaire alors qu'il n'avait pas bougé de chez lui.

— Alors, comment ça se passe là-bas ? demanda Clark depuis son siège.

— Sacrément bien. – Jack consulta rapidement les documents. – Hier, les Saoudiens et les Israéliens se sont mis d'accord sur un point important. Ils voulaient obtenir une modification chacun de leur côté, et ils ont découvert que c'était la même.

Jack eut un petit rire. C'était un pur hasard ; si chacun avait su ce que voulait l'autre, ils auraient changé d'avis tous les deux.

— Ils ont dû être bien emmerdés !

Clark se tordait de rire, en se faisant la même réflexion que son patron. Il faisait encore nuit, et il y avait au moins un avantage quand on travaillait de bonne heure, c'est que les routes étaient désertes.

— Vous aimez bien les Saoudiens, non ?

— Vous êtes déjà allé là-bas ?

— À part la guerre, vous voulez dire ? J'y suis allé souvent, Jack. Je suis passé en Iran à partir de chez eux en 79 et en 80, j'y suis resté pas mal de temps, j'ai appris leur langue.

— Et votre impression ? lui demanda Jack.

— J'ai bien aimé ce pays. J'y ai fait connaissance d'un type très sympa, un major – en fait, c'était un espion, comme moi. Il n'avait pas beaucoup d'expérience sur le terrain, mais il avait appris beaucoup de choses dans les livres. Il était assez intelligent pour comprendre qu'il lui en restait encore beaucoup à apprendre, et il écoutait attentivement quand je lui montrais un truc. Il m'a invité chez lui deux ou trois fois, il avait deux fils, deux gosses adorables. Y en a un qui est pilote de chasse maintenant. C'est quand même marrant de voir comment ils traitent leurs femmes. Sandy ne supporterait jamais ça.

Clark se tut pour changer de file et dépasser un camion.

— Professionnellement parlant, ils étaient très coopératifs. Je les aime bien.

Ils ne sont pas comme nous, c'est sûr, et alors ? Le monde n'est pas peuplé que d'Américains.

— Et les Israéliens ? demanda Jack en fermant la mallette à documents.

— J'ai travaillé avec eux une fois ou deux — en fait, plus souvent, surtout au Liban. Leurs types des services de renseignement sont de vrais pros, fiers, arrogants, mais ceux que j'ai connus avaient des raisons d'être fiers. Une mentalité d'assiégés, du genre y a nous et y a les autres, vous voyez ? Ça aussi, c'est compréhensible.

Clark se retourna.

— C'est un grand coup cette fois, non ?

— Que voulez-vous dire ?

— On va en finir avec tout ça. Ça ne va pas être facile.

— Ce ne sera pas facile. J'espère qu'ils vont ouvrir les yeux et voir le monde tel qu'il est, grommela Ryan.

— Il faut que vous compreniez, patron. Ils réagissent comme des gens qui sont au front. Bon dieu, tout leur pays sert de champ de tir aux autres. Ils ont la même réaction que nous au Viêt-nam. Il y a deux sortes de gens : ceux qui sont de votre bord, et les autres.

John Clark hocha pensivement la tête.

— Vous pouvez pas savoir combien de fois j'ai essayé d'expliquer ça aux gosses, à la Ferme. C'est une réaction de survie élémentaire. Les Israéliens pensent comme ça parce qu'ils ne peuvent pas faire autrement. Les nazis ont tué des millions de juifs, et on n'a pas bougé le petit doigt — bon, je sais, on pouvait sans doute pas faire autrement. Enfin... je me demande si c'était si difficile que ça de se faire Hitler, si on a vraiment pris les moyens de lui faire la peau. C'est vrai, je suis d'accord qu'ils doivent essayer de dépasser tout ça, mais il ne faut pas oublier qu'on leur demande beaucoup.

— C'est dommage que vous n'ayez pas été là quand j'ai rencontré Avi, répondit Jack en étouffant un bâillement.

— Le général Ben Jacob ? C'est un sacré mec, celui-là. Ses hommes le respectent, ce qui en dit long. Désolé de ne pas avoir été là, mais j'avais vraiment besoin de ces deux semaines, et la pêche a été bonne.

— Je vois, monsieur Clark.

— À propos, je vais cet après-midi à Quantico pour me requalifier au pistolet. Si vous me permettez, vous devriez bien vous détendre aussi. Pourquoi ne pas y venir avec moi ? J'ai un joli petit Beretta, si ça vous amuse de jouer avec.

Jack réfléchit une seconde, c'était tentant, c'était même très tentant, mais il avait trop de travail.

— Je n'ai pas le temps, John.

— D'accord, d'accord. Vous ne faites plus de sport, vous buvez trop, et vous avez l'air d'un cadavre, patron. Voilà l'opinion d'un professionnel.

C'était ce que Cathy lui avait dit la veille, mais Clark ne savait pas que c'était encore pire.

Jack regarda par la fenêtre les lumières des maisons. Leurs occupants, d'autres fonctionnaires, se réveillaient tout juste.

— Vous avez raison, il faut que je fasse quelque chose, mais aujourd'hui, je n'ai vraiment pas le temps.

— Si on se courait un peu demain, à l'heure du déjeuner?

— Déjeuner avec tous les directeurs, dit Jack en se défilant.

Clark se tut et s'occupa uniquement de conduire. Mais quand est-ce que ce pauvre vieux allait comprendre? C'était un type extra, mais il se faisait bouffer par son boulot.

* * *

Le président se réveilla avec une masse de chevelure blonde qui lui recouvrait la poitrine; un bras délicat et féminin lui barrait le torse. Il y avait pire que ça comme réveil. Il se demanda pourquoi il avait attendu si longtemps. Elle était disponible depuis... mon Dieu, depuis des années. Elle avait la quarantaine, mais était encore mince et jolie, comme un homme peut le rêver, et le président était un homme, avec des besoins d'homme. Sa femme, Marian, avait été malade pendant des années, luttant courageusement contre le cancer qui avait fini par voler sa vie. Il avait vu lentement se délabrer ce qui avait été une personne vivante, charmante, intelligente, pétillante. Il lui était largement redevable de ce qu'il était devenu, et tout ça était mort avec elle. Il savait bien que c'était un mécanisme de défense parfaitement normal. Et tous ces mois interminables. Il fallait qu'il se montre fort pour elle, pour lui donner les réserves d'énergie sans lesquelles elle serait morte encore plus tôt. Cette épreuve avait fait de lui un automate. Toute sa personnalité, son énergie, son courage avaient disparu avec Marian, toute son humanité. Et peut-être pire encore, s'avouait-il.

D'une façon assez perverse, cela l'avait rendu meilleur politicien. Pendant ses meilleures années de gouverneur, pendant sa campagne présidentielle, il avait fait preuve de calme, de mesure, et les électeurs aimaient ce genre d'homme. Tout cela avait surpris les commentateurs qui croyaient le connaître, mais n'avaient jamais fait l'effort de le comprendre vraiment. Son prédécesseur l'avait bien aidé en ratant sa campagne, mais Fowler se disait qu'il aurait gagné dans tous les cas de figure.

La victoire, deux ans plus tôt, en novembre, avait fait de lui le premier président sans femme — depuis Cleveland, probablement. Et également le premier président sans personnalité. Les éditorialistes l'avaient baptisé: le Président technocrate. Il était juriste de formation, mais les médias ne semblaient pas s'en être rendu compte. Une fois qu'ils avaient réussi à coller une étiquette à quelqu'un, ils ne cherchaient pas plus loin. L'Homme de glace.

Si seulement Marian avait vécu assez longtemps pour voir ça. Elle savait bien, elle, qu'il n'était pas de glace. Certains se souvenaient qu'il avait été un magistrat passionné, défenseur des droits civils, la hantise du crime organisé. L'homme qui avait nettoyé Cleveland. Pas définitivement, bien sûr; ces victoires-là, comme en politique, sont provisoires. Il se rappelait la naissance de chacun de ses enfants, sa fierté d'être père, l'amour que sa femme et lui avaient eu pour eux, les petits dîners aux chandelles dans des restaurants tranquilles. Il se souvenait de la première fois qu'il avait rencontré Marian; c'était lors d'un match de football au lycée, et elle aimait ce sport autant que lui. Leurs trente années de mariage avaient commencé alors qu'ils n'avaient pas terminé leurs études. Les trois dernières avaient été un vrai cauchemar; la maladie qui s'était déclarée alors qu'elle avait presque quarante ans avait empiré dix ans plus tard, jusqu'à sa mort qui était venue trop vite mais après s'être fait attendre longtemps. Il était trop épuisé pour verser encore des larmes. Et puis toutes ces années de solitude...

Bon, c'était peut-être la fin de la solitude.

Grâces soient rendues aux services secrets, songea Fowler. Dans la résidence du gouverneur, à Columbus, tout se serait su très vite, mais pas ici. Deux agents armés montaient la garde à sa porte et, dans le couloir, un sous-officier de l'armée de Terre avec la mallette en cuir qu'on appelait le Football, un surnom qui ne plaisait pas au président, mais il y a des choses impossibles à changer. Son conseiller à la Sécurité nationale pouvait partager son lit, le personnel de la Maison Blanche garderait le secret. Voilà qui était remarquable.

Fowler se pencha pour contempler sa maîtresse. Indéniablement, Elizabeth était jolie. Elle était plutôt pâle, car ses habitudes de travail l'empêchaient de voir la lumière du soleil, mais il préférait les femmes à la peau fine et blanche. Les draps étaient en désordre à cause de leurs ébats de la nuit, et il voyait son dos nu. Sa peau était si douce, si lisse. Il la sentait respirer calmement contre sa poitrine, son bras gauche enroulé autour de lui. Il fit glisser sa main sur elle et elle eut un petit grognement de satisfaction en l'enlaçant plus étroitement.

Quelqu'un frappa discrètement à la porte. Le président remonta les draps et toussota. Au bout de quelques secondes, la porte s'ouvrit et un agent entra avec un plateau à café et quelques documents imprimés, puis s'éclipsa. Fowler savait qu'il ne pouvait pas en réalité faire entièrement confiance au personnel, mais le service secret était réellement la version américaine de la Garde prétorienne. Ses membres ne trahissaient jamais la moindre émotion, sauf pour un signe de tête le matin au Patron, comme ils l'appelaient entre eux. Leur dévouement confinait à l'esclavage. C'étaient des hommes et des femmes qui avaient fait des études supérieures, mais qui jetaient un regard très simple sur les choses, et Fowler savait que de tels êtres étaient indispensables. Il fallait souvent des gens très doués pour se contenter d'exécuter les décisions et les ordres de leur supérieurs. Ces agents en armes avaient juré de le protéger, fût-ce en interposant leurs corps entre le président et tout ce qui pouvait le menacer – on appelait ça «ramasser les pruneaux» – et Fowler voyait avec étonnement ces gens si intelligents s'entraîner à faire une chose si bête, si contraire à l'instinct de conservation. Tout cela à son profit, de même que leur discrétion. Il fallait être président pour bénéficier de tels services.

Fowler attrapa la cafetière et se servit une demi-tasse d'une main. Il buvait son café noir. Après en avoir avalé une gorgée, il prit la télécommande et alluma la télévision. Elle était réglée sur CNN, et les infos parlaient de Rome, bien sûr. Il était 14 heures là-bas.

– Mmmmm.

Elizabeth remua la tête et ses cheveux le balayèrent. Elle était toujours plus longue à se réveiller que lui. Fowler fit glisser un doigt le long de son épine dorsale et elle se pelotonna doucement contre lui avant d'ouvrir les yeux. Puis elle dressa brusquement la tête.

– Bob!

– Oui?

– Quelqu'un est entré!

Elle lui montra le plateau et les tasses, elle se doutait bien que Fowler n'était pas allé les chercher lui-même.

– C'est du café.

– Bob!

– Écoute, Elizabeth, les gardes savent que tu es ici. Qu'avons-nous à cacher, et à qui? De toute façon, il y a sans doute des micros dans la chambre.

Il ne le lui avait jamais dit jusqu'ici, d'ailleurs il n'en était pas sûr et il s'était bien gardé de pousser son enquête, mais c'était logique. Le service secret était paranoïaque par essence, et ses agents ne pouvaient pas faire confiance à Elizabeth ou à qui que ce soit d'autre, sauf le président. Par conséquent, si elle essayait de le tuer, ils devaient se tenir prêts à foncer dans la chambre pour sauver Faucon de sa maîtresse. Donc il y avait des micros. Des caméras? Non, probablement pas de caméras, mais sûrement des micros. Fowler trouvait ça plutôt amusant, quelque chose que les éditorialistes ne voudraient jamais croire.

– Mon Dieu!

Liz Elliot n'y avait jamais pensé. Elle se leva, et ses seins se balancèrent de manière ravissante devant ses yeux. Mais Fowler n'était pas du matin. Le matin était fait pour travailler.

– Je suis le président, Elizabeth, reprit Fowler tandis qu'elle se dégageait.

Elle venait de penser aux caméras, elle aussi, et elle se recouvrit prestement avec le drap. Fowler sourit de cette bêtise.

– Du café? lui redemanda-t-il.

Elliot eut un petit rire nerveux. Voilà, elle était dans le lit du président, nue comme un ver, des gardes armés à la porte. Et il avait laissé quelqu'un entrer dans la chambre! Ce type était incroyable. Avait-il seulement pensé à la recouvrir? Elle faillit le lui demander, mais préféra se taire, craignant de s'attirer des remarques ironiques, et il y excellait. En même temps, avait-elle jamais eu un amant aussi habile? La première fois – c'était il y a des années, mais il était si patient, si attentionné. Si facile à mener. Elliot sourit intérieurement. Elle était capable d'en faire ce qu'elle voulait, quand elle le voulait, et il s'exécutait parfaitement, parce qu'il aimait faire plaisir à une femme. Pourquoi? se demanda-t-elle. Il voulait peut-être qu'on se souvienne de lui. Après tout, c'était un homme politique, et tout ce qu'ils demandent, c'est quelques lignes dans les livres d'histoire. Eh bien, il allait les avoir, d'une manière ou d'une autre. Tous les présidents entraient dans les livres d'histoire, même Grant et Harding, et avec ce qui se passait... Et ici aussi, il voulait qu'on se souvienne de lui, il faisait ce qu'une femme lui demandait, si elle avait le culot de le faire.

– Tu peux monter le son? fit Liz.

Fowler obéit sur-le-champ, ce qu'elle remarqua avec satisfaction. Si attentif à plaire, même pour les petites choses. Alors, pourquoi diable laisser entrer un serveur avec le café! Ce n'était pas la peine d'essayer de comprendre cet homme. Il était plongé dans la lecture des fax en provenance de Rome.

– Ma chère, ça va marcher. J'espère que tes valises sont faites.

– Quoi?

– Les Saoudiens et les Israéliens ont fini par se mettre d'accord sur l'essentiel la nuit dernière... d'après Brent – Seigneur, c'est incroyable! Brent a eu des entretiens séparés avec les deux parties, les deux ont fait la même suggestion... et pour les empêcher d'en prendre conscience, il a fait des aller et retour entre eux, leur annonçant que ce serait probablement acceptable... avant de le confirmer au voyage suivant! Ha! – Fowler frappa la feuille du dos de la main. – Brent fait vraiment du bon boulot. Et ce type, ce Ryan, aussi. Il ne se prend pas pour rien, mais cette idée de...

– Allons, Bob! Ça n'avait rien d'original. Ryan s'est contenté de répéter ce que tout le monde disait depuis des années. Il n'y avait qu'Arnie à ne pas être au courant, mais les préoccupations d'Arnie s'arrêtent à la barrière de la Maison Blanche. Mettre cette idée au crédit de Ryan, c'est comme s'il avait réussi à t'organiser un joli coucher de soleil.

– Peut-être, concéda le président.

Il pensait tout de même qu'il y avait plus que cela dans l'idée et la proposition du DDCI, mais il ne voulait pas embêter Elizabeth avec ça.

– Mais Ryan a fait du bon boulot avec les Saoudiens, tu te souviens?

– Il aurait été encore plus efficace s'il avait tenu sa langue. Très bien, il leur a porté un bon message. Ce n'est pas vraiment un grand moment pour la politique étrangère américaine, non ? Remettre des notes, c'est son boulot. Brent et Dennis, ces deux-là ont réellement fait avancer les choses, mais pas Ryan.

– Non, pas Ryan, je crois que tu as raison. Brent et Dennis, ce sont eux qui ont obtenu que tout le monde participe à la conférence.... Brent dit qu'il y en a pour trois jours, quatre peut-être.

Le président posa les fax, il était temps de se lever et de se préparer à une journée de travail mais, avant de quitter son lit, il avança la main et caressa une petite colline sous le drap, juste pour lui montrer que...

– Arrête ça !

Liz rit un peu pour essayer d'adoucir sa réaction. Il obéit aussitôt, bien sûr. Pour faire passer la pilule, elle se pencha pour se faire embrasser, ce qui fut fait.

* * *

– Alors, qu'est-ce que ça donne ? demanda un chauffeur de camion au parc d'expédition des bois.

Quatre énormes semi-remorques étaient alignés, loin des piles d'arbres abattus que l'on préparait avant de les expédier au Japon.

– Ils étaient déjà là la dernière fois.

– Ça part au Japon, fit le type des expéditions en parcourant l'ordre de mission du camionneur.

– Alors, pourquoi sont-ils encore là ?

– C'est spécial. Ils payent pour qu'on leur garde les arbres ici, ils louent les camions et tout. On m'a dit que ces arbres doivent faire des poutres pour une église ou un temple ou un truc dans ce genre. Si vous regardez de près, vous verrez qu'ils sont enchaînés ensemble. Ils étaient déjà attachés avec une corde de soie, mais ils ont mis des chaînes en plus pour être sûrs qu'ils restaient bien ensemble. Paraît que c'est une tradition du temple. Ça va être un sacré boulot de les charger sur le bateau, attachés comme ça.

– Et ils louent les camions uniquement pour le plaisir de garder les troncs ainsi ? Attachés ? Bon dieu, ils ont plus d'argent que de cervelle, ceux-là !

– Qu'est-ce que ça peut bien foutre ? répondit le responsable des expéditions.

Il était fatigué de répondre aux mêmes questions chaque fois qu'un chauffeur passait à son bureau. Ils étaient là, c'est tout. L'idée, se disait-il, c'était de laisser les troncs sécher un peu. Mais celui qui l'avait eue s'était mis le doigt dans l'œil. On n'avait jamais vu d'été aussi humide dans ce pays pourtant réputé pour être pluvieux, et ces troncs, encore pleins de sève quand ils avaient été abattus, se gorgeaient davantage de la pluie qui tombait sur le chantier. Les branches maîtresses avaient été coupées sur place, mais cela ne changeait pas grand-chose. La pluie en profitait justement pour pénétrer dans les vaisseaux capillaires mis à nu, et descendait dans le tronc. Si bien que les pièces de bois étaient sans doute encore plus lourdes que lorsqu'on les avait coupées. On aurait pu les protéger avec une bâche, mais ça n'aurait servi qu'à piéger l'humidité, et en outre, les instructions étaient de les laisser comme ça sur les remorques. Ça y est, il pleuvait. Le chantier tournait au bourbier, les camions et les engins qui passaient envoyaient de la boue partout. Ces Japonais avaient apparemment des idées à eux sur la façon de faire sécher et de travailler le bois, ils voulaient que tout le séchage se fasse ici, et c'est eux qui payaient. Même sur le bateau, il fallait les transporter debout, et c'était le dernier lot à embarquer sur le *George McReady* pour la traversée du Pacifique. Sûr, ils allaient encore ramasser de l'humidité si on les transportait de cette façon-là. Et s'ils étaient trop humides, se disait l'expéditionnaire, il faudrait faire vachement gaffe: s'ils tombaient dans le fleuve, ils n'avaient pas grande chance de flotter.

* * *

Le paysan savait pertinemment que ses petits-enfants avaient honte de leur grand-père. Ils résistaient quand il essayait de les embrasser et de les caresser, ils avaient sans doute traîné les pieds quand leur père les avait amenés, mais ça lui était égal. Les enfants de maintenant ne savaient plus respecter les vieux. C'était peut-être le prix à payer pour qu'ils puissent s'élever dans l'échelle sociale. Sa vie à lui était à peine différente de celle des dix générations qui l'avaient précédé, mais son fils avait mieux réussi en dépit de ses blessures, ses enfants réussiraient encore mieux. Les garçons étaient fiers de leur père. Si leurs copains de classe s'avisaient de se moquer de leur religion, les deux garçons répondaient que leur père s'était battu contre les Israéliens détestés, qu'il avait été blessé, et qu'il avait même tué quelques sionistes. Le gouvernement syrien manifestait malgré tout une certaine sollicitude pour ses vétérans qui avaient été blessés. Le fils du paysan avait une petite affaire à lui, et les fonctionnaires ne l'embêtaient pas trop, contrairement à leur habitude. Il s'était marié tard, ce qui était plutôt inhabituel dans ce pays. Sa femme était assez jolie et elle était pleine de prévenances pour son beau-père – elle le traitait bien, peut-être pour lui manifester sa gratitude après qu'il eut refusé de venir habiter chez eux : leur maison était petite. Le paysan était très fier de ses petits-enfants, des garçons bien bâtis, pleins de santé, fortes têtes et rebelles comme tous les petits garçons devraient l'être. Son fils était lui aussi fier et prospère. Il sortit se promener un peu avec son père après le repas de midi. Il regardait ce jardin qu'il avait désherbé, lui aussi, et il se sentait un peu coupable que son père continue à travailler là tous les jours. Il lui avait bien proposé de le prendre chez lui, il lui avait proposé un peu d'argent, sans succès. Son père n'avait pas grand-chose, si ce n'était son amour-propre un peu buté.

– Le jardin est très beau, cette année.

– Oui, il a bien plu, approuva le père, il y a eu beaucoup d'agneaux, ça n'a pas été une mauvaise année. Et pour toi?

– Ma meilleure année, père. J'aimerais tellement que tu ne sois pas obligé de travailler autant.

– Ah! – Un grand geste de la main. – Je n'ai jamais connu autre chose. C'est là que je dois être.

«Quel courage!», songea son fils. C'était vrai, le vieil homme était courageux, il supportait tout. Il n'avait pas légué grand-chose à son fils, mais il lui avait transmis son stoïcisme. Quand il s'était retrouvé étendu sur le Golan, complètement sonné, à vingt mètres de son véhicule qui brûlait, il aurait pu se contenter de mourir là, avec son œil qui pendait, sa main gauche sanglante. Il aurait pu rester là allongé par terre et mourir, mais il savait que son père n'aurait pas abandonné. Alors, il s'était relevé et avait fait six kilomètres à pied jusqu'à l'ambulance de son bataillon. Il avait gardé son fusil et ne s'était laissé soigner qu'après avoir présenté son rapport. Le commandant de son bataillon l'avait aidé, lui avait donné un peu d'argent pour créer son petit commerce, s'était arrangé avec l'administration pour qu'on le traite avec considération. Le colonel lui avait donné de l'argent, mais son père lui avait donné du courage. Si seulement il acceptait qu'on l'aide...

– Mon fils, j'ai besoin d'un conseil.

Ça, c'était nouveau.

– Certainement, père.

– Viens, j'ai quelque chose à te montrer.

Il le conduisit dans le jardin, près des carottes. Du pied, il enleva un peu de terre qui...

– Arrête! cria son fils.

Il attrapa son père par le bras et le tira en arrière.

– Mon Dieu, mais ça fait combien de temps que c'est ici?

– Depuis le jour où tu as été blessé, répondit son père.

Le fils mit sa main droite sur son bandeau, revivant en un instant ce jour horrible. L'éclair aveuglant, les éclats qui volaient, ses camarades morts, brûlés vifs, qui hurlaient. C'étaient les Israéliens qui avaient fait ça, un de leurs canons avait tué sa mère, et maintenant, ce...

Mais qu'était-ce exactement? Il ordonna à son père de rester en arrière et retourna voir. Il avança avec prudence, comme s'il traversait un champ de mines. Il avait servi dans le génie; son unité combattait avec l'infanterie, mais sa mission consistait en principe à poser des mines. L'objet était gros, ça ressemblait à une bombe de mille kilos. Elle était sans doute israélienne, à voir la couleur de la peinture. Il se tourna pour regarder son père.

– Et elle est restée là depuis?

– Oui. Elle a fait un trou, je l'ai rebouché. Le gel a dû la faire remonter. Tu crois que c'est dangereux? Elle est hors d'usage, non?

– Père, ces choses-là ne sont jamais vraiment hors d'usage. C'est très dangereux. Grosse comme elle est, si elle explose, elle fera sauter la maison, et toi avec!

Le paysan eut un geste sceptique.

– Si elle avait voulu exploser, elle l'aurait fait en tombant.

– Non, c'est faux. Écoute-moi bien. Tu ne dois plus t'approcher de ce satané engin!

– Et mon jardin? demanda simplement son père.

– Je vais me débrouiller pour la faire enlever, et tu pourras retourner dans ton jardin.

Le fils se mit à réfléchir. Il y avait un problème. Et même un gros problème. L'armée syrienne n'avait pas de démineurs entraînés. Leur méthode consistait à tout faire sauter sur place, ce qui était efficace, mais son père ne survivrait pas à la perte de sa maison. Sa femme n'accepterait pas de gaieté de cœur de l'accueillir chez eux, et il ne pouvait pas aider son père à en reconstruire une autre, avec une seule main. Il fallait enlever cette bombe, mais à qui faire appel?

– Promets-moi que tu n'iras plus au jardin, déclara fermement le fils.

– Comme tu veux, répondit le paysan.

Il n'avait pas la moindre intention d'obéir à son fils.

– Tu crois que tu pourras l'enlever quand?

– Je ne sais pas, il me faut quelques jours pour voir ce qu'on peut faire.

Le paysan hocha la tête. Après tout, il ferait peut-être ce que disait son fils, enfin, il essaierait de ne pas s'approcher trop près de la bombe inerte. Elle était inerte, quoi qu'il en dise. Le paysan en connaissait un bout en matière de fatalité. Si cette bombe avait voulu le tuer, ce serait déjà fait depuis longtemps. Les malheurs ne l'avaient jamais épargné.

* * *

Les journalistes finirent par trouver quelque chose à se mettre sous la dent le lendemain. Dimitrios Stavarkos, patriarche de Constantinople, arriva en voiture – il refusait de prendre l'hélicoptère – en plein milieu de la journée.

– Une bonne sœur barbue? demanda un cameraman au-dessus de son micro pendant qu'il mettait au point sur le patriarche.

Les Gardes suisses rendaient les honneurs, et Mgr O'Toole conduisit le nouveau venu à l'intérieur où il disparut.

– C'est un Grec, fit soudain un présentateur. Un Grec orthodoxe, sans doute un évêque ou quelqu'un du même genre. Qu'est-ce qu'il fabrique ici? continua-t-il.

– Qu'est-ce qu'on sait sur l'Église grecque orthodoxe? demanda son producteur.

– Ils ne travaillent pas pour le pape, ceux-là. Leurs prêtres ont le droit de se marier. Les Israéliens en ont mis un en prison parce qu'il fournissait des armes aux Arabes, je crois, ajouta un autre sur la liaison.

– Donc, les Grecs sont avec les Arabes, mais pas avec le pape? Et pour les Israéliens?

– J'sais pas, admit le producteur. Ce serait une bonne idée de se renseigner.

– Alors maintenant, il y a quatre religions dans le coup...

– Le Vatican est-il vraiment dans le coup, ou se contente-t-il d'inviter les autres en terrain neutre? demanda le présentateur.

Comme la plupart de ses confrères, il était un peu perdu sans téléprompteur.

– C'était quand, la dernière fois? Si on veut un endroit vraiment neutre, on va à Genève, remarqua le cameraman.

Il aimait bien Genève.

– Alors qu'est-ce que ça donne? interrogea une des enquêtrices qui entrait dans le chalet.

Le producteur la mit au courant.

– Où sont encore ces foutus consultants? grommela le présentateur.

– Tu peux nous repasser la bande? fit l'enquêtrice.

On la repassa, et elle s'arrêta sur une image.

– C'est Dimitrios Stavarkos, le patriarche de Constantinople, Istanbul si tu préfères, Ricks. C'est le chef des Églises orthodoxes, une sorte de pape. Les Églises grecque, russe, bulgare ont leur propres patriarches, mais ils obéissent tous à celui-là. C'est un truc dans ce goût-là.

– Leurs prêtres peuvent se marier, non?

– Leurs prêtres... oui, mais je crois que si on est évêque ou mieux, il faut être célibataire.

– Plutôt décourageant, observa Ricks.

– Stavarkos était à la tête du combat contre les catholiques pour l'Église de la Nativité, l'an dernier. Il a vraiment emmerdé quelques évêques catholiques. Alors, qu'est-ce qu'il fout ici?

– C'est toi qui es censée nous le dire, Angela, observa sèchement le présentateur.

– Calme-toi, Ricks, tu veux?

Angela Miriles était fatiguée de travailler pour cette prima donna. Elle but tranquillement son café, et finit par annoncer:

– Je crois que j'ai trouvé.

– Tu es sérieuse?

* * *

– Bienvenue!

Le cardinal d'Antonio embrassa Stavarkos sur les deux joues. Cette barbe était horriblement désagréable, mais il n'y avait pas moyen de faire autrement. Le cardinal conduisit le patriarche jusqu'à la salle de conférences. Il y avait seize personnes autour de la table, et un siège vide. Le patriarche s'assit.

– Merci de vous être joint à nous, déclara le secrétaire Talbot.

– On ne refuse pas une invitation comme celle-là, répondit le patriarche.

– Avez-vous lu les documents préparatoires?

Un messager les lui avait portés.

– C'est un projet très ambitieux, dit prudemment Stavarkos.

– Êtes-vous en mesure d'accepter ce qui vous concerne dans ce projet d'accord?

Le patriarche se disait que les choses allaient beaucoup trop vite. Mais...

– Oui, répondit-il simplement. Je demande à avoir sous mon autorité tous les monastères installés en Terre sainte. Si cette condition est acceptée, je serai heureux de me joindre à cet accord.

D'Antonio réussit à rester impassible. Il se forçait à respirer lentement et fit une brève prière pour implorer l'intervention divine.

– Il est un peu tard aujourd'hui pour formuler une telle demande.

Toutes les têtes se tournèrent. L'homme qui parlait s'appelait Dimitri Popov, vice-ministre soviétique des Affaires étrangères.

– Il me semble d'autre part assez inopportun de réclamer un avantage particulier, alors que toutes les parties ont consenti d'importantes concessions. Accepteriez-vous d'adhérer à notre accord sur les seules bases proposées?

Stavarkos n'était visiblement pas habitué à être traité de cette façon.

– La question des monastères chrétiens n'a pas grand-chose à voir avec le fond de l'accord, Votre Éminence, reprit le secrétaire Talbot. Nous sommes profondément déçus par la nouvelle condition que vous exprimez.

– J'ai peut-être mal compris les documents, concéda Stavarkos, pour couvrir ses arrières. Voulez-vous me préciser le statut que vous prévoyez exactement pour moi?

* * *

– Y a pas moyen, renifla le présentateur.

– Pourquoi pas? lui répondit Angela Miriles.

– C'est trop.

– C'est beaucoup, convint Miriles, mais vois-tu une autre solution?

– Je le croirai quand je le verrai.

– Tu ne verras peut-être rien du tout. Stavarkos n'aime pas beaucoup l'Église catholique romaine. Ils se sont sacrément battus à Noël l'an dernier.

– Comment se fait-il que nous n'en ayons pas parlé?

– On était bien trop occupés avec la baisse des ventes dans les magasins. «Enculé», ajouta-t-elle in petto.

* * *

– Une commission spécialisée, c'est ça?

Stavarkos n'aimait pas beaucoup cette idée.

– Le métropolite souhaite envoyer son propre délégué, dit Popov.

Dimitri Popov persistait à croire davantage en Marx qu'en Dieu, mais l'Église orthodoxe russe était russe, et les Russes ne voulaient pas jouer les seconds rôles dans cet accord, même si ce point pouvait paraître mineur.

– Je dois dire que je trouve cela assez curieux. Sommes-nous en train d'essayer de décider laquelle des Églises chrétiennes doit avoir la primauté? Notre but est de désamorcer une situation explosive entre les juifs et les musulmans, et ce sont les chrétiens qui viennent se mettre en travers?

Popov haussa les yeux au ciel – d'Antonio se dit qu'il en rajoutait un peu dans le genre théâtral.

– Je crois qu'il vaudrait mieux laisser une commission d'hommes d'Église régler ce point mineur, finit par lâcher le cardinal. Je vous donne ma parole que ces querelles de bas étage seront rapidement réglées!

«J'ai déjà entendu ça», se dit Stavarkos. Et pourtant... Et pourtant, comment pouvait-il être aussi mesquin? Les Écritures lui revinrent en mémoire, ne disait-il pas les prendre au mot? «Je suis en train de me rendre ridicule, devant les catholiques et les Russes, en plus!» Il y avait un autre point à ne pas négliger: les Turcs toléraient tout juste sa présence à Istanbul – Constantinople! – et cette affaire pouvait lui permettre d'acquérir un immense prestige, tant pour lui-même que pour ses Églises.

– Pardonnez-moi, je vous prie. Des malentendus regrettables ont troublé mon jugement. Oui, j'approuve votre accord, et je convaincrai mes frères de respecter leur parole.

Brent Talbot se détendit dans son fauteuil et murmura une prière d'action de grâces. Ce n'était pas dans ses habitudes mais, dans ce cadre, comment faire autrement?

– Si c'est ainsi, je crois que nous sommes parvenus à un accord.

Des yeux, Talbot fit le tour de la table, et tous les participants acquiescèrent l'un après l'autre, les uns avec enthousiasme, les autres avec résignation. Mais tous acquiescèrent. Ils étaient arrivés à un accord!

– Monsieur Adler, quand les documents seront-ils prêts? demanda d'Antonio.

– Dans deux heures, Votre Éminence.

– Votre Altesse, dit Talbot en se levant, Vos Éminences, messieurs les ministres, nous avons abouti...

Et, de façon étrange, ils avaient du mal à le réaliser. Le processus avait été long, et, comme c'est souvent le cas dans ce genre de négociation, ils avaient perdu de vue, pendant les discussions, l'objectif à atteindre. Tout à coup, ils se trouvaient là où ils avaient voulu arriver, comme dans un univers irréel qui n'avait plus grand-chose à voir avec leur expérience de la diplomatie. Tout le monde se leva après Talbot, et le vertige les saisit, peut-être le fait de bouger, les jambes qui se dégourdissaient. L'un après l'autre, ils comprirent ce qu'ils venaient d'accomplir, et, plus important encore, ils comprirent que c'est eux qui l'avaient réalisé. L'impossible venait d'arriver.

David Askhenazi fit le tour de la table pour aller voir le prince Ali, qui menait les négociations pour son pays, et lui tendit la main. Mais ce n'était pas suffisant : le prince donna au ministre une chaleureuse accolade.

— Devant la face de Dieu, ce sera désormais la paix entre nous.

— Après toutes ces années, Ali ! répondit l'ancien lieutenant de blindés de l'armée israélienne.

Askhenazi avait combattu comme lieutenant à Suez en 1956, puis comme capitaine en 1967, et son bataillon de réservistes était allé renforcer le Golan en 1973. Tout le monde fut surpris par les applaudissements qui saluèrent leur geste. L'Israélien fondit en larmes, à sa grande confusion.

— N'ayez pas honte, tout le monde connaît votre courage, monsieur le ministre, dit aimablement Ali. Il est bien normal que ce soit un soldat qui fasse la paix, David.

— Tous ces morts, tous ces jeunes hommes exceptionnels – des deux côtés, Ali. Tous ces garçons...

— Mais il n'y en aura plus.

— Dimitri, vous avez joué un rôle irremplaçable, dit Talbot à son homologue russe, placé à l'autre bout de la table.

— C'est vrai, regardez ce que nous sommes capables de faire lorsque nous coopérons, n'est-ce pas ?

Ce qui venait d'arriver à Askhenazi tomba aussi sur Talbot.

— Deux générations massacrées, Dimitri, tout ce temps gâché.

— Le temps perdu ne se rattrape pas, répondit Popov. Essayons d'être assez sages pour ne pas en perdre davantage. – Le Russe sourit malicieusement. – Dans un moment comme celui-là, il faudrait de la vodka.

Talbot montra le prince Ali du menton :

— Tout le monde ne boit pas, ici.

— Comment font-ils pour se passer de vodka ? pouffa Popov.

— Encore un mystère de l'existence, Dimitri. Allez, je crois que nous avons tous les deux des comptes rendus à rédiger.

— C'est vrai, cher ami.

* * *

À la fureur des correspondants présents à Rome, c'est une journaliste du

Washington Post qui fut la première au courant. Elle avait pour source une femme sergent de l'armée de l'Air qui faisait de la maintenance électronique sur le VC-25A, la nouvelle version du Boeing 747 spécialement aménagé pour le président. Le sergent avait été soudoyé par la journaliste. Tout le monde savait que le président allait se rendre à Rome, le seul problème consistait à savoir quand. Dès que l'électronicienne sut que l'avion allait partir, elle téléphona chez elle pour s'assurer que sa tenue numéro un était nettoyée, et ce ne fut pas de sa faute si elle se trompa de numéro. C'est ainsi que la journaliste trouva le message sur son répondeur. C'est en tout cas l'histoire que le sergent avait l'intention de raconter si elle se faisait pincer, mais elle n'en eut pas besoin.

Une heure plus tard, lors de la réunion de presse du matin entre l'attaché du président et les journalistes accrédités à la Maison Blanche, la journaliste du *Post* prit la parole pour déclarer que, selon une source officieuse, Fowler partait à Rome; cela signifiait-il que les négociations avaient réussi ou échoué? L'attaché de presse fut pris de court. Il venait d'apprendre dix minutes avant qu'il partait et avait promis comme d'habitude de ne rien dire, ce qui était superfétatoire. Il n'eut pas à se forcer trop pour paraître surpris par la question, et de fait, cela surprit aussi effectivement celui qui était chargé d'organiser la fuite, mais seulement après le déjeuner. Son « *no comment* » laissa les journalistes sceptiques, et ils flairèrent quelque chose. Ils avaient une copie de l'emploi du temps du président, ils savaient donc à qui s'adresser pour vérifier.

Les assistants du président étaient précisément en train d'annuler par téléphone rendez-vous et réunions. Le président ne peut pas se permettre de laisser tomber sans les prévenir certains personnages importants, lesquels savent garder un secret, mais pas leurs collaborateurs ou leurs secrétaires. C'est un exemple classique du genre de chose qui permet à la presse de fonctionner. Ceux qui savent ont toujours de la peine à garder les choses pour eux, surtout s'il s'agit de secrets. En moins d'une heure, confirmation avait pu être obtenue de quatre sources différentes: le président Fowler avait fait annuler plusieurs rendez-vous importants. Il partait quelque part, et pas à Peoria. Les chaînes commencèrent à diffuser quelques flashes, n'hésitant pas à interrompre des jeux ou des publicités.

*   *   *

Il était tard dans l'après-midi à Rome, le temps était lourd et humide, quand la presse fut prévenue que trois cameramen – pas des journalistes – allaient être autorisés à pénétrer dans le bâtiment qu'ils scrutaient en vain depuis des semaines. Dans les caravanes stationnées près des chalets, les présentateurs étaient entre les mains des maquilleuses et s'agitaient nerveusement dans leurs fauteuils, le casque sur les oreilles, en attendant le feu vert de leur directeur d'antenne.

L'image qui apparut d'abord sur les écrans de contrôle et sur des millions de téléviseurs dans le monde entier fut celle de la salle de conférences. Autour de la grande table, tous les sièges étaient occupés. Le pape présidait, un grand portefeuille posé devant lui, un portefeuille de *veau* rouge. Les reporters ne savaient pas qu'il y avait eu un moment de panique quand quelqu'un avait réalisé soudain qu'on ne savait pas de quel cuir il s'agissait. Il avait fallu vérifier auprès du fournisseur.

Il avait été convenu qu'il n'y aurait pas de déclaration. Chacun ferait un bref commentaire une fois rentré chez lui, et les discours ronflants seraient réservés à la cérémonie finale de signature. Un porte-parole du Vatican fournit un communiqué écrit aux correspondants de télévision. Ce communiqué disait en substance qu'un projet de traité de paix au Proche-Orient avait été négocié, et que ce projet allait être signé par les représentants de tous les pays concernés. Le traité définitif serait paraphé par les chefs d'État et/ou les ministres des Affaires étrangères, mais pas avant plusieurs jours. Ni le texte du traité, ni ses clauses principales n'étaient encore disponibles. Cela ne gênait pas trop les journalistes, qui savaient bien que les ministres seraient plus bavards une fois rentrés chez eux.

Le portefeuille rouge passa de main en main, dans un ordre qui avait été tiré au sort. Le ministre israélien signa le premier, suivi du Soviétique, du Suisse, de l'Américain, du Saoudien et enfin du représentant du Vatican. Ils signaient avec un stylo à plume, et le prêtre qui faisait circuler le document appliquait soigneusement un gros buvard sur chaque paraphe. Le tout se passa très rapidement, sans cérémonie. Tout le monde se serra la main, puis on applaudit. Et voilà tout.

– Mon Dieu, fit Jack quand la retransmission fut terminée.

Il avait sous les yeux le fax qui résumait les principales clauses du traité, et ce texte n'était pas très différent de sa première idée. Les Saoudiens, les Israéliens, les Soviétiques, les Suisses, et le Département d'État, bien sûr, tout le monde avait mis son grain de sel, mais son idée originelle était bien là – sauf qu'il l'avait lui-même empruntée à une multitude d'autres gens. Il n'y a pas beaucoup d'idées qui soient réellement originales. Il s'était contenté de les mettre en ordre, au bon moment. C'était tout. Il ne s'était jamais senti aussi fier.

* * *

À la Maison Blanche, le meilleur nègre du président Fowler était déjà au travail et préparait un projet de discours. Le président américain aurait la préséance dans la cérémonie, car cette idée était la sienne, après tout. C'était son intervention aux Nations-Unies qui les avait tous rassemblés à Rome. Le pape devait également prendre la parole – «Bon sang, tout le monde veut parler», se dit la rédactrice, et c'était un problème pour elle, dans la mesure où tout discours se doit d'être original. Elle se dit qu'elle devrait sans doute continuer à travailler à bord du 25A qui l'emmènerait de l'autre côté de l'Atlantique, et à pianoter péniblement sur son portatif. Mais c'est pour ça qu'on la payait, et il y avait une imprimante laser à bord d'Air Force One.

Un étage au-dessus, dans le Bureau ovale, le président consultait son emploi du temps qui avait été révisé à la hâte. La délégation de scouts allait être déçue, de même que la nouvelle Reine du fromage du Wisconsin, sans compter une multitude d'hommes d'affaires dont la renommée grandissait d'un seul coup dès qu'ils franchissaient la porte du bureau présidentiel. La secrétaire chargée des rendez-vous était sans arrêt au téléphone. Elle essayait de caser quelques visiteurs particulièrement importants dans les rares minutes encore disponibles au cours des prochaines trente-six heures. Le président allait en sortir éreinté, mais cela aussi faisait partie de son métier.

– Eh bien ? fit Fowler en apercevant Elizabeth Elliot qui souriait à la porte du secrétariat.

– Bon, c'est ce que tu voulais, non ? Ton mandat restera dans les mémoires comme celui pendant lequel a été résolue la crise du Proche-Orient. Enfin, si... – Liz eut un moment de rare lucidité – si tout marche bien, ce qui n'est pas encore évident.

– Nous avons rendu un signalé service au monde entier, Elizabeth.

Par «nous», il entendait évidemment «je», Elizabeth le savait bien, mais c'était justice. C'était Bob Fowler qui avait supporté des mois de campagne alors qu'il était encore gouverneur à Columbus, les discours qui n'en finissent pas, les baisers aux bébés et aux laiderons, les meutes de journalistes et leur éternelle insolence. Quelle course de fond avant de pénétrer dans cette petite pièce, siège du pouvoir exécutif! En quelque sorte, s'il était arrivé sain et sauf jusque-là, c'était à l'issue d'un parcours éreintant qui aurait dû lui attirer la compassion. Le prix de cet exploit, c'était que l'homme qui occupait cette place serait crédité de tous les succès de son équipe. Les gens étaient persuadés que le président était celui qui décidait de tout. Il était responsable de ce qui allait bien et de ce qui allait mal. Cette réaction était surtout vraie lorsqu'il s'agissait de politique intérieure, les chiffres du chômage, les taux d'intérêt, l'inflation, les sacro-saints indices. Assez rarement, il arrivait quelque chose de réellement important, quelque chose qui changeait la face du monde. Il fallait admettre que, devant l'histoire, Reagan avait été celui qui avait réussi à obliger les Russes à abandonner le marxisme, et que Bush en avait récolté les fruits. Nixon avait ouvert les portes de la Chine, Carter avait presque réussi ce que Fowler était en train de réaliser. Les électeurs américains avaient beau choisir leurs leaders politiques sur des critères de midinette, c'étaient les grands changements politiques qui valaient aux dirigeants un paragraphe dans les livres d'histoire et une abondance de travaux universitaires. Voilà ce qui comptait vraiment. Les historiens gardent la mémoire de ceux qui agissent sur les événements politiques – ils se souviennent de Bismarck, pas d'Edison –, ils étudient l'évolution de la société comme si elle dépendait de facteurs politiques, et non l'inverse. «Pourtant, se disait Elliot, la réciproque est sans doute tout aussi vraie.» Mais la science historique possède ses propres règles, ses conventions, qui ont peu à voir avec la réalité des choses. La réalité est trop compliquée à appréhender, même pour des travaux universitaires qui durent des années. Les politiciens doivent se plier à ces règles, et tenir compte de ce que les historiens ne se souviendront d'eux que s'il se produit quelque chose de mémorable durant leur mandat.

– Un service que nous rendons au monde? répondit Elliot après avoir observé un long silence. J'aime bien cette expression. On se souvient de Wilson comme de l'homme qui nous a tenus à l'écart de la guerre. On se souviendra de toi comme de celui qui a mis fin à la guerre.

Fowler et Elliot savaient très bien que, quelques mois à peine après avoir été réélu sur son programme de paix, ledit Wilson avait entraîné l'Amérique dans sa première vraie guerre extérieure, celle qui devait mettre fin à toutes les guerres, comme disaient les optimistes de l'époque, bien avant l'Holocauste et le cauchemar nucléaire. Mais cette fois, pensaient-ils tous deux, était la bonne, et la vision prophétique de Wilson était en train de se réaliser sous l'impulsion de personnages politiques qui avaient enfin réussi à façonner le monde selon ses conceptions.

* * *

L'homme était un Druze, un incroyant, mais on le respectait malgré tout. Il portait les cicatrices de ses combats contre les sionistes. Il avait pris sa part dans la bataille, et on l'avait décoré en reconnaissance de son courage. Il avait perdu sa mère sous les coups de leurs armes inhumaines, et il aidait le mouvement chaque fois qu'on le lui demandait. Qati ne perdait jamais de vue les choses fondamentales. Quand il était jeune, il avait lu le Petit Livre rouge du président Mao. Bien sûr, ce Mao était un infidèle de la pire espèce – il refusait même l'idée de Dieu et persécutait les croyants –, mais là n'était pas la question. Le révolutionnaire devait se comporter comme un poisson dans une mer de paysans, et le succès final passait par le soin que l'on mettait à entretenir les bonnes résolutions de ces paysans, ou, dans son cas, de ce boutiquier. Le Druze les aidait financièrement dans la mesure de ses moyens, il avait hébergé chez lui un des leurs qui était blessé. Ce sont des choses que l'on n'oublie pas. Qati se leva de son bureau pour saluer l'homme et lui donna une vigoureuse poignée de main avant de l'embrasser chaleureusement.

– Bienvenue, cher ami.

– Merci de me recevoir, commandant.

Le boutiquier paraissait bien nerveux, et Qati se demandait ce qui avait pu lui arriver.

— Je t'en prie, assieds-toi. Abdullah, tu veux nous apporter du café?

— C'est trop aimable.

— Mais non, tu es un camarade pour nous. Ça fait combien de temps qu'on se connaît, déjà?

Le commerçant haussa les épaules en souriant intérieurement. Qati et ses hommes lui faisaient peur, et il n'avait jamais essayé de les doubler. Il avait aussi tenu les autorités syriennes informées de ce qu'il faisait pour eux, parce qu'il n'aimait pas trop ces gens-là non plus. Dans cette région du monde, la survie était presque un art, et réclamait une bonne dose de chance.

— Je suis venu te demander conseil, dit-il, après avoir goûté le café.

— Avec plaisir. – Qati se pencha vers lui. – Je serais très honoré de pouvoir t'aider. Quel est ton problème, l'ami?

— C'est à propos de mon père.

— Il a quel âge maintenant? interrogea Qati.

De temps en temps, le paysan faisait un cadeau à ses hommes, le plus souvent un agneau. Ce n'était qu'un paysan, un infidèle, mais il avait les mêmes ennemis que Qati et les siens.

— Soixante-six ans. Tu connais son jardin?

— Oui, j'y suis allé il y a quelques années, peu de temps après que ta mère a été tuée par les sionistes.

— Eh bien, il y a une bombe israélienne dans son jardin.

— Une bombe? Tu veux dire un obus?

— Non, commandant, une bombe. Ce qui dépasse fait un demi-mètre de diamètre.

— Je vois... et si les Syriens apprennent ça?

— Comme tu sais, ils les font exploser sur place, et la maison de mon père sera détruite. – Le visiteur leva son bras amputé. – Je ne pourrai pas l'aider à la reconstruire, et mon père est trop vieux pour le faire lui-même. Je suis venu te demander comment on pourrait faire pour enlever ce foutu truc.

— Tu as eu raison. Sais-tu depuis combien de temps elle est là?

— Mon père prétend que c'est depuis le jour où ça m'est arrivé – et il leva encore une fois son bras coupé.

— On peut dire qu'Allah a souri à ta famille ce jour-là.

« Quel sourire! » songea le commerçant, en hochant la tête.

— Tu as toujours été un ami fidèle. Bien sûr, je vais t'aider. J'ai quelqu'un de très compétent pour désamorcer et enlever les bombes israéliennes. Il démonte ce qui peut nous servir et on fait de nouvelles bombes avec.

Qati se tut et leva un doigt menaçant.

— Ne répète jamais ça à personne.

Le visiteur se trémoussa sur son siège.

— Pour ce qui me concerne, commandant, tu peux en tuer autant que tu veux, et si tu peux te servir de la bombe que ces porcs ont larguée dans le jardin de mon père, je prierai pour que tu réussisses.

– Excuse-moi, mon ami. Je ne voulais pas t'insulter. Mais je suis obligé de te prévenir, tu comprends.

Qati s'était fort bien fait comprendre.

– Je ne vous trahirai jamais, dit avec force le commerçant.

– Je sais.

Maintenant, il fallait songer à entretenir la bonne volonté de la mer paysanne.

– Demain, j'enverrai mon homme chez ton père. Inch'Allah, conclut-il. À la grâce de Dieu.

– Je te revaudrai ça, commandant.

Et il ajouta en lui-même: «Quelque part entre maintenant et la nouvelle année.»

8
LA BOÎTE DE PANDORE

Le Boeing 747 spécial décolla d'Andrews juste avant le coucher du soleil. Le président Fowler avait eu une trente-six heures difficiles : des réunions, des rendez-vous obligatoires. Ç'aurait même pu être pire ; les présidents sont eux aussi soumis à des vicissitudes, et, dans le cas présent, les huit heures de vol jusqu'à Rome s'ajoutaient à six heures de décalage horaire. Ces changements d'heure étaient éreintants, Fowler était un voyageur suffisamment aguerri pour le savoir. Pour essayer d'en diminuer les effets, il avait modifié son rythme de sommeil depuis deux jours et il était assez fatigué maintenant pour espérer dormir pendant la plus grande partie du vol. Le VC-25A était somptueusement aménagé, Boeing et l'armée de l'Air avaient fait en sorte que les déplacements soient aussi agréables que possible. Les appartements présidentiels étaient installés à l'extrême avant du 25A. Le lit – un canapé convertible, plus exactement – était d'une taille décente, et le matelas avait été choisi en fonction des goûts du président. On avait réussi à ménager une séparation convenable entre la presse, logée à l'arrière, et les assistants, près de soixante-dix mètres en fait. Pendant que le chargé de presse s'occupait des journalistes, Mme le conseiller pour les affaires de Sécurité nationale alla discrètement rejoindre Fowler. Pete Connor et Helen d'Agustino échangèrent un regard à peine perceptible, mais qui en disait long sur la connivence qui règne entre les membres des services secrets. L'homme de la police de l'Air qui était de garde à la porte se contenta de regarder ailleurs, en essayant de ne pas sourire.

* * *

– Alors, Ibrahim, que penses-tu du nouveau venu ? demanda Qati.
– Il est baraqué, il n'a peur de rien, et l'esprit vif, mais je me demande ce que nous pourrions bien en faire, répondit Ibrahim Ghosn.

Et il raconta l'histoire du policier grec.

— Il lui a brisé les vertèbres?

Au moins, ce type n'était pas une lavette... enfin, en supposant que le policier soit vraiment mort et que tout ça ne soit pas un coup monté par les Américains, les Grecs, les Israéliens ou Dieu sait qui.

— Comme une brindille.

— Ses contacts en Amérique?

— Il n'en a pas beaucoup. Il est pourchassé par la police de son pays. Il dit que son frère est tombé dans une embuscade et qu'ils l'ont abattu.

— En tout cas, il sait choisir ses adversaires. Il a fait des études?

— Pas beaucoup, mais il est intelligent.

— Des compétences particulières?

— Pas beaucoup qu'on puisse utiliser.

— Mais il a le mérite d'être américain, insista Qati. On en a combien chez nous?

Ghosn hocha la tête.

— C'est vrai, commandant.

— Tu crois que ça pourrait être un agent double?

— Ça me semble peu probable, mais il faut faire attention.

— En tout cas, j'ai besoin de toi.

Et Qati lui parla de la bombe.

— Encore une?

Ghosn était expert en explosifs, mais ce genre de boulot ne l'amusait pas énormément.

— Je connais la ferme, et ce vieux fou. Je sais, je sais, son fils s'est battu contre les Israéliens, et tu aimes bien les infirmes...

— Cet infirme a sauvé la vie d'un de nos camarades, Fazi se serait vidé de son sang s'il n'avait pas trouvé refuge dans sa boutique. Il n'était pas obligé de lui ouvrir sa porte, c'était à une époque où les Syriens nous regardaient d'un sale œil.

— Très bien, je n'ai rien de particulier aujourd'hui. Je prends un camion et quelques hommes.

— Tu m'as dit que le nouveau était costaud, emmène-le donc avec toi.

— Comme tu veux, commandant.

— Et fais gaffe!

— Inch'Allah.

Ghosn était presque diplômé de l'université américaine de Beyrouth — presque parce que l'un de ses professeurs avait été enlevé et que les deux autres avaient prudemment quitté le pays. Il manquait à Ghosn les neuf heures de sa dernière UV pour obtenir son diplôme d'ingénieur. Il n'en avait pas réellement besoin: il avait toujours été en tête de sa promotion, et il apprenait seul suffisamment de choses dans les livres pour négliger les explications d'un professeur. Il passait beaucoup de temps au labo pour faire des expériences de son cru. Ghosn n'avait jamais été un combattant de première ligne dans le mouvement ; il savait se servir d'une arme individuelle, mais ses compétences en matière d'explosifs et en électronique étaient trop précieuses pour qu'on risque de le perdre. En outre, il faisait très jeune, il était beau garçon, il avait le teint très pâle, si bien qu'on n'hésitait pas à le faire voyager. Il jouait souvent le rôle d'éclaireur, on l'envoyait reconnaître les emplacements d'opérations futures. Avec ses yeux d'ingénieur et sa mémoire photographique, il était imbattable pour faire des croquis, déterminer les équipements nécessaires et fournir un soutien technique à ceux qui menaient l'opération proprement dite. Et un observateur non averti aurait eu du mal à s'expliquer le respect qu'ils lui portaient. Personne ne mettait en doute son courage, qu'il avait prouvé à maintes reprises en désamorçant des bombes ou des obus laissés par les Israéliens au Liban, puis en les trafiquant pour en faire des bombes à sa façon. Des douzaines d'organisations terroristes auraient été heureuses de s'attacher les services de quelqu'un comme Ibrahim Ghosn. Ingénieur particulièrement doué, à moitié autodidacte, il était en outre palestinien. Sa famille avait fui Israël au moment de la naissance du pays, certaine de revenir très vite dès que les armées arabes auraient rayé de la carte les envahisseurs. Mais ce jour béni n'était jamais venu, et ses souvenirs d'enfance étaient pleins de camps bondés, où les gens vivaient dans des conditions abominables et où la haine d'Israël était devenue aussi importante que l'Islam. Et il ne pouvait en être autrement. Rejetés par les Israéliens parce qu'ils avaient volontairement abandonné leur pays, ignorés par les autres pays arabes qui auraient pu améliorer leurs conditions de vie mais n'en avaient rien fait, Ghosn et les siens n'étaient que des pions sur un échiquier et les joueurs ne s'étaient jamais mis d'accord sur les règles du jeu. Ils avaient sucé la haine d'Israël avec le lait de leur mère, et ils n'avaient pas d'autre but dans la vie que d'exterminer ceux qui avaient valu pareil sort à leur peuple. Ghosn ne s'était jamais posé la question de savoir pourquoi.

Il prit les clés d'un camion GAZ-66, un camion tchèque. Ça ne valait pas un Mercedes, mais c'était plus facile à obtenir. Dans ce cas précis, ils se l'étaient procuré via les Syriens, des années plus tôt. Une poutre en V renversé était installée sur la plate-forme. Ghosn prit place dans la cabine avec le chauffeur et l'Américain, deux hommes montèrent derrière, et le camion sortit du camp.

Marvin Russell observait le paysage avec le même intérêt qu'un chasseur qui découvre un nouveau territoire. Il faisait une chaleur étouffante, mais ce n'était pas pire que les Badlands quand souffle le chinook, et la végétation – l'absence de végétation, plutôt – lui rappelait la réserve de sa jeunesse. Ce qui n'aurait pu sembler qu'un désert n'était guère qu'un endroit poussiéreux pour un Américain élevé dans un pays très comparable. Cependant, les gens du pays ne savaient pas ce qu'était une tornade – et des tornades, il y en avait chez lui, dans les vastes plaines américaines. Les collines étaient plus élevées que les doux moutonnements des Badlands. Russell n'avait encore jamais vu de montagnes, mais ici, il était servi. Elles étaient hautes et desséchées, avec une chaleur propre à impressionner un grimpeur, enfin, la plupart des grimpeurs, se dit Marvin Russell. Mais lui aurait pu y arriver. Il se sentait en pleine forme, bien plus que tous ces Arabes.

Ces hommes semblaient porter une véritable dévotion aux armes. Ils avaient plein de fusils, surtout des AK-47 russes, mais il commença bientôt à voir des canons anti-aériens, une batterie de missiles sol-air, des chars, des canons autopropulsés de l'armée syrienne. Ghosn remarqua que toutes ces choses intéressaient visiblement son hôte, et lui fournit quelques explications.

— Tout ça, c'est pour maintenir les Israéliens à distance, fit-il, essayant de mettre ses explications en concordance avec ses convictions. Ton pays arme Israël, et les Russes nous arment.

Il se garda bien d'ajouter que ce dernier point était de moins en moins vérifié.

— Mais, Ibrahim, vous avez déjà été attaqués ?

— Souvent, Marvin, ils envoient des avions, des commandos, ils ont tué des milliers des miens. Ils nous ont chassés de notre terre, tu comprends, et nous sommes obligés de vivre dans des camps qui...

— Ouais, je comprends. Chez moi, ça s'appelle des réserves, j'en sors.

Pour Ghosn, c'était une découverte.

— Ils sont venus dans mon pays, le pays de nos ancêtres, ils ont tué les bisons, envoyé leur armée, et ils nous ont massacrés. En général, ils atta-quaient les camps où il n'y avait que des femmes et des enfants. On a essayé de se défendre, on a tué tout un régiment qui était sous les ordres du général Custer, à un endroit qui s'appelle Little Big Horn — c'est le nom d'une rivière. Notre chef s'appelait Crazy Horse. Mais ils arrivaient sans cesse, de plus en plus nombreux. Ils étaient trop nombreux, trop de soldats, trop de fusils. Alors, ils ont pris nos meilleures terres, et ils nous ont laissé la merde. Ils nous ont obligés à vivre comme des mendiants, non, comme des bêtes. On n'est pas des hommes pour eux, juste des bêtes, parce qu'on est différents, on parle une langue différente, on n'a pas la même religion. Ils ont fait tout ça parce qu'on vivait dans un pays qu'ils convoitaient. Alors, ils nous ont chassés, balayés comme des ordures.

— Je ne savais pas tout ça, fit Ghosn, un peu interloqué.

Il découvrait que son peuple n'était pas le premier à être traité ainsi par les Américains puis leurs vassaux israéliens.

— Mais tout ça s'est passé quand ?

— Il y a une centaine d'années. En fait, ça a commencé vers 1865. On s'est battus, tu sais, on a fait tout notre possible, mais on n'avait pas une chance. On n'avait pas d'amis, tu comprends ? On n'avait pas d'amis comme vous. Personne ne nous a donné des fusils et des chars. Alors, ils ont tué les meilleurs, ils ont d'abord pris les chefs pour les massacrer — Crazy Horse et

Sitting Bull sont morts comme ça. Ils nous ont encerclés et nous ont réduits à la famine jusqu'à ce qu'on se rende. Ils nous ont laissé les terres arides, de la merde, juste de quoi survivre, mais pas assez pour que nous restions forts. Lorsque quelques-uns ont essayé de reprendre le combat, de se conduire comme des hommes... eh bien, je t'ai déjà raconté ce qui était arrivé à mon frère. Ils l'ont abattu en traître comme une bête. Ils se sont arrangés pour faire venir la télévision, comme ça les gens ont vu ce qui arrivait à un Indien qui voulait péter plus haut que son cul.

« Ce type-là est vraiment un camarade », se dit Ghosn. Ce n'était pas un agent double, et son histoire ressemblait étrangement à celle de n'importe quel Palestinien. Étonnant, non ?

– Alors, pourquoi es-tu venu jusqu'ici, Marvin ?

– Il fallait que je me tire avant qu'ils m'attrapent. J'en suis pas fier, mais je pouvais pas faire autrement, sinon ils se seraient démerdés pour me prendre au piège. – Russell haussa les épaules. – Je me disais qu'il fallait que j'aille quelque part, avec des gens comme moi, pour, je sais pas, apprendre d'autres choses, pour pouvoir revenir un jour, pour apprendre à mon peuple comment se battre. – Il secoua la tête. – Bordel, c'est peut-être sans espoir, mais je ne veux pas déclarer forfait, tu comprends ça, hein ?

– Oui, je comprends. C'est comme ça pour mon peuple depuis bien avant ma naissance. Mais sache-le : il y a toujours de l'espoir. Tant que tu restes debout et que tu continues à te battre, il y a toujours de l'espoir. C'est pour ça qu'ils te traquent, ils ont peur de toi !

– J'espère que tu as raison.

Russell laissa son regard errer par la fenêtre ouverte, la poussière lui piquait les yeux. Il était à onze mille kilomètres de chez lui.

– Alors, qu'est-ce qu'on fait ?

– Quand tu te battais contre les Américains, comment vos guerriers trouvaient-ils leurs armes ?

– On ramassait ce qu'ils abandonnaient derrière eux.

– Eh bien, nous, c'est pareil, Marvin.

* * *

Quand Fowler se réveilla, ils avaient traversé à peu près la moitié de l'Atlantique. Bon, c'était sans doute une première, songea-t-il. Il n'avait encore jamais fait la chose en avion. Et il se demandait si un président américain avait jamais fait une chose pareille, en allant voir le pape, en plus, et avec son conseiller pour les affaires de Sécurité nationale. Il jeta un coup d'œil par le hublot : il y avait une lumière éblouissante dans le Grand Nord – l'avion était près du Groenland –, il hésita un moment pour savoir si c'était le matin ou encore la nuit. À bord d'un avion, la question était presque métaphysique, le temps s'écoulait plus vite que sur le cadran d'une montre.

Sa mission aussi était métaphysique. Il fallait s'en rappeler. Fowler connaissait l'histoire sur le bout des doigts. Mais ce qu'il accomplissait n'avait pas de précédent. C'était peut-être le début, peut-être l'aboutissement d'un processus, mais c'était en tout cas très simple : il mettait fin à une guerre. Le nom de J. Robert Fowler serait désormais associé à ce traité, c'était une initiative de son administration. Dans son discours devant les Nations-Unies, il avait invité tous les pays du monde à se rencontrer au Vatican, ses collaborateurs avaient mené les négociations. Son nom figurerait en tête des documents du traité. Ses forces armées garantiraient la paix, il avait déjà son nom inscrit dans l'histoire. Voilà l'immortalité, à laquelle tous les hommes aspirent et que fort peu connaissent. Quoi d'étonnant s'il se sentait aussi excité ? se demanda-t-il froidement.

C'en était fini de la plus grande crainte que puisse éprouver un président. Il s'était posé la question dès le début, alors qu'il n'était encore qu'un modeste procureur occupé à traquer le capo de la Cosa Nostra à Cleveland : « Si tu deviens un jour président, que feras-tu s'il faut appuyer sur le bouton ? » En aurait-il été capable ? Aurait-il été capable de décider que la sécurité de sa patrie exigeait la mort de milliers – non, de millions – d'hommes ? Probablement pas. Il était trop bon bougre pour ça. Son boulot consistait à protéger son peuple, à lui montrer la voie, à le conduire sur le chemin de la prospérité. Les gens ne comprenaient pas toujours la logique de ses décisions mais Fowler savait qu'il avait raison. Il en était certain. Il était sûr de lui et de ses motivations. Quand par hasard, malgré tout, il avait tort, son assurance pouvait même passer pour de l'arrogance – on lui avait déjà reproché. La seule chose dont il n'était pas sûr, c'était s'il aurait pu assumer une guerre nucléaire.

Mais tout ça appartenait au passé, non ? Reagan et Bush avaient éliminé ce genre de risque en mettant les Soviétiques en face de leurs contradictions et en les obligeant à modifier leur stratégie. Et tout cela par des moyens purement pacifiques, car les hommes sont des êtres de raison, pas des bêtes. Il continuerait certes à y avoir des zones de tension, mais tant qu'il ferait convenablement son boulot, il devait pouvoir maîtriser la situation. Et ce voyage allait mettre un terme au dernier problème réellement dangereux qui subsistait dans le monde, un problème que personne jusqu'ici n'avait réussi à résoudre. Nixon et Kissinger avaient échoué, Carter s'était donné beaucoup de mal pour rien, les paris audacieux de Bush et de son prédécesseur n'avaient pas eu de succès, mais lui, Bob Fowler, était sur le point d'aboutir. C'était là une pensée réconfortante. Il allait non seulement réussir à entrer dans l'histoire, il allait aussi rendre beaucoup plus facile la fin de son mandat. Sa réélection était pratiquement acquise, la majorité dans quarante-cinq États, le contrôle du Congrès, et il pourrait se consacrer entièrement aux problèmes sociaux. C'est avec des réussites historiques comme celle-ci qu'on obtenait une aura internationale et que l'on devenait une idole dans son pays. C'était la forme supérieure du pouvoir, acquise de la meilleure façon qui soit, mise au service des meilleurs objectifs possibles. D'un trait de plume – enfin, de plusieurs plumes –, Fowler accédait au statut de grand homme, de très grand homme, d'homme bon parmi les puissants. Aucun individu de sa génération n'avait connu pareil moment, et cela risquait fort de ne pas se reproduire avant au moins un siècle. Personne ne pourrait jamais lui ôter ça.

L'avion volait à quarante-trois mille pieds, à la vitesse de six cent trente-trois nœuds. De là où il était, le président avait une excellente visibilité. Il contemplait le monde dont il gérait si bien les affaires. Le vol était sans problème, Bob Fowler était en train de faire l'histoire. Il posa les yeux sur Elizabeth, allongée sur le dos, la main droite posée sur la tête ; le drap baissé lui laissait admirer le spectacle charmant de sa poitrine. Pendant ce temps, les autres passagers étaient coincés dans leurs sièges et essayaient de dormir. Fowler n'avait pas envie de dormir. Le président ne s'était jamais senti autant homme, un grand homme certes, mais, tout de même, un homme. Sa main glissa doucement sur les seins d'Elizabeth qui ouvrit les yeux et lui sourit, comme si elle avait lu dans ses pensées au milieu de ses rêves.

* * *

« C'est comme chez moi », pensa Russell. La maison était en pierres et pas en béton, le toit n'était pas en pente mais plat, mais c'était la même poussière, le même poignant jardinet. Et l'homme aurait pu aussi bien être sioux, avec ses yeux fatigués, son dos courbé, les mains usées et ridées de ceux qui ont été vaincus.

– Ça doit être ici, fit-il, comme le camion ralentissait.

– Le fils de ce vieil homme s'est battu contre les Israéliens, et il a été grièvement blessé. Ce sont tous les deux des amis à nous.

– Il faut prendre soin de ses amis, approuva Marvin.

Le camion s'arrêta, et Russell sauta de la cabine pour laisser Ghosn sortir.

– Viens, je vais te présenter.

Tout cela parut bien guindé à l'Américain. Il ne comprenait pas un mot, naturellement, mais ce n'était pas nécessaire. Ça faisait plaisir de voir avec quel respect son ami Ghosn s'adressait au vieillard. Après quelques explications, le paysan regarda Russell et inclina la tête, ce qui le mit mal à l'aise. Marvin lui prit doucement la main et la serra à la manière de son peuple en murmurant quelques mots que Ghosn se chargea de traduire. Puis le paysan les conduisit au jardin.

– Bon dieu ! fit Russell.

– Une bombe américaine de deux mille livres, on dirait une Mark 84, observa Ghosn, avant de se rendre compte qu'il se trompait...

Il y avait quelque chose dans la pointe... bien sûr, l'ogive était écrasée et tordue... mais à ce point... Il remercia le paysan et lui fit signe de se mettre à l'abri près du camion.

– Il faut d'abord la déterrer, en faisant vachement attention, vachement.

– Je peux m'en charger, dit Russell.

Il retourna au camion et choisit une pelle pliante, un modèle de l'armée.

– J'ai des hommes...

L'Américain arrêta Ghosn.

– Laisse-moi faire, je vais faire attention.

– N'y touche pas, sers-toi de la pelle pour creuser une rigole tout autour, mais sers-toi uniquement de tes mains pour enlever la terre dessus. Marvin, je te préviens, c'est très dangereux.

– Tu ferais mieux de t'écarter un peu, ajouta Russell en se retournant avec un large sourire.

Il se devait de montrer à ce type qu'il était courageux. Tuer ce flic avait été facile, il n'y avait pas de vrai risque. Là, c'était différent.

– Et tu voudrais que je laisse un camarade courir seul un danger? répondit Ghosn pour le principe.

Il savait bien que c'était la seule chose intelligente à faire, ce qu'il aurait fait si c'étaient ses hommes qui avaient fait le boulot, car ses talents étaient trop rares pour être exposés inutilement. Mais il ne voulait pas montrer à l'Américain ce qu'il aurait pu prendre pour de la faiblesse. En plus, cela lui permettait de voir si cet homme était aussi courageux qu'on pouvait le croire.

Ghosn ne fut pas déçu. Russell se déshabilla jusqu'à la ceinture et se mit à genoux pour creuser tout autour de la bombe. Il faisait même attention à ne pas abîmer le jardin, une chose à laquelle les hommes de Ghosn n'auraient certainement pas pensé. Il lui fallut une heure pour creuser une étroite tranchée, et il répartit la terre qu'il avait enlevée en quatre tas soigneusement tassés. Ghosn était sûr maintenant qu'il y avait quelque chose d'anormal. Ce n'était pas une Mark 84, l'objet avait à peu près la même taille, mais ce n'était pas la même forme, et l'enveloppe était... n'était pas exactement comme elle aurait dû être. La Mark 84 possédait une enveloppe épaisse en acier, si bien que, lorsque l'explosif se mettait à feu, l'enveloppe se transformait en une myriade de fragments coupants comme des lames de rasoir, le meilleur moyen qu'on eût trouvé pour réduire des hommes en bouillie. Sur celle-là, l'enveloppe était nettement brisée en deux endroits, et on voyait bien qu'elle était moins épaisse. Alors, qu'est-ce que ça pouvait bien être que ce foutu truc?

Russell s'approcha davantage et se servit de ses mains pour enlever la terre sur la bombe elle-même. L'Américain était concentré sur ce qu'il faisait, il transpirait abondamment, mais il ne s'arrêta pas une seule fois. Les muscles de ses bras se gonflaient de façon monstrueuse, ce qui impressionna beaucoup Ghosn. De ce type émanait une impression de puissance physique comme on en voit rarement. Même les paras israéliens n'étaient pas aussi baraqués.

Il venait de sortir des tonnes de terre, et pourtant, il semblait à peine fatigué, il continuait à travailler comme une horloge.

– Arrête-toi une minute, fit Ghosn. Il faut que j'aille chercher mes outils.

– OK, répondit Russell.

Il s'assit sur ses talons et resta là. Ghosn revint avec un sac à dos et une gourde, qu'il tendit à l'Américain.

– Merci. Il fait chaud dans le coin. – Russell but un demi-litre d'eau. – Alors, maintenant?

Ghosn sortit un pinceau de son sac et commença à épousseter ce qui restait de terre sur la bombe.

– Tu devrais te pousser, fit-il.

– Ça va, Ibrahim. Si ça ne t'ennuie pas, je préfère continuer.

– Les choses dangereuses vont commencer.

– Tu es bien resté à côté de moi, insista Russell.

– Comme tu voudras. Je cherche le détonateur.

– Il n'est pas devant?

Russell lui montra le nez de la bombe.

– Non. D'habitude, il y en a un devant – on dirait qu'il n'y en a pas, y a juste une vis –, un au milieu et un dernier à l'arrière.

– Et comment se fait-il qu'il n'y ait pas d'ailettes? demanda Russell. Je croyais que les bombes avaient un empennage, tu sais, comme les flèches?

– Les ailettes ont sans doute été arrachées quand elle s'est écrasée au sol. C'est souvent comme ça qu'on repère les bombes, les ailettes restent à la surface.

– Tu veux que je nettoie un peu l'arrière?

– Fais très, très attention, Marvin, s'il te plaît.

– OK, mec.

Russell passa derrière son copain et se remit à enlever la terre. Il remarqua que Ghosn restait d'un calme impressionnant. Marvin n'avait jamais autant eu la trouille de sa vie, ce merdier d'explosifs, mais il ne pouvait surtout pas se permettre de le montrer à ce type. Ibrahim était peut-être un petit mec avec un cou facile à briser, mais il en avait une sacrée paire pour jouer comme ça avec une bombe. Il remarqua aussi que Ghosn enlevait doucement la terre comme s'il caressait les seins d'une fille, et il fit attention d'en faire autant. Dix minutes plus tard, l'arrière était entièrement dégagé.

– Ibrahim?

– Oui, Marvin? répondit Ghosn sans lever les yeux.

– Y a rien là non plus. Y a juste un trou.

Ghosn leva son pinceau et se retourna pour regarder. C'était bizarre, mais il avait d'autres chats à fouetter.

– Merci, tu peux t'arrêter là, je n'ai rien trouvé non plus.

Russell s'écarta, alla s'asseoir sur un tas de terre et vida le reste du bidon. Après avoir réfléchi, il retourna au camion. Les trois hommes et le fermier étaient plantés là, le fermier devant, les autres prudemment planqués derrière les murs de la maison. Russell tendit le bidon vide à l'un d'eux, qui lui en donna un plein en échange. Du pouce, il leur fit signe que tout allait bien, et revint près de la bombe.

— Recule-toi une minute et viens boire un coup, dit Marvin.

— Excellente idée.

Ghosn posa son pinceau près de l'engin.

— T'as trouvé quelque chose?

— Une prise électrique, c'est tout.

En dévissant le bouchon de la gourde, Ghosn se dit que c'était bien étrange. Il n'y avait aucune inscription, juste une étiquette argent et rouge près du nez. On utilise des codes couleurs classiques sur les bombes, mais il n'avait encore jamais vu celui-là. Alors, c'était quoi? Peut-être une bombe à carburant ou un conteneur pour munitions indépendantes? Ou un truc vieillot et dépassé? La bombe était tombée en 1973, après tout. C'était peut-être une arme qui avait été retirée depuis longtemps du service. Tout ça n'était pas très encourageant. Si c'était une bombe qu'il n'avait encore jamais vue, elle pouvait très bien être équipée d'un détonateur qu'il ne connaissait pas. Son manuel était écrit en arabe, mais il était d'origine russe. Ghosn le connaissait pratiquement par cœur, mais il n'y avait rien dedans qui lui rappelât cet engin. C'était plutôt angoissant. Il but longuement puis s'aspergea le visage.

— Détends-toi, lui conseilla Russell, remarquant soudain combien il paraissait tendu.

— Ce boulot n'est jamais facile, et c'est toujours un truc à vous foutre la pétoche.

— Tu m'as l'air de garder ton calme, Ibrahim.

Et c'était vrai. Quand il passait le pinceau sur la bombe, on aurait dit un médecin en train de faire une intervention délicate, certes, mais la faisant tout de même. «Cet enfoiré a des couilles», se répéta Marvin.

Ghosn se retourna pour lui faire un grand sourire.

— Non, c'est un gros mensonge. J'ai une peur bleue, je déteste faire ce genre de chose.

— T'en as une sacrée paire, tu sais, et elles sont pas en toc.

— Merci bien. Il faut que je regarde encore. Écoute, tu devrais vraiment te pousser.

Russell cracha par terre.

— Va te faire foutre.

— Ça serait difficile, sourit Ibrahim. S'il te plaît, Marvin, ne me fais pas rigoler quand je travaille.

«J'aime bien ce type, se dit-il. Nous, on sait pas se marrer. J'aime trop cet Américain.» Il dut attendre quelques minutes pour retrouver son calme et reprendre son travail.

Au bout d'une autre heure passée à tout nettoyer au pinceau, il n'avait toujours rien trouvé. Il y avait des ouvertures dans l'enveloppe, même une espèce d'écoutille... il n'avait jamais vu ça. Mais rien qui ressemblât à un logement de détonateur. S'il y en avait un, il devait être à l'intérieur. Russell enleva encore un peu de terre pour que Ghosn puisse continuer à chercher, mais rien. Il décida d'examiner l'arrière de plus près.

— Passe-moi la lampe-torche, dans mon sac...

— Voilà, fit Russell en la lui donnant.

Ghosn se coucha par terre et se contorsionna pour essayer de voir dans l'orifice. C'était sombre, bien sûr, il alluma sa lampe... Il aperçut le câblage, et quelque chose d'autre, un truc métallique, un treillis plus exactement. Il estima qu'il arrivait à voir jusqu'à quatre-vingts centimètres à l'intérieur... et si c'était une bombe réelle, il n'y aurait pas eu autant de vide. «Voyons, voyons...» Ghosn rendit la lampe à l'Américain.

— On a perdu cinq heures pour rien, fit-il simplement.

— Quoi?

— Je ne sais pas ce que c'est que ce truc, mais ce n'est pas une bombe.

Il s'assit et ses mains furent prises d'un tremblement nerveux, mais cela ne dura pas.

— Alors, c'est quoi?

— Sans doute une espèce de capteur électronique, ou un dispositif d'alerte. Peut-être un conteneur photographique, l'objectif doit être en dessous. Mais peu importe, ce n'est pas une bombe.

— Bon, alors qu'est-ce qu'on fait?

— On le déterre et on l'emmène avec nous. Ça peut être intéressant. On pourrait peut-être le vendre aux Russes ou aux Syriens.

— Comme ça, le vieux s'est fait du mouron pour des prunes?

— Exact.

Ghosn se releva et les deux hommes retournèrent au camion.

— Plus de problème, dit-il au paysan.

Ce n'était pas la peine de lui embrouiller davantage les idées. Le fermier baisa les mains terreuses de Ghosn, puis celles de l'Américain, et Russell se sentit une fois de plus horriblement gêné.

Le chauffeur fit avancer son camion, puis recula dans le jardin, en essayant d'abîmer le moins possible les légumes. Russell regarda deux hommes qui remplissaient une demi-douzaine de sacs de sable avant de les poser sur la plate-forme. Ils passèrent ensuite un filet autour de la bombe et commencè-rent à la soulever au treuil. La bombe – ou l'engin – était plus lourde que prévu, et Russell attrapa la manivelle, démontrant une fois de plus sa force. Il réussit à la hisser tout seul. Les Arabes firent pivoter sa flèche vers l'avant puis la déposèrent dans son nid de sacs de sable. Quelques cordes pour amarrer le tout, et ce fut terminé.

Le fermier ne voulait pas les laisser partir. Il sortit du thé et du pain, insistant pour leur offrir à manger avant qu'ils repartent, et Ghosn accepta son hospitalité avec ce qui convenait de modestie. Quatre agneaux complétèrent le chargement du camion.

— T'as fait du bon boulot, dit Marvin au moment où ils partaient.

— Possible, répondit Ghosn, l'air fatigué.

Le stress est encore plus fatigant que le travail, mais l'Américain semblait supporter aussi facilement l'un et l'autre. Deux heures après, ils étaient de retour dans la vallée de la Bekaa. La bombe – Ghosn ne savait pas comment l'appeler autrement – fut débarquée sans façon devant son atelier et les cinq hommes se préparèrent à déguster les agneaux. À la grande surprise de Ghosn, l'Américain n'avait jamais mangé d'agneau de sa vie, et c'est ainsi qu'il fut initié dans les formes aux subtilités de la cuisine arabe traditionnelle.

* * *

— On a quelque chose d'intéressant, Bill, déclara Murray, en arrivant dans le bureau du directeur.

— C'est quoi, Danny?

Shaw leva les yeux de son agenda.

— Un flic a été tué près d'Athènes, et il semble que c'est un Américain qui ait fait le coup.

Murray raconta à Shaw les détails techniques.

— Il lui a brisé le cou à mains nues? demanda Bill.

— Parfaitement. Le flic était un peu malingre, reprit Murray, mais... Al Denton pense que ça pourrait bien être Marvin Russell. Il fait des recherches sur son ordinateur. On n'a pas retrouvé d'empreintes ou d'indices. La voiture était au nom d'un autre type qui a disparu, et qui n'a probablement jamais existé sous ce nom. Son chauffeur est inconnu. Mais peu importe, la photo qu'on a récupérée dans l'appareil du flic colle assez bien avec le portrait de Russell, râblé et costaud, une mâchoire et une couleur qui le font ressembler à un Indien. Il était habillé à l'américaine, sa valise était également caractéristique.

— Tu penses donc qu'il a fui le pays après la mort de son frère... en douce, reprit Shaw. C'était le plus intelligent des deux, non?

— Il est assez futé pour s'être associé avec un Arabe.

— Tu crois? – Shaw examinait le problème sous tous les angles. – Ça pourrait être un Grec, ou un quelconque Méditerranéen. La peau est un peu trop claire pour un Arabe, mais il a un visage tout à fait commun, et vous dites qu'il n'est pas fiché. Tu as eu d'autres tuyaux, Dan?

— Ouais, convint Murray. J'ai vérifié nos fichiers. Il y a quelques années, Marvin a fait un petit voyage à l'Est et il est en relation avec le FPLP. Athènes est l'endroit idéal pour renouer des contacts en terrain neutre.

– C'est aussi un bon endroit pour un trafic de drogue, ajouta Shaw. Qu'est-ce qu'on a d'autre sur le compte de ce Marvin?

– Pas grand-chose. Notre meilleur indic a replongé en taule – il s'est bagarré avec deux flics de la réserve et il est reparti faire un petit tour au trou.

Shaw grommela. Le problème avec les indics, c'est que c'étaient en général des criminels qui commettaient des actes illégaux et finissaient donc par se retrouver en taule. Ç'avait le mérite de prouver leur bonne foi, mais les rendait provisoirement inutilisables. C'était la règle du jeu.

– OK, fit le directeur du FBI. Qu'est-ce que tu veux faire?

– Avec un peu de persuasion, on peut sortir notre type de là pour bonne conduite et l'infiltrer dans la Société des Guerriers. Si c'est une affaire de terrorisme ou de drogue, on ferait mieux de coffrer les meneurs vite fait. Interpol reste sec sur le conducteur, ils n'ont aucune photo qui lui ressemble dans leurs fichiers terrorisme et drogue. Les Grecs ne sont pas plus avancés. Tout ce qu'il savent, c'est que leur sergent est mort et qu'ils ont deux photos sur lesquelles ils sont incapables de mettre un nom. Ils nous ont envoyé la photo, parce qu'ils pensaient que ça pouvait être un Américain.

– Les hôtels? demanda le directeur, qui retrouvait ses réflexes d'enquêteur.

– Ils ont à peu près repéré l'endroit, enfin, il y en a deux possibles côte à côte. Dix porteurs de passeport américain ont quitté les lieux ce jour-là, mais ce sont de petits hôtels avec beaucoup d'allées et venues, et ça n'a mené à rien. La direction des hôtels ne se souvient de rien, c'est toujours comme ça là-bas. Sait-on seulement si notre ami s'est arrêté là? Les Grecs voudraient qu'on surveille tous ceux dont ils ont relevé les noms sur le registre, conclut Murray.

Bill Shaw lui rendit la photo.

– Ça a le mérite d'être simple, fais-le.

– C'est déjà parti.

– OK, fais savoir au procureur que notre indic a payé sa dette envers la société, il est temps de coffrer les chefs de ces «guerriers».

Shaw avait gagné ses galons dans la lutte antiterroriste, et c'était le genre de criminels qu'il détestait par-dessus tout.

– Ouais, je vais jouer la carte du réseau de drogue. On devrait pouvoir l'extraire de sa cellule dans deux semaines environ.

– Ça me semble convenable, Dan.

– Quand le président part-il à Rome? demanda Murray.

– Incessamment. Sacré truc, pas vrai?

– Touche du bois. Kenny ferait mieux de se trouver un autre boulot, la paix va éclater.

Shaw sourit.

– Qui l'eût cru? On peut toujours lui filer une plaque et un flingue pour qu'il puisse gagner honnêtement sa vie.

* * *

La sécurité du président était assurée par une escorte de quatre chasseurs Tomcat de la Marine qui suivaient le VC-25A à cinq nautiques, tandis qu'un avion radar veillait à ce que personne ne s'approche d'Air Force One. Le trafic commercial normal était maintenu à distance, et les environs du terrain militaire sur lequel il devait atterrir avaient été passés au peigne fin. La limousine blindée du président attendait déjà sur la piste où un C-141B de l'armée de l'Air l'avait déchargée quelques heures plus tôt. Il y avait suffisamment de soldats et de policiers italiens pour décourager un régiment de terroristes. Le président Fowler sortit de sa salle de bains rasé de frais et rose à souhait, la cravate impeccable, et souriant comme Pete et Daga ne l'avaient encore jamais vu faire. «Il y est arrivé», se dit Connor. L'agent n'était pas aussi bégueule que d'Agustino. Le président était un homme et, comme la plupart des présidents, un homme solitaire – doublement solitaire puisqu'il avait perdu sa femme. Elliot était peut-être une petite peste, mais elle était indéniablement jolie, et si c'était là ce qu'il lui fallait pour lui faire oublier les contraintes et le stress de sa fonction, pourquoi pas? Il fallait que le président trouve le moyen de se détendre, sans quoi il se ferait bouffer par son boulot, qui en avait bouffé tant d'autres – et ce n'était pas bon pour le pays. Tant que Faucon n'enfreignait pas la loi, Connor et d'Agustino avaient le devoir de le protéger jusque dans sa vie privée et ses menus plaisirs. Pete comprenait. E.E avait quitté les appartements un peu plus tôt, et elle était particulièrement bien habillée. Un peu avant l'atterrissage, elle rejoignit le président à la salle à manger pour partager son petit déjeuner. Elle était vraiment très séduisante, surtout ce matin-là. D'Agustino se dit qu'après tout, elle baisait peut-être bien. En tout cas, le président et elle étaient certainement ceux qui s'étaient le mieux reposés pendant le vol. Les journalistes – les services secrets éprouvaient un dégoût viscéral pour ces gens-là – avaient passé leur nuit à se tortiller dans leurs sièges, et ils avaient l'air éreintés même s'ils essayaient de donner le change. La plus épuisée était celle qui écrivait les discours du président, et qui avait passé sa nuit à écrire, ne s'interrompant que pour boire un café. Elle remit son texte à Arnie Van Damm trente minutes seulement avant l'atterrissage. Fowler le parcourut en prenant son petit déjeuner, et fut satisfait.

– Callie, c'est merveilleux!

Le président félicita sa collaboratrice épuisée, qui maniait la langue avec une élégance de poète. Il surprit son monde en l'embrassant si chaleureusement – elle était encore du bon côté de la trentaine – que Callie Weston en eut les larmes aux yeux.

– Allez vous reposer, et profitez bien de Rome.

– Avec grand plaisir, monsieur le président.

L'avion s'arrêta exactement à l'endroit prévu, et on amena immédiatement l'échelle de coupée. On déroula un tapis rouge qui allait jusqu'à un autre tapis rouge lequel menait à son tour à l'estrade. Le président et le premier ministre italien prirent place à l'endroit voulu, en compagnie de l'ambassadeur des États-Unis et des quelques membres du protocole qui avaient dû mettre la cérémonie au point en catastrophe pendant le vol. Un sergent de l'armée de l'Air ouvrit la porte, les agents des services secrets vérifièrent soigneusement que tout était normal, et se donnèrent le mot avec leurs collègues qui les avaient précédés sur place. Quand le président apparut, la musique de l'armée de l'Air italienne commença à jouer un air qui ne ressemblait guère à ce qu'on joue aux États-Unis en pareille circonstance.

Le président descendit seul l'échelle qui menait de la réalité à l'immortalité. Les journalistes notèrent qu'il semblait très détendu, et lui envièrent les appartements confortables qui lui avaient permis de passer une nuit tranquille dans une solitude royale. Le sommeil était le seul remède connu contre le décalage horaire, et il était clair que le président avait passé un vol très reposant. Son complet de chez Brook Brothers était repassé de frais – l'armée de l'Air avait ce genre d'attentions –, ses chaussures brillaient de mille feux, et sa garde-robe était la perfection même. Fowler se dirigea vers l'ambassadeur des États-Unis et sa femme, qui le présentèrent au président italien. La musique entonna l'hymne national américain, puis on passa la traditionnelle revue des troupes avant de prononcer une brève allocution qui n'était que le hors-d'œuvre de ce qui allait suivre. Il fallut au total vingt minutes à Fowler pour arriver à sa voiture où il prit place avec l'ambassadeur, Elliot et ses gardes du corps.

– C'est la première fois que je trouve ça amusant, fit Fowler pour résumer ses impressions après la cérémonie.

Tout le monde convint que les Italiens avaient très élégamment organisé tout ça.

– Elizabeth, j'aimerais que vous ne vous éloigniez pas trop. Il reste encore quelques points de l'accord que j'aimerais revoir avec vous. Il faut aussi que je voie Brent. Comment va-t-il? demanda Fowler à l'ambassadeur.

– Fatigué, mais fou de joie, lui répondit l'ambassadeur Coates. La dernière séance a duré plus de vingt heures.

– Que dit la presse locale? demanda E.E.

– C'est l'enthousiasme général, un grand jour pour le monde entier.

« Et je suis là pour voir ça! songea Jed Coates. Ce n'est pas tous les jours qu'on a l'occasion de voir l'histoire en train de se faire. »

* * *

– Alors, c'était bien?

Le Commandement militaire national – le NMCC – a son siège dans le couloir D du Pentagone, près de la porte de la Rivière. Comme tous les bâtiments du gouvernement, il ressemble à un décor d'Hollywood : en gros les dimensions d'un terrain de basket, sur deux étages. Le NMCC est essentiellement le central téléphonique militaire des États-Unis. Ce n'est pas le seul – le plus proche se trouve à Fort Ritchie, dans les collines du Maryland – car il est vraiment trop facile à détruire, mais c'est certainement le plus facile d'accès. Il reçoit régulièrement la visite des VIP qui veulent admirer les endroits les plus intéressants du Pentagone, au grand déplaisir de ceux qui y travaillent.

Juste à côté du NMCC, dans une petite pièce, se trouve une batterie d'IBM PC/AT qui constituent le Téléphone rouge, la ligne directe entre les présidents américain et soviétique. Le NMCC n'est pas le seul nœud de ce réseau, mais c'est certainement le plus important. Il faudrait bien maintenir une liaison directe entre les deux pays, même en cas de guerre nucléaire ; ce pourrait être une garantie pour la région en cas de conflit.

Le capitaine de vaisseau Rosselli avait une tout autre opinion : tout juste une connerie de théoriciens. Le périphérique de Washington, c'était encore un exemple de ce que tout le monde acceptait comme parole d'Évangile, alors que ça n'avait strictement aucun sens. Pour « Rosey » Rosselli, Washington était à quatre cents kilomètres au bas mot du monde réel, et il se demandait même si les lois élémentaires de la physique s'appliquaient à l'intérieur du périphérique. Cela dit, il avait renoncé depuis longtemps à essayer de faire preuve d'esprit logique.

« Interarmes », grommela intérieurement Rosey. Dans ses derniers efforts pour tenter de réformer l'armée, ce dont il était bien incapable pour son propre compte, le Congrès avait décidé que tous les officiers qui prétendaient aux étoiles – c'est-à-dire tout le monde – devaient passer un certain temps avec leurs pairs des autres armes. On n'avait jamais réussi à expliquer à Rosselli comment le fait de côtoyer un artilleur ferait de lui un meilleur commandant de sous-marin, mais personne ne s'en souciait vraiment. Il était admis, comme un article de foi, que la fertilisation croisée servait à quelque chose ; c'est comme cela que les officiers les plus brillants étaient arrachés à leur spécialité pour aller s'occuper de choses dont ils ne comprenaient pas le premier mot. Non seulement, on ne leur expliquait pas leur nouveau métier, mais ils en apprenaient juste assez pour devenir dangereux, au prix de nombreux gaspillages. Voilà ce qu'était une réforme de l'institution militaire pour le Congrès.

– Du café, commandant ? lui demanda un caporal de l'armée de Terre.

– Je préférerais un déca, répondit Rosey. Si mon humeur ne s'améliore pas, je vais finir par cogner quelqu'un.

Une affectation ici était bonne pour la carrière. Rosselli le savait très bien, de même qu'il savait qu'il était ici au moins en partie par sa faute. Tout au long de sa carrière, il s'était spécialisé en sous-marins, avec une dose de renseignement pour couronner le tout. Il avait déjà eu une affectation au siège des services de renseignement de la Marine à Suitland, dans le Maryland, près de la base aérienne d'Andrews. Au moins, il était mieux ici – il avait un logement de fonction à la base de Bolling, et, pour aller au Pentagone, il n'avait qu'à franchir la I-295/395 jusqu'à sa place de parking réservée, autre faveur qui résultait de son affectation au NMCC, une chose qui valait qu'on se décarcasse pour elle.

À une certaine époque, ce boulot avait été passionnant. Il se souvenait du jour où les Soviétiques avaient descendu le 747 des Korean Airlines et de quelques autres incidents. Ça avait dû être pas mal non plus pendant la guerre du Golfe. Mais maintenant ?

Maintenant, comme il pouvait le constater sur l'écran du téléviseur installé dans son bureau, le président était sur le point de désamorcer la plus grosse bombe de la planète. Bientôt, le boulot de Rosselli consisterait à recevoir des appels à propos de collisions maritimes, d'accidents d'avions, ou d'un quelconque connard de biffin qui aurait réussi à se faire écraser par son char. Tout ça était évidemment très important, mais il n'y avait pas de quoi provoquer l'enthousiasme. Voilà où il en était. Il en avait terminé avec la paperasse. Jim Rosselli se débrouillait assez bien dans ce domaine – dans la Marine, il avait appris comment faire pour se débarrasser des papiers le plus rapidement possible – et ici, il avait en plus tous les adjoints nécessaires pour le faire à sa place. Il ne lui restait donc plus qu'à attendre que quelque chose se passe. Seul problème, Rosselli était un homme d'action, pas un type qui attend que ça se passe. Mais qui pouvait bien rêver de désastre ?

– Encore un jour où il ne va pas se passer grand-chose.

C'était l'adjoint de Rosselli, un pilote de F-15, le lieutenant-colonel Richard Barnes.

– Je crois que tu es dans le vrai, Rocky. Exactement ce que je souhaitais entendre.

Rosselli regarda sa montre. Les quarts duraient douze heures, plus que cinq heures à tirer.

– Putain, le monde va devenir sacrément calme.

– Ça, c'est bien vrai. – Barnes regarda son écran. – Parfait, j'ai mes deux Mig au-dessus du golfe Persique. Au moins, on n'aura pas perdu totalement la journée.

Rosselli se leva pour aller se dégourdir les jambes. Les officiers de quart croyaient que c'était pour les surveiller. Un haut fonctionnaire civil continua ostensiblement à faire les mots croisés du *Post*. C'était l'heure de sa pause déjeuner, et il aimait mieux manger sur place que se rendre à la cafétéria aux trois quarts vide. Ici au moins, il pouvait regarder la télé. Rosselli continua sa promenade en allant faire un tour à gauche dans le local du Téléphone rouge, et là, pour une fois, il eut de la chance. Une sonnerie annonçait qu'un message allait tomber. Les messages bruts ressemblaient à un immonde charabia, mais la machine de déchiffrement transforma celui-ci en un texte russe en clair qu'un marine traduisit aussitôt:

«Ainsi, vous croyez savoir ce qu'est la frayeur?
Ouais, vous croyez savoir, mais je n'en suis pas sûr.
Lorsque vous êtes dans votre abri et que les bombes tombent tout autour,
Lorsque les maisons flambent comme des torches,
Je conviens que vous connaissez l'horreur et la peur
Car ce sont des moments terribles, tant qu'ils durent.
Mais la fin de l'alerte retentit — tout est clair.
Vous respirez un grand coup, l'angoisse s'en va.
Mais la frayeur, la vraie, descend plus profond dans votre poitrine
Me comprenez-vous? Voilà ce que c'est, rien de plus. »

— Ilya Selvinskiy, fit le lieutenant de marines.
— Hmmm?
— Ilya Selvinskiy, poète russe qui a écrit quelques œuvres célèbres pendant la deuxième guerre mondiale. Je connaissais celle-là, *Sprazkh*, ce qui veut dire: «Frayeur». Très beau poème. – Le lieutenant sourit. – Mon correspondant est très cultivé, alors...
MESSAGE REÇU. LA SUITE DU POÈME EST ENCORE MEILLEURE, ALEXIS, tapa le lieutenant. ATTENDEZ LA RÉPONSE.
— Et qu'est-ce que vous allez renvoyer en échange? lui demanda Rosselli.
— Aujourd'hui... attendez, peut-être un petit poème d'Emily Dickinson. C'était quelqu'un de complètement morbide, elle ne parlait que de mort et de choses du même genre. Non, je sais, Edgar Allan Poe. Ils l'apprécient beaucoup, là-bas. Hmmm... je choisis lequel?
Le lieutenant ouvrit le tiroir de son bureau et en sortit un volume.
— Vous ne préparez pas votre réponse à l'avance? lui demanda Rosselli.
Le marine fit un grand sourire à son supérieur.
— Non, commandant, c'est plus amusant. Avant, on faisait comme ça, mais on a décidé de changer il y a deux ans, quand l'atmosphère a commencé à se détendre. Maintenant, c'est un jeu. Il choisit un poème, et je dois lui répondre en trouvant un passage du même genre chez un poète américain. Ça aide à passer le temps, commandant. Et ça nous permet d'améliorer notre connaissance de la langue. Vous savez, ce n'est pas facile de traduire de la poésie, c'est un bon exercice.
Les Soviétiques passaient leurs messages en russe, les Américains en anglais, et il leur fallait de bons interprètes à chaque bout.
- Y a beaucoup de trafic opérationnel sur la liaison?
- Commandant, je n'ai jamais vu passer autre chose que des messages de test. Bien sûr, quand le secrétaire d'État est en voyage, on échange des informations météo. On a même discuté hockey quand leur équipe nationale est venue jouer contre la nôtre, en août, mais, en général, ce n'est pas très

marrant, et c'est pour cela que nous nous envoyons des poèmes. Sans ça, on deviendrait marteau. C'est dommage qu'on ne puisse pas bavarder comme sur la CB, mais le règlement est le règlement.

– Je m'en doute. Ils ont dit quelque chose à propos de ce traité à Rome ?

– Pas un seul mot, commandant. On ne parle pas de ça.

– Je comprends.

* * *

La première journée devait être consacrée au repos et aux cérémonies. Les articles du traité n'avaient pas encore donné lieu à la moindre fuite, et les agences de presse, sachant que quelque chose d'historique s'était passé, essayaient désespérément de savoir de quoi il s'agissait exactement. En pure perte. Les chefs d'État d'Israël, d'Arabie Saoudite, de Suisse, d'Union soviétique, des États-Unis d'Amérique, et de leur hôte, l'Italie, s'étaient réunis autour d'une table monumentale du XVe siècle. Ils étaient accompagnés par leurs ministres des Affaires étrangères ainsi que par des représentants du Vatican et de l'Église grecque orthodoxe. Par courtoisie à l'égard des Saoudiens, on ne buvait que de l'eau ou du jus d'orange, et c'était le seul élément désagréable de la soirée. Le président soviétique, Andrei Ilitch, était particulièrement enthousiaste. La participation de son pays à cet accord était de la plus haute importance, l'implication de l'Église orthodoxe russe dans la Commission des monastères chrétiens revêtait une signification politique non négligeable à Moscou. Le dîner dura trois heures, puis les invités partirent sous l'œil des caméras parquées de l'autre côté de l'avenue. Une fois encore, les journalistes furent frappés par la cordialité ambiante. Fowler et Narmonov, exubérants, allèrent ensemble à l'hôtel du premier nommé. C'était seulement la seconde fois qu'ils avaient l'occasion de s'entretenir d'affaires d'intérêt mutuel.

– Vous êtes un peu en retard pour la destruction de vos missiles, lui fit remarquer Fowler, après les plaisanteries d'usage.

Pour atténuer le coup, il lui offrit un verre de vin.

– Merci, monsieur le président. Comme nous l'avons indiqué à vos représentants la semaine dernière, nos installations de destruction se sont révélées insuffisantes. Nous n'arrivons pas à démanteler ces fichus engins assez vite, et nos députés écologistes contestent nos méthodes de destruction du propergol.

Fowler eut un sourire compréhensif.

– J'ai le même problème, monsieur le président.

Le mouvement écologiste avait commencé à se développer en Union soviétique au printemps précédent, et le Parlement avait voté un ensemble de lois copiées, en plus rigoureux, sur ce qui existait aux États-Unis. L'amusant, c'était que le gouvernement soviétique se décide subitement à respecter les lois, mais Fowler ne pouvait tout de même pas le faire remarquer à son interlocuteur. Le désastre écologique infligé à ce pays par soixante-dix ans de marxisme était tel qu'il faudrait au moins une génération et des lois draconiennes pour tenter de le réparer.

– Pensez-vous que cela modifiera la date butoir d'application du traité ?

– Vous avez ma parole, Robert, répondit solennellement Narmonov. Les missiles seront détruits d'ici au 1er mars, même si je dois le faire de mes mains.

– Cela me suffit, Andrei.

Le traité de réduction des armements était un héritage de la présidence précédente ; il prévoyait que, d'ici au printemps prochain, le nombre de missiles intercontinentaux serait réduit de moitié. Du côté américain, tous les missiles Minuteman II devaient aller à la casse, et les États-Unis respectaient leur planning. Comme cela avait été le cas pour le traité sur les forces nucléaires intermédiaires, les missiles surnuméraires devaient être démontés jusqu'au niveau des étages, que l'on détruisait ensuite par tous les moyens possibles devant témoins. Les journalistes avaient couvert les premières opérations de destruction, avant de se lasser. Les silos, également placés sous contrôle, étaient vidés de leur électronique, et, dans le cas des installations américaines, quinze d'entre eux avaient déjà fait l'objet de ventes aux enchères. À quatre reprises, ils avaient été rachetés par des fermiers qui les avaient transformés en vrais silos à grain. Une société japonaise qui possédait des terres dans le Dakota du Nord avait même acheté un bunker de commandement et l'avait transformé en cave à vin pour le pavillon de chasse que ses dirigeants utilisaient en automne.

Les inspecteurs américains avaient rendu compte que les Russes faisaient de leur mieux, mais que l'atelier de démantèlement avait été mal conçu. Résultat, les Russes avaient un retard de trente pour cent sur leur planning. Une bonne centaine de missiles étaient stockés sur leurs remorques à l'extérieur, et les silos qui les contenaient avaient déjà été détruits à l'explosif. Bien que les Soviétiques eussent démonté et détruit devant des inspecteurs américains les équipements de guidage, certains rapports des services de renseignement soutenaient que c'était de la frime. D'aucuns disaient que les rampes sur remorques pouvaient mettre les missiles en batterie et les lancer. Les services de renseignement américains avaient depuis trop longtemps l'habitude de se méfier des Soviétiques pour changer d'attitude du jour au lendemain, mais Fowler se disait que c'était tout aussi vrai dans l'autre sens.

– Ce traité constitue un événement majeur, Robert, dit Narmonov après avoir goûté son verre de vin. Le mérite en revient à vous-même et à vos collaborateurs.

– Votre aide nous a été précieuse, Andrei, répondit aimablement Fowler.

C'était un mensonge, mais les deux hommes étaient assez fins politiques pour le savoir. En fait, ce n'était pas un mensonge, mais ni l'un ni l'autre ne le savait.

– Ça nous fait toujours un souci de moins. Quand on pense à quel point nous avons été aveugles !

– C'est vrai, cher ami, mais tout cela est du passé. Comment votre peuple réagit-il devant ce qui se passe en Allemagne ?

– L'armée n'est pas très contente, comme vous pouvez l'imaginer.

– La mienne non plus. – Fowler l'interrompit gentiment. – Les soldats sont comme les chiens. Utiles, certes, mais ils doivent savoir qui est leur maître. Comme les chiens, il leur arrive de l'oublier, et il faut leur rafraîchir la mémoire de temps en temps.

Narmonov hochait lentement la tête pendant qu'on lui traduisait la dernière phrase. Cet homme était d'une impudence incroyable, et le président soviétique se souvint que ses services de renseignement le lui avaient déjà dit. En plus, il lui donnait des leçons. Bien sûr, l'Américain bénéficiait d'un système politique solide, et cela lui permettait d'être sûr de lui, alors que lui, Narmonov, devait se battre chaque jour avec un système dont les premières fondations n'étaient pas encore gravées dans la pierre. Ni même dans le bois, songea tristement le Russe. Quel luxe de pouvoir considérer les soldats comme de simples chiens qu'il suffit de dresser. Mais savait-il que les chiens ont aussi des dents ? Ces Américains étaient décidément bien étranges. Durant tout le règne du communisme en Union soviétique, ils avaient craint l'influence politique de l'Armée rouge, alors qu'elle avait perdu tout pouvoir depuis que Staline avait éliminé Toukhatchevski. Maintenant, ils continuaient à raconter ce genre d'histoires, alors que la disparition de la main de fer du marxisme-léninisme permettait aux soldats de penser d'une manière qui leur aurait valu le peloton d'exécution quelques années plus tôt.

– Dites-moi, Robert, l'idée du traité, qui l'a eue le premier ? demanda Narmonov.

Il connaissait la réponse et voulait simplement voir si Fowler savait mentir.

– L'origine de ce genre d'initiative revient à beaucoup de gens, vous savez, répondit le président. Mais c'est sans doute Charles Alden qui lui a donné une impulsion décisive, le pauvre vieux. Lorsque les Israéliens ont connu ce terrible incident, il a immédiatement lancé l'opération et, eh bien, ça a marché.

Le Russe hocha de nouveau la tête, et garda la réponse en mémoire. Fowler mentait habilement, il esquivait le fond de la question et donnait une réponse sensée, mais peu précise. Khrouchtchev avait raison, mais il le savait déjà. Les hommes politiques ne sont pas très différents d'un pays à l'autre, il faudrait s'en souvenir avec Fowler. Il n'aimait pas partager ses succès, il était capable de mentir devant l'un de ses pairs, même pour quelque chose d'aussi mineur. Narmonov se sentait vaguement déçu. Il s'attendait bien à quelque chose de ce genre, mais Fowler aurait pu faire les choses avec plus d'élégance. Il n'avait rien à perdre, après tout, et il s'était conduit comme un gagne-petit, un vulgaire apparatchik. « Dis-moi, Robert, se demandait Narmonov derrière son visage de joueur de poker qui n'aurait pas déparé à Las Vegas, quel homme es-tu exactement ? »

– Il se fait tard, cher ami, reprit Narmonov. Nous nous revoyons demain après-midi, n'est-ce pas ?

Fowler se leva.

– À demain après-midi, Andrei.

Bob Fowler raccompagna le Russe à la porte et attendit qu'il soit parti pour rentrer dans ses appartements. Il sortit de sa poche un aide-mémoire manuscrit et vérifia qu'il avait bien posé toutes les questions prévues.

– Alors ?

– Eh bien, pour l'affaire des missiles, dit-il, c'est exactement ce que racontent nos inspecteurs. Ça devrait satisfaire les services de renseignement militaires. – Il fit une grimace : non, ils ne seraient sûrement pas convaincus. – J'ai l'impression qu'il a des soucis avec ses militaires.

Elliot s'assit.

– Quoi d'autre ?

Le président lui remplit un verre de vin et alla s'asseoir à côté de son conseiller.

– Oh les plaisanteries habituelles. Je l'ai trouvé soucieux, préoccupé. Mais on le savait, non ?

Liz fit lentement tourner le vin dans son verre et le huma. Elle n'aimait pas les vins italiens, mais celui-là se laissait boire.

– Robert, j'ai une idée...

– Oui, Elizabeth ?

– Ce qui est arrivé à Charlie... nous devrions faire quelque chose. Ce n'est pas juste qu'il ait disparu dans ces conditions. Après tout, c'est lui qui a mis le traité sur les rails.

– Oui, c'est vrai, convint Fowler en buvant une gorgée de vin. Tu as raison, Elizabeth, c'est son bébé.

– Je crois que nous devrions le faire savoir, sans précipitation, bien sûr. À la fin des...

– Oui, il faut qu'on puisse se souvenir de lui, mais pas seulement comme d'un mec qui a engrossé une étudiante. C'est très délicat de ta part, Elizabeth.

Fowler fit tinter son verre contre le sien.

– Tu t'occupes de la presse. C'est demain matin que tu leur dévoiles les principales clauses du traité ?

– Oui, je crois que c'est prévu vers 9 heures.

– Quand tu auras terminé, prends quelques journalistes en aparté, et raconte-leur le fond de l'affaire. Peut-être que Charlie reposera davantage en paix.

– Pas de problème, monsieur le président, fit Liz.

Eh bien, ça avait été plutôt facile, d'exorciser ce vieux démon. Il y avait peut-être autre chose qu'elle arriverait à placer ?

– Demain est un grand jour.

– Le plus grand de tous, Bob.

Elliot s'allongea et défit le foulard qu'elle portait autour du cou.

– Je n'aurais jamais cru que nous vivrions un moment pareil.

– Moi non plus, laissa tomber Fowler en lui faisant un clin d'œil.

Il eut un éclair de lucidité : le monde était étrange, mais il n'y pouvait rien. Le destin avait décidé qu'il serait ici même à ce moment précis, en compagnie d'Elizabeth. Ce n'était pas de son fait, donc il n'était pas coupable. Et comment aurait-il pu l'être ? Il bâtissait un monde meilleur, plus sûr, plus pacifique. Il n'y a pas de péché là-dedans.

Elliot ferma les yeux quand la main du président caressa doucement son cou offert. Elle n'avait jamais espéré une chose pareille, même dans ses rêves les plus fous.

Un étage entier était réservé à la suite du président, de même que les deux étages inférieurs. Des gardes italiens et américains surveillaient tous les accès, et il y en avait encore d'autres à différents endroits dans les immeubles tout au long de la rue. Mais le couloir qui donnait accès aux appartements du président était la chasse gardée de ses gardes personnels. Connor et d'Agustino y effectuaient une dernière ronde avant d'aller se coucher. Il y avait au moins une dizaine d'agents sur place, et encore autant derrière les portes fermées. Trois de ceux qu'on voyait portaient un sac d'assaut noir en travers de la poitrine. Le sac contenait un pistolet-mitrailleur Uzi, qu'on pouvait sortir de sa housse en moins d'une seconde et demie. Tout intrus devait s'attendre à une chaude réception.

– Je vois que Faucon et Harpie discutent des affaires de l'État, observa tranquillement Daga.

– Helen, je ne savais pas que tu étais aussi bégueule, lui répondit Pete Connor avec un petit sourire.

– C'est pas mes oignons, mais, dans le bon vieux temps, ceux qui montaient la garde devant les appartements étaient des eunuques ou quelque chose du même genre.

– Daga...

– Je sais, c'est lui le patron, c'est un grand garçon, et on est priés de regarder ailleurs. Rassure-toi, Pete, j'vais pas aller raconter ma vie à un journaliste.

Elle ouvrit la porte qui conduisait à l'escalier de secours et aperçut trois agents, dont deux avec leur sac commando.

– Et dire que je voulais t'offrir un verre, fit Connor sans avoir l'air d'y toucher.

C'était une blague. Daga et lui ne buvaient pas pendant le service et il n'avait jamais songé à la mettre dans son lit. Il était divorcé, elle aussi, mais ça n'aurait jamais marché, c'était la vie. Elle le savait, et lui rendit un large sourire.

– Quel métier de con !

Un dernier regard dans le couloir :

— Tout le monde est à son poste, Pete.

— Tu aimes bien le calibre dix millimètres ?

— J'ai tiré avec la semaine dernière à Greenbelt, et je m'en suis pas mal tirée à la première rafale. Mais c'est pas aussi bien que «ça», chéri.

Connor se figea sur place en éclatant de rire.

— Bon dieu, Daga !

— Tu as peur que les gens s'en rendent compte ? fit d'Agustino avec un battement de cils. Tu vois ce que je veux dire, Pete ?

— Seigneur, ce qu'il faut pas entendre d'une puritaine !

Helen d'Agustino lui fila un grand coup de coude dans les côtes et se dirigea vers l'ascenseur. Pete avait raison, elle tournait à la bégueule, pourtant elle n'était pas comme ça, avant. C'était une fille pleine de tempérament et son seul mariage s'était soldé par un échec parce que le foyer n'était pas assez vaste pour abriter deux fortes personnalités – surtout italiennes. Elle se rendait bien compte qu'elle se laissait influencer par ses préjugés, et ce n'était pas sain, même s'agissant de quelque chose de banal et qui n'avait rien à voir avec son boulot. Faucon avait bien le droit de faire ce qu'il voulait, mais le regard qu'il avait... il était raide dingue de cette petite salope. Daga se demandait si c'était lui qui avait pris l'initiative, mais c'était probable. Tous les hommes sont pareils, il leur arrive de penser avec leurs testicules et pas avec leur jugeote. Ce qui la choquait, c'est que le président accepte de devenir le larbin d'une femme aussi superficielle. Mais, tout bien réfléchi, cette remarque n'avait pas beaucoup de sens. Après tout, la plupart des femmes n'étaient pas plus libérées qu'elle. Mais alors, qu'est-ce qui la gênait ? Il était trop tard pour philosopher, elle avait besoin de dormir, et elle n'avait pas plus de cinq ou six heures devant elle. Ce que c'était emmerdant, ces voyages à l'étranger...

* * *

— Alors, c'était quoi ? demanda Qati juste après l'aube.

Il avait été absent la veille, pour une réunion avec d'autres responsables et un rendez-vous chez le médecin. Ghosn connaissait l'existence de ce dernier rendez-vous, mais il ne posait jamais de question.

— Je ne sais pas très bien, répondit l'ingénieur. Peut-être un pod de brouillage, ou quelque chose du même genre.

— Ça va nous être utile, fit aussitôt le commandant.

Malgré le rapprochement (ou on l'appelait comme on voulait) entre l'Est et l'Ouest, les affaires continuaient. Les Russes avaient encore une armée, cette armée avait encore des armes et les équipements israéliens étaient très prisés, même les Américains les copiaient. Cet équipement pourrait montrer comment les ingénieurs israéliens s'y prenaient, et ce serait intéressant pour concevoir de nouvelles armes.

– Oui, je crois qu'on devrait pouvoir le vendre à nos amis russes.

– Comment s'est comporté l'Américain? demanda alors Qati.

– Très bien. Je l'aime bien, Ismaël. Je le comprends mieux maintenant. L'ingénieur lui raconta ce qui s'était passé. Qati hocha la tête.

– Alors, qu'est-ce qu'on peut faire de lui?
Ghosn haussa les épaules.

– L'entraîner au tir, peut-être? On va voir s'il s'entend bien avec les hommes.

– Très bien, je vais l'envoyer à l'entraînement ce matin pour voir ce qu'il sait faire sur le terrain. Et toi, tu en as pour combien de temps à démonter ce truc?

– J'avais l'intention de faire ça dans la journée.

– Parfait, et ne me laisse pas t'interrompre.

– Comment te sens-tu, commandant?

Qati fronça les sourcils. Il ne se sentait pas très bien, mais il se disait que c'était peut-être ce traité de paix avec les Israéliens. Était-ce vraiment possible? L'histoire enseignait que non, mais il y avait eu tellement de bouleversements... Un accord entre les Saoudiens et les Israéliens... bon, après l'affaire du Golfe, ce n'était pas inattendu. Les Américains avaient rempli leur rôle et, maintenant, ils présentaient la facture. Déplaisant, mais pas extraordinaire, et ce que les Américains étaient en train de faire allait détourner l'attention des atrocités israéliennes. Ce n'est pas comme ça qu'on se bat. Les Américains allaient se débrouiller pour minimiser l'impact politique du massacre commis par les Israéliens, et les Saoudiens jouaient autour comme des petits chiens qu'ils étaient. Dans tous les cas, ça ne risquait pas d'affecter le combat des Palestiniens. «Bientôt, se dit Qati, je vais aller mieux.»

– Ça n'a aucune importance. Préviens-moi quand tu auras trouvé ce que c'est exactement.

Ghosn sortit. Il se faisait du souci pour son commandant. Il était malade – il le tenait de son beau-frère – mais Ghosn ne savait pas à quel point c'était grave. Allez, il avait du boulot.

L'atelier était un bâtiment minable, avec des murs en planches et un toit de tôle. S'il avait été plus pimpant, ça fait des années qu'un pilote de F-16 israélien aurait pu le remarquer et le détruire.

La bombe – il continuait à la baptiser ainsi – était posée sur la terre battue. Une pièce métallique en forme de V, comme celles que l'on voit sur les dépanneuses, avait été amenée à la verticale, et il y avait un palan pour la déplacer si nécessaire. Deux hommes l'avaient installée ici la veille conformément à ses instructions. Ghosn alluma la lumière – il aimait bien que son atelier soit violemment éclairé – et resta planté là à contempler la... bombe.

«Pourquoi est-ce que je continue à l'appeler ainsi?» se demanda-t-il.

Ghosn secoua la tête. Il était évident qu'il fallait commencer par la trappe d'accès, mais ce ne serait pas facile. Lors de l'impact au sol, l'enveloppe avait été pas mal cabossée, il y avait sans doute des dégâts à l'intérieur... mais il avait tout son temps.

Ghosn choisit un tournevis dans sa boîte à outils et se mit au travail.

* * *

Le président Fowler se leva tard. Il était encore fatigué de son voyage, et... il faillit rire en se regardant dans la glace. Seigneur, trois fois en moins de vingt-quatre heures... c'était bien ça? Il essaya de calculer dans sa tête, mais il était incapable du moindre effort avant d'avoir avalé un café. En tout cas, trois fois dans un délai assez bref. Ça ne lui était pas arrivé depuis un sacré bout de temps! Enfin, il avait tout de même réussi à se reposer. Il se sentit mieux après avoir pris sa douche, le rasoir raclait la mousse sur son visage, laissant apparaître un homme dont les traits rajeunis et détendus allaient assez bien avec ses yeux plissés. Trois minutes plus tard, il choisit une cravate à rayures assortie à sa chemise blanche et à son costume gris. Pas gris sombre, mais sérieux tout de même, c'était ce qui convenait à cette journée. Il laissait les ecclésiastiques éblouir les caméras avec leur soie écarlate. S'il avait l'air d'un homme d'affaires et d'un homme politique élégant, son discours n'en serait que plus impressionnant. Cela dit, il n'avait jamais dirigé une seule entreprise sa vie durant. Bob Fowler était un homme sérieux – mais il avait l'air ordinaire, juste ce qu'il fallait. Un homme sérieux en qui on pouvait avoir confiance pour faire ce qu'il fallait.

«Et aujourd'hui, je vais le prouver», songea le président des États-Unis occupé à ajuster sa cravate devant la glace. Quelqu'un frappa à la porte, et il se retourna.

– Entrez.

– Bonjour, monsieur le président, dit l'agent spécial Connor.

– Comment va, ce matin, Connor? s'enquit Fowler en se retournant vers le miroir – ce nœud n'était pas au point, il recommença tout.

– Très bien, monsieur, merci. Il fait un temps splendide.

– Vous ne dormez pas beaucoup, vous n'avez pas le temps de faire du tourisme en voyage, et c'est ma faute, non?

«Parfait, se dit Fowler, c'est parfait.»

– Mais non, monsieur le président, ça va. On est tous volontaires. Désirez-vous votre petit déjeuner, monsieur?

– Bonjour, monsieur le président! – C'était Elizabeth qui arrivait. – Voilà le grand jour!

Bob Fowler se retourna en souriant.

– Ça c'est vrai! Prenez votre petit déjeuner avec moi, Elizabeth.

– Volontiers. Je vous ferai le briefing du matin – pour une fois, ce ne sera pas trop long.

– Pete, deux petits déjeuners... dont un gros, j'ai faim.

– Juste du café pour moi, dit Liz.

Connor fut choqué par le ton qu'elle prenait, mais n'en laissa rien paraître et sortit.

– Bob, tu m'as l'air en pleine forme.

– Toi aussi, Elizabeth.

Et c'était vrai, elle était ravissante dans sa robe hors de prix, stricte et féminine à la fois. Elle prit une chaise et commença son exposé.

– La CIA prétend que les Japonais sont sur un coup, dit-elle pour conclure.

– Quel coup ?

– Ils montrent de la mauvaise humeur, pour les prochaines négociations commerciales. Et leur premier ministre a fait une déclaration désagréable.

– Quoi exactement ?

– « C'est la dernière fois qu'on nous laisse à l'écart de la scène mondiale, et ils vont le payer », récita Elliot. Ryan juge que c'est important.

– Et qu'en penses-tu ?

– Je pense que Ryan se montre paranoïaque, une fois de plus. Il n'a pas participé aux derniers travaux du traité, et il essaie de nous rappeler à quel point il est important. Marcus est d'accord avec moi, mais il m'a transmis le rapport par acquit de conscience, conclut Liz ironiquement.

– Cabot est déçu, n'est-ce pas ? remarqua Fowler en parcourant les notes du briefing.

– Il n'a pas l'air très bon quand il s'agit de rappeler à ses troupes qui est le patron. Il se laisse complètement bouffer par ses subordonnés, surtout par Ryan.

– Tu ne l'aimes vraiment pas du tout, fit le président.

– Cette arrogance, il est...

– Elizabeth, il a des états de service exceptionnels. Je ne m'intéresse pas à lui en tant qu'individu, mais, en tant qu'officier de renseignement, il a fait un certain nombre de choses remarquables.

– Il se trompe d'époque, il se prend pour James Bond. D'accord, répondit Elliot, il a fait des choses importantes, mais tout ça appartient désormais à l'histoire. Nous avons besoin de quelqu'un qui ait des vues plus larges.

– Le Congrès n'acceptera pas, dit le président au moment où la table roulante du petit déjeuner arrivait.

Les aliments avaient été vérifiés, leur radioactivité, l'absence de système électronique, on les avait fait flairer pour détecter la présence éventuelle d'explosifs. Ça devait être stressant pour les chiens, songea le président, ils aimaient sûrement les saucisses autant que lui.

– Nous nous servirons nous-mêmes, merci, ajouta le président en remerciant le maître d'hôtel de la Marine avant de poursuivre. Ils l'aiment bien, au Congrès.

Il se garda d'ajouter que Ryan, en tant que directeur adjoint du renseignement, n'était pas désigné purement et simplement par le président. Il devait également subir la confirmation du Sénat. Des gens de cette sorte n'étaient pas faciles à renvoyer, il y fallait un motif sérieux.

— Je n'ai jamais compris pourquoi, surtout Trent. Comment a-t-il pu approuver sa nomination ?

— Pose-lui la question, suggéra Fowler en beurrant ses crêpes.

— Je l'ai fait, et il a tourné autour du pot comme une danseuse étoile.

Le président éclata de rire.

— Pour l'amour du ciel, ne répète jamais à personne ce que tu viens de dire !

— Robert, nous respectons tous deux les goûts sexuels de M. Trent, mais c'est un enfoiré et nous le savons parfaitement.

— C'est vrai, dut convenir Fowler. Bon, que veux-tu dire exactement, Elizabeth ?

— Il est grand temps que Cabot remette Ryan à sa place.

— Tu ne crois pas que tu es un peu jalouse du rôle qu'a joué Ryan dans cet accord, Elizabeth ?

Les yeux d'Elliot lancèrent des éclairs, mais le président gardait obstinément les siens dans son assiette. Elle respira un grand coup avant de répondre, en essayant de deviner s'il avait ou non voulu la piquer au vif. Probablement non, mais le président n'était pas homme à se laisser démonter sur des sujets de ce genre.

— Bob, on en a déjà parlé. Ryan a rassemblé des idées que d'autres avaient eues avant lui. Après tout, il est dans le renseignement ! Tout ce que font ces gens, c'est répéter ce que disent les autres.

— Non, il a fait davantage.

Fowler voyait bien comment cela allait se terminer, mais c'était amusant de la titiller ainsi.

— Bon, d'accord, il a tué des gens ! C'est ça, ce qu'il a fait d'extraordinaire ? Foutu James Bond ! Tu as même laissé exécuter ceux qui...

— Elizabeth, ces terroristes avaient également tué sept agents des services spéciaux, et il aurait fallu que je sois idiot pour commuer leurs peines.

Le président faillit s'énerver. « Tout ça pour des principes, hein, Bob ? » lui murmurait une petite voix intérieure, mais il parvint à garder son sang-froid.

— Et maintenant, tu ne pourras plus jamais gracier personne, ou les gens diront que tu agis selon tes intérêts personnels. Tu t'es laissé prendre au piège, on t'a manœuvré.

Il l'avait cherchée, elle répondait sur le même ton, mais Fowler ne mordit pas à l'hameçon.

— Elizabeth, je suis peut-être le seul procureur de toute l'Amérique à ne pas être partisan de la peine de mort, mais... nous vivons en démocratie, et les gens sont pour. – Il leva les yeux de son assiette. – Ces types étaient des terroristes ; je ne peux pas dire que je les ai laissé exécuter de gaieté de cœur, mais si quelqu'un le méritait, c'est bien eux. Les temps ne sont pas mûrs pour remettre cela en cause, on verra peut-être à mon deuxième mandat. Nous devons attendre le moment opportun, la politique est l'art du possible. Une seule chose à la fois, Elizabeth, tu le sais aussi bien que moi.

– Si tu ne fais rien, un beau matin, tu te rendras compte que Ryan dirige la CIA à ta place. Il est compétent, je veux bien l'admettre, mais c'est un homme du passé. Ce n'est pas l'homme qui convient pour les temps que nous vivons.

« Seigneur, ce que tu peux être envieuse, se dit Fowler. Mais nous avons tous nos faiblesses. » Il était temps d'arrêter ce petit jeu, il ne voulait pas la blesser.

– Qu'as-tu en tête exactement ?

– On pourrait le pousser doucement vers la sortie.

– Je vais y réfléchir, Elizabeth, ne gâche pas cette journée avec une discussion de ce genre, d'accord ? Comment comptes-tu annoncer les principaux éléments du traité ?

Elliot se pencha en arrière et but son café. Elle s'en voulait de s'être montrée si passionnée. Elle n'aimait pas du tout Ryan, mais Bob avait raison, ce n'était ni l'heure ni le lieu.

– Je crois que je vais leur remettre le texte de l'accord.

– Tu crois qu'ils lisent assez vite ? fit Fowler en riant.

Il y avait tellement d'analphabètes dans les médias.

– Tu devrais voir ce qu'ils imaginent. La première page du *Times* est arrivée par fax ce matin, ils sont dans tous leurs états, ils vont dévorer ça. Et je leur ai préparé un petit résumé.

– Cependant, tu veux y aller toi-même, dit le président en finissant sa saucisse.

Il regarda sa montre, le temps était ce qu'il y avait de plus important. Il y avait six heures de décalage entre Rome et Washington, ce qui signifiait que le traité ne pouvait pas être signé avant le début de l'après-midi, pour que les gens puissent voir le spectacle aux nouvelles du matin. Il fallait cependant mâcher les choses au peuple américain, les équipes de télé devaient donc être au courant vers 3 heures, heure de la côte Est, pour tout assimiler. Liz dévoilerait les choses à 9 heures, dans vingt minutes.

– Et tu caseras un petit mot sur le rôle de Charlie ?

– Oui, c'est la moindre des choses qu'on lui reconnaisse la part qui lui revient.

« Et autant pour Ryan par la même occasion », se dit Bob Fowler, mais il ne fit aucun commentaire. Bon, Charlie avait vraiment fait avancer les choses, non ? Fowler se sentit vaguement triste pour Ryan. Il pensait lui aussi que le

DDCI appartenait au passé, mais il savait aussi tout ce qu'il avait fait, et cela l'impressionnait. Arnie Van Damm en pensait le plus grand bien, et il n'y avait pas meilleur juge en matière d'hommes qu'Arnie dans le gouvernement. Mais Elizabeth était son conseiller à la Sécurité nationale, il ne pouvait pas la laisser se prendre à la gorge avec le DDCI. Impossible, c'était aussi simple que cela.

– Éblouis-les, Elizabeth.

– Ce sera pas difficile.

Elle lui sourit et se leva.

* * *

Le travail se révélait plus dur qu'il n'avait cru. Ghosn songea un instant à aller chercher de l'aide, mais il n'en fit rien. Une part de son aura dans l'organisation venait de ce qu'il faisait seul ce genre de choses, sauf pour le travail de routine où il avait parfois besoin de solides gaillards.

La bombe/équipement/pod était de construction plus robuste qu'il ne le croyait. Sous les lumières violentes de l'atelier, il prit le temps de la laver à grande eau, et découvrit un certain nombre d'éléments insolites. Des trous alésés étaient bouchés par un boulon. Il en démonta un, et tomba sur un autre fil électrique. Ce qui était plus étonnant, c'est que l'enveloppe de la bombe était plus épaisse qu'il ne croyait. Il avait déjà démonté un pod de brouillage israélien en aluminium, mais il y avait tout de même beaucoup d'éléments en plastique ou en fibre de verre, matériaux transparents aux radiations électromagnétiques.

Il avait commencé par la trappe d'accès, mais il ne réussit pas à l'ouvrir, et il chercha quelque chose de plus facile. Il ne trouva rien d'autre. Il revint à la trappe, irrité de n'avoir abouti à rien après plusieurs heures de travail.

Ghosn alla s'asseoir et alluma une cigarette. «Mais qu'es-tu?» demanda-t-il à l'objet.

Ça ressemblait pourtant tellement à une bombe. L'enveloppe épaisse – comment n'avait-il pas vu qu'elle était si épaisse, trop épaisse pour un pod de contremesures?... Mais pas d'étoupille, pas de détonateur, tout ce qu'il avait trouvé à l'intérieur, c'était du câblage électrique et des connecteurs. Ça devait être une sorte d'équipement électronique. Il écrasa sa cigarette sur le sol de terre et retourna à son établi.

Ghosn possédait une imposante collection d'outils, dont une scie à moteur à essence, très pratique pour découper l'acier. C'était un outil conçu pour être utilisé à deux, mais il décida de s'en servir tout seul, et d'essayer de découper la trappe, qui avait l'air moins coriace que le reste de l'enveloppe. Il régla la profondeur de coupe à neuf millimètres et démarra l'engin avant de le poser à la main sur la trappe. La scie faisait un bruit épouvantable, surtout au moment où la denture de diamant attaquait l'acier, mais son poids l'empêchait de tressauter, et il suivit doucement le bord de la trappe d'accès. La première entaille lui demanda vingt minutes. Il arrêta la scie, la posa de côté, et sonda la découpe avec un morceau de fil très fin.

Enfin! se dit-il. Il avait traversé l'épaisseur, il avait deviné juste. Le reste de l'enveloppe semblait épais de... quatre centimètres à peu près, mais la trappe était quatre fois plus mince. Ghosn était si heureux d'avoir abouti à quelque chose qu'il oublia de se demander pourquoi un pod de brouillage était doté d'une enveloppe de quelques centimètres d'acier durci. Avant de continuer, il mit un casque anti-bruit, ses oreilles sifflaient encore et il ne voulait pas ajouter un mal de tête à une besogne qui était assez éprouvante comme cela.

* * *

Le logo «Édition spéciale» apparut simultanément sur toutes les chaînes de télévision. Les présentateurs s'étaient levés de bonne heure – du moins si l'on considérait les habitudes détestables qu'ils avaient prises à Rome –, afin d'assister au briefing d'Elliot. Ils arrivèrent à bout de souffle à leurs chalets et passèrent leurs notes aux producteurs et aux journalistes chargés des enquêtes.

– Je le savais, fit Angela Miriles. Ricks, c'est exactement ce que je t'avais dit!

– Angie, je te dois un déjeuner, un dîner et peut-être même le petit déjeuner dans le restaurant de ton choix.

– Je prends le tout, fit en riant l'enquêtrice en chef.

Ce connard pouvait bien lui offrir ça.

– Alors, comment procède-t-on? demanda le producteur.

– On démarre dans la foulée, laisse-moi deux minutes, et c'est parti.

« Merde », se dit Angie.

Ricks n'aimait pas improviser. Il le fit pourtant, comme les journalistes de la presse écrite qui ont un scoop, et la précipitation des événements ne laissait pas d'autre solution. Il ne consentit à s'asseoir et à rester tranquille que le temps de se faire maquiller, puis fixa la caméra tandis que l'expert dont la chaîne s'était attaché les services – «Jamais qu'un expert de plus!» se dit Miriles – rejoignait Ricks dans le chalet.

– Cinq! cria l'assistant de production, quatre, trois, deux, un.

Il fit un grand geste en direction du présentateur.

– Oui, c'est bien vrai, commença Ricks. Dans quatre heures, le président des États-Unis, en compagnie du président soviétique, du roi d'Arabie, des premiers ministres suisse et israélien, ainsi que des chefs de deux importantes religions, signeront le traité qui fait naître l'espoir d'un règlement définitif au Proche-Orient. Les détails de cet accord sont étonnants...

Et il continua sur ce ton pendant trois minutes, sans une pause. On aurait dit qu'il faisait la course avec ses confrères des autres chaînes.

— De mémoire d'homme, on n'a jamais vu une chose pareille, un tel miracle, non, plutôt une étape sur le chemin qui conduit à la paix mondiale, Dick?

Le présentateur se tourna vers l'expert, ancien ambassadeur en Israël.

— Ricks, j'ai pris connaissance de ce texte il y a une demi-heure, et je n'en crois toujours pas mes yeux. S'il s'agit d'un miracle, on peut dire que l'endroit est bien choisi. Les concessions faites par le gouvernement israélien sont stupéfiantes, comme le sont les garanties que donne l'Amérique pour assurer la paix. Le secret qui a entouré les négociations est également remarquable. Si ces détails avaient été connus deux jours plus tôt, nous serions en mesure de vous les présenter, mais, pour le moment, Ricks, la seule chose que nous pouvons dire est que ceci est bien vrai. Et, dans quelques heures, nous assisterons une fois de plus à un bouleversement de première importance.

— Cela n'aurait jamais pu aboutir sans l'esprit de coopération sans précédent dont a fait preuve l'Union soviétique, et nous devons en remercier chaleureusement le président soviétique, Andrei Narmonov.

— Que pensez-vous des concessions faites par tous les groupes religieux?

— C'est absolument incroyable, Ricks. Les guerres de religion font rage dans cette région depuis les débuts de l'histoire. Mais il faut souligner que le maître d'œuvre de ce traité est le regretté Charles Alden. Un haut responsable de l'administration a eu la délicatesse de reconnaître tout le mérite d'un homme qui a disparu il y a quelques semaines, alors qu'il était en disgrâce. Par une cruelle ironie du sort, cet homme qui a compris le premier que ces conflits religieux étaient artificiels, et toutes les guerres de religion ont commencé ici, cet homme n'aura pas vu le résultat de ses efforts. Il semble bien qu'Alden a été un élément moteur de l'accord, et on souhaite seulement que l'histoire ne l'oublie pas, malgré la date et les circonstances de sa mort : c'est Charles Alden, de l'université de Yale, qui a rendu ce miracle possible.

L'ancien ambassadeur était lui aussi ancien de Yale, et il avait fait ses études avec Alden.

— Et les autres? demanda le présentateur.

— Ricks, quand survient un événement de cette importance — et c'est un événement extrêmement rare —, une foule de gens jouent un rôle, et chacun de ces rôles est important. Le traité du Vatican est également l'œuvre du secrétaire d'État Brent Talbot, très bien secondé par le sous-secrétaire Scott Adler, lequel est un brillant diplomate et le bras droit de Talbot. De même, le président Fowler a approuvé cette initiative et l'a appuyée de son autorité quand nécessaire; c'est lui qui a repris l'intuition de Charlie après sa mort. Je ne connais pas un seul président qui ait montré un tel courage, une telle vision prospective, qui ait risqué à ce point sa réputation et son avenir sur un tel pari. S'il avait échoué, c'était la chute assurée, mais Fowler s'en est sorti. C'est un grand jour pour la diplomatie américaine, un grand jour pour la compréhension Est-Ouest, et peut-être le plus grand moment pour la paix mondiale de toute l'histoire de l'humanité.

– Dick, je n'aurais pas pu exprimer les choses mieux que vous ne l'avez fait. Que pensez-vous de la réaction du Sénat, qui devra approuver le traité du Vatican, et que pensez-vous également du traité de défense bilatéral entre les États-Unis et Israël ?

Le commentateur sourit de toutes ses dents et secoua la tête, amusé.

– Cette affaire passera au Sénat si vite que l'encre n'aura pas eu le temps de sécher quand le président promulguera la loi. Le seul élément qui puisse ralentir un peu les choses, ce sont les discussions qui ne vont pas manquer de se produire en commission et en séance plénière.

– Mais le coût d'entretien des troupes américaines qui vont stationner...

– Ricks, nous avons une armée dont le rôle consiste à préserver la paix. C'est son boulot, et pour remplir cette mission sur place, l'Amérique paiera le prix qu'il faudra. Ce n'est pas un sacrifice supplémentaire pour le contribuable, c'est un privilège, un honneur, de placer le sceau de la puissance américaine sur la paix du monde. Ricks, c'est la mission même de l'Amérique et, naturellement, nous la remplirons.

– Voilà ce que nous savons pour l'instant, reprit Ricks en se retournant vers la caméra numéro un. Nous vous retrouvons dans deux heures et demie pour le reportage en direct de la cérémonie de signature du traité du Vatican. New York, je vous rends l'antenne. Ricks Cousins, en direct du Vatican.

* * *

– Quel salaud ! siffla Ryan entre ses dents.

Cette fois, malheureusement, le son de la télé avait réveillé sa femme, qui regardait les images avec beaucoup d'intérêt. Elle se leva pour aller faire du café.

– Jack, jusqu'à quel point as-tu... ?

– Chérie, j'ai été impliqué dans cette affaire, même si je ne peux pas tout te dire.

Jack se disait qu'il aurait dû ne pas décolérer, quand on voyait de quelle façon tout le crédit de l'idée initiale était attribué à Alden, mais Charlie était un brave type, même avec ses faiblesses, et Alden avait donné l'impulsion voulue au bon moment. D'un autre côté, se disait-il, l'étude historique finirait bien par découvrir un peu de vérité, comme d'habitude. Ceux qui avaient joué un rôle réel dans l'affaire savaient de quoi il retournait. Il avait l'habitude de rester dans l'ombre. Il regarda sa femme et lui sourit.

Alors, Cathy comprit. Cela faisait des mois qu'elle l'entendait réfléchir à voix haute. Jack ne se rendait pas compte qu'il parlait tout seul en se rasant, et, bien qu'il essayât de ne pas la réveiller quand il se levait aux aurores, elle l'entendait. Cathy aimait la façon qu'il avait de l'embrasser alors qu'il la croyait toujours endormie, et elle ne voulait pas compromettre ce petit plaisir. Il avait assez d'ennuis comme ça, elle se faisait du souci pour lui, et elle savait trop à quel point il était bon.

«Ce n'est pas juste, se dit le docteur Ryan. C'était l'idée de Jack, au moins en partie.» Qu'y avait-il encore qu'elle ne sache pas? Caroline Muller Ryan, docteur en médecine, se posait rarement cette question. Mais elle ne pouvait pas faire semblant d'ignorer les cauchemars de Jack. Il avait du mal à dormir, il buvait trop, et le peu de sommeil qu'il parvenait à trouver était encore troublé par des choses qu'elle ne pouvait pas lui demander de lui expliquer. Cela l'effrayait un peu. Mais qu'avait donc fait son mari? De quoi se sentait-il coupable?

* * *

Ghosn mit trois heures pour venir à bout de la trappe. Il avait dû changer une lame, et il aurait été plus vite s'il avait demandé de l'aide mais il avait bien trop d'amour-propre pour le faire. Peu importe, c'était terminé, et il n'était pas peu fier de lui. L'ingénieur attrapa une baladeuse et regarda l'intérieur : un autre mystère l'attendait.

Il vit un treillis métallique – du titane peut-être? – qui maintenait en place un cylindre, par le biais de gros boulons. Ghosn se servit de sa lampe pour inspecter le bord du cylindre, et aperçut encore des fils, tous connectés sur la pièce. Il repéra un gros coffret électronique... une sorte de radar. Aha! Ainsi, c'était une espèce de... mais une espèce de quoi? Tout à coup, il eut l'impression de passer à côté de quelque chose d'important. Mais quoi? Le cylindre portait des inscriptions en hébreu, et il ne connaissait pas assez cette autre langue sémitique. Il n'y comprit rien. Il se rendit compte que la structure était au moins partiellement conçue pour résister aux chocs, et ç'avait remarquablement bien marché. L'enveloppe était un peu déformée, mais le cylindre semblait parfaitement intact. Il avait sûrement un peu souffert, mais rien de grave... Il ne savait pas ce qu'il y avait à l'intérieur, mais c'était en tout cas quelque chose qu'il fallait protéger contre les chocs. Cela signifiait qu'il fallait faire attention, c'était sans doute un système électronique très fragile. Il revint à sa première idée, le pod de brouillage. Ghosn était trop concentré sur ce qu'il faisait pour réaliser qu'il avait exclu toutes les autres hypothèses, que son cerveau d'ingénieur ne voyait pas les indices qui s'offraient à lui. Il prit une nouvelle clé et commença à desserrer les boulons qui maintenaient le cylindre en place.

* * *

Fowler s'assit dans un fauteuil du XVIᵉ siècle, observant les chefs du protocole qui s'activaient dans tous les sens, comme des faisans incapables de décider s'ils vont piéter ou s'envoler. Les gens croient communément que des affaires comme celle-là sont menées calmement par des professionnels qui ont tout prévu. Fowler savait ce qu'il en était. Bien sûr, les choses se passaient bien quand on avait du temps devant soi – quelques mois – et qu'on pouvait régler tous les détails. Mais cette affaire avait été montée en quelques jours, pas en quelques mois, et la douzaine de chefs du protocole n'avaient pas eu le temps de décider qui serait le patron. Curieusement, le Suisse et le Russe étaient les plus calmes, et, sous les yeux du président américain, ils agirent de concert, proposèrent un plan aux autres et se mirent en demeure de l'exécuter. Le président sourit, cela lui rappelait une bonne équipe de foot. Le représentant du Vatican était trop vieux pour prendre la direction des opérations. C'était sans doute un évêque, se dit Fowler, ou un cardinal. Il avait plus de soixante ans et tellement le trac qu'on avait peur qu'il en meure. Le Russe finit par le prendre à part deux minutes, ils échangèrent un signe de tête et une poignée de main, puis tout le monde s'activa. Fowler se dit qu'il devrait penser à demander le nom du Russe, ç'avait l'air d'un vrai professionnel. En outre, c'était très amusant de le regarder faire, et cela lui procurait une détente à un moment où il en avait bien besoin.

Finalement – avec seulement cinq minutes de retard, ce qui tenait du miracle, songea Fowler avec un demi-sourire –, les chefs d'État se levèrent. On leur demanda de se mettre en rang. Des poignées de main plus protocolaires furent échangées, et les personnalités profitèrent de l'absence de micros pour risquer quelques plaisanteries. Le roi d'Arabie semblait contrarié de ce retard, mais il essayait de n'en rien montrer, remarqua Fowler. Il avait probablement d'autres soucis en tête. Des menaces de mort pesaient sans arrêt sur lui, mais son visage ne montrait aucun signe de peur, et Bob Fowler s'en rendit compte également. C'était peut-être un homme qui n'avait aucun sens de l'humour, mais il avait le maintien et le courage – la classe, reconnut le président – qui convenaient à son titre. Il avait été le premier à décider de venir, et cela ne lui avait pris que deux heures de discussion avec Ryan. Pas mal, non ? Ryan avait remplacé Charlie Alden au pied levé et il avait rempli sa mission comme s'il avait eu tout le temps de la préparer. Le président se renfrogna en y repensant. Il avait fini par oublier à quel point les premières démarches avaient été acrobatiques. Scott Adler à Moscou, à Rome puis à Jérusalem, Jack Ryan à Rome et à Riyad. Ils avaient très bien travaillé, et personne ne leur en saurait jamais gré. C'était la règle, conclut le président Fowler. S'ils voulaient qu'on les félicite, ils n'avaient qu'à faire son boulot à lui.

Deux gardes suisses en uniforme traditionnel ouvrirent les énormes portes de bronze, laissant apparaître la silhouette imposante de Giovanni, cardinal d'Antonio. Les projecteurs de la télévision lui faisaient une auréole et le président des États-Unis d'Amérique faillit éclater de rire. La cérémonie commença.

* * *

Ghosn ne savait pas qui avait fabriqué cet objet, mais c'était quelqu'un qui en connaissait un bout quand il s'agissait de faire costaud. C'était pourtant étrange. Le matériel israélien avait toujours une fragilité – non, ce n'était pas le terme exact. Les ingénieurs israéliens étaient intelligents, efficaces, ils faisaient du travail élégant. Leur matériel avait la résistance voulue, ni plus ni moins. On retrouvait ce sens du travail bien fait même dans leurs fabrications les plus banales. Mais ce truc... il était surdimensionné à un point inimaginable. On voyait qu'il avait été dessiné et construit à la hâte; en fait, c'était presque du matériau brut. Cela lui rendait service, c'était plus facile à démonter. Personne n'avait eu l'idée d'y inclure un dispositif d'autodestruction – les sionistes étaient d'une habileté diabolique dans ce domaine! Ghosn avait manqué se faire tuer par un système de ce genre cinq mois plus tôt, mais là, il n'y en avait pas. Il suffisait de trouver une clé avec un manche assez long pour dévisser les boulons. Il fit couler un peu de dégrippant sur chacun d'eux, attendit un quart d'heure, le temps de fumer deux cigarettes, et mit en place la clé sur le premier. Ce fut dur au début, mais l'écrou finit par venir. Il y en avait encore cinq comme celui-là.

* * *

L'après-midi promettait d'être long. On commença par les discours, celui du pape tout d'abord, puisque c'était lui qui recevait. Son allocution fut très simple; il tira quelques leçons de l'Écriture, insistant une fois encore sur ce qui rapprochait les religions représentées. Il y avait un service de traduction simultanée et tout le monde portait des écouteurs, ce qui était inutile puisque tous avaient devant eux le texte des discours. Les participants devaient faire un effort pour ne pas s'endormir. Les discours ne sont jamais que des mots, après tout, et les hommes politiques ont du mal à écouter ce que disent les autres, même lorsqu'il s'agit de chefs d'État. C'est pour Fowler que c'était le plus dur, car il prenait la parole le dernier. Il regarda subrepticement sa montre, mais resta impassible quand il se rendit compte qu'il lui restait encore une heure et demie à tenir.

* * *

Il lui fallut encore quarante minutes, mais tous les boulons finirent par venir. C'étaient de gros boulons, lourds, en inox. Voilà qui avait été conçu pour durer, se dit Ghosn, mais ça ne l'arrangeait guère. Maintenant, au tour du cylindre. Il regarda une fois encore sous tous les angles pour voir s'il n'y avait vraiment pas de système anti-effraction – la prudence était la seule qualité requise dans un boulot de ce genre – et il tâta de la main l'intérieur de l'enveloppe. Le seul objet relié au cylindre était l'émetteur/récepteur radar, mais il y avait trois autres prises inutilisées. Ghosn était fatigué, et il ne remarqua pas ces trois connecteurs aisément accessibles qui lui crevaient les yeux. Le cylindre était encore coincé dans son support légèrement tordu, mais, une fois les boulons enlevés, il suffisait d'appliquer une force assez importante pour l'extraire.

* * *

L'allocution d'Andrei Ilitch Narmonov fut brève. Fowler la jugea sobre et digne, et il y aurait sûrement des commentaires sur cet accent de modestie.

* * *

Ghosn ajouta une pièce supplémentaire sur le trépied en V. Heureusement, le cylindre était équipé d'un anneau de levage : les Israéliens n'aimaient pas plus que lui gaspiller leur énergie. Le reste du pod était moins lourd qu'il ne pensait, mais, au bout d'une minute, le cylindre se retrouva en l'air entraînant le pod avec lui. Ça ne pouvait pas durer. Ghosn ajouta du dégrippant sur les tiges filetées, et attendit que la gravité ait fait son œuvre. Au bout d'une minute, il perdit patience, prit un solide levier et commença à faire pression entre la plaque et le cylindre, millimètre par millimètre. Au bout de quatre minutes, il entendit un craquement sec, et le pod retomba. Il ne restait plus qu'à hisser au palan pour sortir le cylindre à l'air libre.

Le cylindre était peint en gris et avait sa propre trappe d'accès, ce qui n'était pas surprenant. Ghosn choisit la clé du bon calibre et commença à desserrer les quatre écrous. Ils étaient bien souqués, mais il en vint à bout sans peine. Il travaillait vite, maintenant, et son excitation montait à mesure qu'il se voyait près d'aboutir. Son bon sens lui conseillait pourtant de rester calme.

* * *

Ce fut enfin le tour de Fowler.

Le président des États-Unis d'Amérique se dirigea vers le pupitre, un porte-documents en cuir marron à la main. Sa chemise était raide d'amidon et lui irritait le cou, mais il ne s'en rendait plus compte. Voilà le moment qu'il attendait depuis toujours. Il regarda la caméra bien en face, l'air sérieux mais pas trop grave, détendu mais pas trop réjoui, fier mais pas arrogant, et adressa un signe de tête à ses pairs.

« Très Saint-Père, Votre Majesté, Monsieur le Président, commença Fowler, Messieurs les Premiers Ministres, et vous, tous les peuples de ce monde troublé mais plein d'espérance :

« Nous nous sommes réunis dans cette cité vénérable, une cité qui a connu la guerre et la paix depuis plus de trois mille ans, une cité où est née l'une des plus grandes civilisations, et qui est maintenant le siège d'une religion encore plus grande. Nous sommes venus des quatre coins de l'univers, des déserts et des montagnes, des plaines immenses de l'Europe et d'une autre ville bâtie au bord d'un grand fleuve, mais, contrairement à beaucoup d'étrangers, nous sommes venus en paix. Nous avons un seul objectif – mettre fin à la guerre et à la souffrance, apporter les bienfaits de la paix à l'une des régions les plus troublées du monde, qui sort d'un bain de sang, mais qui est illuminée par les idéaux qui nous différencient des animaux, créés que nous sommes à l'image de Dieu. » Il ne regardait ses papiers que pour en tourner les feuillets. Fowler savait parler en public, depuis trente ans qu'il le faisait, et il parlait en ce moment comme lorsqu'il avait dû s'adresser à une centaine de jurys. Il pesait ses mots et le rythme de ses phrases, ajoutant ce qu'il fallait d'émotion pour contrebalancer son image de froideur, se servant de sa voix comme d'un instrument de musique, rendant physiquement palpable la volonté intense qui l'habitait.

« Cette Cité, l'État du Vatican, est consacrée au service de Dieu et de l'Homme, et elle n'a jamais aussi bien rempli sa mission qu'en ce jour. Aujourd'hui, mes chers concitoyens du monde, aujourd'hui, nous avons accompli une partie du rêve que poursuivent les hommes et les femmes durant leur vie entière. Grâce à vos prières, à travers l'idéal qui nous a été remis voici plusieurs siècles, nous nous sommes rendu compte que la paix valait mieux que la guerre, que c'était un but qui exigeait encore davantage de courage. Tourner le dos à la guerre, accueillir la paix, voilà la mesure de notre force.

« J'ai aujourd'hui l'honneur et le privilège, que je partage avec vous, de mettre un point final à une discorde qui a tristement marqué une Terre sainte pour nous tous. Avec cet accord, nous avons trouvé une solution définitive fondée sur la justice, la foi, la Parole de Dieu que nous adorons sous des noms différents, mais qui connaît chacun d'entre nous.

« Ce traité reconnaît les droits des hommes et des femmes de cette région à la sécurité, à la liberté religieuse, à la liberté d'expression, à la reconnaissance de leur dignité liée à leur qualité de créatures de Dieu, leur droit d'être considérés comme des êtres uniques, il reconnaît que nous sommes tous égaux à Ses yeux. »

*　*　*

La dernière trappe céda à son tour. Ghosn ferma les yeux et murmura une prière d'action de grâces. Il était là depuis des heures et il n'avait pas déjeuné. Il posa la trappe sur le sol et rangea les boulons dans la surface concave pour ne pas les perdre. Ingénieur jusqu'au bout des ongles, Ghosn était toujours soigné et méticuleux dans tout ce qu'il faisait. La trappe était munie d'un joint d'étanchéité en plastique, qui n'avait pas bougé, ce qu'il nota avec admiration. Cela prouvait qu'il s'agissait bien d'un boîtier électronique extrêmement sophistiqué. Ghosn passa doucement la main dessus, il n'était pas pressurisé. Avec la pointe d'un canif, il découpa le plastique et l'enleva délicatement. Quand il vit enfin l'intérieur du cylindre, il sentit une main de glace le saisir au cœur. Ce qu'il voyait, c'était une sphère déformée gris-jaune... comme de la mie de pain sale.

C'était une bombe.

Ou au moins un dispositif d'autodestruction. Une violente envie d'uriner lui agrippa les reins. Il chercha précipitamment une cigarette, et dut s'y prendre à trois reprises avant de l'allumer. Comment avait-il pu ne pas voir... quoi? Qu'avait-il laissé passer? Rien. Il avait fait aussi attention que d'habitude. Les Israéliens n'avaient pas réussi à le tuer. Leurs ingénieurs étaient peut-être retors, mais lui aussi.

Patience, se dit-il. Il réexamina l'extérieur du cylindre. Il y avait le câble, encore fixé, qui allait jusqu'au radar, plus trois autres connecteurs inutilisés.

« Que sais-je exactement de ce truc? »

Un radar, une enveloppe épaisse, une trappe de visite... une sphère d'explosif reliée à...

Ghosn se pencha pour mieux voir. Sur la sphère, à intervalles réguliers, il distinguait des détonateurs... les fils qui en sortaient étaient...

« Ce n'est pas possible. Non, ça ne peut pas être ça! »

Ghosn démonta les détonateurs un par un, enlevant le fil d'alimentation, les posa avec précaution sur une couverture, car les détonateurs sont les objets les plus chatouilleux que l'homme ait jamais inventés. D'autre part, l'explosif pouvait être manipulé sans précaution particulière, à tel point qu'on pouvait le mettre dans l'eau bouillante sans aucun risque. Il prit son couteau et commença à l'enlever; il était étonnamment lourd.

* * *

« Il est une vieille légende, celle de Pandore, une femme de la mythologie à qui on offrit une boîte. Bien qu'on le lui ait interdit, elle l'ouvrit stupidement, laissant s'échapper dans notre monde la discorde et la guerre et la mort. Pandore était désespérée de ce qu'elle venait de faire lorsqu'elle trouva, demeurée seule au fond de la boîte, l'espérance. Nous avons vu trop de guerres et de discordes, mais nous avons finalement réussi à nous servir de l'espérance. Cela a été un long chemin, un chemin de sang, un chemin marqué par le désespoir, mais cette route nous a toujours conduits un peu plus haut, car l'espoir est la vision commune à toute l'humanité de ce que nous pouvons, voudrions, et devons faire. Et c'est l'espoir qui nous a menés là où nous sommes.

«Cette légende antique a beau être d'origine païenne, sa vérité n'en éclate pas moins aujourd'hui. En ce jour, nous replaçons la guerre, la discorde et la mort dans leur boîte. Nous fermons le couvercle sur les conflits, nous ne garderons que l'espoir, le dernier et le plus important des dons que Pandore a laissés à l'humanité. En ce jour s'accomplit enfin le rêve de toute l'humanité.

«En ce jour, nous avons accepté des mains de Dieu le don de la paix.

«Merci.»

Le président sourit chaleureusement et les caméras le suivirent jusqu'à son fauteuil au milieu des applaudissements plus que purement formels de ses pairs. Il était temps de passer à la signature du traité, et, après avoir été le dernier à parler, Fowler fut le premier à signer. Tout se passa très vite, et J. Robert Fowler entra dans l'histoire.

* * *

Tout allait plus vite à présent. Il sortit les blocs et les mit à l'écart, sachant pertinemment que ça ne servait à rien, mais maintenant, il savait ce qu'il avait entre les mains.

Voilà, une boule de métal, une sphère revêtue de nickel brillant, absolument pas corrodée ni endommagée par les années qu'elle avait passées dans le jardin du Druze grâce à la protection de la membrane en plastique des ingénieurs israéliens. L'objet n'était pas très gros, pas plus qu'un ballon d'enfant. Ghosn savait ce qu'il devait faire maintenant. Il tendit la main, et posa ses doigts sur la surface nickelée.

Du bout des doigts, il gratta la surface de la boule métallique. Elle était chaude.

«Allâh 'u akhbar!»

9
RÉSOLUTION

– Intéressant.

   – Je crois qu'il s'agit d'une occasion assez rare, souligna Ryan.

   – Il est fiable, on peut lui faire confiance? demanda Cabot.

   Ryan sourit à son patron.

   – Monsieur, c'est l'éternel problème. Vous devez comprendre comment ça marche. On n'est jamais sûr de rien – je veux dire qu'il faut des années avant d'obtenir un certain degré de certitude. Ce jeu comporte très peu de règles, et personne ne connaît le score. – Il s'appelait Oleg Yourevitch Lyalin, Cabot ne le savait pas encore, et c'était un «illégal» du KGB qui travaillait sans couverture diplomatique. Son identité d'emprunt était celle de représentant d'un conglomérat industriel soviétique. Lyalin dirigeait au Japon tout un réseau dont le nom de code était Chardon. – Ce type est un véritable homme de terrain. Son réseau est meilleur que celui du résident du KGB à Tokyo, et sa meilleure source est tout simplement au gouvernement.

   – Et?

   – Et il nous offre son réseau.

   – Est-ce aussi important que je commence à le penser? demanda le DCI à son adjoint.

   – Patron, c'est pas tous les jours qu'on a une occasion pareille. Nous n'avons pratiquement aucune activité au Japon. Nous n'avons pas assez de gens qui parlent la langue – même ici pour traduire leurs documents – et nos priorités ont toujours été ailleurs. Il nous faudrait des années pour bâtir fût-ce une simple infrastructure. Les Russes, eux, opèrent là-bas depuis l'époque des tsars. Il y a à cela une raison historique: les Japonais et les Russes se sont combattus pendant longtemps, et la Russie a toujours regardé le Japon comme un adversaire stratégique, si bien qu'ils ont toujours accordé une grande importance à leurs activités là-bas, bien avant de dépendre de la technologie japonaise. Ce type nous fait profiter du travail des Russes, les stocks, les effets à recevoir, l'usine, tout quoi.

— Mais ce qu'il nous demande...

— L'argent? Et alors? Ce n'est même pas le cent millième de ce que ça peut rapporter à notre pays, souligna Jack.

— Un million de dollars par mois! protesta Cabot.

Net d'impôt, aurait-il pu ajouter, mais il n'en fit rien.

Ryan réussit à ne pas rire.

— Bon, ce salopard est près de ses sous, d'accord. À propos, c'était combien le dernier déficit de notre balance commerciale avec le Japon? demanda Jack en haussant le sourcil. Il nous offre de nous donner ce qu'on veut, aussi longtemps qu'on veut. Tout ce qu'on aura à faire, c'est de le rapatrier avec sa famille si ça devient nécessaire. Il n'a pas envie de prendre sa retraite à Moscou, il a quarante-cinq ans et c'est un âge auquel on commence à y penser. Il faudrait qu'il déménage dans dix ans et pour aller où? Ça fait treize ans qu'il vit au Japon pratiquement sans interruption, il aime la foule, les voitures, les magnétoscopes, et il n'a pas envie de faire la queue pour acheter des pommes de terre. Et il nous aime bien. Les seuls gens qu'il n'aime pas, ce sont les Japonais, il ne les aime même pas du tout. Il se dit qu'il ne trahit pas son pays, puisqu'il tient à mettre dans le contrat qu'il n'aura rien à faire contre la Mère Russie. Eh bien, ça me convient. — Ryan rit un bon moment. — C'est le capitalisme. Ce type lance une lettre d'information destinée aux dirigeants, et c'est de l'information dont on peut se servir.

— Il la fait payer assez cher.

— Monsieur, ça en vaut la peine. Les renseignements qu'il peut nous fournir valent des milliards dans nos négociations commerciales, et on en retirera des milliards en impôts fédéraux. Monsieur le directeur, j'ai été dans la finance, on trouve une occasion comme celle-là une fois tous les dix ans. La Direction des opérations a bien envie de monter cette affaire, et je suis d'accord. Il faudrait être fou pour dire «non» à ce type. Quant à l'échantillon qu'il nous a fourni, vous avez eu l'occasion de le lire, non?

Cet échantillon était le compte rendu du dernier conseil des ministres du gouvernement japonais; il n'y manquait pas un mot, pas un grognement ni un sifflement. C'était hautement intéressant, au moins dans le cadre d'une analyse psychologique. La nature des échanges au cours des conseils permettrait aux analystes américains de savoir des tas de choses sur la façon dont le gouvernement travaillait et prenait ses décisions. Ce sont des données dont on a souvent une vague idée, mais difficiles à vérifier.

— C'était très instructif, en particulier ce qu'ils ont dit sur le président. Je ne lui ai pas transmis cette partie-là, ce n'est pas la peine de l'embêter avec des choses pareilles en ce moment. OK, j'approuve cette opération, Jack. Comment gère-t-on des choses de ce genre?

— Nous avons choisi un nom de code, Mushashi. C'était le nom d'un samouraï illustre, un maître d'escrime. Et l'opération est baptisée Niitaka. Nous avons choisi des noms japonais pour des raisons évidentes.

Jack décida tout de même de les lui expliquer – Cabot comprenait vite, mais ces affaires de renseignement étaient un peu nouvelles pour lui.

– S'il y a une fuite de notre côté, il vaut mieux faire croire que la source est japonaise, pas russe. Ces noms ne sortiront pas d'ici. Pour les gens de l'extérieur, nous utilisons d'autres noms de code, créés par ordinateur, et on les change chaque mois.

– Et quel est le véritable nom de cet agent?

– Monsieur le directeur, c'est à vous de décider. Vous avez le droit de le connaître. Jusqu'ici, c'est volontairement que je ne vous l'ai pas donné, parce que je voulais que vous ayez d'abord un panorama d'ensemble. En pratique, les choses sont équitablement réparties; il y a des directeurs qui veulent savoir, et d'autres qui préfèrent ne pas savoir. Un grand principe dans le renseignement, c'est que moins il y a de gens au courant, moins on court le risque d'avoir des fuites. L'amiral Greer disait que la première loi du renseignement, c'est que la probabilité qu'une opération soit démasquée soit proportionnelle au carré du nombre de gens qui en connaissent les détails. À vous de décider.

Cabot prit l'air songeur. Finalement, il décida d'attendre.

– Vous aimiez bien Greer, n'est-ce pas?

– Comme un père. Quand mon véritable père est mort dans un accident d'avion, l'amiral m'a adopté, en quelque sorte.

«C'est plutôt moi qui l'ai adopté», songea Jack.

– Pour Mushashi, vous voudrez sans doute réfléchir avant de décider.

– Et si la Maison Blanche veut connaître tous les détails? demanda Cabot.

– Monsieur le directeur, quoi que puisse penser Mushashi, ses employeurs considéreront ce qu'il fait comme de la haute trahison, et, là-bas, il s'agit d'un crime capital. Narmonov est un brave type, mais les Soviets ont exécuté quarante personnes pour espionnage, à notre connaissance. Il s'agissait de gens comme Top Hat, Journeyman, plus un autre qui s'appelait Tolkatchev, et ils ont tous fait un boulot considérable pour notre compte. On a essayé de les échanger, mais ils ont été passés par les armes avant que les discussions aient seulement eu le temps de commencer. Les procédures d'appel sont plutôt succinctes en URSS, expliqua Ryan. Il y a une chose certaine, si ce type se fait griller, il prendra une balle dans la nuque. C'est la raison pour laquelle nous traitons avec autant de sérieux l'identité de nos agents. Si on fait les cons, il y a des types qui meurent, glasnost ou pas. La plupart des présidents comprennent très bien ça. Ah! encore une chose...

– Oui?

– Il veut que ses comptes rendus soient transmis de la main à la main, pas par radio. Si on n'est pas d'accord sur ce point, il renonce. La nature de ses renseignements est telle qu'il n'y a pas urgence. On a déjà travaillé comme ça avec des agents de ce calibre. Il y a un vol quotidien depuis le Japon par United, Northwest ou même All Nippon Airways pour l'aéroport international de Dulles.

— Mais..., fit Cabot avec une grimace.

— Oui, je sais, répondit Jack en hochant la tête. Il n'a pas confiance dans la sécurité de nos systèmes de communication, et ça m'inquiète.

— Vous ne croyez pas que...?

— Je ne sais pas, nous avons eu du mal à pénétrer leur chiffre, et la NSA suppose qu'ils ont les mêmes problèmes avec le nôtre. Mais de telles hypothèses sont hasardeuses. Nous avons déjà eu des indications selon lesquelles nos communications n'étaient pas parfaitement sûres.

— Quelles conséquences cela pourrait-il avoir?

— Désastreuses, répondit calmement Jack. Monsieur le directeur, nous avons de nombreux systèmes de communication, pour des raisons évidentes. Nous avons Mercury, à l'étage au-dessous, pour nos propres affaires, le reste du gouvernement utilise surtout les réseaux de la NSA. Walker et Pelton ont un système qui est compromis depuis longtemps. Le général Olson, à Fort Meade, affirme qu'ils ont réglé tout ça, mais, pour des raisons financières, nous n'avons pas pu adopter l'ensemble de leur Tapdance à chiffrage unique. Nous pouvons bien mettre la NSA en garde une fois encore – je pense qu'ils n'en tiendront pas compte, mais c'est notre devoir de le faire – et, de notre côté, je crois qu'il est temps de faire quelque chose. Pour commencer, monsieur, nous devrions réexaminer entièrement Mercury.

C'était le centre nerveux des communications de la CIA, quelques étages plus bas.

— C'est cher, fit Cabot. Et avec nos problèmes budgétaires...

— C'est deux fois moins cher que de compromettre systématiquement notre trafic. Monsieur le directeur, il est vital d'avoir un réseau de communication sûr. Sans cela, tout le reste est inutile. Nous avons déjà développé notre propre système à chiffrage unique, il ne nous manque plus que l'argent pour démarrer.

— Rappelez-moi comment ça marche. On me l'a déjà expliqué mais...

— En fait, c'est notre propre version de Tapdance, un procédé de chiffrement qui ne sert qu'une fois avec des matrices stockées sur CD ROM. Les transpositions sont générées à partir du bruit radioélectrique atmosphérique, puis surchiffrées à partir du bruit enregistré la veille, et on mélange enfin le tout en utilisant un générateur aléatoire. Les mathématiciens nous disent qu'il n'y a pas plus aléatoire que ça. Les transpositions sont générées par ordinateur puis stockées en temps réel sur des disques laser. Nous utilisons un disque par jour, chaque disque est différent, et il n'en existe que deux copies, une à la station, une à Mercury. Les lecteurs de disque que nous utilisons sont apparemment standard, mais ils disposent d'un laser d'effacement; dès qu'un code de transposition est lu, il est immédiatement grillé.

Quand le disque a été utilisé, ou à la fin de la journée, et le jour finit avant lui, puisque nous parlons de milliards de caractères par disque, on le détruit en le mettant dans un four à micro-ondes. Ça prend deux minutes. En principe, la sécurité est parfaitement assurée, mais le système peut tout de même être compromis à trois niveaux : un, à la fabrication deux, pendant le stockage, ici, et trois, pendant le transport jusqu'à la station. Si une station est compromise, ça s'arrête là. Nous ne sommes pas parvenus à les rendre infalsifiables ; nous avons essayé, mais ce serait beaucoup trop cher et cela les rend plus vulnérables à un défaut aléatoire. Autre aspect du projet, nous devrons embaucher une vingtaine de techniciens supplémentaires. Comme le système est très facile d'emploi, il sera plus utilisé que les précédents. Le plus gros du coût est là. Et nos hommes sur le terrain préfèrent ce système, car il est plus simple.

– Quel est l'investissement ?

– Cinquante millions de dollars. Nous devons agrandir Mercury, et construire l'atelier de fabrication. Nous avons déjà les locaux, mais les machines sont chères. Dès que nous aurons les fonds, le système peut être opérationnel en trois mois.

– Je comprends votre point de vue. Je crois que ça en vaut la peine, mais, pour trouver l'argent... ?

– Si vous m'y autorisez, je pourrais en parler à M. Trent.

– Hmmm. – Cabot baissa les yeux. – D'accord, prenez-le par la douceur, et j'en parlerai de mon côté au président dès son retour. Je vous fais confiance pour Mushashi. À part vous, qui d'autre encore connaît sa véritable identité ?

– Le DO, le chef de poste à Tokyo, et son officier traitant.

Le directeur des opérations (DO) s'appelait Harry Wren et, même si ce n'était pas exactement un type du goût de Cabot, c'était tout de même lui qui l'avait choisi. Wren était dans l'avion pour l'Europe en ce moment. Un an plus tôt, Jack pensait que ce choix était une erreur, mais Wren faisait bien son métier. Il avait choisi un adjoint remarquable, deux adjoints plutôt : les célèbres Ed et Mary Pat Foley. Si Ryan avait eu à choisir un directeur des opérations entre eux deux, il n'aurait su lequel désigner. C'était la meilleure équipe mari et femme que l'Agence ait jamais eue. Si Mary Pat était devenue DO, ç'aurait été une première mondiale, et elle n'aurait pas eu beaucoup de voix au Congrès. Elle attendait son troisième enfant, mais ce n'est pas ça qui l'empêchait de turbiner. L'Agence avait sa propre crèche, avec des serrures à code sur les portes, bien entendu, une équipe de gardes armés jusqu'aux dents, et la plus belle salle de jeu que Ryan ait jamais vue.

– Tout ça me paraît très bien, Jack. Je regrette d'avoir déjà envoyé ce fax au président, j'aurais dû attendre.

– Pas de problème, monsieur, le tuyau a été vérifié à fond.

– Vous me raconterez comment Trent réagit, pour cet investissement.

– Bien, monsieur.

Jack retourna à son bureau. Il commençait à devenir bon à ce petit jeu, et Cabot n'était pas trop difficile à manœuvrer.

* * *

Ghosn prit le temps de réfléchir, ce n'était pas le moment de s'exciter ni de faire n'importe quoi. Il s'assit dans un coin de l'atelier et grilla cigarette sur cigarette pendant plusieurs heures, les yeux rivés sur la boule de métal brillant posée par terre. «Est-elle très radioactive?» se demandait-il, mais il était un peu tard pour y penser. Si cette sphère émettait des gammas durs, c'était comme s'il était déjà mort, disait l'autre moitié de son cerveau. C'était le moment de peser les choses, et rester tranquille lui demandait un gros effort de volonté, mais il y parvint.

Pour la première fois de sa vie, il était impressionné par tout ce qu'il avait appris. Il était aussi compétent en mécanique qu'en électricité, mais il ne s'était jamais donné la peine d'ouvrir un ouvrage de physique nucléaire. «À quoi cela pourrait-il bien me servir?» se disait-il les rares fois où il avait l'occasion de le faire. Evidemment à rien. En conséquence, il s'était borné à approfondir ses connaissances dans ce qui l'intéressait en priorité, les systèmes de mise à feu mécaniques et électroniques, les contremesures, les caractéristiques physiques des explosifs et les performances des systèmes de détection de bombes. Il était particulièrement compétent dans ce dernier domaine et avait lu toute la littérature parue sur les détecteurs placés dans les aéroports et autres zones à protéger.

«Première chose à faire, se dit Ghosn en allumant sa cinquante-quatrième cigarette de la journée, lire tout ce que je peux trouver sur les matières nucléaires, leurs propriétés physiques et chimiques, la technologie des bombes, leur physique, les signatures radiologiques... les Israéliens se sont sûrement rendu compte qu'elle avait disparu, ça date de 1973! Alors, comment se fait-il? Bien sûr. Le Plateau du Golan est de nature volcanique, le sol dont ces pauvres paysans essaient de tirer leurs légumes est basaltique, et le basalte est radioactif... la bombe était enterrée sous deux ou trois mètres de terre dans un terrain rocailleux, et elle était indétectable dans le bruit de fond...

«Je m'en suis sorti! se dit soudain Ghosn.

«Mais bien sûr! Si cette arme était "chaude", ils auraient mis une protection biologique! Grâce soit rendue à Allah!

«Est-ce que je serai capable...?» C'était là la vraie question, non?

«Et pourquoi pas, après tout?»

– Pourquoi pas? dit tout haut Ghosn. Pourquoi pas? J'ai tous les morceaux sous la main, un peu abîmés, mais...

Ghosn écrasa son mégot sur le sol à côté des autres et se mit debout. Il

toussait à fendre l'âme – il savait bien que les cigarettes le tuaient lentement...
c'était encore plus dangereux que «ça»... mais elles l'aidaient à réfléchir.

L'ingénieur souleva la sphère. Qu'en faire? Pour l'instant, il la posa dans
un coin et la cacha sous sa boîte à outils. Puis il sortit et monta dans la jeep,
il en avait pour un quart d'heure à aller au quartier général.

– Je veux voir le commandant, dit Ghosn au chef des gardes du corps.

– Il vient de se retirer pour la nuit, dit le garde.

Tous les hommes surveillaient le chef avec un soin jaloux.

– Il me recevra.

Ghosn l'écarta et entra dans le bâtiment. Les appartements de Qati étaient
au second étage. Il monta les escaliers, poussa un autre garde et ouvrit la
porte de la chambre à coucher. Il entendit quelqu'un qui vomissait dans la
salle de bains.

– Mais enfin, qu'est-ce qui se passe? demanda une voix. J'ai dit que je ne
voulais pas qu'on me dérange!

– C'est Ghosn, il faut qu'on parle.

– Ça ne peut pas attendre?

Qati apparut à la porte. Son visage était livide. Il avait posé une question;
ce n'était pas un ordre et cela en disait plus qu'un long discours sur son état.
Il se sentirait peut-être mieux quand Ghosn lui aurait raconté.

– Il faut que je vous montre quelque chose, cette nuit.

Ghosn réussit à conserver une voix normale.

– C'est si important que ça?

Presque une supplication.

– Oui.

– Raconte-moi.

Ghosn fit non de la tête en se grattant l'oreille.

– C'est quelque chose d'intéressant, la bombe israélienne est équipée de
détonateurs inconnus. J'ai failli y rester, il faut prévenir les collègues.

– La bombe? Mais je croyais...

Qati s'arrêta net. Son visage s'éclaira et il prit un air interrogateur.

– Tu m'as dit, cette nuit?

– Je vais vous y emmener moi-même.

La force de caractère de Qati prit le dessus.

– Très bien, laisse-moi le temps d'enfiler des vêtements.

Ghosn alla l'attendre en bas.

– Le commandant et moi, on va voir quelque chose.

– Mohamed, appela le chef des gardes, mais Ghosn le fit taire.

– C'est moi qui emmène le commandant. Il n'y a aucun problème de
sécurité à l'atelier.

– Mais...

– Mais tu te fais du mouron comme une vieille femme! Si les Israéliens
étaient assez intelligents, tu serais déjà mort, et le commandant avec toi!

Il faisait sombre, et on avait du mal à lire une expression sur le visage des gardes, mais Ghosn sentait la rage qui émanait de cet homme, un combattant expérimenté.

— On verra bien ce que va dire le commandant!

— Alors, qu'est-ce qui se passe maintenant?

Qati apparut à la porte, en train de rentrer sa chemise dans son pantalon.

— Je vais t'emmener moi-même, commandant, on n'a pas besoin de protection.

— Comme tu veux, Ibrahim.

Qati se dirigea vers la jeep et y monta, et Ghosn démarra sous l'œil étonné des gardes du corps.

— Alors, de quoi s'agit-il exactement?

— Ce n'est qu'une bombe, pas un pod électronique, répondit l'ingénieur.

— Alors? On a récupéré des dizaines de ces foutus trucs! Qu'y a-t-il de si particulier?

— Vous comprendrez quand vous aurez vu vous-même. — L'ingénieur conduisait vite, les yeux rivés sur la route. — Si vous trouvez que je vous ai fait perdre votre temps, vous pourrez me tuer.

Qati tourna la tête. Cette pensée lui était déjà venue, mais il ne se livrerait pas à un excès pareil. Ghosn n'était peut-être pas de la graine dont on fait les combattants, mais il faisait parfaitement son boulot, il rendait autant de services à l'organisation que n'importe qui. Le commandant resta silencieux pendant tout le reste du trajet, avec l'espoir que ses médicaments lui permettraient d'avaler quelque chose, non, de garder ce qu'il avalait.

Un quart d'heure après, Ghosn gara la jeep à une cinquantaine de mètres de l'atelier et précéda le commandant par un chemin détourné. Qati commençait à en avoir assez et se sentait plutôt irrité. Quand les lumières s'allumèrent, il vit l'enveloppe de la bombe.

— Alors?

— Venez par là.

Ghosn l'emmena dans un coin. L'ingénieur se pencha et enleva la boîte à outils.

— Prenez ça!

— Qu'est-ce que c'est?

On aurait dit un boulet de canon de petit calibre, une sphère de métal. Ghosn exultait; Qati était en colère, mais son humeur allait bientôt changer.

— C'est du plutonium.

Le commandant sursauta, comme si sa tête était montée sur un ressort.

— Quoi?

Ghosn leva la main. Il parlait doucement, mais d'une voix assurée.

— Ce dont je suis sûr, commandant, c'est qu'il s'agit de la partie active d'une bombe atomique. Une bombe atomique israélienne.

— Impossible, murmura le commandant.

– Touche là, suggéra doucement Ghosn.

Le commandant se pencha et posa un doigt dessus.

– C'est chaud, pourquoi cela?

– Émission de particules alpha. C'est une forme de radiation qui n'est pas dangereuse, en tout cas ici. C'est du plutonium, l'élément actif d'une bombe atomique. Ça ne peut pas être autre chose.

– Tu en es sûr?

– Absolument certain, ça ne peut pas être autre chose.

Ghosn s'approcha de la carcasse de la bombe.

– Cela – il saisit de petits composants électroniques –, on dirait des araignées en verre, non? On appelle ça des krytons, ce sont des interrupteurs de grande précision et leur seule application est la bombe atomique. Ces blocs d'explosif, ceux qui sont intacts, tu remarques que certains sont de forme hexagonale et d'autres pentagonaux. C'est indispensable pour réaliser une sphère explosive parfaite. Une charge creuse, comme dans une grenade anti-char, mais focalisée vers l'intérieur. Ces explosifs sont conçus pour écraser la sphère de plutonium et la réduire à la taille d'une noix.

– Mais c'est du métal, ce que tu dis est impossible!

– Commandant, je ne sais pas grand-chose dans ce domaine, mais j'en connais suffisamment. Quand les explosifs sautent, ils compriment le métal comme si c'était du caoutchouc. C'est possible – tu sais bien ce que fait une grenade d'un blindage, non? Là, il y a assez d'explosif pour faire une centaine de grenades, et ça écrase le métal. Quand le plutonium est comprimé à ce point, les atomes se rapprochent et la réaction en chaîne commence. Réfléchis, commandant.

« La bombe est tombée dans le jardin du vieux le premier jour de la guerre d'Octobre. Les Israéliens étaient paniqués par la force de l'attaque syrienne, et ils ont été impressionnés par l'efficacité des fusées russes. L'avion a été descendu, et ils ont perdu leur bombe. Peu importent les circonstances exactes; ce qui compte, Ismaël, c'est que nous possédions les éléments d'une arme nucléaire.

Ghosn sortit une cigarette et l'alluma.

– Serais-tu capable de...

– Possible, fit l'ingénieur.

Le visage de Qati se détendit soudain, il ne sentait plus la douleur qui le tourmentait depuis plus d'un mois.

– Allah est vraiment bienfaisant.

– Il est généreux. Commandant, il faut qu'on réfléchisse à tout ça, calmement, à fond. Et pour la sécurité...

Qati hocha la tête.

– Oh oui, tu as bien fait de m'amener tout seul ici. Dans ce domaine, on ne peut faire confiance à personne... personne. – La voix de Qati baissa d'un ton, et il se tourna vers Ghosn. – Que vas-tu faire maintenant?

— Il faut que je commence par rassembler de l'information, des livres, commandant. Et tu sais où ça se trouve?

— En Russie?

Ghosn fit non de la tête.

— En Israël, commandant.

* * *

Le représentant Alan Trent avait rendez-vous avec Ryan dans la salle des auditions du Congrès. C'était celle qu'on utilisait pour les réunions à huis clos, et on vérifiait tous les jours qu'il n'y avait pas de micro.

— Comment va la vie, Jack? demanda le représentant.

— Pas de problème particulier, Al. Le président a passé une bonne journée?

— Bien sûr, et le monde entier avec lui. Le pays a une grosse dette envers vous, Ryan.

Jack eut un sourire un peu forcé.

— Mais personne ne doit le savoir, OK?

Trent haussa les épaules.

— C'est la règle du jeu. Bon. Qu'est-ce qui vous amène de si urgent?

— Nous lançons une nouvelle opération, Niitaka, expliqua le DDCI.

Il lui raconta le tout pendant quelques minutes. La prochaine fois, il apporterait quelques documents. Pour le moment, il se contentait de prévenir Trent du déclenchement de l'opération et de son but.

— Un million de dollars par mois. Et c'est tout ce qu'il veut?

Trent éclata de rire.

— Le directeur était sidéré, fit Jack.

— J'aime bien Marcus, mais c'est un sacré fils de pute. On a deux types qui ne jurent que par le Japon à la commission. Ça va être dur de leur faire avaler ça.

— Trois, en vous comptant, Al.

Trent prit l'air outré.

— Moi, aimer le Japon? Tout ça parce qu'ils ont deux usines de téléviseurs dans ma circonscription, alors qu'un grand équipementier automobile a fermé en licenciant tout le monde? Et pourquoi devrais-je me plaindre? Montrez-moi le procès-verbal du Conseil des ministres, ordonna le représentant.

Ryan ouvrit sa mallette.

— Vous ne pouvez pas en prendre de copie, ni en faire mention. Al, c'est une opération à long terme et...

— Jack, je ne débarque pas de ma campagne. Vous avez perdu votre sens de l'humour. Où est le problème?

— Ce serait trop long, répondit Jack en lui passant les documents.

Al Trent lisait à toute vitesse, et il parcourut les pages à une allure incroyable. Son visage perdit toute expression, et il redevint ce qu'il était au fond de lui-même, un politicien froid et calculateur. Il était plutôt de gauche mais, contrairement à ceux de son bord, il savait reconnaître quand les choses devenaient sérieuses. Il réservait la passion aux débats à la Chambre et à son lit. Pour tout le reste, il était extrêmement rationnel.

— Fowler va sauter au plafond en découvrant ça. Ces gens-là sont d'une arrogance. Vous qui avez assisté à des conseils, vous avez déjà entendu des choses pareilles? demanda Trent.

— Uniquement sur des sujets politiques. Moi aussi, j'ai été surpris par le ton, mais c'est peut-être dû à la différence de culture, rappelez-vous ça.

Le représentant leva les yeux un bref instant.

— C'est vrai. Sous le vernis des bonnes manières, ce sont des types complètement givrés, un peu comme les British, mais on se croirait au Bébête Show... Bon dieu, Jack, c'est de la dynamite. Qui l'a recruté?

— La chanson habituelle. Il s'est montré dans des réceptions, et le chef de poste de Tokyo a flairé un coup. Il l'a laissé mariner quelques semaines avant de bouger. Et le Russe lui a filé en bloc toutes ses exigences.

— À propos, pourquoi l'opération Niitaka? J'ai déjà entendu ce mot-là.

— C'est moi qui l'ai choisi. Quand l'escadre japonaise s'est dirigée vers Pearl Harbor, le signal de déclenchement de l'attaque était «Montez à l'assaut du mont Niitaka». Souvenez-vous, vous êtes le seul ici à connaître ce nom de code. Nous le changerons tous les mois, le sujet est suffisamment important pour que nous sortions le grand jeu.

— Bon, convint Trent. Mais si ce type est un agent provocateur?

— Nous y avons pensé. C'est possible, mais peu probable. Si le KGB est derrière, ce serait contraire à leurs nouvelles méthodes, non?

— Attendez!

Trent relut la dernière page.

— Qu'est-ce que c'est que cette histoire de communications?

— Ça, c'est plus embêtant.

Ryan lui expliqua ce qu'il préconisait.

— Cinquante millions, vous êtes sûr?

— Ce sont les frais de démarrage. Après, il y aura les techniciens supplémentaires, ce qui met le total annuel à environ quinze millions.

— C'est raisonnable. La NSA demande beaucoup plus pour son nouveau système.

— Ils ont une infrastructure nettement plus importante que la nôtre. Le chiffre que je vous donne est assez fiable, Mercury n'est pas une grosse installation.

— Et vous voulez tout ça quand?

Trent savait bien que Ryan avait assez exactement chiffré ce dont il avait besoin. Cela venait de son expérience des affaires, chose plutôt rare dans l'administration.

– Hier, monsieur, ce ne serait pas mal.

Trent hocha la tête.

– Je vais voir ce que je peux faire. Ça doit rester confidentiel, naturellement?

– Naturellement, répondit Jack.

– Bon sang, jura Trent. J'en ai déjà parlé à Olson. Mais ses spécialistes lui font la danse du ventre à chaque fois, et il gobe tout. Et si...

– ... si tout notre système de communications était compromis? – Mais pour Jack, ce n'était pas une question. – Merci à la glasnost, hein?

– Marcus voit-il bien toutes les conséquences?

– Je les lui ai expliquées ce matin, je crois qu'il a compris. Vous savez, Al, Cabot a peut-être moins d'expérience que vous ou moi, mais il comprend vite. J'ai connu des patrons pires que lui.

– Vous êtes trop loyal, c'est peut-être une séquelle de votre passage chez les marines, répondit Trent. Vous auriez fait un bon directeur.

– Aucune chance.

– C'est vrai. Maintenant qu'Elizabeth Elliot est conseiller à la Sécurité nationale, vous avez intérêt à faire gaffe, mais vous le savez déjà.

– Ouais.

– Qu'est-ce que vous lui avez fait? Remarquez, ce n'est pas difficile de se la mettre à dos.

– Ça s'est passé juste après la convention, lui expliqua Ryan. J'étais à Chicago pour faire un exposé à Fowler. Je venais de faire deux longs voyages, j'étais fatigué, et elle m'a cherché. Je l'ai mal pris.

– Il faudrait que vous arriviez à être gentil avec elle, suggéra Trent.

– C'est déjà ce que me disait l'amiral Greer.

Trent rendit ses papiers à Ryan.

– C'est difficile?

– Oui, c'est difficile.

– Essayez tout de même, c'est le meilleur conseil que je puisse vous donner. C'est sans doute parfaitement inutile.

– Oui, monsieur.

– Vous avez malgré tout choisi le bon moment pour faire votre demande. Le reste de la commission va être très impressionné par votre nouvelle opération, les partisans du Japon donneront le mot à leurs amis de la commission des finances, en soulignant que l'Agence fait là quelque chose de très utile. Avec un peu de chance, les fonds seront débloqués d'ici deux semaines. Bon sang, cinquante millions de dollars, c'est une misère. Merci de vous être dérangé.

Ryan referma sa mallette et se leva.

– Mais c'est toujours un plaisir pour moi.

Trent lui serra la main.

– Vous êtes un chic type, Ryan, quel dommage que vous soyez si raide.

Jack se mit à rire.
– On a tous nos défauts, Al.

* * *

Ryan rentra à Langley pour remettre les documents de Niitaka au coffre. Il n'avait plus rien à faire pour aujourd'hui. Il descendit au garage avec Clark et quitta son bureau une heure plus tôt que d'habitude, ce qui ne lui était pas arrivé depuis au moins deux semaines. Quarante minutes plus tard, ils se rangèrent sur le parking d'une supérette entre Washington et Annapolis.

– Bonjour, monsieur Ryan! cria Carol Zimmer de derrière sa caisse.

L'un de ses fils la remplaça, et elle conduisit Jack dans l'arrière-boutique. John Clark inspectait le magasin. Ce n'était pas la sécurité de Ryan qui le préoccupait, mais il avait encore quelques inquiétudes à cause des petits durs du coin qui en voulaient au commerce de Zimmer. Chavez et lui s'étaient occupés du chef de la bande devant trois de ses mignons, dont l'un avait essayé de s'interposer. Chavez n'avait pas été trop brutal avec ce minet, qui n'avait même pas eu besoin de passer la nuit à l'hôpital. Il devenait raisonnable.

– Comment vont les affaires? demanda Jack.

– On fait vingt-six pour cent de mieux que l'an passé à la même époque.

Carol Zimmer était née au Laos quarante ans plus tôt. Elle avait été évacuée par un hélicoptère de l'armée de l'air d'un poste construit sur un piton au moment où les Nord-Vietnamiens prenaient d'assaut ce dernier avant-poste de la présence américaine au Nord-Laos. Elle avait alors seize ans, et elle était la dernière enfant d'un chef Mong qui s'était rangé du côté des Américains. Il avait été un agent courageux et actif, et il en était mort. Elle avait épousé le sergent de l'armée de l'Air, Buck Zimmer, qui avait été tué dans un autre hélicoptère, à la suite d'une autre trahison, et c'est là que Ryan était entré en scène[*]. Cela faisait des années qu'il était dans l'administration, mais il n'avait pas perdu son sens des affaires. Il avait trouvé un bon emplacement pour le magasin, ses enfants auraient pu se passer de la rente éducation qu'il avait souscrite pour eux. L'aîné de Carol était maintenant à l'université. Ryan en avait touché un mot au père Riley, le gosse avait été pris à Georgetown et il était en première année de médecine. Comme beaucoup d'Asiatiques, Carol montrait pour les études un respect qui confinait au fanatisme, et elle l'avait transmis à tous ses gosses. Elle menait son commerce avec la précision mécanique qu'un sergent prussien attend d'une escouade d'infanterie. Cathy Ryan aurait pu opérer quelqu'un sur le comptoir, tellement il était briqué. Cette réflexion fit sourire Jack : ce serait peut-être un jour au tour de Laurence Alvin Zimmer Junior d'opérer.

---

[*] Voir *Danger immédiat*, éd. Albin Michel, 1990.

— Vous prendre le dîner avec nous?

— Désolé, Carol, je ne peux vraiment pas. Il faut que je rentre. Mon fils a un match ce soir. Tout va bien? Pas de problèmes... les voyous?

— Ils sont jamais revenus. Monsi Clark leur faire frousse pour de bon.

— Si jamais ils reviennent, je veux absolument que vous m'appeliez immédiatement, fit Jack, l'air grave.

— OK, OK, j'ai compris la leçon, lui promit-elle.

— Parfait. Prenez soin de vous.

Ryan se leva.

— Monsieur Ryan?

— Oui?

— L'armée de l'Air m'a dit que Buck était mort dans un accident. J'n'ai jamais osé demander à personne, mais à vous, je demande: accident, pas accident?

— Carol, Buck a perdu la vie en faisant son devoir, en sauvant des vies humaines. J'étais là, et M. Clark aussi.

— Et ceux qui ont fait mourir Buck?

— Vous n'avez rien à craindre d'eux, fit Ryan sur un ton neutre. Absolument rien.

Jack vit la reconnaissance se manifester dans son regard. Carol avait du mal à parler anglais, mais elle avait très bien compris ce qu'il voulait dire.

— Merci, monsieur Ryan. J'vous demanderai plus jamais, mais je voulais savoir.

— On n'en parle plus.

Il était étonné qu'elle ait attendu aussi longtemps.

* * *

Le haut-parleur fixé sur la coque grésilla.

— CO de sonar. J'ai un bruiteur au zéro-quatre-sept, contact Sierra Cinq. Pas d'autre donnée pour l'instant. On vous préviendra.

— Bien.

Le capitaine de vaisseau Ricks se tourna vers la table traçante.

— Plotteurs, prenez-le.

Le commandant balaya le local des yeux. Les cadrans indiquaient une vitesse de sept nœuds, immersion cent trente mètres, cap trois-zéro-trois. Le contact était par le travers tribord.

L'enseigne chargé du plot consulta immédiatement le micro-ordinateur Hewlett-Packard à tribord arrière du CO.

— OK, j'ai une route... pas encore très nette... il calcule.

Le tout prit deux secondes à la machine.

— Bon, fenêtre de distance... zone de convergence, distance comprise entre trente-cinq et quarante-cinq mille yards s'il est dans la première zone de convergence, cinquante-cinq et soixante et un s'il est dans la seconde.

– C'est presque trop facile, dit le second au pacha.

– Vous avez raison, second, coupez l'ordinateur, ordonna Ricks.

Le capitaine de frégate Walter Claggett, commandant en second du *Maine*, équipage « or », alla éteindre l'ordinateur.

– On a une panne sur le HP... sans doute six heures de réparations, annonça-t-il. Quel dommage!

– Ça tombe bien, dit l'enseigne de vaisseau Ken Shaw au quartier-maître penché à côté de lui sur la table traçante.

– Ça va aller, monsieur Shaw, répondit l'homme à voix basse. On va s'occuper de vous, on n'a pas besoin de ce truc pour s'en sortir.

– Silence au CO, lança le commandant.

Le sous-marin vint au nord-ouest et les opérateurs sonar continuaient à annoncer leurs éléments. Dix minutes plus tard, l'équipe de la table traçante avait une solution.

– Commandant, annonça Shaw, j'estime que le contact Sierra Cinq est dans la première zone, distance trente-neuf mille yards, route au sud, vitesse entre huit et dix nœuds.

– Vous pouvez faire mieux que ça, répondit sèchement le commandant.

– CO de sonar, Sierra Cinq classe Akula possible, première identification Akula numéro six, *Amiral Lunin*. Attendez... – un silence – peut-être un changement d'inclinaison sur Sierra Cinq, peut-être en train de virer. CO, changement d'inclinaison confirmé. Je confirme inclinaison cent quatre-vingts.

– Commandant, fit le second, cela nous met en plein dans sa flûte.

– Exact. Sonar et CO, je veux un contrôle de bruit propre.

– Reçu de sonar, attendez. – Quelques secondes. – CO, on a un bruit... je ne suis pas sûr, un cliquetis, on dirait que c'est dans un ballast arrière. On ne l'avait pas jusqu'ici, commandant. Un bruit métallique.

– CO et central, on a un bruit bizarre à l'arrière. J'entends quelque chose, peut-être dans un ballast.

– Commandant, fit Shaw. Sierra Cinq maintenant en route inverse. Route du but au sud-est, en gros cent trente.

– Il nous entend peut-être, grommela Ricks. Je vais passer la couche. Remontez à trente mètres.

– Immersion trente mètres, répéta le maître de central. Barres, cinq degrés de barre.

– Barres arrière à moins cinq. Les barres arrière sont à moins cinq, venir à trente mètres.

– CO et central, le bruit a cessé à l'arrière quand nous avons pris de la pointe positive.

Le second murmura au commandant:

– Mais qu'est-ce que ça veut dire ?...

– Ça veut sans doute dire qu'un ouvrier a laissé sa caisse à clous dans le ballast, c'est déjà arrivé à un copain.

Ricks commençait à être sérieusement énervé, mais, quitte à avoir un incident de ce genre, autant que ce soit ici.

– Dès qu'on sera au-dessus de la couche, venez au nord, et je veux une analyse du bruiteur.

– Commandant, j'attendrais un peu. Nous savons où est la zone de convergence. On devrait le laisser en sortir, on pourra ensuite manœuvrer pour le dégager. Il faut lui faire croire qu'il nous a eus avant qu'on commence à bouger. Si on manœuvre trop brutalement, on court un risque.

Ricks réfléchit.

– Non, on n'a plus ce bruit à l'arrière et on a sans doute disparu de ses écrans. Quand on est passés au-dessus de la couche, on a pu se perdre dans le bruit de mer. Son sonar n'est pas fameux, il ne sait même pas qui nous sommes, il se doute seulement de quelque chose. Comme ça, on va mettre de la distance entre lui et nous.

– Comme vous voudrez, fit le second d'un ton neutre.

Le *Maine* se stabilisa à trente mètres, largement au-dessus de la thermocline, la limite qui sépare les eaux chaudes de surface et les eaux relativement froides des profondeurs. Cela changeait complètement les conditions acoustiques, se disait Ricks, et enlevait toute chance à l'Akula de le choper.

– CO de sonar, contact perdu sur Sierra Cinq.

– Très bien. Je prends la manœuvre, déclara Ricks.

– Le commandant prend la manœuvre, répéta l'officier de quart.

– À gauche dix, venir au trois-cinq-zéro.

– À gauche dix, venir au trois-cinq-zéro. Commandant, la barre est dix à gauche.

– Bien. Vapeur cent tours.

– Vapeur cent tours.

Le *Maine* vint au nord et augmenta lentement l'allure. Il fallait plusieurs minutes au sonar remorqué pour se stabiliser et redevenir opérationnel. Pendant ce temps, le sous-marin américain était sourd.

– CO et central, on a encore ce bruit ! cracha le haut-parleur.

– Réduisez, vapeur avant un !

– Vapeur avant un tiers. Commandant, vapeur réglée avant un.

– Bien. CO et central, que devient le bruit ?

– Toujours là, commandant.

– On attend encore une minute, décida Ricks. Sonar et CO, quelque chose sur Sierra Cinq ?

– Négatif, aucun contact.

Ricks avala son café et regarda la montre pendant trois minutes.

– Central et CO, le bruit ?

– Rien de changé, commandant. Toujours là.

– Bon dieu! Second, réduisez d'un nœud.

Claggett s'exécuta. Le pacha était en train de se planter. Un classe Akula, l'*Amiral Lunin*. Estimé en route inverse, inclinaison nulle.

– Il nous a sans doute détectés quand on a passé la couche, commandant.

– Vous croyez qu'il nous a eus? demanda Ricks.

– Probablement, commandant, répondit l'opérateur sonar.

– On arrête tout! fit une autre voix.

Le commandant Mancuso était entré dans le local.

– OK, on arrête l'exercice ici. Je voudrais que les officiers viennent avec moi.

Tout le monde poussa un soupir de soulagement quand les lumières se rallumèrent. Le local était implanté dans un grand bâtiment qui n'avait pas du tout la forme d'un sous-marin, mais ses installations recopiaient exactement différents compartiments d'un SNLE classe Ohio. Mancuso emmena toute l'équipe du CO dans une salle de réunion et ferma la porte.

– Mauvaise manœuvre tactique, commandant. – Bart Mancuso n'était pas connu pour sa diplomatie. – Second, quel conseil avez-vous donné à votre pacha?

Claggett répéta ce qu'il avait dit mot pour mot.

– Commandant, pourquoi n'avez-vous pas tenu compte de ce conseil?

– Commandant, j'ai estimé que notre avantage acoustique était tel que je pouvais manœuvrer pour augmenter la distance du but.

– Wally?

Mancuso se tourna vers le commandant du parti rouge, le capitaine de frégate Wally Chambers, qui devait prendre le commandement du *Key West*. Chambers avait été embarqué avec Mancuso à bord du *Dallas*, et c'était de la graine de commandant de sous-marin d'attaque. Il l'avait largement prouvé.

– C'était évident, commandant. En plus, en conservant le même cap et en changeant d'immersion, vous avez mis votre source de bruit en plein dans ma flûte, et j'ai eu un transitoire d'écho de coque qui m'a permis de vous classer sous-marin sans problème. Vous auriez mieux fait de vous mettre en inclinaison zéro sans changer d'immersion et de réduire l'allure. Jusque-là, je n'avais pas beaucoup d'éléments, et si vous aviez ralenti, je n'aurais jamais réussi à vous identifier. Comme vous ne l'avez pas fait, j'ai détecté le franchissement de la couche et je me suis pointé à toute vitesse dès que j'ai quitté la zone de convergence. Commandant, je n'aurais jamais pu vous identifier jusqu'à ce que vous m'en donniez l'occasion, mais vous m'avez laissé approcher. J'ai remonté ma flûte au-dessus de la couche et je vous ai crochés à vingt-neuf mille yards, il y avait un bon duct de surface. Je vous entendais et vous ne m'entendiez pas. Il ne restait plus qu'à foncer jusqu'à ce que je sois suffisamment près pour une solution d'attaque. Je vous ai eus sans problème.

— Le but de cet exercice était de vous montrer ce qui arrive quand on perd son avantage acoustique.

Mancuso se tut un instant avant de poursuivre.

— OK, les dés étaient un peu pipés. Mais la vie n'est pas juste, pas vrai?

— Les Akula sont de bons bateaux, mais que vaut leur sonar?

— Nous considérons qu'ils valent un 688 refondu.

« Ce n'est pas possible », se dit Ricks.

— Et à quoi d'autre dois-je encore m'attendre?

— Bonne question. La réponse est que nous ne savons pas, et, quand on ne sait pas, on fait l'hypothèse qu'ils sont au moins aussi bons que nous.

« Ce n'est pas possible », se dit une nouvelle fois Ricks.

« Et ils sont peut-être encore meilleurs que ça », songea Mancuso, mais il ne dit rien.

— OK, déclara Mancuso à l'équipe de CO. Allez revoir vos données et on fait la critique dans une demi-heure.

Ricks remarqua le petit sourire qu'échangeaient Mancuso et Chambers en sortant de la pièce. Mancuso était un sous-marinier exceptionnel, mais c'était encore un de ces fous à qui on n'aurait jamais dû confier une escadrille de SNLE, parce qu'il n'y comprenait rien. Il avait fait venir un de ses copains de la flotte de l'Atlantique, un gars dans le même style, mais bordel! Ricks était certain d'avoir raison.

L'exercice n'était pas réaliste, Ricks en était sûr. Rosselli leur avait bien dit à tous les deux que le *Maine* était aussi silencieux qu'un trou noir? C'était sa première occasion de montrer à son chef ce qu'il savait faire, et on l'avait empêché de montrer ses talents en montant un exercice complètement artificiel, sans compter les conneries de ses types, ceux-là mêmes dont Rosselli était si fier.

— Monsieur Shaw, allons voir vos calques.

— Bien, commandant.

L'enseigne de vaisseau Shaw était frais émoulu de l'école de Groton, il en était sorti depuis moins de deux mois, et il attendait dans un coin, les calques et le journal d'opérations à la main. Ses doigts étaient anormalement serrés. Ricks attrapa les documents et les étala sur une table. Il parcourut rapidement le tout.

— Trop lent. Vous auriez pu gagner une minute pour faire tout ça.

— Oui, commandant, répondit Shaw.

Il ne savait vraiment pas comment il aurait pu aller plus vite, mais c'est ce que disait le commandant, et le commandant a toujours raison.

— Et ç'aurait fait la différence, reprit Ricks, d'un ton aigre.

— Je suis désolé, commandant.

Ce fut la première erreur de l'enseigne de vaisseau Shaw. Ricks se raidit, mais regarda Shaw dans les yeux, et cela n'améliora pas son humeur.

– Ça ne sert à rien de dire «désolé», monsieur. «Désolé» ne sert qu'à mettre en péril la sécurité du bâtiment et la mission. «Désolé» conduit des hommes à la mort. «Désolé» est tout ce que trouve à dire un officier médiocre. Je me fais bien comprendre, Shaw?

– Oui, commandant.

– Parfait. – La réponse siffla comme une insulte. – Je souhaite que ceci ne se reproduise plus.

Ils consacrèrent le reste de leur demi-heure à analyser les enregistrements de l'exercice. Les officiers se dirigèrent vers une salle de conférence plus grande où ils devaient le rejouer et écouter ce que le parti rouge avait compris et fait. Le capitaine de frégate Claggett prit le commandant à part.

– Commandant, vous avez été un peu dur avec Shaw.

– Que voulez-vous dire?

Ricks prit l'air étonné.

– Il n'a fait aucun erreur, je n'aurais pas mis trente secondes de moins si j'avais été à sa place. Le quartier-maître qui était avec lui fait ça depuis cinq ans. Il a fait ce qu'on lui a appris à l'École de navigation sous-marine, je les ai bien observés, et il n'y a rien à dire.

– Alors, vous voulez dire que tout est de ma faute? demanda Ricks sur un ton doucereux.

– Oui, commandant, répondit le second, il a fait ce qu'on lui avait appris.

– Vraiment?

Ricks sortit sans ajouter un mot.

* * *

Ç'aurait été peu de dire que Petra Hassler-Bock était malheureuse. À près de quarante ans, elle en avait passé quinze en cavale, à se cacher de la police ouest-allemande tant que les choses n'avaient pas été trop dangereuses, puis elle avait dû passer précipitamment à l'Est, enfin, ce qui avait été l'Est. L'inspecteur du Bundeskriminalamt en souriait encore. Elle s'en était étonnamment bien sortie. Toutes les photos qui figuraient dans son épais dossier montraient une femme jolie, pleine de vitalité, une femme souriante dont le visage était encadré par de beaux cheveux châtains. Ce même visage avait froidement regardé des gens mourir, et l'un au moins après plusieurs jours de torture, se disait-il. Ce meurtre était intervenu au cours d'un long débat politique – les Américains pouvaient-ils ou non être autorisés à baser des Pershing 2 en Allemagne? La Fraction Armée rouge voulait terroriser les gens. Ça n'avait pas marché, naturellement, mais la mort de leur victime avait été digne du Moyen Âge.

– Dis-moi, Petra, tu as pris du plaisir à tuer Wilhelm Manstein ? demanda l'inspecteur.

– Ce mec était un vrai porc, répondit-elle à contrecœur. Un gros plein de lard, suant, dégueulasse.

L'inspecteur savait très bien comment ils l'avaient pris. Petra avait organisé l'enlèvement en attirant son attention et en le séduisant. Manstein n'était pas l'exemple même de l'Allemand séduisant, bien sûr, mais Petra était une femme libérée, bien au-delà de ce que cette expression signifie en Occident. De tous ceux qui avaient appartenu à la bande Baader-Meinhof et à la FAR, les pires étaient sans conteste les femmes. Il fallait peut-être y voir une conséquence de la mentalité *Kinder-Küche-Kirche* du mâle germanique, comme le prétendaient certains psychologues, mais la femme qui était devant lui était sans aucun doute le pire assassin qu'il ait jamais eu l'occasion de rencontrer. Ce qui l'avait le plus horrifié, c'étaient les premiers morceaux de l'anatomie de Manstein qu'ils avaient fait parvenir à sa famille. Et après ça, ils l'avaient encore maintenu en vie une dizaine de jours. Cette fille, encore jeune à l'époque, avait dû s'en donner à cœur joie au milieu des cris de douleur de sa victime.

– Bon, c'est bien toi qui t'en es chargée, non ? J'm'imagine que Günter a dû être passablement étonné de ta nouvelle passion, non ? Après tout, tu as passé quoi, cinq nuits avec Herr Manstein avant de l'enlever ? Tu t'es bien amusée, *mein Schatz* ?

L'inspecteur vit immédiatement que l'insulte avait fait mouche. Petra avait été jolie, mais c'était terminé. Comme une fleur qu'on a coupée la veille, elle ne ressemblait plus à quelque chose de vivant. Son teint était brouillé, ses yeux entourés de cernes noirs, et elle avait perdu au moins huit kilos. On la sentait toute méfiance, mais seulement par moments.

– Je suis sûr que tu t'es donnée, tu l'as laissé faire ce qu'il voulait. Tu as dû jouir suffisamment pour qu'il ait envie de te revoir. Ce qui t'intéressait, c'était pas juste de le faire souffrir, hein ? Herr Manstein était un philanthrope qui avait gardé du jugement. C'était un homme d'expérience, et il ne fréquentait que des putains expérimentées. Dis-moi, Petra, comment as-tu appris tous ces trucs ? Tu t'étais entraînée avec Günter, ou avec d'autres ? Tout ça au nom de la justice révolutionnaire, bien sûr, ou de la *Kameradschaft* révolutionnaire, *nicht wahr* ? T'es une vraie petite salope, Petra. Même les putes ont encore un zeste de moralité, mais pas toi. Et ta cause révolutionnaire bien-aimée, ricana l'inspecteur. *Doch !* Quelle cause ! Ça fait quel effet, d'être rejetée par tout le *Volk* germanique ?

Elle se trémoussa dans son siège, elle ne parvenait pas à garder son sang-froid...

– Qu'est-ce qui ne va pas, Petra, on ne fait plus dans le genre héroïque, maintenant ? Tu parles toujours de tes visions de liberté et de démocratie, pas vrai ? Mais ça te déçoit, qu'on ait une vraie démocratie – et le peuple déteste les gens de ton espèce! Dis-moi, Petra, quel effet ça fait d'être rejetée? Complètement rejetée. Et tu sais bien que c'est vrai, ajouta l'inspecteur. Tu sais que ce n'est pas une plaisanterie. T'as vu les gens dans la rue, sous tes fenêtres, hein, toi et Günter, vous les avez vus? Y a eu une manifestation juste en bas de chez toi. Tu te disais quoi en les regardant, Petra? Vous vous êtes dit quoi, Günter et toi? Que c'était encore une manip des contre-révolutionnaires?

L'inspecteur secoua la tête et se pencha davantage pour plonger dans ses yeux vides et sans vie. Il se délectait.

– Dis-moi, Petra, comment expliques-tu le résultat des élections? C'étaient des élections libres, tu sais. Tout ce que vous avez essayé de faire, tous ces meurtres, c'était tout faux, tout ça pour rien. Enfin, tout n'est pas perdu, non? Au moins, tu auras réussi à faire l'amour avec Wilhelm Manstein.

L'inspecteur se pencha en arrière et alluma un cigarillo. Il souffla une bouffée au plafond.

– Et maintenant, Petra, j'espère que ça t'a plu au moins, *mein Schatz*. Tu ne sortiras pas vivante de prison, Petra, tu ne sortiras jamais d'ici. Personne n'éprouve la moindre pitié pour toi, personne n'en éprouvera même le jour où tu seras dans un fauteuil roulant. Oh non! Ils se souviendront de tes crimes et se diront que tu es là avec d'autres bêtes féroces. Il n'y a aucun espoir pour toi, tu mourras ici, Petra.

Petra Hassler-Bock rejeta violemment la tête en arrière en entendant ces derniers mots. Ses yeux devinrent vides, elle essaya de dire quelque chose, sans y parvenir.

L'inspecteur continua comme si de rien n'était.

– À propos, on a perdu la trace de Günter. On a failli le pincer en Bulgarie, on l'a manqué à quelques heures près. Les Russes, tu vois, ils nous ont filé leurs dossiers sur toi et tes amis. On sait tout sur les mois que vous avez passés dans leurs camps d'entraînement. Bon, peu importe, Günter est toujours en cavale. On pense qu'il est au Liban, avec vos vieux amis dans ce trou à rats. Mais on n'est pas loin, ajouta l'inspecteur. Les Américains, les Russes, les Israéliens, maintenant tout le monde coopère, tu comprends. C'est une des conséquences de leur traité. Étonnant, non? Je pense qu'on va finir par cravater Günter là-bas... Avec un peu de pot, il essaiera de se défendre ou il fera une connerie du même genre, et on pourra te montrer une photo de son cadavre... Les photos, j'allais oublier! J'ai quelque chose à te montrer, fit l'inspecteur.

Il inséra une cassette vidéo dans le magnétoscope et alluma la télé. L'image mit un moment avant de devenir nette. C'était un film d'amateur pris au caméscope. On voyait deux petites filles, des jumelles, habillées de rose, assises l'une à côté de l'autre sur une couverture typique dans un appartement allemand typique lui aussi. Tout était en *Ordnung*, même les revues posées sur la table étaient impeccablement rangées. Le film commença.

« *Komm, Erika, komm, Ursel!* » disait une voix de femme.

Les deux fillettes s'appuyaient sur une table basse et trottaient vers elle. La caméra suivait leurs pas hésitants, et elles atterrissaient dans les bras de la femme.

« *Mutti, Mutti!* » disaient les deux petites filles.

L'inspecteur coupa la télé.

— Elles parlent déjà, et elles savent marcher. *Ist das nicht wunderbar?* Leur nouvelle maman les aime beaucoup, Petra. Bon, je me suis dit que ça te ferait plaisir de voir ça. C'est tout pour aujourd'hui.

L'inspecteur appuya sur un bouton camouflé, un gardien apparut et remmena la prisonnière menottée dans sa cellule.

La cellule était un cube de briques peintes en blanc, d'une nudité absolue. Pas de fenêtre, la porte était en acier et ne comportait pas d'autre ouverture qu'un judas et un passe-plat. Petra ne savait pas qu'une caméra TV l'observait en permanence à son insu à travers ce qu'on pouvait prendre pour une brique du plafond parmi d'autres. En fait, c'était une brique de plastique transparente à la lumière dans le rouge et l'infrarouge. Petra Hassler-Bock réussit à garder son sang-froid jusqu'à sa cellule, le temps qu'on referme la porte sur elle.

Et puis elle craqua.

Les yeux vides, Petra regardait le plafond – blanc, lui aussi –, trop horrifiée pour pleurer, obsédée par ce cauchemar qu'était devenue son existence. Ce n'était pas vrai, c'était impossible, elle avait le sentiment de devenir folle. Tout ce en quoi elle avait cru, tout ce pour quoi elle s'était battue, tout était foutu! Günter, parti! Les jumelles, perdues. Sa cause, foutue, sa vie, foutue.

Les inspecteurs du Bundeskriminalamt ne l'interrogeaient que pour s'amuser, elle le savait très bien. On n'avait jamais sérieusement essayé de lui tirer les vers du nez, mais il y avait sûrement une raison à cela. Elle ne pouvait rien leur apprendre d'intéressant. Ils lui avaient montré des copies des dossiers de la Stasi. Tout ce qui les concernait, elle et ses frères socialistes, tout était entre les mains des Allemands de l'Ouest. Les noms, les adresses, les numéros de téléphone – au-delà de ce qu'elle aurait jamais pu imaginer –, tout était entre leurs mains. Les dossiers remontaient parfois à plus de vingt ans. Il y avait dedans des choses qu'elle avait elle-même oubliées, des choses sur le compte de Günter qu'elle n'avait jamais sues. Tout était entre les mains du BKA.

C'était foutu, tout était foutu.

Petra se mit à sangloter. Même Erika et Ursel, ses jumelles, le fruit de son corps, la preuve matérielle de sa foi en l'avenir, de son amour pour Günter. Elles faisaient leurs premiers pas chez des étrangers, elles appelaient *Mutti* une étrangère. La femme d'un capitaine du BKA – ils le lui avaient dit. Petra continua à sangloter pendant une demi-heure, sans faire de bruit, consciente du fait qu'il y avait un micro dans la cellule, cette foutue boîte blanche qui l'empêchait de dormir

Tout était foutu.

La vie – ici ? La seule et unique fois où on l'avait conduite à la promenade avec les autres prisonnières, ils avaient dû empêcher deux de ses compagnes de lui tomber dessus. Elle se souvenait encore de leurs cris, les gardiens avaient dû l'emmener à l'infirmerie – pute, tueuse, bête sauvage... Il lui restait la perspective de vivre ici quarante ans ou davantage, seule, toujours seule, attendant de devenir folle, attendant que son corps se décompose. Voilà ce que le mot vie signifiait pour elle. Elle en était sûre, ils n'auraient jamais pitié d'elle. L'inspecteur avait été net là-dessus. Pas de pitié, pas d'amis, isolée et oubliée de tous... sauf pour la haïr.

Elle prit sa décision dans le plus grand calme. Comme tous les prisonniers du monde, elle avait trouvé le moyen de se procurer un petit morceau de métal coupant. En fait, il s'agissait d'un morceau de la lame de rasoir avec laquelle elle était autorisée à s'épiler les jambes une fois par mois. Elle le sortit de sa cachette, tira le drap – blanc lui aussi – du matelas. C'était un matelas ordinaire, d'une dizaine de centimètres d'épaisseur, recouvert de grosse toile rayée. Le matelas possédait des renforts de corde, et le fabricant les avait cousus pour le rendre plus raide. Avec sa lame de rasoir, elle commença à détacher les renforts, ce qui lui prit trois heures et beaucoup de coupures ; la lame était petite, elle se blessait les doigts sans arrêt, mais elle finit par obtenir deux bons mètres de corde rugueuse. Elle fit une boucle à un bout, et accrocha l'autre au support de lampe au-dessus de la porte. Elle était obligée de monter sur une chaise pour ce faire, mais il lui faudrait de toute façon monter sur cette chaise. Après trois essais, elle réussit à faire un nœud convenable. Elle ne voulait pas que la corde soit trop longue.

Une fois ces opérations réalisées, elle continua sans s'arrêter. Petra Hassler-Bock enleva sa robe et son soutien-gorge. Elle s'agenouilla sur la chaise, le dos contre la porte, plaça la boucle autour de son cou et serra bien fort. Puis elle replia les jambes, et se servit du soutien-gorge pour les attacher entre son dos et la porte. Elle ne voulait pas prendre le risque de se dégonfler au dernier moment. Il fallait qu'elle fasse preuve de courage et de détermination. Sans prendre le temps de faire une prière ou de s'attendrir sur elle-même, elle repoussa la chaise avec ses mains. Son corps tomba de cinq centimètres environ avant que la corde l'arrête net dans sa chute. Son corps se rebellait contre sa volonté, ses jambes attachées se débattaient contre le soutien-gorge qui les ligotait entre son dos et la porte métallique, mais en luttant contre ses liens, elle s'éloigna de la porte, et cela augmenta l'effet de strangulation sur son cou.

Elle fut saisie par la douleur. La boucle lui cassa le larynx avant de glisser sous sa mâchoire. Ses yeux s'écarquillèrent, fixés sur les briques du mur opposé. Elle paniqua, l'idéologie avait des limites. Elle ne voulait pas, elle ne pouvait pas mourir, elle ne voulait pas...

Ses doigts s'agrippèrent à sa gorge. C'était une erreur. Ils essayèrent de desserrer la corde, mais elle était trop fine et coupait la chair tendre du cou, pas moyen d'y passer un doigt. Elle continua à se débattre, consciente du fait qu'il ne lui restait que quelques secondes avant que le sang cesse d'irriguer son cerveau... elle voyait tout flou, sa vision commençait à s'affaiblir. Elle ne distinguait même plus les joints de ciment entre les briques made in Germany. Ses mains continuaient à essayer de desserrer le lien, elle s'égratignait le cou, le sang coulait et mouillait la corde qui se serrait encore davantage et coupait la circulation dans ses carotides. Elle ouvrit toute grande la bouche et essaya de crier, non, elle ne voulait pas mourir, elle avait besoin de secours. Il n'y avait donc personne pour l'entendre? Personne pour lui venir en aide? Trop tard, peut-être deux secondes, ou une seule, peut-être moins; un dernier éclair de conscience lui dit que si elle était parvenue à desserrer le soutien-gorge qui lui tenait les jambes, elle aurait pu se remettre debout et...

L'inspecteur était devant un récepteur de télé. Il vit ses mains qui s'escrimaient sur le soutien-gorge, essayaient désespérément de trouver l'agrafe avant de retomber, de trembler quelques secondes puis de demeurer inertes. « C'est si près, songea-t-il. Si près que j'aurais pu la sauver. » Quelle pitié! Elle avait été une jolie fille, mais elle avait choisi le meurtre et la torture, et elle avait aussi choisi de mourir, et si elle avait fini par changer d'avis à la dernière extrémité... mais ils le faisaient tous, non? Enfin, pas tous – une preuve de plus que les plus durs étaient aussi des trouillards, après tout, *nicht wahr?*

Aber natürlich.

– La télé est cassée, dit-il en coupant l'appareil. Il faudrait en trouver une autre pour surveiller la détenue Hassler-Bock.

– Y en a pour une heure, répondit le surveillant-chef.

– Ça ira bien comme ça.

L'inspecteur enleva la cassette du magnétoscope qu'il avait déjà utilisé pour passer la touchante scène de famille. Il la rangea dans sa serviette avec la première, la ferma et se leva. Il n'allait pas jusqu'à sourire, mais son visage affichait tout de même une certaine satisfaction. Ce n'était pas sa faute si le Bundestag et le Bundesrat n'étaient pas capables de voter la peine de mort. C'était à cause des nazis, bien sûr, la peste soit de ces barbares. Mais ces barbares n'étaient pas complètement fous, ils n'avaient pas détruit les *Autobahnen* après la guerre, par exemple. Bien sûr que non. Alors, tout ça parce que les nazis avaient exécuté des gens... et parmi eux, il y avait des assassins de droit commun que n'importe quel gouvernement civilisé aurait exécutés de la même manière. Si quelqu'un méritait la mort, c'était bien Petra Hassler-Bock. Meurtre avec torture, et la mort par pendaison. L'inspecteur trouvait que c'était assez équitable. Il s'était occupé de l'affaire Wilhelm

Manstein depuis le début, il était là quand ses parties génitales étaient arrivées par la poste, il avait vu les médecins autopsier le cadavre, avait assisté aux funérailles, et il se souvenait encore des nuits épouvantables qu'il avait passées, incapable de chasser toutes ces images horribles. Maintenant, ces images allaient peut-être s'estomper, la justice était lente, mais justice était faite. Avec de la chance, ces deux mignonnes petites filles grandiraient et deviendraient des citoyennes convenables, personne ne saurait jamais qui avait été leur mère naturelle.

L'inspecteur sortit de la prison et monta dans sa voiture. Il préférait être loin d'ici quand on découvrirait le corps. L'affaire était close.

* * *

– Hé, mec.

– Marvin, on m'a dit que tu te débrouillais bien avec les armes, dit Ghosn à son ami.

– Pas difficile, mec. Je tire depuis que je suis gosse, et, chez moi, c'est comme ça qu'on gagne son dîner.

– Tu as réussi à battre notre meilleur instructeur, ajouta l'ingénieur.

– Vos cibles sont nettement plus grosses qu'un lapin, et elles sont immobiles. J'ai déjà tué du gibier à la course avec ma .22. Si tu devais te nourrir de ta chasse, tu apprendrais vite à viser convenablement. Tiens, et la bombe ? Tu t'y es pris comment ? demanda Marvin.

– Beaucoup de peine pour pas grand-chose, répondit Ghosn.

– Tu pourrais peut-être fabriquer un poste radio avec toute l'électronique qu'il y avait dedans, suggéra l'Américain.

– Ça serait peut-être utile.

10
DERNIÈRES CHANCES

Il est toujours plus agréable de voler vers l'ouest que vers l'est, l'organisme humain s'adapte plus facilement à une journée plus longue qu'à une journée trop courte. En outre, le bon vin et la bonne chère améliorent les choses. Air Force One disposait d'une grande salle de réunion dans laquelle on offrait à présent un dîner aux membres les plus importants de l'administration et à quelques journalistes triés sur le volet. La cuisine était exquise, comme toujours. Air Force One est sans doute le seul avion au monde où l'on ne vous sert pas de plateaux de télévision. Les stewards font le marché tous les jours, et les plats sont préparés à six cents nœuds et dix mille mètres d'altitude. Plus d'un cuisinier a quitté le service pour devenir chef dans un grand restaurant. Avoir été le cuisinier du président des États-Unis d'Amérique n'est pas négligeable dans un CV.

Le vin venait de New York, un chablis rouge particulièrement retaillé que le président appréciait beaucoup, quand il ne buvait pas de bière. Le 747 transformé en avait trois pleines caisses en soute. Deux sergents en uniforme blanc surveillaient le niveau dans les verres au fur et à mesure que les plats passaient. L'ambiance était détendue, les conversations informelles et générales – il valait mieux faire attention si on voulait être réinvité.

– Alors, monsieur le président, demanda un journaliste du *New York Times*, croyez-vous que cet accord pourra entrer rapidement en vigueur ?

– Mais c'est déjà fait, au moment même où nous parlons. Des émissaires de l'armée suisse sont sur place pour examiner les mesures à prendre. Le secrétaire d'État Bunker rencontre le gouvernement israélien pour faciliter l'arrivée des forces américaines dans la région. Nous espérons que tout sera en place d'ici deux semaines.

– Et tous ces gens qui vont devoir évacuer leurs maisons ? continua le représentant du *Chicago Tribune*.

– Il est certain qu'ils vont se trouver dans une situation pénible, mais de nouvelles habitations vont être construites rapidement avec notre aide. Les Israéliens nous ont demandé et obtiendront des crédits au moyen desquels ils vont acheter des maisons préfabriquées en Amérique. Nous allons en outre les aider à installer une usine de fabrication et ils en feront par eux-mêmes. Il y aura plusieurs milliers de personnes à reloger, cela risque d'être douloureux, mais nous essaierons de les aider.

– N'oubliez pas un autre aspect des choses, ajouta Liz Elliot, la qualité de la vie ne consiste pas seulement à avoir un toit. La paix a son prix, elle a aussi ses bienfaits. Ces gens vont enfin savoir ce que c'est que la sécurité.

– Excusez-moi, monsieur le président, fit le journaliste du *Tribune* en levant son verre, je ne veux pas que l'on y voie une critique, nous pensons tous que ce traité est un don du ciel. – Tout le monde approuva du chef autour de la table. – Mais ses modalités d'exécution sont importantes, et nos lecteurs veulent en savoir davantage.

– Le transfert de population sera la partie la plus difficile, répondit calmement Fowler. Nous devons savoir gré au gouvernement israélien d'avoir donné son accord, et nous ferons notre possible pour rendre l'application de ce traité aussi paisible que possible.

– Et quelles sont les unités que nous allons envoyer pour défendre Israël ? demanda un autre journaliste.

– Je suis content que vous me posiez cette question, répondit Fowler.

Le journaliste précédent avait passé sous silence l'obstacle potentiellement le plus important à la mise en œuvre du traité – la Knesset allait-elle entériner les accords ?

– Comme vous l'avez certainement entendu dire, nous sommes en train de reconstituer une nouvelle unité de l'armée, le 10ᵉ régiment de Cavalerie. Il est en cours de formation à Fort Stewart, en Georgie ; sur mes directives, des bâtiments de la flotte complémentaires ont été réquisitionnés et le transporteront en Israël le plus rapidement possible. Le 10ᵉ de Cavalerie est une unité célèbre au passé glorieux. C'était l'une de ces unités noires que les westerns ont pratiquement passées sous silence. Par un heureux hasard – le hasard n'avait rien à voir à l'affaire –, son commandant sera un Américain d'origine noire, le colonel Marion Diggs, brillant soldat, issu de West Point. Voilà pour les forces terrestres. La composante aérienne sera constituée d'une escadre complète de chasseurs-bombardiers F-16, d'un détachement d'AWACS, et du personnel de soutien habituel. Enfin, les Israéliens nous prêtent le port d'Haïfa, et nous aurons pratiquement en permanence un groupe de porte-avions et une division de marines en Méditerranée orientale.

– Mais le coût...

– C'est Dennis Bunker qui a eu cette idée du 10ᵉ de Cavalerie et, franchement, je regrette de ne pas l'avoir eue avant lui. Quant au reste, eh bien, nous essaierons de trouver une solution ou une autre pour augmenter le budget de la Défense.

— Est-ce absolument nécessaire, monsieur le président? Je veux dire, avec tous ces problèmes budgétaires, surtout en matière de Défense, devons-nous vraiment...?

— Bien sûr que nous le devons.

Le conseiller à la Sécurité nationale avait brusquement interrompu le journaliste. Pauvre imbécile, disait son visage.

— Israël prend très au sérieux tout ce qui concerne sa sécurité, et notre engagement de préserver cette sécurité est une condition *sine qua non* d'exécution du traité.

— Eh ben, Marty..., murmura un autre journaliste.

— Nous ferons des économies dans d'autres domaines pour compenser ces dépenses, ajouta le président. Je sais bien que nous allons retomber dans l'une de ces éternelles querelles sur le financement des dépenses publiques, mais je pense que nous venons de démontrer que celles-ci sont justifiées. Si nous devons augmenter légèrement les impôts pour préserver la paix mondiale, je suis sûr que le peuple américain le comprendra et soutiendra ce programme, conclut Fowler comme si tout cela allait de soi.

Tous les journalistes prirent bonne note de cette déclaration: le président était sur le point de proposer une nouvelle augmentation des impôts. On y avait déjà eu droit après les première et seconde guerres mondiales, ce seraient là les premiers dividendes de la paix, se dit l'une des journalistes avec un sourire un peu cynique. Il faudrait encore obtenir l'accord du Congrès. Mais son sourire avait une autre raison. Elle avait remarqué le regard particulier que jetait le président à son conseiller pour les affaires de Sécurité nationale. Elle rêva un instant: elle avait essayé à deux reprises de joindre Elizabeth Elliot chez elle, avant le voyage à Rome, et elle était tombée à chaque fois sur un répondeur. Elle aurait très bien pu creuser davantage, elle aurait pu faire le guet devant sa maison de Kalorama Road. Mais... Mais tout ça ne la regardait pas, après tout. Le président était veuf, et sa vie privée n'avait pas d'importance tant qu'il restait discret et qu'elle n'influait pas sur sa fonction officielle. La journaliste se demanda si elle était la seule à avoir remarqué quelque chose. Après tout, si le président et sa conseillère étaient aussi proches, ce n'était peut-être pas si mal. Il n'y avait qu'à voir comment ils avaient négocié le traité du Vatican...

* * *

Le général Abraham Ben Jacob lisait le texte du traité dans le secret de son bureau. Il n'était pas homme à avoir des états d'âme quand il lui fallait se former une opinion personnelle. Il savait que cela tenait à une certaine forme de paranoïa. Pendant toute sa vie adulte – dans son cas, elle avait commencé quand il avait seize ans, l'âge auquel il avait porté pour la première fois les armes au service de son pays –, le monde avait été excessivement simple à comprendre. Il y avait les Israéliens, et les autres. La plupart des autres étaient des ennemis, ou au moins des ennemis potentiels. Quelques-uns, très peu, étaient des associés ou peut-être des amis, mais c'était Israël qui choisissait ses amis. Avi avait mené cinq opérations aux États-Unis, « contre » les Américains. « Contre » n'était pas le terme exact, naturellement. Il n'avait jamais cherché à nuire aux États-Unis mais les Américains, bien sûr, n'aimaient pas que leurs secrets atterrissent n'importe où. Cela laissait le général Ben Jacob de glace : sa mission était de protéger l'État d'Israël, pas de faire plaisir aux uns ou aux autres, et les Américains comprenaient parfaitement ce point de vue. De temps en temps, ils échangeaient des informations avec le Mossad, le plus souvent de façon informelle. Plus rarement encore, le Mossad fournissait des renseignements aux Américains. Leurs relations étaient très correctes, en fait, ce n'était pas très différent de ce qui se passe entre deux sociétés concurrentes sur le même segment de marché ; il leur arrivait de coopérer, mais ils ne se faisaient jamais totalement confiance.

Dorénavant, leurs relations risquaient de changer, elles allaient même sûrement changer. Les États-Unis étaient en train de mettre leurs troupes au service de la défense israélienne. Cela rendait les Américains partiellement responsables de la défense d'Israël, et, réciproquement, Israël responsable de la sécurité des Américains (une chose que n'avaient pas remarquée les médias américains). L'échange d'informations était une chose qui allait se généraliser, et Avi n'aimait pas ça. Certains renseignements avaient été obtenus au prix de tant d'efforts et parfois de tant de sang par les officiers placés sous ses ordres... Il était probable que les Américains n'allaient pas tarder à envoyer un haut responsable des services de renseignement pour traiter ce genre de problème, et ils allaient envoyer Ryan, bien sûr. Avi se mit à prendre des notes, il lui fallait le maximum d'informations sur Ryan de façon à pouvoir négocier le mieux possible avec les Américains.

Ryan... était-ce vrai, ce bruit qui courait, selon lequel il était à l'origine de tout ça ? La question restait entière, songea Ben Jacob. Le gouvernement américain l'avait nié, mais Ryan ne faisait pas partie des protégés du président Fowler ou de cette Elizabeth Elliot. Ils avaient sur elle un maximum d'informations. Du temps où elle était encore professeur de sciences politiques à Bennington, des représentants de l'OLP assistaient à ses cours sur le Moyen-Orient – au nom de l'équité et d'un sain équilibre ! Ç'aurait pu être pire. Ce n'était pas Vanessa Redgrave, qui dansait avec un AK-47 brandi au-dessus de la tête, se dit Avi, mais son « objectivité » allait jusqu'à écouter les représentants d'un peuple qui avait attaqué des enfants israéliens à Ma'alot et des athlètes israéliens à Munich. Comme la plupart des membres du gouvernement américain, elle avait oublié ce que c'était que des principes. Ryan, lui, était différent...

Le traité était son œuvre, c'était sûr, Fowler et Elliot n'auraient jamais eu une idée comme celle-là. Il ne leur serait jamais venu à l'esprit d'utiliser la religion comme une clé pour résoudre le problème.

Le traité. Il y repensa, reprit ses notes. Comment son propre gouvernement avait-il pu se laisser manœuvrer à ce point?

«Mais comment aurait-il pu en être autrement?» se demandait Avi. De toute façon, le traité du Vatican était chose acquise. Probablement acquise, du moins. La population israélienne avait commencé à bouger, et les prochains jours promettaient d'être passionnants. La raison en était très simple: Israël devait évacuer la rive ouest du Jourdain. Des unités de l'armée restaient sur place, pour la plupart des unités américaines encore stationnées en Allemagne et au Japon, mais la rive ouest allait devenir un État palestinien, un État démilitarisé aux frontières garanties par l'ONU. Tout ça n'était qu'un chiffon de papier, se dit Ben Jacob. La seule vraie garantie d'Israël, c'était les États-Unis. L'Arabie Saoudite et ses frères du Golfe allaient payer le prix de la réhabilitation économique des Palestiniens, l'accès à Jérusalem était également garanti – c'est là qu'allaient stationner l'essentiel des troupes israéliennes, avec des camps bien défendus et le droit de patrouiller à leur guise. Jérusalem proprement dite devenait un dominion du Vatican. Un maire élu – il se demandait si l'actuel maire israélien allait conserver son poste... pourquoi pas, après tout, il était très compétent – devait prendre en charge l'administration civile, mais les affaires religieuses seraient désormais du ressort du Vatican, par le biais d'une troïka de trois ecclésiastiques. La police serait assurée par un régiment mécanisé suisse. Avi aurait dû s'en douter, l'armée israélienne avait été conçue sur le modèle suisse et ce régiment était supposé s'entraîner avec le régiment américain. Le 10e de Cavalerie était la crème des troupes d'élite. Sur le papier, c'était parfait.

Les choses sont toujours parfaites, sur le papier.

Dans les rues d'Israël, cependant, les manifestations avaient déjà commencé, mobilisant des milliers de personnes. Deux commissaires et un soldat avaient déjà été blessés – par des Israéliens. Les Arabes se tenaient soigneusement à l'écart. Une commission *ad hoc*, conduite par les Saoudiens, était chargée de déterminer quel morceau de terrain appartenait à qui – une situation qu'Israël avait soigneusement contribué à créer quand il avait mis la main sur des terres sans se soucier de savoir ce qui appartenait ou pas aux Arabes. Mais, grâce à Dieu, ce n'était pas le problème d'Avi. Il se prénommait Abraham, pas Salomon.

«Est-ce que ça va marcher?» se demanda-t-il.

* * *

«Ça ne peut décidément pas marcher», se disait Qati. Quand il avait su que le traité était signé, cela avait déclenché dix heures de vomissements ininterrompus, et maintenant qu'il en connaissait les termes, il se sentait aux portes de la mort.

La paix? Et Israël allait continuer à exister? Alors, ces centaines et ces milliers de combattants de la liberté sacrifiés sous les canons et les bombes israéliens? Pour quoi étaient-ils morts? C'était pour en arriver là que Qati avait fait le sacrifice de sa vie? Il aurait pu aussi bien mourir. Il s'était privé de tout, il aurait pu avoir une vie normale, une femme et des fils, un foyer et un métier agréables, il aurait pu devenir médecin ou ingénieur ou commerçant. Il était assez intelligent pour réussir partout, mais non, il avait choisi la voie la plus difficile. Son but était de bâtir une nation, de lui donner la dignité à laquelle elle avait droit. Son but était de diriger son peuple et de vaincre les envahisseurs.

Il fallait s'en souvenir.

Il avait toujours craint ce qui arrivait. N'importe qui était capable de reconnaître l'injustice, mais y remédier lui aurait permis de rester comme l'homme qui avait changé le cours de l'histoire, même dans une faible mesure, même pour un tout petit peuple...

Pourtant, ce n'était pas si évident, se disait Qati. Pour accomplir cette tâche, il fallait défier de grandes nations, les Américains et les Européens qui avaient infligé tous ces dommages à sa patrie, et ceux qui y réussissaient étaient assurés de laisser un nom. S'il gagnait, il aurait sa place parmi les grands hommes, car ce sont les hauts faits qui font les grands hommes, et les grands hommes dont l'histoire se souvient.

Ce n'était pas possible, se disait le commandant. Son estomac était pourtant là, qui lui rappelait qu'il venait de lire le contraire en des mots nets et précis. Le peuple palestinien, son peuple, si noble et courageux, comment imaginer qu'il puisse se laisser séduire par cette infamie?

Qati se leva pour aller vomir dans sa salle de bains une fois de plus. Quand tout fut terminé, il but un verre d'eau pour effacer le goût désagréable qui lui remplissait la bouche. Mais ce n'était pas suffisant pour effacer un autre goût amer.

* * *

De l'autre côté de la rue, dans une autre maison contrôlée par l'organisation, Günter Bock écoutait la radio allemande d'outre-mer, la Deutsche Welle. Malgré son idéologie et en dépit de l'endroit où il se trouvait, Bock ne pouvait s'empêcher de réagir en Allemand. Un Allemand socialiste-révolutionnaire, bien sûr, mais un Allemand tout de même. Il avait fait beau chez lui, son vrai chez-lui, disait la radio, le ciel était bleu, une belle journée pour aller se promener le long du Rhin la main dans la main avec Petra et...

Ce qu'il entendit ensuite lui brisa le cœur. «Petra Hassler-Bock, condamnée pour meurtre, a été retrouvée pendue dans sa cellule cet après-midi.

Épouse du terroriste en fuite Günter Bock, Petra Hassler-Bock avait été condamnée à la prison à perpétuité pour le meurtre de Wilhelm Manstein après son arrestation à Berlin. Elle était âgée de trente-huit ans.

«La nouvelle sélection du club de football de Dresde a surpris la plupart des observateurs. Menée par l'avant international Willi Scheer...»

Bock avait les yeux hagards. Sa chambre était sombre, mais il ne parvenait même pas à voir le cadran éclairé de son poste radio. Il essaya de regarder les étoiles par la fenêtre grande ouverte.

Petra, morte?

Il savait bien que c'était vrai, à un point tel qu'il n'essayait même pas de se convaincre que c'était impossible. Ce n'était que trop possible... en fait, c'était inévitable. Suicide, en apparence! Naturellement, tous les membres de la bande Baader-Meinhof s'étaient «apparemment» suicidés. On avait même prétendu que l'un d'entre eux s'était tiré... trois balles dans la tête! «Voilà un type qui s'est accroché à son flingue jusqu'à la mort», ç'avait été la blague de l'époque dans la police ouest-allemande.

Bock savait bien qu'ils avaient assassiné sa femme. Sa ravissante Petra était morte, sa meilleure amie, sa fidèle camarade, son amante. Morte. Il n'aurait pas dû être atteint à ce point, il le savait bien. C'était inévitable. Ils étaient obligés de la tuer, elle constituait un maillon avec le passé, et un maillon dans une chaîne potentiellement dangereuse pour le futur capitaliste de l'Allemagne. En la tuant, ils assuraient un peu plus la stabilité politique de la nouvelle Allemagne. *Das vierte Reich.*

– Petra, murmura-t-il.

Elle était bien plus qu'un personnage politique, bien plus qu'une révolutionnaire. Il se souvenait de chacun de ses traits, de chaque courbe de son jeune corps. Il se souvenait d'elle quand elle attendait leurs jumelles, de son sourire quand elle avait mis au monde Erika et Ursel. Elles aussi lui avaient été enlevées, on les lui avait arrachées, c'était comme si elles étaient mortes elles aussi.

Il ne pouvait rester seul dans ces circonstances. Bock s'habilla et traversa la rue. Qati, il s'en rendit compte avec plaisir, était réveillé, l'air blême.

– Qu'est-ce qui ne va pas, cher ami? lui demanda le commandant.

– Petra est morte.

Qati eut l'air sincèrement désolé.

– Que s'est-il passé?

– Ils l'ont retrouvée morte dans sa cellule – pendue.

Bock commençait à former des images dans sa tête, une fois le premier choc passé. Sa Petra, retrouvée étranglée, son ravissant petit cou... Mais cette image était trop insupportable. Il avait assisté à des pendaisons. Petra et lui avaient exécuté des ennemis de classe, ils avaient vu les visages devenir pâles, puis cramoisis, et... Cette vision était intolérable, il n'arrivait pas à s'imaginer Petra comme ça.

Qati avait l'air effondré.

— Puisse Allah avoir pitié de notre camarade.

Bock resta silencieux. Ni Petra ni lui ne croyaient en Dieu, mais Qati avait exprimé bien des choses avec cette prière, même si elle lui paraissait vaine. C'était en tout cas l'expression de sa sympathie et de sa bonne volonté, la manifestation de son amitié. C'est de cela qu'avait besoin Bock pour l'instant, et il s'en contenta sans penser plus avant.

— C'est un jour sombre pour notre cause, Ismaël.

— Pire encore que tu ne l'imagines, avec ce maudit traité...

— Je sais, fit Bock, je sais bien.

— Qu'en penses-tu ?

Une des choses sur lesquelles Qati pouvait compter, c'était sur la franchise de Bock. Günter était toujours d'une objectivité parfaite.

L'Allemand prit une cigarette sur le bureau du commandant et l'alluma. Il était incapable de rester assis et arpentait la pièce. Il lui fallait remuer pour prouver qu'il était toujours vivant, et il devait faire un effort pour obliger son cerveau à penser de manière objective.

— Ce que nous observons n'est que la partie émergée d'un plan beaucoup plus ambitieux. Lorsque les Russes ont trahi le socialisme mondial, ils ont mis en branle une série d'événements destinés à consolider leur contrôle sur la plus grande partie du monde. Je pensais qu'il ne s'agissait sans doute pas pour les Russes d'une stratégie mûrement réfléchie, dans le but d'obtenir une aide économique — tu dois comprendre que les Russes sont un peuple particulièrement attardé, Ismaël. Ils n'ont même pas été capables de faire marcher le communisme. Et le communisme a été inventé par un Allemand, ajouta-t-il avec un petit sourire (en passant sous silence le fait que Marx était en outre juif).

Il se tut quelques instants, puis reprit d'une voix froide et détachée. Il était heureux qu'on lui fournisse l'occasion d'oublier même brièvement son émotion, et il discourait comme un vieux révolutionnaire.

— Mais j'avais tort. Ce n'était pas affaire de tactique, c'était bel et bien de la trahison. Les progressistes soviétiques se sont fait avoir, encore plus qu'en RDA. Leur rapprochement avec les États-Unis est parfaitement sincère, ils essaient d'échanger leur pureté idéologique contre une prospérité, provisoire bien sûr, mais ils n'ont pas du tout l'intention de revenir un jour au socialisme.

« Les États-Unis, de leur côté, font payer leur aide au prix fort. Ils ont contraint les Soviets à lâcher l'Irak, à diminuer le soutien qu'ils t'apportaient, à toi et à tes frères arabes, et finalement, à adopter leur plan destiné à assurer définitivement la sécurité d'Israël. Il est évident que le "lobby pro-juif" américain avait monté ce coup de longue date. Ce qui change tout, c'est la participation des Soviétiques. Nous ne devons plus faire face seulement aux

États-Unis, mais à une conspiration beaucoup plus vaste. Nous n'avons plus d'amis, Ismaël, nous ne pouvons compter que sur nous-mêmes.

– Crois-tu que nous avons perdu?

– Non. – Les yeux de Bock eurent un éclair. – Mais même si nous arrêtions tout immédiatement, ils auraient déjà un avantage colossal. Si nous continuons, ils utiliseront le rapport des forces à leur profit et nous pourchasseront sans merci. Tes relations avec les Russes sont aussi mauvaises que d'habitude, et elles vont encore empirer. Maintenant, les Russes vont collaborer avec les Américains et les Sionistes.

– Qui aurait pu croire qu'un jour, les Américains et les Russes...

– Personne. Personne, sinon ceux qui ont monté cette affaire, les brillants cerveaux américains et leurs chiens, Narmonov et ses laquais. Ils ont joué d'une façon remarquable, mon ami. Nous aurions dû les voir venir, mais nous n'avons rien vu du tout, ni toi ici, ni moi en Europe. C'est nous qui nous sommes trompés.

Qati songeait qu'il avait précisément besoin de s'entendre dire la vérité sans fard, mais son estomac n'était pas de cet avis.

– Que proposes-tu pour remédier à la situation? demanda le commandant.

– Nous sommes confrontés à une alliance entre deux amis assez insolites et leurs affidés. Il faut trouver le moyen de détruire cette alliance. Historiquement, quand une coalition se défait, les alliés de la veille se retrouvent encore plus méfiants l'un envers l'autre qu'ils ne l'étaient avant. Comment obtenir ce résultat? – Bock haussa les épaules. – Je ne sais pas, ça prendra du temps... Mais les graines de la mésentente existent, beaucoup de gens pensent comme moi, beaucoup d'Allemands pensent comme moi.

– Tu viens de dire qu'il fallait commencer par enfoncer un coin entre l'Amérique et la Russie? lui dit Qati, aussi intéressé que d'habitude par les constructions intellectuelles de son ami.

– Ce serait bien si on arrivait à commencer par là, mais cela me paraît difficile.

– Peut-être pas tant que tu te l'imagines, pensa Qati, sans se rendre compte qu'il réfléchissait tout haut.

– Pardon?

– Rien. On en rediscutera plus tard, je suis fatigué.

– Excuse-moi de t'avoir dérangé, Ismaël.

– Nous vengerons Petra, mon ami. Ils paieront pour leurs crimes! lui promit Qati.

– Merci.

Bock se retira, et, cinq minutes plus tard, il était de retour chez lui. La radio était toujours allumée et diffusait de la musique traditionnelle. Tout lui revint d'un coup, le choc de la première émotion. Il n'arrivait pourtant pas à pleurer, fou de rage qu'il était. La mort de Petra était une tragédie personnelle, mais c'était en outre tout son univers qui avait été trahi par la même occasion. La mort de sa femme n'était qu'un symptôme d'un mal plus profond et plus virulent. C'est le monde entier qui allait payer la mort de Petra, si c'était en son pouvoir. Et tout cela au nom de la justice révolutionnaire, bien entendu.

* * *

Qati avait du mal à s'endormir. Étrangement, c'est parce qu'il se sentait coupable. Lui aussi, il conservait des souvenirs de Petra, de son corps souple – elle n'avait pas encore épousé Günter à l'époque –, et il songeait à sa mort, à ce corps découvert pendu au bout d'une corde allemande... Comment était-elle morte? Aux informations, on avait parlé d'un suicide? Qati le croyait volontiers. Ils étaient trop fragiles, tous ces Européens, intelligents mais fragiles. Ils se laissaient emporter par la passion de la lutte, mais n'avaient pas de résistance. Leur supériorité résidait dans leur largeur de vues, résultat d'un environnement cosmopolite et d'une bonne instruction. Alors que Qati et les siens ne parvenaient pas à voir plus loin que leurs problèmes immédiats, leurs camarades européens avaient une vue plus globale des choses. Cet accès de lucidité le surprit. Qati et son peuple avaient toujours regardé les Européens comme des camarades, pas comme des égaux, comme des dilettantes de la révolution. C'était une erreur. Leur tâche révolutionnaire avait toujours été plus difficile car ils manquaient du vivier de mécontents dans lequel Qati et ses confrères recrutaient leurs troupes. S'ils avaient connu moins de succès, cela tenait à des circonstances objectives, pas à une intelligence inférieure ou à leur manque de détermination.

Bock aurait fait un remarquable officier d'opérations, avec sa vue claire des choses.

«Et maintenant?» se demanda Qati. C'était une question pertinente, mais elle méritait réflexion. Il ne fallait pas se presser d'y répondre, il allait l'enfouir au fond de lui-même pendant quelques jours... au moins une semaine, se promit le commandant, en essayant de trouver le sommeil.

* * *

«J'ai l'immense privilège et le grand honneur de vous annoncer le président des États-Unis.»

Les membres du Congrès se levèrent comme un seul homme de leurs bancs bondés. Alignés au premier rang, tous les membres du gouvernement, ainsi que les chefs d'état-major et les juges de la Cour suprême, se levèrent également. Il y avait encore d'autres spectateurs dans les tribunes, dont les ambassadeurs d'Israël et d'Arabie Saoudite, assis côte à côte, ce qui était du jamais-vu. Les caméras des télévisions montraient la grande salle où s'étaient faites de grandes comme d'infâmes choses. Les applaudissement se répercutaient d'un bout à l'autre, au point que les assistants en avaient mal aux mains.

Le président Fowler posa ses notes devant lui sur le pupitre. Il se retourna pour serrer la main du speaker de la Chambre, puis celle du président du Sénat en exercice et enfin celle de son propre vice-président, Roger Durlin. Dans l'euphorie du moment, personne ne songea à faire de commentaire déplaisant sur le fait qu'il eût salué Durlin en dernier. Puis il se retourna vers la salle avec un grand sourire, et les ovations reprirent de plus belle. Fowler sortit tout son répertoire : salut d'une seule main, puis des deux mains, à hauteur des épaules, au-dessus de la tête. L'unanimité était sincère, au-delà des frontières partisanes, et cela aussi était assez exceptionnel. Fowler le remarqua, ses ennemis les plus convaincus au Congrès et au Sénat étaient aussi enthousiastes que les autres, et il savait qu'ils étaient sincères. Le Congrès était encore capable de faire preuve de patriotisme, à la surprise générale. Il fit enfin un grand geste pour demander le silence, et les applaudissements se calmèrent.

« Mes chers compatriotes, je suis venu ici vous rendre compte des derniers événements qui se sont produits en Europe et au Proche-Orient, je suis devant vous avec les textes de deux traités que je dépose sur le bureau du Sénat des États-Unis. J'espère que vous leur accorderez rapidement votre soutien enthousiaste – Applaudissements. – Grâce à ces traités, les États-Unis, agissant en étroite collaboration avec de nombreux pays – de vieux amis pour certains, d'autres plus récents mais dont le soutien est d'une grande valeur –, ont réussi à faire revenir la paix dans une région qui a beaucoup contribué à apporter la paix au monde, mais qui l'avait très peu expérimentée elle-même.

« Il nous faut scruter l'histoire, suivre les développements de l'esprit humain. Tous les progrès de l'humanité, toutes ces lumières qui nous ont tirés de la barbarie, tous ces grands hommes et femmes qui ont prié et rêvé, espéré ce moment, ont travaillé à cet aboutissement – ce moment, cette occasion exceptionnelle, ce sommet, c'est la dernière page des conflits humains qui se ferme. Nous ne sommes pas à un point de départ, mais à un point d'arrivée. Nous... »

Il dut s'interrompre sous le grondement des applaudissements. Il était un peu agacé, car il n'avait pas prévu qu'on le couperait au cours de cette tirade. Mais il fit un large sourire, et réclama le silence en étendant les bras.

« J'ai l'honneur de vous informer que les États-Unis ont fait un grand pas sur la voie de la justice et de la paix. – Applaudissements. – Il devait en être ainsi... »

– Un peu ronflant, non ? demanda Cathy à Ryan.

– Un peu, oui grommela Jack dans son fauteuil en attrapant son verre. On n'y peut rien, chérie. Il y a des règles pour ce genre de manifestation, c'est comme à l'opéra. Il faut se plier au mode d'emploi. Cela dit, c'est un événement exceptionnel.

– Quand pars-tu? lui demanda Cathy.

– Bientôt, répondit Jack.

«Bien sûr, il y aura un prix à payer, mais l'histoire exige que ceux qui la façonnent se montrent responsables, continuait Fowler à la télé. Il est de notre devoir de garantir la paix, nous allons envoyer des hommes et des femmes pour protéger l'État d'Israël. Nous avons promis solennellement de protéger ce pays faible et courageux contre tous ses ennemis.»

– Quels ennemis? demanda Cathy.

– La Syrie n'est pas ravie de ce traité et l'Iran non plus. Au moins tant que ça continue au Liban, encore qu'il n'y ait plus vraiment de Liban. Ce n'est plus qu'un endroit sur la carte, où des gens meurent. Il y a aussi la Libye et tous les mouvements terroristes. Voilà pas mal d'ennemis qui se sentent visés.

Ryan finit son verre et retourna à la cuisine pour le remplir. «Quel dommage de boire un vin comme ça dans des conditions pareilles!» pensait-il. Pour ce que ça lui importait, il aurait pu boire n'importe quoi...

«Tout cela aura un coût important», disait Fowler quand Jack revint.

– Les impôts vont augmenter, fit Cathy sans ambages.

– Et alors, tu t'attendais à quoi? Un milliard par-ci, un milliard par-là...

– Tu crois que ça va changer les choses? lui demanda-t-elle.

– Oui, ça devrait. On verra bien si tous les responsables religieux croient vraiment ce qu'ils disent, ou si ce sont des jean-foutre. On est en train de les ligoter à leurs propres pétards, chérie... Appelle-ça des «principes», si tu veux, ajouta Jack au bout d'un moment. Ou bien les choses se passeront conformément à ce qu'ils croient, ou bien ce sont des charlatans.

– Et...?

– Je ne crois pas qu'il s'agisse de charlatans, je crois qu'ils seront obligés de respecter ce qu'ils ont toujours affirmé. C'est leur devoir.

– Bientôt, tu vas te retrouver au chômage, non?

Jack perçut la nuance d'espoir qui passait dans sa voix.

– Ça, je n'en sais rien.

Quand le président eut terminé, ce fut l'heure des commentaires. Le rabbin Salomon Mendelev présenta le point de vue des opposants. C'était un vieux New-Yorkais, l'un des plus chauds, si ce n'est des plus virulents, partisans d'Israël. Et pourtant, il n'y avait jamais mis les pieds. Jack ne savait pas pourquoi et se dit qu'il faudrait qu'il pense à étudier ça le lendemain. Mendelev était le chef d'un petit groupe, mais un groupe très influent, de la coterie pro-israélienne. Il avait été à peu près le seul à approuver – au moins, à se montrer compréhensif – au moment de la tuerie sur le Mont du Temple. Le rabbin portait la barbe sous sa yarmulke noire, et son costume était tout froissé.

« L'État d'Israël a été trahi, répondit-il après qu'on lui eut posé une première question. – Il parlait d'une voix étonnamment calme. – En obligeant Israël à rendre ce qui lui appartient de plein droit, les États-Unis ont trahi le droit historique du peuple juif d'habiter la terre de ses ancêtres. De même, ils compromettent gravement la sécurité de ce pays. Il faudra chasser les Israéliens à la pointe des baïonnettes, exactement comme il y a cinquante ans, conclut-il d'un air sinistre.

– Attendez, s'il vous plaît, supplia un autre commentateur.

– Seigneur Dieu, ce que ces gens peuvent être passionnés, fit Jack.

« J'ai perdu les membres de ma famille durant l'Holocauste, dit Mendelev, d'une voix toujours aussi calme. Le rôle de l'État d'Israël, c'est d'offrir aux Juifs un lieu où ils soient en sécurité.

– Mais le président va envoyer des troupes américaines...

– Nous avons bien envoyé des troupes américaines au Viêt-nam, rétorqua le rabbin Mendelev. Et nous avons fait des promesses, et il y a eu un traité, là aussi. La seule sécurité pour Israël consiste à se défendre avec ses propres soldats à l'abri de frontières défendables. Les États-Unis ont contraint ce pays à accepter un accord, Fowler a interrompu les livraisons d'armes pour "faire passer un message". Eh bien, nous avons parfaitement compris le message : cédez, ou bien vous n'aurez plus rien. Je suis en mesure de le prouver, je suis prêt à en témoigner devant la commission des affaires étrangères du Sénat.

– Ouh là là, dit tranquillement Jack.

« Scott Adler, le sous-secrétaire d'État, nous a remis en mains propres le message, tandis que Jack Ryan, directeur adjoint de la CIA, allait voir l'Arabie Saoudite. Ryan a promis au roi d'Arabie que les États-Unis amèneraient Israël à merci. C'était déjà assez désagréable, mais dans le cas d'Adler, un Juif, avoir fait ce qu'il a fait... » Et Mendelev hocha tristement la tête.

– Ce mec a de bonnes sources.

– C'est vrai, ce qu'il raconte ? demanda Cathy.

– Pas tout à fait, ce que nous faisions là-bas devait rester secret. Personne n'était censé savoir que j'étais allé à l'étranger.

– Moi, je le savais...

– Mais tu ne savais pas où. Peu importe, il fait beaucoup de bruit, mais ça ne change rien.

* * *

Les manifestations commencèrent le lendemain. Ils avaient tout misé là-dessus, c'était le cri du désespoir. Les manifestants étaient menés par deux juifs russes qui venaient d'être autorisés à quitter un pays qui montrait si peu d'affection pour eux. À leur arrivée dans leur vraie patrie, ils avaient été autorisés à s'installer sur la rive ouest, dans ce morceau de Palestine qui avait été repris par la force à l'armée jordanienne pendant la guerre des Six-Jours.

Leurs immeubles préfabriqués, minuscules pour des Américains, mais extrêmement luxueux pour des Russes, étaient bâtis parmi des centaines d'autres
au milieu des cailloux. Sentiment nouveau pour eux, ils avaient un foyer, et
les gens sont capables de se battre pour défendre leur foyer. Le fils d'Anatoly
– il s'était rebaptisé lui-même Nathan – était officier de carrière dans l'armée
israélienne, et la fille de David également. Lorsqu'ils étaient arrivés en Israël,
peu de temps avant, ils avaient cru trouver le salut – et maintenant, on leur
intimait l'ordre de quitter leur maison? Une fois de plus? Ils avaient enduré
trop de choses, c'était la goutte qui faisait déborder le vase.

Tout le bloc d'immeubles était peuplé d'immigrants soviétiques, si bien
qu'il avait été facile à Anatoly et David de créer un collectif et de s'organiser.
Ils avaient réussi à trouver un rabbin orthodoxe – un profil qui n'existait pas
dans leur petite communauté – afin d'assurer l'aspect religieux des choses, et
s'étaient mis en marche vers la Knesset derrière une mer de drapeaux et la
Torah. Le pays a beau être petit, cela prit tout de même un certain temps,
et la marche ne pouvait manquer d'attirer les médias. Quand les manifestants,
épuisés et en sueur, arrivèrent à destination, le monde entier était au courant.

La Knesset israélienne n'est pas le parlement le plus calme qui soit. Les
partis qui y siègent vont de l'extrême droite à l'extrême gauche, laissant fort
peu de place aux modérés. Le ton y monte souvent, on y échange des coups
de poing et divers objets volent en séance, le tout devant la photo en noir et
blanc de Theodor Herzl, un Autrichien dont la vision du sionisme dévelop-
pée au milieu du XIXᵉ siècle a servi de base à ceux qui espéraient trouver un
foyer pour leur peuple méprisé et maltraité. La passion des parlementaires
atteint un tel degré qu'un observateur extérieur a du mal à comprendre
comment il est possible que, dans un pays où chacun est réserviste, où chacun
(et chacune) a une arme dans son placard, on n'ait encore pas vu de membres
de la Knesset blessés au cours d'un débat houleux. On n'ose pas imaginer ce
que penserait Theodor Herzl de ce qui se passe dans cette enceinte. Le
problème d'Israël est que les discussions y sont trop passionnées et le gouvernement complètement obsédé par les affaires politiques et religieuses.
Pratiquement chaque sous-secte religieuse a son propre territoire, et donc sa
propre représentation parlementaire, et cela a empêché pendant une génération Israël d'avoir un gouvernement stable et une politique cohérente.

Les manifestants, rejoints par beaucoup d'autres gens, arrivèrent une heure
avant le commencement du débat sur la question des traités. Il était très
possible – il était même probable – que le gouvernement tombe sur cette
affaire, et ces citoyens tout neufs avaient envoyé des émissaires voir tous les
députés de la Knesset qu'ils avaient réussi à joindre. Ceux des députés qui
étaient d'accord avec les manifestants restèrent à l'extérieur et se livrèrent à
des harangues extrêmement violentes pour dénoncer les traités.

* * *

— Je n'aime pas beaucoup ça, dit Liz Elliot, qui regardait la télé dans son bureau.

Les remous politiques en Israël étaient beaucoup plus violents qu'elle ne l'avait prévu, et elle demanda à Ryan de venir lui exposer son point de vue sur la situation.

— Eh bien, répondit le DDCI, s'il y a une chose à laquelle nous ne pouvons rien, c'est celle-là.

— Merci de votre aide, Ryan.

Elliot avait devant elle quelques statistiques. L'un des instituts les plus cotés en Israël avait réalisé un sondage sur un échantillon de cinq mille personnes et avait obtenu les résultats suivants : 38 % pour le traité, 41 % contre et 21 % de sans-opinion. Ces chiffres recoupaient à peu près la répartition des forces à la Knesset, où l'extrême droite était mieux représentée que l'extrême gauche et où le centre était fragmenté en groupuscules qui se rangeaient d'un côté ou de l'autre en fonction du bénéfice politique escompté.

— Ça fait des semaines que Scott Adler a attiré notre attention sur ce point. Nous savions très bien que le gouvernement israélien allait se faire secouer. Bon dieu, ça fait vingt ans que ça dure.

— Mais si le premier ministre ne peut même pas faire son discours...

— Alors, on passe au Plan B. Vous vouliez faire pression sur le gouvernement, c'est bien ça ? Vous avez ce que vous vouliez.

Il y avait là un point qui n'avait pas été étudié avec suffisamment de soin, pensait Ryan, mais il fallait admettre que ça n'aurait pas changé grand-chose. Depuis une génération, le gouvernement israélien était un modèle d'anarchie. Le traité avait été conçu en partant de l'hypothèse que, placée devant le fait accompli, la Knesset serait dans l'obligation de le ratifier. On n'avait pas demandé à Ryan son avis là-dessus, mais il convenait que c'était raisonnable.

— L'ambassade pense que tout se jouera en fonction de l'attitude adoptée par le petit parti que contrôle notre ami Mendelev, ajouta Elliot, qui essayait de garder son calme.

— Possible, convint Jack.

— Mais c'est absurde ! explosa Elliot. Ce petit vieux dégoûtant n'a jamais mis les pieds là-bas !

— C'est pour un motif religieux, j'ai vérifié. Il ne veut pas aller en Israël avant le retour du Messie.

— Putain, c'est pas vrai ! s'écria le conseiller à la Sécurité nationale.

— Et pourtant si.

Ryan éclata de rire et prit le parti de se montrer odieux.

— Écoutez, Liz, cet homme a ses convictions, on a le droit d'en penser ce qu'on veut, mais la Constitution exige que nous les tolérions et les respections. C'est comme ça dans notre pays, souvenez-vous-en.

Elliot tendit le poing vers sa télé.

– Mais ce cinglé est en train de tout foutre en l'air! On ne peut vraiment rien faire?

– Faire quoi? demanda tranquillement Jack.

On la sentait hors d'elle.

– Je ne sais pas, moi. Quelque chose...

Elliot réussit à adoucir un peu le ton de sa voix et à laisser une ouverture à son interlocuteur.

Ryan se pencha en avant et attendit un peu qu'elle soit redevenue plus attentive.

– Il y a un précédent historique à ce que vous recherchez, Liz : «Est-ce que quelqu'un va me débarrasser de ce prêtre casse-pieds?» Maintenant, si vous avez une idée en tête, autant la dire clairement et en face, non? Êtes-vous en train de me suggérer que nous pourrions nous mêler du fonctionnement du parlement dans un pays démocratique et ami, ou que nous pourrions faire quelque chose d'illégal sur le territoire des États-Unis? – Il se tut un instant, ses yeux se plissèrent. – Nous ne ferons rien de tout ça, Liz, nous les laisserons se faire eux-mêmes leur opinion. Si vous me dites, ou si vous songez seulement, que je pourrais me mêler du fonctionnement des institutions israéliennes, le président aura ma démission, le temps de prendre ma voiture et de venir la lui remettre. Si vous voulez que nous nous occupions de ce vieux à New York, souvenez-vous que de telles idées tombent sous le coup de la loi. Et mon devoir, pas seulement en tant que fonctionnaire, mais aussi en tant que simple citoyen, est de faire part de mes soupçons au tribunal compétent.

Ryan avait maintenant le regard venimeux.

– Vous m'emmerdez! Je n'ai jamais dit...

– Vous venez de tomber dans le piège le plus dangereux qui soit quand on est au service du gouvernement, madame. Vous vous mettez à croire que vos idées pour rendre le monde meilleur passent avant les principes au nom desquels nous sommes censés agir. Je ne peux pas vous empêcher de penser ainsi, mais je peux vous dire que mon Agence ne trempera pas là-dedans, aussi longtemps que j'y serai.

La tirade était un peu solennelle, mais Ryan se disait qu'elle avait besoin d'une leçon.

– Je n'ai jamais dit ça!

«Connasse.»

– Très bien, vous n'avez rien dit de semblable, j'ai dû faire erreur et je vous présente mes excuses. Laissez donc les Israéliens décider de ratifier ou non ce traité, ils ont un gouvernement démocratique et le droit de décider tout seuls. Nous, nous avons celui d'essayer de les mener dans la bonne direction, de leur dire que la poursuite de notre aide est liée à leur accord, mais nous n'avons pas le droit de nous mêler directement de leurs affaires. Il y a une limite à ne pas franchir, même pour le gouvernement américain.

Le conseiller pour la Sécurité nationale réussit à sourire.

— Merci de vos conseils sur la façon convenable de diriger un pays, monsieur Ryan. Ce sera tout.

— C'est moi qui vous remercie. De toute façon, je vous suggère de laisser les choses se dérouler toutes seules, et je crois que ce traité sera ratifié, quoi qu'il se passe en ce moment.

— Et pourquoi?

Elliot réussit à garder un ton neutre.

— Ces traités sont objectivement favorables à Israël, les gens s'en rendront compte dès qu'ils auront eu le temps de digérer ce qu'on leur annonce, et ils le diront à leurs élus. Israël est une démocratie, et les démocraties font en général de bons choix. Encore l'histoire, vous savez. La démocratie s'est répandue dans le monde parce qu'elle fonctionne bien. Si nous paniquons et prenons des mesures irréfléchies, tout ce que nous réussirons à faire, c'est à envenimer les choses. Si nous laissons les événements se dérouler normalement, c'est sans doute la bonne solution qui sera au bout.

— Vous en êtes sûr?

— Rien n'est jamais sûr dans la vie, il n'y a que des probabilités, expliqua Jack. — «Comment se fait-il que tout le monde ne comprenne pas ça?» se demanda-t-il. — Mais l'intervention directe a une probabilité d'échec plus élevée que la non-intervention. Il arrive souvent que la meilleure chose consiste à ne rien faire. Là, c'est le cas, laissez donc leur système fonctionner normalement, et je crois que ça marchera. Voilà ce que j'en pense.

— Merci de votre analyse, fit-elle en coupant court.

— Mais c'est un plaisir, comme d'habitude.

Elliot attendit d'entendre la porte se refermer avant de se retourner. «Petit salopard, je te briserai pour ça», se promit-elle.

Ryan monta en voiture et prit West Executive Drive. Et il commença par se dire qu'il était vraiment allé trop loin.

«Mais non, tu as eu raison. Elle commençait à partir là-dedans, il fallait arrêter ça immédiatement.»

C'était la pire idée qui puisse venir à quelqu'un au gouvernement, il avait déjà vu ça. Ce qui arrivait aux gens à Washington était quelque chose de terrible. Ils débarquaient pleins d'idéal, et ces beaux sentiments se dissolvaient dans l'atmosphère chaude et humide. D'aucuns appelaient ça «se faire bouffer par le système», mais Ryan estimait qu'il s'agissait simplement d'une forme de pollution. C'était l'atmosphère de Washington qui vous rongeait l'âme.

«Et tu crois que tu es immunisé, Jack?»

Ryan réfléchit là-dessus, sans prêter attention aux regards que lui jetait Clark dans le rétroviseur tandis qu'ils descendaient vers le fleuve. Il n'avait jamais donné dans le panneau, pas une seule fois... était-ce bien vrai? Il aurait pu faire autrement un certain nombre de choses, il y en avait qui auraient mieux marché s'il s'y était pris différemment.

« En fait, tu n'es pas différent, tu crois l'être.

« Mais tant que j'ai le courage de me poser la question, je suis à l'abri.

« Ça, j'en suis sûr. »

*   *   *

— Alors ?

— Alors, j'ai plusieurs solutions, répondit Ghosn. Mais je ne pourrai pas travailler seul, il me faut de l'aide.

— Et la sécurité ?

— C'est un point important. Il faut que j'examine soigneusement tous les points. Je saurai alors exactement ce dont j'ai besoin, mais je sais déjà qu'il me faudra de l'aide pour certaines opérations, de toute façon.

— Par exemple ? demanda le commandant.

— Les explosifs.

— Mais tu es expert dans ce domaine, objecta Qati.

— Commandant, ce travail exige une précision que nous n'avons jamais eu à mettre en œuvre. Par exemple, on ne peut pas se contenter d'utiliser du plastic ordinaire, pour cette raison très simple que ça se déforme. Il me faut des blocs d'explosif durs comme de la pierre, usinés au centième de millimètre, et leur forme doit être calculée mathématiquement. Je suis capable d'assimiler la théorie, mais j'en ai pour des mois. Au lieu de cela, je pourrais consacrer mon temps à arranger différemment les matières nucléaires et...

— Oui ?

— Et je crois que je pourrais améliorer cette bombe, commandant.

— L'améliorer ? Mais comment ?

— Si j'ai bien compris ce que j'ai lu sur le sujet, ce type d'arme peut être modifié pour devenir non pas une bombe, mais une allumette.

— Une allumette pour allumer quoi ? demanda Qati.

— Une bombe thermonucléaire à fusion, une bombe à hydrogène, Ismaël. La puissance serait multipliée par un facteur dix, peut-être cent, et nous pourrions détruire Israël, ou du moins une grande partie.

Le commandant se tut le temps de respirer plusieurs fois, essayant de digérer ce qu'il venait d'entendre. Il se remit à parler d'une voix très calme.

— Puisque tu as besoin d'aide, quel serait le meilleur endroit ?

— Günter doit avoir des contacts intéressants en Allemagne, si on peut lui faire confiance.

— J'y ai déjà réfléchi, et je crois qu'on peut.

Qati expliqua ce qui était arrivé.

— On est sûrs que toute cette histoire est bien vraie ? demanda Ghosn. Je ne crois pas plus que vous aux coïncidences, commandant.

– Il y avait une photo dans ce journal allemand, elle semblait authentique.

Un journal populaire allemand avait réussi à se procurer une photo en noir et blanc de la pendaison. Ce qui avait fait le succès de cette photo, c'est que Petra était nue jusqu'à la taille. Pareille fin pour une terroriste était quelque chose de trop juteux pour qu'on en prive les mâles allemands, dont l'un avait d'ailleurs été châtré par cette femme.

– Le seul problème, c'est qu'il faudra limiter au minimum le nombre de gens qui seront au courant...

– Mais nous avons besoin d'assistance, je comprends bien. – Qati sourit. – Tu as raison, il est temps de discuter de tout cela avec notre ami. Et tu proposes de faire exploser la bombe en Israël?

– Oui, où ça d'autre? Ce n'est pas mon boulot de décider ce genre de chose, mais j'ai supposé...

– Je n'y ai pas encore réfléchi. Chaque chose en son temps, Ibrahim. Quand pars-tu en Israël?

– La semaine prochaine, je pense.

– Attends de voir ce que donne ce traité. – Qati réfléchissait. – Commence par déterminer ce dont tu as besoin, il faut se hâter lentement dans une affaire de ce genre. On essaiera de trouver ça dans un endroit aussi sûr que possible.

* * *

Cela parut durer une éternité mais, en politique, «éternité» signifie aussi bien cinq minutes que cinq ans. Dans ce cas-là, tout se passa en moins de trois jours. Cinquante mille nouveaux manifestants arrivèrent devant la Knesset. Menés par des vétérans de toutes les guerres d'Israël, ceux-là soutenaient la signature du traité. Il y eut beaucoup de cris et on échangea quelques coups de poing, mais, pour une fois, ces manifestations ne dégénérèrent pas et la police parvint à séparer les deux clans qui se contentèrent de s'injurier.

Le cabinet se réunit une nouvelle fois à huis clos, à la fois attentif et indifférent à ce qui se passait sous ses fenêtres. Le ministre de la Défense garda son calme pendant toute la réunion, ce qui était assez inattendu. Quand ce fut son tour de parler, il convint que les armements supplémentaires promis par les Américains étaient loin d'être négligeables: quarante-huit chasseurs-bombardiers F-16, et, pour la première fois, des véhicules blindés Bradley M-2/3, des missiles Hellfire anti-chars, et l'accès au nouveau canon révolutionnaire que développait la technologie américaine pour les chars. Les Américains prenaient en outre à leur charge le plus gros de la mise sur pied au Néguev d'un centre d'entraînement identique à celui qu'ils avaient construit à Fort Irwin, en Californie. C'est dans ce camp que le 10e de Cavalerie devait s'entraîner avec des unités israéliennes. Le ministre de la Défense savait très bien quels effets bénéfiques avait eus le NTC sur l'US Army, qui n'avait jamais atteint un tel niveau opérationnel depuis la seconde guerre mondiale. Il estimait que l'apport de nouveaux matériels et de cet entraînement devait améliorer l'efficacité de l'armée israélienne d'environ 50 %. À cela s'ajoutaient une escadre de F-16 de l'US Air Force et le régiment blindé, lesquels, selon une clause secrète de l'accord, devaient passer sous contrôle israélien en cas d'urgence. Et c'était aux Israéliens de définir ce qu'était un «état d'urgence». Cette concession était sans précédent dans l'histoire américaine, souligna le ministre des Affaires étrangères.

– En définitive, notre sécurité est-elle accrue ou diminuée par les traités? demanda le premier ministre.

– Plutôt améliorée, admit le ministre de la Défense.

– Tu es prêt à le dire publiquement?

Le ministre de la Défense pesa les choses un bon moment, les yeux fixés sur l'homme qui était assis au bout de la table. «Est-ce que tu me soutiendras quand je poserai ma candidature au poste de premier ministre?» disaient ses yeux.

Le premier ministre acquiesça d'un signe de tête.

– Je le dirai publiquement, nous pouvons accepter ce traité.

Son discours ne ramena pas le calme, mais il suffit à convaincre le tiers des contre-manifestants de quitter les lieux. La minorité du centre à l'assemblée observait les événements, interrogeait sa conscience avant de prendre une décision. Les traités furent ratifiés à une faible majorité. Au Sénat des États-Unis, les commissions de la Défense et des Affaires étrangères n'avaient pas encore tranché, mais la mise en œuvre des accords commença immédiatement.

11

SOLDAROBOTS

Les Gardes suisses mesuraient tous plus d'un mètre quatre-vingt-cinq et aucun ne pesait moins de quatre-vingts kilos. Leur forme physique était évidente. Leur camp était installé aux portes de la ville, à l'emplacement d'une colonie juive qui avait été évacuée deux semaines plus tôt. On y avait construit un gymnase dernier cri, dans lequel les hommes étaient vivement encouragés à faire du sport. Leurs avant-bras, dégagés par les manches roulées au-dessus du coude, étaient à peu près aussi gros que des cuisses et ils étaient déjà très bronzés, alors que les cheveux blonds des soldats avaient encore éclairci au soleil. Ils avaient presque tous les yeux bleus, mais les officiers les cachaient derrière des lunettes foncées et leurs hommes derrière un masque de protection en Lexan.

Leurs tenues de combat étaient en tissu camouflé, spécialement conçu pour le combat urbain. C'était un curieux mélange de noir et blanc taché de gris qui leur permettait de se confondre très efficacement, surtout la nuit, avec les pierres et les murs de stuc dont sont faites les maisons de Jérusalem. Ils avaient échangé les bottes de saut brillantes de cirage des parachutistes contre des chaussures tachées sur le même modèle. Ils portaient par-dessus leur tenue de combat des gilets pare-balles d'origine américaine qui ajoutaient encore à leur carrure impressionnante. Par-dessus le gilet pare-balles venait enfin un baudrier auquel étaient suspendues quatre grenades défensives, deux fumigènes, un bidon d'un litre, une trousse de premiers secours et la dotation de munitions, le tout pesant une douzaine de kilos.

Ils patrouillaient en ville par groupes de cinq, un sous-officier et quatre hommes de troupe. Chaque section fournissait douze équipes. Les hommes étaient armés d'un fusil d'assaut SIG, deux des membres de la patrouille avaient un lance-grenades, le sergent portait un pistolet. Les équipes, dotées de deux postes radio, étaient reliées en permanence.

Tandis que la moitié d'une section patrouillait à pied, la seconde se déplaçait dans des véhicules blindés à roues, américains eux aussi. Chacun de ces véhicules, comparables à de grosses jeeps, possédait une mitrailleuse en tourelle et un mini-canon à six tubes. Un blindage en Kevlar assurait la protection de l'équipage. Quand il faisait retentir sa sirène, tout le monde s'écartait sans demander son reste.

Le poste de commandement abritait plusieurs véhicules blindés d'origine britannique trop gros pour circuler facilement dans les ruelles de la vieille ville. Un peloton sous les ordres d'un capitaine était d'alerte en permanence, et était utilisé comme unité d'intervention. Ses hommes étaient équipés d'armes lourdes, telles que des canons sans recul suédois Carl-Gustav M-2, exactement ce qui convenait pour faire un gros trou dans n'importe quel mur. Il y avait enfin une section du génie avec quantité d'explosifs en tout genre ; les sapeurs s'entraînaient au grand jour en détruisant les installations qu'Israël avait accepté d'abandonner. D'ailleurs, le régiment dans son ensemble utilisait ces sites pour s'entraîner, et les gens pouvaient assister au spectacle, maintenus à une distance de quelques centaines de mètres. C'était rapidement devenu une attraction pour les touristes. Les commerçants arabes vendaient à qui en voulait des tee-shirts imprimés de logos tels que : SOLDA-ROBOT, et leur sens commercial trouva très vite sa récompense.

Les Gardes suisses ne souriaient jamais, ne répondaient jamais quand on leur posait une question. Les journalistes étaient invités à s'adresser directement au chef de corps, le colonel Jacques Schwindler. Les contacts avec la population étant cependant inévitables, les soldats apprenaient quelques mots d'arabe, et l'anglais leur suffisait pour le reste. Ils mettaient de temps en temps quelques PV, encore que ce rôle ait été attribué à la police locale en cours de constitution avec l'aide des Israéliens qui venaient d'abandonner cette fonction. Plus rarement encore, il arrivait qu'un Garde suisse intervienne pour interrompre une rixe. Le plus souvent, la seule vue d'une patrouille de cinq hommes réduisait la population au calme. La mission des Suisses était dissuasive, et les gens comprirent rapidement qu'ils s'en acquittaient parfaitement.

Un écusson ornait l'épaule droite de leur uniforme. Il avait la forme d'un écu, avec au centre la croix suisse blanche sur fond rouge, ce qui rappelait leur origine nationale, et, répartis tout autour, l'étoile et le croissant de l'islam, l'étoile à six branches du judaïsme et la croix des chrétiens. On avait réalisé trois versions de cet écusson, si bien que chacun des emblèmes religieux avait la même probabilité de se retrouver en haut. Les insignes avaient été distribués au hasard, et le drapeau suisse protégeait symboliquement tout le monde de la même manière.

Les soldats mettaient un point d'honneur à manifester le plus grand respect pour les chefs religieux. Le colonel Schwindler rencontrait chaque jour la troïka qui gouvernait la ville. En principe, c'étaient eux qui avaient les pouvoirs de police, mais le colonel, en homme habile, s'arrangeait pour leur glisser quelques suggestions judicieuses, et son prestige était grand auprès de l'imam, du rabbin et du patriarche. Schwindler avait également fait le tour des capitales du Proche-Orient. Les Suisses avaient eu la main heureuse en le désignant à ce poste – c'était leur meilleur colonel. Homme honnête jusqu'au scrupule, il s'était acquis une réputation enviée. Son bureau était déjà décoré d'un sabre orné d'or que lui avait offert le roi d'Arabie, et un étalon magnifique était à l'écurie du camp : Schwindler ne montait pas.

C'était donc à la troïka d'administrer la ville, et ses membres y montrèrent des qualités qu'on n'aurait pas soupçonnées. Ils avaient été choisis pour leur piété et leur science, et ils s'entendirent bientôt parfaitement. Il avait été convenu dès le départ que, une fois par semaine, un service religieux de l'une des trois religions serait célébré, et qu'ils y assisteraient ensemble, à défaut d'y participer, afin de manifester le respect mutuel qui était le fondement même de l'organisation mise en place. Cette idée avait d'abord été émise par l'imam, et elle se révéla la méthode la plus efficace pour régler leurs différends. En outre, elle avait le mérite de montrer l'exemple aux citoyens de la ville qui leur était confiée. Il y avait bien sûr quelques disputes, mais toujours entre deux des membres, et le troisième jouait le rôle de médiateur. Tout le monde avait intérêt à ce que les choses se passent bien. Le « Seigneur Dieu », expression qu'ils pouvaient utiliser tous les trois sans difficulté, exigeait d'eux qu'ils fassent preuve de bonne volonté, et après quelques problèmes au début, la bonne volonté avait pris le dessus. Un jour qu'ils prenaient le café après avoir réglé une querelle sur le programme d'accès à un quelconque monastère, le patriarche grec nota en riant que c'était sans doute la première fois qu'il assistait à un miracle de sa vie. Mais non, rétorqua le rabbin, ce n'était pas un miracle de voir des hommes de Dieu mettre en pratique les principes de leur religion. Tous en même temps ? avait repris l'imam avec un sourire ; si ce n'était pas un miracle, ça avait tout de même demandé mille ans. « Allons, nous n'allons pas recommencer à nous disputer, conclut le Grec dans un gros rire, si seulement vous pouviez m'aider à m'arranger avec mes frères chrétiens ! »

Lorsque des religieux de l'une ou l'autre religion se rencontraient dans la rue, ils se saluaient chaleureusement pour donner le bon exemple. Les Gardes suisses les saluaient également, et lorsqu'ils s'adressaient aux plus vénérables d'entre eux, ils enlevaient leur casque ou leurs lunettes pour bien marquer leur respect. C'était la seule marque d'humanité que les Gardes suisses étaient autorisés à montrer. On racontait qu'ils ne transpiraient même pas.

– Quelle bande de sacrés veinards, fit Ryan, debout dans un coin en manches de chemise.

Les touristes américains prenaient des photos, les Juifs avaient l'air encore rancuniers, les Arabes souriaient, et les chrétiens, après avoir été mis pratiquement à la porte de Jérusalem sous l'effet des violences, commençaient à revenir. Tout le monde s'écarta quand les cinq gaillards débarquèrent d'un pas vif dans la rue, presque au pas cadencé, leurs têtes casquées surveillant ce qui se passait de chaque côté.

– On croirait vraiment des robots.

– Vous savez, dit Avi, il n'y a pas eu une seule agression en une semaine, pas une.

– Je n'aimerais pas me mesurer à eux, dit calmement Clark.

Au cours de la première semaine, un jeune Arabe avait assassiné une vieille dame israélienne au couteau – c'était un crime crapuleux, et il n'avait pas de connotation politique, mais il avait commis l'erreur de le faire en plein devant un soldat suisse qui lui avait couru après et l'avait plaqué à terre. L'Arabe en question avait été conduit devant la troïka, et on lui avait donné le choix d'un procès selon la loi juive ou selon la loi coranique. Il avait fait l'erreur de choisir la dernière option. Il avait passé une semaine dans un hôpital israélien, le temps de guérir de ses blessures, puis était passé en jugement comme le prescrit le Coran devant un tribunal présidé par l'imam Ahmed ben Youssef. Vingt-quatre heures après, on le mettait dans l'avion pour Riyad en Arabie Saoudite. Arrivé là, on le conduisit sur la place du Marché, et, après lui avoir laissé le temps de se repentir de ses fautes, on le décapita au sabre. Ryan ne savait pas comment on dit « pour encourager les autres » en hébreu, en grec ou en arabe. Les Israéliens étaient restés sidérés par la rapidité et la sévérité du juge, mais les musulmans s'étaient contentés de hausser les épaules et de rappeler que le Coran comportait un code de justice criminelle qui avait largement fait la preuve de son efficacité.

– Votre peuple n'est pas encore convaincu, non ?

Avi fronça les sourcils. Ryan voulait l'obliger à donner son avis personnel, ou à dire la vérité.

– Ils se sentiraient plus en sécurité si nos paras étaient encore là, Ryan.

C'est la vérité qui l'avait emporté finalement.

– Je comprends.

– Mais ils vont s'y faire. Ça prendra quelques semaines, mais ils vont s'y faire. Les Arabes aiment bien les Suisses, et c'est le comportement des Arabes qui décidera de la tranquillité dans les rues. Maintenant, j'aimerais que vous me disiez quelque chose.

Clark remua imperceptiblement la tête en entendant ça.

– Allez-y toujours, répondit Jack en regardant ailleurs.

– Quelle part avez-vous prise dans toute cette histoire ?

– Aucune, répondit Jack en s'efforçant de rester aussi froid et aussi neutre que possible. Vous savez, c'était une idée de Charlie Alden. Je n'étais qu'un messager.

– C'est ce qu'Elizabeth Elliot raconte à qui veut l'entendre.

Avi n'avait pas besoin d'en dire davantage.

— Vous ne me poseriez pas cette question si vous ne connaissiez pas la réponse, Avi. Alors, pourquoi la poser ?

— Bien joué.

Le général Ben Jacob s'assit et appela du geste un serveur. Il commanda deux bières avant de parler. Clark et l'autre garde du corps ne buvaient pas.

— Votre président a poussé le bouchon un peu loin. Nous menacer de nous couper les vivres...

— J'admets qu'il aurait pu être un peu moins brutal, mais je ne fais pas de politique, Avi. C'est votre peuple qui a tout déclenché au Mont du Temple. Cela a rouvert une page de notre histoire que nous voulons oublier. Le lobby qui vous soutient au Congrès a été paralysé – beaucoup de ces gens-là étaient de votre côté lorsqu'il s'agissait de vos propres droits civiques, rappelez-vous. Vous nous avez contraints à agir, Avi, et vous le savez très bien. En outre...

Ryan se tut brusquement.

— Oui ?

— Avi, ça devrait marcher. Ce n'est pas compliqué, regardez autour de vous ! ajouta Jack.

On leur apporta leurs bières, et il avait si soif qu'il en avala un tiers sans reprendre sa respiration.

— Il y a un petit espoir, admit Ben Jacob.

— Vos informations sur ce qui se passe en Syrie sont meilleures que les nôtres, souligna Ryan. Je me suis laissé dire qu'ils commençaient à tenir des propos conciliants sur la réinstallation, même si ça reste discret, j'en conviens. J'ai tort ?

— C'est vrai, grommela Avi.

— Vous savez ce qui est le plus dur quand on essaie de faire du renseignement en temps de paix ?

Les yeux de Ben Jacob regardaient au loin, en direction d'un mur. À quoi songeait-il ?

— Croire que c'est réalisable ?

Jack acquiesça d'un signe de tête.

— Et c'est un domaine dans lequel nous sommes plus forts que vous, cher ami. Nous avons de la pratique.

— Exact, mais les Soviets n'ont jamais dit – que dis-je, proclamé – pendant deux générations qu'ils voulaient vous rayer de la face de la terre. Allez donc dire à votre valeureux président que des craintes de ce genre ne sont pas faciles à effacer.

Jack soupira.

— Je l'ai fait. Je le lui ai déjà dit. Je ne suis pas un ennemi, Avi.

— Vous n'êtes pas non plus nos alliés.

— Alliés ? Nous le sommes devenus. Les traités sont entrés en vigueur. Mon général, mon rôle consiste à fournir des informations et des analyses à mon gouvernement. La politique est décidée par des gens qui me dépassent, et qui sont plus intelligents que moi, ajouta Ryan avec une ironie un peu glacée.

– Oh! Et qui est-ce alors? – Le général Ben Jacob sourit à son jeune ami. Sa voix se fit soudain plus basse. – Vous êtes dans le métier depuis combien – depuis moins de dix ans, Jack. L'histoire du sous-marin, l'opération que vous avez montée à Moscou, votre rôle pendant les dernières élections...

Jack essaya de masquer sa surprise, mais sans succès.

– Putain, Avi!

Comment diable avait-il découvert tout ça?

– Vous ne portez pas le titre de lord pour des prunes, monsieur Ryan, ricana le directeur adjoint du Mossad. Dites à la charmante Miss Elliot que si elle y va trop fort, nous aussi nous avons des amis dans la presse, et qu'une petite histoire comme...

Avi sourit.

– Avi, si vos copains racontent ça, elle ne comprendra même pas de quoi ils parlent.

– Foutaises! lâcha le général Ben Jacob.

– Je vous en donne ma parole.

Ce fut au tour du général d'être surpris.

– J'ai peine à vous croire.

Jack vida son verre.

– Avi, je vous en ai dit tout ce que je pouvais. Ne vous est-il jamais arrivé d'obtenir une information d'une source peu fiable? Laissez-moi ajouter une chose: je ne sais rien sur le sujet que vous venez d'évoquer, et s'il s'est passé quelque chose, je suis en dehors du coup. D'accord, j'ai des raisons de penser qu'il s'est passé quelque chose, et j'ai même tendance à croire que c'est vrai, mais je ne sais rien. Et vous, cher, ami, vous ne pouvez pas faire chanter quelqu'un avec quelque chose dont personne n'a jamais entendu parler. Je vous souhaite bien du plaisir pour arriver à convaincre vos amis que ça s'est vraiment passé.

Ryan posa son verre vide.

– Tout ça, ça n'arrive qu'au cinéma, mon général. Voyons, Avi, le rapport qu'on vous a remis est peut-être un peu mince, comme le sont tous les papiers à sensation. Il n'y a rien qui fasse aussi vrai que ce que l'art invente, après tout.

La réponse fit mouche, et Ryan vit qu'il avait marqué un point.

– Ryan, en 1972, la fraction Septembre noir de l'Organisation de libération de la Palestine a passé un contrat avec l'Armée rouge japonaise pour organiser un attentat à l'aéroport Ben-Gourion. Ils ont tué surtout des protestants américains qui venaient de Porto Rico. Le seul terroriste pris vivant par nos forces de sécurité a dit à ceux qui l'interrogeaient que ses camarades morts et leurs victimes allaient se transformer en une constellation d'étoiles dans le ciel. Une fois en prison, il s'est converti sans qu'on l'y oblige au judaïsme, et il s'est même circoncis tout seul avec ses dents. Ce qui dénote une souplesse étonnante, ajouta le général Avi Ben Jacob sans piper. Ne me dites pas que c'est trop incroyable pour être vrai. Je suis dans le renseignement depuis plus de vingt ans, et la seule chose dont je sois certain, c'est que je n'ai pas encore tout vu.

— Avi, je ne suis tout de même pas parano.

— Vous n'avez jamais fait l'expérience de l'Holocauste, Ryan.

— Ah bon? Et Cromwell et la famine des pommes de terre? Arrêtez votre char, mon général.

— Et si...?

— Avi, vous me demandez: «Et si?» Si ce si doit arriver, mon général, je reviendrais en personne. J'ai été marine, vous savez que je me suis déjà battu. Il n'y aura pas de nouvel Holocauste, pas moi vivant. Mes compatriotes ne le permettront pas. Je n'ai pas dit mon gouvernement, Avi, j'ai dit mes compatriotes. Nous ne le permettrons pas. Et si des Américains doivent mourir pour défendre ce pays, il y aura des Américains pour le faire.

— Vous avez déjà raconté ça au Viêt-nam.

Les yeux de Clark lancèrent un éclair en entendant ces mots, et Ben Jacob le remarqua.

— Vous avez quelque chose à dire?

— Mon général, je ne suis pas un haut personnage, juste un troufion qui a de l'expérience. Mais j'ai passé plus de temps à me battre que n'importe qui chez vous, et laissez-moi vous dire, mon général, qu'il y a une chose que je n'arrive pas à comprendre. Vous vous faites baiser comme nous, mais nous, on en a tiré la leçon, pas vous. Et M. Ryan a raison. Y reviendra si y a besoin. Et moi avec, si on en arrive là. J'ai descendu ma part d'ennemis, moi aussi, conclut Clark d'une voix sourde.

— Encore un marine? demanda doucement Avi, mais il connaissait la réponse.

— Presque, répondit Clark. Et j'ai encore la forme, comme on dit, ajouta-t-il dans un sourire.

— Et qu'en pense votre collègue?

Avi regardait Chavez qui était resté à faire le guet au coin de la rue.

— Il est aussi bon que moi, comme ces gosses du 10e. Mais c'est complètement con de parler de guerre comme ça. Vous le savez bien tous les deux. Vous voulez être en sécurité, mon général, vous avez qu'à régler vos problèmes intérieurs, et la paix suivra comme un arc-en-ciel après l'orage.

— Il faut tirer la leçon de ses erreurs...

— On était à sept mille bornes de chez nous, mon général, il y a moins loin de la Méditerranée à chez vous. Vous feriez mieux de tirer la leçon de vos erreurs, et, heureusement pour vous, vous êtes plus doués que nous pour faire la paix.

— Oui, mais si elle nous est imposée...

– Mon général, si ça marche, vous nous direz merci. Si ça marche pas, y aura un tas de gens qui viendront vous donner un coup de main pour nettoyer la merde.

Clark s'aperçut que Ding s'était déplacé tranquillement depuis son poste de l'autre côté de la rue, comme s'il se promenait sans but, comme un touriste...

– Vous viendriez aussi?

– J'vous en fous mon billet, mon général.

Il était à nouveau sur le qui-vive, il regardait les passants. Chavez avait remarqué quelque chose, mais qu'est-ce que ça pouvait bien être?

* * *

«Mais qui sont ces types?» se demandait Ghosn. Il lui fallut une seconde pour avoir la réponse. «Le général de brigade Abraham Ben Jacob, directeur adjoint du Mossad», lui dicta son cerveau après avoir fait rapidement le tri entre toutes les photos qu'il avait mémorisées. «Il discute avec un Américain. Je me demande qui est...» Ghosn essaya de tourner lentement la tête en ayant l'air de rien. L'Américain devait avoir plusieurs gardes du corps... il en voyait déjà un à deux pas. Un homme très très sérieux, assez vieux, la quarantaine avancée peut-être. C'était cette dureté, non, pas la dureté, on sentait plutôt quelqu'un sur ses gardes. Il est assez facile à quelqu'un de contrôler ses expressions, mais pas ses yeux, ah, le type remettait ses lunettes de soleil. Ghosn savait bien qu'il avait passé trop de temps à regarder, mais...

– Aïe.

Un homme le bouscula. Il était plus petit et plus léger que Ghosn. Le teint très foncé, peut-être un frère arabe, mais il lui avait parlé anglais. Il se dégagea avant que Ghosn ait eu le temps de réaliser qu'il avait été palpé.

– Désolé.

L'homme recula. Ghosn ne savait pas très bien si c'était ce qu'il croyait ou s'il avait eu affaire à un garde du corps israélien, américain ou autre. Enfin, il n'avait pas d'arme sur lui, pas le moindre couteau de poche, juste un sac bourré de livres.

* * *

Clark vit Ding qui lui faisait signe que tout allait bien, comme quand on chasse un insecte sur son cou. Pourquoi alors ce clin d'œil en direction de la cible – tout ce qui manifestait de l'attention pour celui qu'il protégeait était une cible potentielle –, pourquoi s'était-il arrêté pour y regarder de plus près? Clark se retourna, il y avait une fille assise deux tables plus loin. Elle n'était ni arabe ni israélienne, plutôt européenne, elle parlait allemand ou hollandais. Une fille agréable à regarder, et de telles filles attirent les regards. Lui et les deux autres gardes s'étaient peut-être tout simplement trouvés entre un admirateur et l'objet de son attention. Peut-être. Pour un garde du corps, la frontière entre surveillance et paranoïa n'est pas facile à tracer, même dans un contexte aussi difficile que celui-ci, et Clark ne se faisait pas trop d'illusions. Ils avaient choisi ce restaurant au hasard, dans une rue au hasard, mais Ryan était là, Ben Jacob et lui avaient décidé de discuter là... personne n'avait de renseignements parfaits, personne n'avait assez d'hommes pour quadriller toute une ville – sauf peut-être les Russes à Moscou –, la menace pouvait très bien être réelle. Mais pourquoi ce clin d'œil?

Bon. Clark enregistra le visage, et le rangea au fond de sa mémoire parmi des centaines d'autres.

* * *

Ghosn continua sa promenade. Il avait trouvé tous les ouvrages qu'il cherchait, et il se contentait d'observer les Suisses, leur façon de se comporter, leur façon de faire. Avi Ben Jacob, quelle occasion manquée. On ne voit pas tous les jours des cibles comme celle-là. Il continua à descendre la rue irrégulièrement pavée, se forçant à faire croire qu'il n'observait rien de particulier. Il décida de tourner à droite et d'accélérer le pas pour passer devant les Suisses avant qu'ils parviennent au croisement suivant. Il était partagé à leur égard entre l'admiration et le regret de les voir ici.

* * *

– Bien joué, dit Ben Jacob à Clark. Votre subordonné est bien entraîné.
– Il promet.
Tandis que Clark continuait à surveiller ce qui se passait, Ding Chavez retournait à son poste de l'autre côté de la rue.
– Cette tête vous dit quelque chose?
– Non, mais mes hommes ont dû le prendre en photo. On va vérifier, mais ce n'était sans doute qu'un jeune homme avec des pulsions sexuelles normales.
Ben Jacob montra du menton la jeune Hollandaise, à supposer qu'elle fût hollandaise.
Clark était surpris que les Israéliens n'aient pas fait un geste. Un sac peut contenir n'importe quoi, et «n'importe quoi» a plutôt une connotation négative dans un endroit comme celui-là. Dieu, ce qu'il pouvait détester ce boulot. Surveiller ce qui se passait pour son propre compte était une chose Il était expert dans l'art de se déplacer de façon aléatoire, sans arrêt à la recherche d'un itinéraire de retraite ou d'endroits propices à une embuscade Mais Ryan, même s'il avait le même genre de réflexes, et le DDCI avait

l'esprit vif, avait une confiance démesurée dans la compétence de ses deux anges gardiens.

– Alors, Avi ? demanda Ryan.

– Eh bien, les premiers éléments de votre régiment de cavalerie sont arrivés. Les blindés de chez nous ont beaucoup d'estime pour votre colonel Diggs. Je trouve que leur mascotte est un peu bizarre, après tout un bison n'est jamais qu'une vache sauvage.

Avi eut un petit rire.

– Mais c'est comme un char, Avi, on n'a pas envie de rester planté devant.

Ryan se demandait comment se passerait le premier exercice sérieux du 10ᵉ de Cavalerie avec les Israéliens. Dans l'armée américaine, on considérait que les Israéliens étaient plutôt surestimés, et Diggs avait la réputation d'un excellent tacticien.

– Je crois que je vais pouvoir rendre compte au président que la situation se présente très bien.

– Il y aura des problèmes.

– Bien sûr, Avi, fit Jack. Mais pensiez-vous que les choses iraient aussi vite ?

– Non, admit Ben Jacob.

Il sortit de la monnaie et paya l'addition. Clark alla rejoindre Chavez.

– Eh bien ?

– Ce type, il avait un gros sac, mais je crois que c'étaient des bouquins, des gros bouquins. Ils avaient encore leur étiquette. Tu sais quoi, des livres de physique nucléaire. Du moins pour le seul titre que j'aie réussi à lire. Des gros bouquins, épais, couverture en carton. C'était peut-être un étudiant, et puis il y avait une jolie nénette là-bas, mec.

– Restons sérieux pendant le travail, monsieur Chavez.

– C'est pas mon genre, monsieur Clark.

– Qu'est-ce que tu penses des Suisses ?

– M'ont l'air sacrément efficaces pour tenir le terrain. J'aimerais pas trop me frotter à eux si c'est pas moi qui choisissais le lieu et l'heure, mec. – Chavez se tut avant de reprendre : – T'as remarqué le mec que j'ai intercepté, comme il les regardait ?

– Non.

– On aurait dit... qu'il savait qu'il... – Domingo Chavez s'interrompit. – J'imagine que les gens ont déjà vu pas mal de soldats, dans le coin. Mais j'sais pas, il les a regardés comme quelqu'un qui est du métier. C'est la première chose que j'ai remarquée, il les zyeutait pas comme toi ou Ryan. Ce mec avait pas les yeux dans sa poche, si tu vois ce que je veux dire.

– Quoi d'autre ?

– Se déplaçait vite, bonne forme physique. Les mains lisses, pas rugueuses comme celles d'un soldat. Trop vieux pour être encore lycéen, mais pas pour un étudiant.

Chavez s'arrêta.

— Jesucristo! On fait vraiment un boulot de paranos, mec. Il n'avait pas d'arme, ses mains n'étaient pas celles de quelqu'un qui pratique les arts martiaux. Il descendait juste la rue en observant les Suisses, il a aperçu Ryan et son copain, et il s'est tiré.

Il y avait des jours où Chavez regrettait de ne plus être dans l'armée. Il aurait pris du grade, au lieu de faire le con des nuits entières à George-Mason en servant de garde du corps à Ryan. Enfin, Ryan était sympa, et travailler avec Clark était, comment dire... intéressant. Mais le renseignement était décidément un milieu bien étrange.

— On s'en va, fit Clark.

— J'avais compris.

De la main, Ding tâta son automatique caché sous sa chemise. Les gardes israéliens avaient commencé à descendre la rue.

* * *

Ghosn les doubla juste comme il l'avait prévu, mais les Suisses y avaient mis du leur. Un vieux religieux musulman avait arrêté le sergent pour lui demander quelque chose et il y avait un problème de traduction. L'imam ne parlait pas anglais, et l'arabe du Suisse était encore sommaire. C'était une bonne occasion d'intervenir.

— Excusez-moi, dit Ghosn à l'imam, puis-je vous aider?

Il écouta ce que lui débitait l'autre en arabe à toute vitesse et se tourna vers le soldat.

— L'imam vient d'Arabie Saoudite. Il n'est pas venu à Jérusalem depuis qu'il était tout petit et il cherche les bureaux de la troïka.

Quand il sut à qui il avait affaire, le sergent enleva son casque et inclina respectueusement la tête.

— Voulez-vous lui dire que nous serions heureux de l'accompagner là-bas?

— Ah, vous voilà! cria quelqu'un.

C'était visiblement un Israélien. Il parlait arabe avec un accent, mais dans un style irréprochable.

— Bonjour, sergent, ajouta-t-il en anglais.

— Bonjour, rabbin Ravenstein. Vous connaissez cette personne? demanda le soldat.

— Mais oui, c'est l'imam Mohamed al-Faïçal, éminent historien de Médine.

— Ce qu'on raconte est bien vrai? demanda directement al-Faïçal à Ravenstein.

— C'est même encore mieux que ça, répondit le rabbin.

— Pardonnez-moi, fit Ghosn.

— Vous êtes monsieur..., demanda Ravenstein.

– Je suis étudiant, je me proposais de faire la traduction...

– Ah, je vois, fit Ravenstein. C'est très aimable. Mohamed est venu examiner un manuscrit que nous avons découvert en faisant des fouilles, le commentaire musulman d'une très ancienne torah, Xe siècle, une découverte extraordinaire. Sergent, je m'en occupe, et merci à vous, jeune homme.

– Voulez-vous que je vous accompagne? demanda le sergent. C'est notre chemin.

– Merci, nous sommes trop vieux tous les deux pour réussir à vous suivre.

– Très bien. – Le sergent les salua militairement. – Bonne journée.

Les Suisses continuèrent leur patrouille, et les quelques passants qui avaient suivi l'échange sourirent.

– Ce commentaire est dû à Al-Qalda soi-même, je pense qu'il fait référence au travail de Nuchem d'Acre, dit Ravenstein. Le manuscrit est très bien conservé.

– Je meurs d'envie de le voir!

Les deux savants descendirent la rue aussi vite que le leur permettaient leurs jambes fatiguées, indifférents à ce qui se passait alentour.

Ghosn ne laissa rien paraître. Il s'obligea à changer de trottoir, tourna à la prochaine rue et disparut dans une ruelle, mais ce qu'il avait vu était assez déprimant.

Mohamed al-Fayçal était l'un des cinq plus grands savants musulmans, historien de renom et lointain cousin de la famille royale saoudienne. Malgré tous ces titres, c'était un homme sans prétention. S'il avait été moins âgé, il aurait pu être membre de la troïka qui administrait Jérusalem. Mais, pour des raisons politiques, on recherchait quelqu'un d'origine palestinienne pour occuper la fonction. Il n'aimait pas Israël, c'était l'un des chefs religieux saoudiens parmi les plus conservateurs, et il était tombé amoureux du traité, lui aussi?

Pis encore, les Suisses l'avaient traité avec le plus grand respect, et pis encore, l'Israélien en avait fait autant. Les passants, en majorité palestiniens, regardaient la scène avec amusement et... comment dire, la chose leur paraissait naturelle. Il y avait de cela très longtemps, les Israéliens avaient juré de respecter leurs voisins arabes, mais cette promesse avait duré aussi long-temps que si elle avait été écrite dans le sable.

Ravenstein était différent, bien sûr. C'était lui aussi un savant, il vivait dans son petit monde de choses du passé, il avait souvent recommandé la modération avec les Arabes, il prenait conseil auprès des musulmans pour conduire ses fouilles... et maintenant...

Et maintenant, il servait de passerelle entre les mondes arabe et juif. Les gens dans son genre continueraient à agir comme ils l'avaient toujours fait, mais, dans le contexte actuel, c'était une aberration.

La paix. La paix était possible, elle allait s'installer. Ce n'était plus seule-ment un rêve fou imposé par des étrangers. Le peuple s'y adaptait à toute

vitesse, les Israéliens abandonnaient leurs maisons, les Suisses avaient déjà
pris possession d'une colonie et détruit de nombreuses habitations. La
commission saoudienne était en place et commençait à restituer des lopins
de terre à leurs propriétaires légitimes. La construction d'une grande université était prévue dans la banlieue de Jérusalem, sur fonds saoudiens. Tout
allait si vite! Certes, les Israéliens résistaient, mais moins que prévu. En une
semaine, il avait entendu des tas de gens répéter que les touristes s'apprêtaient
à envahir la ville, les réservations arrivaient dans les hôtels aussi vite que les
liaisons par satellite étaient capables de les avaler. On prévoyait de bâtir deux
énormes hôtels, et les Palestiniens allaient retirer de la seule activité touristi-
que des bénéfices considérables. Leur victoire politique sur Israël était déjà
évidente, et ils avaient décidé d'avoir le triomphe modeste, pour de simples
raisons financières: il n'y a pas plus commerçant que les Palestiniens dans
tout le monde arabe.

Mais Israël n'en survivrait pas moins.

Ghosn s'arrêta dans un café, s'assit et commanda un jus de fruits. En
attendant, il contempla la ruelle. Il y avait des juifs et des musulmans. Les
touristes n'allaient pas tarder à envahir les lieux, la première vague se pressait
déjà dans les aéroports. Des musulmans, bien sûr, qui venaient prier sur le
Rocher, des Américains bourrés d'argent, des Japonais curieux de découvrir
un pays encore plus ancien que le leur. La Palestine serait bientôt un pays
prospère.

La prospérité était l'antichambre de la paix, et la mort du mécontentement.

Mais la prospérité n'était pas ce que Ghosn voulait pour son peuple et
pour sa patrie. Quand tout serait fini, peut-être, mais seulement après qu'un
certain nombre de conditions auraient été remplies. Il paya sa consommation
en dollars, sortit et réussit à trouver un taxi. Il était entré en Israël par
l'Égypte, il comptait quitter Jérusalem par la Jordanie avant de retourner au
Liban. Il avait du pain sur la planche, et il espérait que les bouquins qu'il
emportait contenaient ce dont il avait besoin.

* * *

Ben Goodley poursuivait des études supérieures à l'Institut Kennedy de
l'université de Harvard. C'était un brillant sujet de vingt-sept ans, beau gosse,
et il avait autant d'ambition que toute la famille Kennedy réunie. Sa thèse
de doctorat avait pour sujet l'équipée vietnamienne vue sous l'angle du
renseignement, et elle avait donné matière à controverses, tant et si bien que
son directeur l'avait envoyé à Liz Elliot pour avoir son avis. Le conseiller à
la Sécurité nationale n'avait qu'un reproche à faire à Goodley, celui d'être
un homme. Mais nul n'est parfait.

— Alors, vers quel domaine de recherche souhaitez-vous plus précisément
vous orienter? lui demanda-t-elle.

— Je voudrais analyser la nature des décisions prises par les services de renseignement à la lumière des changements qui viennent d'intervenir en Europe et au Proche-Orient. Mon problème est d'avoir accès aux archives officielles sur certains sujets.

— Et quel est votre objectif final ? Je veux dire, compléta Elliot, vous voulez enseigner, écrire, entrer dans la fonction publique ?

— La fonction publique, bien sûr. À mon avis, ce qui se passe exige que les bonnes décisions soient prises par les gens les plus aptes pour ce faire. Ma thèse a clairement établi, je crois, que les services de renseignement ont eu des résultats médiocres pratiquement sans interruption depuis 1960. C'est leur façon même de penser qui doit être réorientée. Du moins – il se pencha en arrière et essaya de paraître à l'aise –, c'est ce que ressent un observateur extérieur.

— Et pourquoi cela, à votre avis ?

— Le premier problème tient au recrutement. Par exemple, la politique de recrutement de la CIA détermine la façon dont elle obtient et analyse ses informations. L'Agence prophétise en vase clos. Où est l'objectivité, où est la capacité à discerner les grandes tendances ? Ont-ils vu venir 1989 ? Bien sûr que non. À côté de quoi sont-ils en train de passer en ce moment ? Sans doute des tas de choses. Il serait beaucoup plus intéressant, conclut Goodley, de détecter les faits importants avant qu'ils deviennent des ferments de crise.

— Je suis d'accord.

Elliot vit que les épaules du jeune homme se détendaient en même temps qu'il expirait profondément. Elle décida de jouer un peu au chat et à la souris, juste pour lui faire comprendre avec quel genre de femme il allait travailler.

— Je me demande ce que nous pourrions faire de vous... ?

Elliot laissa ses yeux errer dans le vague.

— Marcus Cabot ouvre un poste pour un assistant de recherche. Il vous faudra une habilitation, et vous devrez signer un engagement de confidentialité. Vous n'aurez pas le droit de publier quoi que ce soit sans autorisation préalable.

— C'est presque une clause abusive, souligna Goodley. Du point de vue constitutionnel.

— Pour fonctionner correctement, un gouvernement doit protéger un certain nombre de secrets. Vous aurez accès à des informations de première main. Votre objectif est-il de publier, ou bien est-ce ce que vous m'avez décrit tout à l'heure ? Le service de l'État exige quelques sacrifices.

— Eh bien...

— Il va se passer des choses passionnantes à la CIA au cours des prochaines années, assura Elliot.

— Je vois, dit Goodley, plein d'espoir. Je n'ai jamais eu l'intention de publier des données protégées, naturellement.

— Mais bien sûr, l'encouragea Elliot. J'ai trouvé votre travail très impressionnant, et j'aimerais qu'un cerveau comme le vôtre travaille pour le gouvernement, si vous êtes d'accord sur les quelques contraintes que j'évoquais.

— Dans ces conditions, j'accepte.

— Parfait. — Elliot lui sourit. — Bienvenue à la Maison Blanche. Ma secrétaire va s'occuper de vous, vous avez un paquet de formulaires à remplir.

— J'ai déjà une habilitation « secret défense ».

— Ce n'est pas suffisant, il vous faut la SAP/SAR. En général, cela demande plusieurs mois...

— Des mois ? lui demanda Goodley.

— J'ai dit : en général. Mais nous pouvons accélérer les choses. Je vous suggère de commencer à chercher un appartement. Le salaire vous convient ?

— Tout à fait.

— Parfait. Je vais appeler Marcus à Langley, il faut que vous le rencontriez. Goodley était rayonnant.

— Je suis contente de vous avoir dans mon équipe.

Le nouvel hôte de la Maison Blanche remercia chaleureusement et se leva.

— J'essaierai de ne pas vous décevoir.

Elliot le regarda partir. Il était si facile de séduire les gens. Le sexe était utile dans ce domaine, mais le pouvoir et l'ambition bien davantage. Elliot se dit avec un sourire qu'elle avait déjà fait ses preuves en la matière.

*　*　*

— Une bombe atomique ? demanda Bock.

— On dirait, répondit Qati.

— Qui d'autre est au courant ?

— Ghosn, c'est lui qui l'a trouvée. Personne d'autre.

— Elle est encore utilisable ? demanda l'Allemand. Et pourquoi m'en parles-tu ?

— Elle est très endommagée, mais on doit pouvoir la réparer. Ibrahim est en train de collecter les informations nécessaires pour évaluer ce qu'il y a à faire, mais il pense qu'on peut en tirer quelque chose.

Günter se recula.

— Ce n'est pas une ruse sophistiquée ? Un coup des Israéliens, ou des Américains ?

— Si c'est le cas, c'est vachement bien monté, répondit Qati, et il lui expliqua comment l'engin avait été découvert.

— 1973... ça colle assez bien. Je me souviens que les Syriens étaient à deux doigts d'écraser Israël... — Bock garda le silence un moment, avant de hocher la tête. — Mais comment utiliser ce genre de truc...

— Voilà la question, Günter.

– Il est trop tôt pour se la poser. Il faut d'abord déterminer si cette bombe peut être remise en état. Deuxièmement, calculer sa puissance – non, il faut d'abord connaître sa masse, sa taille, ses conditions d'emport, c'est le plus important. Après seulement, il faudra se préoccuper de la puissance. Je supposerais volontiers que... – Il se tut. – Supposer quoi ? Je ne m'y connais pas assez, mais il faut qu'elle ne soit pas trop lourde. Je sais qu'on en monte dans des obus d'artillerie de moins de deux cents millimètres.

– Celle-là est nettement plus grosse.

– Tu n'aurais pas dû me dire ça, Ismaël. Dans une affaire de ce genre, la sécurité est primordiale, il ne faut faire confiance à personne. Les gens parlent, ils se vantent. Ton organisation est peut-être infiltrée.

– Il le fallait. Ghosn sait qu'il a besoin d'aide. Tu as encore des contacts en RDA ?

– Quel genre de contacts ? lui dit Bock. Je connais quelques ingénieurs, des gens qui ont travaillé sur le programme nucléaire... mais c'est fini, tout ça.

– Fini ?

– Honecker voulait construire plusieurs réacteurs de conception russe. Quand l'Allemagne a été réunifiée, les écolos ont regardé comment c'était fait et tu imagines la suite. Les Russes ont plutôt mauvaise réputation comme concepteurs. – Bock grogna. – Je te l'ai déjà dit, les Russes sont un peuple d'attardés. D'après l'un de mes amis, leurs réacteurs ont été conçus essentiellement pour produire du matériau fissile destiné aux armes...

– Et...

– Et il est donc probable qu'il y a eu un programme nucléaire militaire en RDA. Intéressant, je n'y avais jamais prêté attention, réfléchit Bock à voix haute. Bon, qu'est-ce que tu veux que je fasse ?

– Je voudrais que tu ailles en Allemagne et que tu me ramènes les gens dont nous pourrions avoir besoin – un seul serait préférable, pour des raisons évidentes.

– Retourner en Allemagne ? demanda Bock. Il me faudra...

Qati lui fit glisser une enveloppe.

– Beyrouth est un lieu de rendez-vous idéal depuis des siècles. Ces papiers sont plus vrais que des vrais.

– Il va falloir que tu déménages immédiatement, fit Bock. Si je suis pris, tu peux être sûr qu'ils me presseront jusqu'à ce que je livre tout ce que je sais. Ils ont réussi à briser Petra, ils sont capables d'en faire autant pour moi, ou n'importe qui d'autre.

– Je vais prier pour que tout se passe bien. Il y a un numéro de téléphone dans l'enveloppe. Quand tu reviendras, on sera installés ailleurs.

– Je pars quand ?

– Demain.

12
LES RÉTAMEURS

— Je mets dix cents, déclara Ryan après avoir ramassé ses cartes.

— C'est du bluff, répondit Chavez en avalant une gorgée de bière.

— Je ne bluffe jamais, répondit Jack.

— Perdu.

Clark fouilla dans son jeu.

— Ils disent tous ça, fit le sergent de l'armée de l'Air. Mettez toujours vos dix cents, j'en mets vingt-cinq.

— Faites voir, dit Chavez.

— Trois valets.

— Plus fort que mes huit, bougonna le sergent.

— Ça faisait pas un pli. — Ding éclusa sa bière. — Putain, ça me fait cinq dollars maintenant.

— Ne compte jamais tes gains pendant une partie, lui conseilla Clark.

— Ah vraiment? — Chavez eut un grand sourire. — Mais j'aime bien ce jeu.

— Je savais bien que les soldats étaient mauvais joueurs, fit amèrement le sergent.

Il avait perdu trois dollars, et lui, c'était un vrai joueur de poker. Il avait le temps de s'entraîner en jouant contre les hommes politiques qui avaient besoin d'un bon partenaire pour passer le temps pendant les longs vols.

— Le premier truc qu'on t'apprend à la CIA, fit Clark, c'est comment marquer les cartes.

Il alla chercher de quoi boire.

— Je me suis toujours dit que j'aurais dû aller suivre le stage à la Ferme, dit Ryan.

Il s'en sortait sans avoir rien perdu ni gagné, mais chaque fois qu'il avait eu une bonne main, Chavez en avait une meilleure.

— La prochaine fois, je vous laisserai jouer avec ma femme.

— Elle est bonne? demanda Chavez.

— Elle est chirurgien, elle fait des gestes d'une précision mécanique. Et elle joue aux cartes avec une dextérité..., expliqua Ryan en rigolant. Je ne la laisse jamais donner!

— Mme Ryan ne ferait jamais des choses pareilles, intervint Clark en se rasseyant.

— À toi de donner, fit Ding.

Clark commença par battre les cartes, quelque chose qu'il faisait également très bien.

— Alors, qu'en pensez-vous, Jack?

— Jérusalem? C'est mieux que ce que je croyais. Et vous?

— La dernière fois que j'y suis allé – en 84, je crois –, bon dieu, c'était comme Olongapo dans l'île aux Pirates. Je veux dire, l'ambiance. On ne voyait rien de précis, mais on sentait qu'il se passait quelque chose. Les gens vous regardaient d'une façon... Maintenant, ça s'est plutôt calmé. Je donne cinq cartes? demanda Clark.

— C'est au choix de celui qui distribue, convint le sergent.

Clark fournit la pioche puis distribua une première tournée.

— Alors, John? demanda Ryan après le premier tour d'annonces.

— Vous devriez faire confiance à mes talents d'observation, Jack. On en saura plus dans deux mois, mais je crois que ça se passe plutôt bien. – Il donna quatre cartes supplémentaires. – À vous de dire, Jack.

— Vingt-cinq de mieux.

Le sergent de l'armée de l'Air sentait qu'il avait de la chance.

— Les Israéliens de la Sécurité se sont détendus aussi.

— C'est-à-dire?

— Monsieur Ryan, les Israéliens s'y connaissent en matière de sécurité. Chaque fois que j'ai débarqué là-bas, il y avait un vrai mur autour de l'avion, vous voyez? Cette fois, le mur était nettement moins haut. J'ai parlé à deux d'entre eux, ils m'ont dit qu'ils étaient plus détendus – pas officiellement, bien sûr, à titre personnel. C'est pas des types qui parlent facilement, mais j'ai trouvé qu'il y avait une grosse différence.

Ryan sourit et décida d'abandonner. Son huit, sa reine et un deux, ça ne le menait à rien. C'était toujours pareil, on apprend plus de choses intéressantes avec les sergents qu'avec les généraux.

* * *

— Ce que vous voyez là, fit Ghosn en feuilletant son bouquin, c'est en gros la copie israélienne d'une bombe américaine à fission Mark 12. Une bombe à fission renforcée.

— Qu'est-ce que ça veut dire? lui demanda Qati.

– Ça veut dire qu'on injecte du tritium dans le cœur juste au début de l'allumage. On crée ainsi davantage de neutrons et le rendement de la réaction est bien meilleur. Autre conséquence, il faut moins de matière fissile...

– Mais? fit Qati qui voyait venir un «mais».

Ghosn se laissa aller en arrière et fixa le cœur de l'arme.

– Mais le mécanisme d'insertion de tritium a été détruit au moment du choc, les krytons qui mettent à feu l'explosif conventionnel ont souffert et il faut les remplacer. Nous avons assez d'éléments explosifs pour déterminer leur agencement, mais il va falloir en fabriquer d'autres et ce sera très difficile. Malheureusement, je ne peux pas me contenter de refaire les plans à partir de ce que j'ai sous la main. Il faut d'abord que je retrouve la forme théorique. Vous avez une idée de ce que ça a pu coûter?

– Non, admit Qati, mais il savait qu'on allait le lui dire.

– Ça a coûté plus cher que de poser un homme sur la Lune. Les plus brillants cerveaux s'en sont mêlés: Einstein, Fermi, Bohr, Oppenheimer, Teller, Alvarez, von Neumann, Lawrence, et des centaines d'autres! Tous les géants de la physique du siècle. Des géants!

– Tu es en train de m'expliquer que tu ne pourras pas t'en tirer?

Ghosn sourit.

– Non, commandant, je ne dis pas ça. La première fois qu'on fait quelque chose, il faut du génie. Ensuite, il suffit d'un rétameur. Il a fallu du génie la première fois parce que c'était la première fois, et aussi parce que la technologie était balbutiante. Ils ont dû faire tous les calculs à la main, sur des machines à calculer mécaniques. Les calculs de la première bombe à hydrogène ont été faits sur l'ancêtre des ordinateurs, je crois qu'il s'appelait l'ENIAC. Mais aujourd'hui? – Ghosn éclata de rire, tellement ça paraissait absurde. – Un vulgaire jeu vidéo a plus de puissance de calcul que l'ENIAC. Avec un ordinateur personnel, je serais capable de faire en quelques secondes des calculs qui ont demandé des mois à Einstein. Non, le plus grave est qu'ils ne savaient pas si c'était réalisable. C'est possible, et je le sais. Ensuite, ils ont laissé des traces de ce qu'ils avaient fait. Enfin, j'ai un modèle à copier, et, même si je ne peux pas tout reconstituer, je peux l'utiliser comme modèle théorique. Et avec deux ou trois ans devant moi, je pourrais tout faire seul.

– Parce que tu crois qu'on a deux ou trois ans devant nous?

Ghosn hocha la tête, il avait déjà raconté ce qu'il avait vu à Jérusalem.

– Non commandant, certainement pas.

Qati lui expliqua ce qu'il avait demandé à leur ami allemand.

– C'est parfait. Quand est-ce qu'on se tire?

* * *

Berlin était redevenue la capitale de l'Allemagne. Bock arrivait d'Italie via la Grèce et, auparavant, la Syrie. Les contrôles de passeport se passèrent comme une lettre à la poste. Il loua tout simplement une voiture et sortit de Berlin par l'autoroute E-74, direction Greifswald, vers le nord.

Günter avait loué une Mercedes. Il se justifiait en se disant qu'il voyageait avec une couverture d'homme d'affaires, et, en plus, il n'avait même pas pris la plus chère. Mais il aurait aussi bien pu louer un vélo ; la route avait été laissée à l'abandon par le gouvernement de la RDA. Maintenant que la République fédérale avait pris les choses en main, l'autre côté de la route, cela va sans dire, avait déjà été remis en état. Il apercevait en face des centaines de grosses Mercedes ou BMW qui roulaient en direction de Berlin. Les capitalistes de l'Ouest se précipitaient vers la reconquête.

Bock emprunta la sortie de Greifswald et continua vers l'est après avoir passé Chemnitz. Les Ponts-et-Chaussées ne s'étaient pas encore attaqués aux routes secondaires. Après s'être heurté à une douzaine de poteaux indicateurs, Günter fut obligé de s'arrêter pour consulter la carte. Il continua pendant trois kilomètres, prit une série de bifurcations, avant d'arriver à ce qui avait été un quartier résidentiel. Une Trabant était garée dans l'allée devant la maison qu'il cherchait. Le gazon était soigneusement entretenu, de même que la maison derrière les rideaux impeccables – on était en Allemagne, après tout –, mais il y avait tout de même du délabrement et du laisser-aller dans l'air. Bock se gara une rue plus haut et prit un chemin détourné jusqu'à la maison.

– Je viens voir M. Fromm, dit-il à une femme, sans doute Frau Fromm, qui était venue à la porte.

– Qui dois-je annoncer ? demanda-t-elle cérémonieusement.

Elle avait dépassé quarante ans, sa peau était tendue sur les pommettes, et de nombreuses rides s'étiraient entre ses yeux bleus tristes et ses lèvres. Elle examina l'homme debout sur la marche avec intérêt, et peut-être un peu d'espoir. Bock ne savait pas de quel espoir il pouvait bien s'agir, mais il décida d'en tirer parti.

– Un vieil ami. – Bock sourit pour lui donner confiance. – Je peux lui faire la surprise ?

Elle hésita un instant, mais les bonnes manières prirent le dessus.

– Entrez, je vous prie.

Bock resta à attendre au salon, et ressentit une étrange impression. Ce qui fut plus dur, c'est lorsqu'il comprit pourquoi. L'intérieur lui rappelait son appartement de Berlin. Les meubles haut de gamme qu'il trouvait si jolis en comparaison de ce qui était réservé aux citoyens ordinaires ne lui faisaient plus rien. C'était peut-être parce qu'il était arrivé en Mercedes. Il entendit des pas qui approchaient. Mais non, c'était la poussière. Frau Fromm n'entretenait pas sa maison comme une bonne *Hausfrau* allemande. Il y avait là un indice certain que quelque chose n'allait pas.

– Oui ? demanda Manfred Fromm, avant de reconnaître son visiteur. Ça fait plaisir de te voir !

– Je me demandais si tu te souvenais encore de ton vieil ami Hans, dit Bock avec un petit rire en lui serrant la main. Ça fait tellement longtemps, Manfred.

– Un sacré bout de temps, *Junge!* Viens dans mon bureau.

Les deux hommes sortirent sous le regard inquisiteur de Frau Fromm. Manfred referma soigneusement la porte derrière lui avant de parler.

– Je suis désolé, pour ta femme. C'est épouvantable, ce qui est arrivé.

– C'est le passé. Qu'est-ce que tu fais maintenant ?

– Tu n'es pas au courant ? Les « Verts » s'en sont pris à nous, on est sur le point de fermer.

Manfred Fromm était, sur le papier du moins, directeur adjoint de la centrale nucléaire de Lubmin-Nord. Cette centrale avait été construite vingt ans plus tôt sur le modèle soviétique VVER 230. Le réacteur était assez rustique, mais une équipe allemande arrivait à le faire marcher. Comme toutes les unités soviétiques de l'époque, il s'agissait d'un réacteur plutoni-gène. On avait bien vu à Tchernobyl que ce n'était pas ce qu'on faisait de mieux en matière de rendement et de sûreté, mais les deux tranches étaient capables de produire 816 mégawatts de puissance électrique plus du matériau fissile.

– Les Verts, répéta tranquillement Bock. Eux aussi.

Le parti des Verts était une émanation naturelle de l'âme allemande, partagée entre les puissances de la vie et celles de la mort. Constitué par les écologistes les plus extrémistes – ou les plus résolus –, il avait eu parfois les mêmes adversaires que le bloc communiste. Mais il n'avait pas réussi à empêcher le déploiement des armes nucléaires tactiques, ce qui avait conduit à la signature du traité INF, lequel avait éliminé ces armes des deux côtés. Maintenant, les Verts s'occupaient avec succès de l'ex-Allemagne de l'Est, et c'était un vrai cauchemar. Leur nouveau dada était la pollution à l'Est, à commencer par le nucléaire, qu'ils considéraient comme dangereux au possible. Bock se souvenait que les Verts n'avaient jamais été politiquement contrôlés de façon sérieuse. À une certaine époque, ils s'étaient battus contre la pollution du Rhin et de la Ruhr par Krupp, ou contre les armes nucléaires de l'OTAN. Maintenant, ils s'en prenaient à l'Est avec plus de ferveur que Barberousse lorsqu'il était parti mener une croisade en Terre sainte. Le tapage qu'ils menaient sur les désastres survenus en Allemagne de l'Est rendait tout retour du communisme définitivement impossible. C'était à se demander si le mouvement des Verts ne faisait pas partie depuis l'origine d'un vaste complot capitaliste.

Fromm et les Bock avaient fait connaissance des années plus tôt. La Fraction Armée rouge avait monté un plan de sabotage d'une centrale ouest-allemande, et ils avaient besoin de conseils techniques. Ce plan avait été éventé à la dernière minute.

– Ils nous ont fermés pour de bon il y a moins d'un an. Je ne vais plus au bureau que trois jours par semaine, et j'ai été remplacé par un «expert technique» venu de l'Ouest. Il veut bien m'autoriser à lui «donner des conseils», naturellement, conclut Fromm.

– Ça doit cacher autre chose, Manfred, lui dit Bock.

Fromm avait également été ingénieur en chef du projet chéri d'Erich Honecker. Bien qu'alliés au sein de la grande fraternité socialiste, les Russes et les Allemands n'avaient jamais été vraiment amis. Trop de sang avait coulé entre eux depuis un millénaire, et les Allemands avaient à peu près réussi à mettre en œuvre le communisme, alors que les Russes avaient totalement échoué. Enfin, les Russes avaient peur des Allemands, même lorsqu'ils étaient de leur côté, avant de laisser la réunification se faire, ce qui était incompréhensible. Erich Honecker s'était dit que cette trahison avait des implications stratégiques, et il s'était arrangé pour mettre à l'abri une partie du plutonium produit sur place. Manfred Fromm en savait autant qu'un Américain ou un Russe sur la fabrication d'une arme nucléaire, mais il n'avait pas eu l'occasion de mettre ses talents en application. Une partie du stock de plutonium, accumulé pendant dix ans dans le plus grand secret, avait finalement été restitué aux Russes comme un dernier témoignage d'allégeance marxiste, pour éviter que le gouvernement fédéral ne mette la main dessus. Tout ce qui était sorti de cet acte honorable, c'étaient des plaintes des Russes, et on leur avait finalement rendu tout le reste. Toutes les relations que Fromm et ses collègues avaient eues avec les Soviets étaient mortes.

– Oh, on m'a fait une belle proposition. – Fromm sortit une enveloppe marron de son bureau encombré. – On me propose d'aller en Argentine. Je connais des ingénieurs de l'Ouest qui y sont depuis des années, sans compter la plupart de ceux avec qui j'ai travaillé ici.

– Ils t'offrent combien?

Fromm renifla.

– Un million de deutsche Mark par an jusqu'à la fin du projet. Pas d'impôts; compte numéroté, et tous les avantages habituels, dit Fromm d'une voix neutre.

Mais cela était impossible. Fromm ne pouvait pas plus travailler pour des fascistes qu'il ne pouvait respirer dans l'eau. Son grand-père avait été spartakiste dès l'origine du mouvement et était mort dans l'un des premiers camps de concentration, peu de temps après l'accession de Hitler au pouvoir. Son père, membre du parti communiste clandestin, avait fait de l'espionnage et avait survécu à la guerre alors qu'il avait été traqué par la Gestapo et la Sicherheitsdienst. Il était resté membre du Parti, couvert d'honneurs, jusqu'à sa mort. Fromm avait sucé le marxisme-léninisme avec son lait. Sa mise au chômage ne l'avait pas rendu plus amoureux d'un système politique qu'on lui avait appris à détester. Il avait perdu son emploi, n'avait jamais pu réaliser ses ambitions, et il se faisait traiter comme un moins-que-rien par un freluquet d'ingénieur aux joues roses sorti de Göttingen. Pis encore, sa femme rêvait de partir en Argentine, et elle allait lui mener une vie d'enfer tant qu'il n'aurait pas cédé. Il finit par poser la question qui lui brûlait les lèvres :

— Qu'es-tu venu faire ici, Günter ? On te recherche dans tout le pays, et, malgré ton déguisement, tu es en danger.

Bock sourit pour le rassurer.

— C'est étonnant, ce qu'une perruque et des lunettes peuvent transformer quelqu'un.

— Tu ne réponds pas à ma question.

— J'ai des amis qui ont besoin de tes compétences.

— Quels amis ? demanda Fromm d'un air soupçonneux.

— Des amis politiquement acceptables pour toi et moi. Je n'ai pas oublié Petra, répondit Bock.

— C'était pas mal, le plan qu'on avait monté, non ? Pourquoi est-ce que ça n'a pas marché ?

— Il y avait une espionne chez nous. Grâce à elle, ils ont modifié les mesures de sécurité trois jours avant l'opération.

— Une Verte ?

Günter eut un sourire amer.

— *Ja*, elle a eu des remords en pensant aux victimes civiles et aux dégâts que ça ferait à l'environnement. Eh bien, elle fait maintenant partie de l'environnement.

Petra s'était chargée de l'exécuter, son mari s'en souvenait encore. Il n'y a rien de pire qu'une espionne, et il était naturel que ce soit Petra qui s'en charge.

— Partie de l'environnement ? C'est assez poétique.

C'était la première fois que Fromm essayait de prendre les choses à la légère, mais il n'y parvint pas. Manfred Fromm était totalement dépourvu d'humour.

— Je n'ai pas d'argent à t'offrir. En fait, je ne peux pas t'en dire plus. Tu dois te décider en fonction de ce que je t'ai raconté.

Bock n'avait pas d'arme à feu, mais il possédait un couteau, et il se demandait si Fromm se doutait du choix devant lequel il était placé. Probablement pas. Idéologiquement parlant, Fromm était un pur, mais c'était avant tout un technocrate, et un esprit assez étroit.

— Quand partons-nous ?

— Tu es surveillé ?

— Non. J'ai dû aller en Suisse pour cette « offre d'emploi » ; on ne peut pas parler de choses pareilles dans ce pays, même réunifié et heureux, expliqua-t-il. Je me suis débrouillé pour organiser mon voyage. Non, je ne pense pas qu'on me surveille.

— Alors, on part tout de suite. Tu n'as pas besoin de bagages.

– Qu'est-ce que je vais dire à ma femme ? demanda Fromm, avant de se demander pourquoi il s'en souciait.

Ce n'est pas comme si son ménage avait été heureux.

– C'est ton affaire.

– Laisse-moi prendre deux ou trois choses, ce sera plus facile ainsi. Combien de temps... ?

– Je ne sais pas.

Cela prit à Fromm une demi-heure. Il expliqua à sa femme qu'il partait quelques jours, le temps de régler quelques problèmes à propos de l'offre qu'on lui avait faite. Elle lui donna un baiser plein d'espoir... ce devait être bien en Argentine, et encore mieux de se sentir bien quelque part. Peut-être ce vieil ami avait-il réussi à lui ramener les pieds sur terre, il avait une Mercedes, après tout. Il savait peut-être ce que l'avenir leur réservait. Trois heures plus tard, Bock et Fromm prirent l'avion pour Rome. Ils firent ensuite escale en Turquie avant d'arriver à Damas où ils descendirent à l'hôtel prendre un repos bien mérité.

* * *

C'était difficile à croire, se dit Ghosn, mais Marvin Russell était encore en meilleure forme qu'à son arrivée. Ses kilos en trop avaient fondu, et l'exercice physique auquel il se livrait tous les jours avec les combattants avait développé ses muscles. Il avait bronzé au soleil et on aurait pu le prendre pour un Arabe. La seule note discordante, c'était sa religion. Ses camarades racontaient que c'était un vrai païen, un incroyant qui adorait le soleil. Les musulmans n'aimaient pas trop ça, mais ils essayaient gentiment de l'amener à la vraie foi de l'islam, et il les écoutait respectueusement. On disait aussi qu'il était imbattable avec n'importe quelle arme, à toute distance, que c'était le meilleur combattant qu'on ait jamais vu au corps-à-corps – il avait manqué amocher un instructeur – et qu'un renard aurait été impressionné par son sens du terrain. Au total, Marvin était naturellement un guerrier habile et redoutable. Ses excentricités religieuses mises à part, tout le monde l'admirait énormément.

– Marvin, si tu continues comme ça, tu vas me faire peur pour de vrai ! dit Ghosn en riant à son ami américain.

– Ibrahim, j'ai eu la meilleure idée de ma vie en venant ici. Je ne me doutais pas qu'il existait d'autres peuples qui s'étaient fait baiser comme le mien, mec, mais vous, vous êtes meilleurs quand il s'agit de résister. Vous avez des couilles au cul.

Ghosn fit semblant de ne pas relever, quand on pensait que ce type avait cassé les vertèbres d'un flic, comme s'il s'agissait d'une brindille.

– Je crois que je peux vraiment vous rendre service, tu sais.

– Il y a toujours de la place pour quelqu'un qui sait se battre.

« Si son arabe s'améliorait, ça ferait un bon instructeur », songea Ghosn.

— Bon, il faut que j'y aille.

— Où vas-tu?

— Un endroit à nous, plus à l'est. — En fait, c'était au nord. — J'ai un boulot un peu spécial à faire.

— Ce truc qu'on a déterré? demanda négligemment Russell.

« Presque trop naturellement », se dit Ghosn, mais c'était sûrement une illusion. Les précautions sont une chose, la paranoïa en est une autre.

— Non, autre chose. Désolé, vieux, mais nous devons faire attention à la sécurité.

Marvin approuva d'un signe de tête.

— Pas de problème, mec, c'est comme ça que mon frère s'est fait descendre. J'te verrai quand tu reviendras.

Ghosn prit sa voiture, sortit du camp et prit la route de Damas où il roula pendant une heure. Les étrangers ont toujours du mal à s'imaginer combien le Proche-Orient est petit, au moins dans sa partie centrale. Par exemple, il faudrait deux heures pour faire Jérusalem-Damas, si les routes étaient en bon état, et si les deux capitales étaient en bons termes. Ce qui était peut-être le cas maintenant, se rappela Ghosn. Il avait entendu des rumeurs inquiétantes à propos de la Syrie. Pouvait-on croire que même ce gouvernement-là était fatigué de se battre? Il était facile de répondre que c'était impossible, mais ce mot n'avait plus beaucoup de signification.

Cinq kilomètres avant Damas, il repéra la voiture qui attendait à l'endroit prévu. Il continua pendant deux kilomètres et scruta les lieux avant de faire demi-tour. Une minute plus tard, il s'arrêta à côté de la voiture. Les deux hommes sortirent sans que personne ait rien dit, et leur chauffeur, un membre de l'organisation, redémarra comme si de rien n'était.

— Bonjour, Günter.

— Bonjour, Ibrahim. Je te présente mon ami, Manfred.

Les deux hommes s'installèrent derrière, et l'ingénieur repartit.

Ghosn observait le nouvel arrivant dans le rétroviseur. Il était plus vieux que Bock, plus maigre, avec des yeux profonds. Ses vêtements n'étaient pas adaptés au climat, et il transpirait comme un porc. Ibrahim lui tendit une bouteille d'eau en plastique, et le nouveau essuya le goulot avec son mouchoir avant de boire. « Les Arabes sont pas assez propres pour toi? » se dit Ghosn. Bon, après tout, c'était pas son problème.

Ils avaient deux heures de route pour aller à la nouvelle base. Ghosn suivit volontairement un itinéraire alambiqué. Il ne savait pas quel genre d'homme était l'ami Manfred, et on n'est jamais trop prudent. Avec le temps qu'il leur fallut pour arriver à destination, seul un éclaireur entraîné aurait pu reconstituer le trajet.

Qati avait fait un choix judicieux. Jusqu'à peu de mois auparavant, c'était un centre de commandement du Hezbollah. Le bâtiment avait été creusé dans une falaise à pic, et le toit de tôle ondulée avait été recouvert de terre plantée de buissons. Nul n'aurait pu deviner ce qui se cachait là et le Hezbollah était particulièrement doué pour éliminer les informateurs en son sein. Un petit sentier poussiéreux contournait par la droite une ferme abandonnée dont la terre était trop épuisée pour qu'on y cultive du pavot ou du hachisch, les deux productions principales de la région. À l'intérieur, il y avait cent mètres carrés de sol bétonné, avec même assez de place pour garer quelques voitures. Seul problème, se dit Ghosn, en cas de tremblement de terre, l'abri était un vrai piège à rats, et ce n'est pas quelque chose de rare dans cette région. Il gara sa voiture à l'abri des regards entre deux piliers et la recouvrit d'un filet de camouflage. Oui, Qati avait eu une bonne idée.

Comme toujours, le plus difficile était de choisir entre deux méthodes de protection. D'un côté, plus il y avait de gens au courant, plus on courait de risques. Mais il fallait tout de même assez d'hommes pour assurer la protection. Qati avait fait venir le plus gros de sa garde personnelle, dix hommes d'une loyauté et d'une efficacité à toute épreuve. Ils connaissaient Ghosn et Bock de vue, et leur chef se dirigea vers Manfred.

— Voilà notre nouvel ami, dit Ghosn à l'homme, qui examina le visage de l'Allemand d'un œil perçant avant de s'éloigner.

— *Was gibt's hier?* demanda Fromm en allemand d'une voix inquiète.

— Ce que nous avons ici, répondit Ghosn en anglais, est très intéressant. Manfred se le tint pour dit.

— *Kommen Sie mit, bitte.*

Ghosn les précéda pour passer une porte percée dans le mur. Un homme armé d'un fusil montait la garde à l'extérieur, ce qui était plus efficace qu'une serrure. L'ingénieur échangea un signe de tête avec le garde qui lui répondit de la même façon. Ghosn les fit entrer dans la pièce et tira sur un cordon pour allumer l'éclairage fluorescent. Il y avait là une grande table métallique recouverte d'une bâche. Ghosn souleva la bâche sans mot dire. Il en avait assez du théâtre, il était temps de travailler pour de bon.

— *Gott im Himmel!*

— Je ne l'avais jamais vue avant, lui dit Bock. Alors, c'est quoi?

Fromm chaussa ses lunettes et se pencha pour examiner le mécanisme pendant une bonne minute, sans dire un mot. Puis il se redressa :

— Conception américaine, mais pas de fabrication américaine — Il poursuivit : — Le câblage est curieux, une arme assez rustique, trente ans — non, plus de trente ans pour la conception, mais moins pour la réalisation. Ces circuits imprimés sont... de 1960, peut-être début des années 70. Soviétique ? L'usine d'Azerbaïdjan ?

Ghosn fit non de la tête.

— Israélienne ? *Ist das möglich ?*

— C'est plus que possible, c'est le cas.

— Il s'agit d'une bombe non guidée. Il y a une injection de tritium pour augmenter la puissance, peut-être 50 à 70 kilotonnes. Je pense qu'il y a aussi un radar et une mise à feu à l'impact. Elle a été larguée, mais n'a pas explosé. Pourquoi cela?

— Elle n'était apparemment pas armée. Vous avez sous les yeux tout ce que nous avons récupéré, répondit Ghosn.

Il commençait à être impressionné par Manfred.

Fromm tâta de la main l'intérieur de la bombe, essayant de trouver les connecteurs.

— Vous avez raison, voilà qui est intéressant. — Il se tut un long moment. — Vous savez qu'on peut probablement la remettre en état... et même...

— Et même quoi? demanda Ghosn, qui connaissait déjà la réponse.

— On pourrait la transformer en étage d'amorçage.

— Pour quoi faire? demanda Bock.

— Pour faire une bombe à hydrogène, répondit Ghosn. Je m'en doutais.

— Elle est horriblement lourde, rien à voir avec une bombe de conception moderne. C'est rustique, mais efficace... — Fromm leva les yeux. — Alors, vous voulez que je vous aide à la réparer?

— Vous pouvez nous aider? lui demanda Ghosn.

— Ça fait dix ans, vingt ans que j'étudie le problème. Mais à quoi va-t-elle servir?

— Ça vous ennuie?

— Vous n'allez pas vous en servir en Allemagne?

— Bien sûr que non, répondit Ghosn, un peu gêné.

Après tout, ils n'avaient rien à reprocher aux Allemands, non?

Un déclic se produisit pourtant dans le cerveau de Bock. Il ferma les yeux une seconde pour bien graver cette remarque dans sa mémoire.

— Oui, je veux bien vous aider.

— Vous serez bien payé, assura Ghosn, et il comprit aussitôt qu'il avait fait une erreur. Mais ça n'avait pas d'importance, après tout.

— Je ne fais pas ce genre de chose pour de l'argent! Vous me prenez pour un mercenaire? répondit Fromm, indigné.

— Excusez-moi, je ne voulais pas vous insulter. Un homme compétent a le droit d'être rétribué pour le temps passé. Vous savez, nous ne sommes pas des mendiants.

«Moi non plus», faillit dire Fromm, mais son bon sens l'en empêcha. Ce n'étaient pas les Argentins, après tout. Ce n'étaient pas des fascistes, ni des capitalistes, c'étaient des camarades révolutionnaires confrontés à de dures conditions politiques... encore que leur situation financière devait être excellente. Les Soviétiques n'avaient jamais donné d'armes aux Arabes, ils les avaient vendues contre des devises fortes, même du temps de Brejnev ou d'Andropov. Et si ça avait été assez bon pour les Soviétiques du temps qu'ils pratiquaient encore la vraie foi, alors...

– Pardonnez-moi, je voulais simplement mettre les choses au point, et je n'avais pas non plus l'intention de vous insulter. Je sais bien que vous n'êtes pas des mendiants ; vous êtes des soldats révolutionnaires, des combattants de la liberté, et c'est un honneur pour moi de vous aider dans toute la mesure de mes moyens. – Il fit un grand geste. – Je vous laisse juges de ce que vous me paierez – ça devait faire beaucoup, plus qu'un malheureux million de deutsche Mark ! – mais faites-moi le plaisir de croire que je ne suis pas à vendre.

– C'est toujours un plaisir de rencontrer un homme d'honneur, dit Ghosn, rasséréné.

Bock se dit qu'ils en faisaient un peu trop, mais ne pipa mot. Il se doutait bien que Fromm avait envie d'être payé.

– Alors, reprit Ghosn, par quoi commence-t-on ?

– On commence par réfléchir. Il me faut du papier et un crayon.

* * *

– Et à qui ai-je l'honneur ? demanda Ryan.

– Ben Goodley, monsieur.

– Boston ? reprit Jack.

Ça se devinait à son accent.

– Oui, monsieur, l'Institut Kennedy. Je suis un cycle post-doctoral, et je fais maintenant partie des collaborateurs de la Maison Blanche.

– Nancy ? demanda Ryan à sa secrétaire.

– C'est le directeur qui a mis ce rendez-vous sur votre agenda, monsieur Ryan.

– Très bien, monsieur Goodley, fit Ryan en souriant, alllons-y.

Clark alla s'asseoir après avoir jaugé le visiteur.

– Café ?

– Vous avez du déca ? demanda Goodley.

– Si vous voulez travailler ici, mon garçon, vous feriez mieux de vous mettre au vrai. Attrapez un siège. Vous êtes sûr que vous n'en voulez pas ?

– Je m'en passerai, monsieur.

– Très bien.

Ryan emplit sa tasse rituelle et retourna s'asseoir derrière son bureau.

– Alors, que venez-vous faire dans cette maison de fous ?

– Pour être bref, je cherchais un boulot. J'ai fait ma thèse sur les services secrets, leur histoire et leur avenir. Il me manque des éléments pour terminer mon travail à Kennedy, et je voudrais essayer de me placer sur le terrain.

Jack hocha la tête, il avait déjà entendu ce discours.

– Habilitations ?

– TS, SAP/SAR en cours. J'étais déjà habilité «secret défense» parce que j'ai eu besoin de consulter les archives de la Présidence pour mon travail à

Kennedy, mais il y a aussi beaucoup de documents protégés à Boston. J'ai même fait partie de l'équipe qui a classé les archives sur la crise de Cuba.

– L'équipe de Nicholas Bledsoe?

Goodley avait écrit la moitié de cette monographie, dont les conclusions.

– Et alors, qu'en avez-vous conclu, si je puis me permettre de vous poser cette question?

– Khrouchtchev s'est conduit de façon complètement irrationnelle. Je pense, et les documents en témoignent, que sa décision de mettre les missiles en place a été plus impulsive que raisonnée.

– Je ne suis pas d'accord avec vous. Le rapport souligne que la première crainte des Soviétiques concernait nos IRBM basés en Europe, principalement en Turquie. Il semble donc logique d'en conclure qu'il s'agissait d'une manœuvre pour essayer d'aboutir à une situation stable. En outre, votre rapport ne prend pas tout en compte, ajouta Jack.

– Par exemple? demanda Goodley, en essayant de cacher son irritation.

– Par exemple, vous ne parlez pas des informations transmises par Penkovski et d'autres. Ces documents sont classés, et ils le resteront pendant encore vingt ans.

– Cinquante ans, vous ne trouvez pas que c'est un peu long?

– Bien sûr, lui accorda Jack, mais il y a une raison. Certaines de ces informations risqueraient de révéler quelques trucs que nous préférons encore aujourd'hui garder pour nous. Supposons que nous ayons un agent Banane qui travaille de l'autre côté. Bon, il est mort maintenant – mort de vieillesse, naturellement – mais l'agent Poire a peut-être été recruté par ses soins, et il est toujours actif. Si les Soviets trouvent qui était Banane, ça peut leur fournir un indice. Vous devez aussi garder en tête certaines méthodes de transfert de messages. Ça fait cent cinquante ans que les gens jouent au base-ball, mais une passe est toujours une passe. Je pensais comme vous, au début, Ben. Vous comprendrez vite que la plupart des choses que l'on fait ici ont leur raison d'être.

« Il est complètement bouffé par le système », se dit Goodley.

– À propos, vous avez certainement remarqué que le dernier paquet de documents du lot Khrouchtchev montre clairement que Nick Bledsoe a fait un certain nombre d'erreurs dans ses conclusions. Encore une chose...

– Oui?

– Admettons qu'au printemps 61, Kennedy ait eu des renseignements formels qui montraient que Khrouchtchev voulait changer les choses. En 58, il avait effectivement remis l'Armée rouge au pas et il avait essayé de réformer le Parti. Admettons que Kennedy était parfaitement renseigné, et que son petit doigt lui ait dit que, s'il donnait un coup de règle aux Popofs, ils seraient plus accessibles à un rapprochement à la fin des années 60. Appelons ça la glasnost, trente ans plus tôt. Admettons que tout cela soit vrai, mais que le président ait décidé, pour des raisons politiques, qu'il était désavantageux de gêner Khrouchtchev. Cela voudrait dire que tout ce que nous avons fait dans les années 60 n'a été qu'une gigantesque erreur. Le Viêt-nam, tout le reste, un monstrueux gâchis.

— Je ne crois pas. J'ai épluché les archives, et ça ne colle pas avec tout ce que nous savons de...

— La cohérence chez un homme politique? le coupa Ryan. Voilà un concept plutôt révolutionnaire.

— Si vous voulez dire que c'est réellement ainsi que les choses se sont passées...

— C'est juste une hypothèse, fit Jack en levant le sourcil.

Bon sang de bois, toutes les données étaient disponibles, il suffisait de s'en donner la peine. Que personne n'ait pensé à les étudier était un sérieux problème. Surtout dans ce bâtiment, et c'est là ce qui le préoccupait le plus. Il laissait l'histoire aux historiens, jusqu'au jour où il déciderait de rejoindre leurs rangs. Mais quand?

— Personne ne croira une chose pareille.

— La plupart des gens croient aussi que Lyndon Johnson a perdu les primaires du New Hampshire contre Eugene McCarthy à cause de l'offensive du Têt. Bienvenue dans les services secrets, monsieur Goodley. Vous savez ce qui est le plus difficile quand on recherche la vérité? conclut Jack.

— C'est quoi?

— Reconnaître qu'on s'est fait baiser. Ce n'est pas si facile qu'on croit.

— Et l'effondrement du Pacte de Varsovie?

— Là, vous avez raison, lui accorda Ryan. Nous avions des tas d'indices, et on n'a rien vu venir. De nombreux jeunots à la DI – la direction du renseignement, précisa Jack, mais c'était superflu et Goodley se dit qu'il le prenait pour un demeuré – faisaient tout un raffut, mais les chefs n'y ont prêté aucune attention.

— Et vous-même, monsieur?

— Si le directeur est d'accord, on vous laissera fouiner dans tout ça. Enfin, le plus gros. La plupart de nos agents présents sur le terrain se sont fait baiser dans les grandes largeurs. On aurait tous pu mieux faire, et c'est vrai pour moi comme pour les autres. Si j'ai un défaut, c'est de ne pas regarder les choses d'assez loin.

— Les arbres qui cachent la forêt?

— Ouais, convint Jack. C'est le plus gros piège dans ce métier, mais ce n'est pas parce qu'on en est conscient qu'on y échappe.

— Je pense que c'est pour ça qu'on m'a envoyé ici, lui fit remarquer Goodley.

Jack sourit.

— Bon dieu, j'étais dans le même cas en arrivant ici. Bienvenue à bord. Par où voulez-vous commencer, monsieur Goodley?

Ben avait déjà sa petite idée, bien sûr. Si Ryan ne s'en était pas aperçu, c'était son problème.

* * *

– Alors, comment allons-nous nous procurer les ordinateurs ? demanda Bock.

Fromm se concentrait sur ses papiers et ses crayons.

– En Israël pour commencer, peut-être en Jordanie ou en Turquie, lui répondit Ghosn.

– Ça risque d'être très cher, les prévint Fromm.

– J'ai déjà regardé, pour les machines à commande numérique. C'est vrai, elles sont chères. Mais pas tant que ça.

Ghosn avait accès à des financements en devises dont son interlocuteur n'avait qu'une faible idée.

– Nous verrons ce que réclame notre ami. Mais il aura tout ce qu'il faut.

13
PROCESSUS

« Mais pourquoi ai-je accepté ce boulot ? »

Roger Durling avait de l'amour-propre. Il avait conquis un siège confortable au Sénat, avant de devenir le plus jeune gouverneur de l'histoire de Californie. Il savait bien que l'amour-propre est un défaut, il savait aussi qu'il avait des raisons d'être fier de lui.

« J'aurais pu attendre quelques années, peut-être retourner au Sénat, et j'aurais remporté la Maison Blanche, au lieu de m'associer à Fowler et de l'avoir aidé à gagner... tout ça pour... »

« Ça », c'était Air Force Two, l'indicatif radio de l'avion dans lequel voyageait le vice-président, quel que soit l'appareil. Le contraste implicite avec « Air Force One » faisait l'objet de beaucoup de plaisanteries. Une plaisanterie de plus sur le compte de celui qui occupait la deuxième place aux États-Unis. Cela ne valait pas la définition de John Nance Graner : « Un cracheur de postillons ». La fonction même de vice-président, se disait Durling, était l'une des rares erreurs commises par les pères fondateurs. Et ça avait même été pire encore. À l'origine, le vice-président était le candidat perdant, et on s'imaginait qu'après sa défaite, il accepterait patriotiquement de se ranger au service de son adversaire dans un gouvernement qui n'était pas le sien, en laissant de côté ses divergences politiques afin de servir son pays. Les chercheurs ne s'étaient jamais vraiment penchés sur la question de savoir comment James Madison avait pu imaginer une bêtise pareille, mais l'erreur avait été rapidement corrigée par le douzième amendement, dès 1803. Même à une époque où les gens qui se battaient en duel se donnaient du « Monsieur », c'était pousser l'abnégation un peu loin. La Constitution avait été modifiée, et le vice-président était devenu un appendice du pouvoir. Que tant de vice-présidents aient plutôt réussi dans leur fonction tenait plus du hasard que d'autre chose. Et, lorsqu'ils avaient très bien réussi, comme

Andrew Johnson, Theodore Roosevelt ou Harry Truman, cela relevait du miracle.

De toute façon, c'était une chance qui ne lui arriverait jamais. Bob Fowler était en pleine forme physique et, politiquement, sa position était la plus solide qu'on ait jamais vue depuis... Eisenhower? songeait Durling. Peut-être même depuis Franklin Delano Roosevelt. Carter avait inauguré autre chose avec Walter Mondale, en lui donnant un rôle presque aussi important que le sien propre – ce que peu de gens savent, mais qui s'est révélé très positif – mais cela appartenait définitivement au passé. Fowler n'avait plus besoin de Durling, et il avait été très net là-dessus.

Ainsi, Durling se voyait relégué dans des tâches même pas secondaires, subsidiaires. Fowler se réservait l'usage de son 747 converti, mais Roger Durling prenait ce qu'on lui donnait. Dans ce cas, c'était un VC-20 Gulfstream utilisé par tous ceux qui en avaient le droit à un titre ou un autre. Les sénateurs et les représentants s'en servaient à condition d'appartenir à la bonne commission, ou lorsque le président avait envie de leur faire une fleur.

« On te rabaisse, se disait Durling, et, comme tu te laisses faire, cela justifie toutes les merdes dont on te laisse t'occuper. »

Il avait commis une faute de jugement au moins aussi grave que celle de Madison, se disait-il alors que l'avion quittait le parking. Quand il s'était dit qu'une figure politique accepterait de placer son pays plus haut que son ambition, Madison s'était montré très optimiste. Mais Durling, lui, n'avait pas vu cette évidence qu'il y avait plus de distance entre le président et le vice-président, qu'entre Fowler et une douzaine de présidents de commissions sénatoriales. Le président était contraint de s'arranger avec le Congrès pour gouverner, il n'avait pas besoin de s'entendre avec le vice-président.

Mais comment s'était-il fait avoir ainsi? Il en grogna d'amusement, alors qu'il s'était déjà posé la question des dizaines de fois. Il y avait le patriotisme, naturellement, au moins dans sa version politique. C'est lui qui avait apporté la Californie, et, sans la Californie, Fowler et lui seraient toujours gouverneurs. La seule concession qu'il avait pu obtenir – l'accession de Charlie Alden au poste de conseiller à la Sécurité nationale – n'avait servi à rien, mais cela avait été le facteur décisif quand il avait fallu convaincre les électeurs de passer d'un parti à l'autre. Comme seule récompense, on le chargeait des besognes emmerdantes, comme de lire des discours qui faisaient rarement la une, contrairement à ceux que prononçaient les autres membres du cabinet, des discours pour entretenir la foi dans le parti, des discours pour tester des idées nouvelles – mauvaises en général, et qu'il approuvait rarement – en espérant que la foudre l'atteindrait et épargnerait le président. Aujourd'hui, il allait expliquer la nécessité de nouveaux impôts pour financer la paix au Proche-Orient. Quelle occasion politique : Roger Durling s'en allait à Saint Louis défendre les nouveaux impôts devant un parterre de directeurs des achats, et il était sûr de son succès...

Enfin, il avait accepté le boulot, il avait juré de remplir les devoirs de sa charge, et, s'il ne faisait pas ce genre de trucs, que lui resterait-il ?

L'appareil passa en cahotant derrière des hangars et d'autres avions dont le NEACP, le 747 spécialement aménagé pour servir de PC volant en cas d'urgence. Ce joujou portait également divers surnoms, comme le «Rotule», ou «L'Avion du Jugement dernier». Où que soit le président, cet appareil devait être disponible à moins de deux heures de vol (un vrai casse-tête quand il était en Chine ou en Russie) et c'était le seul refuge sûr en cas de conflit nucléaire. Mais à présent, tout le monde s'en moquait éperdument. Durling voyait des hommes s'activer autour de l'appareil : l'avion était maintenu à la disponibilité maximale. Il se demanda si cela allait durer longtemps, alors que tant de choses avaient changé.

– Nous sommes prêts au décollage. Votre ceinture est bouclée, monsieur ? demanda le sergent-steward.

– Bien sûr ! Allons faire notre cirque, lui répondit Durling en souriant.

À bord d'Air Force One, les gens avaient tellement confiance dans l'appareil et son équipage qu'ils négligeaient souvent de s'attacher. Encore une preuve que son avion n'était pas le meilleur, mais il ne pouvait pas en vouloir au sergent de faire son métier, et, pour cet homme-là, Roger Durling était quelqu'un d'important. Le vice-président songea que cela faisait de lui quelqu'un de beaucoup plus honorable que la plupart de ceux qui font de la politique, mais c'était banal.

– Très bien.

* * *

– Encore ? demanda Ryan.

– Oui, monsieur, répondit une voix à l'autre bout du fil.

– Très bien, accordez-moi quelques minutes.

– Bien, monsieur.

Ryan termina son café et se dirigea vers le bureau de Cabot. Il constata avec étonnement que Goodley était encore là. Le jeune homme essayait de se maintenir à bonne distance des volutes de cigare du directeur, et Jack trouva que celui-ci en faisait vraiment trop avec sa manie d'imiter Patton ou qui que ce fût d'autre.

– Qu'y a-t-il, Jack ?

– Camelot, répondit-il, visiblement irrité. Ces cons de la Maison Blanche ont encore déclaré forfait, et il faut que j'y aille, une fois de plus.

– Mais ça vous embête à ce point ?

– Écoutez, monsieur, nous en avons parlé il y a quatre mois. Il est important que les gens de la Maison Blanche...

– Le président et ses collaborateurs sont très occupés, expliqua le DCI avec lassitude.

– Monsieur, ces choses-là sont prévues des semaines à l'avance, et c'est la quatrième fois que...

– Je sais, Jack.

Ryan campait sur ses positions.

– Il faut que quelqu'un leur explique combien c'est important.

– Mais je l'ai déjà fait! répliqua Cabot, et Jack savait que c'était vrai.

– En avez-vous parlé au secrétaire d'État Talbot, ou à Dennis Bunker?

Et il faillit ajouter: «Eux, au moins, le président les écoute.»

Mais Cabot avait très bien compris.

– Écoutez, Jack, nous ne pouvons pas donner d'ordres au président, seulement des conseils, et il n'en tient pas toujours compte. Mais vous êtes bon à ces petits jeux, Dennis aime bien y participer avec vous.

– J'en suis ravi, monsieur, mais ce n'est pas mon boulot. Est-ce qu'ils lisent seulement les comptes rendus de debriefing?

– Charlie Alden le faisait, et j'imagine que Liz Elliot en fait autant.

– Admettons, répondit Ryan d'un ton glacé, sans se soucier de la présence de Goodley. Ils sont complètement irresponsables.

– Vous allez un peu loin, Jack.

– C'est pourtant vrai, répondit Ryan aussi calmement que possible.

– Je peux savoir ce que c'est que Camelot? demanda Goodley.

– C'est un jeu, lui répondit Cabot. Gestion de crise, dans la plupart des cas.

– Ouais, reprit Jack. Le président n'y participe jamais, car nous ne voulons pas dévoiler ce que serait sa réaction dans une situation donnée. Je sais, ça paraît assez byzantin, mais c'est ainsi depuis toujours. Le conseiller à la Sécurité nationale ou un autre haut fonctionnaire le remplace et, en principe, on raconte au président comment ça s'est passé. Seulement, le président Fowler a l'air de penser qu'il a d'autres chats à fouetter, et ses collaborateurs commencent à adopter le même comportement stupide.

Jack était embêté d'avoir utilisé «président Fowler» et «stupide» dans la même phrase.

– Bon, mais est-ce vraiment nécessaire? fit Goodley. Je trouve ça un peu anachronique.

– Ben, votre voiture est assurée? demanda Jack.

– Bien sûr.

– Vous avez déjà eu un accident?

– Jamais par ma faute.

– Alors, pourquoi vous embêtez-vous avec une assurance? répondit Jack. Parce que c'est l'assurance, d'accord? Vous espérez ne pas en avoir besoin, mais, comme vous pourriez en avoir besoin, vous payez.

L'universitaire de la Présidence fit un geste excédé.

– Mais voyons, c'est différent.

– Exact, en voiture, vous ne risquez que votre peau. – Ryan arrêta là son sermon. – OK, monsieur, je ne suis pas là aujourd'hui.

– Je prends bonne note de vos remarques et de vos observations, Jack. Je vais leur en parler à la première occasion. À propos, avant que vous partiez, pour Niitaka...

Jack s'arrêta net en regardant Cabot.

– Mr Goodley n'est pas habilité à connaître ce terme, et encore moins ce dossier.

– Je ne parle pas du fond de l'affaire. Les gens du dessous – Jack lui sut gré de ne pas dire Mercury –, quand seront-ils prêts, euh... leurs modifications? J'aimerais qu'on améliore les transferts d'informations.

– Ça demande six semaines. Jusque-là, nous utiliserons les méthodes dont je vous ai parlé.

Le DCI hocha la tête.

– Parfait, la Présidence s'intéresse de près à cette affaire. Félicitations à ceux qui s'en occupent.

– Ça fait plaisir à entendre, monsieur. À demain.

Et Jack sortit.

– Niitaka? demanda Goodley quand la porte fut refermée. Ça fait japonais.

– Désolé, Goodley, mais empressez-vous d'oublier ce nom.

Cabot avait trop parlé et il le regrettait déjà.

– Très bien, monsieur. Puis-je vous poser une autre question qui n'a rien à voir?

– Certainement.

– Ryan est-il aussi bon qu'on le raconte?

Cabot écrasa les restes de son cigare, au grand soulagement de son visiteur.

– Il a beaucoup de choses à son actif.

– Vraiment? C'est ce que j'ai entendu dire. Vous savez, c'est pour cela que je suis ici, pour essayer de trouver quelles sont les personnalités qui font la différence. Je veux dire comment on progresse dans ce métier. Ryan a eu une carrière fulgurante, ça m'aurait intéressé de savoir comment il a fait.

– Il l'a fait en s'arrangeant pour avoir plus souvent raison que tort, en montant quelques opérations brillantes, y compris des trucs sur le terrain, fit enfin Cabot après avoir réfléchi un instant. Et vous ne pourrez jamais, au grand jamais, le révéler à qui que ce soit, monsieur Goodley.

– Je comprends, monsieur. Mais pourrais-je avoir accès à son dossier?

Le DCI haussa les sourcils.

– Tout ce à quoi vous pourrez avoir accès ici est protégé, tout ce que vous voudrez écrire...

– Pardonnez-moi, monsieur, je suis au courant. Tout ce que j'écris est soumis à la censure, j'ai signé un engagement. Il est important pour moi de comprendre comment quelqu'un s'adapte à ce métier, et je crois que Ryan est un exemple parfait. C'est pour cela que la Maison Blanche m'a envoyé chez vous, souligna Goodley. Je dois leur rendre compte du résultat de mes recherches.

Cabot attendit un bon moment avant de répondre.

– Eh bien, soit.

* * *

La voiture de Ryan entra au Pentagone par la porte du fleuve. Il fut pris en charge par un sous-lieutenant de l'armée de l'Air et entra sans passer par le détecteur de métaux. Deux minutes après, il pénétrait dans l'un des souterrains creusés sous le plus laid des bâtiments officiels.

– Hello, Jack, fit Dennis Bunker de l'autre bout de la pièce.

– Monsieur le ministre.

Jack lui fit un signe de tête en s'installant à la place du conseiller pour la Sécurité nationale. L'exercice commença immédiatement.

– Quel est le problème?

– À part le fait que Liz Elliot a renoncé à nous faire profiter de sa charmante présence? – Le secrétaire à la Défense rigola, avant de redevenir sérieux. – L'un de nos croiseurs a été attaqué en Méditerranée orientale. Nous avons peu d'informations, mais le bâtiment est sérieusement endommagé et risque de couler. Nous craignons de lourdes pertes.

– Que savons-nous au juste? demanda Jack, en se mettant dans le bain.

Il épingla un badge de couleur qui indiquait quel rôle il jouait. Un panneau pendait au plafond juste au-dessus de son siège dans le même but.

– Pas grand-chose.

Bunker leva les yeux comme un lieutenant de vaisseau entrait.

– Monsieur, l'*USS Kidd* rend compte que le *Valley Forge* a sauté et coulé il y a cinq minutes à la suite de sa première avarie. Il n'y a qu'une vingtaine de survivants, et les opérations de sauvetage sont en cours.

– Quelle est la cause du naufrage? demanda Ryan.

– Inconnue, monsieur. Le *Kidd* était à trente nautiques du *Valley Forge* au moment de l'incident. Son hélico est maintenant sur place. Le commandant de la Sixième Flotte a placé tous ses bâtiments en état d'alerte maximale. L'*USS Theodore Roosevelt* met des avions en l'air pour balayer la zone.

– Je connais l'aéro du *Theodore Roosevelt*, Robby Jackson, fit Ryan sans s'adresser à personne en particulier.

En réalité, le *Theodore Roosevelt* était à Norfolk, et Robby se préparait à sa prochaine mission. Les noms utilisés dans le cadre de l'exercice étaient réels, mais cela n'avait aucune importance, puisque les participants n'étaient pas supposés jouer leur vrai rôle. Mais, si ç'avait été une opération réelle, il était exact que Robby aurait commandé le groupe aérien du *Theodore Roosevelt*, et il aurait été catapulté le premier. Il était bon de se souvenir que, même si ce n'était qu'un exercice, ç'aurait pu être très sérieux.

– Situation générale? demanda Jack.

Il n'avait plus en tête tous les éléments du dossier de préparation.

– En Union soviétique, la CIA rapporte des bruits selon lesquels deux unités de l'Armée rouge se seraient mutinées au Kazakhstan, ainsi que des troubles dans deux bases navales, récita le rapporteur, un capitaine de frégate.

– Bâtiments soviétiques autour du *Valley Forge*?

– Un sous-marin possible, indiqua l'officier de marine.

– Message Flash, annonça le haut-parleur. L'*USS Kidd* rend compte qu'il a détruit un missile mer-mer avec ses armes d'autodéfense. Quelques dégâts légers, pas de victimes.

Jack se leva en souriant pour aller prendre un café. Il fallait bien reconnaître que ces exercices étaient assez amusants; lui s'amusait beaucoup, en tout cas. On l'avait sorti de sa routine pour le plonger dans une pièce mal aérée, en lui donnant des informations confuses et fragmentaires, et il n'avait pas la moindre idée de ce qui risquait de se passer ensuite. C'était plus vrai que nature, et il y avait une vieille plaisanterie à ce sujet: quelle est la différence entre une cellule de crise et des champignons? Réponse: il n'y en a pas, ils vivent dans l'ombre et se nourrissent de crottin.

– Monsieur, j'ai un message sur la ligne rouge...

«OK, se dit Ryan, c'est le menu du jour. Le Pentagone a dû sortir le grand jeu. Voyons voir s'il est encore possible de faire sauter la planète...»

* * *

– Davantage de béton? demanda Qati.

– Beaucoup plus, répondit Fromm. Chaque machine-outil pèse plusieurs tonnes, et elles doivent rester parfaitement stables. La salle elle-même ne doit pas bouger, et elle doit être totalement étanche. Il faut que ce soit aussi propre qu'un hôpital, non, encore plus propre.

Fromm consulta sa liste. Pas plus propre qu'un hôpital allemand, bien entendu.

– Ensuite, la puissance électrique. Il nous faut trois gros générateurs de secours, et au moins deux UPS...

– Deux quoi? demanda Qati.

– Deux générateurs sans coupures, traduisit Ghosn. Bien entendu, nous garderons un générateur en route en permanence ?

– Exact, répondit Fromm. Comme il s'agit d'une usine assez rustique, nous n'utiliserons pas plus d'une machine à la fois. Le seul problème électrique, c'est d'assurer une alimentation stable. Nous transiterons donc par les UPS pour nous protéger contre les pointes de courant. Les processeurs de machines-outils y sont très sensibles.

– Ensuite, dit Fromm, des opérateurs chevronnés.

– Ce sera très difficile, fit Ghosn.

L'Allemand sourit, à l'étonnement de ses interlocuteurs.

– Mais non, ce sera beaucoup plus facile que vous ne pensez.

– Vraiment ? demanda Qati.

Enfin, l'infidèle avait une bonne nouvelle à leur annoncer ?

– Nous avons besoin de cinq techniciens bien entraînés, mais vous pouvez les trouver sur place, j'en suis certain.

– Mais où ça ? Il n'y a pas d'usine de mécanique dans la région qui...

– Il y en a sûrement. Il y a bien des gens qui portent des lunettes, non ?

– Mais...

– Bien sûr, fit Ghosn, qui comprenait enfin.

– Voyez-vous, dit Fromm, la précision recherchée n'est pas très différente de celle que l'on utilise pour faire des lentilles. Les machines sont très comparables, elles sont seulement plus grosses, et, tout ce que nous essayons de faire, c'est d'usiner des surfaces précises et fidèles dans un matériau très dur. Les armes nucléaires doivent respecter des spécifications très strictes, comme les lunettes. Notre objet est plus gros, mais le principe est le même, et, avec le bon équipement, ce n'est plus qu'une question d'échelle, pas de matériau. Alors : pouvez-vous trouver de bons tailleurs de lentilles ?

– Je ne vois pas pourquoi on n'y arriverait pas, dit Qati, en essayant de masquer son ignorance.

– Il faut qu'ils soient vraiment très bons, reprit Fromm sur le ton d'un maître d'école. Il faut prendre les meilleurs, avec une longue expérience derrière eux, formés en Angleterre ou en Allemagne.

– Ça va nous poser un problème de sécurité, fit posément Qati.

– Ce n'est que cela ? demanda Fromm en feignant l'indifférence d'une manière qui parut aux deux hommes le comble de la suffisance.

– N'en parlons plus, fit Qati.

– En dernier lieu, il nous faut des tables solides sur lesquelles nous monterons les machines.

* * *

«Mi-marée», songea le capitaine de frégate William Claggett. Dans quarante-cinq jours, l'*USS Maine* ferait surface devant le détroit de Juan de Fuca, et rallierait le remorqueur avant de le suivre jusqu'à Bangor. Là, il s'amarrerait à quatre et passerait la suite à l'équipage «bleu» pour le cycle suivant. Quarante-cinq jours, pas un jour de moins.

Ses amis à l'École navale avaient surnommé Walter Claggett «Dutch», pour une raison dont il ne se souvenait plus. Claggett était noir, il avait trente-six ans, et on lui avait annoncé avant son départ en patrouille qu'il était sélectionné pour un commandement, qu'il avait même de bonnes chances d'avoir un sous-marin d'attaque. C'était son seul rêve. Ses deux mariages s'étaient terminés sur des échecs, ce qui est assez fréquent chez les sous-mariniers. Heureusement, il n'avait pas de gosse, et la Marine était sa passion. Il était parfaitement heureux de passer sa vie en mer, se contentant des intervalles pas si courts à terre pour faire la fête. Glisser dans l'eau obscure aux commandes d'un majestueux navire de guerre, Walter Claggett ne pouvait imaginer mieux. Il adorait tous les aspects de son métier : la société d'hommes sympathiques, le respect gagné dans la plus exigeante des professions, son expérience qui l'avait rendu progressivement capable d'avoir toujours la bonne réaction, la détente au carré, ses hommes à conseiller.

La seule chose qu'il ne supportait pas, c'était son commandant.

Comment le capitaine de vaisseau Harry Ricks avait-il réussi à aller si loin ? se demandait-il pour la vingtième fois de la semaine. C'était un homme brillant. Il aurait pu faire le schéma d'un réacteur embarqué sur le dos d'une enveloppe, ou même le reconstituer entièrement dans sa tête. Il avait sur la conception des sous-marins des idées auxquelles même les ingénieurs d'Electric Boat n'avaient jamais songé. Il pouvait discuter périscope sous tous les angles avec les meilleurs opticiens de la Marine. Il en savait davantage sur les satellites de navigation que la NASA, TRW, ou n'importe lequel de ceux qui s'occupaient de ce programme. Il en savait plus sur le système de guidage des Trident-II D-5 que les gens de la division Missiles de Lockheed. Deux semaines avant, au cours du dîner, il avait récité par cœur une page entière du manuel de maintenance. Du point de vue technique, Ricks était sans doute l'officier le plus compétent de toute l'US Navy.

Harry Ricks était le produit type de la Marine nucléaire. Comme ingénieur, il était imbattable, il saisissait d'instinct les aspects techniques de son métier. Claggett était compétent, et il le savait, mais il n'était pas aussi compétent que Harry Ricks.

Le seul truc, c est qu'il comprenait que dalle aux sous-marins et aux sous-mariniers, se disait Claggett avec un morne sourire. C'était incroyable, mais vrai : Ricks n'avait pas beaucoup de sens marin, et il ne comprenait rien aux marins

– Commandant, dit lentement Claggett, c'est un très bon chef de service. Il est jeune, mais astucieux.

– Il ne sait pas commander ses hommes, répondit Ricks.

– Commandant, je ne vois pas ce que vous voulez dire.

– Ses méthodes d'entraînement ne sont pas satisfaisantes.

– C'est vrai, il est un peu original, mais il a gagné six secondes sur le temps de rechargement. Les torpilles sont en parfait état, y compris celle qui était en avarie quand on l'a embarquée. Le poste torpilles est nickel, on ne peut pas lui demander plus, non?

– Je ne demande pas, je veux, j'exige. J'entends que les choses soient faites comme je le décide, et elles le seront, répondit Ricks d'un ton menaçant.

Il était inutile de s'opposer au pacha sur un sujet de ce genre, surtout quand il le prenait sur ce ton, mais le rôle de Claggett, en tant que second, consistait à servir de tampon entre le commandant et l'équipage, surtout quand le commandant avait tort.

– Commandant, je dois vous dire respectueusement que je ne suis pas d'accord. Regardons les résultats, les résultats sont bons. Un bon chef n'est pas celui qui tire trop sur la corde, et celui-là fait juste ce qu'il faut. Si vous le reprenez, cela aura un effet négatif sur lui et sur son service.

– Second, je compte sur le soutien de mes officiers, et surtout sur le vôtre.

Claggett se raidit dans son siège, comme si on venait de le frapper. Il réussit pourtant à conserver son calme.

– Commandant, vous pouvez compter sur ma collaboration, et je suis loyal. Mais je ne suis pas un robot. On attend aussi de moi que je propose des solutions, c'est le minimum. – Et il ajouta : – En tout cas, c'est ce qu'on m'a appris au cours des seconds.

Claggett regretta sa dernière phrase en même temps qu'il la disait, mais il fallait que ça sorte. La chambre du commandant était minuscule, et il la trouva soudain encore plus petite.

«Vous avez eu tort de dire ça, capitaine de frégate Walter Martin Claggett», se dit intérieurement Ricks avec un regard assassin.

– Bon, l'entraînement réacteur, reprit le commandant.

– Encore un? Si tôt? Pour l'amour du ciel, le dernier a été absolument parfait.

«Enfin, presque parfait», se corrigea Claggett. Les gosses auraient pu gagner dix ou quinze secondes. Le second ne savait pas comment.

– L'efficacité se conquiert chaque jour, second.

– C'est vrai, commandant, mais ils sont déjà parfaitement efficaces. Je veux dire, le dernier contrôle qu'on a eu juste avant le départ du commandant Rosselli, on était à un cheveu du record de l'escadrille, et la dernière fois, on l'a égalé!

– Je me fous des résultats des exercices, je veux encore mieux. C'est comme ça que les choses s'améliorent. Au prochain contrôle, je veux qu'on batte ce record, second.

«Il veut battre tous les records de la Marine, le record du monde, il voudrait même un certificat signé par Dieu le Père, se dit Claggett. Il veut plus, il veut que ce soit son record à lui.»

Le téléphone de cloison sonna, Ricks décrocha.

– Commandant, oui, c'est en cours. – Il raccrocha. – Contact sonar.

Claggett se précipita dehors, le commandant sur les talons.

– Qu'est-ce que c'est? demanda immédiatement Claggett.

En tant que second, c'était lui qui était responsable des manœuvres préparatoires à l'engagement.

– J'ai mis deux minutes à le repérer, répondit le chef DSM de quart. Je crois que c'est un 688, relèvement un-neuf-cinq. Trajet direct, commandant.

– Repassez-moi la bande, ordonna Ricks.

L'opérateur sonar passa sur un autre écran – il avait fait des marques au crayon gras sur celui sur lequel il travaillait, et il ne voulait pas les effacer pour l'instant. Il repassa quelques minutes d'enregistrement.

– Vous voyez, commandant, là? – Une légère trace, qui se renforçait ensuite. – Je vous ai appelé à ce moment-là.

Le commandant pointa son doigt sur l'écran.

– Vous auriez dû le détecter ici, second-maître, vous avez perdu deux minutes. Faites attention la prochaine fois.

– Bien, commandant.

Mais que pouvait dire d'autre un opérateur sonar de vingt-trois ans? Ricks quitta le local sonar, et Claggett le suivit, non sans avoir tapé sur l'épaule du second-maître en passant.

«Bon sang de merde, commandant!»

– Cap deux-sept-zéro, vitesse cinq nœuds, immersion cent soixante mètres. Nous sommes sous la couche, rendit compte l'officier de quart. On a un contact Sierra Onze, relèvement un-neuf-cinq, plein travers bâbord. La DLA est armée. Torpilles aux tubes un, trois et quatre. Le tube deux est vide pour maintenance. Portes fermées, tubes secs.

– Dites-moi ce qu'on a sur Sierra Onze, ordonna Ricks.

– Trajet direct, il est sous la couche, distance indéterminée.

– Conditions de propagation?

– Mer calme là-haut, couche faible à environ trente mètres. La bathy est isotherme, conditions sonar excellentes.

– Première estimation sur Sierra Onze, distance supérieure à dix mille yards.

C'était l'enseigne de vaisseau Shaw à la table traçante.

– CO de sonar, nous classons Sierra Onze comme un classe 688, sous-marin d'attaque américain. Vitesse estimée environ quatorze nœuds, commandant.

– Eh ben ! s'exclama Claggett en s'adressant à Ricks. On a croché un Los Angeles à plus de dix mille yards. Y en a que ça va emmerder...

– Sonar de commandant, je veux des faits, pas des estimations, répondit Ricks.

– Commandant, il s'est déjà pas mal démerdé en sortant cet écho du bruit de fond, dit très tranquillement Claggett.

Dans le golfe d'Alaska, en été, il y avait des tas de bateaux de pêche et des baleines, qui faisaient un bruit pas possible et saturaient les écrans.

– C'est un sacrément bon opérateur sonar.

– On le paie pour ça, second. C'est pas parce qu'on fait convenablement son boulot qu'on mérite une décoration. Je veux qu'on repasse la bande quand ce sera terminé pour voir s'il n'aurait pas pu le détecter plus tôt.

«N'importe qui est capable de trouver quelque chose sur un enregistrement», se dit Claggett.

– CO de sonar, j'ai un comptage de pales, très faible... ça pourrait correspondre à quatorze nœuds, plus ou moins un, commandant.

– Très bien, sonar, j'aime mieux ça.

– Euh... commandant, il est peut-être un peu plus près que dix mille... pas beaucoup, mais un peu quand même. La route est confirmée... meilleure estimation neuf mille cinq cents yards, route en gros trois-zéro-cinq.

C'était Shaw, qui s'attendait à ce que le ciel lui tombe sur la tête.

– Alors maintenant, il n'est pas à plus de dix mille yards ?

– Non, commandant, je dirais neuf mille cinq cents.

– Prévenez-moi si vous changez encore d'avis, répliqua Ricks. Réduisez la vitesse à quatre nœuds.

– Réduire à quatre nœuds, répéta l'officier de quart.

– On le laisse passer devant nous ? demanda Claggett.

– Ouais, fit le commandant d'un signe de tête.

– On a une solution torpille annonça l'officier ASM.

Le second regarda sa montre, il était difficile de faire plus vite.

– Très bien, voilà qui fait plaisir à entendre, répondit Ricks.

– Vitesse réglée quatre nœuds.

– OK, on le tient. Sierra Onze au relèvement deux-zéro-unité, distance neuf mille cent yards, route trois-zéro-zéro, vitesse quinze nœuds.

– Il est foutu, fit Claggett. Mais il nous a simplifié la vie en allant aussi vite.

– C'est vrai, ça fera bon effet dans le rapport de patrouille.

* * *

– Y a quelque chose qui ne me plaît pas, remarqua Ryan. Je n'aime pas trop la façon dont ça évolue

– Moi non plus, fit Bunker. À mon avis, il faut donner au groupe du *Theodore Roosevelt* l'autorisation d'utiliser les armes.

– Je suis d'accord, et c'est ce que je vais proposer au président.

Ryan décrocha. Selon les règles du jeu, le président était à bord d'Air Force One, quelque part au-dessus du Pacifique, de retour d'un voyage dans un pays quelconque de la région. Quelque part au Pentagone, un comité simulait les décisions présidentielles. Jack fit sa proposition et reçut la réponse.

– Seulement en cas d'autodéfense, Dennis.

– Et merde, dit calmement Bunker. Moi, il va m'écouter.

Jack fit un sourire.

– C'est vrai, mais pas cette fois. Pas d'action offensive, vous n'avez le droit de réagir que si vous êtes attaqué.

Le secrétaire à la Défense se retourna vers l'officier de quart.

– Dites au *Theodore Roosevelt* que je veux des patrouilles d'interception en l'air. Je veux qu'on me rende compte de tout ce qui se passe dans un rayon de deux cents nautiques. En deçà de deux cents, l'amiral a liberté d'action. Pour les sous-marins, le rayon de sécurité est de cinquante – cinq-zéro – nautiques. À l'intérieur, attaque immédiate.

– C'est assez original, fit Jack.

– Il y a eu cette attaque contre le *Valley Forge*.

La meilleure hypothèse pour le moment, c'était qu'il s'agissait d'une attaque-surprise par un sous-marin russe lance-missiles. Il semblait par ailleurs que certaines unités de la flotte russe agissaient sans contrôle ou, du moins, obéissaient à des ordres qui ne venaient pas de Moscou. Mais les choses devinrent plus graves.

– Message sur la ligne rouge. Il vient d'y avoir une attaque terrestre contre une base de missiles stratégiques SS-18 en Asie centrale.

– Mettez en l'air tous les bombardiers disponibles! Jack, prévenez le président de l'ordre que je viens de donner.

– On n'a plus la liaison, annonça le haut-parleur mural. Plus de contact radio avec Air Force One.

– Donnez-moi des précisions, exigea Jack.

– On ne sait rien de plus, monsieur.

– Où est le vice-président?

– À bord de Rotule Deux, six cents nautiques au sud des Bermudes. Genouillère Un est à quatre cents nautiques devant Air Force One, il s'apprête à se poser en Alaska pour le transfert.

– C'est près de la Russie, ils peuvent l'intercepter... mais c'est peu probable, pensa Bunker à haute voix. À moins qu'ils n'aient un navire de guerre avec des missiles sol-air dans le coin... Le vice-président assure provisoirement le pouvoir.

— Monsieur, je...

— C'est à moi de décider, Jack. Le président est soit hors circuit, soit sans moyen de communication. Le secrétaire à la Défense décide que le vice-président prend les rênes jusqu'à ce que la liaison ait été rétablie et vérifiée. Les forces armées sont désormais placées sous mon autorité.

« Ce Dennis Bunker, se dit Jack, il restera toujours un as du manche. Il prend une décision et il s'y tient. » Et, en général, l'expérience prouvait qu'il avait raison.

* * *

Le dossier de Ryan était plutôt épais, une bonne quinzaine de centimètres. Goodley le consultait dans le secret de son réduit au sixième étage. Les premiers documents concernaient ses antécédents et ses habilitations. Ses diplômes avaient de quoi impressionner, en particulier sa thèse de doctorat en histoire soutenue à Georgetown. Georgetown n'était pas Harvard, bien sûr, mais c'était tout de même une institution respectable. Son premier poste à l'Agence avait consisté à faire un stage chez l'amiral Greer, et son premier rapport était intitulé « Agents et Agence », à propos du terrorisme. Curieuse coïncidence, se dit Goodley, quand on savait ce qui lui était arrivé ensuite.

Les aventures de Ryan à Londres occupaient trente pages double interligne, essentiellement des rapports de police et quelques photos de presse. Goodley commença à prendre des notes. Un vrai cow-boy. À l'idée de ce à quoi il s'était livré, l'universitaire hocha la tête avec commisération. Vingt minutes après, il commença à lire le résumé du second rapport que Ryan avait rédigé pour le compte de la CIA, celui dans lequel il expliquait que les terroristes ne se manifesteraient sans doute jamais sur le territoire américain : c'était quelques jours avant l'attentat commis contre sa propre famille[*].

« Là, tu t'es gouré, Ryan, pas vrai ? » ricana intérieurement Goodley. On le croyait brillant, mais il se trompait comme les autres...

Il ne s'était pas montré particulièrement bon non plus lorsqu'il était affecté en Grande-Bretagne. Il n'avait pas senti que Tchernenko succéderait à Andropov, mais il avait tout de même prévu l'ascension de Narmonov avant presque tout le monde, si ce n'est Kantrowitz à Princeton, le premier à avoir détecté des qualités exceptionnelles chez Andrei Ilitch. Goodley s'en souvenait encore, il commençait ses études à l'époque, et il couchait avec cette fille de Wellesley, Debra Frost... qu'était-elle devenue, celle-là ?...

— Fils de pute ! marmonna Ben quelques minutes plus tard.

Octobre rouge, un SNLE soviétique... qui était passé à l'Ouest. Ryan avait été l'un des premiers à se douter que... Ryan, analyste à Londres... avait

_____

[*] Voir *Jeux de guerre*, Éd. Albin Michel.

conduit en personne cette opération en mer! Il avait tué un marin russe. Et revoilà le côté cow-boy, il aurait pu se contenter de l'arrêter, mais non, il avait fallu qu'il le tue comme au cinéma*...

Il avait passé quelques mois à Londres avant de revenir aux États-Unis, comme assistant de Greer, dont il était devenu l'héritier. Des travaux intéressants avec les gens qui s'occupaient de désarmement...

Là, y avait un truc qui clochait. Le président du KGB tué dans un accident d'avion**...

Goodley prenait des notes comme un fou. Liz Elliot ne devait pas avoir la moindre idée de tout ça.

«Tu n'es pas en train de chercher ce qui peut mettre Ryan en valeur», se rappela l'homme de la Maison Blanche. Elliot ne le lui avait pas dit explicitement, bien sûr, mais elle s'était fait suffisamment comprendre... Goodley réalisa soudain que ce petit jeu risquait de devenir dangereux.

Ryan avait tué des gens. Il avait tiré et tué au moins à trois reprises. On ne s'en doutait pas quand on lui parlait. Goodley n'avait pas réellement peur, mais il se disait qu'il valait mieux traiter Ryan avec une certaine prudence. Jusqu'ici, il n'avait jamais rencontré d'homme qui en ait tué d'autres. Il n'était pas assez stupide pour considérer ce genre d'individu comme héroïque ou supérieur, mais il valait mieux garder ça en tête, à tout hasard.

Il y avait quelques trous à l'époque de la mort de James Greer... n'était-ce pas au moment de cette histoire en Colombie***? Il prit quelques notes. Ryan était déjà DDCI à l'époque, mais juste après la mort de Greer, le juge Arthur Moore et Robert Ritter avaient démissionné pour laisser le champ libre à la nouvelle administration. Le Sénat avait confirmé Ryan en tant que directeur adjoint du renseignement. Voilà pour ses références professionnelles. Goodley considéra qu'il en savait assez sur ces aspects et passa à la partie du dossier consacrée à la vie privée et aux activités financières du sujet...

* * *

— Sale nouvelle, fit Ryan, on est arrivés vingt minutes trop tard.

— J'ai peur que tu aies raison.

— Où est-ce qu'on s'est gourés?

— Je ne sais pas, répondit Bunker. Peut-être quand on a ordonné au groupe du *Theodore Roosevelt* de dégager de la zone

Ryan fixa la carte murale.

— C'est possible, mais on a mis Andrei Ilitch dans un cul-de-sac... il faut qu'on lui laisse une porte de sortie.

---

* Voir *À la poursuite d'Octobre rouge*, Éd. Albin Michel.
** Voir *Le Cardinal du Kremlin*, Éd. Albin Michel.
***Voir *Danger immédiat*, Éd. Albin Michel.

— Mais comment? Comment faire sans nous mettre nous-mêmes dans un cul-de-sac?

— Je pense qu'il y a un problème dans le scénario... je n'en suis pas bien sûr, mais quand même...

* * *

— Y a plus qu'à le laisser s'agiter dans sa cage, pensa Ricks à voix haute.

— Jusqu'à quel point? lui demanda Claggett.

— Situation du tube deux?

— Vide, pour maintenance, répondit l'officier ASM.

— Les autres sont clairs?

— Oui, commandant. On a fait le point une demi-heure avant de prendre le contact.

— OK... — Ricks fit un large sourire. — On va chasser au tube deux, on va lui donner un transitoire pour le réveiller un peu!

«Bon dieu!» se dit Claggett. C'était pratiquement ce qu'auraient fait des types comme Mancuso ou Rosselli.

— Commandant, c'est peut-être un peu bruyant. On pourrait le prévenir aussi bien en lui balançant Tango au TUUM.

— Ouais, on a une solution sur Sierra Onze?

«Mancuso veut que ses pachas se montrent agressifs? Eh bien, je vais me montrer agressif...»

— Paré, commandant, cria l'officier ASM.

— Procédures de tir. Préparez-vous à chasser tube deux.

— Commandant, je confirme tube deux vide. Les tubes chargés sont les tubes un, trois et quatre, tubes en sécurité.

On confirma oralement au poste torpilles l'ordre qui venait de s'afficher. Le maître-torpilleur jeta un coup d'œil par le hublot pour vérifier qu'ils ne risquaient pas de lancer quoi que ce soit.

— Tube deux vide, vérification visuelle effectuée. Air HP ouvert, rendit compte l'officier marinier à l'interphone. Paré à lancer.

— Ouvrez la porte extérieure.

— Ouvrir la porte extérieure, reçu. Porte extérieure ouverte.

— Vérifiez le relèvement... FEU!

L'officier ASM appuya sur le bouton. L'*USS Maine* trembla quand l'air HP chassa dans le tube vers la mer.

* * *

À bord de l'*USS Omaha*, à six mille yards de là, un opérateur sonar se demandait depuis plusieurs minutes si la petite trace sur son écran était bien du bruit de fond, lorsqu'un point apparut à l'écran.

– CO de sonar, transitoire, transitoire. Transitoire mécanique au zéro-huit-huit, en plein sur l'arrière!

– Bon dieu, qu'est-ce qui se passe? dit l'officier de quart.

C'était l'officier de navigation et il avait embarqué trois semaines avant.

– Qu'est-ce que c'est sur l'arrière?

– Transitoire, transitoire, transitoire de lancement relèvement zéro-huit-huit! Je répète, TRANSITOIRE DE LANCEMENT DROIT SUR L'AR-RIÈRE!

– Vapeur avant quatre! cria le lieutenant de vaisseau, soudain devenu pâle. Rappeler aux postes de combat! Paré à lancer un leurre!

Il décrocha le téléphone pour prévenir le commandant, mais les klaxons rugissaient déjà, et le commandant arriva pieds nus, la chemise déboutonnée.

– Mais qu'est-ce que c'est que ce bordel?

– Commandant, on a détecté un transitoire sur l'arrière... Sonar de CO, vous avez autre chose?

– Rien, capitaine, rien depuis le transitoire. C'était un lancement, chasse HP, mais... c'est marrant, capitaine, on n'entend rien dans l'eau.

– À droite toute! ordonna l'officier de quart, sans se soucier de la présence du commandant.

Il n'avait pas été relevé, et il avait toujours la responsabilité du sous-marin.

– Venir à trente mètres. Lancer un leurre dès qu'on est parés.

– La barre à droite toute. Capitaine, la barre est tout à droite, pas de cap ordonné. Vitesse vingt nœuds, on accélère encore, annonça l'homme de barre.

– Bien, venir au zéro-un-zéro.

– Venir au zéro-un-zéro.

– Qu'y a-t-il dans la zone? demanda le commandant en essayant de contrôler sa voix, mais il avait du mal.

– Le *Maine* est quelque part dans le coin.

«Harry Ricks... Quel con!» pensa le commandant, mais il ne dit rien, ce n'était pas bon pour la discipline.

– Alors, sonar?

– CO de sonar, on n'entend rien. S'il y avait une torpille, on l'aurait.

– Nav, réduisez l'allure.

– Bien, vapeur soixante tours.

* * *

– Je crois qu'on l'a bien baisé, observa Ricks, penché sur l'écran sonar.

Quelques secondes après le lancement fictif, le 688 était monté en allure, et on entendait aussi le bruit de bulles d'un leurre.

– Il est en train de réduire, commandant, le nombre de tours diminue.

– Ouais, il a compris qu'il n'y a pas de torpille. On va l'appeler au TUUM.

* * *

— Quel imbécile ! Il devrait savoir qu'il y a peut-être un Akula dans le coin, grommela le commandant de l'*Omaha*.

— On le voit pas commandant, il y a pas mal de bateaux de pêche.

— OK, faites rompre du poste de combat. Laissons le *Maine* s'amuser. — Il fit une moue. — C'est ma faute, on aurait dû être à dix nœuds, pas à quinze. Venez à dix nœuds.

— Bien commandant. La route ?

— Le gros devrait remonter au nord. Venez au sud-est.

— Bien.

— Vous avez bien réagi, nav, on aurait pu échapper à la torpille. Leçon ?

— Vous l'avez dit, commandant, on allait trop vite.

— Même les erreurs de son commandant sont instructives, monsieur Auburn.

— Comme toujours, commandant.

Le pacha donna une bourrade au jeune homme et quitta le central.

* * *

À trente-six mille yards de là, l'*Amiral Lunin* se traînait à trois nœuds juste au-dessus de la couche, sa flûte juste en dessous.

— Alors ? demanda le commandant.

— On a eu un bruit un peu plus fort au un-trois-zéro, puis ça a cessé, dit l'officier en montrant l'écran. Quinze secondes après, autre bruit ici... devant le premier. La signature ressemble à un Los Angeles à pleine vitesse, puis il a réduit avant de disparaître de l'écran.

— Un exercice, Evgueni... Le premier bruit était un SNLE américain, un Ohio. Qu'en pensez-vous ? demanda le capitaine de vaisseau Valentin Borissovitch Dubinin.

— Personne n'a encore détecté d'Ohio au large.

— Il y a un début à tout.

— Et maintenant ?

— On reste là et on attend. Les Ohio sont plus silencieux qu'une baleine qui dort, mais au moins nous savons qu'il y en a un dans le coin. On ne va pas le pister. Les Américains sont trop cons de faire du bruit comme ça, j'n'ai encore jamais vu ça.

— Les choses ont changé, commandant, fit remarquer l'officier ASM. Beaucoup changé.

Il n'avait plus besoin de dire « camarade commandant ».

— C'est vrai, Evgueni. Maintenant, c'est comme un grand jeu, personne n'est touché et on peut se mesurer comme aux Jeux olympiques.

* * *

– Critique?

– Je me serais rapproché un peu avant de lancer, commandant, fit l'officier ASM. Il aurait pu s'en sortir.

– Je suis d'accord, mais on essayait seulement de lui secouer un peu les puces, dit Ricks, très à l'aise.

«Mais quel était le but de cette démonstration? se demandait Dutch Claggett. Bien sûr, il faut montrer combien vous êtes agressif.»

– Je crois qu'on a bien joué, dit le second pour soutenir son commandant.

Le central était tout sourires. Les SNLE et les SNA faisaient souvent des exercices communs, préparés la plupart du temps. Comme d'habitude, l'Ohio avait gagné. Bien sûr, ils savaient que l'Omaha était par là à rechercher un Akula russe perdu quelques jours plus tôt par un P-3 au large des Aléoutiennes. Mais il n'y avait rien eu à faire pour retrouver le russe de classe Requin.

– Officier de quart, venez au sud. On a fait un datum avec ce lancement, on va aller se mettre là où était l'*Omaha*.

– Bien, commandant.

– Bien joué, messieurs.

Et Ricks retourna dans sa chambre.

* * *

– Nouvelle route?

– Sud, répondit Dubinin. Il va essayer d'effacer le datum en allant se réfugier où était le Los Angeles. On reste au-dessus de la couche, le fil juste en dessous, et on va essayer de le reprendre.

Le commandant savait qu'il avait peu de chances d'y arriver, mais la fortune sourit aux audacieux. Le sous-marin devait rentrer d'ici une semaine, et on allait lui installer un nouveau sonar, nettement meilleur, pendant sa remise en condition. Cela faisait trois semaines qu'il était en patrouille au large de l'Alaska. Le sous-marin qu'il avait détecté, l'*USS Maine* ou l'*USS Nevada*, si leurs renseignements étaient à jour, allait finir sa patrouille, rentrer, repartir et ainsi de suite. Il serait de nouveau en patrouille en février, ce qui coïnciderait avec sa mission à lui. Il aurait affaire au même commandant, celui qui avait commis cette erreur. Après son carénage, l'*Amiral Lunin* serait plus silencieux, il aurait un meilleur sonar, et Dubinin commençait à espérer pouvoir faire jeu égal avec les Américains... Ce serait assez chouette. Tout le temps qu'il avait mis pour en arriver là, ces merveilleuses années d'apprentissage à la Flotte du Nord sous les ordres de Marko Ramius. Quelle pitié, un officier si brillant, mourir ainsi dans un accident* ! Mais le service

---

* Voir *À la poursuite d'*Octobre rouge, *op. cit.*

à la mer est un métier dangereux depuis toujours, et il le restera jusqu'à la fin des temps. Marko avait réussi à sauver dix de ses hommes avant de couler... Dubinin hocha tristement la tête. Si ça se passait maintenant, les Américains pourraient lui porter assistance. Pourraient? Non, devraient, et les Soviets en feraient autant pour eux si nécessaire. Dubinin se sentait plus à l'aise dans son boulot depuis qu'il y avait eu tous ces changements dans son pays et dans le monde. Le métier avait toujours été exigeant, mais le but n'était plus le même. Bien sûr, les SNLE américains continuaient à pointer leurs missiles contre sa patrie, et les missiles russes étaient pointés contre l'Amérique, mais cela allait peut-être bientôt se terminer. En attendant, il continuait à faire son métier, et, par une ironie du sort, ces changements arrivaient au moment où la Marine soviétique devenait l'égale de son adversaire — la classe Akula était en gros aussi bonne que les premiers Los Angeles, et c'était maintenant qu'on en avait moins besoin. «Comme une partie de cartes entre copains?» se demanda-t-il. La comparaison était assez juste...

— Quelle vitesse, commandant?

Dubinin réfléchit.

— Supposons qu'il soit à vingt nautiques, à cinq nœuds. On va faire sept nœuds, on restera silencieux et on arrivera peut-être à le reprendre... toutes les deux heures, baïonnette pour faire un tour sonar... Oui, c'est cela.

«La prochaine fois, Evgueni, on aura deux officiers ASM de plus», se souvint Dubinin. La diminution de la flotte sous-marine soviétique mettait sur le marché tout un tas de jeunes officiers à qui on allait donner un entraînement spécialisé. L'état-major des sous-marins allait être multiplié par deux, et, avec ce nouvel équipement, cela risquait de bien améliorer leur capacité.

* * *

— On a perdu, dit Bunker. J'ai perdu, et j'ai donné de mauvais conseils au président.

— Vous n'êtes pas le seul, lui accorda Ryan en s'étirant. Mais vous trouvez que ce scénario était réaliste, je veux dire, plausible?

Le fin mot de l'histoire était qu'il s'agissait d'un complot monté par un responsable soviétique aux abois qui essayait de reprendre ses militaires en main, et qui tentait de faire croire qu'il s'agissait de l'action de quelques félons.

— Pas vraisemblable, mais possible.

— Tout est possible, remarqua Jack. Comment croyez-vous qu'ils parlent de nous dans leurs exercices?

Bunker éclata de rire.

— Ça doit pas être fameux, j'en ai peur.

En conclusion, l'Amérique était contrainte d'accepter la perte de l'*USS Valley Forge*, en échange de celle du sous-marin Charlie coulé par l'hélico du

Kidd. L'échange ne paraissait pas très équitable, comme une tour contre un cavalier. Les forces soviétiques en Allemagne de l'Est avaient été placées en état d'alerte, celles de l'OTAN, plus faibles, n'étaient pas sûres de s'en tirer. Résultat : les Soviétiques avaient obtenu une concession sur le calendrier de retrait de leurs troupes. Ryan trouvait que le scénario dans son ensemble était un peu artificiel, mais c'était souvent le cas, et le but était seulement de s'entraîner à gérer une crise. Là, ils s'en étaient plutôt mal tirés : ils s'étaient précipités sur des points secondaires, en avaient laissé passer de plus importants, faute de les avoir repérés assez tôt.

Comme toujours, la leçon était : Ne faites pas d'erreur. C'est quelque chose que peut comprendre n'importe qui, bien sûr, et tout le monde fait des erreurs, mais les choses deviennent différentes quand c'est l'erreur d'un haut responsable, les conséquences en sont beaucoup plus graves. Et cela, c'était une autre leçon, que les gens oubliaient la plupart du temps.

14
RÉVÉLATION

— Alors, qu'avez-vous trouvé?

— C'est un homme très intéressant, répondit Goodley. À la CIA, il a fait des choses à peine croyables.

— Je connais l'histoire du sous-marin, la défection du directeur du KGB. Il y a autre chose? demanda Liz Elliot.

— Il est très apprécié dans la communauté internationale des services de renseignement, de gens comme sir Basil Charleston, en Grande-Bretagne — et il est assez facile de comprendre ce qu'ils apprécient chez lui — mais c'est vrai aussi dans d'autres pays de l'OTAN, surtout en France. Grâce à Ryan la DGSE a pu coffrer un paquet de types d'Action directe.

Goodley ne se sentait pas très à l'aise dans son rôle d'espion.

Le conseiller à la Sécurité nationale aurait voulu aller plus vite, mais il ne fallait pas trop harceler ce jeune homme. Elle afficha un petit sourire de circonstance.

— Dois-je comprendre que vous commencez à avoir une certaine admiration pour lui?

— Il a fait du bon boulot, mais il a également commis des erreurs. Son analyse de la situation en Allemagne de l'Est, la réunification, était complètement fausse.

Goodley lui-même avait bien vu venir les choses quand il travaillait à Kennedy, et l'article qu'il avait publié dans une obscure feuille de chou avait même retenu l'attention de la Maison Blanche. Le nouveau collaborateur de la Présidence se tut.

— Et?..., fit Elliot.

— Et il y a tout de même des aspects troublants dans sa vie privée. Enfin!

— Quel genre de choses?

– Ryan a fait l'objet d'une enquête de la SEC avant d'entrer à la CIA, une histoire de délit d'initiés. Il semble qu'une société de logiciel était sur le point d'avoir un contrat de la Marine, Ryan l'a su avant tout le monde, et il a fait un vrai malheur. La SEC s'en est aperçue – des responsables de la société en question faisaient eux aussi l'objet d'une enquête – et est allée vérifier les papiers de Ryan. Il s'en est tiré par une finesse technique.

– Expliquez-moi ça, ordonna Liz.

– Pour couvrir leurs arrières, les responsables de la société s'étaient arrangés pour publier quelque chose dans une revue spécialisée dans les affaires de défense, juste un entrefilet, à peine quelques lignes. C'était assez pour démontrer que Ryan s'était basé sur des informations du domaine public, et que c'était donc parfaitement légal. Plus intéressant encore, ce qu'a fait Ryan de son argent. Il a fermé son compte en actions, et il a placé le tout sur des comptes gérés dans quatre institutions différentes. – Goodley se tut. – Vous savez combien vaut Ryan ?

– Non, combien ?

– Plus de quinze millions de dollars, ce qui fait de lui le type le plus riche de la CIA. Et sa fortune est sous-évaluée. Je dirais que c'est plus près de vingt. Peu importe, voilà ce qu'il a fait de son pactole : il a tout mis sur un compte séparé, avant de le transférer sur une rente éducation.

– Pour ses gosses ?

– Non, répondit Goodley. Les bénéficiaires... mais il faut que je revienne un peu en arrière. Il a consacré une partie de cette somme à l'achat d'un magasin, une supérette, au bénéfice d'une veuve et de ses enfants. Le reste a été placé en bons du Trésor plus quelques actions de père de famille pour permettre à cette femme d'élever ses enfants.

– Qui est-ce ?

– Elle s'appelle Carol Zimmer, origine laotienne. C'est la veuve d'un sergent de l'armée de l'Air mort à l'entraînement. Ryan a pris sa famille en charge. Il s'est même absenté de son bureau pour la naissance du dernier, une petite fille. Ryan va les voir régulièrement, conclut Goodley.

– Je vois.

Elle ne voyait rien du tout, mais c'est l'expression consacrée.

– Ça a un lien avec son boulot ?

– Pas vraiment. Comme je le disais, Mme Zimmer est laotienne. Son père était l'un de ces chefs de tribu que la CIA a utilisés contre les Nord-Vietnamiens. Sa tribu a été massacrée, et je ne sais pas comment elle a fait pour s'en tirer. Elle a épousé un sergent de l'armée de l'Air qui l'a emmenée aux États-Unis. Il est mort quelque part dans un accident, il n'y a pas très longtemps. Rien dans le dossier de Ryan ne fait mention d'une quelconque relation avec elle avant cette date. Il est possible que ça ait quelque chose à voir avec le Laos et la CIA – mais Ryan n'y est pas allé, il était étudiant. Il n'y a absolument rien dans le dossier à ce sujet. Simplement, un jour, quelques mois avant les élections présidentielles, il a souscrit cette rente éducation, et depuis, il va les voir toutes les semaines. Oh si, un autre truc...

– Quoi?

– J'ai fait des recoupements avec un autre dossier. Il y a eu un peu de grabuge au magasin, des petits voyous embêtaient la famille Zimmer. Le garde du corps attitré de Ryan est un certain Clark, un ancien agent de terrain. Je n'ai pas pu obtenir son dossier, expliqua Goodley. En tout cas, ce Clark a attaqué deux des voyous, et il en a expédié un à l'hôpital. J'ai consulté les archives de presse. C'était dans le journal, pas grand-chose, à la rubrique faits divers. Clark et un autre agent de la CIA – le journal parle de fonctionnaires fédéraux, mais ne cite pas la CIA – se seraient fait aborder par quatre durs. Ce Clark doit être un sacré malabar, le chef de la bande a eu le genou cassé et s'est retrouvé à l'hôpital. Un autre a été mis K-O, et les deux derniers se sont tirés vite fait. Les flics du coin ont classé ça comme une histoire entre bandes rivales, il n'y a pas eu de suites.

– Vous savez autre chose sur ce Clark?

– Je l'ai aperçu deux ou trois fois. Un costaud, quarante ans bien tassés, l'air très timide. Mais il faut voir sa façon de se déplacer. J'ai pris des leçons de karaté dans le temps. Mon professeur était un ancien Béret vert qui avait fait le Viêt-nam. Il se déplace comme un athlète, tout en souplesse, en économisant ses gestes. Il regarde sans arrêt tout ce qui se passe, il vous jette juste un coup d'œil en coin et décide si vous êtes une menace ou pas...

Goodley s'interrompit, il venait de comprendre qui était vraiment Clark, enfin, en partie...

– C'est un type dangereux.

– Comment ça? demanda Liz Elliot qui ne comprenait toujours pas.

– Excusez-moi, c'est un truc que m'a appris mon professeur de karaté à Cambridge. Ce ne sont pas ceux qui ont l'air dangereux qui le sont vraiment. Les plus dangereux, ce sont ceux qu'on ne remarque pas dans une pièce. Mon prof s'est fait attaquer dans le métro tout près d'Harvard, enfin, on a essayé de l'attaquer. Il a laissé trois mecs sur le carreau à tremper dans leur sang, ils ne se sont pas méfiés. Et à le voir, c'est compréhensible, sa façon de s'habiller, pas l'air dangereux pour un sou. Clark est exactement comme ça, comme mon vieux *sensei*... Intéressant, non? Après tout, il est agent spécial, et ils sont plutôt bons. J'imagine que Ryan a su que ces voyous embêtaient Mme Zimmer, et il a envoyé ses gardes du corps régler le problème. La police du comté d'Anne Arundel a trouvé que c'était très bien comme ça.

– Vos conclusions?

– Ryan a fait du très bon travail, et commis quelques grosses erreurs. C'est d'abord un homme du passé, il en est resté à la guerre froide. Il a quelques problèmes avec l'administration, comme l'autre jour, quand vous n'avez pas participé à l'exercice Camelot. Il pense que vous ne prenez pas votre boulot suffisamment au sérieux, et que sécher ce genre d'exercice est irresponsable.

– Il a dit ça?

– Presque mot pour mot, j'étais dans le bureau de Cabot quand il a débarqué pour faire sa sortie.

Elliot hocha la tête.

– Si le président fait ce qu'il a à faire, si je fais ce que je dois faire, il n'y aura pas de crise à gérer. C'est ça qui compte, après tout?

– Et jusqu'ici, vous vous en êtes bien sortis, remarqua Goodley.

Le conseiller à la Sécurité nationale fit semblant de ne pas entendre, et se replongea dans ses papiers.

*   *   *

Les murs étaient en place, un film de plastique assurait l'étanchéité. L'air conditionné marchait, et extrayait l'humidité et la poussière de l'atmosphère. Fromm s'activait sur les tables des machines-outils. Table n'était pas le terme exact. Elles étaient conçues pour supporter plusieurs tonnes, et chacun de leurs pieds colossaux était muni d'un vérin à vis. L'Allemand les réglait à l'horizontale en s'aidant de niveaux à bulle fixés à la structure.

– Parfait, dit-il, après trois heures de labeur.

Il fallait que ce soit parfaitement réglé. Il y avait un mètre de soubassement en béton sous chaque table. Quand tout fut en place, on boulonna les pieds dans le sol.

– Les outils doivent être rigides à ce point? demanda Ghosn.

Fromm fit non de la tête.

– C'est justement le contraire, les machines flottent sur coussin d'air.

– Mais vous me dites qu'elles pèsent plusieurs tonnes!

– Faire flotter un objet sur coussin d'air est tout à fait banal, vous avez sûrement vu en photo des aéroglisseurs d'une centaine de tonnes. On les met sur coussin pour amortir les vibrations transmises par le sol.

– Il nous faut quoi, comme tolérances? demanda Ghosn.

– Du même ordre de grandeur qu'un télescope astronomique, répondit l'Allemand.

– Mais, les premières bombes...

Fromm coupa Ghosn.

– Les premières bombes américaines, celles d'Hiroshima et Nagasaki, étaient extrêmement rustiques. Elles avaient un rendement dérisoire, surtout celle d'Hiroshima. Vous ne vous amuseriez plus à fabriquer une bombe à mèche, non? De toute manière, on ne peut plus partir d'une conception aussi médiocre, continua-t-il. Après les premières bombes, les ingénieurs américains ont dû compter avec des approvisionnements insuffisants en matière fissile. Les quelques kilos de plutonium que nous avons ici sont ce qu'il y a de plus cher au monde. L'usine qui le fabrique par bombardement neutronique coûte deux milliards de dollars, à quoi s'ajoute l'usine de retraitement, un milliard de mieux. Seuls les Américains avaient assez d'argent pour mener à bien ce projet. Tout le monde connaissait la fission nucléaire – il n'y a pas de secret en physique – mais seuls les États-Unis avaient l'argent et les ressources nécessaires. Et les hommes..., ajouta Fromm. Quels hommes! Les premières bombes – ils en ont fabriqué trois – étaient conçues pour utiliser toute la matière fissile disponible, et comme le facteur déterminant était la fiabilité, elles ont été faites de façon aussi simple et efficace que possible. Et il a fallu les plus gros avions existants pour les emporter.

« *Also*... ils ont gagné la guerre, et la conception des bombes a cessé d'être un programme de guerre pour devenir une chose sérieuse, *ja*? Leur réacteur plutonigène à Hanford ne produisait que quelques dizaines de kilos par an à cette époque, les Américains ont dû trouver le moyen d'économiser la matière première. La Mark 12 a été l'une de leurs premières bombes de deuxième génération, et les Israéliens l'ont encore améliorée. Cette arme a cinq fois la puissance d'Hiroshima avec cinq fois moins de matière active, soit un gain d'un facteur vingt-cinq, *ja*? Et nous pourrions encore l'améliorer d'un facteur dix.

« Ensuite, une très bonne équipe, disposant de l'usine *ad hoc*, pourrait encore gagner un facteur quatre. Les armes modernes sont la plus fascinante, la plus élégante...

– Deux mégatonnes? interrompit Ghosn.

Était-ce possible?

– Nous ne pouvons pas y arriver ici, dit Fromm, avec une nuance de regret dans la voix. Nous n'avons pas assez de données. La physique est une chose simple, mais il y a des problèmes techniques, et il n'y a pas de publication sur la façon de construire une bombe. Rappelez-vous que, même aujourd'hui, on continue à essayer ces armes pour les rendre plus compactes et plus efficaces. Il faut faire des expériences grandeur nature, d'une manière ou d'une autre, et cela nous est impossible. Nous n'avons ni le temps ni l'argent pour former des spécialistes de la conception. Je pourrais dessiner un engin de plusieurs mégatonnes, mais en fait, je n'aurais pas une chance sur deux de réussir. Et je ne pourrais pas réaliser d'expériences.

– Que pouvez-vous faire alors? demanda Qati.

– Je peux donner à cette bombe une puissance comprise entre quatre et cinq cents kilotonnes : elle occupera un volume d'un mètre de côté et pèsera environ cinq cents kilos.

Fromm s'arrêta pour étudier leur réaction.

– Ce ne sera pas quelque chose de très élégant, ce sera encombrant et lourd. Mais ce sera assez puissant.

Fromm pensait également que le dessin serait beaucoup plus ingénieux que ce qu'avaient pu faire les techniciens russes et américains pendant les quinze premières années de l'ère nucléaire. Ce n'était pas si mal.

– L'enveloppe de l'explosif? demanda Ghosn.

Fromm jugea ce jeune Arabe fort intelligent.

– Les premières bombes utilisaient des enveloppes en acier très épais. La nôtre aura des explosifs – massifs mais légers – et ils seront aussi efficaces. Nous injecterons le tritium au moment de l'allumage. Comme dans les premières bombes de conception israélienne, cela créera une bouffée de neutrons qui amplifiera la réaction de fission. Cette réaction engendrera à son tour d'autres neutrons qui feront fusionner une deuxième réserve de tritium. La répartition est en gros de cinquante kilotonnes pour la réaction primaire et de quatre cents pour la réaction secondaire.

– Quelle quantité de tritium?

C'était une substance facile à obtenir en petite quantité – elle est utilisée par les horlogers et les fabricants de viseurs, mais à doses microscopiques. Ghosn savait pour avoir essayé qu'il était pratiquement impossible de s'en procurer plus de dix milligrammes. Quoi qu'en dise Fromm, c'était le tritium, pas le plutonium, qui était le matériau le plus cher de la planète. Mais on pouvait s'en procurer, pas du plutonium.

– J'en ai cinquante grammes, dit Fromm d'un ton suffisant. Largement plus que ce dont on a besoin.

– Cinquante grammes! s'exclama Ghosn. Cinquante!

– Notre centrale produisait des matières nucléaires pour notre projet de bombe. Quand le gouvernement socialiste est tombé, on a décidé de donner le plutonium aux Soviets – la loyauté envers la cause du socialisme mondial, vous voyez. Mais les Soviets ont pris la chose différemment. – Fromm s'arrêta. – Ils ont traité ça de... bon, je vous laisse le soin d'imaginer le terme. Leur réaction a été si violente que j'ai décidé de cacher notre stock de tritium. Comme vous savez, ça a une grosse valeur commerciale, mon assurance-vie, si vous préférez.

– Où ça?

– Au sous-sol, chez moi, caché dans une batterie nickel-hydrogène.

Qati n'aimait pas ça, mais alors pas du tout. L'Allemand le voyait bien.

– De toute façon, il faut que je retourne en Allemagne chercher les machines-outils, dit-il.

– Vous les avez déjà?

– À cinq kilomètres de chez moi, il y a l'Institut d'astrophysique Karl-Marx. On était censé y fabriquer des télescopes astronomiques, dans le visible et les rayons X. Hélas, il n'a jamais fonctionné. Une pareille couverture «gaspillée», quel dommage, non? À l'atelier, il y a six caisses marquées *Instruments d'astronomie* et dedans, six machines-outils de précision cinq axes, les meilleures du monde, souligna Fromm avec un grand sourire. Des Cincinnati Milacron, fabriquées aux États-Unis d'Amérique. Exactement ce dont se servent les Américains à Oak Ridge, à Rocky Flats et chez Pantex.

– Mais les opérateurs? demanda Ghosn.

– On en avait formé vingt, seize hommes et quatre femmes, tous titulaires d'un diplôme universitaire... Non, ce serait trop dangereux, et ce n'est pas vraiment nécessaire ici. Les machines sont assez «conviviales», comme on dit. Nous pourrions faire le travail nous-mêmes, mais cela nous prendrait beaucoup trop de temps. N'importe quel opticien compétent, ou même un armurier, peut s'en servir. Ce qui était le travail d'un prix Nobel il y a cinquante ans, un ouvrier spécialisé peut le faire de nos jours. C'est ce qu'on appelle le progrès, *ja*?

* * *

– Un coup, on croit que c'est ça, puis ça disparaît, dit Evgueni.

Cela faisait vingt heures qu'il était de quart, et il n'avait droit qu'à six heures de sommeil avant le suivant.

Le trouver avait exigé de Dubinin qu'il mette en œuvre toute son habileté. Il avait deviné que le SNLE américain allait se diriger au sud, et qu'il transiterait à environ cinq nœuds. Ensuite, il y avait des considérations liées à l'environnement. Il lui fallait rester assez près, en portée directe, sans entrer dans la zone de convergence sonar. Les zones de convergence sont des surfaces annulaires – en forme d'amande – autour d'un bâtiment. Tous les sons qui viennent de l'intérieur de la zone de convergence sont réfractés par la température et la pression de l'eau, et se réfléchissent sur la surface en suivant un trajet sinusoïdal à peu près régulier, fonction de la bathy. En restant à l'extérieur, il pouvait échapper aux moyens de détection du SNLE. Il devait pour ce faire rester à une distance inférieure à celle du trajet direct théorique. Pour ne pas se faire détecter, il lui fallait se mettre juste au-dessus de la thermocline – il faisait l'hypothèse que l'Américain était resté en dessous – en laissant sa flûte pendre dessous. De cette manière, il y avait peu de chances que l'Américain puisse entendre le bruit de ses machines.

Le problème tactique de Dubinin tenait à ses faiblesses. Le sous-marin américain était plus silencieux que le sien, il avait de meilleurs sonars et de meilleurs écouteurs. Le lieutenant de vaisseau Evgueni Nicolaievitch Rykov était un jeune officier très brillant, mais il était le seul à bord capable de se mesurer à ses homologues américains, et ce garçon donnait le maximum. Le seul avantage du capitaine de vaisseau Dubinin tenait en sa valeur personnelle. Il était fin tacticien, et il le savait, alors que son adversaire américain était mauvais tacticien, se disait-il, et n'en était pas conscient. C'était là une faiblesse décisive. En restant au-dessus de la couche, il s'exposait à se faire repérer par un avion américain, mais il avait accepté de prendre ce risque. S'il réussissait, il aurait à portée de main ce qu'aucun autre commandant de sous-marin russe n'avait jamais réussi à faire.

Le commandant et le lieutenant de vaisseau étaient côte à côte, les yeux rivés sur l'écran vertical. Ce qu'ils regardaient n'était même pas un éclat de lumière, mais une ligne à peine visible qui n'était pas aussi brillante qu'elle aurait dû l'être. Les sous-marins américains classe Ohio étaient encore plus silencieux que le bruit de fond de la mer, et les deux hommes se demandaient si ce qu'ils voyaient était ou non la silhouette acoustique à peine perceptible du plus sophistiqué des sous-marins lance-missiles. Dubinin se disait que cela pouvait tout aussi bien être une hallucination créée par la fatigue.

— Il nous faudrait un transitoire, fit Rykov en prenant sa tasse de thé. Un outil qui tombe, un panneau qui claque... une erreur, une seule erreur...

« Je pourrais faire une émission... je pourrais plonger sous la couche et lui balancer une bonne émission et je le trouverais.... Non ! » Rykov se tourna vers le commandant, pestant contre lui-même. « Patience, Valentin, ils sont patients, et nous devons être patients nous aussi. »

— Evgueni Nicolaievitch, vous m'avez l'air fatigué.

— Je me reposerai à Petropavlovsk, commandant. Je vais dormir pendant une semaine et retrouver ma femme — enfin, non, je ne dormirai pas toute la semaine.

Et il partit d'un rire fatigué, le visage éclairé par la lueur jaunâtre de l'écran.

— Mais je ne veux pas laisser passer une chance comme celle-là !

— Il n'y aura pas de transitoire.

— Je sais bien, commandant. Ces putains d'équipages américains... Je sais que c'est un Ohio ! Qu'est-ce que ça pourrait être d'autre ?

— L'imagination, Evgueni, l'imagination, et puis, on en a trop envie.

Le lieutenant de vaisseau se retourna.

— Je sais que le commandant a toujours raison !

— Je crois que vous avez raison de le penser.

Un jeu pareil ! Bateau contre bateau, cerveau contre cerveau. Une partie d'échecs en trois dimensions, qui se joue dans des conditions perpétuellement mouvantes. Et les Américains étaient maîtres à ce jeu-là, Dubinin le savait. Leur matériel, leurs équipages, leur niveau d'entraînement, ils étaient meilleurs partout. Et ils en étaient conscients, naturellement. Leur avance technique avait créé chez eux un sentiment de supériorité et ne les avait pas aidés à innover... pas chez tous, mais chez certains. Un commandant intelligent de sous-marin lance-missiles n'aurait pas agi ainsi... « Si moi j'avais un bateau pareil, personne n'arriverait à me trouver ! »

— Encore douze heures, après quoi il faudra rompre le contact et on rentre à la maison.

— C'est trop bête, fit Rykov, mais il ne le pensait pas vraiment.

Six semaines de mer, c'était assez pour lui.

* * *

— Immersion vingt mètres, ordonna l'officier de quart.

– Immersion vingt mètres, répéta le maître de central. Barres arrière moins dix.

L'exercice de lancement fictif des missiles venait de commencer. Les exercices revenaient à intervalles réguliers, et ils avaient deux objectifs : vérifier la compétence de l'équipage, et lui faire considérer comme banale sa mission essentielle, le lancement de vingt-quatre Trident-II D-5 UGM-93, dont chacun emportait dix têtes Mark 5 de quatre cents kilotonnes. Au total, cela représentait deux cent quarante têtes et une puissance de quatre-vingt-seize mégatonnes. Mais ce n'était pas tout, car les armes nucléaires ont bénéficié des apports de plusieurs branches de la physique. Les armes de petite puissance utilisent leur énergie beaucoup plus efficacement que les grosses. Les corps de rentrée Mark 5 ont une précision démontrée de $\pm$ 50 mètres en écart circulaire probable (ECP) ; cela signifie qu'après un vol de quatre mille nautiques, la moitié des têtes tombent dans un rayon de cinquante mètres autour de la cible, et le reste dans un rayon inférieur à deux cents mètres. L'écart est largement inférieur au diamètre du cratère créé par l'explosion, et le D-5 est donc le premier MSBS à posséder une capacité anti-forces. Il a été conçu pour détruire les armes de première salve. Comme on compte en général deux têtes par objectif, le *Maine* était capable de détruire cent vingt missiles soviétiques et/ou centres de tir, ce qui représentait en gros dix pour cent des ICBM soviétiques, eux-mêmes affectés à des missions anti-forces.

Au PC missiles, à l'arrière de la tranche missiles qui ressemble à une caverne, un maître principal mit sous tension un panneau de contrôle. Les vingt-quatre engins étaient disponibles. Le système de navigation du sous-marin chargeait des données dans les calculateurs de guidage de chacun d'entre eux, et ces données seraient rafraîchies dans quelques minutes à partir des indications fournies par des satellites de navigation. Pour atteindre un objectif, le missile devait connaître non seulement sa position, mais également les coordonnées du point de lancement. Le système GPS NAVSTAR avait une précision à moins de cinq mètres près. L'officier marinier surveillait les voyants qui s'allumaient et s'éteignaient au fur et à mesure que le calculateur central interrogeait les missiles, lesquels rendaient compte chacun leur tour de leur état.

Autour du sous-marin, la pression diminuait à raison de dix tonnes par mètre carré quand l'immersion diminuait de dix mètres. La coque du *Maine* se dilatait doucement, et l'on distinguait les légers craquements de l'acier soulagé des efforts de compression.

* * *

Ce n'était qu'un grondement à peine détectable par les sonars, assez proche du chant de la baleine. Rykov était ivre de fatigue, et si c'était arrivé quelques minutes plus tard, il n'aurait sans doute rien vu, mais il était tellement survolté qu'il donnait le meilleur de lui-même, et son cerveau était si concentré qu'il remarqua le bruit.

— Commandant... bruit de relaxation de coque... ici !

Il toucha l'écran du doigt, juste à l'extrémité de l'écho furtif qu'ils avaient remarqué quelques instants plus tôt.

— Il remonte.

Dubinin se précipita au central.

— Paré à changer d'immersion.

Il enfila un casque pour rester en liaison avec Rykov.

— Evgueni Nicolaievitch, il faut faire ça impeccablement, et vite. Je vais plonger sous la couche juste au moment où l'américain la traversera...

— Non, commandant, vous avez encore le temps. Sa flûte va rester en dessous un peu plus longtemps, comme la nôtre !

— Bon dieu ! – Dubinin faillit rire. – Excusez-moi, je vous dois une bouteille de Starka.

La Starka est la meilleure vodka russe.

— Je la boirai avec ma femme à votre santé... j'ai un site possible... site estimé cinq degrés sous notre antenne... Commandant, si j'arrive à le tenir, au moment où nous le perdrons au passage de la couche...

— Oui, donnez-moi rapidement une distance estimée !

Ce serait une estimation très grossière, mais c'était mieux que rien. Dubinin donna quelques ordres à la hâte à l'officier de la table traçante.

— Deux degrés... plus de bruits de coque... dur à tenir, mais il se détache moins dans le bruit de fond – PLUS RIEN ! Il est dans la couche !

— Un, deux, trois..., compta Dubinin.

L'américain devait faire un lancement fictif, ou il remontait pour prendre une vacation radio, mais dans tous les cas, cela signifiait qu'il allait venir à vingt mètres, sa flûte faisait cinq cents mètres de long... cinq nœuds, là, maintenant !

— Barre avant moins cinq. On descend juste sous la couche. Starpom, surveillez la température de l'eau de mer. Doucement la barre, doucement...

L'*Amiral Lunin* fit plonger son étrave et glissa lentement sous la frontière ondulée qui sépare l'eau relativement chaude de surface et l'eau froide des profondeurs.

— Distance ? demanda Dubinin à la table traçante.

— Estimée entre cinq et neuf mille mètres, commandant ! Je ne peux pas faire mieux avec les éléments dont je dispose.

— Très bien, Kolya, magnifique !

— On est sous la couche, la température a baissé de cinq degrés ! annonça le starpom.

— Les barres à zéro, on reste comme ça.

— Les barres à zéro, commandant, les barres sont à zéro.

S'il y avait eu plus de hauteur sous barrots, Dubinin aurait sauté en l'air. Il venait de réussir ce qu'aucun autre commandant de sous-marin soviétique et – si ses renseignements étaient exacts – très peu de commandants américains avaient réussi à faire. Il avait détecté et pisté un sous-marin lance-missiles américain de la classe Ohio. En temps de guerre, il aurait pu faire quelques émissions sonar pour avoir une distance et il aurait lancé ses torpilles. Il avait gagné au jeu le plus difficile qui soit, et il était assez près pour lancer. Il en avait la chair de poule, rien au monde ne pouvait égaler cette sensation, absolument rien.

– *Ryl napravo*, ordonna-t-il. À droite cinq, venir au trois-zéro-zéro. Montez doucement en allure jusqu'à dix nœuds.

– Mais... commandant, fit le starpom – le commandant en second.

– On rompt le contact. Il va poursuivre son exercice pendant une trentaine de minutes. Nous avons très peu de chances d'échapper à une contre-détection quand il aura terminé, il vaut mieux se tirer tout de suite. Et il ne faut pas qu'il se doute de quoi que ce soit. Mais on se reverra. De toute façon, nous avons rempli notre mission, on l'a pisté, on est venus à distance d'attaque. À Petropavlovsk, les mecs, ça va couler à flots, et c'est le commandant qui régale! Bon, on se tire sur la pointe des pieds, il ne faut pas qu'il sache qu'on était dans le coin.

* * *

Le capitaine de vaisseau Robert Jefferson Jackson regrettait sa jeunesse, quand ses cheveux étaient noirs et quand, frais émoulu de Pensacola, il s'apprêtait à faire son premier vol sur l'un des chasseurs posés comme d'énormes oiseaux de proie au bord de la piste, sur la base aéronavale d'Oceana. Bien sûr, les vingt-quatre F-14D Tomcat au parking étaient à lui, mais ce n'était pas aussi satisfaisant que de savoir que l'un d'eux était vraiment le sien, et qu'il n'appartenait à personne d'autre. Au lieu de cela, comme commandant de groupe aérien, il «possédait» deux flottilles de Tomcat, deux autres de F/A 18 Hornet, une de bombardiers moyens A-6 Intruders, encore une autre d'avions de lutte ASM S-3, et enfin les ravitailleurs, moins prestigieux, des avions de guerre électronique Prowler, des hélicoptères ASM et de sauvetage. Au total, soixante-dix-huit appareils d'une valeur totale de... combien? Un milliard de dollars? Bien plus si l'on calculait la valeur de remplacement. Trois mille hommes servaient cette armada, chacun d'entre eux n'avait pas de prix, bien sûr. Et c'était lui qui était responsable de tout cela. Mais il était certainement plus amusant d'être un jeune pilote, de piloter son avion et de laisser les emmerdements à la direction. Robby y était maintenant, à la direction, le type dont les gosses parlaient entre eux dans leur chambre à bord. Ils n'aimaient pas trop être convoqués dans la sienne, ça leur rappelait trop le proviseur. Ils n'aimaient pas trop non plus voler avec lui, a) parce qu'à son âge, il n'était plus bon à grand-chose et b) parce qu'il n'hésitait pas à leur dire ce qui n'allait pas (les pilotes de chasse n'admettent jamais leurs erreurs, sauf entre eux, et encore).

C'était assez étonnant. Son affectation précédente était au Pentagone, où il grattait du papier. Il s'était battu comme un beau diable pour échapper à ce job, dont l'intérêt essentiel consistait à chercher tous les jours une place de parking convenable. Puis il avait obtenu le commandement de ce groupe aérien – pour se retrouver devant un monceau de paperasses comme il n'en avait encore jamais vu. Enfin, il arrivait au moins à voler deux fois par semaine, quand il avait de la chance. Aujourd'hui, justement, il volait. Son officier marinier adjoint lui fit un grand sourire en le voyant partir.

– Je vous confie la boutique, chef.

– Reçu, commandant, elle sera encore là quand vous rentrerez.

Jackson s'arrêta net.

– Vous devriez trouver quelqu'un qui pique tous ces papiers.

– Je vais voir ce que je peux faire, commandant.

Une voiture de service l'emmena jusqu'aux hangars. Jackson avait déjà enfilé sa combinaison de vol en Nomex, une vieille chose puante dont le vert olive avait passé après de trop nombreux lavages, et qui était reprisée aux coudes et sous les fesses pour avoir servi trop d'années. Il aurait pu, il aurait même dû l'échanger contre une neuve, mais les pilotes sont des gens superstitieux ; Robby et sa combinaison avaient vécu très longtemps ensemble.

– Hé, commandant! appela l'un de ses commandants de flottille.

Le capitaine de frégate Bud Sanchez était moins grand que Jackson. Son teint était olivâtre et sa moustache à la Bismarck mettait encore davantage en valeur ses yeux vifs et son sourire de publicité pour dentifrice. Sanchez commandait la VF-1, et il devait voler comme équipier de Jackson. Ils avaient déjà volé ensemble lorsque Jackson commandait la VF-41 à bord du *John F. Kennedy*.

– Votre zinc est paré. On va leur secouer le train?

– On se bat contre qui aujourd'hui?

– Quelques têtes de lard, des marines qui viennent de Cherry Point, des 18D. On a déjà un avion-radar qui orbite à une centaine de nautiques. L'exercice est un barrage contre des pénétrations basse altitude.

C'est-à-dire que leur mission consistait à empêcher les avions assaillants de passer une certaine ligne.

– Ça va se terminer en combat aérien? J'ai trouvé ces marines très remontés au téléphone.

– Le marine que je réussirai pas à me faire est pas encore né, répondit Robby en prenant son casque au râtelier.

Un casque qui portait son indicatif, Spade.

– Hé, cria Sanchez, remuez-vous le train, on y va!

– C'est parti, Bud.

Michael « Lobo » Alexander sortit de derrière les placards, suivi de l'officier radar de Jackson, Henry « Shredder » Walters. Ils étaient tous deux lieutenants de vaisseau, la trentaine. Au vestiaire, les gens s'appelaient par leur indicatif et n'utilisaient pas les grades. Robby aimait cette ambiance de camaraderie au moins autant qu'il aimait son pays.

Il sortirent, et les patrons d'appareil, les officiers mariniers responsables des avions, conduisirent les officiers vers leurs avions respectifs avant de les aider à grimper à bord. (Sur le pont d'un porte-avions, qui est un endroit extrêmement dangereux, des matelots tiennent pratiquement les pilotes par la main, sans quoi ils se feraient tuer ou blesser.) Le zinc de Jackson portait un indicatif à double zéro sur le nez. Sous le cockpit, on avait peint : « CV R.J. Jackson SPADE », afin que tout le monde sache que c'était l'avion du commandant de groupe. En dessous, on avait ajouté un chasseur Mirage qu'un pilote irakien avait mis trop près du Tomcat de Jackson, peu de temps avant. Ça n'avait pas été très difficile – l'autre pilote avait oublié, une fois de trop, de surveiller ses six-heures et il en avait payé le prix – mais un avion abattu est un avion abattu, et les pilotes de chasse vivent pour ça.

Cinq minutes plus tard, tout le monde était sanglé, réacteurs en route.

– Comment ça va ce matin, Shredder ? demanda Jackson sur l'intercom.

– Paré à me faire quelques marines, commandant. Tout est paré derrière. Vous croyez que ce truc va consentir à voler aujourd'hui ?

– On va essayer. – Jackson commuta sur la fréquence. – Bud, de Spade, je suis paré.

– Reçu, Spade, je vous suis.

Les deux pilotes donnèrent un dernier coup d'œil alentour, les patrons leur firent signe que tout allait bien, ils refirent une dernière vérification.

– Spade leader.

Jackson desserra les freins.

– Roulage immédiat.

* * *

– Bonjour, *mein Schatz*, dit Manfred Fromm à sa femme.

Traudl se précipita dans ses bras.

– Mais où étais-tu ?

– Je ne peux pas te le dire, répondit Fromm en clignant de l'œil.

Et il se mit à fredonner quelques mesures de l'air de Lloyd Webber, « Don't Cry for Me Argentina ».

– Je savais bien que tu irais les voir, fit Traudl avec un regard plein d'amour.

– N'en parle à personne.

Pour la renforcer dans ses idées, il lui tendit un paquet de billets, cinq liasses de dix mille deutsche Mark. « Voilà qui va calmer un peu cette pute qui aime tant le fric », se dit-il.

— Et je repars demain. J'ai eu du travail à faire, bien sûr...

— Mais bien sûr, Manfred. — Elle se frotta contre lui, les billets à la main. — Si seulement tu m'avais appelée !

Les choses avaient été d'une facilité déconcertante. Un bateau appareillait de Rotterdam pour Lattaquié en Syrie soixante-dix heures plus tard. Bock et Fromm s'étaient arrangés avec une société de transport, et un camion devait charger les machines-outils dans un petit conteneur maritime qui serait débarqué en Syrie six jours plus tard. Il aurait été plus rapide d'expédier le matériel par avion, ou même par chemin de fer jusqu'à un port grec ou italien, mais Rotterdam était le port le plus animé du monde, et les douaniers étaient surchargés. En outre, ils consacraient l'essentiel de leurs efforts à la recherche de la drogue.

Fromm laissa sa femme se rendre à la cuisine faire du café. Elle en aurait pour quelques minutes. C'était plus qu'il ne lui en fallait. Il descendit au sous-sol. Dans un coin, le plus loin possible du radiateur, il y avait des morceaux de bois bien rangés et, posées dessus, quatre boîtes en métal noir d'une douzaine de kilos chacune. Fromm les emporta une par une – à son deuxième voyage, il prit une paire de gants dans le tiroir de son bureau pour se protéger les mains – et les chargea dans le coffre de sa BMW de location. Le temps que le café soit prêt, il avait terminé.

— Tu es bien bronzé, fit Traudl qui arrivait de la cuisine avec la table roulante.

En imagination, elle avait déjà dépensé à peu près le quart de l'argent que son mari lui avait donné. Enfin, Manfred avait vu clair, elle savait bien que ça arriverait un jour, tôt ou tard. Mieux vaut tard que jamais. Elle se promit d'être particulièrement gentille cette nuit.

* * *

— Günter ?

Bock n'aimait pas trop laisser Fromm seul à ses petites occupations, mais il avait lui aussi des choses à faire. Et le risque était beaucoup plus grand. Le concept opérationnel était dangereux, même si on en était encore à la phase de préparation.

Erwin Keitel vivait dans une pension de famille, une médiocre pension. Cela tenait à deux raisons. Premièrement, il avait été lieutenant-colonel dans la Stasi, le service d'espionnage et de contre-espionnage de la défunte République démocratique allemande. Deuxièmement, il avait aimé ce métier et l'avait exercé pendant trente-deux ans. La plupart de ses amis avaient accepté les changements survenus dans leur pays et mis leur identité allemande au-dessus de l'idéologie qu'ils avaient partagée. Ils avaient littéralement tout raconté au Bundesnachtrichtendienst, mais Keitel avait décidé qu'il ne travaillerait pas pour le compte des capitalistes. Il avait donc rejoint les rangs des «chômeurs pour raisons politiques» de la nouvelle Allemagne unifiée. Sa retraite arrangeait tout le monde. Le nouveau gouvernement allemand, après avoir fait quelques manières, avait décidé d'honorer les engagements du gouvernement précédent. C'était politiquement plus simple. Il était plus facile de verser une retraite à Keitel que de le garder sur les rôles de l'administration. C'était le point de vue du gouvernement, bien sûr, mais Keitel n'était pas exactement de cet avis. Si les choses avaient un sens, se disait-il, il aurait dû être exécuté ou exilé – mais il ne savait pas très bien où on aurait pu l'envoyer. Il avait bien pensé se réfugier chez les Russes – il avait eu de bons contacts au KGB, mais ça n'avait pas duré longtemps. Les Soviets se lavaient les mains de tout ce qu'ils avaient pu faire avec la RDA, et ils craignaient les réactions de gens dont l'allégeance au socialisme mondial avait été beaucoup plus poussée que la leur. Keitel s'assit près de Bock au fond d'un box dans une *Gasthaus* tranquille de ce qui avait été autrefois Berlin-Est.

– C'est très dangereux, l'ami.

– Je le sais parfaitement, Erwin.

Bock fit signe qu'ils voulaient deux bières. Le service était plus rapide que quelques années plus tôt.

– Je ne peux pas te dire ce que je ressens quand je vois ce qu'ils ont fait à Petra, fit Keitel quand la fille fut repartie.

– Tu sais exactement ce qui s'est passé? demanda Bock d'une voix égale.

– L'inspecteur qui suivait ce dossier allait la voir en prison – il y allait même très souvent – et ce n'était pas pour l'interroger. Ils l'ont délibérément poussée à bout. Il faut que tu comprennes, Günter: le courage n'est pas une denrée illimitée. Ça n'a pas été faiblesse de sa part, c'était simplement une question de temps. Ils l'ont regardée mourir, conclut le colonel en retraite.

– Quoi?

Bock réussit à rester impassible, mais ses jointures étaient devenues blanches sur le rebord de la table.

– Ils avaient caché une caméra de télévision dans sa cellule, ils ont même enregistré son suicide. Ils l'ont regardée faire, et ils n'ont pas bougé le petit doigt.

Bock resta silencieux, la salle était trop sombre pour qu'on pût voir à quel point il était devenu pâle. Il ferma les yeux un bref instant pour essayer de reprendre son contrôle. Petra n'aurait pas aimé qu'il se laissât mener par l'émotion à un moment comme celui-là. Il rouvrit les yeux et regarda son ami.

– Tu en es sûr?

– Je connais le nom de l'inspecteur, son adresse. J'ai encore quelques amis, assura Keitel.

– Je te crois, Erwin. J'ai besoin que tu m'aides pour quelque chose.

– À ta disposition.

– Tu sais bien entendu ce qui nous a amenés.

– Tout dépend de ce que tu entends par là, répondit Keitel. Les gens m'ont déçu, quand on voit comment ils se sont laissé séduire, mais le vulgaire manque toujours de la discipline nécessaire pour savoir ce qui est bon pour lui. C'est la vraie raison de notre malheur national...

– Précisément, les Américains et les Russes.

– *Mein lieber Günter*, même l'Allemagne réunifiée ne peut pas...

– Si, elle peut. Si nous sommes obligés de refaire le monde à notre image, Erwin, il faudra que ça fasse mal à nos deux oppresseurs.

– Mais comment faire?

– Il y a un moyen. Pour le moment, je te demande seulement de me croire.

Keitel éclusa sa bière et s'enfonça dans son siège. Il avait participé à l'entraînement de Bock. Il avait cinquante-six ans, il était trop tard pour changer d'idées, mais il était resté assez bon juge en matière d'hommes. Günter était comme lui un clandestin très efficace, soigneux et sans états d'âme.

– À propos de notre ami l'inspecteur?

Bock hocha négativement la tête.

– Malgré le plaisir que ça me ferait, non. Le temps n'est pas aux vengeances personnelles. Nous avons un mouvement et un pays à sauver.

Bock pensa: «Plus d'un, en fait», mais ce temps-là non plus n'était pas encore venu. Ce qui prenait lentement forme dans son esprit, c'était un gros coup, une manœuvre à couper le souffle, qui pourrait – il était trop honnête intellectuellement pour dire allait, même *in petto* – changer le monde et lui donner un aspect plus convenable. Personne ne savait ce qui se passerait ensuite. Mais lui et ses amis devaient se montrer capables de faire le premier pas.

– Ça fait combien de temps qu'on se connaît – quinze ans, vingt ans? fit Keitel en souriant. *Aber natürlich*. Bien sûr, je te fais confiance.

– Et tu en connais d'autres en qui nous puissions avoir confiance?

– Il en faudrait combien?

– Pas plus de dix, mais c'est le minimum.

Le visage de Keitel se figea.

– Dix hommes en qui nous ayons entière confiance! C'est trop pour assurer la sécurité, Günter. Quel genre d'hommes?

Bock le lui expliqua.

– Je sais par où commencer. On devrait pouvoir... des gens de mon âge, et quelques-uns plus jeunes, de ton âge à toi. Les qualités physiques que tu recherches ne sont pas difficiles à trouver, mais souviens-toi que nous ne maîtrisons pas tout.

— Comme disent des amis à moi, tout est entre les mains de Dieu, dit Bock avec un sourire affecté.

— Des barbares, renifla Keitel. Je n'ai jamais pu les encaisser.

— *Ja, doch,* chez eux, on n'a même pas le droit de boire une bière, dit Bock en souriant. Mais ils sont forts, Erwin, ils sont décidés, et ils sont entièrement dévoués à la cause.

— De quelle cause s'agit-il?

— Une cause que nous partageons avec eux, pour l'instant. Il te faut combien de temps?

— Deux semaines. Tu peux me joindre...

— Non. — Bock secoua la tête. — Trop risqué. Tu peux te déplacer? on te surveille?

— Moi, surveillé? Tous mes subordonnés sont de l'autre bord, et le BND sait que le KGB ne s'intéresse plus à moi. Ils ne vont pas gaspiller leurs moyens à me surveiller, je suis un cheval de retour, si tu vois ce que je veux dire.

— Un sacré cheval, Erwin. — Bock lui tendit un peu d'argent. — On se donne rendez-vous à Chypre dans deux semaines. Assure-toi que tu n'es pas suivi.

— D'accord, je ferai attention. Je n'ai pas oublié comment il fallait s'y prendre.

* * *

Fromm se leva à l'aube. Il s'habilla en catimini, essayant de ne pas réveiller Traudl. Elle s'était montrée meilleure épouse pendant les dernières douze heures que pendant les douze mois précédents. Sa conscience lui disait que, si leur mariage avait été un demi-échec, tout n'était peut-être pas de sa faute à elle. Il fut surpris de la trouver en train de préparer le petit déjeuner.

— Quand reviendras-tu?

— Je ne sais pas, sans doute pas avant plusieurs mois.

— Si longtemps?

— *Mein Schatz,* je vais là-bas parce qu'ils ont besoin de moi et de mes compétences, et je serai bien payé.

Il fallait qu'il pense à dire à Qati d'envoyer encore de l'argent à sa femme. Tant que l'argent arriverait, elle ne s'inquiéterait pas.

— Mais je ne peux pas aller te rejoindre? demanda Traudl, et on sentait qu'elle aimait vraiment son homme.

— Ce n'est pas un endroit pour une femme.

Il estima qu'il s'en tirait correctement avec cette excuse, et se détendit un peu. Il termina son café.

— Il faut que j'y aille.

— Dépêche-toi de revenir.

Manfred Fromm embrassa sa femme et sortit. On ne voyait pas que la BMW avait cinquante kilos dans le coffre. Un dernier signe à Traudl et il démarra. Il jeta encore un regard à sa maison dans le rétroviseur, en se disant qu'il ne la reverrait peut-être jamais. Et il avait raison.

Il fit une première halte à l'Institut d'astrophysique Karl-Marx. Les bâtiments tombaient en décrépitude. Il fut surpris que des vandales n'aient pas encore cassé les carreaux. Le camion était là. Fromm prit son trousseau de clés et entra dans l'atelier. Les machines étaient toujours dans leurs caisses scellées marquées *Instruments astronomiques*. Il ne lui restait plus qu'à signer les imprimés qu'il avait tapés la veille dans l'après-midi. Le chauffeur du camion savait se servir du chariot élévateur qui marchait au propane, et il plaça les caisses dans le conteneur. Fromm sortit les batteries du coffre de sa voiture, les rangea dans une petite caisse qu'il chargea en dernier. Il leur fallut encore une demi-heure pour amarrer le tout, et ils partirent. Le chauffeur et «Herr Professor Fromm» devaient se retrouver près de Rotterdam.

Fromm avait rendez-vous avec Bock à Greifswald. Ils continuèrent la route dans la voiture de Bock, qui conduisait mieux.

– Comment ça allait chez toi?

– Traudl a été très contente de l'argent, raconta Fromm.

– On lui en enverra régulièrement, tous les quinze jours, je pense.

– Très bien, je voulais le demander à Qati.

– Nous prenons soin de nos amis, fit Bock alors qu'ils passaient ce qui avait été le no man's land de la frontière. – Maintenant, il était presque redevenu tout vert.

– La fabrication va prendre combien de temps?

– Trois mois... peut-être quatre. On pourrait aller plus vite, dit Fromm en essayant de s'excuser, mais souviens-toi que nous n'avons jamais rien réalisé ici, on n'a fait que des simulations. On n'a pas le droit de commettre une seule erreur. Ce sera terminé à la mi-janvier, et ce sera alors à vous de jouer.

Fromm se demanda ce que Bock et les autres en feraient, mais ce n'était plus son problème, non? *Doch.*

15
DÉVELOPPEMENT

Ghosn se contentait de hocher la tête. Il savait objectivement que tout cela était le résultat des changements survenus en Europe : l'élimination des frontières liée à l'union économique, l'effondrement du Pacte de Varsovie et l'élan de tous les pays de l'Est vers la nouvelle famille européenne. Même dans ces conditions, le plus dur pour acheminer les machines d'Allemagne jusqu'à cette vallée avait été de trouver un camion à Lattaquié. Personne n'avait prévu à quel point la route serait difficile. Y compris, et il en tirait une certaine satisfaction, l'Allemand. Fromm était très imbu de lui-même – mais c'était un technicien compétent. Les tables avaient été fabriquées exactement aux bonnes dimensions, et il avait même prévu dix centimètres supplémentaires autour des machines pour que l'on puisse poser un cahier. Les générateurs de secours et les UPS étaient installés et testés, il ne restait plus qu'à mettre les machines en place et à les régler, ce qui représentait une semaine de travail.

Bock et Ghosn le regardaient faire de l'autre bout du bâtiment, en essayant de ne pas gêner.

– J'ai une première esquisse de plan opérationnel, dit Günter.

– Tu n'as pas l'intention de lâcher la bombe sur Israël, quand même ? lui demanda Qati.

C'était à lui d'approuver ou de désapprouver ce plan. Il comptait naturellement prendre l'avis de son ami allemand.

– Tu peux m'en dire davantage ?

– Oui – et Bock lui exposa son plan.

– Intéressant, mais la sécurité ?

– Le problème, c'est notre ami Manfred, ou plus exactement sa femme. Elle connaît ses talents, et elle sait qu'il est quelque part dans la nature.

– J'aurais tendance à penser qu'il y a plus de risques que d'avantages à le tuer.

– En temps normal, je serais d'accord, mais tous les copains de Fromm sont partis eux aussi, le plus souvent en emmenant leur femme. Si elle venait à disparaître, ses voisins penseraient qu'elle est allée rejoindre son mari. Si elle reste seule, quelqu'un risque de le remarquer et de lui poser des questions.

– Elle est au courant de ce qu'il fait?

– Manfred prend très au sérieux les consignes de sécurité, mais nous devons supposer qu'elle en a eu vent. Les femmes savent tout.

– Continue, fit Qati d'un ton las.

– Si on découvre son corps, la police recherchera son mari, ce qui constitue un deuxième problème. Elle doit donc disparaître. Comme ça, les gens se diront qu'elle est allée le retrouver.

– Au lieu de le «rejoindre», fit Qati avec un demi-sourire, à la fin du projet.

– C'est exactement ça.

– C'est quoi comme genre de femme?

– Une mégère, grippe-sou, incroyante, répondit Bock.

«Et c'est un athée qui me dit ça», se dit Qati avec amusement.

– Comment comptes-tu t'y prendre?

Bock lui expliqua son projet en deux mots.

– Ça nous permettra aussi de vérifier si on peut avoir confiance en nos hommes pour la deuxième partie de l'opération. Je te laisse le soin de régler les détails.

– Tu crains qu'on nous double? On n'est jamais assez prudent...

– Tu veux un enregistrement vidéo de son élimination? Quelque chose d'incontestable?

Bock l'avait déjà fait.

– C'est barbare, fit Qati, mais c'est malheureusement nécessaire.

– Je m'occuperai de ça quand j'irai à Chypre.

– Fais attention à toi pendant ce voyage.

– Merci, j'y pense.

Bock savait ce que cela signifiait. Il faisait un métier à haut risque, et Qati devait prendre ses précautions. Le plan qu'il proposait rendait ces précautions encore plus impératives.

* * *

– Les machines ont toutes des amortisseurs en plus du coussin d'air, fit Ghosn à quinze mètres de là, un peu ennuyé. Alors, pourquoi s'être donné autant de mal avec les tables?

– Mon jeune ami, c'est une opération que nous ne pouvons tenter qu'une seule fois, il ne faut donc prendre aucun risque.

Ghosn approuva du chef. Cet homme avait raison, malgré ses grands airs.

– Et le tritium?

– Dans ces batteries. Je les ai stockées au frais, le tritium s'évapore à la chaleur. Il y a une procédure assez simple pour le récupérer, mais elle est délicate à mettre en œuvre.

– Ah oui, c'est vrai, je la connais.

Ghosn se souvint qu'ils avaient fait des expériences de labo à l'université. Fromm lui tendit un exemplaire du manuel d'utilisation de la première machine.

– Maintenant, nous avons plein de choses à apprendre, avant de les enseigner aux opérateurs.

* * *

Le capitaine de vaisseau Dubinin était assis dans le bureau du directeur de l'arsenal. Cet arsenal était connu sous plusieurs appellations différentes : chantier numéro 199, Leninskaya Komsomola, ou plus simplement, Komsomolsk. C'est là que l'*Amiral Lunin* avait été construit. Ancien commandant de sous-marin lui-même, le directeur préférait ce titre à celui de superintendant, et il avait fait changer la plaque sur sa porte quand il avait pris cette fonction, deux ans plus tôt. C'était un homme assez traditionnel, mais aussi un brillant ingénieur. Ce jour-là, il était de bonne humeur.

– Pendant que vous étiez en mer, j'ai reçu quelque chose d'extraordinaire !

– Et c'est quoi, amiral ?

– Le prototype d'une nouvelle pompe primaire. Elle est assez grosse, encombrante, emmerdante comme pas possible à monter et à entretenir, mais elle est...

– Silencieuse ?

– Comme un voleur, répondit l'amiral en souriant. Elle fait à peu près cinquante fois moins de bruit que les pompes en service.

– Pas possible ? Et on l'a volée à qui ?

Le directeur se mit à rire.

– Ça ne vous regarde pas, Valentin Borissovitch. À mon tour de vous poser une question. J'ai entendu dire que vous aviez fait quelque chose de formidable, il y a une dizaine de jours...

Dubinin sourit.

– Amiral, je ne peux pas...

– Mais si, vous pouvez. J'ai discuté avec votre chef d'escadrille. Dites-moi, vous vous êtes rapproché à combien de l'*USS Nevada* ?

– Je crois plutôt qu'il s'agissait du *Maine*, répondit Dubinin. – Le Deuxième Bureau n'était pas d'accord, mais il faisait confiance à son instinct. – Environ huit mille mètres. Nous l'avons détecté sur un transitoire, il faisait un exercice, et j'ai commencé à le pister à partir de deux hypothèses assez grossières...

– Pas de ça avec moi ! Vous êtes trop modeste, commandant. Poursuivez.

– Et après avoir plotté ce que nous pensions être notre but, il a confirmé la première détection par un bruit de coque. Je pense qu'il remontait à l'immersion de lancement, un exercice. Arrivé là, compte tenu de la situation tactique, j'ai décidé de rompre le contact avant de risquer d'être détecté moi-même.

– C'est la chose la plus intelligente que vous ayez faite, dit le directeur, en pointant le doigt sur son visiteur. Vous n'auriez pas pu prendre meilleure décision, car, la prochaine fois que vous serez en patrouille, vous aurez le sous-marin le plus silencieux que nous ayons jamais mis à la mer.

– Ils ont encore l'avantage sur nous, souligna honnêtement Dubinin.

– C'est vrai mais, pour une fois, la différence jouera uniquement sur les qualités comparées des commandants, et il devrait toujours en être ainsi. Nous avons tous deux été les élèves de Marko Ramius. Si seulement il avait vécu pour voir ça !

Dubinin acquiesça.

– Oui, compte tenu du contexte politique, c'est devenu un jeu d'habileté, sans plus.

– J'aimerais être encore assez jeune pour pouvoir jouer, dit le directeur.

– Et le nouveau sonar ?

– Il a été conçu par notre laboratoire de Severomorsk, une antenne à grande ouverture, la sensibilité est améliorée de quarante pour cent. Globalement, vous serez aussi bon qu'un Los Angeles à toutes les allures ou presque.

Dubinin eut envie d'ajouter : à l'exception de l'équipage. Il faudrait encore des années avant que son pays puisse entraîner ses hommes comme cela se faisait dans les Marines occidentales. Et quand ce serait le cas, cela ferait longtemps qu'il aurait cessé de commander ! Mais dans trois mois, il aurait le meilleur bâtiment que sa patrie ait jamais confié à un de ses commandants. S'il arrivait à soudoyer son chef d'escadrille, il pouvait espérer un complément d'officiers, débarquer les plus bornés de ses hommes et entraîner convenablement le reste. Son boulot consistait à entraîner et à commander son équipage, il était le commandant de l'*Amiral Lunin*. À lui le mérite quand ça allait bien, à lui le blâme quand ça se passait mal. C'est la première chose que Ramius lui avait inculquée le jour où il avait embarqué à bord de son premier sous-marin. Son sort était entre ses mains, quoi de plus enviable pour un homme ?

« L'an prochain, *USS Maine*, quand le vent glacé de l'hiver balaiera le Pacifique Nord, nous nous retrouverons. »

* * *

– Pas un seul bruiteur, dit Ricks au carré.

– Sauf l'*Omaha*. – Le capitaine de frégate Claggett leva les yeux de ses papiers. – Et il avait l'air pressé.

— Le Russe n'a pas réessayé. On dirait qu'il s'est tiré.

L'officier de navigation se plaignait presque.

— Pourquoi essayer seulement de nous trouver ? demanda Ricks. Putain, à part cet Akula qu'on a perdu...

— On l'a pisté un bon bout de temps, fit le navigateur.

— La prochaine fois, on reviendra peut-être avec des bosses sur la coque, susurra un lieutenant de vaisseau caché derrière une revue.

Il y eut un éclat de rire général. Quelques commandants de SNA particulièrement gonflés, en de rares occasions, s'étaient approchés tellement près de sous-marins soviétiques qu'ils les avaient pris en photo au flash. Mais c'était du passé. Les Russes étaient devenus largement meilleurs à ce petit jeu, et tout avait changé en dix ans de temps. Quand on est le numéro deux, on s'accroche.

— Bon, passons au prochain exercice énergie, dit Ricks.

Le commandant en second remarqua que personne ne laissait rien paraître autour de la table. Les officiers avaient appris à ne plus rien manifester, ni grognement ni clin d'œil. Le sens de l'humour de Ricks était assez limité.

* * *

— Salut, Robby !

Joshua Painter se leva de son siège et vint serrer la main de son visiteur.

— Mes respects, amiral.

— Attrapez une chaise. — Un maître d'hôtel leur servit du café. — Comment va votre groupe ?

— Je pense que nous serons parés dans les temps, amiral.

L'amiral Joshua Painter était commandant suprême allié pour l'Atlantique, commandant en chef en Atlantique, et commandant en chef de la flotte américaine de l'Atlantique. On ne lui versait qu'une seule solde alors qu'il avait trois casquettes, mais il avait trois états-majors chargés de réfléchir pour lui. Aéro — surtout la chasse —, il était parvenu au sommet de sa carrière. Il ne serait jamais chef d'état-major de la Marine. Il fallait quelqu'un de plus politique pour ce boulot, mais Painter ne se plaignait pas. Avec l'organisation invraisemblable de la défense, le CEMM et ses homologues avaient rarement affaire avec le secrétaire à la Défense. Le secrétaire donnait directement ses ordres aux commandants de zones. SACLANT-CINCLANT-CINCLANTFLT était une fonction éreintante et épouvantablement difficile, mais au moins, c'était un commandement. Painter avait sous ses ordres de vrais bateaux, de vrais avions, de vrais marines, il avait le pouvoir de leur ordonner ce qu'ils devaient faire et où ils devaient aller. Deux des flottes, la 2e et la 6e, étaient placées directement sous son commandement : sept porte-avions, un cuirassé — bien qu'aéro, Painter avait une faiblesse pour les cuirassés, son grand-père en avait commandé un —, plus de cent croiseurs et frégates, soixante sous-marins, une division et demie de marines, des milliers d'avions de combat. L'important, c'est qu'il n'y avait qu'un seul pays au monde à posséder plus de moyens de combat que Joshua Painter, et ce pays ne représentait plus une menace stratégique sérieuse en ces temps de détente internationale. La possibilité même d'une guerre n'était plus à craindre. Painter était un homme heureux, il avait combattu au Viêt-nam, il avait vu la puissance américaine tomber de ses sommets depuis la fin de la seconde guerre mondiale jusqu'au creux des années soixante-dix, puis ressusciter et faire des États-Unis le pays le plus puissant de la planète. Il avait connu les jours heureux et les jours malheureux, mais on était revenu aux jours fastes. Robby Jackson était l'un de ceux à qui il léguerait cette Marine.

– Qu'est-ce que j'ai entendu dire, il y aurait de nouveau des pilotes soviétiques en Libye ? demanda Jackson.

– En fait, ils ne sont jamais vraiment partis, vous savez, répondit simplement Painter. La Libye veut se procurer leurs systèmes d'armes les plus modernes, et elle est prête à payer cash. Les Russes ont besoin d'argent, les affaires sont les affaires. C'est aussi simple que cela.

– Je pensais qu'ils avaient compris la leçon, fit Robby en hochant la tête.

– Je pense qu'ils vont bientôt comprendre. La Libye est la dernière des têtes brûlées, elle essaie de faire le plein tant qu'il en est encore temps. C'est du moins ce que disent les gens du renseignement.

– Et les Russes ?

– Beaucoup d'instructeurs et de techniciens, surtout des aviateurs et des spécialistes en missiles sol-air.

– C'est toujours bon à savoir. Si les Libyens veulent bouger, ils auront de quoi se défendre.

– Ça ne sera pas suffisant pour vous arrêter, Robby.

– Je n'ai pas envie d'écrire encore une fois certaines lettres.

Jackson en avait écrit plus que son compte. En tant que commandant du groupement aérien, il imaginait déjà cette mission. À sa connaissance, aucun porte-avions, en temps de paix ou en temps de guerre, n'avait pris la mer sans qu'il y ait des morts à déplorer. Quand on était «patron» du groupe aérien, les morts étaient de votre responsabilité. Ce ne serait pas si mal d'être le premier, songeait Jackson. Sans compter que ça ferait bien dans son dossier, cela lui éviterait d'apprendre à une épouse ou à des parents que Johnny avait perdu la vie au service de son pays. «Possible, mais peu probable», se dit-il. L'aéronavale embarquée était un métier trop dangereux. Il avait passé la quarantaine, il savait que l'immortalité était quelque chose entre le mythe et la plaisanterie. Il s'était déjà surpris à regarder ses pilotes en salle d'alerte, se demandant lequel de ces visages beaux et fiers ne serait plus là lorsque le *Theodore Roosevelt* atterrirait sur le cap de Virginie, laquelle de ces jeunes femmes, ravissante et enceinte, tomberait sur un aumônier ou la femme d'un autre pilote de la flottille en rentrant chez elle, pour lui tenir la main au moment où le monde s'écroulerait dans le feu et le sang. Une bagarre contre les Libyens n'était qu'une hypothèse parmi d'autres, dans un univers où la mort rôde sans cesse. Jackson se disait qu'il était désormais trop vieux pour mener cette vie-là. Il était encore bon pilote de chasse, mais ne pouvait plus prétendre être le meilleur, sauf quand il avait bu. Les aspects les plus tristes de cette existence prenaient le dessus, et il allait être temps de raccrocher, s'il avait de la chance. Une marque d'amiral l'attendait, il ne volerait plus qu'épisodiquement, juste pour montrer qu'il savait encore et en essayant de prendre des décisions propres à minimiser ces tristes visites de condoléances.

— Des problèmes ? lui demanda Painter.

— Les rechanges, répondit le capitaine de vaisseau Jackson. On a du mal à garder tous les avions en état de voler.

— On fait ce qu'on peut.

— Oui, amiral, je sais. Et ça va empirer, si je comprends les papiers que je reçois.

On parlait de mettre en réserve trois porte-avions, avec leurs groupes aériens. Les gens ne comprendraient donc jamais ?

— Chaque fois qu'on a gagné une guerre, on nous a punis, dit CINCLANT. Au moins, celle-là ne nous aura pas coûté très cher. Ne vous en faites pas, il y aura toujours une place pour vous. Vous êtes mon meilleur commandant de groupe, commandant.

— Merci, amiral. J'aime bien qu'on me dise des choses comme ça.

Painter se mit à rire.

— Mais je n'ai rien dit.

* * *

— Il y a un proverbe en anglais, fit Golovko : « Avec des amis comme ceux-là, on peut se passer d'ennemis. » Que savons-nous d'autre ?

— Il semble qu'ils nous aient rendu tout leur stock de plutonium, répondit l'homme.

Il appartenait à un institut d'étude et de réalisation d'armes nucléaires implanté à Sarova, au sud de Gorki. Il était moins ingénieur que chercheur et tenait à jour la liste des gens qui travaillaient hors d'Union soviétique.

— J'ai fait les calculs moi-même. Théoriquement, il serait possible d'obtenir plus de plutonium, mais ce qu'ils nous ont donné dépasse la production de 239 de nos propres réacteurs du même type en Union soviétique. Je pense que nous avons tout.

— J'ai déjà lu tout ça. Alors, pourquoi êtes-vous venu me voir ?

— Le premier rapport avait laissé passer quelque chose.

— Et de quoi s'agirait-il ? demanda le directeur adjoint du comité pour la Sécurité d'État.

— Du tritium.

– C'est-à-dire?

Golovko ne savait plus ce que c'était. Il n'était pas expert en affaires nucléaires, ses compétences couvraient plutôt les domaines de la diplomatie et du renseignement. Le chercheur de Sarova n'avait pas enseigné la physique élémentaire depuis des années.

– L'hydrogène est l'élément le plus simple, il se compose d'un proton, chargé positivement, et d'un électron, chargé négativement. Si on ajoute un neutron – qui n'a pas de charge – à l'atome d'hydrogène, on obtient du deutérium. Si on en ajoute un de plus, on obtient du tritium. Le tritium a trois fois la masse atomique de l'hydrogène, à cause des neutrons supplémentaires. Pour résumer, les neutrons sont ce qui fait marcher une bombe atomique. Quand on les arrache à leurs atomes, ils sont éjectés à l'extérieur, bombardent d'autres noyaux qui émettent à leur tour des neutrons. Cela déclenche une réaction en chaîne et dégage de grosses quantités d'énergie. Le tritium est pratique, parce que l'hydrogène ne comporte pas de neutron. Il est instable et tend à se décomposer à un taux constant. La période du tritium est de 12,3 ans. Lorsque vous introduisez du tritium dans un dispositif à fission, les neutrons surnuméraires accélèrent la réaction de fission du plutonium ou de l'uranium enrichi d'un facteur compris entre cinq et quarante, ce qui conduit à un rendement bien meilleur. Deuxièmement, si vous mettez encore du tritium au bon endroit à l'intérieur du cœur fissile – ce qu'on appelle le «primaire» dans ce cas – une réaction de fusion se déclenche. Il y a d'autres moyens d'arriver au même résultat, bien sûr. Les composés chimiques que l'on préfère sont le deutérure de lithium et l'hydrure de lithium, qui est plus stable, mais le tritium peut être intéressant pour des applications particulières.

– Et comment produit-on le tritium?

– Essentiellement en plaçant de grandes quantités d'aluminium-lithium dans le cœur d'un réacteur. Le flux de neutrons thermiques – c'est le terme consacré – l'irradie et transforme le lithium en tritium par capture de neutrons. Le tout se transforme en petites bulles dans le métal. Je pense que les Allemands ont produit du tritium à Greifswald.

– Pour quoi faire? Vous avez des preuves?

– Nous avons analysé le plutonium qu'ils nous ont envoyé. Le plutonium a deux isotopes, Pu239 et Pu240. En déterminant les proportions relatives, on peut calculer le flux de neutrons dans le réacteur. L'échantillon des Allemands contient trop de Pu240, parce que quelque chose a atténué le flux de neutrons. Ce quelque chose est probablement – et presque certainement – du tritium.

– Vous êtes certain de ce que vous avancez?

– La physique de ces phénomènes est complexe, mais les principes sont très simples. En fait, on peut dans la plupart des cas identifier l'usine qui a produit du plutonium en déterminant le pourcentage relatif des différents isotopes. Mon équipe et moi, nous sommes certains de nos conclusions.

– Ces usines étaient soumises à des inspections internationales, non ? On ne vérifie pas la production de tritium ?

– Les Allemands ont réussi à passer à travers les contrôles de production de plutonium, et il n'y a pas de contrôle international pour le tritium. Même s'il y en avait, c'est un jeu d'enfant que de camoufler la production de tritium.

Golovko jura.

– Quelle quantité ?

Le chercheur haussa les épaules.

– Impossible à dire. L'usine a été fermée, nous n'y avons plus accès.

– Le tritium a d'autres utilisations ?

– Oh oui ! Sur le marché, ça coûte un prix fou. Le tritium est phosphorescent, il brille dans l'ombre. On s'en sert pour faire des cadrans de montre, des viseurs, des écrans d'instruments, toute sorte de choses. C'est un matériau très cher, de l'ordre de cinquante mille dollars US le gramme.

Golovko était surpris de ces chiffres.

– Revenons un instant en arrière, s'il vous plaît. Vous êtes en train de m'expliquer que les camarades d'Allemagne de l'Est ne travaillaient pas seulement à la réalisation d'une bombe atomique, mais aussi à celle de bombes à hydrogène ?

– Oui, c'est probable.

– Et il nous manque l'un des éléments de ce projet ?

– C'est exact, sans doute exact, corrigea l'homme.

– Probable ?

Il avait l'impression de faire réciter sa leçon à un enfant, il fallait tout lui arracher.

– *Da.* À leur place, compte tenu des directives d'Erich Honecker, c'est certainement ce que j'aurais fait. En outre, c'était techniquement très simple. Après tout, c'est nous qui leur avons cédé la technologie des réacteurs.

– Mais bon dieu, à quoi on pensait ? murmura Golovko en aparté.

– Oui, et on a commis la même erreur avec les Chinois.

– C'est la faute à personne...

L'ingénieur le coupa.

– Naturellement, il y a eu des gens pour s'émouvoir. Dans mon institut et à Kyshtym. Mais personne n'a voulu nous écouter. On a jugé politiquement rentable de transférer cette technologie à nos alliés.

Et il prononça ce dernier mot comme s'il était banal.

– Et vous pensez que nous devrions faire quelque chose ?

– Je suppose qu'on devrait en parler à nos collègues du ministère des Affaires étrangères, ce serait judicieux. C'est pour ça que je suis venu vous voir.

– Vous croyez donc que les Allemands – je veux dire, les nouveaux Allemands – pourraient détenir des matières fissiles et du tritium avec lesquels ils pourraient constituer leur propre arsenal nucléaire?

– C'est une réelle possibilité. Comme vous le savez, de nombreux spécialistes allemands du nucléaire travaillent en Amérique du Sud en ce moment. Pour eux, c'est le paradis. Ils font ce qui pourrait fort bien être de la recherche sur les armes nucléaires à douze mille kilomètres de chez eux, ils apprennent tout ce dont ils ont besoin, et c'est quelqu'un d'autre qui paie. Si tel est le cas, est-ce seulement pour faire des affaires? C'est possible, mais il me semble plus probable que leur gouvernement a eu vent de la chose. Puisque celui-ci n'a rien fait pour les en empêcher, nous devons supposer qu'il approuve leurs activités. Et la raison la plus probable pour qu'il approuve, c'est que ces travaux pourraient avoir des applications utiles aux intérêts nationaux allemands.

Golovko fronça les sourcils. Son visiteur avait réuni trois hypothèses, et il en faisait une menace. Il raisonnait comme un officier de renseignement, et de l'espèce la plus paranoïaque qui soit. Mais c'étaient souvent ceux-là les meilleurs.

– Autre chose?

– Une trentaine de noms possibles. – Il lui tendit un dossier. – Nous avons discuté avec les gens de chez nous qui ont aidé les Allemands à construire l'usine de Greifswald. En se fondant sur leurs souvenirs, voici la liste des gens qui ont le plus de chances d'être mêlés à ce projet, si projet il y a. Une demi-douzaine d'entre eux étaient particulièrement brillants, ils auraient pu travailler avec nous à Sarova.

– Aucun d'entre eux n'a essayé de glaner des informations?

– Non, et ce n'était pas nécessaire. La physique est la physique, la fission est la fission. Les lois scientifiques ne connaissent pas le secret. Il est impossible de dissimuler la nature, et c'est exactement ce à quoi nous sommes confrontés dans ce cas. Si ces gens ont été capables de faire marcher un réacteur, après qu'on leur a donné les ingrédients nécessaires, la conception de notre réacteur leur fournissait les moyens de fabriquer ce qu'ils voulaient. Je pense qu'il faut vérifier ce qui s'est exactement passé, ce qu'ils ont fait, et ce qu'ils détiennent. En tout état de cause, voilà ce que j'en pense.

– J'ai quelques types très doués à la division T de la première direction, fit Golovko. Une fois que nous aurons assimilé toutes ces données, quelques-uns d'entre eux iront vous voir.

– Entendu. J'en ai rencontré quelques-uns. Certains sont très bien. J'espère que vous avez encore de bons contacts en Allemagne.

Golovko ne dit rien. Il avait encore des contacts en Allemagne, mais combien avaient été retournés? Il n'avait pas d'évaluation récente sur la fiabilité des agents infiltrés à la Stasi, et il en concluait qu'on ne pouvait se fier à personne, ou, plus précisément, que ceux en qui on pouvait avoir confiance ne servaient plus à rien, et même ceux-là... Il décida de monter l'opération sur des bases exclusivement russes.

— À supposer qu'ils possèdent les matériaux, combien de temps leur faut-il pour fabriquer des armes ?

— Compte tenu de leur niveau technique, et comme ils ont accès aux systèmes d'armes américains via l'OTAN, il n'y a aucune raison pour qu'ils n'aient pas déjà des armes dans leur arsenal. Et ce ne sont pas des armes rustiques. À leur place, et avec ce dont ils disposent, j'aurais pu fabriquer des bombes à deux étages en quelques mois après la réunification. Pour des armes plus sophistiquées à trois étages... il leur faudrait peut-être un an de plus.

— À quel endroit auriez-vous fait cela ?

— En Allemagne de l'Est, bien sûr. Les conditions de sécurité sont meilleures. – L'homme réfléchit quelques instants. – Il faut trouver un endroit où l'on dispose de machines-outils extrêmement précises, celles qu'on utilise en optique de haute précision. Le télescope en rayons X que nous venons de mettre en orbite dérive directement des recherches sur la bombe H. Le contrôle des rayonnements X est fondamental dans une arme à plusieurs étages. Nous avons tout appris de la technologie américaine en la matière en lisant des articles consacrés à l'observation astronomique en rayons X. Je vous l'ai déjà dit, ce n'est jamais que de la physique. Il n'y a pas moyen de la cacher, on ne peut que l'inventer. Et une fois que c'est inventé, c'est disponible pour qui a l'intelligence et la volonté de s'en servir.

— Voilà qui est particulièrement rassurant, remarqua Golovko, un peu sarcastique.

Mais comment en vouloir à cet homme, il ne disait que la vérité nue, comment en vouloir à la nature qui se laissait si facilement percer à jour ?

— Excusez-moi, professeur. Merci d'avoir pris le temps de me parler de tout ça.

— Mon père était professeur de mathématiques, et il a passé toute sa vie à Kiev. Il se souvient des Allemands.

Golovko le regarda partir, puis se dirigea vers la fenêtre.

« Pourquoi les a-t-on laissés faire cette réunification ? se demanda-t-il. Ils veulent d'autres territoires ? *Lebensraum* ? Ils veulent redevenir la première puissance européenne ? Ou bien, deviens-tu paranoïaque à ton tour ? » Mais on le payait pour être paranoïaque. Golovko retourna s'asseoir et décrocha le téléphone.

* * *

— C'est peu de chose, et si c'est vraiment nécessaire, il n'y a rien de plus à en dire, répondit Keitel à la question qu'on lui posait.

— Et les hommes ?

— J'ai ce qu'il faut, et on peut leur faire confiance. Ils ont travaillé outre-mer, surtout en Afrique, ils sont expérimentés. Trois colonels, six lieutenants-colonels et deux majors, tous à la retraite comme moi.

— Ils doivent être absolument fiables, insista Bock.

— Je sais, Günter. Tous ces hommes auraient dû devenir généraux un jour, ils ont tous des références impeccables au Parti. Pourquoi crois-tu qu'ils sont à la retraite, hein ? Notre Nouvelle Allemagne ne peut pas leur faire confiance.

— Des agents provocateurs ?

— C'est moi qui suis dans le renseignement, lui rappela Keitel. Je ne te dis pas ce que tu as à faire, n'essaie pas de m'apprendre mon métier. S'il te plaît, tu me fais confiance ou non, c'est à toi de choisir.

— Je sais bien, Erwin. Pardonne-moi. Cette opération est de la plus haute importance.

— Je sais, Günter.

— Il te faut combien de temps ?

— Cinq jours, j'aurais préféré un peu plus, mais je suis prêt à partir à tout moment. Le problème, bien sûr, c'est de faire disparaître le corps.

Bock approuva d'un signe. C'était une chose dont il n'avait jamais eu à s'occuper jusqu'ici. La Fraction Armée rouge avait rarement des problèmes de ce genre – sauf dans le cas de la Verte qui avait foutu en l'air leur fameuse opération. Ils avaient dû improviser. Ils l'avaient enterrée dans une forêt domaniale – sans aucun humour volontaire en fait, sans y penser plus que ça, la rendant ainsi à la nature qu'elle aimait tant. C'était Petra qui avait eu l'idée.

— Je fais comment pour t'envoyer la cassette ?

— Quelqu'un prendra contact avec toi. Pas moi, quelqu'un d'autre. Reste dans le même hôtel pendant encore deux semaines, on te contactera. Dissimule la cassette dans un livre.

— Très bien.

Keitel se disait que Bock en faisait trop. Ces mascarades à base de masque et de poignard étaient bonnes pour des amateurs, pas des professionnels. Pourquoi ne pas mettre tout simplement la cassette dans une boîte et l'emballer dans du plastique comme une vulgaire bande vidéo ?

— Je vais bientôt avoir besoin d'argent.

Bock lui tendit une enveloppe.

— Cent mille marks.

— Ça ira parfaitement. À dans quinze jours.

Keitel laissa Bock régler l'addition et sortit. Günter commanda une autre bière et resta là à regarder la mer bleu foncé sous le ciel clair. Des navires passaient à l'horizon – il y avait un bâtiment de guerre, on n'arrivait pas à déterminer à quelle distance, les autres étaient des bâtiments de commerce qui transportaient leur cargaison d'un port indéterminé à un autre tout aussi inconnu.

C'était une belle journée, avec une brise de mer un peu fraîche et le soleil qui chauffait. Non loin, sur une plage de sable blanc très fin, les enfants et les amoureux profitaient de l'eau. Il songeait à Petra, à Erika et Ursel, mais les gens qui passaient n'en auraient rien deviné sur son visage. Le plus gros de l'émotion était passé. Il avait pleuré, hurlé de rage pour exorciser ses souvenirs, mais il lui restait les passions encore plus violentes que sont la colère froide et le désir de vengeance. Une si belle journée, et il n'avait personne avec qui en profiter. Et les beaux jours reviendraient, et il serait toujours aussi seul. Il n'y aurait jamais d'autre Petra ; il pouvait posséder une autre fille, un exercice hygiénique, mais cela ne changerait rien à l'affaire. Il était seul pour le reste de sa vie. Voilà qui n'était pas réjouissant. Pas d'amour, pas d'enfants, pas d'avenir. Autour de lui, la terrasse était à moitié remplie de gens, surtout des Européens, des vacanciers venus en famille qui riaient ou souriaient en buvant, pensant déjà aux distractions de la vie nocturne, aux petits dîners intimes, aux draps frais qui suivaient, aux rires et à l'affection, en bref, tout ce que le monde avait refusé à Günter Bock.

Il les haïssait tous, assis seul dans son coin, observant la scène comme s'il était au zoo à regarder des animaux. Bock les détestait pour leurs rires et leurs sourires... et parce qu'ils avaient un avenir, eux. Ce n'était pas juste. Il avait eu un but dans la vie, un idéal pour lequel se battre. Eux avaient un boulot. Cinquante semaines par an, ils prenaient leur voiture pour aller à leur travail, ils y faisaient des choses insignifiantes avant de rentrer chez eux le soir. Comme de bons petits Européens, ils économisaient pour se payer des vacances en mer Egée, à Majorque, en Amérique, peu importe, là où il y avait du soleil, de l'air pur et une plage. Leur existence était peut-être sans intérêt, ils avaient au moins cette espèce de bonheur que la vie lui avait refusé à lui, assis tout seul à l'ombre d'un parasol, en train de regarder la mer en buvant une bière. Ce n'était pas juste, c'était même totalement injuste. Il avait consacré son existence à leur bien-être, et ils avaient la vie qu'il aurait tant aimé leur donner alors que lui avait moins que rien.

Sauf sa mission.

Bock refusait de se mentir à lui-même, pas plus qu'il n'acceptait de mentir aux autres. Il les haïssait, il les haïssait tous. S'il n'avait pas d'avenir, pourquoi eux en auraient-ils un ? Si le bonheur lui était interdit, pourquoi était-il leur compagnon ? Il les haïssait d'avoir rejeté Petra, Qati, lui-même, et tous ceux qui se battaient contre l'injustice et l'oppression. Ils avaient choisi le mal contre le bien, et ils en seraient maudits. Il était plus grand qu'eux, il le savait bien, il valait mieux que ce qu'ils pouvaient toujours espérer. Il les regardait de haut, eux et leurs petites vies sans but, et quoi qu'il fasse pour eux – il tentait de croire que c'était bien pour eux –, c'était à lui seul de décider. Si certains étaient touchés, c'était regrettable. Ce n'étaient pas de vrais êtres, c'étaient des ombres vides. Ils ne l'avaient pas rejeté, ils s'étaient eux-mêmes rejetés, se contentant du bonheur comme il venait, sans se soucier de la vie qu'ils menaient. Peinards, comme du bétail. Bock les imaginait, la tête dans la mangeoire, émettant des grognements de contentement à l'étable, et il les regardait. Si certains devaient mourir – et certains devraient mourir –, cela devait-il le troubler? Non, pas le moins du monde.

* * *

– Monsieur le président...
– Oui, Elizabeth? répondit Fowler avec un petit rire.
– Vous a-t-on dit récemment à quel point vous étiez un bon amant?
– Je suis sûr de ne rien avoir entendu de pareil en conseil des ministres.
Fowler dominait le haut de sa tête, posée sur son thorax. Elle l'enroulait de son bras gauche, tandis que lui, de la main droite, jouait nonchalamment avec ses cheveux blonds. C'était indéniable, songeait-il, il était plutôt bon. Il savait faire preuve de patience, et il pensait que c'est la qualité la plus importante en la matière. Libération ou pas, égalité ou pas, un homme se devait de faire sentir à une femme combien il la chérissait et la respectait.
– Pas davantage à une conférence de presse, d'ailleurs.
– Eh bien, c'est votre conseiller pour la Sécurité nationale qui vous le dit.
– Merci, mademoiselle Elliot.
Ils éclatèrent de rire. Elizabeth s'avança un peu pour l'embrasser, en frottant ses seins contre lui.
– Bob, tu ne sais pas tout ce que tu représentes pour moi.
– Oh si, je l'imagine très bien.
Elliot hocha la tête.
– Quand je pense à toutes ces années désespérantes à l'université, jamais le temps, toujours trop occupée. J'en avais marre d'être prof. Tout ce temps perdu...
Un gros soupir.
– Au moins, j'espère que ça valait la peine d'attendre, chérie.
– Tu existais déjà, et maintenant, tu es là.
Elle se retourna, posa sa tête sur son épaule, et déplaça sa main sur ses seins. Elle en fit autant avec l'autre, et lui tint les deux mains serrées.
«De quoi vais-je bien lui parler maintenant?» se demandait-elle. Elle avait dit la vérité: Bob Fowler était un amant très doué, gentil, patient. Il était non moins vrai que tout homme, fût-il le président, est plus accessible quand il entend des compliments pareils. «Attendons», finit-elle par décider. Il fallait prendre le temps de profiter de lui, le temps de réfléchir à ses sentiments à elle. Elle resta là, les yeux perdus, observant vaguement un rectangle sombre sur le mur. C'était une toile qu'elle n'avait jamais remarquée et qui représentait un paysage de l'Ouest, à l'endroit où les plaines meurent contre les premiers contreforts des Rocheuses. Ses mains la caressaient doucement, pas assez pour l'exciter, mais suffisamment pour lui procurer de subtiles vagues

de plaisir qu'elle acceptait passivement, remuant un peu la tête de temps à autre pour bien montrer qu'elle était éveillée.

Elle commençait à en être vraiment amoureuse. N'était-ce pas bizarre? Elle s'arrêta un moment à cette pensée : l'aimait-elle ou pas? Il faut dire qu'il n'était pas facile à saisir. C'était un mélange de chaleur et de froideur, et son sens de l'humour dépassait l'entendement. Il était très attentif, mais l'intensité de ses sentiments semblait dirigée davantage par la raison que par une véritable passion. Il était souvent irrité – et de bonne foi – que les autres ne partagent pas ses vues, comme un professeur de mathématiques, plus peiné qu'en colère lorsque les gens ne voient pas la beauté et la symétrie de ses calculs. Fowler était également capable de cruauté et pouvait se montrer impitoyable, mais le tout sans la moindre rancœur. S'il pouvait détruire quelqu'un qui se mettait en travers de sa route, il le faisait. C'était comme dans *Le Parrain.* Jamais une remarque personnelle, uniquement le boulot. Il avait peut-être appris cela auprès des mafiosi qu'il avait envoyés en prison, se disait Liz. Cet homme était capable de remercier ceux qui le soutenaient avec une espèce de froideur... comment dire? une gratitude de comptable.

Et pourtant, c'était un être merveilleusement tendre au lit. Liz regarda plus intensément le mur. Il était impossible à percer.

– Tu as vu ce rapport qui est arrivé du Japon? demanda le président, juste au moment où Elliot allait parvenir à une conclusion.

– Hmmm, je suis ravie que tu mettes le sujet sur le tapis. Il s'est passé quelque chose d'assez désagréable l'autre jour dans mon bureau.

– À propos de quoi?

Fowler souligna son intérêt en appuyant davantage ses caresses, comme pour capter directement ce qu'elle avait à lui apprendre, et qu'elle s'était retenue de raconter jusqu'ici.

– Ryan, répondit Liz.

– Encore lui? De quoi s'agit-il?

– Les rapports qu'on a eus sur ses agissements financiers discutables étaient vrais, mais il a réussi à s'en tirer avec des arguments techniques. Ç'aurait été bien de le chasser de l'Administration, mais comme il a un parrainage qui date d'avant notre ère...

– Il y a technique et technique. Tu as appris autre chose?

– Son comportement sexuel et, peut-être, usage de personnel de l'Agence dans son intérêt privé.

– Comportement sexuel... voilà qui est déplaisant.

Elliot gigota, il aimait ça.

– Il y a peut-être un enfant.

Ça ne plaisait pas du tout à Fowler. Il se sentait particulièrement concerné par les droits des enfants, et ses mains s'arrêtèrent de bouger.

– Qu'est-ce qu'on sait exactement?

— Pas suffisamment de choses. Mais il faudrait y regarder de plus près, fit Elliot en lui reprenant les mains.

— OK, on va demander au FBI de mener une petite enquête, dit le président, qui espérait ainsi clore le sujet.

— Ça ne marchera pas.

— Et pourquoi ?

— Ryan a des liens très étroits avec le Bureau. Ils seraient capables de faire les choses à la va-vite et de noyer le poisson.

— Ce n'est pas le genre de Bill Shaw. C'est le meilleur flic que j'aie jamais vu – même s'il y a des choses que je n'arrive pas à obtenir de lui, mais c'est aussi bien.

Encore la logique et les principes, cet homme était décidément imprévisible.

— Shaw a travaillé personnellement sur un dossier qui concernait Ryan – l'histoire de ces terroristes. Donc, le chef du FBI a déjà été concerné personnellement par...

— C'est vrai, admit Fowler. Ça ferait mauvais effet, conflit d'intérêts et tout ça.

— Et le plus proche collaborateur de Shaw est Murray ; Ryan et lui sont très copains.

Grognement.

— Alors ?

— Je crois qu'il faudrait quelqu'un du ministère de la Justice.

— Et pourquoi pas les services secrets ? demanda Fowler, qui connaissait déjà la réponse, mais se demandait si elle aussi.

— Alors, ç'aura l'air d'une chasse aux sorcières.

— Bien vu. Alors d'accord, le ministère de la Justice. Appelle Greg demain...

— D'accord, Bob.

Il était temps de changer de sujet. Elle approcha sa main de son visage et l'embrassa.

— Tu sais, il y a des moments où j'ai envie d'une cigarette.

— Le tabac après l'amour maintenant ? demanda-t-il en la serrant contre lui.

— Quand tu me fais l'amour, Bob, c'est déjà comme si je fumais...

Elle se tourna pour le regarder dans les yeux.

— Je devrais peut-être songer à rallumer le feu ?...

— On dit, susurra le conseiller pour la Sécurité nationale en l'embrassant, on dit que le président des États-Unis est l'homme le plus puissant du monde...

— Je fais de mon mieux, Elizabeth.

Et une heure et demie plus tard, Elizabeth était convaincue que c'était vrai. Elle commençait à l'aimer. Mais elle se demandait ce que lui éprouvait exactement pour elle...

16
L'HUILE SUR LE FEU

– *Guten Abend, Frau Fromm,* dit l'homme.

– Vous êtes?

– Peter Wiegler, du *Berliner Tageblatt.* J'aurais souhaité vous parler un instant.

– À quel propos? demanda-t-elle.

– *Aber...*

Il fit un geste pour lui montrer qu'il était debout sous la pluie. Elle finit par se dire qu'il fallait bien être polie, après tout, même avec un journaliste.

– Entrez, je vous prie.

– Merci.

Il entra pour se mettre à l'abri, enleva son manteau et l'accrocha à la patère. Il était capitaine au KGB, Première Direction. Jeune officier très prometteur, la trentaine, beau garçon, doué pour les langues, il était titulaire d'une maîtrise de psychologie et d'un diplôme d'ingénieur. Il voyait déjà à qui il avait affaire avec Traudl Fromm. L'Audi toute neuve garée dehors était confortable, mais pas trop luxueuse, ses vêtements – neufs eux aussi – étaient tout à fait présentables, mais restaient discrets. Elle n'était pas exactement avare, mais un peu pingre tout de même. Curieuse de nature, mais réservée. Elle avait quelque chose à cacher, mais était assez intelligente pour comprendre que, si elle l'avait mis à la porte, il en aurait conçu plus de soupçons que si elle acceptait de lui répondre. Il alla s'asseoir dans un fauteuil bien rembourré, et attendit de voir ce qui allait se passer. Elle ne lui proposa pas de café, elle devait espérer que l'entrevue serait brève. C'était la troisième personne d'une liste de dix qu'il rencontrait, et il se demandait si ça vaudrait la peine qu'il rende compte de cette visite au Centre à Moscou.

– Votre mari travaille à la centrale nucléaire de Greifswald Nord?

– Il y travaillait. Comme vous le savez, elle a été fermée.

Je sais, oui. J'aimerais savoir ce que vous en pensez, lui et vous. Herr Fromm est là?

– Non, répondit-elle, un peu mal à l'aise.

«Wiegler» ne laissa rien paraître.

– Vraiment? Puis-je vous demander où il est?

– Il est en voyage d'affaires.

– Je pourrais peut-être revenir dans quelques jours?...

– Peut-être. Vous pourriez appeler avant?

L'officier du KGB remarqua le ton sur lequel elle parlait. Elle lui cachait quelque chose, et le capitaine se doutait que...

Quelqu'un frappa à la porte, et Traudl Fromm alla voir.

– *Guten Abend, Frau Fromm*, fit une voix. Nous avons un message de Manfred.

Cette voix mit immédiatement le cerveau du capitaine en alerte, mais il se força à ne pas bouger. Il était en Allemagne, et tout était *in Ordnung*. En outre, il risquait d'apprendre des choses...

– Je, euh... j'ai une visite, répondit Traudl.

Elle avait murmuré les derniers mots. Le capitaine entendit des pas approcher, et prit son temps avant de se retourner: fatale erreur.

Le personnage qu'il avait devant lui aurait pu sortir d'un des films sans nombre sur la deuxième guerre mondiale qui avaient rythmé sa jeunesse. Il n'y manquait que les écussons noir et argent de l'uniforme d'officier SS. Le visage était émacié, l'homme d'âge moyen, avec des yeux bleu pâle vides de toute espèce d'émotion. Une tête de professionnel, et l'homme le jaugea au premier regard tandis qu'il...

Il était grand temps de...

– Bonjour, j'allais justement m'en aller.

– Qui est-ce?

Traudl ne risquait pas de répondre.

– Je suis reporter au...

Il était déjà trop tard. Un pistolet apparut comme par enchantement dans la main de son interlocuteur.

Was gibt's hier? demanda-t-il brutalement.

– Où est ta voiture? interrogea l'homme derrière son arme.

– Je me suis garé en bas de la rue. Je...

– Avec toutes les places qu'il y a devant? Les journalistes sont des gens paresseux. Qui es-tu?

– Je suis reporter au...

– Ça m'étonnerait.

– Encore un, fit un autre homme qui était resté en arrière.

Sa tête rappelait quelqu'un au capitaine, mais qui... Il se dit qu'il ne devait pas paniquer.

– Écoute-moi bien. On va aller faire un petit tour. Si tu te montres coopératif, tu seras revenu ici dans trois heures. Sinon, ça ira mal pour toi. *Verstehen Sie*?

Le capitaine se dit que c'étaient sûrement des hommes des services secrets, et il avait raison. Et ils étaient allemands, ils devaient donc respecter les règles. Il commit ainsi la dernière erreur de ce qui avait été une carrière très prometteuse.

* * *

Le courrier arriva à Chypre exactement comme prévu. Il remit son paquet à un autre passeur, à l'un des cinq points de rendez-vous prédéterminés, lesquels avaient fait l'objet d'une surveillance continue au cours des douze heures précédentes. L'homme se rendit à pied deux rues plus loin et fit démarrer sa Yamaha. Il reprit la route à toute allure, dans un pays où les motards sont des fous avérés. Il remit son colis deux heures plus tard, certain de n'avoir pas été suivi et continua à rouler une demi-heure avant de revenir à son point de départ en faisant un large détour.

Günter Bock prit le paquet et constata qu'il ressemblait malheureusement à une cassette vidéo – *Les Chariots de feu* – alors qu'il avait bien précisé qu'il voulait qu'on le cache dans un livre évidé. Peut-être Erwin lui envoyait-il un message avec la cassette. Bock l'inséra dans son magnétoscope, et mit l'appareil en marche. Les premières minutes étaient celles du film, sous-titré en français, et il comprit soudain que le message de Keitel était conforme aux règles des services secrets. Il passa sur avance rapide jusqu'à la fin des quatre-vingt-dix minutes du film. Et là, les images changèrent.

« Quoi?

– Qui es-tu? demandait durement une voix hors du champ.

– Je m'appelle Peter Wiegler, je suis reporter au...»

Un hurlement. L'instrument de torture était très sommaire, un fil arraché à une lampe ou à un appareil électrique et dénudé à l'extrémité. Peu de gens réalisent à quel point les instruments les plus simples peuvent se révéler les plus efficaces, surtout quand l'utilisateur connaît son métier. L'homme qui disait s'appeler Peter Wiegler hurlait à s'en rompre le gosier. Il s'était déjà mordu profondément la lèvre inférieure dans ses efforts pour ne pas parler. Le seul avantage de l'électricité, c'est que ça ne fait pas couler de sang, ça fait juste du bruit.

«Tu devrais comprendre que tu te conduis comme un imbécile. Ton courage est impressionnant, mais le courage ne sert à rien quand on n'a aucune chance que quelqu'un vienne vous tirer de là. On a fouillé ta voiture, on a tes passeports, on sait que tu n'es pas allemand. Alors, tu es quoi? Polonais, russe ou quoi?»

Le jeune homme ouvrit les yeux et prit une longue respiration avant de parler. «Je suis reporter, je fais des enquêtes pour le *Berliner Tageblatt.*» Ils le remirent en contact avec le fil électrique, et cette fois, il s'évanouit. Bock vit de dos un homme qui s'approchait pour examiner ses yeux et prendre son pouls. Le bourreau portait une tenue caoutchoutée de protection contre les armes chimiques, sans le masque ni les gants. Il devait faire une chaleur effroyable là-dedans, songea Bock.

«Qu'est-ce qu'on a comme drogues? demanda une autre voix.

– Un tranquillisant assez efficace. Maintenant?

– Oui, mais pas trop.

– Très bien.»

L'homme sortit du champ de la caméra, puis revint avec une seringue. Il attrapa le bras de sa victime et lui fit une injection à la saignée du coude. L'homme du KGB mit trois minutes à reprendre conscience, au moment où la drogue s'attaquait à ses fonctions cérébrales supérieures.

«Désolé d'avoir dû vous traiter ainsi. Vous avez passé le test, fit la voix, en russe cette fois.

– Quel test?»

Il avait répondu en russe, deux mots, et son cerveau reprit conscience de ce qui se passait. Il se tut.

«Pourquoi me parlez-vous russe?

– Parce que c'est ce qu'on voulait savoir. Bonne nuit.»

Les yeux de la victime s'agrandirent quand il vit le pistolet de gros calibre qui s'approchait de sa poitrine. Puis il y eut une détonation. La caméra se déplaça légèrement pour montrer le reste de la pièce. Une feuille de plastique recouvrait le sol sous la chaise métallique pour le protéger du sang. La blessure causée par la balle était marquée de noir, et la peau se gonflait sous l'effet des gaz de l'explosion. Elle saignait assez peu, comme tous les coups directs au cœur. Au bout de quelques secondes, le corps cessa de s'agiter.

«En y mettant le temps, on aurait pu avoir plus de renseignements, mais on a ce qu'on voulait, je t'expliquerai plus tard.»

C'était la voix de Keitel en dehors du champ.

«Maintenant, à Traudl...»

Ils la firent avancer devant la caméra, les mains liées devant elle, la bouche fermée par du sparadrap, les yeux remplis de terreur, toute nue. Elle essayait de dire quelque chose malgré le bâillon, mais personne n'y prêtait attention. La bande datait de trente-six heures, Bock le savait à cause de la télé allumée dans un coin qui passait le journal du soir. Toute cette mise en scène était un véritable tour de force de professionnel, spécialement conçu pour répondre à ses exigences.

Bock avait presque l'impression de voir ce qui se passait dans la tête de l'homme. «Cette fois, comment nous y prenons-nous?» L'espace d'un instant, il se prit à regretter les instructions qu'il avait données à Keitel. Mais une telle preuve était évidente. Il y a des choses qu'on ne peut pas truquer, et il devait être certain qu'il pouvait faire confiance à Keitel pour exécuter des choses aussi terribles et aussi dangereuses. Il était absolument indispensable que la vérité des faits éclate aux yeux.

Un autre homme passa une corde autour d'une poutre et lui souleva les mains. Il appuya son arme dans le creux de son aisselle et fit feu, une seule fois. Au moins, songea Bock, ce n'était pas un sadique. Les sadiques ne sont pas fiables. En tout cas, c'était déjà un spectacle assez pénible. La balle pénétra dans le cœur, mais elle était tellement excitée qu'elle continua à se débattre pendant plus d'une minute, les yeux encore grands ouverts, essayant désespérément de respirer, essayant encore de parler, elle implorait sans doute de l'aide, elle demandait pourquoi... Lorsqu'elle eut cessé de bouger, l'un des hommes lui tâta la carotide, avant de la laisser doucement redescendre au sol. Celui qui avait tiré parlait sans regarder l'objectif.

« J'espère que vous êtes content, c'est plutôt pénible. »

– On ne te demande pas d'aimer ça, dit Bock en parlant au téléviseur.

Ils soulevèrent le Russe de sa chaise et l'allongèrent à côté de Traudl Fromm. Keitel continua à parler tandis qu'ils démembraient les cadavres. Bock n'était pas une âme sensible, mais il n'aimait pas qu'on s'amuse avec des corps humains. Nécessaire ou pas, cela lui semblait tout de même gratuit.

« Le Russe est certainement officier de renseignement, comme tu as pu le voir. Il a loué sa voiture à Berlin, et nous la rendrons demain à Magdeburg. Il s'était garé un peu plus loin dans la rue, procédure normale pour un professionnel, mais pas très judicieuse en cas de pépin. On a trouvé une liste de noms dans sa voiture, tous des gens de l'industrie nucléaire de RDA. On dirait que nos camarades russes s'intéressent soudain au projet de bombe d'Honecker. Quel dommage qu'on n'ait pas eu quelques années de plus, non ? Je suis désolé de toutes ces complications, mais il nous a fallu plusieurs jours pour trouver ce que nous pouvions faire des corps, et on ne se doutait pas que Frau Fromm avait de la visite quand on est allés chez elle. À ce moment-là, bien sûr, il était trop tard. En plus, il pleuvait, et les conditions étaient idéales pour un enlèvement. »

Deux hommes s'activaient sur les cadavres. Ils portaient des combinaisons de protection, avec les masques et les gants, cette fois, probablement pour se protéger de l'odeur et pour cacher leur identité. Comme dans un abattoir, de la sciure de bois avait été répandue pour absorber le sang qui coulait à flots. Bock savait par expérience que les meurtres peuvent tourner à la boucherie. Ils travaillaient vite tandis que Keitel continuait à parler. Les bras et les jambes avaient déjà été détachés des troncs, puis ils décapitèrent les corps et levèrent les têtes devant la caméra. Personne ne pouvait truquer une chose pareille, les hommes de Keitel avaient bel et bien tué deux êtres humains. Ce démembrement des corps devant la caméra rendait les faits absolument incontestables, et en outre, facilitait la disparition des corps. L'un des hommes commença à ramasser la sciure imbibée de sang pour la mettre dans des sacs en plastique.

«Les morceaux de corps seront brûlés à deux endroits éloignés l'un de l'autre. Ce sera fait avant même que tu reçoives la bande. Cela termine notre message, nous attendons des instructions complémentaires.»

Et la bande continua sur des images des Jeux olympiques de 1920 – ou de 1924, Bock ne savait plus. Mais ça n'avait pas beaucoup d'importance.

* * *

– Oui, colonel?

– L'un de mes officiers ne donne plus signe de vie.

Le colonel appartenait à la division T, le service technique de la première direction. Titulaire d'un diplôme d'ingénieur, c'était un spécialiste des missiles. Il avait travaillé en Amérique et en France, et avait recueilli pas mal de secrets militaires avant d'occuper son poste actuel.

– Vous avez d'autres détails?

– Le capitaine Evgueni Stepanovitch Feodorov, trente ans, marié, un enfant, jeune officier très brillant, inscrit au tableau. C'est l'un des trois officiers que j'ai envoyés en Allemagne selon vos instructions pour enquêter dans leurs installations nucléaires. C'est l'un de mes meilleurs éléments.

– Ça fait combien de temps que vous n'avez pas de nouvelles? demanda Golovko.

– Six jours. Il est arrivé à Berlin en passant par Paris la semaine dernière. Il avait des papiers allemands de derrière les fagots, et une liste de dix noms sur lesquels il devait enquêter. Il avait comme instructions de garder le profil bas, sauf s'il tombait sur quelque chose d'important, auquel cas il devait prendre contact avec le poste de Berlin – enfin, je veux dire, ce qu'il en reste. On avait prévu des contacts périodiques, bien sûr. Il n'a pas appelé et, au bout de vingt-quatre heures, on m'a prévenu.

– Vous pensez que ça pourrait être une simple négligence?

– Pas un garçon comme lui, dit simplement le colonel. Son nom ne vous dit rien?

– Feodorov... ce n'était tout de même pas son père?...

– Stefan Yourevitch, oui. Evgueni est son dernier fils.

– Grand dieu, c'est Stefan qui m'a appris mon métier, fit Golovko. Vous pensez que?...

– Une défection? – Le colonel hocha négativement la tête, indigné. – Absolument impossible. Sa femme chante dans le chœur de l'Opéra. Non, ils se sont connus à l'université et se sont mariés malgré les objections des deux familles. C'est un couple comme on n'en voit pas. Elle est extraordinairement belle, avec une voix d'ange. Il faudrait être *zhopnik* pour ne pas être attiré par elle. Et puis ils ont un enfant. On dit qu'il est bon père.

Golovko voyait bien quelle conclusion tirer de tout ça.

— Alors, il aurait été arrêté?

— Je n'ai entendu parler de rien. Vous pourriez peut-être faire vérifier ce point. Mais je crains le pire.

Le colonel prit un air soucieux et baissa les yeux. Il n'avait pas envie de devoir annoncer de mauvaises nouvelles à Natalia Feodorova.

— C'est difficile à croire, dit Golovko.

— Sergei Nicolaievitch, si vos soupçons sont fondés, on dirait que le projet sur lequel nous enquêtons est de la plus haute importance pour eux, non? Ç'en serait une preuve, et elle nous aura coûté cher.

Le lieutenant-général Sergei Golovko garda le silence pendant plusieurs secondes. «Ce n'est pas ainsi que les choses sont censées se passer, se disait-il. Le monde du renseignement est civilisé. Ça fait longtemps qu'on n'élimine plus les officiers du camp adverse. Nous-mêmes nous ne faisons plus ce genre de chose depuis des années... des dizaines d'années.»

— Nous n'avons aucune hypothèse satisfaisante, non?

Le colonel hocha la tête.

— Non, aucune. Mais le plus probable, c'est que notre homme a mis le doigt sur quelque chose d'extrêmement sensible. Suffisamment sensible pour qu'on le tue. Un projet d'arme nucléaire répond bien à cette caractéristique, non?

— C'est indéniable.

Le colonel faisait montre du loyalisme qu'on pouvait exiger de lui au KGB, remarqua Golovko. En plus, il examinait toutes les solutions possibles et essayait de trouver la meilleure analyse de la situation.

— Avez-vous envoyé vos spécialistes à Sarova?

— Après-demain. Mon meilleur expert est souffrant, il vient de sortir de l'hôpital — il s'est cassé la jambe dans un escalier.

— Faites-le transporter ici si nécessaire. Je veux qu'on me donne une estimation, la plus pessimiste possible, sur la production de plutonium des centrales nucléaires en RDA. Envoyez quelqu'un d'autre à Kyshtym pour recouper les données de Sarova. Rappelez ceux que vous avez envoyés en Allemagne. Nous allons reprendre cette affaire avec plus de précautions. Des équipes de deux hommes, dont un armé en soutien... ça devient dangereux, dit Golovko après avoir réfléchi.

— Mon général, il faut dépenser beaucoup de temps et d'argent pour former des hommes comme ceux-là. Il me faudra deux ans pour remplacer Feodorov, deux années entières. Il ne suffit pas de prendre un officier dans un autre service et de le mettre au travail. Ces hommes doivent comprendre ce qu'on leur demande de chercher. Ils sont trop précieux pour être gaspillés.

— Vous avez raison. Je vais voir ça avec le directeur et nous allons envoyer des officiers expérimentés... peut-être des gens de l'Académie... en leur donnant une couverture de policiers allemands?...

– Ça me convient, Sergei Nicolaievitch.

– Vous êtes un type bien, Pavel Ivanovitch. Et pour Feodorov ?

– Il va peut-être se manifester. Il faut trente jours pour le porter disparu, et il faudra alors que je prévienne sa femme. Très bien, je rappelle mes hommes et je commence à préparer la deuxième phase de l'opération. Quand aurons-nous la liste des officiers de protection ?

– Demain matin.

– Parfait, mon général, merci de m'avoir consacré de votre temps.

Golovko lui serra la main et resta debout jusqu'à ce que la porte soit refermée. Son prochain rendez-vous était dans dix minutes.

– Et merde, fit-il en parlant à son bureau.

* * *

– Davantage de temps ?

Fromm n'arrivait pas à cacher son agacement.

– Mais non, ça nous fait gagner du temps ! Le matériau que nous travaillons a des caractéristiques d'usinage analogues à celles de l'acier inox. Et il faudra aussi fabriquer des moules. Ici.

Fromm déplia ses plans.

– Nous avons d'abord un cylindre de plutonium, creux, entouré d'un cylindre de béryllium, ce qui est un vrai don du ciel. Le béryllium est léger, résistant, il laisse passer les rayons X et il réfléchit les neutrons. Malheureusement, il est assez difficile à travailler. Il faudra utiliser des outils au nitrure de bore, une sorte de diamant industriel. Avec de l'acier ou du carbone, on ferait tout sauter. Et il faut aussi tenir compte des effets biologiques.

– Le béryllium n'est pas toxique, dit Ghosn, j'ai vérifié.

– C'est vrai, mais la poussière se transforme en oxyde de béryllium et, quand on la respire, l'oxyde se transforme en hydroxyde, qui est un produit mortel.

Fromm se tut, et regarda Ghosn comme l'aurait fait un instituteur, avant de poursuivre.

– Bon. Autour du béryllium, nous avons un autre cylindre en alliage de tungstène et de rhénium, dont nous utiliserons la densité. On en achètera vingt kilos, sous forme de poudre, que nous déposerons en phase vapeur sous forme de segments cylindriques. Vous connaissez le dépôt en phase vapeur ? Le chauffage ne serait pas suffisant. La fusion et le moulage seraient trop difficiles, et nous n'en avons pas besoin. Enfin, les lentilles explosives. Et avec tout ça, on n'a fait que le primaire, le quart de la puissance.

– Et la précision...

– Exactement. Vous pouvez vous imaginer cet objet comme l'anneau ou le collier le plus grand qu'on ait jamais vu. Ce que nous fabriquons devra avoir le même fini que la plus belle pièce de joaillerie, ou la même précision qu'un instrument d'optique.

– L'alliage tungstène-rhénium ?

– On peut s'en procurer dans n'importe quelle grosse société de matériel électrique, on s'en sert pour les filaments de tubes à vide ou dans de nombreuses autres applications. Et c'est aussi facile à travailler que le tungstène pur.

– Le béryllium... oh oui, on l'utilise pour les gyroscopes et d'autres instruments... une trentaine de kilos.

– Il en faudra vingt-cinq, oui, prenez-en trente. Et on a une autre chance.

– Quoi ?

– Le plutonium israélien est stabilisé au gallium. En dessous du point de fusion, le plutonium existe sous quatre phases. À certaines températures, il a la curieuse habitude de changer brusquement de densité de plus de vingt-cinq pour cent. C'est un métal multiphases.

– En d'autres termes, une masse sous-critique peut...

– Exactement, continua Fromm. Ce qui semble sous-critique dans certaines conditions peut devenir critique. Ça n'explose pas, mais l'émission de gammas et de neutrons est mortelle dans un rayon de... disons dix à trente mètres, ça dépend de l'environnement. Ils ont découvert ça pendant le Projet Manhattan. Ils ont eu... non, ils n'ont pas eu de chance. C'étaient des savants de grande qualité, et dès qu'ils ont eu un gramme de plutonium à leur disposition, ils l'ont analysé. S'ils avaient attendu un peu, ils auraient... eh bien...

– Je ne me doutais pas de tout ça, fit Ghosn. Dieu miséricordieux...

– Tout n'est pas dans les livres, mon jeune ami, ou du moins, tous les livres ne renferment pas tous les renseignements. De toute façon, avec du gallium, le plutonium est stable. On peut le manipuler en toute sécurité, à condition de prendre les précautions qui s'imposent.

– Donc, nous allons commencer par usiner ces ébauches en acier inox selon les spécifications, puis nous ferons les moules – des moules réutilisables, bien sûr.

Fromm approuva.

– Parfait, *meiner Junge*.

– Quand le moule sera réalisé, nous usinerons les matériaux destinés à la bombe. Bon, je crois que nous avons de bons ouvriers.

Ils avaient « embauché » – c'est le mot qu'ils employaient – dix hommes, des Palestiniens, qui travaillaient dans de petits ateliers d'optique, et les avaient formés à l'utilisation des machines-outils.

Les machines étaient exactement comme Fromm les avait décrites. Deux ans plus tôt, c'était ce qu'on faisait de mieux, elles étaient identiques à celles qu'utilisaient les Américains à l'usine Y-12 d'Oak Ridge, dans le Tennessee. Les mesures étaient faites par interférométrie laser, et les têtes de coupe contrôlées en trois dimensions selon les cinq axes ; les ordres d'usinage étaient transmis par un clavier tactile. Le dessin avait été réalisé sur mini-ordinateur et tiré sur une machine à tracer hors de prix.

Ghosn et Fromm firent venir les ouvriers et les mirent à l'ouvrage sur leur première réalisation, l'ébauche d'acier inox du primaire qui allumerait le feu nucléaire.

— Maintenant, dit Fromm, pour les lentilles explosives...

* * *

— On m'a beaucoup parlé de vous, dit Bock.

— J'espère que c'était en bien, répondit Marvin Russell avec un sourire timide.

« Mon premier Indien », se dit Bock. Il était étrangement déçu : sans les pommettes, il aurait pu le prendre facilement pour un Caucasien, ou même un Slave avec une touche de sang tatare dans les veines... Il était foncé, mais c'était surtout dû au soleil. L'homme était impressionnant, cette taille, cette force qui émanait de lui.

— On dit que vous avez tué un policier grec en lui brisant le cou.

— J'sais pas qui fait tout un plat avec ça, répondit Russell avec une modestie confondante. C'était un vrai enfoiré, et j'sais me défendre.

Bock sourit et lui fit un signe de tête approbateur.

— Je comprends ce que vous ressentez, mais votre méthode est impressionnante. On m'a dit beaucoup de bien de vous, monsieur Russell, et...

— Appelle-moi Marvin. Tout le monde m'appelle comme ça.

Bock sourit encore.

— Comme tu veux, Marvin. Je m'appelle Günter. On m'a surtout parlé de tes talents de tireur.

— C'est pas difficile, fit Marvin, sincèrement étonné. Ces types, j'veux dire, y sont courageux, tu vois ? C'est pas des mecs à lâcher prise. Y s'accrochent dur à ce qu'y font, et j'les admire. Et c'qu'y z'ont fait pour moi, Günter, c'est comme ma famille, tu vois.

— Mais nous sommes une grande famille, Marvin. On partage tout, ce qui est facile et ce qui ne l'est pas. Nous avons tous les mêmes ennemis.

— Ouais, j'ai appris ça.

— On pourrait avoir besoin de ton aide pour un truc, Marvin, un truc très important.

— D'accord, dit simplement Russell.

— Qu'est-ce que tu veux dire ?

— J'veux dire oui, Günter.

— Mais tu ne m'as même pas demandé ce que c'était, insista l'Allemand.

— OK. — Marvin eut un large sourire. — Alors, dis-le-moi.

— On aurait besoin que tu retournes en Amérique dans quelques mois. Tu cours des risques, là-bas?

— Faut voir, j'ai fait du temps en prison, j'veux dire. Mais tu le sais déjà. Les flics ont mes empreintes, mais y z'ont pas de photo, j'veux dire, pas de photo récente. Et j'ai changé depuis. Y m'cherchent dans les Dakotas, probable. Si tu m'envoies là-bas, ça risque d'être limite.

— Non, pas du tout, Marvin.

— Alors y aura pas d'problème, dépend c'que tu veux qu'je fasse.

— Ça te ferait quoi de tuer des gens, des Américains, j'entends?

Bock attendit de lire une réaction sur son visage.

— Des Américains. — Marvin renifla. — Eh mec, j'suis un foutu Américain, tu vois? Mais mon pays, c'est pas c'que tu crois. Y z'ont volé mon pays, comme aux gars d'ici, vu? Y a pas qu'ici qu'y z'ont collé cette merde, d'accord? Tu veux que je me fasse quelques mecs pour ton compte, d'accord, si j'peux, si t'as une bonne raison, j'veux dire. J'tue pas pour le plaisir, j'suis pas psycho, mais si t'as une raison, une vraie, sûr j'peux le faire.

— Il y en aura peut-être plus d'un...

— J't'ai entendu dire « des gens », Günter. J'suis pas con au point de croire que ça veut dire un seul mec. Même si y a des flics, ou des mecs du FBI, OK, j'les tuerai pour toi, tous ceux que tu veux. Y a quand même un truc qu'y faut qu'tu saches.

— C'est quoi?

— Les autres en face, y sont pas cons non plus. Y z'ont eu mon frère, faut t'en souvenir. C'est des mecs sérieux.

— Mais nous aussi, on est sérieux, assura Bock.

— J'sais bien, mec. Qu'est-ce que tu peux me raconter d'autre sur ce boulot?

— Que veux-tu dire, Marvin? lui demanda Bock d'une voix aussi neutre que possible.

— J'veux dire qu'j'ai grandi là-bas, rappelle-toi. J'sais des trucs dont t'as pas idée. OK, tu t'occupes de la sécurité et tout ça, et tu vas rien me dire maintenant. Très bien, ça pose pas de problème. Mais plus tard, tu risques d'avoir besoin d'un coup de main. Les mecs, ici, y sont parfaits, y sont même très bons et tout ce qu'on veut, mais y connaissent rien à l'Amérique, j'veux dire, y savent pas c'qu'on a besoin pour se démerder. Quand tu vas à la chasse, faut qu'tu connaisses ton territoire. Et moi, j'connais le terrain.

— C'est pour ça qu'on a besoin de ton aide, confirma Bock, comme s'il y avait songé depuis le début.

En fait, il n'avait pensé à rien du tout, et maintenant il se demandait à quoi ce type pourrait bien lui être utile.

* * *

Andrei Ilitch Narmonov se voyait comme le capitaine du plus grand navire-État du monde. Ça, c'était le bon côté. Le mauvais côté, c'est que le navire prenait l'eau, le gouvernail était brisé, les machines peu fiables. Sans parler de l'équipage au bord de la mutinerie. Son bureau du Kremlin était grand, il pouvait y faire les cent pas, une chose qu'il décidait toujours trop tard. C'était l'indice d'un homme indécis, et le président de l'Union des Républiques socialistes soviétiques ne pouvait pas se le permettre, surtout quand il recevait un visiteur important.

« L'Union des Républiques souveraines soviétiques », songea-t-il. Le changement d'expression n'avait pas encore été officiellement approuvé, mais c'était ainsi que les gens commençaient à penser. Tel était le problème.

Le navire de l'État était en train de se briser, et cet événement était sans précédent. Beaucoup de gens établissaient la comparaison avec la fin de l'Empire britannique, mais ce n'était pas très satisfaisant. Il n'y avait pas d'autre exemple. L'Union soviétique du passé était un phénomène unique dans l'histoire politique, et ce qui s'y produisait maintenant n'avait pas de précédent connu. À une époque, cela le faisait rire, mais il en était maintenant effrayé. C'était à lui qu'il revenait de prendre des décisions difficiles, et il n'avait aucun modèle historique sur lequel s'appuyer. Il était entièrement livré à lui-même, nul n'était plus seul que lui, avec une tâche dantesque à laquelle jamais personne n'avait été confronté avant lui. On vantait à l'Ouest ses talents de politicien consommé, alors que tout ce qu'il avait fait n'avait été qu'une succession de crises sans fin. C'était Gladstone, se disait-il, Gladstone qui décrivait son métier comme celui d'un homme qui essaie de diriger un radeau dans les rapides, évitant les rochers avec une perche... En était-il capable, vraiment capable ? Narmonov et son pays étaient entraînés par les forces titanesques de l'Histoire, ils descendaient une rivière qui se terminait par une immense cataracte, les chutes pouvaient les détruire... mais il était trop occupé avec sa perche à essayer d'éviter les rochers pour avoir le loisir de regarder plus loin. Voilà ce que cela signifiait, être un bon tacticien en politique. Il consacrait toute son énergie à sa survie immédiate, et il n'avait plus le temps de penser à ce qui se passerait la semaine d'après... pour ne pas dire le surlendemain...

— Andrei Ilitch, on dirait que vous maigrissez, lui fit remarquer Oleg Kirilovitch Kadishev du fond de son fauteuil de cuir.

— La marche me fait du bien, pour mon cœur, répondit aigrement le président.

— Vous devriez faire partie de notre équipe olympique.

Narmonov s'arrêta un instant.

— Ce serait agréable de faire tout simplement de la compétition contre des étrangers. Eux croient que je suis quelqu'un de très brillant, mais le peuple sait bien que ce qu'il en est.

— Que puis-je faire pour aider mon président ?

– J'ai besoin de votre aide, de l'aide de la droite.

Ce fut au tour de Kadishev de sourire. La presse – occidentale et soviétique – n'avait jamais compris comment se passaient les choses. En Union soviétique, la gauche représentait les durs du parti communiste. Pendant quatre-vingts ans, les réformes tentées dans ce pays étaient toujours venues de la droite. Tous ceux qui avaient été exécutés par Staline parce qu'ils essayaient de grappiller quelques parcelles de liberté avaient d'abord été dénoncés comme révisionnistes de droite. Mais les progressistes occidentaux étaient classés à gauche, ils qualifiaient de conservateurs leurs propres adversaires, dont on admettait qu'ils étaient de droite. C'était trop demander aux journalistes occidentaux que d'adapter leurs schémas mentaux à une réalité politique différente de la leur. Les journalistes soviétiques, tout heureux de leur liberté retrouvée, s'étaient contentés de copier leurs collègues et se servaient des modèles occidentaux pour tenter de décrire le chaos politique qui régnait chez eux. Le même raisonnement s'appliquait naturellement aux hommes politiques «progressistes» de l'Ouest, qui s'étaient faits dans leur propre pays les champions des expériences tentées en Union soviétique. Lesquelles expériences avaient rapidement montré leurs limites, avant de se terminer en catastrophes. Les choses tournaient carrément à l'humour noir quand on entendait les gauchistes occidentaux commencer à dire que ces arriérés de Russes avaient échoué à cause de leur inaptitude à transformer le socialisme en un mode de gouvernement humaniste, alors que les gouvernements occidentaux y avaient réussi (c'était exactement ce que prétendait Karl Marx). Ces types-là, songeait Kadishev avec un certain amusement, étaient aussi idéalistes que les membres des premiers Soviets, et manquaient tout autant de cervelle. Les Russes avaient poussé les idéaux révolutionnaires à leurs limites ultimes, et ils avaient trouvé au bout du chemin le désastre et le vide. Maintenant, ils essayaient de revenir en arrière – dans un effort qui exigeait d'eux un courage politique et moral sans précédent –, mais l'Occident persistait à ne rien vouloir comprendre! «Khrouchtchev avait bien raison, songeait le député. Les hommes politiques sont tous les mêmes.»

Quelle bande de cons!

– Andrei Ilitch, je ne suis pas toujours d'accord avec vos méthodes, mais nous avons toujours approuvé vos objectifs. Je sais parfaitement que vous avez quelques soucis avec nos amis de l'autre bord.

– Et avec vos amis également, souligna le président Narmonov, plus vivement qu'il n'aurait voulu.

– Mes amis aussi, c'est vrai, convint calmement Kadishev. Andrei Ilitch, voulez-vous dire que nous devrions être d'accord sur tout?

Narmonov se retourna, les yeux dans le vague, mais pleins de colère.

– S'il vous plaît, pas ça, pas aujourd'hui.

– Alors, que puis-je faire pour vous aider? On perd son calme, camarade président? Mauvais signe, mon ami...

– J'ai besoin de votre soutien avec ces conflits ethniques. On ne peut pas laisser l'Union se désintégrer ainsi.

Kadishev approuva d'un signe de tête.

– C'est inévitable. Il n'y aurait plus de problème si on laissait les Baltes et les Azéris reprendre leur liberté.

– Nous avons besoin du pétrole d'Azerbaïdjan. Si on l'abandonne, la situation économique va encore empirer. Et si je laisse faire les Baltes, l'épidémie se répandra dans la moitié du pays.

– La moitié de la population, c'est vrai, mais seulement vingt pour cent du pays. Et c'est là que nous rencontrons presque tous les problèmes, répéta Kadishev.

– Et ces gens que nous allons abandonner à leur sort? Cela revient à les jeter dans le chaos et la guerre civile. Combien vont mourir, combien cela fera-t-il de morts sur notre conscience, hein? demanda le président.

– C'est la conséquence normale de toute décolonisation. On n'y peut rien. En tentant de nous y opposer, nous réussirons seulement à contenir la guerre civile à l'intérieur de nos frontières. Cela nous oblige à laisser trop de pouvoir à nos forces armées, et c'est aussi dangereux. Je n'ai pas plus confiance que vous dans l'armée.

– L'armée ne se lancera pas dans une aventure. Il n'y a pas de bonapartistes dans l'Armée rouge.

– Vous leur accordez plus de confiance que moi. Je crois pour ma part qu'ils voient là une occasion unique. Le Parti tient l'armée en main depuis l'affaire Toukhatchevski. Les soldats ont de la mémoire, et ils pourraient estimer qu'ils ont là une chance...

– Mais tous ces gens sont morts! Et leurs enfants avec eux, répliqua Narmonov sur un ton vif. Cela remonte à cinquante ans, après tout. Ceux qui ont des souvenirs précis des purges sont dans des fauteuils roulants ou dans des maisons de retraite.

– Mais pas leurs petits-enfants, il y a une mémoire qui dépasse les générations.

Kadishev se laissa aller dans son siège et réfléchit à la nouvelle idée qui venait de lui traverser la tête. Était-ce bien possible?...

– Ils ont leurs préoccupations, c'est vrai, et ces préoccupations ne sont pas très différentes des miennes. Nous divergeons sur la façon d'aboutir à une solution, pas sur la solution. Je ne suis pas sûr de leur capacité de jugement, mais je le suis de leur loyauté.

– Vous avez peut-être raison, mais je ne le suis pas autant que vous.

– Avec votre aide, je pourrais présenter un front uni contre les forces centrifuges. Cela les découragera et nous donnera quelques années pour calmer le jeu, nous pourrons envisager la sécession des républiques en bon ordre, une espèce de Commonwealth, d'association, peu importe, appelez ça comme vous voulez. Nous pourrions rester associés économiquement, même en étant politiquement indépendants.

« Cet homme est au bord du désespoir, songea Kadishev. Il est purement et simplement en train de s'effondrer sous la pression. Un homme qui s'agite ainsi sur la scène politique ne va pas tarder à montrer des signes de fatigue... est-il capable de survivre sans mon aide?...

« C'est probable, jugea Kadishev. Probable. » Ce n'était vraiment pas de chance. Kadishev était leader de facto des forces de « gauche », les forces qui souhaitaient l'éclatement de l'empire et de son gouvernement, pour conduire ce qui resterait – fondé sur la Fédération de Russie – vers le XXIᵉ siècle, de gré ou de force. Si Narmonov tombait... s'il était dans l'impossibilité de poursuivre sa tâche, alors, qui?...

« Eh bien moi, bien sûr. »

Mais les Américains le soutiendraient-ils?

Comment pourraient-ils lâcher l'agent Spinnaker, de leur propre CIA?

Kadishev travaillait pour les Américains depuis qu'il avait été recruté par Mary Patricia Foley, six ans plus tôt. Il n'avait absolument pas l'impression de trahir. Il travaillait pour le bien de son pays, et il trouvait qu'il réussissait assez bien. Il fournissait aux Américains des renseignements sur les travaux du gouvernement soviétique, et certaines de ces informations étaient de la plus haute importance. Pour d'autres, n'importe quel journaliste aurait pu les obtenir. Il savait qu'il était considéré comme la source la plus fiable de renseignement politique en Union soviétique, surtout depuis qu'il contrôlait quarante pour cent des voix au Parlement, le congrès des députés du peuple. « Trente-neuf pour cent, corrigea-t-il, il faut rester honnête. » Il y avait peut-être encore huit pour cent supplémentaires qui suivaient sa mouvance. Il ne pouvait pas être certain de la loyauté politique des deux mille cinq cents membres, entre les vrais démocrates, les nationalistes russes des deux bords, les radicaux de gauche et de droite. Il restait le centre, composé à la fois de gens sincèrement préoccupés par l'avenir de leur pays, et d'autres qui pensaient avant tout à sauvegarder leur statut politique. Sur combien d'entre eux pouvait-il réellement compter? Combien pouvait-il en gagner à sa cause?

Pas tant que ça...

Mais il lui restait encore une carte à jouer.

Da. À condition de faire preuve d'audace.

– Andrei Ilitch, reprit-il sur un ton conciliant, vous me demandez de laisser de côté un principe important, afin que je sois en mesure de vous aider à atteindre un objectif qui nous est commun, mais par une voie que je désapprouve. C'est très difficile. Je ne suis même pas sûr de pouvoir vous apporter le soutien que vous me demandez. Mes camarades pourraient bien me tourner le dos.

Cette tirade eut pour seul résultat d'irriter un peu plus le président.

– Foutaises! Je sais parfaitement qu'ils vous font entièrement confiance

« Et ce ne sont pas les seuls... », se dit Kadishev.

* * *

La plupart des enquêtes se réduisent essentiellement à compulser du papier. Ernest Wellington était un jeune avocat ambitieux. Diplômé de la faculté de droit, membre du barreau, il aurait pu entrer au FBI et apprendre le métier d'enquêteur dans les règles, mais il se considérait plus comme un juriste que comme un flic, il aimait la politique, et le FBI mettait son point d'honneur à ne pas se mêler de politique. Wellington n'avait pas de ces pudeurs : il considérait la politique comme le système nerveux de l'administration, et il savait que c'était une voie royale, à l'intérieur comme à l'extérieur du gouvernement. Les relations qu'il se faisait en ce moment lui serviraient auprès d'innombrables cabinets d'avocats, et il se ferait en outre connaître au ministère de la Justice. Il pouvait espérer obtenir bientôt un poste de conseiller technique. Ensuite, mettons dans cinq ans, il serait nommé chef de service... voire procureur fédéral dans une ville importante ou chargé d'enquête au ministère. Cela ouvrait la porte à une possible carrière politique, et Ernest Wellington pourrait enfin jouer le grand jeu à Washington. L'un dans l'autre, c'était assez enivrant lorsqu'on avait vingt-sept ans, un diplôme avec mention de Harvard, et que l'on avait ostensiblement refusé les offres beaucoup plus lucratives de cabinets prestigieux pour choisir de passer ses premières années professionnelles dans l'administration.

La table de Wellington était jonchée de papiers. Son bureau n'était qu'une mansarde au ministère de la Justice sur le Mall, et la vue par l'unique fenêtre donnait sur un parking dans le centre de cet immeuble construit du temps de la grande dépression. Le bureau était petit, l'air conditionné marchait mal, mais il y était seul. S'il avait accepté ce que lui offraient les cabinets new-yorkais, et la meilleure offre était à 100 000 dollars annuels, son boulot aurait consisté à faire le vérificateur, un métier de super-secrétaire qui relit les contrats pour chasser les coquilles. Un débutant au ministère faisait bien autre chose. S'il avait été affecté au bureau d'un procureur, il aurait bien fallu qu'il aille au tribunal et qu'il se jette à l'eau. Ici, il lisait des dossiers, il recherchait les incohérences, modulait les nuances, les violations techniques de la loi. Wellington commença à prendre des notes.

John Patrick Ryan, directeur adjoint de la CIA, nommé par le président – on était en plein dans la politique – et confirmé il y avait moins de deux ans. Auparavant, directeur adjoint du renseignement, juste après la mort du vice-amiral Greer. Avant cela, conseiller de Greer, DDI à l'époque et temporairement représentant spécial du Service en Angleterre. Ryan avait été professeur d'histoire à l'École navale, étudiant à Georgetown, agent de change chez Merril Lynch à l'agence de Baltimore. Il avait en outre été brièvement sous-lieutenant chez les marines. Visiblement, cet homme aimait changer de métier, se dit Wellington, en notant les dates les plus importantes.

Fortune personnelle. Tous les documents nécessaires figuraient en tête du dossier. Mais d'où venait tout cet argent? Il lui fallut plusieurs heures pour dépouiller les données. Quand il était agent de change, J.P. Ryan s'était comporté en vrai cow-boy. Il avait misé cent mille dollars sur la Compagnie de chemins de fer de Chicago et North Western au moment des grèves... et ça lui avait rapporté six millions. C'était son plus gros succès – il n'est pas facile de gagner soixante fois la mise – mais il avait réalisé d'autres opérations notables. Après avoir atteint huit millions, il avait démissionné pour poursuivre son doctorat d'histoire à Georgetown. Il avait continué tout de même à boursicoter en amateur – c'était bien normal, après tout – jusqu'au jour où il avait rejoint l'administration. Son portefeuille était maintenant géré par une multitude de conseils en investissement... dont les méthodes comptables étaient extraordinairement prudentes. Ryan valait bien vingt millions, peut-être davantage. Ses actifs étaient gérés de façon entièrement aveugle, il ne voyait que ses gains trimestriels. On pouvait discuter, certes, mais c'était parfaitement légal jusque-là. Et essayer de prouver quoi que ce soit nécessiterait qu'on mette les lignes de ses agents sur écoute, ce qui n'était pas évident.

La SEC avait enquêté sur son compte, mais c'était la conséquence de l'enquête sur la société dont il avait acheté des actions. La note de synthèse établissait en style bureaucratique qu'il n'y avait pas eu violation du règlement, mais Wellington remarqua que cette conclusion était plus technique que juridiquement fondée. Ryan avait rechigné pour signer le procès-verbal – c'était compréhensible – et l'administration n'avait pas trop insisté. Ce manque d'enthousiasme était moins compréhensible, mais explicable à la rigueur, car Ryan n'était pas le principal sujet de l'enquête. Quelqu'un avait décidé que, même si cela paraissait peu probable, il ne s'agissait que d'une fâcheuse coïncidence. Cependant, Ryan avait sorti l'argent de son compte principal... «Accord amiable, alors?» nota Wellington sur son bloc. Peut-être bien. Si on lui avait demandé de s'expliquer, Ryan aurait dit qu'il avait agi ainsi poussé par ses scrupules. La somme avait été convertie en bons du Trésor, elle rapporterait des intérêts réguliers pendant des années et il n'y toucherait pas jusqu'au jour où... «Je vois, je vois, très intéressant...»

Mais pourquoi cette rente éducation? Qui était donc Carol Zimmer? Pourquoi Ryan s'intéressait-il à ses enfants?

On était comme toujours étonné de constater que tant de papier contenait finalement si peu de chose. Peut-être était-ce le but de la paperasse gouvernementale, songeait Wellington, donner l'apparence de la consistance en en disant aussi peu que possible. Il eut un petit rire. C'était d'ailleurs vrai de la plupart des textes juridiques, après tout. Pour deux cents dollars de l'heure, les juristes se battaient sur la place d'une virgule et autres sujets de la plus haute importance. Il s'arrêta un instant pour se reposer les méninges. Il avait l'impression d'avoir laissé passer quelque chose qui aurait dû lui crever les yeux.

L'administration Fowler n'aimait pas Ryan. Alors, pourquoi avait-il été nommé DDCI ? La politique ? Mais, quand la politique s'en mêle, on choisit de préférence des gens peu qualifiés... Ryan avait-il des relations politiques bien placées ? Le dossier n'en disait rien. Wellington parcourut les papiers et finit par trouver une lettre signée d'Alan Trent et Sam Fellows, de la commission d'approbation. En voilà deux qui faisaient la paire, le pédé et le mormon. La confirmation de Ryan avait été plus rapide que celle de Marcus Cabot, de Bunker et de Talbot, les deux vedettes du gouvernement Fowler. C'était sans doute parce que c'était un poste de moindre importance, mais il y avait autre chose. Cela signifiait qu'il avait des relations politiques, et puissantes. Pourquoi ? Quelles relations ? Trent et Fellows... sur quoi diable ces deux-là pouvaient-ils bien être d'accord ?

Il était sûr que Fowler et ses amis n'aimaient pas Ryan, sans quoi le ministre de la Justice ne se serait pas occupé personnellement de mettre Wellington sur l'affaire. Mais quelle affaire ? Était-ce le terme qui convenait à ses activités ? S'il y avait une affaire, pourquoi le FBI n'en était-il pas chargé ? Il y avait de la politique là-dessous, c'était criant. Ryan avait travaillé plusieurs fois en collaboration étroite avec le FBI... mais...

William Connor Shaw, le directeur du FBI, était unanimement considéré comme l'homme le plus honnête de l'administration. Il était très naïf en politique, bien sûr, mais respirait l'honnêteté, et ce n'était pas une qualité inutile dans la police. C'est en tout cas ce que pensait le Congrès. On avait même parlé de supprimer le procureur en mission extraordinaire, le FBI était devenu si insoupçonnable, surtout depuis que le procureur avait fait ces conneries... mais le Bureau était différent.

C'était une affaire intéressante, non ? Une affaire à vous faire gagner vos galons.

17
FABRICATION

Les jours raccourcissaient, songeait Jack. Il n'était pas en retard, non, mais les jours étaient plus courts. L'orbite de la terre autour du soleil, son axe de rotation qui n'était pas perpendiculaire au plan de l'orbite... l'écliptique ? Un terme dans ce genre-là. Son chauffeur l'arrêta devant chez lui et il rentra, fatigué, cherchant dans sa tête la dernière fois, en dehors des week-ends, où il avait vu sa maison éclairée autrement que par la lumière électrique. Il ne fallait pas trop se plaindre, il ne rapportait pas de travail – ce n'était pas tout à fait exact : il ne rapportait pas de dossiers, mais il était plus facile de ranger sa table que de se vider le cerveau.

Ryan entendait les bruits d'un foyer normal, la télé, la machine à laver. Il entra dans le salon, et cria qu'il était là.

– Papa !

Jack Jr accourut pour l'embrasser, avant de le regarder d'un air triste.

– Papa, tu m'avais promis de m'emmener au base-ball.

Et merde... Les gosses étaient retournés en classe, il n'y avait plus qu'une douzaine de matches à jouer à Baltimore. Il fallait, il fallait, il fallait... Mais quand ? Quand aurait-il le temps de souffler ? Le nouveau centre de communications n'était qu'à moitié réalisé, et c'était son bébé ; le constructeur avait une semaine de retard, et il fallait à tout prix que ce soit terminé à la date prévue...

– Je vais faire mon possible, Jack, lui promit Ryan.

Son fils était trop jeune pour comprendre que les papas ont des obligations qui dépassent les promesses qu'ils font à leurs enfants.

– Papa, tu m'avais promis.

– Mais oui, je sais.

« Et merde », se dit Jack. Il fallait absolument qu'il trouve une solution.

– C'est l'heure d'aller au lit, annonça Cathy. Vous avez classe demain.

Ryan prit ses enfants dans ses bras pour leur dire bonsoir, mais cette marque d'affection ne suffisait pas à apaiser sa conscience. Quelle sorte de père était-il en train de devenir ? Jack Jr ferait sa première communion en avril ou mai, et il ne savait même pas s'il serait là. Il fallait qu'il retrouve la date exacte pour essayer de bloquer le jour. Tout de suite. Jack se dit que de petites choses comme les promesses qu'il avait faites à ses enfants...

De petites choses ?

Mon Dieu, comment en était-il arrivé là ? « Ma vie fout le camp. »

Il attendit que les enfants soient rentrés dans leur chambre avant de se diriger vers la cuisine. Son dîner était dans le four. Il sortit une assiette sur le bar avant d'ouvrir le réfrigérateur. Désormais, il achetait le vin par cartons. C'était plus pratique, et il était devenu moins sourcilleux sur la qualité. Le carton contenait des bouteilles en plastique, du vin australien. Le cru en question était assez fruité, ce qui masquait ses défauts, mais il avait le degré d'alcool convenable, et c'était surtout ce qu'il cherchait. Jack jeta un coup d'œil à la pendule murale. Avec un peu de chance, il avait six heures et demie de sommeil devant lui, peut-être sept. Et il lui fallait du vin pour arriver à s'endormir. Au bureau, il marchait au café, et son organisme était complètement saturé de caféine. À une époque, il arrivait encore à faire une petite sieste, mais c'était bien fini. Vers 11 heures, son système nerveux était en place, mais, à la fin de l'après-midi, son corps lui jouait un air d'excitation et de fatigue si étrange qu'il se demandait parfois s'il n'était pas en train de devenir un peu cinglé. Enfin, tant qu'il était encore capable de se poser la question...

Il exécuta son dîner en quelques minutes. Quel dommage, tout avait desséché au four, et c'était Cathy qui l'avait préparé elle-même. Il avait... il avait prévu de rentrer à une heure décente, mais il y avait toujours quelque chose. En passant au salon, il s'arrêta devant la penderie et prit dans la poche de son manteau une boîte de comprimés pour l'estomac. Il en avala quelques-uns avec un fond de vin, c'était son troisième verre, et il n'y avait pas une demi-heure qu'il était rentré.

Cathy n'était pas là, mais elle avait laissé quelques journaux à côté de son fauteuil. Jack entendit du bruit, elle prenait une douche. Parfait. Il attrapa la télécommande et passa sur CNN pour regarder les infos. On parlait de Jérusalem.

Ryan s'installa confortablement dans son fauteuil et se permit un sourire. Ça marchait, la télé montrait la reprise du tourisme. Les commerçants faisaient des stocks en prévision du meilleur Noël depuis dix ans. Jésus, expliquait un Juif qui avait choisi de rester à Bethléem, était juif après tout, et de bonne famille. Son associé arabe faisait les honneurs de la boutique à l'équipe de télévision. « Un associé arabe ? se dit Jack. Et après tout, pourquoi pas ? Ça en vaut la peine. C'est toi qui as contribué à tout ça. Tu as fait ce qu'il fallait pour que ça arrive. Tu as sauvé des vies, et même si personne d'autre n'est au courant, qu'importe ? Tu sais que Dieu, Lui, le sait. N'est-ce pas assez ?

«Non», décida-t-il, dans un éclair d'honnêteté vis-à-vis de lui-même.

Mais si son idée n'était pas vraiment originale ? Son cerveau avait associé plusieurs propositions éparses, il avait contacté le Vatican grâce à ses relations, son... Il méritait bien une récompense pour tout cela, au moins une note dans un livre d'histoire, mais aurait-il seulement droit même à ça ?

Jack huma son vin. Il n'y avait pas une chance que cela arrive. Cette salope d'Elliot, qui racontait à tout le monde que Charlie Alden avait tout mis au point. Si Jack essayait jamais d'établir un jour la vérité, on le prendrait pour un vieux fou qui essaie d'arracher ce qui lui revient à un mort et un mort qui avait été un homme de cœur, en plus, malgré la faute qu'il avait commise avec cette fille Blum. «Allez, ne te laisse pas abattre, Jack, toi au moins, tu es vivant. Tu as une femme et des gosses.»

Ce n'était quand même pas juste. Juste? Qui peut croire que la vie est juste? Ryan se demanda s'il n'était pas en train de devenir comme eux. Comme Liz Elliot, comme tous ces connards mesquins et gagne-petit. Il s'était souvent posé la question de savoir comment on pouvait se laisser corrompre, et cette question le préoccupait. Il craignait par-dessus tout les opérations clandestines, quand on est amené à décider qu'une cause ou une mission sont si vitales que l'on peut en oublier ce qui est réellement important, comme la vie d'un homme, même s'il s'agit d'un ennemi. Il n'en était tout de même pas là, et il espérait bien que cela ne lui arriverait jamais. Ce qui se passait en lui était plus subtil : il devenait un fonctionnaire, il se mettait à s'inquiéter de son crédit, de son statut, de son influence.

Il ferma les yeux et repensa à tout ce qu'il avait : une femme, deux gosses, son indépendance financière, la fierté d'avoir réalisé des choses que personne ne pourrait jamais lui enlever.

«Et pourtant, tu es en train de devenir comme eux...»

Il s'était battu, il avait tué – même si c'était pour défendre sa famille. Cela pouvait bien faire tiquer Elliot, Jack s'en souvenait en souriant. À moins de deux cents mètres de l'endroit où il était assis, il avait mis trois pruneaux dans la poitrine d'un terroriste, de sang-froid, et bien mis. En plein dans la cible! Il avait fait la preuve qu'il avait profité de tout ce qu'on lui avait appris à Quantico. Son cœur battait la chamade, il avait bien manqué pisser dans son froc, il avait dû aller vomir, mais qu'était-ce que cela? Il avait fait son devoir, et il avait sauvé sa femme et ses enfants. Il avait démontré sa virilité de toutes les manières possibles, séduit puis épousé une fille merveilleuse, Dieu lui avait fait don de deux enfants, et il les avait défendus lui-même. Chaque fois que le destin lui avait opposé un défi, Jack s'en était tiré honorablement.

«Hé oui, se dit-il en souriant au téléviseur. Cette Liz Elliot peut aller se faire foutre.» Cette pensée était plutôt insolite: qui diable voudrait se faire cette nénette froide et sèche, avec sa suffisance et... quoi d'autre encore? Ryan réfléchit pour essayer de trouver une réponse. Quoi d'autre? Elle était faible, au fond. Faible et timide. Que cachait-elle vraiment sous cette dureté apparente? Sans doute pas grand-chose. Il connaissait ce style de conseiller à la Sécurité nationale. Des gens à l'emporte-pièce, incapables de voir la vérité en face. Cette Liz Elliot, qui accepterait de la sauter? Elle n'était pas terrible, et n'avait pas de qualités cachées pour rattraper ça. Sa chance, c'était que le président ait Bunker et Talbot pour se passer les nerfs.

« Tu vaux beaucoup mieux que tous ces gens-là. Voilà une pensée réconfortante pour accompagner le fond d'un verre de vin. Pourquoi pas un autre? Ce truc n'est décidément pas mauvais. »

Ryan se retourna, et il vit Cathy, occupée à compulser des papiers médicaux, assise dans le fauteuil à haut dossier qu'elle affectionnait.

— Tu veux un verre de vin, chérie?

Le docteur Caroline Ryan refusa d'un signe de tête.

— J'ai deux interventions demain.

Jack se leva pour aller s'asseoir à côté d'elle, faisant semblant de ne pas la regarder, et la surveillant tout de même du coin de l'œil.

— Ouh là là!

Cathy leva les yeux de son travail et lui fit un grand sourire. Elle était joliment maquillée. Jack se demanda comment elle avait fait pour ne pas abîmer sa coiffure sous la douche.

— Où as-tu trouvé ça?

— Dans un catalogue.

— Lequel, Fredericks?

Le docteur Caroline Muller Ryan, docteur en médecine et ancienne interne de la faculté, portait un déshabillé noir qui était un miracle de sophistication, cachant et dévoilant juste ce qu'il fallait. Dessous, on apercevait quelque chose de pâle et de... très joli. Mais cette couleur était insolite : d'ordinaire, Cathy portait une chemise de nuit blanche. Il n'oublierait jamais celle qu'elle avait pour leur nuit de noces. Elle n'était plus vierge, bien sûr, mais cette soie blanche lui avait fait une impression si... c'était quelque chose qu'il n'oublierait jamais. Elle ne l'avait plus jamais remise, elle disait que c'était comme une robe de mariée, ce sont des choses qui ne servent qu'une seule fois. « Comment ai-je fait pour mériter une femme aussi merveilleuse? » se demanda Jack.

— Que me vaut cet honneur? demanda-t-il.

— J'ai eu une idée.

— Et quelle idée?

— Eh bien, Jack a sept ans, Sally en a dix. Je voudrais un autre enfant.

— Un autre quoi?

Jack posa son verre.

— Un bébé, espèce d'idiot!

— Et pourquoi? lui demanda son mari.

— Parce que je peux en avoir d'autres, et parce que j'en veux un. Désolée, fit-elle avec un petit sourire, désolée si ça t'embête. La fabrication, je veux dire.

— Je pense que je devrais y arriver.

— Il faut que je me lève à 4 h 30, reprit Cathy. Ma première opération est à 7 heures.

— Et alors?

— Alors, voilà.

Elle se leva et se dirigea vers lui pour l'embrasser sur la joue.

— Rejoins-moi là-haut.

Ryan resta assis une minute ou deux, finit le fond de son verre, et éteignit la télé en souriant. Il vérifia que la maison était fermée et brancha l'alarme. Il passa à la salle de bain se brosser les dents, et jeta un coup d'œil subreptice dans son tiroir : il y avait un thermomètre et un calendrier sur lequel étaient indiqués quelques repères avec des températures. Bon, elle ne plaisantait pas. Elle avait réfléchi avant et, selon son habitude, elle avait tout gardé pour elle. Eh bien d'accord. D'accord?

Jack entra dans leur chambre et rangea ses habits. Il enfila une robe de chambre et alla s'asseoir au bord du lit à côté de sa femme. Elle se leva, lui mit les bras autour du cou, et il l'embrassa.

— Tu es bien sûre de toi, chérie?

— Ça t'ennuie?

— Cathy, si ça te fait plaisir, je ferais pour toi tout ce que tu veux, n'importe quoi, ma chérie.

« J'aimerais que tu arrêtes de boire », se dit Cathy. Mais ce n'était pas le moment de lui en parler. Elle sentait ses mains à travers son déshabillé. Jack avait des mains robustes mais douces, qui suivaient leur chemin à travers la dentelle. C'était sans doute un peu bête, mais une femme a bien le droit d'aimer des choses toutes bêtes de temps en temps. Même si cette femme est professeur assistant d'ophtalmologie à l'hôpital John-Hopkins. La bouche de Jack avait le goût du dentifrice et du vin blanc bon marché, mais tout le reste de son corps sentait l'homme, un homme qui lui avait donné une vie de rêve. Il travaillait trop, il buvait trop, il ne dormait pas assez, mais, sous tout cela, il y avait un homme. Et il n'y avait rien de meilleur, même avec ses faiblesses, ses absences et tout le reste.

Cathy émit quelques petits bruits de circonstance quand Jack trouva les boutons. Il comprit parfaitement le message, mais ses doigts étaient malhabiles. Ces boutons minuscules étaient énervants, et les boutonnières trop petites, mais derrière le tissu, il y avait ses seins et elle était donc certaine qu'il finirait par en venir à bout. Cathy respira profondément pour sentir l'odeur de sa poudre préférée. Elle n'aimait pas le parfum, trouvant qu'une femme crée elle-même toutes les senteurs qui plaisent à un homme. Voilà, ses mains caressaient son corps dénudé, sa peau lisse et douce et encore jeune. Elle n'était pas trop vieille à trente-six ans, en tout cas pas trop vieille pour avoir un autre enfant. Elle mourait d'envie de sentir une nouvelle vie se développer en elle, elle acceptait d'avance les nausées, la vessie comprimée, toute la gêne qui conduit finalement à la joie et au miracle d'un nouvel être humain. Les douleurs de l'enfantement – ce n'était pas drôle, mais alors pas du tout –, elle était capable de les supporter avec Jack près d'elle, comme lorsqu'elle avait eu Sally et Jack Jr. C'était là le plus grand acte d'amour qu'elle ait jamais expérimenté. C'était cela être femme, avoir le pouvoir de mettre au monde, donner à un homme la seule forme d'immortalité qui tienne, et qu'il lui donnait de son côté.

Et en plus, se dit-elle en essayant de ne pas rire, être enceinte lui permettrait d'éviter le jogging.

Les mains de Jack lui enlevaient complètement sa chemise, et il l'allongea sur le lit. Il était particulièrement expert en la matière, il l'avait toujours été, même la première fois, où il était encore un peu nerveux... Le présent se mêlait à ses souvenirs tandis que ses mains caressaient sa peau, une peau à la fois fraîche et tiède. Et quand il lui avait demandé de l'épouser, quand il avait pris son courage à deux mains, elle avait deviné la crainte dans son regard, la terreur à l'idée qu'elle pourrait refuser, alors que c'était elle qui craignait le plus qu'il n'ose pas – elle en avait même pleuré une semaine entière : et s'il ne disait rien, et s'il avait changé d'avis, et s'il en aimait une autre ? Cathy avait tout deviné, avant même qu'ils fassent l'amour pour la première fois. C'était bien lui, Jack était l'homme dont elle voulait partager la vie, dont elle porterait les enfants, qu'elle voulait aimer jusqu'à la mort et peut-être au-delà, si ce que disent les prêtres est vrai. Ce n'était pas pour sa taille ou pour sa force, non plus que pour le courage dont il avait fait preuve deux fois devant ses yeux – et, croyait-elle, dont il avait dû faire preuve beaucoup plus souvent sans qu'elle le sache –, c'est parce qu'il était foncièrement bon, gentil, et qu'il avait une force qu'on ne percevait que lorsqu'on le connaissait. Son mari était très ordinaire par certains côtés, extraordinaire par d'autres, mais c'était en tout cas un homme qui avait presque toutes les qualités et assez peu de faiblesses...

Et ce soir, elle allait lui donner un autre enfant. Elle était très régulière et avait pris sa température le matin même. Bon, convint-elle, c'était une affaire de probabilités, mais la probabilité était élevée. Il ne fallait pas que la déformation professionnelle prenne le dessus, pas avec Jack, et pas à un moment comme celui-là.

Sa peau était en feu. Jack savait très bien comment s'y prendre, ses baisers étaient à la fois tendres et passionnés, ses mains la caressaient avec une science infinie. Il était en train de lui déranger sa coiffure, mais ça n'avait aucune importance. Quand on porte un bonnet de chirurgien, rien ne sert de perdre son temps et son argent à se faire faire des permanentes. Elle était d'ordinaire plus active au cours des prémices, mais ce soir, elle laissait Jack prendre l'initiative. Il appréciait autant de mener le jeu que de se laisser conduire, tous les chemins mènent à Rome. Et puis tout s'emballa. Cathy arqua le dos et commença à gémir, sans dire un mot. Ce n'était pas nécessaire, ils étaient mariés depuis assez longtemps et il connaissait tous ces signaux. Elle l'embrassa violemment et planta ses ongles dans ses épaules. Cela voulait dire maintenant!

Mais il ne se passa rien.

Elle lui prit la main pour la baiser, et la conduisit doucement pour qu'il se rende compte qu'elle était prête.

Il semblait tendu, d'une façon inhabituelle. D'accord, elle l'avait un peu forcé... pourquoi ne pas le laisser, après tout... elle l'avait laissé faire jusqu'ici, et si elle changeait de méthode... Elle lui prit la main pour la poser sur ses seins et ne fut pas déçue. Cathy faisait plus attention maintenant, enfin, elle essayait. Il était toujours aussi doué pour l'exciter. Elle se remit à gémir, l'embrassa de toutes ses forces en en rajoutant un peu, il fallait qu'il sache que c'était lui son homme, que tout son univers tournait autour de lui, comme le sien tournait autour d'elle. Mais son dos, ses épaules étaient toujours aussi tendus. Qu'est-ce qui n'allait pas?

Elle recommença ses caresses, sur son torse, jouant avec les poils noirs. Ça le mettait en général dans tous ses états... surtout lorsque ses mains suivaient le petit sentier qui mène à...

Mais quoi, alors?

— Jack, qu'est-ce qui ne va pas?

Elle eut l'impression qu'il mettait une éternité à répondre.

— Je ne sais pas.

Jack s'éloigna de sa femme et se retourna sur le dos, les yeux rivés au plafond.

— Fatigué?

— Je crois que c'est ça, bredouilla-t-il. Désolé, chérie.

Et merde et merde et merde! Mais avant qu'elle ait eu le temps de trouver quelque chose à dire, il avait fermé les yeux.

«Il travaille trop, et avec tout ce qu'il boit.» Mais ce n'était pas juste! C'était le jour, le bon moment, et...

«Tu es trop égoïste.»

Cathy se leva, ramassa sa chemise de nuit jetée par terre et la suspendit avec soin. Elle en choisit une autre, mieux faite pour dormir, et alla dans la salle de bain.

«C'est un homme, pas une machine. Il est fatigué, il travaille comme une brute. Tout le monde peut avoir un mauvais jour. Quelquefois, c'est lui qui en a envie et tu n'es pas d'humeur, et parfois ça le rend fou. Ce n'est pas sa faute et ce n'est pas la tienne. Tu as fait un mariage merveilleux, même si tout n'est pas parfait. Jack est le meilleur homme que tu connaisses, mais il n'est pas parfait non plus.

«Mais je voulais...

«Je veux un autre bébé, et c'était pile le bon moment, juste ce soir!»

Ses yeux se remplirent de larmes. Elle savait qu'elle était injuste, mais elle était tellement déçue. Et un peu en colère.

* * *

– Bon, commodore, je ne veux pas abuser de la Marine.

– Bon dieu, Ron, vous ne croyez tout de même pas que je vais laisser un de mes vieux matelots louer une voiture.

– Comme vous voudrez.

Mancuso renifla. Son chauffeur chargea les bagages dans le coffre de la Plymouth de la Marine, tandis qu'il montait derrière avec Jones.

– Comment va la petite famille?

– Ça va, merci, commodore.

– Vous pouvez m'appeler Bart, Jones. Et, à propos, je vais passer amiral.

– Félicitations! fit Jones. Bart, j'aime bien ce prénom, mais ne m'appelez pas Indy. Alors oui, la famille. Kim est retournée à l'université préparer son doctorat. Les gosses sont en classe – en demi-pension, forcément – et moi, je deviens un homme d'affaires comme les autres.

– Je crois qu'on dit plutôt entrepreneur, n'est-ce pas? lui dit Mancuso.

– OK, restons techniques. Ouais, je détiens une grosse part de la société, mais je mets encore les mains dans le cambouis. J'ai trouvé un type pour s'occuper de la compta et de toutes ces conneries, mais j'aime encore mieux faire le travail, le vrai. Ces derniers mois, j'étais sur le *Tennessee* pour essayer un nouveau système. – Jones montra des yeux le chauffeur. – On peut parler devant lui?

– Le second-maître Vincent a plus d'habilitations que moi. Pas vrai?

– Oui, commandant, le commandant a toujours raison, commandant, répondit le chauffeur.

Ils se dirigeaient maintenant vers Bangor.

– Vous avez eu un petit problème, Bart.

– Grave?

– Un problème important, patron, dit Jones, en se rappelant l'époque où ils avaient fait ensemble des choses tout à fait intéressantes sur l'*USS Dallas*. J'ai encore jamais vu ça.

Mancuso essaya de lire dans ses yeux ce qu'il voulait dire.

– Vous avez des photos des gosses?

Jones fit non de la tête.

– Vous pensez. Et comment vont Mike et Dominic?

– Ça va bien, Mike voudrait entrer à l'École de l'Air.

— Dites-lui que l'oxygène pourrit le cerveau.

— Dominic songe au CalTech.

— Sans blague ? Bon dieu, je pourrais lui donner un coup de main.

Ils parlèrent de choses sans importance jusqu'à leur destination. Mancuso l'emmena dans son bureau et ferma derrière Jones la porte capitonnée qui les mettait à l'abri des indiscrétions après avoir demandé du café à son maître d'hôtel.

— Quel est ce problème, Ron ?

John hésita une fraction de seconde avant de répondre.

— Je crois que quelqu'un a réussi à pister le *Maine*.

— Pister un Ohio ? Poursuivez.

— Où est-il en ce moment ?

— Il a repris la mer, bien entendu, avec l'équipage bleu. Il est escorté par un 688 qui nettoie le terrain et qui le seconde pour les essais acoustiques, avant de gagner sa zone de patrouille.

Mancuso pouvait parler très librement avec Jones. Sa société faisait du conseil en sonar pour toutes les plates-formes sous-marines et anti-sous-marines de la flotte américaine, si bien qu'il avait accès à une grande quantité d'informations opérationnelles.

— Y a encore des types de l'équipage or à la base ?

— Le commandant est en perme, mais le second est là, Dutch Claggett. Vous le connaissez ?

— Il n'était pas sur le *Norfolk* ? Un Noir, c'est ça ?

— C'est lui.

— J'en ai entendu dire du bien. Il a fait du bon boulot, c'était sur un porte-avions pour son stage de commandement. J'étais sur un P-3 et il les a bien baisés.

— Vous avez vu juste, c'est un type qui a de l'avenir. Il prend le commandement d'un sous-marin d'attaque l'an prochain.

— Et qui est le pacha ?

— Harry Ricks. Vous en avez entendu parler ?

Jones baissa les yeux et marmonna quelque chose.

— J'ai un nouveau chez moi, un premier-maître en retraite qui a fait sa dernière affectation avec lui. Il est aussi nul qu'on le dit ?

— Ricks est un ingénieur exceptionnel, répondit Mancuso. Je le dis parce que je le crois, il est absolument génial dans ce domaine.

— Parfait, patron, c'est comme vous, mais Ricks sait-il commander ?

— Du café, Ron ? dit Mancuso en montrant la cafetière.

— Il serait peut-être utile de faire venir le capitaine de frégate Claggett, commodore. — Jones se leva et prit une tasse. — Je vois que vous êtes devenu plus diplomate ?

— Les responsabilités du commandement, Ron. Je n'ai jamais raconté à personne toutes les conneries que vous avez faites sur le *Dallas*.

Jones se retourna en riant.

– OK, vous m'avez eu. J'ai apporté l'analyse sonar, c'est dans ma serviette. J'aimerais voir ses calques, les immersions et tout ça. À mon avis, il y a une bonne probabilité pour que le *Maine* se soit fait pister, et ça, Bart, c'est pas de la merde.

Mancuso décrocha son téléphone.

– Trouvez-moi le capitaine de frégate Claggett, je voudrais le voir immédiatement. Merci. Ron, comment pouvez-vous être sûr...

– J'ai fait moi-même cette analyse. Un de mes types a regardé l'enregistrement et c'est lui qui a trouvé une trace très faible. J'ai passé cinquante heures à vérifier les données, et il y a une chance sur trois, peut-être davantage, qu'il se soit fait pister.

Bart Mancuso reposa sa tasse.

– J'ai du mal à le croire.

– Je sais, et ça a failli biaiser mon analyse. Je sais que c'est incroyable.

La Marine américaine considérait comme un théorème que ses SNLE n'aient encore jamais été pistés par quiconque au cours d'une patrouille. Mais, comme pour tous les théorèmes, il y avait des exceptions.

L'emplacement des bases de SNLE américains n'est pas secret. Les postiers doivent bien savoir où aller quand ils distribuent leurs paquets. Pour des raisons de coût-efficacité, la Marine emploie un certain nombre de civils pour assurer la sécurité de ses bases – des flics loués. Cependant, seuls les marines assurent la sécurité des armes nucléaires. Quand on en voit un, c'est qu'il y a des armes nucléaires pas loin. C'est ce qu'on appelle une mesure de sécurité. Les SNLE proprement dits ne sont pas très différents des sous-marins d'attaque, en plus gros. Les noms des bâtiments figurent sur la liste navale, les matelots portent sur leur bonnet un ruban qui identifie clairement le nom et le numéro de coque de leur bateau. Avec toutes ces données, accessibles à tout le monde, les Soviets savent très bien où envoyer leurs propres sous-marins d'attaque pour détecter les SNLE américains qui partent en patrouille.

Au début, il n'y avait pas eu de problème. Les premiers sous-marins d'attaque soviétiques étaient équipés de sonars du genre « Helen Keller » qui n'entendaient ni ne voyaient rien, et les sous-marins eux-mêmes faisaient autant de bruit qu'une voiture sans pot d'échappement. Tout avait changé avec l'admission au service des Victor III, sensiblement équivalents aux premiers 594 en niveau de bruit rayonné, et qui commençaient à avoir des sonars dignes de ce nom. Quelques Victor III s'étaient approchés du détroit de Juan de Fuca – ou d'autres points de passage –, guettant les SNLE US. Dans certains cas, étant donné que les entrées de ports sont des endroits assez étroits, ils avaient réussi à prendre et à garder le contact. Ils avaient même été jusqu'à faire un peu de sonar actif, ce qui agaçait et embêtait les équipages de sous-marins américains. Résultat, des SNA US accompagnaient fréquemment les SNLE qui sortaient. Leur mission consistait à maintenir les sous-marins russes à l'écart. Ils offraient en effet des cibles supplémentaires, rendaient plus confuse la situation tactique, et allaient même parfois jusqu'à forcer les Russes à s'éloigner, en les «poussant de l'épaule». Le terme de l'argot maritime est beaucoup plus cru. En fait, des SNLE américains s'étaient fait bel et bien pister, mais uniquement en eaux peu profondes, près de ports parfaitement connus, et pendant des durées qui n'étaient jamais très longues. Dès qu'ils avaient gagné la haute mer, leur tactique consistait à monter en allure pour dégrader les performances acoustiques du pisteur, à faire une manœuvre évasive et à se tenir cois. À ce moment-là, et ça ne manquait jamais, les sous-marins américains arrivaient à rompre le contact. Le sous-marin soviétique perdait leur trace, et de chasseur devenait proie. Les services torpilles des SNLE étaient bien entraînés, et les pachas les plus agressifs avaient quatre poissons Mark 48 au tube avec des solutions de tir pour se faire les Russes devenus aveugles et vulnérables.

Ce qui était vrai, c'était que les SNLE américains étaient invulnérables dans leurs zones de patrouille. Quand on envoyait des SNA à leur poursuite, il fallait faire attention à l'attribution des tranches d'immersion, comme en navigation aérienne. Sinon, ils auraient bien pu se rentrer dedans. Les sous-marins d'attaque américains, même très récents comme les 688, avaient rarement réussi à pister un SNLE, et dans le cas des Ohio en particulier, on comptait les exemples de détection sur les doigts d'une seule main. Dans presque tous les cas, le commandant du SNLE avait commis une erreur grossière, la honte majeure, et il fallait encore que le pacha du SNA soit sacrément bon pour y arriver. Il se faisait en outre détecter lui-même à tous les coups. L'*Omaha* avait l'un des meilleurs commandants de la Flotte du Pacifique, et il n'avait pas réussi à trouver le *Maine*, alors qu'il avait des renseignements bien meilleurs que ceux dont disposait un commandant soviétique.

— Mes respects, commandant, fit Dutch Claggett en entrant. J'étais justement au bout du couloir, au service du personnel.

— Commandant, je vous présente Ron Jones.

— C'est le Jonesy que vous portez tant aux nues ?

Claggett serra la main du civil.

— Pas une de ces histoires n'est vraie, répondit Jones.

Claggett s'arrêta de plaisanter en voyant leur tête.

— Quelqu'un est mort, qu'est-ce qui se passe ?

— Attrapez un siège, fit Mancuso. Ron pense que vous avez peut-être été pisté pendant votre dernière patrouille.

— Conneries, dit Claggett. Excusez-moi, commandant.

— Je vous trouve bien sûr de vous, lui dit Jones.

— Le *Maine* est notre meilleur sous-marin, monsieur Jones. Un vrai trou noir. Non seulement nous ne faisons aucun bruit, mais nous absorbons tous les sons autour de nous.

– Je vois que vous défendez la ligne du parti, commandant. Maintenant, parlons sérieusement.

Ron ouvrit sa serviette et en sortit une liasse de listages informatiques.

– C'était juste à mi-patrouille.

– OK, je me souviens, c'est le jour où nous avons chatouillé l'*Omaha*.

– Je ne parle pas de ça. L'*Omaha* était devant vous.

Jones tourna les pages pour trouver la bonne.

– Je ne suis pas convaincu, mais regardons ce que vous avez trouvé.

Les imprimés consistaient en une sortie graphique de deux indicateurs sonar. Ils étaient gradués sur deux axes, le temps et le relèvement vrai. D'autres documents fournissaient l'historique des conditions d'environnement, essentiellement la température de l'eau de mer.

– Vous aviez beaucoup de bruit de fond, dit Jones en montrant des repères indiqués sur les documents. Quatorze bâtiments de pêche, une demi-douzaine de gros bateaux de commerce et je vois aussi quelques bosses, des crevettes claqueuses. Vos opérateurs sonar étaient très occupés avec tout ça, sans doute même un peu surchargés. Vous aviez aussi une couche très marquée.

– C'est exact, convint Claggett.

– Et là, c'est quoi ? – Jones montrait une bouffée de bruit sur le graphique.

– Eh bien, nous pistions l'*Omaha*, et le commandant a décidé de chasser à blanc pour leur secouer un peu les côtes.

– Sans blague ? demanda Jones. Voilà qui explique sa réaction. Je pense qu'ils ont décoincé et ils sont venus cap au nord. Mais je n'aurais pas deviné tout seul.

– Vous croyez ?

– Parfaitement, répondit Jones. Je me suis toujours polarisé sur ce qui se passait derrière nous. J'ai déjà embarqué sur des Ohio, commandant, d'accord ? On peut vous pister, n'importe qui. Et ce n'est pas uniquement à cause de la plate-forme. Maintenant, regardez ici.

Le graphique ressemblait à un nuage de points aléatoires, comme un cortège de fourmis qui aurait avancé le long de l'axe des temps. Comme dans tous les phénomènes réellement aléatoires, il y avait des irrégularités, des endroits où, pour une raison ou pour une autre, les fourmis n'étaient pas passées, d'autres où elles s'étaient concentrées avant de se disperser.

– Cette ligne est à relèvement constant, dit Jones. On retrouve ce schéma huit fois de suite, et uniquement lorsque la couche est moins épaisse.

Le capitaine de frégate Claggett fronça les sourcils.

– Vous dites huit fois ? Ces deux-là pourraient être un faux écho de pêcheurs, ou des contacts plus lointains, dans une zone de convergence.

Il feuilleta les pages. Claggett s'y connaissait en sonar.

– C'est plutôt mince.

– Et c'est pour cela que vos opérateurs n'ont rien vu, ni en mer, ni au retour. Mais c'est pour cela qu'on me paie, pour vérifier ce que vous trouvez, répondit Jones. Qui y avait-il d'autre ?

– Commodore, je peux ? demanda Claggett. – Mancuso lui fit signe que oui. – Il y avait un classe Akula quelque part. Les P-3 l'ont perdu au sud de Kodiak, il était donc dans un rayon de six cents nautiques. Mais cela ne signifie pas que c'est lui.

– Quel Akula ?

– L'*Amiral Lunin,* répondit Claggett.

– C'est le commandant Dubinin ?

– Putain, vous savez tout, remarqua Mancuso. On dit qu'il est très bon.

– Il devrait, nous avons un ami commun. Le commandant Claggett est au courant ?

– Non. Désolé, Dutch, ceci est trop confidentiel.

– Il faudrait lui raconter, dit Jones. Cette manie du secret va trop loin.

– Le règlement est le règlement.

– Ouais, je sais bien. Tant pis, c'est là que j'ai eu un sérieux doute, la dernière page. – Ron passa à la fin de la liasse. – Vous remontiez à l'immersion d'écoute radio...

– Oui, lancement fictif de missiles.

– Et vous avez produit des bruits de coque.

– On est remontés assez vite, et la coque est en acier, pas en caoutchouc, répondit Claggett, légèrement irrité. Alors ?

– Alors, la coque a passé la couche plus vite que votre flûte. Et l'antenne remorquée a détecté ceci.

Claggett et Mancuso regardèrent de plus près. On distinguait un trait vertical assez flou, mais dans une bande de fréquence caractéristique d'un sous-marin soviétique. Ce n'était pas une preuve absolue, mais, comme Jones l'avait indiqué auparavant, c'était en plein sur l'arrière du *Maine.*

– Bon, si j'étais homme à faire des paris, ce qui n'est pas le cas, je parierais à deux contre un que, pendant que vous étiez sous la couche, quelqu'un était juste au-dessus et laissait pendre son fil juste en dessous. Il a détecté votre transitoire de coque, il a vu que vous remontiez, et il a plongé sous la couche au moment précis où vous la passiez. C'est assez astucieux, mais vous aviez une forte pointe positive, votre fil est resté dessous plus longtemps que prévu, et c'est de là que provient cette signature.

– Mais il n'y a plus rien ensuite.

– Rien du tout, admit Jones. Il n'est pas revenu. Jusqu'à la fin de l'enregistrement, il n'y a plus que du bruit de fond et des bruiteurs identifiés.

– C'est quand même assez mince, Ron, fit Mancuso en se redressant pour se détendre les reins.

– Je sais, et c'est pour ça que je suis venu. Un rapport écrit n'avait aucune chance de vous convaincre.

– Le sonar des Russes : vous savez des choses que nous ne savons pas ?

– Ils font des progrès... ils en sont où nous en étions, disons il y a dix ou douze ans. Il s'intéressent davantage que nous à la détection large bande, mais ça change aussi chez nous. J'ai convaincu le Pentagone de se pencher sur le système que Texas Instruments avait commencé à développer. Commandant, vous avez dit tout à l'heure que vous étiez un vrai trou noir, mais ça marche dans les deux sens. On ne peut pas voir un trou noir, mais on peut le détecter. On peut donc théoriquement essayer de trouver un *Ohio* en observant ce qui devrait se passer mais qui ne se passe pas.

– Le bruit de fond ?

– Oui, approuva Jones du menton. Vous créez un trou dans le bruit de fond, vous créez un trou noir sans bruit. Si on est capable de mettre en évidence un signal dans un certain relèvement, avec de très bons filtres, avec d'excellents opérateurs, je pense que c'est possible – à condition d'avoir un indice.

– C'est très peu probable, tout ça.

Jones était d'accord avec cette remarque.

– Mais ce n'est pas impossible. J'ai regardé les données de près. Ce n'est pas évident, mais ce n'est pas impossible. En outre, on peut détecter à des niveaux inférieurs au bruit de fond. Ils en sont peut-être capables, eux aussi. J'ai entendu dire qu'ils mettaient au point une antenne à grande ouverture, ce sont leurs équipes de Mourmansk qui travaillent dessus. Ce serait aussi bon que la BQR-15.

– Je n'en crois rien, fit Mancuso

– Eh bien, moi si, patron. Ce n'est pas une technique révolutionnaire. Que sait-on du *Lunin* ?

– Il est en entretien. Attendez.

Mancuso regarda la carte en projection polaire fixée au mur de son bureau.

– Si c'était lui, et s'il était retourné directement à sa base... ce serait possible, techniquement, mais il faut empiler pas mal d'hypothèses.

– Je dis simplement que ce canard était dans les environs quand vous avez fait une chasse d'air, vous êtes venus au sud, et il en a fait autant, vous lui avez fourni un transitoire de coque qui l'a mis en alerte, puis il a décidé de rompre le contact. Les données sont minces, mais ça colle – peut-être, je vous l'accorde, peut-être. Mais c'est pour ça qu'on me paie, les mecs.

– J'ai félicité Ricks d'avoir chatouillé l'*Omaha* de cette façon..., reprit Mancuso au bout d'un moment. Je veux que mes pachas se montrent agressifs.

Jones se mit à rigoler pour essayer de détendre l'atmosphère.

– Et je peux te demander pourquoi, Bart ?

– Dutch est au courant de ce que nous avons fait à terre, ce truc qu'on a coincé*.

– J'admets que c'était assez excitant, fit Jones.

– Une chance sur trois...

– Mais la probabilité augmente si vous admettez que l'autre pacha est bon. Et Dubinin a été à bonne école.

– Mais vous parlez de quoi à la fin? demanda le capitaine de frégate Claggett, un peu exaspéré.

– Comme vous savez, nous avons tout un tas de renseignements sur les classe Typhon, et davantage encore sur leurs torpilles. À votre avis, commandant, ça vient d'où?

– Ron, bon dieu!

– Je ne transgresse aucun règlement, patron, et en outre, il faut qu'il sache.

– Je ne peux rien lui dire, et vous le savez très bien.

– Très bien, Bart. – Jones se tut. – Commandant, vous vous doutez que nous n'avons pas eu tout ça de façon ordinaire. Vous pourriez même trouver tout seul.

Claggett avait entendu des bruits de coursive, quand la cale Huit-Dix de Norfolk avait été fermée un bon bout de temps, des années plus tôt. On racontait des tas d'histoires à ce sujet, mais uniquement dans les carrés de sous-marins et sous quelques mètres d'eau. On disait que la Marine américaine avait mis la main sur un SNLE russe, on racontait qu'un réacteur assez bizarre s'était retrouvé à l'école sur l'énergie nucléaire de la Marine dans l'Idaho avant de disparaître mystérieusement, que des plans et même quelques morceaux de torpilles russes étaient apparus par miracle à Groton, qu'on avait observé deux tirs de missiles la nuit à la base aérienne de Vandenberg, et que ça ne ressemblait pas du tout à des missiles américains. La Marine avait vu arriver une foule de renseignements d'ordre opérationnel de première main, des renseignements qui venaient visiblement de quelqu'un connaissant bien le sujet. Ce n'est pas toujours le cas dans le renseignement. Ces données concernaient les tactiques et l'entraînement des sous-marins soviétiques. Claggett n'avait qu'à regarder l'uniforme de Mancuso pour voir une Distinguished Service Medal, la plus haute décoration en temps de paix. Le ruban portait une étoile, ce qui indiquait qu'on la lui avait remise une deuxième fois. Mancuso était plutôt jeune pour commander une escadrille, et encore plus jeune pour figurer sur la liste d'aptitude. Et ce type, il avait navigué avec Mancuso, il l'appelait par son prénom. Il fit un signe de tête à Jones.

– J'ai tout compris, merci.

– Vous me parliez d'une erreur d'opérateur?

---

* Voir *À la poursuite d'*Octobre rouge, *op. cit.*

Jones prit un air préoccupé. Il ne savait pas grand-chose sur le compte d'Harry Ricks.

– De la malchance, plutôt, ou appelez même ça de la chance, si vous préférez. Ça s'est bien terminé, et nous avons même amélioré nos connaissances. Nous en savons maintenant davantage sur les Akula. Il a fallu tout un concours de circonstances assez rare, et ça risque de ne plus jamais se reproduire avant cent ans. Votre pacha en a été victime, et l'autre type en face – s'il y avait quelqu'un en face – était sacrément futé. Enfin, l'important, quand on commet une erreur, c'est d'en tirer les leçons, pas vrai?

– Harry revient dans dix jours, dit Mancuso. Vous pourriez repasser quand il sera rentré?

– Désolé, répondit Jones. Je vais en Angleterre, je dois sortir sur le *HMS Turbulent* pendant quelques jours, des exercices. Les British ont un nouveau processeur sur lequel nous aimerions jeter un coup d'œil, et c'est moi qui m'en occupe.

– Vous ne voulez tout de même pas que je parle moi-même de tout ça à mon pacha? demanda Claggett après avoir réfléchi quelques instants.

– Mais non, Dutch... pourquoi me demandez-vous ça?

Claggett n'avait pas l'air très à l'aise.

– Commandant, c'est mon patron, et ce n'est pas un mauvais patron, mais il a sa façon de penser.

«Voilà qui est artistement enveloppé, se dit Jones... pas un mauvais patron, sa façon de penser. Il veut dire tout simplement que son pacha est un con, et il le fait en s'arrangeant pour ne pas avoir l'air de dire du mal de lui.» Ron se demandait quelle sorte de bonhomme était exactement ce Ricks. Heureusement, son second essayait de travailler avec lui. Et un bon pacha écoute ce que lui dit son second.

– Patron, que devient Mr. Chambers?

– Il vient de prendre le *Key West*. Il a recruté un de vos poulains comme chef sonar. Billy Zerwinski. Il est passé premier-maître, à ce qu'on m'a dit.

– C'est pas vrai! Tant mieux pour lui. Je savais que M. Chambers avait un brillant avenir devant lui, mais Billy Z, premier-maître, ça alors! Où va la Marine?

* * *

– Ça dure une éternité, remarqua amèrement Qati.

Il avait le teint crayeux, on voyait qu'il supportait mal son traitement.

– C'est faux, répondit sèchement Fromm. Je vous ai dit qu'il y en avait pour plusieurs mois, et il faudra des mois. La première fois, ça leur a pris trois ans et toutes les ressources de la nation la plus riche de la planète. Il me faudra le huitième de ce temps, avec un budget de misère. Nous allons bientôt nous occuper du rhodium, ce sera beaucoup plus facile.

– Et le plutonium? demanda Ghosn.

– Nous nous en occuperons en dernier, vous savez bien pourquoi.

– Oui, Herr Fromm, et nous devrons faire très attention, car il faut prendre soin qu'il n'atteigne pas la masse critique pendant qu'on le forme, répondit Ghosn d'un ton sarcastique, pour une fois.

Il était fatigué, il travaillait sans arrêt depuis dix-huit heures, a surveiller les ouvriers.

– Et le tritium?

– En dernier. C'est évident. Il est relativement instable, et il nous faut du tritium aussi pur que possible.

– Parfaitement exact, fit Ghosn en bâillant.

Il n'avait pas écouté la réponse, et il ne se posait pas la question de savoir pourquoi Fromm avait répondu de cette façon.

De son côté, Fromm se dit qu'il fallait penser au palladium. Il lui en fallait une petite quantité, mais il avait complètement oublié de s'en occuper. Il grommela. Il travaillait trop, le climat était épouvantable, ses ouvriers et ses associés étaient désagréables. C'était le prix à payer pour pareille occasion. Il réalisait ce que seuls une poignée d'hommes avaient réussi à faire, et il le faisait dans des conditions comparables à ce qu'avaient connu Fermi et les autres en 1944-45. Ce n'est pas tous les jours qu'on a l'occasion de se mesurer à des géants et de soutenir avantageusement la comparaison. Il se demandait vaguement à quoi servirait cette arme, mais il devait bien admettre au fond de lui-même qu'il s'en moquait. Allez, il avait du travail.

L'Allemand traversa l'atelier et se dirigea vers les machines-outils. Une équipe de techniciens était à l'ouvrage. La pièce de béryllium qui était en place avait une forme très compliquée, et elle avait été particulièrement délicate à programmer, avec ses formes concaves, convexes, ou encore plus complexes. La machine était bien entendu commandée par ordinateur, mais on surveillait sans arrêt le travail en cours à travers des hublots de Lexan qui isolaient la zone d'usinage du monde extérieur. L'air était aspiré vers le haut dans un filtre électrostatique, car il aurait été trop dangereux d'évacuer les poussières directement dans l'atmosphère. Les électrodes du filtre étaient couvertes de deux bons mètres de terre. Le béryllium n'est pas radioactif, contrairement au plutonium, et il faudrait bien usiner le plutonium sur la même machine. Le béryllium avait deux avantages; il était nécessaire à la construction de la bombe, et son usinage représentait un bon entraînement pour la suite.

La machine-outil répondait pleinement aux espoirs de Fromm quand il l'avait commandée, des années plus tôt. Les outils pilotés par ordinateur étaient vérifiés au laser, et on atteignait un degré de perfection impossible à espérer seulement cinq ans avant. La surface de béryllium usinée avait l'aspect d'un bijou, elle avait ce fini qu'on voit aux armes de qualité, et ce n'était que la première passe. La machine crachait les tolérances atteintes en angströms.

La tête tournait à 25 000 tours/minute, et il ne s'agissait pas exactement d'usinage, elle brûlait plutôt les irrégularités de la surface. D'autre instruments étaient reliés à un autre ordinateur pour mesurer les tolérances et surveiller le degré d'usure des outils. Au-delà d'un certain seuil, la machine s'arrêtait automatiquement et remplaçait l'outil. Des puces étaient capables de réaliser ce qui avait été exécuté dans le temps par des ouvriers spécialement entraînés surveillés par des prix Nobel.

L'enveloppe de la bombe était terminée. De forme ellipsoïdale, elle mesurait 98 centimètres sur 52. Constituée d'acier d'un centimètre d'épaisseur, elle devait résister, mais pas trop, juste de quoi supporter le vide. Les blocs de polyéthylène et de mousse de polyuréthane étaient prêts eux aussi. Un engin de ce genre nécessitait simultanément l'emploi de matériaux très résistants et très légers. Dans certains cas, ils s'étaient dépassés, mais il n'y avait pas de raison de gaspiller un temps et des compétences précieux. Sur une autre machine, des ouvriers s'entraînaient sur une ébauche d'acier inox qui simulait le cylindre de plutonium replié destiné au primaire. Ils en étaient à leur septième essai, et, comme prévu, les deux premiers avaient été des échecs. Arrivés au cinquième, la gamme était au point, et le sixième était le bon, mais pas encore assez bon au goût de Fromm. L'Allemand avait en tête un mode opératoire mis au point par la NASA pour préparer la mission du premier homme sur la lune. Pour qu'un élément atteigne les performances désirées, toute une série d'événements élémentaires devaient se succéder dans une séquence d'une précision inhumaine. On pouvait se représenter ce processus comme le passage d'une succession de portes. Plus les portes étaient larges, plus il était facile de les franchir rapidement, les tolérances représentaient leur largeur. Fromm voulait obtenir des tolérances nulles, il voulait que chaque élément de l'arme colle aux valeurs spécifiées aussi exactement qu'il était techniquement possible de le faire. Les performances réelles seraient d'autant plus proches des performances recherchées que ce principe serait respecté. Et il se disait même qu'il atteindrait peut-être des performances encore meilleures... Il lui était interdit de faire des expériences, interdit de trouver des solutions empiriques à des problèmes théoriques très complexes. Il avait donc passé beaucoup de temps sur les études de base, en se fixant une énergie objectif beaucoup plus élevée que celle qu'il recherchait. Ce qui expliquait qu'il comptait utiliser une grosse quantité de tritium, plus de cinq fois ce dont il aurait eu théoriquement besoin. Mais cela posait bien sûr d'autres problèmes. Son stock de tritium datait de plusieurs années, et une partie s'était transformée en hélium 3, isotope particulièrement indésirable de cet élément. Cependant, en filtrant le tritium dans du palladium, il devait réussir à le purifier et à obtenir le rendement cherché. Les ingénieurs américains et soviétiques n'avaient pas ce problème, car leurs essais leur permettaient de diminuer cette quantité jusqu'au minimum strictement nécessaire. Fromm avait pourtant quelques avantages dans sa situation. Il n'avait pas à se soucier de durée de vie, et c'était un luxe que les Américains et les Soviétiques ne pouvaient pas se permettre. C'était son seul atout, et Fromm comptait bien l'utiliser au maximum. Comme dans tous les aspects de la conception d'une arme, cet avantage avait aussi ses inconvénients, mais Fromm maîtrisait tous les aspects de la conception. «Le palladium, se dit-il. Il ne faut pas que j'oublie. » Mais il avait encore tout son temps.

— Terminé.

Le chef d'équipe appela Fromm de la main. La pièce d'acier inox sortit sans effort de la machine, et il la tendit à l'Allemand. C'était une pièce de trente centimètres de long, de forme assez complexe. On aurait pu la comparer à une grosse cruche à eau dont le sommet aurait été recourbé vers la base et qui n'aurait pas pu contenir d'eau à cause du trou percé dans ce qui aurait dû être le fond. L'ébauche pesait environ huit kilos, et sa surface était finie comme un miroir. Il l'éleva à la lumière pour voir s'il subsistait des imperfections, mais sa vue n'était pas assez fine. Il était plus facile d'appréhender la qualité de la surface mathématiquement que visuellement. D'après la machine, la surface était correcte au millième de micron, soit une fraction de la longueur d'onde de la lumière.

— C'est un vrai joyau, dit Ghosn.

Il se tenait derrière Fromm. L'ouvrier rayonnait.

— Convenable, tel fut le jugement de Fromm.

Il se tourna vers l'ouvrier.

— Quand vous en aurez réussi cinq comme celui-là, je serai content. Toutes les pièces métalliques doivent atteindre cette qualité. Recommencez-en un autre.

Fromm tendit l'ébauche à Ghosn et passa à autre chose.

— Infidèle, maugréa l'ouvrier.

— C'est vrai, répondit Ghosn. Mais c'est l'homme le plus compétent que j'aie jamais rencontré.

— J'aimerais encore mieux travailler pour un Juif.

— Tu as fait un travail splendide, reprit Ghosn, pour changer de sujet.

— Je n'aurais jamais cru qu'on pouvait polir du métal avec cette précision. Cette machine est extraordinaire, je crois que je pourrais faire n'importe quoi avec.

— Parfait. Fais-en donc une autre, conclut Ghosn avec un grand sourire.

— Comme tu veux.

Ghosn se dirigea vers la chambre de Qati. Le commandant regardait une assiette de nourriture très simple, mais il n'osait pas y toucher, de peur de vomir.

— Voilà peut-être quelque chose qui va vous remonter le moral, lui dit Ghosn.

— Quoi? demanda Qati.

— C'est à quoi ressemblera le plutonium.

– Comme du verre...

– Plus poli que du verre, ça ferait un bon miroir laser. Je pourrais vous indiquer le degré de précision atteint, mais vous n'avez jamais rien vu d'aussi petit. Fromm est vraiment un génie.

– Il est d'une suffisance, ces airs supérieurs...

– Oui, commandant, il est tout ça, mais c'est exactement l'homme dont nous avons besoin. Je n'aurais jamais pu réussir tout seul. Si j'avais eu un an ou deux devant moi, j'aurais peut-être été capable de réparer la bombe israélienne et de la faire marcher, mais les problèmes étaient beaucoup plus compliqués que je le croyais il y a seulement quelques semaines. Ce Fromm... tout ce que je peux apprendre avec lui! Quand on aura terminé, je serai capable de le refaire tout seul!

– Vraiment?

– Commandant, vous savez ce qu'est l'art de l'ingénieur? lui demanda Ghosn. C'est comme la cuisine. Quand on a la bonne recette, le bon bouquin et les ingrédients nécessaires, n'importe qui peut la faire. Ce boulot est certainement très difficile, mais le principe est le même. Il faut être capable d'utiliser un certain nombre de formules mathématiques, mais elles sont aussi dans les livres, ce n'est qu'une question de niveau d'études. Avec des ordinateurs, les outils qui conviennent – et un bon professeur, comme cet enfoiré de Fromm...

– Alors on pourrait en faire d'autres...

– Ce qui est difficile, c'est de se procurer les ingrédients, surtout le plutonium ou l'uranium 235. Il faut pour cela un réacteur d'un type précis, ou une machine à centrifuger. Dans les deux cas, cela représente un investissement énorme, et il est difficile de cacher ce qu'on fabrique. Cela explique aussi les mesures de sécurité extraordinaires que l'on prend pour manipuler et transporter les bombes et leurs éléments. Ce vieux lieu commun selon lequel il serait difficile de fabriquer une bombe, ce n'est qu'un mensonge.

18
PROGRÈS

Trois hommes travaillaient pour le compte de Wellington. Chacun d'eux était un enquêteur chevronné, habitué à traiter des affaires politiques délicates et qui exigeaient la plus grande discrétion. Leur boulot consistait à identifier les zones où il fallait faire des recherches sur le terrain, puis à examiner et essayer de corréler les informations qui revenaient. La difficulté consistait à obtenir de la matière sans attirer l'attention du sujet de l'enquête, et Wellington pensait, à juste titre, que ce n'était pas une mince affaire avec quelqu'un comme Ryan. Le DDCI n'avait pas les yeux dans sa poche. Dans son métier précédent, il avait appris à entendre l'herbe pousser, et il pouvait lire dans le marc de café comme les meilleurs d'entre eux. Cela signifiait qu'il fallait y aller doucement... mais pas trop doucement tout de même. Le jeune juriste avait aussi le sentiment que le but de son travail ne consistait pas à apporter des preuves devant un jury, ce qui lui donnait beaucoup de liberté d'action. Il doutait fort que Ryan se soit mis dans le mauvais cas d'enfreindre la loi. Les règlements de la SEC avaient peut-être été légèrement assouplis pour lui, mais, d'après les documents d'enquête, il était clair que Ryan avait agi de bonne foi et qu'il n'avait violé aucune des règles en la matière. Il avait utilisé des arguments de défense très techniques, mais, après tout, la science juridique est quelque chose de très technique. La SEC aurait pu pousser ses investigations plus avant et peut-être obtenir une inculpation, mais celle-ci n'aurait jamais entraîné la moindre conviction... tout juste auraient-ils pu aboutir à une transaction, mais Wellington en doutait. Ils le lui avaient bien suggéré, en gage de bonne foi, et Ryan n'avait rien voulu savoir. Il n'était pas homme à tolérer qu'on essaie de le contraindre, encore un indice de sa force de caractère. Ryan était un salaud en béton et il prenait les choses de front quand c'était nécessaire.

« Mais c'est aussi sa faiblesse, songea Wellington. Il aime mieux prendre les problèmes de front, il manque de finesse. C'est là un défaut assez commun chez les gens honnêtes, et une grave faiblesse dans le monde de la politique. »

Pourtant, Ryan était protégé par des hommes politiques, Trent et Fellows n'étaient pas n'importe qui.

Voilà un problème tactique tout à fait intéressant...

Wellington décomposait sa tâche en deux volets : trouver quelque chose que l'on puisse opposer à Ryan, et quelque chose qui permettrait de neutraliser ses alliés politiques.

Carol Zimmer. Wellington referma le dossier et en ouvrit un autre.

Il y avait une photo, provenant des services de l'Immigration. Elle datait de plusieurs années – quand elle était arrivée aux États-Unis, c'était une femme-enfant dans tous les sens du terme, une petite chose avec une figure de poupée. Une photo plus récente prise par l'un des enquêteurs montrait une femme mûre d'environ quarante ans, et quelques rides avaient froissé le soyeux de sa peau. Elle était plutôt plus jolie que sur la première, sur laquelle elle avait un regard timide d'être traqué – ce qui était compréhensible après sa fuite du Laos. Maintenant, elle donnait l'impression d'une femme sûre d'elle-même. Wellington remarqua son sourire intelligent.

Le juriste se souvenait d'une copine à la fac, Cynthia Yu. Putain, ce qu'elle baisait bien... les mêmes yeux ou presque, une coquette orientale...

Était-ce possible ?

Quelque chose d'aussi bête ?

Ryan était marié : Caroline Muller Ryan, docteur en médecine, chirurgien ophtalmologiste. Photo : la Wasp par excellence, si ce n'est qu'elle était catholique, mince et jolie, mère de deux enfants.

« Bon, ce n'est pas parce qu'un homme a une jolie femme... »

Ryan avait placé de l'argent dans un fonds d'éducation... Wellington ouvrit un autre dossier. Il y trouva une photocopie du document.

Ryan avait agi seul, en passant par un avocat – pas son avocat habituel, un type de Washington ! Et Caroline Ryan n'avait pas signé les documents... était-elle seulement au courant ? Tout suggérait qu'elle ne savait rien.

Wellington consulta ensuite l'acte de naissance du dernier enfant Zimmer. Son père s'était tué à l'entraînement au cours d'un exercice de routine... à une date qui laissait planer un doute. Elle avait pu tomber enceinte dans la semaine où son mari était mort, mais ce n'était encore qu'une possibilité. C'était son septième enfant – ou son huitième ? On ne savait jamais exactement, avec ces gens-là. La gestation pouvait durer neuf mois, ou moins. Pour les aînés, c'est souvent plus long, alors que les suivants mettent moins longtemps, mais ce n'est pas toujours le cas. Poids à la naissance, deux kilos sept, en dessous de la moyenne, mais elle était asiatique et les Asiatiques sont plutôt petits... leurs bébés sont peut-être plus petits que la moyenne, eux aussi. Wellington prit quelques notes, bien conscient du fait qu'il n'avait que quelques hypothèses, et pas un seul fait tangible.

Enfin, bon sang, lui demandait-on réellement des faits ?

Et ces deux voyous. Les gardes du corps de Ryan, Clark et Chavez, s'en étaient fait un. Son enquêteur était allé vérifier à la police du comté d'Anne Arundel. Les flics du coin avaient confirmé la version de Clark. Les mauvais garçons avaient de longs antécédents, pas des choses très graves, des mises à l'épreuve puis de courts séjours chez des conseillers éducatifs. Les flics étaient visiblement ravis de la tournure qu'avaient prise les choses. « Ça m'aurait fait ni chaud ni froid s'ils avaient flingué ce petit con, avait même déclaré l'un des brigadiers, et ses éclats de rire étaient enregistrés sur la cassette. Ce Clark, c'était pas un rigolo. Et son copain non plus. Si ces voyous ont été assez cons pour les chercher, ils ont pas volé ce qui leur est arrivé, la vie est dure, vous savez. Deux autres mecs de la bande ont confirmé cette version des faits, l'affaire est classée. »

Mais pourquoi Ryan avait-il envoyé ses propres gardes du corps ?

« Il a déjà tué pour protéger sa famille, non ? C'est un type qui ne supporte pas qu'on menace ses amis, sa famille... ses maîtresses ? »

C'était possible.

« Hmmm... », se dit Wellington. Le DDCI dépasserait légèrement les bornes. Rien de vraiment illégal, juste un peu limite. Ça ne collait pas trop avec l'image de saint John Patrick Ryan. Quand sa maîtresse se faisait emmerder par des mauvais garçons, il envoyait ses gardes du corps, comme un vulgaire capo de la mafia, il assurait l'ordre public à la place des flics qui s'en foutaient.

Était-ce suffisant ?

Non.

Il lui fallait autre chose, une preuve, ou quelque chose qui ressemble à une preuve. Pas de quoi convaincre un tribunal, mais tout de même assez pour... pour quoi exactement ? Pour déclencher une enquête officielle, bien sûr. De telles enquêtes ne restent jamais complètement secrètes : des gens qui causent, des bruits qui courent, facile. Mais Wellington avait besoin avant tout de quelques éléments de départ.

* * *

« D'aucuns prétendent qu'il pourrait bien s'agir d'une répétition de la Coupe des Coupes : la saison NFL est commencée depuis trois semaines ici au Métrodrome. Les deux équipes sont deux-zéro. Elles sont très représentatives de leurs divisions respectives, les Chargers de San Diego contre les Vikings du Minnesota.

« Comme vous le savez, la saison de la nouvelle recrue Tony Wills a débuté de manière encore plus spectaculaire que son cursus universitaire. En deux parties seulement, il a accumulé trois cent six mètres en quarante-six passes – soit six mètres virgule sept chaque fois qu'il a touché la balle, et il a accompli cet exploit contre les Ours et les Faucons, deux des meilleures défenses de la Coupe, continua l'homme de couleur. Quelqu'un est-il encore capable d'arrêter Tony Wills?

«Et avec vingt-cinq mètres en neuf passes de réception, il n'est pas étonnant qu'on considère ce gosse comme une affaire.

«Sans compter qu'il a un doctorat de l'université d'Oxford.» Le commentateur se mit à rigoler. «L'étudiant américain type, ancien de Rhodes, l'homme à qui l'on doit le renouveau de l'équipe de l'université de Northwestern avec deux passages en Coupe rose. On dirait qu'il va plus vite qu'une balle de fusil.

«Nous verrons bien. Le nouveau centre des Chargers, Maxim Bradley, est le meilleur joueur que j'aie vu depuis Dick Butkus, l'homme de l'Illinois, le meilleur centre qu'Alabama ait jamais eu dans ses rangs. C'est la lignée de Tommy Nobis, Cornelius Bennett, et quelques autres grands professionnels. On ne l'appelle pas secrétaire à la Défense pour rien.» C'était une plaisanterie classique à la NFL, qui faisait allusion au propriétaire de l'équipe, le vrai secrétaire à la Défense.

– Tim, je crois qu'on va avoir droit à une partie!

– Je voulais y aller, fit Brent Talbot. Dennis est là-bas.

– Si j'essayais de l'empêcher d'assister aux matches, je crois qu'il préférerait démissionner, dit le président Fowler. Et il prend son avion personnel.

Dennis Bunker possédait un jet privé, et même s'il laissait les autres piloter, il avait encore sa licence de pilote de ligne. C'était l'une des choses qui lui valaient le respect des militaires. Il était capable de prendre en main à peu près tout ce qui vole, et il avait été un pilote de combat particulièrement brillant.

– On en est-on?

– Les Vikings mènent de trois points, répondit le président. C'est parce qu'ils jouent sur leur terrain. Les deux équipes sont pratiquement de force égale. J'ai regardé Wills jouer la semaine dernière contre les Faucons, c'est vraiment un sacré joueur.

– C'est vrai, Tony joue magnifiquement. C'est un type remarquable, il faut voir comment il a pris en main son équipe.

– On ne pourrait pas l'embaucher comme porte-parole pour la campagne anti-drogue?

– Il a déjà fait ça à Chicago. Je peux l'appeler si vous voulez.

Fowler se retourna.

– Oui, faites ça, Brent.

Derrière eux, Pete Connor et Helen d'Agustino étaient confortablement installés dans un divan. Le président Fowler savait qu'ils adoraient le football, et sa salle de télé était suffisamment spacieuse.

– Quelqu'un veut une bière? demanda Fowler.

Il ne pouvait pas regarder un match sans avoir une bière à la main.

– J'en veux bien une, répondit d'Agustino.

C'était ce qu'il y avait de plus incompréhensible chez cet homme passablement compliqué, se disait Daga. Ce type avait des manières de patricien, sa façon de s'habiller, de marcher, toute son apparence extérieure. L'intellectuel type, et l'assurance qui va avec. Mais devant la télé, quand il regardait un match de foot – Fowler ne consentait à regarder du base-ball que lorsque sa fonction l'exigeait –, c'était un buveur de bière pas croyable, une boîte de pop-corn dans une main et un verre dans l'autre. Il était capable d'en enfiler comme ça deux ou trois. Quand il demandait: «Quelqu'un veut une bière?», c'était naturellement un ordre. Ses gardes du corps n'avaient pas le droit de boire en service, et Talbot avait horreur de ça. Daga prit un Diet Coke.

– Merci, dit Fowler quand elle lui tendit un verre.

Il était toujours très galant homme dans ce genre de circonstances. C'était peut-être, songea d'Agustino, parce qu'il regardait les matches avec sa femme, dans le temps. Elle espérait que c'était ça, cela lui donnait une humanité dont il avait bien besoin.

– Regardez-moi ça! Bradley vient de se cogner dans Wills, on a entendu le bruit du choc.

Sur l'écran, les deux hommes se relevèrent et échangèrent un regard qui ressemblait à un rire de connivence.

– Ils vont vite se remettre, Tim.

Le sort de la partie était incertain, deux et sept à la trente et unième. Ce Bradley était un fameux arrière. Il s'échappait du centre et remplissait les trous avant qu'on ait eu le temps de le voir venir.

« Il se démerde bien pour un nouveau, et ce centre des Vikings était en coupe professionnelle l'an dernier », souligna le commentateur.

– Je parierais mon cul sur ce Bradley, déclara tranquillement Daga.

– Le mouvement de libération des femmes dépasse un peu les bornes, Helen, fit Pete en souriant.

Il changea de position sur le divan, son pistolet le gênait.

* * *

Günter Bock et Marvin Russell étaient plantés sur le trottoir en plein devant la Maison Blanche. Ils s'étaient mêlés à la foule des touristes qui se pressaient sur les pelouses, occupés à prendre des photos du bâtiment. Ils étaient arrivés la veille en ville, et comptaient aller faire un tour au Capitole le lendemain. Ils portaient tous les deux une casquette de base-ball pour se protéger du soleil encore violent. Bock portait un appareil autour du cou, suspendu à une sangle Mickey Mouse. Il prit quelques photos pour faire comme les autres, mais il comptait surtout sur ses yeux pour noter ce qui se passait. La Maison Blanche est entourée de bâtiments imposants où des tireurs d'élite peuvent se poster sans problème derrière les corniches. Il savait qu'ils étaient sans doute déjà sous surveillance, mais les flics n'avaient pas le temps de comparer leurs trombines avec les tonnes de photos dont ils disposaient dans leurs archives, et il avait pris grand soin de se déguiser.

L'hélicoptère du président se posait et décollait à moins de cent mètres de l'emplacement où ils se trouvaient. Avec un missile sol-air portable, un homme seul pourrait se le faire sans problème, au prix de quelques détails pratiques à régler. Être là exactement au bon moment était plus difficile qu'il n'y paraissait. L'idéal serait d'avoir une camionnette, avec un trou dans le toit, et le tireur de missile aurait le temps de se lever, de tirer, et d'essayer de s'enfuir. Il y avait tout de même ces tireurs d'élite planqués un peu partout sur les immeubles environnants, et Bock était certain que ce n'était pas le genre d'hommes à manquer leur cible. Ce sont les Américains qui ont inventé le tir de précision, et leur président avait certainement les meilleurs tireurs à son service. En outre, il y avait certainement des agents des services secrets mêlés à la foule, et il était peu probable qu'il réussisse à les identifier.

On pouvait également imaginer d'apporter la bombe en camion et de la mettre à feu... encore fallait-il étudier les mesures de protection dont Ghosn lui avait parlé. Il était sans doute possible d'en faire autant près du Capitole, peut-être pendant le discours du président sur l'état de l'Union... si la bombe était prête à temps. Mais ce n'était pas sûr, et il fallait aussi régler le problème du transport maritime, il y en avait bien pour trois semaines. De Lattaquié à Rotterdam, puis transfert vers un port américain. Baltimore était le grand port le plus proche, puis il y avait Norfolk/Newport News. On pouvait y traiter des porte-conteneurs. Ils pouvaient aussi utiliser la voie aérienne, mais le fret était très souvent inspecté aux rayons X, et c'était un risque qu'ils ne pouvaient se permettre de prendre.

L'idée était de coincer le président au cours d'un week-end. Il fallait que ce soit un week-end ordinaire, au cours duquel tout le monde travaillait normalement. Autre chose encore Bock savait très bien qu'il violait l'un de ses principes opérationnels de base, la simplicité. Mais pour que tout cela ait une chance de marcher, il lui fallait surmonter pas mal de choses imprévues. Le président passait en gros un week-end sur deux à la Maison Blanche, et ses déplacements entre la capitale et l'Ohio étaient absolument imprévisibles. Les mesures de sécurité mises en œuvre étaient des plus simples : le calendrier de ses déplacements était irrégulier et les détails précis étaient soigneusement gardés secrets. Bock aurait besoin d'au moins une semaine de préavis, en étant optimiste, mais c'était pratiquement impossible. Il aurait finalement été beaucoup plus simple de monter un assassinat tout bête avec des moyens conventionnels. Par exemple, un avion léger armé de missiles SA-7... Et encore. L'hélicoptère présidentiel était sans doute équipé de moyens de brouillage infrarouges.

« Tu n'as qu'une occasion, une seule. »

Et s'ils étaient patients ? Pourquoi ne pas attendre un an et déposer la bombe pour le prochain discours sur l'état de l'Union ?... Il n'était pas très compliqué de déposer la bombe à proximité du Capitole pour détruire le bâtiment et tous ses occupants. On disait – il irait le vérifier le lendemain – que le Capitole était un immeuble de construction tout à fait classique : beaucoup de pierre, mais peu de structures métalliques... Il leur suffisait peut-être tout simplement de faire preuve de patience.

Mais tout ça était impossible, Qati ne marcherait jamais. Il y avait d'abord des considérations de sécurité, plus le fait que Qati se savait mourant, et les gens qui vont mourir n'aiment pas attendre.

En plus, était-on sûr que ça marche dans tous les cas de figure ? Comment se comportaient les gardes du corps dans une zone où la présence du président était connue longtemps à l'avance ? Avaient-ils des capteurs radiologiques sur les lieux ?

« Si c'était toi, tu en mettrais.

« Une seule occasion, tu ne pourras pas tenter un deuxième coup.

« Et une semaine de préavis, au minimum, sans quoi tu ne réussiras pas à faire un massacre. »

Il fallait trouver un endroit sans capteurs radiologiques. Cela éliminait virtuellement Washington.

Bock décida de s'éloigner de la grille métallique noire. Il était énervé, mais n'en laissait rien paraître.

– On rentre à l'hôtel ? lui demanda Russell.

– Oui, pourquoi pas ?

Les deux hommes étaient fatigués par le voyage.

– Parfait, on va pouvoir regarder un match. Tu sais, c'est à peu près le seul truc qu'on a en commun, Fowler et moi.

– Hmmm ? C'est quoi encore, ça ?

– Le football. – Russell se mit à rire. – T'en as entendu parler, le football américain ? OK, je vais t'apprendre.

Ils étaient dans leur chambre un quart d'heure plus tard. Russell alluma la télé et passa sur NBC.

* * *

– Voilà une bonne passe, Tim.

Les Vikings devaient encore transformer six tiers, et il fallait vérifier les mesures dans deux cas.

– Là, le point est mauvais, dit le président Fowler.

– L'arbitre n'est pas de cet avis, ricana Talbot.

– Ils serrent Tony Wills de près, et il n'arrive pas à avancer de plus de trois mètres. Un des leurs était vingt mètres derrière et il a pris les Chargers par surprise.

– Beaucoup de peine pour trois points, Tim, mais ils vont les faire.

«À présent, les Chargers reprennent l'offensive. La défense des Vikings est un peu affaiblie, ils ont deux hommes de sortis avec des blessures légères.»

Le trois-quarts des Chargers fit son premier essai, avança de cinq pas avant de passer la balle à son ailier qui poursuivit au centre, mais un adversaire intercepta le ballon et le tout se termina dans les quarante mètres des Vikings qui dégagèrent en touche.

* * *

Bock trouvait le jeu intéressant, mais sans plus : c'était strictement incompréhensible. Russell essayait de lui expliquer ce qui se passait, mais ça ne changeait pas grand-chose. Günter se consola en prenant une bière et alla s'allonger sur son lit, l'esprit ailleurs, repensant à ce qu'il avait vu. Il savait comment atteindre son objectif, mais les détails exacts – surtout ici, aux États-Unis – se révélaient plus difficiles à mettre au point que prévu.

– De quoi ils parlent, là ?

– Du secrétaire à la Défense, répondit Russell.

– C'est une plaisanterie ?

Marvin se retourna vers lui.

– Si tu veux. C'est comme ça qu'ils appellent le milieu centre, Maxim Bradley, de l'université d'Alabama. Mais le propriétaire de l'équipe, c'est Dennis Bunker, voilà la raison.

La caméra montrait Bunker dans une des loges en plein air.

«Intéressant», se dit Bock.

– C'est quoi, cette Super-Coupe dont ils parlent sans arrêt ?

– Le championnat. Il y a une série de matches entre les meilleures équipes, et la dernière en lice est la super-championne.

– C'est comme la Coupe du monde, en quelque sorte ?

– Ouais, quelque chose dans ce goût-là. Sauf que ça a lieu tous les ans. Cette année, en fait l'année prochaine, fin janvier, elle aura lieu dans le nouveau stade qu'ils construisent à Denver. Je crois que ça s'appelle la Voûte céleste.

– Et c'est ces deux équipes qui vont aller là-bas ?

Russell haussa les épaules.

– C'est ce qu'on dit. La saison dure seize semaines, mec, trois semaines de pause puis encore une autre avant la Super-Coupe.

– Qui va voir la finale ?

– Y a foule, tu sais, mec, c'est le match, tout le monde a envie d'y aller. Pour avoir un ticket, c'est la galère. Ces deux équipes sont celles qui ont le plus de chances de jouer la finale, mais va savoir, c'est difficile à prévoir.

– Le président Fowler est un fanatique de foot?

– C'est c'qu'on dit. Il va voir presque tous les matches des Redskins à Washington.

– Les mesures de sécurité? demanda Bock.

– Très sévères. Ils est dans une cage spéciale, je pense qu'y z'ont mis du verre blindé anti-balles ou un truc de ce genre.

C'était évident, se dit Bock. Bien sûr, un stade était un endroit où il était plus facile d'assurer la sécurité qu'on ne le croyait à première vue. On ne pouvait tirer que depuis les rampes d'accès aux tribunes, et il était assez facile de les surveiller. D'un autre côté...

Bock ferma les yeux. Il laissait ses pensées errer sans ordre, oscillant entre une approche classique et une autre moins conventionnelle du problème. Il se laissait dériver loin du véritable problème. Tuer le président américain était certes tentant, mais pas essentiel. Ce qui était essentiel, c'était de tuer le plus grand nombre possible de gens de la façon la plus spectaculaire.

«Réfléchis!» Il fallait se concentrer sur la mission elle-même.

– La couverture des télés est impressionnante, reprit Bock au bout d'une minute.

– Ouais, elles sont toutes là. Les camions des satellites, tout ça.

Russell était absorbé par la partie. Les Vikings avaient transformé une touche, et le score était maintenant de dix à zéro, mais l'autre équipe semblait se déplacer rapidement dans l'autre direction.

– Le championnat a déjà été interrompu?

Marvin se retourna.

– Quoi? Oh, pendant la guerre du Golfe, ils ont sacrément renforcé les mesures de sécurité – tu te souviens du film, non?

– Quel film? demanda Bock.

– *Dimanche noir.* Je crois que c'était... des types du Proche-Orient qui essayaient de faire sauter le stade. – Russell se mit à rire. – Ç'a déjà été fait, mec, à Hollywood. Ils se servaient d'un camion. Mais peu importe, pendant la Coupe, au moment de la guerre, ils ne laissaient pas entrer les camions de TV.

– Y a un match à Denver ce soir?

– Non, demain, les Broncos contre les Seahawks. Ça ne sera pas terrible, les Broncos essaient de remonter la pente, cette année.

– Je vois.

Bock se leva et alla à la réception demander qu'on leur prenne deux billets pour Denver le lendemain matin.

* * *

Cathy se leva pour le regarder partir. Elle avait même fait le petit déjeuner. La sollicitude qu'elle montrait pour son mari depuis quelques jours ne le rendait pas plus heureux, c'était même plutôt le contraire. Mais il n'en disait rien, il était absolument incapable de parler. Elle en rajoutait, lui faisait son nœud de cravate, l'embrassait sur le pas de la porte ; ses sourires, ses regards amoureux, tout ça pour un mari qui n'arrivait plus à bander, se dit Jack en se dirigeant vers la voiture. Elle en aurait fait autant avec un pauvre infirme dans un fauteuil roulant.

— 'jour, Jack.

— Salut, John.

— Z'avez regardé le match Vikings-Chargers hier soir ?

— Non, je... euh, j'ai emmené mon fils voir les Orioles. Ils ont perdu six à un.

Décidément, Jack portait la poisse à tout le monde, en ce moment, mais au moins, il avait tenu la promesse faite à son fils. Ce n'était pas rien, non ?

— Vingt-quatre contre vingt et un à la mi-temps. Dieu, ce Wills est absolument incroyable. Ils l'ont rattrapé au bout de quatre-vingt-seize mètres, mais quand il a fallu marquer, il a encore réussi à en faire vingt et il a posé le ballon entre les poteaux, raconta Clark.

— Vous avez parié ?

— Cinq dollars au bureau, mais c'était à trois le point. Ça ira aux œuvres des orphelins.

Ryan se mit à rigoler. Il était parfaitement illégal de parier, à la CIA comme dans toute l'administration, mais si on avait essayé de faire respecter le règlement, ç'aurait été la révolution. Jack était sûr qu'il en était de même au FBI, pourtant chargé de faire respecter la loi. Une règle officieuse voulait seulement qu'il soit interdit de parier sur les demi-points. Tous les « encaissements » (autrement dit, les gains) allaient à l'orphelinat de l'Agence. C'était une chose sur laquelle même l'inspecteur général fermait les yeux et, en fait, il aimait parier lui aussi comme n'importe qui.

— On dirait que vous avez réussi à dormir, Jack, fit Clark, puis il se dirigea vers la Nationale 50.

— Huit heures, répondit Jack.

Il avait encore tenté sa chance la nuit dernière, mais Cathy avait dit non. « Tu es trop fatigué, Jack, tu travailles trop, et je veux que tu te sentes détendu, d'accord ? »

Comme un cheval de labour qui s'est trop crevé à la tâche.

— Ça vous fait du bien, reprit Clark. Ou c'est votre femme qui a insisté, non ?

Ryan regardait la route sans rien dire.

— Où est le coffre ?

— Ici.

Ryan ouvrit la serrure et se mit à lire les messages du week-end.

* * *

Ils prirent un vol direct à Washington National et se posèrent à l'aéroport international de Denver, Stapleton. Il fit beau temps pendant ce voyage qui leur fit traverser une bonne partie du pays, et Bock prit un siège près d'un hublot pour admirer le paysage. C'était la première fois qu'il venait aux États-Unis. Comme tous les Européens, il était étonné, presque effrayé, par l'immensité et la diversité de ce qu'il voyait. Les collines boisées des Appalaches, les plaines cultivées du Kansas, parsemées des cercles énormes des systèmes d'irrigation, les plaines qui se cognaient brusquement dans les Rocheuses quand ils approchèrent de Denver. Il était sûr que Marvin allait faire une phrase sur toutes ces terres qui avaient appartenu autrefois à son peuple. C'était dérisoire. Quand on pensait à ces barbares nomades, qui suivaient les migrations des troupeaux de bisons ou faisaient on ne sait quoi en attendant que la civilisation arrive. Les États-Unis avaient beau être son ennemi, c'était tout de même un pays civilisé, et qui n'en était que plus dangereux. Avant qu'ils se soient posés, il fut repris par une envie de fumer. Dix minutes après, ils avaient loué une voiture et consultèrent la carte. Le manque d'oxygène donnait des migraines à Bock, ils étaient à près de cinq cents mètres d'altitude. Et quand on pense que des gens venaient là jouer au foot.

Quand ils atterrirent, les gros embouteillages du matin étaient passés, et ils se rendirent très facilement au stade. Construite au sud-ouest de la ville, la Voûte céleste était un monument très remarquable entouré de parkings gigantesques. Il gara la voiture près d'un guichet et décida d'agir le plus simplement du monde.

— Est-il possible de prendre des billets pour le match de ce soir ? demanda-t-il à l'employée.

— Bien sûr, il nous en reste cinq cents. Où voulez-vous être placé ?

— Je ne connais pas du tout le stade...

— Vous êtes nouveau par ici, lui répondit la femme avec un grand sourire. Il nous reste des places tout en haut, rangées soixante-six et soixante-huit.

— Deux, s'il vous plaît.

— Vous venez d'où ?

— Danemark, répondit Bock.

— Vraiment ? Alors, bienvenue à Denver. J'espère que vous prendrez plaisir au match.

— Je peux aller faire un tour pour repérer ma place ?

— En principe non, mais tout le monde s'en fiche.

— Merci.

Et Bock lui rendit son sourire, quelle idiote !

— Ils avaient encore des places pour ce soir ? demanda Marvin. Je veux bien être pendu.

Bock se dirigea vers la porte la plus proche, qui était grande ouverte, à vingt mètres d'un énorme camion d'ABC qui transportait les équipements de retransmission par satellite. Il eut le temps de remarquer que le stade était câblé, si bien que les véhicules des chaînes stationnaient toujours au même endroit, tout près de la Porte 5. Dans le camion, des techniciens s'affairaient autour de leurs équipements. Il emprunta ensuite l'escalier le plus proche, faisant exprès de prendre la mauvaise direction.

Le stade pouvait accueillir soixante mille personnes, peut-être davantage. Il était divisé en trois niveaux, bas, mezzanine et haut, plus deux rangées complètes de loges fermées, dont quelques-unes semblaient particulièrement luxueuses. La structure d'ensemble était très impressionnante. La construction était réalisée en béton armé, les toits étaient entièrement suspendus. Un beau stade, et un bel objectif. Au nord, derrière les parkings, on apercevait des hectares et des hectares d'immeubles bas. À l'est, c'étaient des bâtiments administratifs. Le stade était en dehors du centre-ville, c'était dommage. Bock trouva sa place et alla s'y asseoir, s'orientant avec sa boussole et repérant les antennes de télé. C'était assez facile, un drapeau ABC était accroché au-dessus de l'un des stands de presse.

— Hé là-bas !

— Oui ?

Bock leva les yeux et vit un gardien.

— Vous n'avez pas le droit d'être ici.

— Désolé. — Il sortit ses tickets. — Je viens juste de les acheter, et je voulais repérer mes places pour savoir où me garer. C'est la première fois que j'assiste à un match de football américain, ajouta-t-il en prenant un accent épouvantable.

Il savait que les Américains se montrent beaucoup plus gentils quand ils entendent un accent européen.

— Faudra vous garer en zone A ou B. Essayez d'arriver tôt, vers 17 heures. Comme ça, vous éviterez les gros embouteillages. Ici, il arrive qu'ils soient gigantesques.

Günter hocha la tête.

— Merci. Je m'en vais.

— Pas de problème, monsieur, c'est pas très grave. Enfin, j'veux dire, c'est les assurances, vous voyez. Quand y a des gens qui traînent, ça risque de faire des accidents et des blessés, des procès et tout ça.

Bock et Russell partirent. Ils firent le tour du niveau inférieur pour que Günter ait le loisir de mémoriser la configuration des lieux. Mais il trouva une petite carte avec un plan du stade qui lui épargna cette peine.

— Vu ce que tu voulais ? demanda Marvin quand ils eurent regagné leur voiture.

— Oui, à peu près.

— Tu sais, c'est assez subtil, fit l'Américain.

— Qu'est-ce que tu veux dire par là ?

– La télé. Les révolutionnaires ont trop tendance à perdre de vue l'aspect psychologique des choses. T'as pas besoin de tuer des gens, il faut les faire chier, les emmerder, tu vois?

Bock stoppa à la sortie du parking et regarda son compagnon.

– Tu as appris beaucoup de choses, mon ami.

* * *

– Voilà un rapport brûlant, fit Jack en feuilletant les pages.

– Je n'imaginais pas que c'était à ce point, répondit Mary Patricia Foley.

– Qu'en penses-tu?

La responsable du service action cilla.

– C'est Clyde qui nous a rapporté ça. Il attend ma réponse pour repartir.

Jack leva les yeux.

– Clyde?

– C'est comme ça que je l'appelle, lui ou elle, peu importe.

– Tu fais ta gymnastique?

– On ne pourrait pas être en meilleure forme que moi. Ed a repeint la chambre du bébé. Y en a partout. Tu vois, Jack, tout est prêt.

– Tu sera absente combien de temps?

 - Entre quatre et six semaines.

– J'aimerais que tu regardes ça chez toi, fit Ryan, en montrant la page deux.

– À condition que tu me paies, fit Mary Pat en riant.

– Qu'en penses-tu, MP?

– Je pense que Spinnaker est notre meilleure source. S'il le dit, c'est sans doute vrai.

– Personne d'autre ne nous en a parlé...

– C'est pour ça que nous recrutons de bons agents à l'intérieur.

– Exact, convint Ryan

Le rapport de l'agent Spinnaker n'était pas exactement un tremblement de terre, mais les premiers grondements annonciateurs d'un séisme. Depuis que les Russes avaient tout laissé partir dans tous les sens, l'Union soviétique connaissait une espèce de schizophrénie politique. Ryan se dit que le mot n'était pas celui qui convenait. Dédoublement de la personnalité, plutôt La classe politique comportait cinq blocs: les vrais communistes, qui croyaient que toute déviation par rapport à la vraie foi était une erreur (on les avait surnommés: En avant vers le passé); les socialistes progressistes qui voulaient créer un socialisme à visage humain (un truc qui avait magnifiquement échoué au Massachusetts, songea sarcastiquement Ryan); les centristes, qui voulaient associer un peu de capitalisme et de solides filets de sécurité (des économistes auraient dit: prendre le pire dans les deux systèmes); les réformateurs, qui voulaient un léger filet et beaucoup de capitalisme (mais personne ne savait vraiment ce qu'était le capitalisme, sauf dans le secteur du crime organisé) ; et l'extrême droite, qui voulait un gouvernement autoritaire d'extrême droite (c'était ce qui avait conduit les communistes au pouvoir soixante-dix ans plus tôt). Chacun des deux groupes extrêmes regroupait peut-être 10 % des sièges au Congrès du peuple, les 80 % restants étaient équitablement répartis entre les trois formations vaguement centristes. Naturellement, divers autres clivages se manifestaient qui modifiaient le jeu des alliances – l'écologie était un sujet particulièrement brûlant, sans compter les velléités d'indépendance des Républiques qui avaient toujours contesté la domination russe ou, du moins, les règles du jeu imposées par Moscou. Enfin, chacun des cinq groupes avait ses propres subdivisions internes. Par exemple, certains hommes de droite voulaient faire revenir l'héritier présomptif des Romanov le plus présentable, pas pour lui donner le pouvoir, mais pour lui présenter des excuses après le massacre de ses ancêtres. C'est du moins ainsi qu'on présentait la chose. Peu importe quels gens avaient eu cette idée, songeait Jack, mais ils n'avaient pas plus de cervelle et de sens politique qu'Alice quand elle était descendue voir ce qui se passait dans le terrier du lapin. Heureusement, disait le bureau parisien de la CIA, le prince de toutes les Russies avait davantage de sens politique et de soin pour sa sécurité que ses partisans.

Malheureusement, l'état politique et économique de l'Union soviétique était plus que désespéré. Le rapport de Spinnaker en donnait une vision encore plus terrible. Andrei Ilitch Narmonov était dans une situation critique, il n'avait plus aucune issue, plus d'alliés, plus d'idées, plus de temps devant lui, plus d'espace pour tenter de manœuvrer. Il était, à en croire le rapport, très préoccupé par le problème des nationalités, au point qu'il avait repris en main les services de sécurité – le MVD, le KGB et les militaires – pour être éventuellement en mesure de maintenir la cohésion de l'empire par la force. Spinnaker ajoutait cependant que l'armée n'était pas ravie du rôle qu'on entendait lui faire jouer ni du manque de détermination de Narmonov s'il fallait réellement agir.

Les spéculations sur le rôle politique qu'aurait aimé jouer l'armée duraient depuis Lénine. Staline avait effectué des purges dans les années trente ; on admettait en général que le maréchal Toukhatchevski n'avait jamais représenté une menace réelle, et que ce n'était guère qu'une manifestation de plus de la paranoïa du dictateur. Khrouchtchev en avait fait autant dans les années cinquante, sans les exécutions de masse. En l'occurrence, il s'agissait de tentatives pour économiser sur les chars et consacrer les fonds correspondants aux missiles. Narmonov avait lui aussi mis à la retraite un certain nombre de généraux et de colonels ; dans son cas, c'était exclusivement pour réduire les dépenses militaires. Mais cette fois, ces réductions s'étaient accompagnées d'une certaine renaissance politique. Pour la première fois dans l'histoire du pays, un véritable mouvement d'opposition était né, et c'était l'armée soviétique qui disposait des armes. Afin de contrecarrer ce scénario d'apocalypse, le KGB avait toujours comporté une direction spécialisée, la Troisième, dont les officiers portaient l'uniforme militaire et avaient pour mission de garder l'œil sur ce qui se passait. Mais la Troisième Direction n'était plus que l'ombre d'elle-même. Les militaires avaient obligé Narmonov à l'affaiblir comme condition de leur soutien loyal au pays et à sa nouvelle constitution.

Les historiens disent toujours de l'époque à laquelle ils vivent qu'il s'agit d'une période de transition. Pour une fois, songeait Jack, ils avaient raison. Si ce n'était pas maintenant une période de transition, alors le concept n'avait pas de sens. Les Soviétiques étaient écartelés entre deux mondes, économiques et politiques, et hésitaient sans savoir très bien quel parti adopter. C'est ce qui rendait leur situation politique si vulnérable à... à quoi ? se demanda Jack.

Tout était foutu.

Spinnaker affirmait que Narmonov était soumis à des pressions dont le but était de lui faire passer un accord avec les militaires, eux-mêmes plutôt de la tendance « En avant vers le passé », ajoutait-il. Il ajoutait que ce danger était réel, que l'Union soviétique pouvait très bien redevenir un pays à dictature militaire qui pratiquerait la répression contre les éléments progressistes. C'était là que Narmonov avait perdu les pédales.

— Il dit qu'il a rencontré Andrei Ilitch en tête à tête, souligna Mary Pat. Ce sont toujours les meilleures conditions d'information.

— C'est vrai, répondit Jack, et ça n'en est que plus inquiétant.

— Je ne crois pas trop à un retour au marxisme... Ce qui m'ennuie davantage...

— Ouais, je sais, une guerre civile.

Et une guerre civile dans un pays qui détenait trente mille têtes nucléaires, il y avait de quoi se faire beaucoup de souci.

— Notre politique a consisté jusqu'ici à donner à Narmonov tout ce dont il avait besoin, mais si notre homme a raison, il se pourrait bien que nous ayons tort.

— Qu'en pense Ed ?

— La même chose que moi. Nous avons confiance en Kadishev, c'est lui qui l'a recruté. Ed et moi, nous avons épluché chacun de ses comptes rendus Il fournit de la matière, il est intelligent, bien placé, il sent les choses. C'était quand, la dernière fois qu'il nous a filé une fausse information ?

— Je ne crois pas qu'il y en ait un seul exemple, répondit Jack

— Et moi non plus, Jack.

Ryan se laissa aller dans son fauteuil.

— Bon dieu, j'aime pas ce genre de tuile.... La dernière fois que j'ai rencontré Narmonov... tu sais, c'est un type malin. Et il en a une sacrée paire.

Jack se tut. « Tu ne pourrais pas en dire autant de toi, mec. »

— On a tous nos limites. Même les gros durs sont capables de douceur, dit Mary Pat en riant. Les gens arrivent à bout, le stress, le travail, toutes les heures sur le pont La réalité nous broie comme du sable. Pourquoi crois-tu que je prends des vacances? Être enceinte me fournit une excuse magnifique. Une naissance, ce n'est pas exactement une partie de plaisir, mais ça me donne un mois pour me replonger dans ce qui compte vraiment, le monde réel et pas ces trucs qu'on fait ici toute la journée. C'est l'un de nos avantages sur les hommes, Jack. Vous, les mecs, vous pouvez pas prendre du recul comme les femmes. Et c'est peut-être le plus gros problème d'Andrei Ilitch. Vers qui peut-il se tourner pour demander conseil? Où peut-il trouver de l'aide? Il est là depuis un bout de temps, il faut qu'il se débrouille dans une situation impossible, et il est au bout du rouleau. C'est ce que prétend Spinnaker, et ça colle assez bien avec les faits.

— Sauf que personne ne nous a encore décrit une chose pareille.

— Mais c'est notre meilleur informateur à l'intérieur du système.

— Et comme ça, le raisonnement se mord la queue, Mary Pat.

— Jack, tu as le rapport, et tu sais ce que j'en pense, insista Mme Fowley.

— Oui, madame.

Jack reposa le document sur son bureau.

— Qu'est-ce que tu vas leur raconter?

«Eux», c'était le sommet de l'exécutif: Fowler, Elliot, Talbot.

— Je pense que je leur présenterai ton analyse. Je ne la partage pas entièrement, mais je n'ai pas d'arguments à t'opposer. En plus, la dernière fois que je suis allé contre ton opinion, j'ai eu tort.

— Tu sais que t'es un patron en or, toi.

— Et toi, tu es sympa de me faciliter les choses.

— On a tous nos mauvais jours, fit Mrs. Fowley en se remettant péniblement debout. Je vais essayer de me traîner jusqu'à mon bureau.

Jack se leva et alla lui ouvrir la porte.

— C'est pour quand?

Elle lui fit un sourire.

— Trente et un octobre – touchons du bois – mais j'ai toujours du retard, et ils sont tous très gros

— Soigne-toi bien.

Jack la regarda s'en aller, avant de se rendre chez le directeur.

— Vous devriez regarder ça

— Narmonov? La dernière cuvée de Spinnaker vient d'arriver?

— Exact, monsieur.

— Qui écrit la synthèse?

— Je m'en charge, fit Jack. Mais je voudrais vérifier quelques petites choses.

— Je descends à la Maison Blanche demain matin, j'aimerais l'emporter avec moi.

— Je ferai ça ce soir.

— Parfait Merci, Jack.

* * *

« C'est le bon endroit », se dit Günter alors qu'ils atteignaient la moitié de la première mi-temps. Le stade accueillait soixante-deux mille sept cent vingt spectateurs payants. Bock évaluait à un millier de plus le nombre de gens qui vendaient des boissons et des sandwiches. La partie n'était pas des plus importantes pour le championnat, mais il était évident que les Américains appréciaient leur football autant que les Européens le leur. Beaucoup de spectateurs avaient le visage peint – aux couleurs de l'équipe locale, naturellement. D'autres, torse nu, s'étaient peint la poitrine en trompe-l'œil de maillot, avec ces numéros de grande taille qu'utilisent les Américains. De grandes banderoles pendaient devant les tribunes du haut. Sur la pelouse, des femmes choisies pour leurs talents de danseuses et autres charmes physiques conduisaient le ban et faisaient crier les supporters. Bock assista pour la première fois à cette manifestation curieuse appelée la Vague.

Il comprit aussi le pouvoir des chaînes de télévision américaines. La foule déchaînée acceptait sans problème de voir la partie interrompue pour que la télé diffuse de la publicité – en Europe, ç'aurait été l'émeute. On utilisait même la télévision pour contrôler le bon déroulement du match. Le terrain était plein d'arbitres en chemise rayée, et ils étaient surveillés par des caméras, comme le lui fit remarquer Russell. Il y avait un officiel dont le travail consistait à vérifier sur bande vidéo les décisions prises sur le terrain. Pour gérer tout cela, deux énormes écrans rediffusaient les images en direct à la foule des spectateurs. Bock trouvait tout à fait remarquable ce mélange de délire, aux limites de l'émeute, et de civilisation disciplinée. La partie l'intéressait moins, mais Russell était captivé. La violence extrême du football américain était fréquemment interrompue par de longues coupures pendant lesquelles il ne se passait rien. Les flambées, toujours assez brèves, étaient tempérées par le fait que les joueurs portaient des protections capables d'arrêter une balle de pistolet. Ils en devenaient énormes, il y en avait peu qui soient en dessous de cent kilos, mais il fallait les voir courir avec une agilité stupéfiante. Cela dit, les règles étaient parfaitement incompréhensibles. De toute façon, Bock s'était toujours ennuyé pendant les matches, quel que soit le sport. Il avait joué au foot quand il était gosse, mais tout ça était bien loin.

Günter se concentra sur le stade. Sa structure était impressionnante, avec ces arceaux d'acier qui soutenaient le toit. Les sièges n'avaient que des rembourrages très sommaires. Il y avait énormément de petits stands qui servaient de la bière américaine. Au total, le stade contenait bien soixante-cinq mille personnes en comptant les policiers, les concessionnaires, les équipes de télé. Et les immeubles tout près... Il se dit qu'il fallait qu'il se renseigne de plus près sur les effets des armes nucléaires pour arriver à estimer convenablement le nombre de victimes potentielles. Cent mille au minimum, sans doute davantage. C'était suffisant. Il se demanda combien de ceux qui étaient là aujourd'hui seraient dans le stade le jour fatidique. Sans doute la majorité. Assis dans leurs sièges confortables, à boire leur bière légère et fraîche, dévorant leurs hot dogs et leurs cacahuètes. Bock avait été mêlé à deux attentats aériens. L'un des appareils avait explosé en vol, l'autre était une tentative de détournement qui avait mal tourné. Il avait fantasmé sur les victimes, à cette époque-là : installées dans leurs sièges confortables, mangeant leurs repas médiocres, regardant le film, totalement inconscientes du fait que leurs vies étaient entre les mains de gens qu'elles ne connaissaient pas. Elles ne savaient pas, c'était là la beauté de la chose, lui savait, et elles ne savaient pas. Avoir un tel pouvoir sur des vies humaines, c'était un peu comme s'il avait été Dieu, songeait Bock en scrutant la foule. Un Dieu particulièrement insensible et cruel, certes, mais l'histoire est cruelle et insensible, elle aussi.

Oui, c'était bien ici le bon endroit

19
MISE AU POINT

— Commodore, j'ai beaucoup de mal à le croire, dit Ricks en essayant de rester calme.

Il était bronzé et reposé après ses vacances à Hawaii. Il s'était arrêté à Pearl Harbor au passage pour aller jeter un coup d'œil à la base sous-marine. Voilà ce qu'il rêvait de commander : la première escadrille. C'était une escadrille de SNA, mais si un type comme Mancuso commandait une escadrille de SNLE, il n'y avait pas de raison pour que ce ne soit pas possible.

— Jones est vraiment un type hors pair, fit Mancuso.

— Je n'en doute pas, mais les gens de chez nous ont revu les bandes.

C'était une procédure en vigueur depuis plus de trente ans. Les enregistrements effectués par les sous-marins en patrouille étaient toujours revisionnés par une équipe de spécialistes à terre pour vérifier ce qu'avait fait l'équipage. On voulait être certain que personne n'avait pisté un SNLE.

— Ce type, Jones, était peut-être un opérateur sonar remarquable, mais maintenant, il est consultant, et il faut bien qu'il justifie ses honoraires, non ? Je ne dis pas qu'il est malhonnête, c'est son boulot d'essayer de repérer des anomalies, mais dans ce cas, il a pris tout un paquet de coïncidences pour essayer d'en faire une hypothèse. C'est la seule chose à dire. Les enregistrements sont très contestables – en fait, il s'agit uniquement de pures spéculations. Mais le fond de l'affaire, c'est que, si vous acceptez sa théorie, alors il faut admettre que l'équipage qui a réussi à détecter un 688 n'a pas été capable de repérer un sous-marin russe. Vous trouvez ça plausible ?

— Votre raisonnement est tout à fait pertinent, Harry. Jones ne dit pas qu'il est sûr de lui, il dit qu'il y a une chance sur trois.

Ricks hocha la tête.

— Je dirais plutôt une sur mille, et encore, en étant généreux.

— Pour ce que ça vaut, le Groupe est d'accord avec vous, et il y avait des types d'OP-02 ici il y a quelques jours, ils ont dit la même chose.

«Alors, quel est le but de cette conversation?» eut envie de demander Ricks, mais il ne dit rien.

– Le bateau a subi les vérifications acoustiques quand il est reparti, non? Mancuso fit oui de la tête.

– Ouais, avec un 688 juste à sa sortie du bassin, on a tout vérifié.

– Et?

– Et c'est toujours un vrai trou noir. Le SNA l'a perdu à trois mille yards, il était à cinq nœuds.

– Alors, qu'est-ce qu'on écrit? demanda Ricks, en essayant de rester aussi naturel que possible.

Le rapport serait dans son dossier, voilà qui était important.

Ce fut au tour de Mancuso de se sentir gêné. Il n'avait encore rien décidé. Le bureaucrate qui sommeillait en lui murmurait qu'il avait fait tout ce qu'il fallait. Il avait entendu le consultant, rendu compte par la voie hiérarchique au Groupe, à l'Escadre et enfin au Pentagone. L'analyse des experts était unanimement négative: Jones avait encore fait preuve de sa paranoïa bien connue. Le problème, c'est que Mancuso avait navigué trois ans avec Jones à bord du *Dallas* et qu'il ne l'avait jamais vu se tromper. Jamais, pas une seule fois. Cet Akula était bien quelque part dans le golfe d'Alaska. Entre l'instant où le P-3 l'avait perdu et celui où on l'avait revu devant sa base, l'*Amiral Lunin* avait disparu de la planète. Où était-il pendant ce temps? Si l'on traçait des cercles de temps/vitesse, il était possible qu'il se soit trouvé dans la zone de patrouille du *Maine*, possible qu'il se soit dérobé pour être rentré à temps. Mais il était également possible – il était même diablement probable – qu'il n'ait jamais mis les pieds dans la zone du SNLE américain. Le *Maine* ne l'avait pas détecté, pas plus que l'*Omaha*. Quelle était la probabilité que le sous-marin russe ait pu échapper à la détection de la part de deux des meilleurs bâtiments américains?

Pas lourde.

– Vous savez ce qui m'ennuie? demanda Mancuso.

– Quoi?

– Ça fait trente ans que nous faisons naviguer des SNLE. Nous n'avons jamais été détectés au large. Quand j'étais second du *Hammerhead*, on a fait des exercices contre le *Georgia*, et je vous garantis qu'on a mis le paquet. Je n'ai jamais essayé de pister un Ohio quand j'avais le *Dallas*, et le seul exercice que j'ai conduit contre Pulaski est le plus dur que j'aie jamais connu. Mais j'ai pisté des Delta, des Typhon, tout ce que les Russes ont mis à la mer. J'ai ramassé des pains dans la coque avec des Victor. Nous sommes tellement bons dans ce genre de choses... – Le chef d'escadrille fronça les sourcils. – Harry, nous nous sommes habitués à être les meilleurs.

Ricks essaya de répondre calmement.

— Bart, nous sommes vraiment les meilleurs. Les seuls qui approchent notre niveau sont les British, et je crois qu'on les a distancés. Il n'y a personne d'autre capable de se mesurer à nous. Et puis, j'ai une idée.

— Quelle idée ?

— M. Akula vous embête. OK, je comprends parfaitement. C'est un bon sous-marin, équivalant aux premiers 637, sûrement leur meilleur sous-marin. D'accord, nos ordres nous disent de nous maintenir à distance de tout ce que nous rencontrons — mais vous avez fait un rapport très élogieux quand Rosselli a pisté ce même Akula. Et le Groupe a dû vous remonter les bretelles.

— Exact, Harry. Y a un ou deux types qui n'ont pas apprécié du tout, mais s'ils n'aiment pas ma façon de commander cette escadrille, ils peuvent toujours en mettre un autre à ma place.

— Que savons-nous de l'*Amiral Lunin* ?

— Il est en remise en état, il doit sortir fin janvier.

— Compte tenu de ses performances passées, il sera encore un peu plus silencieux.

— Probablement. Le bruit court qu'il a un nouveau sonar, disons dix ans de retard sur les nôtres, ajouta Mancuso.

— Mais ce n'est pas ça qui fait les bons opérateurs, on ne craint encore rien de ce côté-là. C'est facile à démontrer.

— Comment ? lui demanda Mancuso.

— Pourquoi ne pas proposer au groupe que tout bâtiment qui se trouve à côté d'un Akula le piste à fond ? On peut laisser les SNA s'approcher tout près. Mais, si un SNLE en voit un d'assez près pour le pister sans risquer de contre-détection, qu'on y aille, nous aussi. Je crois que nous avons besoin de renseignements sur ce canard. S'il représente vraiment une menace, il faut que nous accumulions les données dont nous disposons.

— Harry, le Groupe va en rester sur le flanc, je crois qu'ils ne vont pas aimer du tout.

Mais Mancuso l'avait déjà fait, et Harry le savait bien. Ricks soupira.

— Alors ? Nous sommes les meilleurs, Bart. Vous le savez, je le sais. Eux aussi le savent. Nous pourrions nous fixer quelques lignes de conduite raisonnables.

— Lesquelles ?

— La plus grande distance à laquelle on ait détecté un Ohio, c'est combien ?

— Quatre mille yards, Mike Heimbach sur le *Scranton* contre Frank Kemeny sur le *Tennessee*. Kemeny a détecté Heimbach le premier — environ une minute plus tôt. Tout ce qui a été fait de mieux résultait d'essais arrangés à l'avance.

— OK, prenons un facteur de sécurité de... disons cinq. C'est plus que sûr, Bart. Mike Heimbach avait un bateau tout neuf, le dernier système sonar intégré, et trois opérateurs du groupe en complément, si je me souviens bien.

Mancuso approuva du chef.

– Exact, c'était un essai délibéré, et on a tenté de mettre toutes les conditions contre nous pour voir si quelqu'un pouvait détecter un Ohio. Bathy isotherme, sous la couche, tout.

– Et le *Tennessee* a quand même gagné, insista Ricks. Frank avait reçu pour consigne de faciliter la tâche de son adversaire, et il a eu la première détection. Je me souviens qu'il avait une solution trois minutes avant Mike.

– C'est vrai. – Mancuso réfléchit un moment. – Admettons une séparation de vingt-cinq mille yards, sans jamais s'approcher plus près.

– Parfait. Je sais que je suis capable de pister un Akula à cette distance. J'ai un bon service DSM – on en a tous, bon dieu. Si je croise encore une fois ce type, je reste à l'écart et j'enregistre le maximum de signatures. Je trace un cercle de vingt-cinq mille yards autour de lui et je reste à l'extérieur. Il n'y a pas une seule chance qu'il arrive à me détecter.

– Y a cinq ans, le Groupe nous aurait fait fusiller, uniquement pour avoir eu une conversation de ce genre, observa Mancuso.

– Les choses ont changé. Ecoutez, Bart, on peut laisser un 688 approcher plus près, mais qu'est-ce que ça prouve? Si c'est vraiment la vulnérabilité des SNLE qui nous tracasse, pourquoi tourner autour du pot?

– Vous êtes sûr que vous en seriez capable?

– Bien sûr que oui! Je vais faire un projet et le passer à vos ops, vous n'aurez plus qu'à le transmettre au Groupe.

– Vous savez très bien que ça va remonter à Washington.

– Ouais, eh bien, y en a assez de «Nous nous cachons et nous en sommes fiers». On ressemble à quoi, à un tas de vieilles dames? Bon sang, Bart, je commande un navire de guerre. Quelqu'un prétend que je suis vulnérable, d'accord; je vais prouver que c'est un ramassis de conneries. Personne ne m'a jamais pisté, personne n'y arrivera jamais, et je veux le prouver.

L'entretien n'avait pas pris le cours prévu par Mancuso. Ricks parlait comme un vrai sous-marinier, et c'était le genre de discours que Mancuso aimait entendre.

– Vous êtes sûr de ce que vous avancez? Ça va faire du bruit de haut en bas de l'échelle, attendez-vous à des retombées en pluie fine.

– Vous aussi.

– C'est moi qui suis chef d'escadrille, c'est mon boulot.

– Je veux bien en prendre le risque, Bart. OK, je vais entraîner mon équipage comme jamais, surtout les opérateurs sonar, la table traçante. J'ai le temps, et j'ai un sacré équipage.

– OK, écrivez-moi un projet. Je le transmettrai avec avis favorable.

– Vous voyez que c'est facile? fit Ricks avec un sourire.

«Si on veut commander une escadrille avec de bons pachas, songea-t-il, il faut se distinguer de la foule.» Au Pentagone, les gars d'OP-02 allaient en faire une maladie, mais ils verraient bien que l'idée venait de Harry Ricks, et ils le connaissaient comme quelqu'un de sérieux et de consciencieux. À partir de là, et avec l'appui de Mancuso, le projet finirait bien par être accepté, même s'ils faisaient quelques difficultés. Harry Ricks, le meilleur sous-marinier de la Marine, un homme qui voulait appliquer ses compétences et agir. Ce n'était pas une trop mauvaise image de marque, et on s'en souviendrait.

– Alors, c'était bien, Hawaii? demanda Mancuso, agréablement surpris par le commandant (équipage or) de l'*USS Maine*.

* * *

– Très intéressant, l'Institut d'astrophysique Karl-Marx.

Le colonel du KGB tendit à Golovko des photos noir et blanc.

Le directeur adjoint les reposa après les avoir examinées.

– Le bâtiment est vide?

– Pratiquement vide. Voici ce que nous avons trouvé à l'intérieur: un bon de livraison pour cinq machines-outils américaines. De très bonnes machines, très chères.

– Qui servent à quoi?

– À beaucoup de choses, comme la fabrication de miroirs de télescopes, ce qui colle très bien avec la couverture de l'institut. Nos amis de Sarova nous ont dit que ça pouvait aussi servir à construire des éléments d'armes nucléaires.

– Parlez-moi de cet institut.

– Tout a l'air parfaitement normal. C'est le meilleur astronome de RDA qui le dirigeait. Il a été fusionné avec l'Institut Max-Planck, à Berlin. Ils ont en projet un grand télescope au Chili et ils participent à un programme de satellite astronomique en rayons X avec l'Agence spatiale européenne. Il convient de noter que les rayons X ont énormément de choses à voir avec la recherche sur les armes nucléaires.

– Comment peut-on savoir qu'il s'agit de recherche scientifique et pas de...

– On ne peut pas, admit le colonel. Je me suis livré à une petite enquête. Nous-mêmes, nous avons laissé filer un certain nombre d'informations.

– Quoi? Et comment ça?

– Il se publie beaucoup d'articles d'astrophysique dans les revues spécialisées. Ça commence par: «Imaginons le centre d'une étoile avec un flux de rayons X présentant telle et telle caractéristique», sauf qu'il y a un truc... Ce que l'auteur décrit est un flux beaucoup plus élevé que tout ce qui existe dans le cœur de n'importe quelle étoile, à quatorze ordres de grandeur près.

– Je ne comprends pas.

Golovko avait du mal avec tout ce charabia scientifique.

– L'article décrit un environnement physique dans lequel l'activité est cent mille milliards de fois plus importante que ce que l'on trouve dans n'importe quelle étoile. En fait, ce qu'il décrit, c'est le cœur d'une bombe thermonucléaire au moment de l'explosion.

– Et la censure a laissé passer ça! s'exclama Golovko, complètement estomaqué.

– Mon général, les censeurs sont des analphabètes en matière scientifique. Dès qu'ils voient : « Imaginons le centre d'une étoile », ils se disent que ça ne risque pas de mettre en cause la sûreté de l'Etat. Cet article a été publié il y a quinze ans. Mais il y en a eu d'autres. La semaine dernière, j'ai eu l'occasion de découvrir à quel point nos mesures de protection ne servent à rien. Imaginez ce que ça doit être chez les Américains. Heureusement, n'importe qui n'est pas capable d'y comprendre grand-chose. Mais ce n'est pas impossible du tout. J'ai discuté avec des ingénieurs, à Kyshtym. Avec un peu d'appui ici, nous pourrions analyser toute la littérature scientifique ouverte. Cela nous prendrait cinq ou six mois. Ça n'a pas de conséquence directe pour le sujet qui nous occupe, mais je crois que ce ne serait pas inutile. Et je crois aussi que nous avons considérablement sous-estimé le danger de dissémination d'armes nucléaires dans le tiers monde.

– Mais ce n'est pas vrai, objecta Golovko. Nous savons bien que...

– Mon général, j'ai contribué au rapport qui a paru il y a trois ans. Je peux vous dire que j'avais été très optimiste dans mes hypothèses de l'époque.

Le directeur adjoint réfléchit quelques instants.

– Piotr Ivanovitch, vous êtes un homme intègre.

– Non, je suis quelqu'un qui a peur, répondit le colonel.

– Revenons à l'Allemagne.

– Oui, parmi tous ceux que nous soupçonnons de participer à un projet de bombe atomique en RDA, il y en a trois que nous n'avons pas retrouvés. Ces trois-là sont partis avec leur famille. Les autres ont repris un emploi. Deux d'entre eux sont susceptibles de travailler sur des thèmes de recherche qui pourraient avoir des applications militaires, mais, je le répète, comment savoir? Où se situe la frontière entre la physique pacifique et la recherche militaire? Je n'en sais rien.

– Et les trois manquants?

– L'un d'eux s'est installé en Amérique du Sud. Je propose que nous lancions une opération pour aller voir de plus près ce qui se passe en Argentine.

– Et les Américains?

– Rien de sûr. Je pense qu'ils sont dans le brouillard tout comme nous.

Le colonel se tut un instant.

– Je vois mal pourquoi ils auraient intérêt à favoriser la prolifération d'armes nucléaires, c'est contraire à leur politique.

– Expliquez-moi alors comment a fait Israël.

– Les Israéliens ont obtenu des matières nucléaires il y a plus de vingt ans auprès des Américains, du plutonium provenant de l'usine de Savannah River, et de l'uranium enrichi fabriqué en Pennsylvanie. Les Américains ont même lancé une enquête. On pense qu'il s'agit de la plus grosse opération jamais montée par le Mossad, avec l'aide de juifs américains qui occupaient des postes clés. Il n'y a pas eu de poursuites. Il était impensable d'apporter des preuves susceptibles de mettre en cause des sources impossibles à démasquer, et il aurait été politiquement peu opportun de mettre le doigt sur les faiblesses des mesures de sécurité, dans un domaine aussi sensible. Tout a été réglé en douce. Les Américains et les Européens ont montré un certain laxisme en vendant de la technologie nucléaire à de nombreux pays – le capitalisme à l'ouvrage, il y avait de grosses sommes en jeu – mais nous avons commis la même erreur avec la Chine et l'Allemagne, non ? conclut le colonel. Je ne crois pas que les Américains aient plus intérêt que nous à voir des armes nucléaires dans les mains des Allemands.

– Quelle est la prochaine étape ?

– Je ne sais pas, mon général. Nous allons continuer à chercher en essayant de ne pas nous faire remarquer. Je crois vraiment que nous devrions voir ce qui se passe en Amérique du Sud. Ensuite, je suggère quelques enquêtes très discrètes dans l'armée allemande pour voir si nous ne trouvons pas trace de programme nucléaire militaire de ce côté-là.

– S'il y en avait un, nous le saurions. – Golovko prit l'air soucieux. – Mon Dieu, comment dire une chose pareille ? Quels sont les systèmes d'emport les plus vraisemblables ?

– L'avion. Il n'y a pas besoin de lanceur balistique, il n'y a pas si loin de l'Allemagne de l'Est jusqu'à Moscou. Ils sont bien placés pour connaître les capacités de notre défense aérienne, on a laissé suffisamment de choses chez eux.

– Ça y est, Piotr, les bonnes nouvelles sont terminées pour l'après-midi ?

Le colonel fit un petit sourire amer.

– Rien d'autre, et quand je pense à ces imbéciles d'Occidentaux qui chantent sur tous les tons que le monde est enfin devenu sûr.

* * *

Le processus de dépôt sous vide de l'alliage tungstène-rhénium était d'une simplicité enfantine. Ils utilisaient pour cela un four à ondes radioélectriques, une sorte de four à micro-ondes. La poudre métallique était d'abord versée dans un moule et introduite dans le four, mais le chauffage ne suffisait pas à faire fondre le tungstène, qui a une chaleur spécifique élevée. Il fallait donc mettre la poudre sous pression, moyennant quoi on obtenait un bloc qui n'était pas exactement aussi solide que du métal, mais suffisamment pour être ensuite traité comme tel. Ils firent une par une douze pièces identiques. Les tolérances n'étaient pas très sévères, et les éléments furent soigneusement rangés sur l'une des étagères installées dans l'atelier.

La plus grosse des machines-outils travaillait sur une pièce de béryllium assez imposante qui mesurait cinquante centimètres sur vingt. Sa forme tourmentée en rendait l'usinage assez délicat, même sur une machine à commande numérique, mais il fallait bien en passer par là.

— Comme vous pouvez le voir, le flux neutronique initial sera sphérique à partir du primaire, mais il se fera piéger par le béryllium, expliquait Fromm à Qati. Ces pièces métalliques réfléchissent les neutrons qui arrivent à environ vingt pour cent de la vitesse de la lumière. Ils s'échapperont par cet orifice unique. À l'intérieur de l'hyperboloïde, vous avez le cylindre de deutérure de lithium enrichi au tritium.

— Ça va si vite que ça? demanda le commandant. Mais les explosifs auront tout détruit avant.

— Non. L'explosion est très rapide, mais il faut seulement trois secousses aux neutrons pour déclencher la réaction nucléaire.

— Trois quoi?

— Secousses. — Fromm eut un petit sourire. — Vous savez ce qu'est une nanoseconde, *ja*? Dans ce laps de temps, la lumière ne parcourt que trente centimètres.

Qati hocha la tête. Sûr, c'était pas longtemps.

— Bon. Une «secousse» dure dix nanosecondes, le temps pour la lumière de parcourir trois mètres. Le mot a été inventé par les Américains dans les années quarante à partir d'une plaisanterie de techniciens, vous voyez ce que je veux dire. Pour exprimer les choses autrement, en trois «secousses», le temps que met la lumière pour parcourir environ neuf mètres, la bombe a explosé. C'est plusieurs milliers de fois moins que le temps nécessaire à des explosifs chimiques pour détruire quoi que ce soit.

— Je vois, fit Qati, en mentant à moitié.

Il quitta les lieux, laissant Fromm à ses rêveries abominables. Günter l'attendait dehors.

— Alors?

— J'ai quelque chose pour la partie américaine de l'opération, lui dit Bock.

Il déplia une carte et la posa sur le sol.

— Nous allons déposer la bombe ici.

Qu'est-ce que c'est que cet endroit? demanda aussitôt le commandant. Il y a combien de gens?

— Plus de soixante mille. Si la bombe fonctionne comme prévu, le rayon mortel couvrira toute cette zone. Le nombre total de morts devrait être compris entre cent et deux cent mille.

— C'est tout? Avec une arme nucléaire?

— Mais, Ismaël, ce n'est jamais qu'une grosse bombe.

Qati ferma les yeux et jura silencieusement. Une minute avant, on lui expliquait qu'il s'agissait de phénomènes qui dépassaient l'entendement normal, et maintenant, on lui expliquait le contraire. Mais le commandant était assez intelligent pour savoir que les deux experts avaient simultanément raison.

— Et pourquoi cet endroit?

Bock le lui expliqua.

— Ce serait quand même pas mal d'arriver à tuer leur président.

— Tentant, mais pas forcément très efficace. Nous pourrions poser la bombe à Washington, mais je pense que les risques sont élevés, beaucoup trop élevés. Commandant, nous devons tenir compte du fait que nous n'avons qu'une seule bombe, et une seule chance. Nous devons donc minimiser le risque d'être détecté et choisir le site en fonction de la facilité d'accès plus que de toute autre considération.

— Et pour l'Allemagne?

— Ça a marché sans problème.

— Allons-nous y arriver? demanda Qati, les yeux perdus dans les collines poussiéreuses du Liban.

— À mon avis, soixante pour cent de chances.

«Enfin, nous allons punir les Américains et les Russes», songea le commandant. Mais une autre question lui vint immédiatement à l'esprit : «Cela suffira-t-il?» Le visage de Qati se fit plus dur.

Et ce n'était pas la seule inconnue. Qati savait qu'il allait mourir. Les progrès de la maladie étaient fluctuants, comme une marée qui avance inexorablement, mais la marée ne revenait jamais exactement là où elle était parvenue un mois ou un an plus tôt. Il se sentait plutôt bien aujourd'hui, mais il savait très bien que c'était tout à fait relatif. Il y avait plus de chances pour que sa vie se termine dans l'année qui venait, que de voir le plan de Bock réussir. Etait-il possible qu'il meure sans voir sa mission accomplie?

Non, et si sa propre mort était hautement probable, quelle importance avait alors la vie des autres? C'étaient des infidèles, après tout.

«Günter est un infidèle, un vrai de vrai. Marvin Russell ne vaut pas mieux, un païen, en plus. Les gens que tu te proposes de tuer... ce ne sont pas tous des incroyants. Ce sont des Gens du Livre, les disciples induits en erreur du prophète Jésus, mais ils croient au Dieu unique.»

Et les juifs aussi étaient des Gens du Livre. Le Coran l'affirmait clairement. Ils étaient les ancêtres spirituels de l'islam, et les fils d'Abraham, tout comme les Arabes. Leur religion avait tellement de points communs avec la sienne. Sa guerre contre Israël n'était pas une guerre de religion. Ce qui était en cause, c'était son peuple, chassé de sa terre, chassé par un autre peuple qui se prétendait poussé par des motifs religieux alors que la vraie raison était tout autre.

Qati savait regarder en face ses propres croyances, contradictions comprises. Les Américains étaient ses ennemis, les Russes étaient ses ennemis. C'était là sa théologie personnelle, et, bien qu'il se prétendît musulman, ce qui guidait son existence avait très peu de chose à voir avec Dieu, quoi qu'il eût pu raconter à ses partisans.

— Continue à mettre ton plan au point, Günter.

20
COMPÉTITION

On était à la moitié de la saison de football, les Vikings et les Chargers étaient toujours en tête de la coupe. Après avoir dû se résigner à perdre après prolongations dans le Minnesota, San Diego prit sa revanche la semaine suivante à domicile contre Indianapolis, écrasé quarante-cinq à trois. Le lundi soir, les Vikings eurent du mal avec les Géants et finirent par les battre vingt et un à dix-sept. Tony Wills franchit le cap des mille mètres aux trois quarts du huitième match de la saison, et fut désigné joueur de l'année. Il devint en outre porte-parole officiel de la campagne présidentielle contre la drogue. Les Vikings succombèrent contre les Quarante-Neuf, perdant par vingt-quatre à seize, ce qui compensa leur victoire sept à un contre San Diego. Leurs concurrents les plus proches dans leur poule étaient les Ours, quatre contre trois. Le classement fluctuait au gré des matches. Comme à l'accoutumée, la seule menace réelle était constituée par les Dauphins et les Raiders, qui devaient rencontrer les Chargers tout à la fin de la saison.

Cela n'arrangeait pas pour autant le moral de Ryan. Il avait toujours du mal à s'endormir, alors qu'une chape de fatigue lui tombait dessus et constituait désormais l'essentiel de son existence. Dans le temps, lorsque les soucis lui gâchaient ses nuits, il allait à la fenêtre contempler la baie de Chesapeake, et il restait là à regarder passer les bateaux et les embarcations, à quelques nautiques seulement. Maintenant, il était obligé de s'asseoir. Il avait les jambes en coton, il était tout le temps fatigué, et il devait faire un effort de volonté pour se mettre debout. Son estomac se rebellait contre les aigreurs provoquées par le stress, aggravées par la caféine et l'alcool. Il avait besoin de sommeil, d'un profond sommeil pour détendre ses muscles et vider son cerveau de toutes ces décisions à prendre au jour le jour. Il avait besoin de faire du sport, il avait besoin de beaucoup de choses. Et au lieu de cela, il souffrait d'insomnies, avec un cerveau qui n'arrêtait pas de remâcher les idées de la journée et les échecs de la nuit.

Jack savait parfaitement que Liz Elliot le haïssait. Il croyait même savoir comment cela était arrivé. C'était lors de leur première rencontre quelques années plus tôt, à Chicago. Elle était de mauvaise humeur, lui aussi, et ils avaient fait connaissance en échangeant quelques propos assez durs. La différence, c'était qu'il avait tendance à oublier ce genre de choses – dans la plupart des cas – et qu'elle n'oubliait rien. En plus, elle avait l'oreille du président. À cause d'elle, son rôle dans le traité du Vatican ne serait jamais reconnu. La seule chose qu'il eût faite et qui ne fût pas liée à son travail à l'Agence – Ryan était fier de ce qu'il avait réalisé à la CIA, mais il savait que c'était limité à des questions politiques ou stratégiques, destinées à améliorer le sort de son pays, alors que le traité du Vatican devait améliorer le sort du monde entier : il y avait là de quoi être fier. Eh bien non, tout le crédit en était donné à d'autres. Jack ne revendiquait pas qu'on lui en accorde la paternité entière, il n'avait pas été le seul à y travailler, mais il voulait que l'on fasse mention honnêtement de tous les acteurs. Était-ce trop demander ? Quatorze heures de boulot par jour, la plupart du temps en voiture, les trois fois où il avait risqué sa vie pour son pays – et tout ça pour quoi ? Pour que cette pute sortie de Bennington puisse descendre en flammes les résultats de ses analyses.

« Liz, tu ne serais même pas là où tu es sans moi et sans ce que j'ai fait pour mon pays. Et ton patron, l'homme de glace, Jonathan Robert Fowler de l'Ohio, il ne serait pas là non plus. »

Mais ils ne pouvaient pas le savoir, Jack avait donné sa parole. Donné sa parole pourquoi ?

Le pire de tout, c'est que cela avait maintenant des conséquences à la fois prévisibles et inattendues. Il avait encore déçu sa femme cette nuit. Il n'y comprenait rien. C'était comme de tourner l'interrupteur et ne pas avoir de lumière.

C'était comme s'il n'était pas un homme, il n'y avait pas de description plus simple.

« Je suis un homme. J'ai fait tout ce qu'un homme doit faire pour être un homme.

– Mais essaie donc d'expliquer ça à ta femme, couillon !

– Je me suis battu pour défendre ma famille, pour mon pays, j'ai tué des gens pour eux, j'ai gagné le respect des plus grands. J'ai fait des choses que personne ne saura jamais, j'ai gardé les secrets que je devais garder. J'ai servi aussi bien que n'importe qui.

– Alors, pourquoi restes-tu planté là à regarder l'eau à 2 heures du matin, monsieur le meilleur ?

– J'ai fait la différence ! enrageait son cerveau.

– Mais qui le sait, qui en a quelque chose à faire ?

– Mes amis ?

– Ils t'ont rendu de fiers services, mais, à propos, quels amis? Ça fait combien de temps que tu n'as pas vu Skip Tyler ou Robby Jackson? Tes amis de Langley, pourquoi ne pas leur confier tes problèmes?

L'aube arriva par surprise, mais il fut encore plus surpris de constater qu'il avait dormi, assis là tout seul au salon. Jack se leva, les muscles engourdis, pas suffisamment reposés par les quelques heures au cours desquelles il n'était pas resté éveillé. Ce n'était pas vraiment ce qu'on pouvait appeler du sommeil, se dit-il en se dirigeant vers la salle de bain. Simplement, c'était un intervalle de temps pendant lequel il n'avait pas été éveillé. Sommeil signifie repos, et il se sentait étrangement fatigué, sans compter le mal de tête, le vin qu'il avait bu la veille. Seule bonne nouvelle – si on peut appeler ça ainsi –, Cathy ne se levait pas trop tôt, aujourd'hui. Jack se fit du café et attendit devant la porte l'arrivée de Clark.

– Alors, encore un fameux week-end, je vois, fit-il en regardant Jack monter en voiture.

– Et toi, John?

– Écoutez, monsieur le directeur adjoint, si vous voulez m'engueuler, allez-y. Vous étiez déjà dans un état lamentable il y a deux mois, et ça ne s'améliore pas. C'était quand, la dernière fois que vous avez pris des vacances, que vous êtes parti un jour ou deux? Comme ça, vous pourriez espérer faire semblant d'être quelqu'un au lieu d'avoir peur de passer pour un poinçonneur de tickets qui ne veut pas qu'on s'aperçoive qu'il s'est absenté.

– Clark, vous avez vraiment le don d'embellir mes matinées.

– Hé, dites-moi, je ne suis qu'un modeste agent, mais vous avez tort de me reprocher de faire mon boulot sérieusement. Mon boulot, c'est de vous protéger, OK? – John ralentit et s'arrêta sur le bas-côté. – Jack, j'ai déjà connu ça. Vous vous crevez au boulot. Vous brûlez la chandelle par les deux bouts et par le milieu. C'est déjà pénible quand on a vingt ans, mais vous n'avez plus vingt ans, sinon personne ne prendrait la peine de vous le dire.

– Je sais bien que les infirmités viennent avec l'âge.

Ryan essaya de sourire pour montrer que tout cela n'avait pas beaucoup d'importance et que Clark noircissait les choses.

Mais cela ne marcha pas. John se rendit compte que Cathy n'était pas sur le pas de la porte. Des problèmes à la maison? Il ne pouvait quand même pas le lui demander. Mais la tête de Ryan était suffisamment révélatrice. Il n'y avait pas que la fatigue, il était vidé de l'intérieur, toute cette merde qui lui pesait sur les épaules. Cabot – ce n'était pas un mauvais bougre, il le savait bien, mais la vérité était qu'il ne connaissait pas son boulot. Si bien que le Congrès se reposait sur Ryan, que les directions «Renseignement» et «Action» dépendaient de Ryan qui assurait la direction et la coordination. Il ne pouvait pas fuir ses responsabilités, et il n'était pas du genre à comprendre qu'il aurait pu déléguer un certain nombre de choses. Les autres directeurs auraient pu assumer davantage, mais ils laissaient faire Ryan. Le directeur adjoint aurait poussé un coup de gueule et tout serait rentré dans l'ordre, mais Cabot était-il décidé à le soutenir? Ou la Maison Blanche pourrait prendre ça comme une tentative de Jack pour prendre le pouvoir.

Enfoirés d'hommes politiques! se disait Clark en se remettant en route. La politique des bureaux, la politique politicienne. Et en plus, quelque chose n'allait pas chez Ryan. Clark ne savait pas quoi, mais il savait qu'il se passait quelque chose.

« Jack, vous êtes beaucoup trop bon pour faire ce métier! »

— Je peux vous donner un petit conseil?

— Allez-y toujours, répondit Ryan, en lisant les messages.

— Prenez deux semaines, allez à Disneyworld, au Club Med, trouvez une plage et faites de la marche. Foutez le camp de cette ville pendant quelque temps.

— Les gosses vont en classe.

— Sortez-les de l'école, pour l'amour du ciel! Il vaudrait peut-être mieux les laisser à la maison et partir un peu, vous et votre femme. Mais non, c'est pas votre genre. Emmenez-les voir Mickey.

— Je ne peux pas. Ils vont en classe.

— Ils sont dans le primaire, pas au lycée. S'ils manquent deux semaines, deux semaines de divisions avec virgule et comment on écrit « écureuil », ça ne met pas leur développement intellectuel en péril. Vous avez besoin de partir, de recharger les batteries, d'aller sentir l'odeur des roses!

— J'ai trop à faire, John.

— Écoutez-moi! Vous savez combien de copains j'ai enterrés? Vous savez combien j'ai vu disparaître de gars qui n'avaient jamais eu la chance d'avoir une femme, des gosses et une belle maison avec vue sur l'eau? Un paquet, un sacré paquet, qui n'ont jamais eu le dixième de ce que vous avez. Vous avez tout ça, et vous vous donnez un mal pas croyable pour tout foutre en l'air – et vous finirez bien par y arriver. D'une manière ou d'une autre, je vous donne, allez, dix ans.

— Mais j'ai une tâche à accomplir!

— Ce n'est pas assez important pour que vous vous foutiez en l'air l'existence, espèce de mule! Vous ne voulez pas comprendre?

— Et qui fera tourner la boutique?

— Monsieur, c'est peut-être pas évident de vous remplacer quand vous êtes au mieux de votre forme, mais, dans l'état où vous êtes, ce jeune blanc-bec de Goodley serait capable de faire les choses aussi bien que vous. – Clark savait qu'il touchait un point sensible. – Vous croyez vraiment que vous êtes efficace, en ce moment?

— Voudriez-vous me faire une faveur et vous contenter de conduire?

Un nouveau rapport de Spinnaker l'attendait au bureau, à en croire les phrases codées qui figuraient dans les messages du matin. Et il y en avait également un de Niitaka. La journée promettait d'être chargée.

« C'était exactement ce dont j'avais besoin », se dit Jack en fermant les yeux pour se reposer un peu.

Mais ce fut bien pire. Ryan fut tout surpris de se retrouver au travail, encore plus surpris que son café n'ait pas réussi à combattre la fatigue. Il avait dormi une quarantaine de minutes. Il laissa Clark lui jeter un regard entendu et monta au sixième étage. Un coursier lui apporta deux gros dossiers, avec une note du directeur indiquant qu'il serait en retard Ce mec avait des horaires de banquier.

Il commença par Niitaka. D'après le document, les Japonais avaient l'intention de revenir sur un accord commercial péniblement acquis seulement six mois plus tôt. Ils expliquaient que des circonstances « malheureuses et imprévisibles », qui étaient peut-être en partie réelles, se dit Jack en parcourant rapidement la page, les y contraignaient. Après tout, les Japonais avaient des problèmes intérieurs comme tout le monde, mais il y avait autre chose. Ils voulaient monter un coup au Mexique... ça avait quelque chose à voir avec la visite de leur premier ministre à Washington, en février. Au lieu d'acheter des produits agro-alimentaires aux Américains, ils avaient décidé de les acheter moins cher au Mexique, en échange d'une diminution des barrières douanières. De toute façon, c'était certainement ce qu'ils comptaient faire. Comme ils n'étaient pas sûrs d'obtenir cette concession des Mexicains, ils montaient un... un chantage ?

– Bordel ! soupira Ryan.

Le Parti révolutionnaire institutionnel mexicain, le PRI, n'était pas particulièrement renommé pour son intégrité, mais ce... ? Cela allait faire l'objet de discussions en tête à tête à Mexico. S'ils obtenaient cette concession, échangeant l'accès des produits alimentaires mexicains au Japon contre l'ouverture du marché mexicain aux produits japonais, le montant des exportations américaines prévues par l'accord de février dernier serait réduit d'autant. C'étaient les affaires. Les Japonais achèteraient un peu moins cher qu'aux États-Unis et ils s'ouvriraient simultanément un nouveau marché. Ils essaieraient de se trouver des excuses auprès des agriculteurs américains, des histoires d'engrais qui devaient être approuvés par leurs services de contrôle, par exemple.

L'intensité du chantage était proportionnelle à l'importance de la cible. Vingt-cinq millions de dollars à payer moyennant un petit tour de passe-passe. Quand le président mexicain quitterait ses fonctions l'an prochain, il prendrait la direction d'une nouvelle société qui... non, les Japonais lui rachèteraient une société qu'il possédait déjà pour un montant honnête. Le nouvel actionnaire le maintiendrait en place, ferait augmenter la valeur de la société et lui verserait un salaire exorbitant en reconnaissance de ses compétences évidentes en matière de relations publiques.

– Jolie reconversion, dit Ryan à voix haute.

C'était presque à rire, et le plus drôle était que ce procédé aurait pu être légal aux États-Unis, à condition d'avoir un excellent avocat. Des tas de fonctionnaires du Département d'État ou du Commerce s'étaient vendus aux intérêts japonais immédiatement après avoir quitté l'administration.

Il y avait tout de même une petite chose : ce que Ryan avait en main, c'était la preuve manifeste d'un complot. Les Japonais étaient trop naïfs : ils pensaient que certaines réunions étaient sacro-saintes, que certaines discussions ne franchissaient jamais les quatre murs de la pièce. Ils ignoraient que certain membre du gouvernement avait une maîtresse, et que cette maîtresse savait délier les langues. Et ils ignoraient que les Américains avaient accès à tous ces renseignements, via un officier du KGB...

« Réfléchis, mon garçon. »

S'ils arrivaient à obtenir des preuves plus solides, et à les transmettre à Fowler... Mais comment faire ? On ne peut pas faire état du rapport d'un espion devant un tribunal... et en plus, un citoyen russe, un officier du KGB travaillant pour un pays tiers.

Cependant, il ne s'agissait pas d'un procès devant un tribunal avec ses règles de procédure en matière de preuves. Fowler pouvait très bien en parler à leur premier ministre en tête à tête.

Le téléphone de Ryan sonna.

– Oui, Nancy ?

– Le directeur vient d'appeler, il a la grippe.

– Il a bien de la chance. Merci. La grippe, mon cul, fit Jack après avoir raccroché.

Cet homme était un fainéant.

« ... Fowler peut agir de deux façons : option 1, lui dire face à face que nous savons ce qui se passe et que nous ne l'accepterons pas, que nous informerons le Congrès et... ; ou option 2, tout balancer à la presse. »

L'option 2 aurait toutes sortes de conséquences désagréables, jusque sur le Mexique. Fowler n'aimait pas le président mexicain, et encore moins le PRI. On pouvait penser ce qu'on voulait de Fowler, mais c'était un homme honnête, et il avait horreur de la corruption sous toutes ses formes.

L'option 1... Ryan devrait rendre compte à Al Trent, à coup sûr. Il faudrait lui parler de cette nouvelle opération, mais Trent n'hésitait pas à prendre ses responsabilités quand il s'agissait de commerce, et Fowler pouvait craindre qu'il n'en raconte trop à l'extérieur. D'un autre côté, était-il légalement possible de ne rien dire à Trent ? Ryan décrocha son téléphone.

– Nancy, pourriez-vous dire au chef du service juridique que j'ai besoin de le voir ? Merci.

« Maintenant, Spinnaker. Voyons, se dit Jack, ce que M. Kadishev a de nouveau aujourd'hui...

«Dieu du ciel!» Ryan se força à rester calme. Il lut entièrement le rapport, puis le relut une deuxième fois. Il redécrocha son téléphone et appuya sur la ligne directe de Mary Pat Foley.

Le téléphone sonna pendant trente secondes avant que quelqu'un décroche.

– Oui?

– Qui est à l'appareil?

– C'est de la part de qui?

– Le directeur adjoint, Ryan. Où est Mary Pat?

– En salle de travail, monsieur. Désolé, je ne savais pas qui appelait, continua l'homme. Ed est bien entendu auprès d'elle.

– OK, merci. – Ryan raccrocha. – Merde!

D'un autre côté, il ne pouvait pas décemment lui en vouloir. Il se leva et alla à son secrétariat.

– Nancy, Mary Pat est en train d'accoucher, annonça-t-il à Mme Cummings.

– Merveilleux – enfin non, pas si merveilleux que ça, ce n'est pas très drôle, répondit Nancy. Des fleurs?

– Ouais, et quelque chose de bien – vous êtes plus compétente que moi. Mettez ça sur ma carte American Express.

– On devrait peut-être attendre d'être sûrs que tout s'est bien passé?

– Vous avez raison.

Ryan retourna à son bureau.

«Et maintenant quoi? se demanda-t-il. Tu sais très bien ce que tu dois faire. La seule question est de savoir si tu veux ou ne veux pas le faire.»

Jack reprit son combiné et appuya sur un autre bouton d'accès direct.

– Elizabeth Elliot, répondit-elle en décrochant sa ligne réservée, dont le numéro n'était connu que de quelques hauts responsables.

– Jack Ryan.

La voix déjà peu chaleureuse devint franchement glacée.

– Qu'y a-t-il?

– Je voudrais voir le président.

– À quel sujet? lui demanda-t-elle.

– Je ne peux pas en parler au téléphone.

– Mais c'est une ligne protégée, Ryan!

– Pas assez protégée. Quand puis-je venir? C'est important.

– Important?

– Assez important pour modifier son emploi du temps, Liz! aboya Ryan. Vous croyez que c'est pour mon plaisir?

– Calmez-vous et attendez un instant. – Ryan l'entendait tourner des pages. – Soyez là dans quarante minutes, vous aurez droit à un quart d'heure. Je m'occupe des autres rendez-vous.

– Merci, madame Elliot.

Ryan réussit à ne pas raccrocher trop brusquement. Que cette bonne femme aille au diable! Il se releva. Clark était revenu et attendait dans le bureau de Nancy.

– Faites chauffer le moteur.

– Où allons-nous? demanda Clark en se levant.

– En ville. – Jack se tourna vers Nancy. – Nancy, appelez le directeur. Dites-lui qu'il faut que j'aille voir le Patron, et, avec tout le respect que je lui dois, dites-lui qu'il ferait bien de rappliquer.

Mais c'était de pure forme, Cabot habitait la campagne, à une heure de voiture.

– Bien monsieur.

Si on pouvait compter sur quelque chose, c'était bien sur le professionnalisme de Nancy Cummings.

– Il me faut trois photocopies de ces documents. Faites-en une de plus pour le directeur, et remettez l'original au coffre.

– J'en ai pour deux minutes.

– Parfait.

Jack alla aux toilettes. En se regardant dans la glace, il put se rendre compte que Clark avait raison, comme d'habitude. Il avait vraiment une sale gueule, mais il n'y pouvait rien.

– On y va!

– Quand vous voulez.

Clark tenait à la main une serviette de cuir à fermeture à glissière contenant les documents.

Il était écrit que tout irait mal, en ce lundi matin. Sur la I-66, un imbécile quelconque avait eu un accident, et la circulation était complètement bloquée. Le trajet qui aurait dû leur prendre dix ou quinze minutes leur en prit trente-cinq. Il fallait tenir compte de la circulation à Washington, même lorsque l'on était haut fonctionnaire. Quand la voiture de l'Agence prit West Executive Drive, ils étaient tout juste à l'heure. Jack essaya de ne pas courir en entrant dans le hall ouest de la Maison Blanche, pour ne pas se faire remarquer. Les journalistes utilisaient cet accès. Une minute après, il était dans le bureau de Liz Elliot, dans un coin du bâtiment.

– Alors? demanda le conseiller à la Sécurité nationale.

– Je préférerais raconter une seule fois mon histoire. Un de nos agents nous a fait un rapport, et ça ne va pas vous faire plaisir.

– Mais il faut tout de même que vous me mettiez sommairement au courant, insista Elliot.

Pour une fois, elle avait raison.

– Narmonov, ses militaires, et des histoires d'armes nucléaires.

Elle hocha la tête.

– Allons-y.

Ils n'avaient pas beaucoup de chemin à faire, deux couloirs. Ils passèrent le barrage des huit gardes du corps qui protégeaient le président comme une horde de loups.

– J'espère que vous ne m'avez pas dérangé pour rien, dit le président Fowler sans se lever. J'ai dû annuler une réunion budgétaire.

– Monsieur le président, nous avons un agent, quelqu'un de haut placé, à l'intérieur même du gouvernement soviétique, commença Ryan.

– Je suis au courant. Et je vous ai demandé de ne pas me dire son nom, vous vous en souvenez.

– Oui, monsieur, fit Ryan. Aujourd'hui, je vais vous le dire. Oleg Kirilo-vitch Kadishev. Nous l'appelons Spinnaker. Il a été recruté voici quelques années par Mary Patricia Foley, quand elle était à Moscou avec son mari.

– Pourquoi me racontez-vous ça? demanda Fowler.

– Pour que vous puissiez vous faire une idée de la valeur de ce qu'il raconte. Vous avez déjà vu ses rapports, sous les noms de code Restorative et Pivot.

– Pivot?... Il y en avait un en septembre, qui parlait des problèmes de Narmonov avec... je veux dire, il avait des ennuis avec ses services de sécurité.

– Exact, monsieur le président.

«Et un bon point pour vous, se dit-il. Vous vous souvenez de ce qu'on vous fait lire.» Ce n'était pas toujours le cas.

– Je suppose que ses problèmes ont empiré, sans quoi vous ne seriez pas ici. Continuez, ordonna Fowler, en se mettant à l'aise.

– Kadishev dit qu'il a rencontré Narmonov la semaine dernière, à la fin de la semaine.

– Attendez une minute. Kadishev – il est membre de leur Parlement, à la tête de l'un des partis d'opposition, c'est bien ça?

– C'est ça, monsieur. Il a de nombreux entretiens en tête à tête avec Narmonov, et c'est pour cela qu'il a tant de valeur à nos yeux.

– Très bien, je comprends.

– D'après lui, lors de l'un de leurs derniers entretiens, Narmonov lui a confié que ses problèmes empiraient. Il a laissé ses militaires et les services de sécurité prendre davantage d'indépendance, mais il semblerait que ce ne soit pas suffisant. Une certaine opposition se manifeste à la mise en œuvre du traité de réduction des armements. D'après ce rapport, les militaires soviétiques voudraient tout bloquer pour les SS-18 au lieu d'en éliminer six régiments comme convenu. Notre homme prétend que Narmonov serait prêt à céder sur ce point. Monsieur, cela constituerait une violation du traité, et c'est pour cela que je suis ici.

– C'est vraiment important? demanda Liz Elliot. Je veux dire, technique ment.

– C'est un point que nous n'avons jamais réussi à exposer clairement. Le secrétaire Bunker le comprend, mais le Congrès n'a jamais réussi à voir le fond des choses. En réduisant les stocks d'armes nucléaires d'un peu plus de la moitié, nous changeons l'équation. Quand les deux côtés avaient dix mille corps de rentrée, les choses étaient simples, une guerre nucléaire était pratiquement impossible à gagner. Avec toutes ces têtes à détruire, il était impossible de les descendre en totalité, et il y en avait toujours assez pour déclencher une contre-attaque.

« Mais avec les réductions, le mode de calcul change. À présent, en fonction de la composition des arsenaux, une telle attaque devient théoriquement possible, et c'est pourquoi cette composition a fait l'objet de tant de paragraphes dans le texte du traité.

— Vous dites que la réduction rend la situation plus dangereuse qu'avant ? demanda Fowler.

— Non, monsieur, ce n'est pas exactement cela. J'ai toujours dit – et j'en ai parlé avec l'équipe de négociation il y a plusieurs années, quand Ernie Allen s'en occupait – que le bénéfice stratégique d'une réduction de cinquante pour cent était illusoire et purement symbolique.

— Allons, précisez votre pensée, fit Elliot sur un ton cinglant. Il s'agit de diviser par deux...

— Madame Elliot, si vous preniez la peine de participer aux exercices Camelot, vous auriez moins de peine à comprendre.

Et Ryan détourna les yeux avant de voir l'effet qu'il avait produit. Fowler vit Liz rougir instantanément, et se surprit à sourire en la voyant se faire rembarrer sous les yeux de son amant. Il se concentra sur Ryan, d'ores et déjà certain qu'Elizabeth et lui allaient discuter plus tard de cet incident.

— Ce problème est très technique. Si vous ne me croyez pas, demandez donc au secrétaire Bunker ou au général Fremont, au SAC. Le paramètre décisif est la composition des forces. S'ils conservent ces régiments de SS-18, les Soviets en tireront un avantage décisif. Les conséquences sont importantes sur le traité, et ce n'est pas uniquement une affaire de nombre. Mais il y a encore mieux.

— OK, fit le Président.

— Si l'on en croit ce rapport, il semble qu'il existe une certaine collusion entre l'armée et le KGB. Comme vous le savez, ce sont les militaires qui détiennent les missiles, mais les têtes ont toujours été sous contrôle du KGB. Kadishev trouve que ces deux services s'entendent un peu trop bien, et que des problèmes de sécurité nucléaire pourraient bien apparaître.

— Ce qui signifie ?

— Ce qui signifie que le stock d'armes tactiques a pu être détourné.

— Il manquerait des armes nucléaires ?

— Des petites, oui, il prétend que c'est possible.

— En d'autres termes, continua Fowler, leurs militaires essayent de faire chanter Narmonov et il est possible qu'ils détiennent quelques armes de faible puissance.

« Pas mal, pas mal, monsieur le président. »

– Exact, monsieur.

Fowler se tut une trentaine de secondes, retournant tous ces faits dans sa tête, le regard perdu.

– Jusqu'à quel point peut-on croire ce Kadishev?

– Monsieur le président, il travaille pour nous depuis cinq ans. Ses analyses nous ont toujours été très utiles, et, pour autant que nous sachions, il ne nous a jamais induits en erreur.

– Il est possible qu'il ait été retourné? demanda Elliot.

– C'est possible mais peu probable. Nous avons les moyens de nous en assurer. Il y a des phrases convenues dans chacun de ses comptes rendus, et elles figurent dans celui-ci.

– Est-il possible de recouper ses informations avec d'autres sources?

– Désolé, c'est impossible dans ce cas.

– Alors, vous êtes arrivé avec un rapport non confirmé? demanda Elliot.

– Vous avez raison, admit Ryan, qui ne se rendait pas compte à quel point il avait l'air excédé. C'est une chose que je ne fais pas souvent, mais dans ce cas, je crois que je peux me le permettre.

– Comment faire pour essayer de confirmer les éléments de ce rapport? demanda Fowler.

– Nous pourrions faire faire quelques recherches discrètes par nos propres réseaux et, avec votre autorisation, nous pourrions avoir des conversations confidentielles avec certains services étrangers. Les British ont un très bon informateur au Kremlin. Je connais bien sir Basil Charleston, et je pourrais l'approcher, mais cela signifie que je devrais lui révéler une partie de ce que nous savons. Ce genre de choses n'est jamais gratuit. À ce niveau, il faut jouer donnant-donnant. Nous ne le faisons jamais sans autorisation du pouvoir exécutif.

– Je vois, laissez-moi une journée de réflexion. Marcus est-il au courant?

– Non, monsieur le président, il a la grippe. En temps normal, je ne serais pas venu vous voir sans en avoir parlé au directeur, mais j'ai pensé que vous préféreriez être mis rapidement au courant.

– Vous avez dit que les militaires soviétiques étaient politiquement plus fiables que cela, fit remarquer Elliot.

– C'est exact. Une évolution comme celle que décrit Kadishev serait sans précédent. Historiquement, nous nous sommes toujours fait du souci avec les ambitions politiques supposées des militaires soviétiques, et nous nous sommes toujours trompés. Il semblerait que ce soit en train de changer. La possibilité d'une alliance de facto entre les militaires et le KGB est très préoccupante.

– Ainsi, vous vous étiez trompé? insista Elliot.

– C'est bien possible, dut admettre Jack.

– Et maintenant? demanda Fowler.

– Monsieur le président, que voulez-vous que je vous dise? Que je suis peut-être en train de me tromper encore une fois? C'est possible. Ai-je la certitude que ce rapport correspond à la réalité? Non, je n'en suis pas certain, mais l'importance de ces informations est telle que je suis obligé de vous en parler.

– Je suis moins préoccupée par les missiles que par ces histoires de têtes nucléaires, déclara Elliot. Si Narmonov est confronté à un chantage réel, alors...

– Kadishev est un rival potentiel pour Narmonov, fit remarquer Fowler. Pourquoi lui faire confiance?

– Vous rencontrez régulièrement les leaders du Congrès, monsieur. Il en fait autant. Les rapports de forces au Congrès des députés du peuple sont beaucoup plus complexes qu'au Capitole. En outre, ils s'estiment sincèrement. Ils sont peut-être rivaux, mais ils ont également des vues communes sur beaucoup de sujets importants.

– OK, je souhaite que ces informations soient recoupées par n'importe quel moyen, et le plus vite possible.

– Bien, monsieur le président.

– Comment se comporte Goodley? demanda Elliot.

– C'est un garçon brillant, il a une bonne perception du bloc de l'Est. J'ai lu un rapport qu'il avait fait à l'Institut Kennedy il y a un certain temps, et c'est plutôt mieux que ce que nos propres services ont pu écrire à l'époque.

– Mettez-le sur cette affaire, il pourrait être utile d'avoir un esprit neuf, opina Liz.

Jack fit non de la tête en prenant un air solennel.

– C'est un sujet trop sensible pour lui.

– Goodley est ce conseiller technique dont vous m'avez parlé? Il est bon? demanda Fowler.

– Je crois.

– Je le prends sur moi, Ryan, mettez-le sur ce dossier, ordonna le président.

– Bien, monsieur.

– Autre chose?

– Monsieur, si vous avez encore un instant, nous avons reçu quelque chose du Japon.

Jack lui expliqua en quelques minutes de quoi il s'agissait.

– Est-ce quelque chose de prouvé?... – Fowler eut un franc sourire. – Que pensez-vous d'eux?

– Je crois qu'ils aiment bien se livrer à ces petits jeux, répondit Ryan. Et je n'envie pas ceux qui doivent négocier avec eux.

– Quels moyens avons-nous de vérifier?

– La source est sûre. Encore un qui nous rend de grands services.

– Ce serait tout de même bien si... comment faire pour savoir si c'est bien quelque chose de sérieux?

– Je ne sais pas, monsieur le président.

– Ça me donnerait une occasion de le prendre de court, j'en ai assez de ces problèmes commerciaux, et j'en ai assez qu'on me mente. Essayez de trouver un moyen.

– Nous allons essayer, monsieur le président.

– Merci d'être venu.

Le président ne se leva pas, ne lui tendit pas la main. Ryan se leva et sortit.

– Qu'en penses-tu ? demanda Fowler tandis que Liz parcourait le rapport.

– Ça confirme ce que Talbot dit sur la vulnérabilité de Narmonov... en pire.

– Je suis bien d'accord. Ryan a l'air harassé.

– Il ne devrait pas aller courir le guilledou.

– Hmmm ? grogna le président sans lever les yeux.

– J'ai un rapport d'enquête préliminaire du ministère de la Justice. On dirait qu'il a une double vie, comme nous le suspections, et il y a un gosse. C'est la veuve d'un sergent de l'armée de l'Air qui s'est tué à l'entraînement. Ryan a dépensé beaucoup d'argent pour s'occuper de sa famille, et sa femme n'est au courant de rien.

– Je n'aime pas beaucoup ce genre de scandales, je n'ai vraiment pas besoin d'une autre affaire de coureur de jupon après ce qui est arrivé à Charlie.

« Heureusement, ils n'ont rien découvert sur notre compte », aurait-il pu ajouter. C'était pourtant différent. Alden était marié, Ryan aussi. Fowler ne l'était pas, ce n'était pas la même chose.

– Tu es bien sûre de ça ? Tu me dis qu'il s'agit d'un rapport préliminaire ?

– C'est vrai.

– Essaie de faire confirmer et dis-moi ce que tu auras trouvé.

Liz acquiesça de la tête et continua.

– Cette histoire de militaires soviétiques... embêtant.

– Très embêtant, convint Fowler. On en parlera au déjeuner.

***

– Nous voici à mi-parcours, annonça Fromm. Je peux vous demander une faveur ?

– Laquelle ? répondit Ghosn, en espérant qu'il n'avait pas envie de retourner en Allemagne pour aller voir sa femme – ça risquait d'être ennuyeux.

– Je n'ai rien bu depuis deux mois.

Ibrahim sourit.

Vous comprenez bien que je ne peux pas autoriser une chose pareille.

– Mais je ne suis pas soumis aux mêmes règlements. – L'Allemand sourit à son tour. – Je ne suis jamais qu'un infidèle, après tout.

Ghosn éclata de rire.

– C'est vrai, j'en parlerai à Günter

– Merci.

– Demain, on attaque le plutonium.

– Ce sera long ?

– Oui, et il y a aussi les blocs d'explosif. Pour le moment, on tient exactement les délais.

– Bonne nouvelle.

Le jour avait été fixé au 12 janvier.

***

« Qui avons-nous de bon au KGB ? » se demanda Ryan après être revenu à son bureau. Le gros problème, avec le rapport de Spinnaker, c'était que le KGB semblait fidèle à Narmonov dans sa grande, pour ne pas dire dans son immense majorité. Ce n'était peut-être pas aussi vrai de la Deuxième Direction, spécialisée dans la sécurité intérieure. Mais ce l'était certainement de la Première Direction, également connue comme la direction de l'Étranger, surtout avec un homme comme Golovko au poste de directeur adjoint. Cet homme était un vrai professionnel, il n'avait pas d'attache politique particulière. Ryan songea un instant à l'appeler directement – non, il valait mieux le rencontrer... mais où ?

Non, c'était trop dangereux.

– Vous voulez me voir ?

Goodley passa sa tête dans la porte, et Ryan lui fit signe d'entrer.

– Vous voulez une promotion ?

– Que voulez-vous dire ?

– Je veux dire que, sur ordre du président des États-Unis, je dois vous mettre sur une affaire pour laquelle, à mon avis, vous n'êtes pas encore prêt.

Jack lui tendit le rapport Spinnaker.

– Lisez.

– Mais pourquoi moi ? Et pourquoi...

– J'ai également dit que vous aviez fait un très bon boulot en prédisant l'éclatement du Pacte de Varsovie. À propos, c'était meilleur que tout ce que nous avons pu produire ici sur le sujet.

– Ça ne vous ennuie pas si je vous dis que vous êtes quand même quelqu'un de bizarre ?

– Qu'est-ce que ça signifie ? lui demanda Jack.

– Vous n'aimez pas mes façons de faire, mais vous me félicitez pour mes travaux.

Ryan se laissa aller dans son siège et ferma les yeux.

– Ben, croyez-moi ou pas, je n'ai pas toujours raison. Je commets des erreurs. J'ai même fait quelques grosses conneries, mais je suis assez intelligent pour m'en rendre compte, et, comme je suis intelligent, j'écoute ce que me disent les gens qui ne sont pas de mon avis. C'est une bonne habitude à prendre, et c'est l'amiral Greer qui me l'a enseignée. Si vous ne deviez retenir qu'une seule chose de votre passage ici, Ben Goodley, je crois que c'est celle-là. On ne peut pas se permettre trop d'échecs dans cette maison. Ça nous arrive quand même, mais ce n'est pas une raison. Ce rapport que vous avez fait à Kennedy était meilleur que ce que j'ai fait moi-même. Il est possible en théorie que vous puissiez encore une fois avoir raison et que j'aie tort. Ça vous va?

— Oui, monsieur, répondit tranquillement Goodley, surpris de cette tirade.

Bien sûr qu'il avait eu raison et que Ryan avait eu tort. C'est bien pour ça qu'il était ici.

— Lisez.

— Ça vous ennuie si je fume?

Jack ouvrit les yeux.

— Vous fumez?

— J'ai arrêté il y a deux ans, mais depuis que je suis ici...

— Essayez de perdre cette habitude, mais avant, donnez-m'en une.

Il allumèrent leurs cigarettes et firent des ronds en silence. Goodley lisait le rapport, Ryan surveillait ses yeux. Le conseiller technique leva la tête.

— Bon dieu!

— Votre première réaction est bonne. Alors, qu'en pensez-vous?

— Ça semble plausible.

Ryan hocha la tête.

— C'est exactement ce que j'ai dit au président il y a une heure. Je ne suis pas sûr de moi, mais il fallait que je lui en parle.

— Qu'attendez-vous de moi?

— Je voudrais que vous fouilliez un peu. Les gens de la DI vont disséquer le texte pendant deux jours, j'aimerais que vous me fassiez part de votre propre analyse, avec un autre regard.

— Ça veut dire quoi?

— Ça veut dire que vous croyez que c'est plausible, et que j'ai des doutes. Par conséquent, vous allez chercher les raisons pour lesquelles ça pourrait ne pas être vrai, et j'en ferai autant de mon côté avec l'hypothèse inverse. — Jack se tut. — La direction du Renseignement fera son travail comme d'habitude. Mais ils sont trop organisés, chez eux. Et ce n'est pas ce que je veux.

— Mais vous voulez que je...

— Je veux que vous fassiez marcher vos méninges. Je pense que vous êtes intelligent, Ben, et je veux que vous me le prouviez. En plus, c'est un ordre.

Goodley réfléchit. Il n'était habitué ni à donner ni à recevoir des ordres.

— Je ne sais pas si j'en suis capable.

— Et pourquoi pas?

— C'est contraire à mes opinions, ce n'est pas de cette façon que je vois le problème, c'est...

— Ce qui vous gêne avec moi et un tas de gens dans cette maison, c'est l'état d'esprit de la CIA, n'est-ce pas? Vous avez en partie raison, il y a un esprit maison, et il a ses inconvénients. Il est également vrai que votre façon de voir présente ses propres inconvénients. Si vous arrivez à me démontrer que vous n'êtes pas plus prisonnier de votre façon de voir que moi de la mienne, alors, vous avez un avenir ici. L'objectivité n'est pas une chose facile, il faut s'y entraîner.

L'enjeu était intéressant, se dit Goodley. Et il se demanda s'il n'avait pas commis une erreur de jugement avec le DDCI.

***

— Russell coopérera?

— Oui, Ismaël, j'en suis sûr, répondit Bock en buvant sa bière.

Il avait fait venir d'Allemagne une caisse de bière export pour Fromm, et il en avait mis un peu de côté pour lui.

— Il pense que nous voulons faire exploser une grosse bombe conventionnelle pour interrompre la couverture du match par la télévision.

— Original, mais pas très intelligent, remarqua Qati.

Il avait bien envie d'une bière, mais n'osait pas en demander. Il se dit en outre que ce ne serait pas très bon pour son estomac, et il venait de passer trois jours dans une forme relativement bonne.

— Il ne voit que les aspects tactiques de l'opération, c'est vrai, mais il nous sera très utile. Son aide sera cruciale dans cette phase.

— Fromm s'en tire très bien.

— C'est bien ce que je pensais. C'est vraiment malheureux de penser qu'il ne verra jamais le fruit de ses efforts. Ce sera pareil pour les ouvriers?

— Malheureusement oui.

Qati fronça les sourcils. La vue du sang ne lui faisait pas grand-chose, mais il n'avait jamais tué sans nécessité. Il avait déjà éliminé des gens pour raisons de sécurité, mais pas souvent. C'était presque devenu de la routine. « Mais, se demandait-il intérieurement, pourquoi se faire du souci pour quelques-uns, quand on projette d'en tuer d'autres en bien plus grand nombre? »

— Tu as réfléchi à ce qu'il faudrait faire en cas d'échec ou si on est découverts?

— Oui, bien sûr, répondit Qati en souriant, et il le lui expliqua.

— C'est ingénieux. Il vaut mieux prévoir tout ce qui peut arriver.

— Je savais bien que ça te plairait...

LISTE DES PRINCIPAUX SIGLES

ASAC	Adjoint au chef de district (FBI)
AUTEC	Atlantic Underwater Test and Evaluation Center
CalTech	California University of Technology
CIA	Central Intelligence Agency
CINC	Commander in Chief (commandant en chef)
DCI	Director Central Entelligence
DLA	Direction de lancement des armes
DDCI	Deputy Director Central intelligence
DSM	Détection sous-marine
DLT	Direction de lancement de torpilles
DSPS	Defense Support Program Satellite
FBI	Federal Bureau of Investigation
GPS	Global Positioning System
ICBM	Inter Continental Balistic Missile (missile balistique intercontinental)
IRBM	Intermediate Range Balistic Missile (missile balistique à portée intermédiaire)
Looking Glass	Poste de commandement volant du SAC
MIT	Massachusetts Institute of Technology
MSBS	Mer-sol balistique stratégique
NEACP	National Emergency Airborne Command Post
NFL	National Football League
NMCC	National Military Command Center (Centre de commandement militaire national)
NPIC	National Photographic Intelligence Center
NSA	National Security Agency
OMB	Office of Management and Budget
POI	Plan d'opérations intégrées
SAC	Strategic Air Command (Forces aériennes stratégiques)

SAC	Chef de district du FBI
SAP	Special Access Programs
SAR	Special Access Required
SLBM	Submarine Launched Balistic Missile
SNLE	Sous-marin nucléaire lanceur d'engins
TACCO	Tactical Coordinator
Wasp	White Anglo-Saxon Protestant

La composition de ce livre
a été effectuée par l'Atelier du Livre à Reims,
l'impression et le brochage ont été effectués
sur presse CAMERON
dans les ateliers de B.C.A. à Saint-Amand-Montrond (Cher)
pour les Éditions Albin Michel

Tous droits réservés. La loi du 11 mars 1957 interdit les copies ou reproductions destinées à une utilisation collective. Toute représentation ou reproduction intégrale ou partielle faite par quelque procédé que ce soit — photographie, photocopie, microfilm, bande magnétique, disque ou autre —, sans le consentement de l'auteur et de l'éditeur, est illicite et constitue une contrefaçon sanctionnée par les articles 425 et suivants du Code pénal.

Achevé d'imprimer en décembre 1991
N° d'édition : 12162. N° d'impression : 91/92
Dépôt légal : décembre 1991